夜天子

山東文藝出版社

目录

第三卷 一波三折

第一章 不怀好意 — 003

第二章 鳌矶浮玉 — 007

第三章 赴会 — 011

第四章 斯文败类 — 015

第五章 果然无耻 — 019

第六章 谁更无耻 — 023

第七章 匪气 — 029

第八章 郎在高山打一望 — 034

第九章 守不住的秘密 — 038

第十章 一枝红杏出墙来 — 043

第十一章 欲把生米煮成熟饭 — 048

第十二章 两个活宝煮饭 — 052

第十三章 一锅夹生饭 — 057

第十四章 一团麻 — 062

第十五章 暂别离 — 066

第十六章 笑话、神话！ — 070

第十七章 运筹 — 074

第十八章 各有安排 — 078

第十九章 相约 — 082

第二十章 一种相思，两样滋味 — 086

第二十一章 驴女婿骂丈人 — 090

第二十二章 醉酒 — 094

第二十三章 启程 — 099

第二十四章 再见张胖子 — 104

第二十五章 是这样吗？ — 108

第二十六章 归来 — 112

第二十七章 难题 — 117

第二十八章 风波恶 — 121

第二十九章 下马威 — 125
第三十章 架空？ — 129
第三十一章 敌我之分 — 133
第三十二章 各怀机心 — 137
第三十三章 大亨本色 — 141
第三十四章 步步紧逼 — 145
第三十五章 八千生苗 — 149
第三十六章 生变 — 153
第三十七章 坚忍 — 157
第三十八章 颠覆 — 162
第三十九章 游说 — 166
第四十章 上兵伐谋 — 170
第四十一章 有话好好说 — 174
第四十二章 兵临城下 — 178
第四十三章 追着打脸 — 182

第四十四章 清泉石上流 — 187
第四十五章 悲伤的徐县丞 — 191
第四十六章 截断巫山云雨 — 195
第四十七章 猫鼠同眠 — 199
第四十八章 先知 — 203
第四十九章 我又中招了 — 207
第五十章 包子 — 211
第五十一章 立碑 — 215
第五十二章 狭路相逢 — 220
第五十三章 麻烦来了 — 224
第五十四章 探案缉凶 — 229
第五十五章 父子冤家 — 233
第五十六章 一跤扑到虎 — 237
第五十七章 不是冤家不聚头 — 241
第五十八章 刀来剑往 — 245

第五十九章 离家出走 — 249

第六十章 三块铜板摆两处 — 253

第六十一章 我要给你生猴子 — 257

第六十二章 再度决裂 — 262

第六十三章 意外事件 — 266

第六十四章 女讼师 — 270

第六十五章 探骊寻珠 — 274

第六十六章 蒋干盗书——上大当 — 278

第六十七章 简单粗暴 — 282

第六十八章 小狐狸 — 286

第六十九章 同一种人 — 291

第七十章 我挥慧剑 — 295

第七十一章 陪我赌一场 — 299

第七十二章 草木皆兵 — 303

第七十三章 势如破竹 — 307

第七十四章 一窝蜂 — 311

第七十五章 取经 — 315

第七十六章 所托非人 — 319

第七十七章 燎锅底 — 323

第七十八章 潜夫人 — 327

第七十九章 鸟瞰群雄的展凝儿 — 331

第八十章 后院起火 — 335

第八十一章 大亨救火 — 339

第八十二章 神圣使命 — 343

第八十三章 一视同仁 — 347

第八十四章 难言之隐 — 351

第八十五章 太阳妹妹的锦囊妙计 — 355

第八十六章 姜太公钓鱼 — 359

第八十七章 夜猫子进宅 — 363

第八十八章 计上心来 — 367

- 第八十九章 越狱 — 371
- 第九十章 皆大欢喜 — 375
- 第九十一章 风云突变 — 379
- 第九十二章 走麦城 — 383
- 第九十三章 要命的礼物 — 387
- 第九十四章 竟有这种事！ — 392
- 第九十五章 听妻入狱 — 397
- 第九十六章 一波三折 — 401
- 第九十七章 同去，同去！ — 405

第三卷

一波三折

第一章

不怀好意

一

"主人,事情已经办妥,杨夫人当场身亡!"

说话的人娇滴滴的,正是当日在蛊神教总坛对面青山坡上为叶小天作舞的两个美人之一,姓潜,名叫潜清清。另一个为叶小天作舞的美人白筱晓已然葬身雷神禁地。

杨应龙淡淡地道:"知道了!"

杨夫人之死于他而言似乎只是一件微不足道的小事,随口答应一声,他便面向书案对面一个年近五旬、身高不足五尺、形容瘦削的老者,道:"按照惯例,这一次举人名额咱们还是两个,想多争一个名额是不现实的,我也不想去争,我只想得到一个位子!"

对面那个瘦削老者会意地道:"葫县?"

杨应龙目光灼灼,道:"不错!贯穿整个贵州的驿路只有两条,一条南北向,一条东西向,若论重要性,自然是这条南北向的,只要掌握了葫县,这条路我想通就通,想断就断!所以,我想把这个举人名额给你的儿子文远,派他到葫县去!"

瘦削老者大喜,忙道:"多谢大人栽培。只是,安家那个老头子如今业已来了贵阳,现如今就住在宣慰使府。他可别有什么图谋,坏了大人的好事。"

这个人是杨应龙的一个属下,杨应龙的属下当中,有资格在杨应龙面前落座说话的不足七人,这个瘦小枯干的老者就是其中之一,因为他是播州阿牧——赵歆。

阿牧是总管的意思,但这个总管可不是中原人家寻常意义上的总管,它是一个官职,是协助大土司统辖麾下各个部落的大总管。

贵州的大土司多数是彝族人,所以这里的苗族大土司基本上也是按照彝人的阶级习惯对本部落的等级进行排序。这个排序之中,最高一层的称为"峨","峨"是拥有贵族血统的阶层,包括土司和土目。

"峨"的下一阶层是"哪数",意思是拥有高贵血统但没有担当官职的人,这些人拥有绝对的人身自由，相当于士农工商中的士；其下是"吐数""果铺"和"腊勾"，相当于农、工、商三个阶层。

由于贵州的部落还保留着许多奴隶制特点，所以在这几个阶层之下还有"陆歪"（仆人）、"颇直"（奴婢）、"脾者脾""者几者"（家奴），这些阶层一个比一个地位低，最低的家奴完全是主人私有财产，可以随意处死。

赵歆是这九层阶级最顶端的人物，是"峨"这一阶层的人，据说他的祖上本是宋朝皇室，宋亡后匿于贵州，与当地土司豪门通婚，致有今日地位。

杨应龙听了赵歆的话，有些奇怪地道："那个'老东西'怎会离开老巢？难道是为了这一次的举人名额？不可能啊，这么一点事怎么也不至于惊动他吧？除非……"

杨应龙的神色凝重起来："除非……他想多占几个名额！这样的话，也就只有他这个'土司王'亲自出面，才有一线可能了。"

今天我让一步，让你多得到一个举人名额，明日你们家族在官场上就会多出一分力量，我的家族则相应削弱了一分。此消彼长之下，这种影响力可能要延续两三代，甚至彻底改变两个家族的实力，所以各大世家对于每一个举人名额都是寸步不让的，安国维的到来立即引起了杨应龙的警觉。

他站起身缓缓踱了几步，突然又是一个念头浮上心头，不由矍然失色："安家也是知道叶小天真实身份的，叶小天身后站着数十万骁勇善战的山苗战士，难道安老贼也是为了叶小天而来？"

· ※ · ※ · ※ ·

每次科举一结束都是考生们狂欢的时候，无论考试的最终结果如何，在一番紧张的准备和地狱般的折磨之后，他们需要放松。所以酒肆青楼大多围绕学府考院而建，学子们大考结束后，便会成群结队地纵酒狂欢，青楼买笑。

大考要五日论卷读文，五日定名放榜，中间还有糊名誊录等过程，所以最快也需要十天才能公布成绩。而这十天里，通常前五天是考生们最为放纵的时候，从第六天开始他们便渐渐变得焦虑起来，直至食不知味、寝不安枕，直到尘埃落定，才会结束这种煎熬。

但是叶小天却完全没有这种心理负担，他压根就不认为自己有中举的可能。大考后的第六天，其他秀才开始惶惶不安的时候，他却依旧与莹莹在游山玩水。

这几天贵阳的名胜古迹几乎被他们游遍了，今天又来到了花溪。这儿是他们的定情之地，故地重游自然别有一番滋味。

叶小天和夏莹莹手牵着手站在一方嶙峋怪石上，石下清亮的河水倒映着空中的流云，也清晰地倒映着他们两人的身姿。

小路和小薇蹲在上游溪水处濯洗着汗巾。对面山林中，穿着一袭黑袍的冬天先生身影时隐时现，他正在捉虫子。

　　叶小天自从练会放蛊手法打败果基格龙，就"刀枪入库、马放南山"了，每日只管与莹莹卿卿我我，顾不上练蛊，真难为了冬天这个老师，时不时就得抓些虫子回去，以备叶小天练功时使用。

　　云飞制作了一把猎弓，带着毛问智进山狩猎野味去了，遥遥和福娃儿、大个子则在旁边小树林里捉着迷藏。

　　这个小女娃和两只野兽对这个游戏乐此不疲，叶小天也没让人去看着他们，反正有大个子在，如果有什么危险是大个子应付不了的，任谁去了都是送菜。

　　"莹莹，你看那对男女是不是郎才女貌，天造地设的一双呀？"叶小天指着他和夏莹莹倒映于水中的身影，笑吟吟地问道。

　　夏莹莹俏巧地白了他一眼，嗔道："什么啊，不就是我和你吗？你们男人一天不骗人就不舒服！尤其是你！"

　　叶小天笑道："世上的男人本来就都是骗子嘛，女人一生中至少会被一个男人骗过。幸运的女人呢，会找到一个大骗子，骗她一生一世；不幸运的女人呢，会找到一个小骗子，骗她一阵子。你喜欢我是大骗子还是小骗子？"

　　夏莹莹深情地凝望着他，眸波脉脉如水，柔声问道："你愿意做一个大骗子，骗我一生一世吗？"

　　叶小天张开双臂道："我愿意！"

　　夏莹莹嘻嘻一笑，扑进了他的怀抱，叶小天揽住她柔若细柳的纤腰，轻轻抚摸着她柔顺的长发，在她耳边轻声道："那你打算什么时候被我这个大骗子骗回家呀？"

　　夏莹莹的脊背微微一僵，虽然从小被娇纵惯了，不管是她的爷爷还是父亲都不敢限制她的自由，也不敢阻挠她和叶小天接触，但她知道爷爷和父亲是极力反对她嫁给叶小天的。

　　夏莹莹现在正跟爷爷和父亲处于冷战期，她本想等逼父亲和爷爷同意两人相处之后再说，却不想叶小天会突然提起此事。夏莹莹幽幽地道："急什么嘛，你一骗人家就上钩，那人家多没面子呀。"

　　叶小天叹息道："莹莹，再有四天就发榜了，不管中不中，我都要离开贵阳，时不我待啊。上一回问你，你说爹娘出了远门，但是花溪决斗时，你爹已经回来，如今你也愿意嫁我，我去向你爹娘求婚有何不好？"

　　叶小天突然警觉地问道："是令尊令堂还信不过我？"

　　夏莹莹支吾道："那天，靖州杨夫人不是说……你和遥遥……"

　　叶小天道："你说这事啊，我不是跟你解释过了？遥遥那个黄毛丫头，我一向拿她当妹妹的。"

夏莹莹抱怨道："那你当日为何不反驳杨夫人？我爹和我爷爷对此耿耿于怀。旁人都相信你和遥遥有婚约了，我再嫁给你算怎么回事？咱们总不能逮着个人就跟他解释一番吧？我家人口这么多，若是我惹出许多闲言闲语，他们在人前怎么抬头？"

叶小天苦笑道："当时那种情况下，我只求能洗脱杀人的罪名，哪有机会辩驳？"

夏莹莹道："人家现在正跟阿爹和爷爷僵持着呢！你不用担心，爷爷和阿爹疼我，从来没有违拗过我的意思，他们见我心意已定，早晚会答应我们在一起的。"

叶小天暗叹一声，心道："我就是想娶个媳妇，再生几个娃而已，怎么就这么难呢？水舞那里枝节横生，莹莹这里横生枝节，我叶小天就这么没有丈人缘？"

叶小天突然心中一动，暗想："我真笨哪！如果我先把她变成我的女人呢？那时候她家的老爷子、老老爷子还能从中干涉？嘿！只怕那时急着嫁女儿的就是他们了！"

"好主意！好主意呀！"

叶小天盯着夏莹莹凝脂般的脸蛋，仿佛看着一碟嫩嫩的水豆腐，流着口水想："吃下去！把她吃下去，她就是我的了！不过'生米煮成熟饭'总不能让一群人围观吧？我得先摆脱遥遥、云飞、老毛、冬天、福娃儿、大个子、小路、小薇……怎么这么多人！"

第二章

鳌矶浮玉

一

莹莹回家的时候已然是暮色苍苍。今天和心上人同游花溪，听他一路情话绵绵，莹莹被哄得说不出地开心，她哼着小曲快乐地踏上台阶，看门的家仆连忙迎上来，躬身施礼道："大小姐！"

莹莹没理他，蹦蹦跳跳地走进去，迎面恰好有几位堂兄走过来，几个人谈笑风生，看样子不是去青楼就是去酒肆。一见莹莹，几位堂兄马上站住，向她热情地招呼道："小妹，你回来啦！"

莹莹"嗯"了一声，正要从他们身边走过去，忽然想起了叶小天对她说过的话："莹莹，对长辈、兄长要有礼貌，他们娇纵你，是因为疼爱你。虽然不管你怎么样，他们对你的疼爱始终都不会改变，可你已经是大姑娘了，要懂事些，对他们要好一点。"

莹莹马上站住脚步，向几位堂兄依次施礼，甜甜地道："九哥好，十五哥好，十八、十九、二十三哥好！你们几个人要出去呀，不要喝太多酒，伤身体的。"

"哦！哦！好……"

莹莹的几位堂兄都惊呆了，傻傻地站在那儿，有些手足无措。莹莹甜甜笑道："那我回去了哦。"

"哦……"

几位堂兄傻傻地答应一声，眼看着莹莹蹦蹦跳跳地走开，那五位堂兄弟站在那儿你看看我，我看看你。过了半天，九哥才紧张地道："莹莹别是出什么事了吧？今天怎么这么不对劲儿。"

夏二十三摸了摸后脑勺，纳罕道："可是看她的样子，也不像是出事了啊，但是真的……有点邪门！"几兄弟满腹疑惑，对夏莹莹如此模样不约而同地有种受宠若惊的感觉。

后宅小花厅里，夏老爷子坐在上首，夏老爹陪坐一旁，正给老子斟着酒。父子俩很少同席，可是近来因为莹莹的事父子俩站到了同一阵线，倒是常在一起，很有点父慈子孝的模样。

夏老爷子抿了一口酒，便叹一口气："唉！莹莹这丫头啊，真是叫人操心。我该拿她怎么办才好呢？打也打不得，骂也骂不得，劝呢，她又不听。真是愁死我了。

"咱们老夏家就算不挑女婿的家世，可也不能这么糊涂地把姑娘嫁出去吧？咱老夏家可就这么一个姑娘，我还想着风光大办呢，这下好，不知多少人背后指指点点地笑话咱们……"

夏老爹道："爹，您就别想那么多了，不是已经派人把这事去说给老祖宗听了吗，咱们还是等老祖宗拿主意吧。她老人家的话，莹莹一向还是会听的。"

夏老爷子又抿了口酒，再叹了口气，道："你奶奶？算了吧，她老人家未必有什么主意，说不定还乐见其成呢。你也不是不知道，咱们的这些考虑她老人家才不在乎，在她老人家眼中，只要两个人彼此喜欢，其他都不是事儿！"

"唉！"

父子俩垂头丧气，同时叹息了一声。

夏莹莹像只快乐的麻雀，从门前一蹦一蹦地过去了，夏老爹扭头向外望了一眼，没看清楚，有些疑惑地道："好像莹莹回来了，刚从门口过去。"

夏老爷子道："门口哪有人啊，别是你眼花了吧？"

夏老爹窘道："爹，我比您老眼神好。"

夏老爷子瞪起眼睛道："噫！你这臭小子……"

夏老爹无奈地道："爹，我都快六十了！别老臭小子臭小子的，好吗？"

夏老爷子道："你就是一百岁了，也是我儿子，叫你一声小子有什么不对？"

父子俩正说着，夏莹莹背着双手又从大门口倒了回来，探头往里边看了一眼，便笑眯眯地踱进来，亲热地打招呼："爷爷，阿爹，你们爷俩儿在喝酒啊？"

夏老爷子立即满脸堆笑地道："哦！真是我的乖孙女回来啦，快快快，快到爷爷身边来坐一会儿，这一天都没见你人影，爷爷可想得慌。"

"哦！"

莹莹跑过去在他身边坐下，拿起酒壶为他斟满杯子，又起身为她父亲斟满酒杯，再回到爷爷身边乖巧地坐下，关心地道："爷爷，阿爹，你们喝点酒活络一下血脉就好，年纪大了，可不能喝醉。"

自家的小霸王突然变成了一个小淑女，直把夏老爷子和夏老爹惊得目瞪口呆，夏老爷子紧张地问道："乖孙女，我的心肝宝贝，你没出什么事吧？"

夏莹莹根本不知道自己前所未有的乖巧会给他们如此之大的震撼，她惊讶地反问道:"我能有什么事儿呀,没事呀,爷爷,阿爹,你们俩聊你们的,我给你们斟酒。"

"哦……"

夏老爷子哆哆嗦嗦地端起酒杯,差点老泪纵横。他从来没享受过这样的温柔待遇,他老人家是真不适应啊。

夏莹莹往旁边一坐,这爷俩儿可就不方便继续聊关于她的事情了。父子俩闷头喝了一杯酒,又受宠若惊地再度享受了一回由夏大小姐斟酒的福气。夏老爹突然想起一个话题,忙咳嗽一声道:"哦!对了,爹,中原大儒崔像生来了贵阳,明日儿子要去赴宴。"

夏老爷子皱起雪白的长眉道:"咱们一家子都是习武的,一个读书人都没有,读书人饮宴,你去凑什么热闹?"

夏老爹苦笑道:"崔像生和贵阳按察使王浩铭是同门,王按察给他接风,当然要找几个头面人物撑场面,他邀我赴宴,我怎好不去。其实明日赴会的大多是今科参试的学子,一群读书人都跑去抢着巴结崔像生和王按察。

"你想啊,王按察兼着本省学政,崔像生又是中原大儒,如果能得到崔像生的一声称赞,再入了王按察的法眼,他们被取中的希望岂非大增?唉!要不是不好拂了王按察的面子,我还真不爱去听他们拍马屁。"

夏莹莹本来托着下巴无意听他们说话,听到这里双眼顿时一亮,喜道:"啊!明天今科参试学子要去赴宴吗?那小天哥也是要去的喽!怎么没听他跟我说起过。"

夏老爹一听,趁机打击叶小天,对夏莹莹道:"女儿啊,崔像生可是中原有名的饱学鸿儒,能够赴宴接风的学子,也都是本省出类拔萃的青年才俊,可不是谁都能去的。"

夏莹莹道:"是啊,所以小天哥一定会去的嘛,他要不算青年才俊那谁才算?"

夏老爹:"这……"

夏老爷子见孙女儿这副萌呆呆的样子,心里可是爱极了,便笑着解释道:"乖孙女儿,那个叶小天呢,在你眼里当然是好得不得了,这叫啥来着,对了!叫情人眼里出西施,可是在本次参试的诸多考生之中,他可未必能排得上号。"

"凭什么啊!"

夏莹莹怒了,一下站了起来,用力一拍桌子,吓得夏老爷子和夏老爹不敢吱声了。

夏莹莹突然又想起叶小天的嘱咐,连忙暗自念叨着"要淑女、要淑女",她款款而坐,向夏老爷子和夏老爹嫣然一笑,柔声细气地道:"爷爷,阿爹,人家不是跟你们生气啦。"

夏老爷子和夏老爹啥时听夏莹莹用这种语气说过话,一时间连汗毛都竖了起来,忙不迭应声道:"是啊,是啊,我省得,我省得。"

夏莹莹柳眉一竖，又愤愤不平地道："不过那个王什么什么按察，崔什么什么大儒的也太没眼光了吧，请了一堆阿猫阿狗，却不请我小天哥，简直是有眼无珠嘛！"

夏老爷子和夏老爹连连点头："是啊！是啊！真是有眼无珠！"

"那……"

夏莹莹眸波流转，悄悄地瞧向夏老爹，夏老爹立即把胸脯一挺："我也不去了！什么王按察，这么有眼无珠的人，我才不给他面子！"

夏莹莹噘起小嘴道："为什么不去？就该去！"

夏老爹赶紧改口道："对！我得去，我去好好见识一下这几个有眼无珠的家伙，还有那一堆马屁精！"

夏莹莹喜笑颜开，点着头，开心地道："嗯！阿爹去，我和小天哥陪阿爹去！"

夏老爹张了张嘴巴，端起酒来一饮而尽，不等他女儿再献孝心，自己抓起酒壶，一边斟一边饮，一连饮了三杯。

· ※ · ※ · ※ ·

次日一大早，夏莹莹就带着小路和小薇乘车来接叶小天赴栖云亭之会。

栖云亭建于贵阳八景之一的"鳌矶浮玉"上，此处位于贵阳城南的南明河，河中有一块巨石，形似巨鳌，用一道小桥连接两岸，周围水光山色，美丽异常，被文人墨客定名为"鳌矶浮玉"。

王阳明再传弟子马廷锡曾在此讲学传道，栖云亭就建于马廷锡讲学期间，不过再过几十年，后人便不可能看到这座栖云亭了，栖云亭将被推倒，以这块巨鳌形状的河中巨石为基，再建一座甲秀楼。

年轻人一旦陷入情网，很快就能好得蜜里调油。叶小天和夏莹莹此刻正是情焰最炽的时候，叶小天虽对什么中原大儒、贵阳学政没兴趣，但是对南明河风光还是很喜欢的，况且是莹莹相邀，自然欣然应允。

叶小天也不把此番宴会当成是赴什么大儒之会，他把遥遥也带上了，福娃和巨猿大个子自然喜滋滋地跟着，一行人直奔南明河……

第三章

赴会

一

南明河上，栖云亭。一块巨石，仿佛一头传说中的巨鳌，稳稳地趴在水中央，小桥似两条张开的鳍，扑展向两岸。"巨鳌"的背上建了一座小亭，亭角高翘，似欲腾空而去。

亭中设了酒席，这就是按察使王浩铭、江南大儒崔像生等重要人物的座位了。亭外大石上也设了十几张席位，仿佛花瓣一般，恰好把栖云亭围在中间。

小桥两岸的林间草地上，也设了许多席位，盛况空前，恰似当年王阳明再传弟子、心学大师马廷锡在此讲学时的情景。

叶小天赶到南明河不远处便与夏莹莹等人下了车，前方已见许多士子兴奋异常地赶路，叶小天道："今天有这么多人来，我竟一点消息也不知道。莹莹，崔先生在此饮宴，士子们是可以自行赴约的吗？"

莹莹道："当然不能！还有什么王按察之类的一些大官呢，哪能什么闲杂人等都往里进。"

叶小天奇怪地道："哦？那你我能进得去吗？"

"啊！"

夏莹莹突然意识到口误，忙补救道："当然能，我家可是本地大族，就凭我家那么多人，谁不礼让三分？尤其是这些外地来的官，对我们本地大族巴结得很呢，要不然他们能站得住脚？这一次请了好几位贵阳耆老呢。"

叶小天一想也是，不过其他地方的大族，家族中多有子弟得了功名。所以在地方上威望隆重，地方官想在当地站住脚，就不得不笼络这些地方大族。有些地方太强势的地方大族，甚至反过来能欺凌地方官。

只是贵州这地方文教不兴，家族势力强大就不在于功名了，莹莹的家族有这么多人口，在他们村子乃至部落里当然会有相当的话语权。叶小天道："那令尊一定是耆老之一了。"

莹莹嫣然道："我爷爷才是呢，不过爷爷今天没来，让我爹替他出席的。"两人说着便走近了南明河畔。前方有几名衙差迎上来道："站住！按察使大人在此宴客，闲杂人等回避！"

几个衙差说的还算客气。毕竟本地诸族杂居，哪怕只是一个不起眼的小人物，一旦闹出纠纷，也会一个人引出一家人，一家人引出一村人，最后整个部落齐上阵，他们可就吃不了兜着走了。

小路扬了扬手手中请柬，道："我们是来赴宴的。"

一个衙差从小路姑娘手中接过请柬看了看，皱眉道："怎么还带着这么大的一个畜生？一旦它野性大发……"

遥遥抱着大个子的大粗腿道："大个子才不会呢，大个子最乖啦。"

小薇道："你放心，这头巨猿很通人性，而且我们不上矶，只在岸边就座。"

那衙差犹豫了一下，道："那你们可要看紧它，千万不要惹出什么事端来。矶上坐着的都是贵人，一旦出事，我们倒霉，你们也吃罪不起的。"几个衙差说着闪开一条道路，叶小天等人便走了过去。

· ※ · ※ · ※ ·

田妙雯有一下没一下地拨着琴弦，一脸若有所思的神情。突然珠帘哗啦一响，一个丰神如玉的佳公子从外边飘然而入。田妙雯没有回头。敢不经通报便走进她房间的，除了她的胞兄自然再无第二个人。

田彬霏见田妙雯对他进来置若罔闻，不由微微一笑，自顾轻摇着折扇，潇潇洒洒地走到一旁，在椅上坐了。妹子对他的冷漠，田彬霏早就习以为常了。

田彬霏坐定身子，对田妙雯道："小妹，你正争取葫县县丞一职？"

田妙雯淡然道："不错！"

田彬霏眉头微微一蹙，道："那里对我们来说，可谓地处偏远，又与湖广接壤，你怎会突然想起那个小小的三等县？把我们的人安插在布政司或者提刑司，对我们岂非更为有利？"

田妙雯道："你不是把我田家重新崛起的希望寄托在杨应龙身上吗？你主外，大局你来定，既然你想利用杨应龙来达到目的，我这主内的人自然只能竭力配合，选择葫县正是为了这一目的。"

田彬霏更是疑惑，问道："插手葫县怎么会是……"

他的声音停下来，静了一会儿，他忽然站起来，大步走到厅前，在博古架上轻轻一按，一幅用各种颜色标注的地图便唰的一声垂挂下来。田彬霏注目地图良久，嘴角渐渐绽起一丝笑意，道："我明白了！"

田彬霏兴冲冲地转向田妙雯,欣然道:"布子于葫县,果然是一招妙棋。这葫县地处南北要塞,是驿路的关键所在,一旦封闭,整个贵州便针插不入,而南疆边陲数万雄师也将彻底与朝廷断绝联系了。

"杨应龙野心勃勃、所图甚大,这么重要的地方,他绝不会放过,我们布子于葫县正当其时。妙雯啊,可惜你是个女子,否则为兄甘愿让贤,由你来主持我田家大业,心甘情愿地供你驱策。"

田妙雯微微闭上美丽的眼睛,冥思片刻,缓缓道:"我这个安排,只是听了你的计划之后及时做出的一个调整,如果杨应龙对葫县早已做出部署,只怕我们现在动手就有些迟了。我想亲自去葫县一趟,一探究竟。"

田彬霏微微一怔,随即用半开玩笑的口吻道:"此去葫县,山路崎岖,往来不便。你可是我的贤内助啊,你不坐镇府中,留下我一个人操持偌大局面,岂不手忙脚乱?"

田妙雯道:"如果你判断得不错,那么葫县就是来日破局的一个关键,岂能等闲视之?"她缓缓转过身,凝视着她的胞兄道:"你一向不服气杨应龙,杨应龙统治播州是怎么做的?"

田彬霏的脸上掠过一丝阴霾,忽地把折扇一收,在掌心里一拍,道:"成!你去吧,只愿你我同心勠力,让田家在你我手中重新振兴起来,莫让列祖列宗失望,莫让子孙后人再去承担这沉重的责任!"

田妙雯没有说话,只是低下头,纤纤玉指一拨,一曲《梅花引》便悠悠响起。田彬霏闭上眼睛,静静地听了许久,等那琴声袅袅、余韵将绝未绝时,才轻轻起身,仿佛一朵云似的飘了出去……

·※·※·※·

黔灵山上。幽深的林中,鸟语花语,构成了一幅活色生香的美丽画面。杨应龙拄着一根竹杖,缓缓行走其间,几只猴子爬在树上,猴头猴脑地窥视着他,可杨应龙刚一抬头,机灵的猴子便飞快地攀缘到更高处,然后扭头向他扮鬼脸,似乎在自鸣得意,杨应龙见了不禁哑然失笑。

赵歆陪在他的身边,前后左右数十名侍卫散落在林中。以杨应龙为中心,同步向前移动着,看到杨应龙停住脚步,他们也都停了下来。

杨应龙在一根横亘地上的粗大枯树上坐下来,笑问道:"想必此刻栖云之宴已经开始了,你可安排了文远前去?"

赵歆道:"卑职已经着人安排了。"

杨应龙点了点头,道:"虽说文远的前程不依赖那个姓崔的腐儒,不过和他攀攀交情也没什么不好。若能拜在他的门下,做他的门生,那就更好了。有崔像生这块招牌，于文远的仕途大有助益。"

赵韵道："是，大人虑及长远。"

赵韵也在一旁坐下，道："大人，三年前葫岭刚刚罢黜土司，改设流官衙门、建立县制的时候，我就建议大人您着手部署了，却被大人您一口否决。何以今日您却突然动起了葫县的念头？"

杨应龙轻轻叹了口气，道："三年前，葫县两位土司争斗，朝廷趁机出兵干涉，罢黜了两位土司的世袭职位，建县衙、设流官，那时候正是朝廷诸公注目葫县的时候，我们岂能轻举妄动？

如非得已，我现在还是不想插足葫县，尽管放任自流吧，只要不让朝廷把葫县牢牢掌握在手中，那就够了。我本来的计划是先扶持格格沃，控制蛊神教，穷十年之功把数十万山苗牢牢掌握在我的手中，可惜功败垂成。"

杨应龙沉默了一会儿，复又微微一笑，道："还好，不想我在靖州的一段情缘，竟然遗下了我的骨肉，而她与现任的尊者之间还有着如此复杂的关系。

"遥遥是我的骨中骨、肉中肉，难道她还能悖逆生身父亲不成？如此一来，我对蛊神教倒要徐徐图之了。既然如此，葫县这边就只能尽快着手，两边若是都慢下来，对我的大事极为不利。"

赵歆若有所悟，缓缓点头道："卑职明白了。"

杨应龙突然问道："安家那头老狐狸有什么动静？"

赵歆道："遵大人吩咐，已经派人盯住了，那老家伙一直龟缩不出，也不知他想干什么。"

杨应龙蹙眉道："这个老家伙，究竟为何而来？"

杨应龙想了想，始终摸不着什么头绪，只得摇摇头，继续向山上走去。

南明河畔在"巨鳌"上游，距"巨鳌"半里地外悬于水上的一块岩石上，一位头戴竹笠的白发老人正手持钓竿，神态悠然，身后不远处有一个年轻人负手而立，仿佛是一位家仆，可若有熟人看见，当会认得，他就是安家这一代的长房大公子安南天，如此一来，那位持竿垂钓的老者是谁，也就不言自明了。

鱼漂突然一动，有鱼咬钩了，老人飞快地一提钓竿，一条巴掌大的银光闪闪的鱼活蹦乱跳地落到了岩石上，安南天立即上前几步，从鱼钩上摘下鱼丢进鱼篓，笑道："爷爷钓鱼真是好，这一阵咬钩的鱼就没有断过。"

安国维微微一笑，那双苍老而睿智的眼睛从竹笠下向巨鳌石上那座小亭微微一扫，缓缓地道："若有机会，便请那位尊者小朋友来，老夫想见见他！"说罢钓竿一甩，复又投向水中……

第四章

斯文败类

一

今天是野炊,虽说主题不在于饮宴,却也不能都是冷菜,栖云亭前的大石上就架了一堆篝火,请了一个大师傅在烧烤全羊,全羊已经烤成金黄色。大师傅抽出一柄雪亮的小刀,让小徒弟转动着全羊,飞快地削下色泽金黄、香气扑鼻的一片片羊肉,再配上一碟雪白的盐末儿一并送入亭中,每个贵人面前都摆了一份,亭外的士子们当然没有这份待遇。

王按察与他的同门崔像生谈笑风生,几位当地耆老也是不时掺和几句,行个酒令、打个字谜,反正都是些文人之间的饮宴游戏。夏老爹是个不识字的武夫,对这些事一窍不通,只管甩开腮帮子吃肉,时不时地还要回头看看,见女儿与叶小天坐在岸边一席,安安分分,倒也规矩,方才心中稍安。

酒过三巡,菜过五味,周围的学子开始陆续起身进亭中来向王按察、崔像生等人敬酒,同时向他们自报家门,只盼能在学政大人和这位中原大儒心中留下一些印象。

这样走动起来,现场的气氛也就活络了,一位耆老打趣地笑道:"贵州学子皆慕崔先生大名而来,拳拳之心不可不知。崔先生既然到了贵阳,何不考较他们一番,略加指教他们就受益匪浅,也不枉今日走这一遭啊。"

按察使王浩铭笑道:"正是,像生啊,你对他们略加点拨,也是他们的一份荣耀,你看那些学子还有两岸那些人,都眼巴巴地看着你呢。"

崔像生微微一笑,道:"浩铭兄,你这可是给兄弟出了难题了,这里是黔中名儒心庵先生讲学之地,像生安敢放肆哪。"

花花轿子众人抬,大家都知道他这不过是自谦之语,岂有不趁势抬轿子的道理,于是好一番夸奖,直把他崔像生夸得和心庵先生马廷锡一般名动天下、望重中原。崔像生这才勉强地道:"既如此,不如这样,就请有意讨教学问的士子们上前,先随意择取一物为题,赋诗一首,由你我诸公加以点评,算是考校他的诗才。之后嘛……"

崔像生说这番话时，栖云亭周围环坐的最近处的士子们已经听见了，纷纷停止饮宴，竖起耳朵听着，听到崔像生出的考题，马上看天看地，择物措辞，这可就比坐得远的人占了便宜。

崔像生又道："再者，诸生习圣人经典，是为了为官从政、辅佐君王、教化地方，所谓经世之学以为用嘛。那崔某便出一道题目，这个话题近来在朝廷上也是辩论得沸沸扬扬，那就是：国家该不该继续执行海禁之策，试请诸生各抒己见，如何？"

这海禁政策，在元朝时就禁了解、解了禁，反反复复，贯穿始终。明初时候，因为张士诚、陈友谅等失败者的很多余部也流落海上，再加上其他一些因素的考虑，朱元璋也施行了海禁政策。

等到永乐年间，成祖朱棣派郑和下西洋，官方开了海禁，民间也就开了。可是到了嘉靖年间，海贼倭寇猖獗，不得已又一度恢复海禁。前几年当今皇帝的父亲隆庆帝还在位的时候，福建巡抚徐泽民上书请求开市舶，易走私为合法通商。

当时倭寇海盗在戚继光等名将的打击下已是七零八落，不复为患，朝廷便顺势调整了国策，允许民间赴海外通商了，这件事被后世称为"隆庆开关"。不过，朝野间还是有许多人反对开海，近来又有人上书请求海禁，在朝廷诸公间引起了一片激烈辩论。

王按察命人站在亭前高声宣布了题目之后，众士子们立即亢奋起来，谁不想在这位大儒面前一展所长？若能得他点评一番，赞上两句，岂不立即抬高了自己在士林中的地位？

那诗词好办，最重要的是诗句佳妙、立意高远，这个就看个人平时的诗赋本领了，可那策论的题目，考较的可不仅仅是你能否有理有据，最重要的是你的立场是否和这位崔先生一致，否则他心中不快，岂能给你一个好的评价？

好在这些士子赴宴之前都做足了功课，对这位崔先生都是详细了解过的，知道这位崔先生是反对开海、坚持海禁的一个典型人物，想要讨好他，自然也就明确了自己的态度。

不过，士子之中却也不乏正直之人，又或者本身就是官宦子弟，上辈的态度又恰恰是支持开海的，这时就不能同自己的长辈唱反调了，所以也是早早就拿定了主意。

如果大家都一味地恭维崔像生，这场文试反而没了趣味，恰因为这些支持开海的士子，文试倒是辩得有些滋味了。

几个士子各抒己见后，徐伯夷上前，先以南明河为题吟了一首诗，得到崔像生的好评。徐伯夷精神大振，接着便就海禁之策说道："海禁，实乃我大明祖制。我太祖皇帝海禁之意坚决，一以贯之。祖宗成法在前，惜乎隆庆元年却有封疆大吏受地方蛊惑，趁皇帝陛下刚刚登基，尚不明了天下民情，请求开了海禁，愚以为，言开海禁者，毕是数典忘祖之辈也！"

崔像生听了频频点头，对这个年轻人更有好感了。

这时却有一个名叫颜千秦的书生站了起来，这位姓颜的仁兄，父亲是贵州布政司分守道，就是支持开海的官员。

颜千秦道："成祖开海，七下西洋，使我中华物器远通四海，威德遐被、四夷伏服。凡入贡者三十余国。幅员辽阔，远迈汉唐。微市舶，化外夷狄，焉知我中华富强？焉得四海来朝，古今鼎盛？"

崔像生脸色一沉，徐伯夷从容地道："市舶之事，大坏夷夏之防。奸狡之徒，将本逐利。豪商巨贾，累赀巨万，皆市侩之徒，以奢靡之风，坏乱人心。言市舶者必言利，于国于民，岂非大害？"

颜千秦道："市舶者，不顾身家，扬帆万里。鲸鲵为伍、波涛为伴，九死一生而无悔无怨者，盖欲播圣人文教于夷狄也，利耶，害耶？"

徐伯夷哂然一笑，道："设官分职，各有司存。政有恒而易守，事归本而难失，经远之理，舍此奚据！孔子曰：'宁有盗臣，得无聚敛之臣！'"

李秋池站起来声援道："窃闻治人之道，防淫佚之原，广道德之端，抑末利而开仁义。导民以德，则民归厚；示民以利，则民俗薄……"

岸边席上，遥遥随便吃了点东西便坐不住了，她也知道小天哥哥今日赴宴不能跟她一起玩耍，便搂着小天的脖子软语央求一番，得到小天的允许，便笑逐颜开地领着大个子和福娃跑到树林里玩耍去了。

叶小天吃了一口莹莹挟过来的熏肉，往她嘴巴里递了一片水果，很是无聊地看了一眼那些在栖云亭前拼命展示自己的士子书生，对莹莹道："贵州的路可不好走，那位崔先生是大儒，在中原想必风光得很，怎么不辞辛苦地跑到贵阳来了，就因为和王按察是同年？"

莹莹道："那倒不是，因为他就是贵州人。他祖籍铜仁，现在家里人还都住在那儿呢，这一次是回乡探望父母兄弟的，顺道来贵阳一行。"

叶小天恍然大悟，轻轻点了点头。

这时候，讼师出身，牙尖嘴利的李秋池已经驳得颜千秦步步后退，哑口无言。李秋池道："国有沃野之饶而民不足以食者，工商盛而本业荒也！有山海之货而民不足于财者，不易民用而淫巧众也！"

崔像生听得眉飞色舞，鼓掌大笑道："好！说得好！此人是谁？"

王按察含笑道："此人乃是贵阳有名的讼师，名叫李秋池。"

崔像生一听，脸上的笑容顿时冷了些，淡淡地道："哦！原来是个讼师，这样的人物，怎么也来赴宴了？"

在正统文人眼中，所谓讼师，皆是些哄骗愚民、勾引兴讼、捕风捉影、设计铺谋之人，是诬控良善、妄扳无辜的刁民。法不可知，则威不可测，治民之具的法律只能操之于官府之手，若讼师通晓法律，势必太阿倒持，后患无穷，是以对讼师的态度一向极为厌鄙，也就是在贵州这种地方，正统文人较少，讼师的生活环境才自由一些。

其实讼师中固然有一些唯利是图之人，却也不乏正义之士。小民丝毫不懂法律，有时候奇冤难雪，全赖这些讼师仗义相助才能洗雪冤屈。任何一个阵营都有正有邪，倒不可一棍子打死。这方面，清末两大著名讼师陈梦吉和方唐镜就是正与邪的杰出代表。

李秋池本来正向崔像生拱手称谢，一见崔像生态度改观，在众人面前不免有些无地自容，急忙辩解道："崔先生，学生也是秀才出身，读过圣贤书的，只是迫于生计，这才做了讼师。

"学生虽为讼师，却从无上下其手、颠倒律法的作为，还扶助过不少无辜百姓。人的品德，可不能只看他是什么身份，就以在场士子们来说，有人虽为秀才，却是不学无术、道德卑鄙，可谓斯文中的败类。较之学生，相差不可以毫厘计许了！"

崔像生听他贬低士子，心中更是不喜，淡淡地道："竟有此等人物，他是谁？"

李秋池往岸上一指，道："此人姓叶，名小天，那人就是了！"

第五章

果然无耻

一

崔像生往李秋池所指的方向看了一眼，正看见叶小天嘴里叼着一片猕猴桃，扬着下巴让莹莹去咬。莹莹居然懂得害羞了，她偷偷向左右看看，才凑上去飞快地咬了一口。

她凑近嘴巴的时候，叶小天的身子就故意往前一凑，想要跟她亲个嘴儿，却不想夏莹莹动作快得很，咬了一口猕猴桃片便立即闪开，红嘟嘟的嘴嚅着一片淡绿的猕猴桃，冲他妩媚地笑。

两人全未提防这一幕被栖云亭中的几个人看到了，崔像生眉头一蹙，不悦地道："轻浮！今日甲秀荟萃，居然携女伴同来。虽然贵阳民风开放，可是当众调情也太轻浮了些！"

夏老爹眼见他说的是自己的宝贝女儿，以及那个让他恨不得活活打死却又不敢碰上一手指头的混蛋准女婿，老脸顿觉无光，赶紧端起酒杯遮羞，假装不认识他们。

李秋池继续给崔像生上眼药，道："先生，此人何止举止轻浮，据说他这秀才功名来得也是不明不白。他还曾因垂涎一个女子美貌，便屡屡上门纠缠，那女子的父亲十分恼恨，追打出来，却误与他人发生纠葛以致丧命，追根溯源，可不也是他的过错吗？"

崔像生听了更加不悦，冷颜斥道："当真是个衣冠禽兽，唤他过来！"

王按察手下的一个衙差赶紧沿着小桥上了岸，赶到叶小天这一席。叶小天刚刚凑在夏莹莹耳边轻声嘀咕了几句什么，逗得佳人俏脸绯红，羞嗔地打了他一下。那衙差便直挺挺地杵到了他们面前。

衙差道："这位就是叶小天叶秀才吧？王学政和崔先生请你上前答话。"

叶小天怔了一怔，慢慢站起身来，夏莹莹喜滋滋地道："看！我就说吧！真正的青年才俊便是坐得这般僻远，那也是遮不住光彩的。小天哥，王学政和崔先生想是都听说了你的大名呢。"

"我有那么好吗？"

叶小天感动地看了一眼"情人眼里出宋玉"的夏大小姐。心里虽不觉得自己能有什么大名能入得了王学政和崔先生的耳朵，但也随那衙差走上了小桥。

其他各席无缘去到王学政面前露上一脸的士子们，见王学政和崔先生特意派人邀请此人上前叙话，都用羡慕的眼光看着他。

叶小天走到栖云亭前，看到面噙冷笑的徐伯夷和李秋池时，心中便是一动。有这一狼一狈在这儿，恐怕王学政和崔先生召见他，就未必会是什么好事了。

崔像生冷淡地看了叶小天两眼，先入为主的观念之下，一见他的样子就生厌，又见他不像别的书生一般，一见到自己马上俯身拱手，满口阿谀，心中更加不喜。

崔像生把嘴角轻轻一撇，冷冷地道："今日栖云之宴，邀请的都是贵阳官宦、四方耆老和士林才俊。你携女子同来，已然大是不妥，又与这不知廉耻的女子当众调笑，太有辱斯文了！"

如果他说的这句话中去掉"不知廉耻"四字，纵然是横加指责，叶小天也就忍了，敷衍地向他拱拱手，道一声"学生受教"，再让这老家伙倚老卖老地教训几句也不会吭声。

可崔像生太尖刻了些。一句"不知廉耻"批的可是叶小天心爱之人，叶小天的脸色登时冷了下来，沉声道："崔先生请自重！便不谈你的德望声名，就冲你活了这么大的岁数，也该懂得饭不可以乱吃、话不可以乱讲吧？

"那个女子是彝人，彝家少女热情奔放、活泼开朗，与中原女子自然有所不同，更不明了中原礼教。常言道：入乡随俗！先生既然到了黔地，却用中原礼法来评价黔地的女子，却不知先生究竟是大儒还是腐儒？"

崔像生被敬重惯了，陡然被叶小天一顿抢白，登觉脸上无光，听到最后一句时，火气腾一下就上来了，脸上火辣辣的。

仗着他在士林中的名声地位，他也曾想以"贤才"的身份入庙堂为官，可惜吏部尚书向皇帝荐举大贤崔像生时，张居正恰好在皇帝身边，随口说了一句："此腐儒也，不堪一用！"

就这一句考语，彻底绝了崔像生入仕的机会，"腐儒"两字从此成了他的一块心病，如今叶小天竟说出这样的话来，崔像生脸皮子都气得涨紫了，指着叶小天，声音颤抖地道："竖子！你这竖子！"

夏老爹听崔像生说自己女儿"不知廉耻"，勃然大怒，正向崔像生瞪眼睛呢！听见叶小天这番话，再看小天倒有些顺眼了，既然有叶小天出面，他便沉住了气。

李秋池和徐伯夷本来就有意在这位大儒面前贬低叶小天，一看叶小天这么配合，刚一来就跟崔先生呛上了，心中暗暗欢喜。徐伯夷冷笑道："我本住在葫县，记得在葫县时见过足下，那时还是一介布衣，却不知足下几时成了秀才？"

徐伯夷自然不会揭穿叶小天曾经冒充官吏的事，此事明显是得到葫县上下官吏一致默许的。如果揭穿，势必要得罪很多人，况且此事已时过境迁，真没什么证据好抓，不过他也知道叶小天不会承认此事，所以便把自己认识他的事含糊地说了出来。

崔像生一听徐伯夷的话，登时想起李秋池方才说过此人功名来得蹊跷，便想就此事做做文章，如果此人功名得来果然有假，便让王学政削了他的功名，把他打落尘埃，永世不得翻身。

崔像生便冷冷地道："言辞粗鄙，居然是个秀才？你是何方人氏，年方几何，何时何地考取功名？"

如果有人再晚两年询问，恐怕叶小天真把自己的考籍甚至录取的年份都忘了，好在他才刚刚参加完举人之试，便道："学生年方十九，铜仁府大万山司人氏，今年刚刚被录为秀才，座师乃铜仁府学教谕黎公中隐。"

崔像生心道："大万山司？那不是我的家乡吗？我那故乡一向文教不兴，我还是少年时候被送到中原寄住在舅舅家里读的书，家乡什么时候出了一个秀才，怎么此番回家却未听人说起？我在铜仁时，当地官员设宴款待，黎教谕也在场的，怎么他也不曾说过？"

可叶小天是铜仁府取中的秀才，如果他这秀才功名来得真有问题，那么当地官府在其中就一定做过了手脚。崔像生正是铜仁人氏，如果当场揭穿叶小天的真面目，那就把铜仁府也牵扯了进来。

崔家世居铜仁大万山司，而提溪张家则世代为铜仁知府，正是大万山司的直管，他要是得罪了这个土皇帝，他们崔家还能有好日子过吗？这件事是做不得文章了，不妨撇开和铜仁府有关的事，考校一番他的学问，批他个狗血淋头，葬送了他在士林中的名声——对一个文人来说，这可比死都难受。

想到这里，崔像生便撇开此事不谈，转而说道："老夫正是大万山司人氏，铜仁一向文教不兴，如今能出你这样一个后辈，老夫甚感欣慰。今日各方才俊正赋诗策论，你也不妨一展胸中所学，若真是个有大学问的，老夫便免你出言无状之罪。"

叶小天一看他暗含杀机的眼神就明白了："这老家伙是要打我的脸哪。你想打我脸，我就先扇肿你的脸，正所谓先下手为强，后下手遭殃！"可是，方才赋的什么诗，辩的什么论，他还一无所知。因方才衙差高声宣布时，他根本就没听，叶小天便道："不知这诗有什么要求？"

崔像生见他镇定自若，心中倒有些动摇了："莫非此人当真满腹经纶，所以恃才傲物？"崔像生道："任择一物为题，当场吟诗一首，有所喻义即可。"

叶小天心想："漫说我的诗才还谈不上出口锦绣的地步，便是我真有李杜之才，这老家伙摆明了要羞辱我，也大可利用他的名声地位贬斥得我一无是处，反正我也不需买好于他，不如拂袖就走吧。"

可是这心思刚刚浮上心头，叶小天心中一动，突然又想起一件事来，一丝微笑便忍不住浮上了脸庞，爽快地道："好！那学生便吟诗一首，有请大家品评！"

叶小天负手于后，便在亭前踱起步来，一时间栖云亭内外鸦雀无声，不管是谁都屏住了呼吸。因为叶小天顶撞大儒的壮举，现在可没人敢小瞧他了，万一此人真能随口一吟便是千古绝句呢。

一步，两步，三步……

叶小天踱出三步，又踱回三步。有些人已经按捺不住了，紧张地去摸酒杯，先润润喉咙再说，却见叶小天踏出第六步便停下，慢慢吟道："千年铁树不开花，莫非尚未到千年？人家秀才才十九，你这木头不如他！"

"噗！咳咳咳咳……"

那些正在饮酒的人倒霉了，呛得咳嗽连连，坐在他们对面的人也倒霉了，被喷得一头一脸，这些人的反应与叶小天当初的反应如出一辙。只是当时叶小天不敢露出嘲笑的神色，这些人却是忍俊不禁，不少人当场大笑起来。

夏老爹咣当着一双大眼珠子，一时看不明白众人的反应，不知道这个凭着三寸不烂之舌迷住了他们家宝贝闺女的臭小子，这首诗究竟做得怎么样。

叶小天毫不慌张，微笑解释道："这首诗……"

"好！好诗！"

叶小天还没说完，便有人迫不及待地说话了，捧臭脚的可不是叶小天那目不识丁的准老丈人，正是大儒崔像生！

第六章

谁更无耻

一

叶小天的准老丈人夏大叔正提着心等着呢，崔像生这句话刚一落地，他的一杯酒就落了肚，脸上也露出了笑模样。

众人本来正想嘲笑叶小天一番，一听崔先生这么说，还以为他是正话反说，都笑吟吟地住口，想看崔先生打算怎么嘲讽叶小天。

叶小天也以为崔像生是嘲讽自己，故意正话反说，他方才微笑着开口解释，就是想向众人说明这首诗是铜仁知府张绎所做，并非出自他的手笔。崔像生方才说的可是"吟诗"而非"赋诗"，虽然谁都明白崔像生指的就是赋诗，可他要打这个马虎眼，却也不能就说他理解错了。

旁人当然可以因此骂他无耻，但他说出了这首诗的来历，并请崔像生品评一番，这就是他反将崔像生的一军了。

方才他已听莹莹提起过，这个崔像生就是铜仁人，整个家族都住在铜仁，纵然他是名重一方的大儒，他敢得罪铜仁张知府？这些土司老爷世袭罔替，早就成了地方上的土皇帝，这些土皇帝要动他们，不必明刀明枪，有的是杀人不见血的软刀子，可以摆布得他们求生不得、求死不能。

崔像生虽是大儒，可是看他今天这种做派，他真做得到不食人间烟火？只要他违心地夸赞几句，旁人即便嘴上不说，也会在心里大大地鄙视他一番，究竟谁无耻？叶小天可不觉得到那时候丢人的人会是他。

可他万万没有想到，他还没说这首诗的来历，崔像生就迫不及待地夸赞起来了，是真心实意地夸赞，崔像生一番道理夸夸其谈地摆出来，不仅众人呆住了，就连叶小天都呆住了。

崔像生赞道："好！我这第一个好，是他够机灵，能够另辟蹊径。老夫方才只说吟诗，却没指定是七律还是五绝，打油诗当然也是诗。今日群英荟萃，他纵然做得出一首好诗，怕也未必就能鹤立鸡群引人侧目，然则这首打油诗一出，谁还记不得他？"

众人恍然，纷纷便想："着啊！今天在这儿的人，大家学问半斤八两，谁能出类拔萃？我们想要的是什么，名啊！可不正要另辟蹊径，才能引人瞩目吗？"

众人望向叶小天的目光，便带了几分钦佩之意。

夏老爹哪知道这诗究竟好不好，一听这崔像生说得头头是道，不觉更加欢喜了几分。虽然他还是不愿意把女儿嫁给叶小天，可是叶小天现在毕竟跟他的女儿出双入对，叶小天有面子，他老人家也就觉得有了些光彩。

崔像生又道："说到打油诗嘛，万万不可因为似顺口溜一般便瞧不起它，当初李太白、吕蒙正、苏东坡、欧阳修等文坛大家可是都做过打油诗的。他这首打油诗一出，惹得大家哄堂大笑，便把这打油诗的效果发挥得淋漓尽致了。这是第二个好。这第三嘛……"

崔像生抚着胡须，仿佛很是回味的样子："打油诗要诗有趣，意有益，倒不必讲究对仗工整诗句绝妙，一口俚俗口语却不庸俗难耐，于嘲人自嘲之中令人回味无穷，那便是一首好诗。这首诗以树喻人，嘲中有意，回味隽永，难道还不是好诗吗？"

叶小天愣了半晌，终于明白过来："啊！这个老东西，真是比我无耻啊！难怪他是大儒！他是铜仁人氏，定然先去过铜仁了，张胖子说不定还请他吃过酒，酒席宴上又卖弄过这首最新力作！厉害！厉害！"

叶小天说"厉害"，是说这崔像生的反应速度，如果他先说出这首诗是铜仁知府的大作，崔像生再出言吹捧，难免被人嘲讽为攀附权贵，他的一世英名都要毁了。

如果他把这首诗贬斥得一文不值呢，气节固然保住了，却又势必得罪张知府。到时候他叶小天不过被人当众嘲笑两句，过了嘴瘾的崔像生却不免一个家破人亡的后果。

如今却不然了，旁人都以为这首诗是他叶小天所做，之前他又对崔像生那般无礼，谁也不会认为是吹捧，那就必须得从其他角度来分析了。纵然有人不认可崔像生对这首诗的分析，也得佩服他的胸襟气度，果然不愧大儒之名！

而且今日这一幕早晚会传扬开去，张知府听了必然大乐，他既保持了清誉，又暗捧了张知府，还化解了叶小天这杀人不见血的一刀，可谓一举三得啊。

崔像生深深地望了叶小天一眼，眸中不无得意："小子，跟老夫斗，你还嫩了点儿！"

经过崔像生这么一分析，众士子仔细一琢磨，越琢磨越觉得这首狗屁不通的打油诗似乎真的大有意趣了。崔像生凭借他的名望和地位，成功地转型成了一个"裁缝"，而叶小天和张知府则摇身一变成了那个"光着屁股的皇帝"，众士子们则争先恐后地点头赞叹，唯恐别人说自己看不出这首诗的好来。

李秋池和徐伯夷面面相觑，这首诗好？好在哪儿啊？两个无耻之徒碰上了叶小天和崔像生这对更加无耻的高人，真的有点甘拜下风了。

徐伯夷心中不服，可又不好驳斥崔大儒的话，只好岔开话题道："诗文论过了，接下来便是策论。这策论的题目便是朝廷应该开海还是海禁。叶秀才，不妨请你畅所欲言，我等洗耳恭听了。"

叶小天道："却不知辩论到此时，双方意见如何？"

徐伯夷此时深知叶小天"不学而有术"，不肯让他从自己的叙述过程中揣摩出崔先生的态度，是以冷笑一声，一言不发。

方才被他驳倒的颜千秦正要说话，另一个白袍士子突然微笑着开口了："这位颜兄认为开海禁是顺应人心之举，而这位李兄和徐兄，则认为应该禁海。他们认为，用利益诱导百姓，百姓就会违背仁义追求财利。所以朝廷应该重视农业，抑制工商，以防止百姓贪鄙、国家困顿。而开海，正是通商的一分子，所以应该禁海！"

叶小天拱手道："多谢这位仁兄提醒，请问仁兄高姓大名？"

那人也还了一礼，道："免贵姓赵，赵文远，便是在下！"

这开海与禁海之争，根子却在农业与工商上，而农业与工商之争，根子又在儒家一贯的利与义的立场上，所以栖云亭前一番争论，早就由开海禁海这个表题，深入到了本质之争上。

叶小天奇怪地道："工商会使国家困顿？这是哪位高人的高论？"

徐伯夷哂然道："是我！国家有肥沃广袤的土地，而百姓依然有很多人吃不饱，这不是由于工商兴而农业废的缘故吗？"

一见是老冤家，叶小天立即道："胡说八道"

崔像生蹙眉道："高雅之会，怎可出此粗鄙之言？"

一直没说话的王学政也道："叶小天，不可出言无状！"

李秋池冷笑道："铜仁府学当真是有教无类啊，如此市井匹夫居然也取为秀才。"

叶小天一指李秋池道："闭嘴！"

李大状气得直哆嗦，对崔像生道："崔先生，你看，如此粗野鄙夫，岂能登得大雅之堂！"

崔像生不悦地道："叶小天，你有何高见不妨当众说来，如此粗鲁何以服人？"

叶小天道："高见？屁高见啊？这么明睁眼露的事，还需要什么高见吗？你们这些高高在上不食人间烟火的高人，能不能低下头来看看老百姓是怎么生活的？

"咱拿苏杭一带来说，水多地少，每家每户不过一两亩薄田，若依你们所言，都该弃工商而就农业了，岂不都要活活饿死？然则众所周知，苏杭乃人间天堂，虽然缴的税比别处重上几倍，依旧富甲天下，何故？"

徐伯夷道："你这是以偏概全，岂可以一地一例而定天下之策。"

叶小天道："天下个屁！靠山吃山，靠海吃海。开个海而已，通海经商的还是沿海百姓，怎么就涉及天下了？内陆百姓，自然还是以耕种为本，你们这些白痴，动不动就上纲上线，夸夸其谈，国家要靠你们，早就完蛋了。"

李秋池道："谁说不要工商了，只不过农为根本，工商为辅，这主次万万不能颠倒。兴农则民风淳朴，兴工商则百姓贪鄙。教化仁义才是重中之重，如果把一个国家比作一个人，这仁义教化就是头脑，农业就是身体，工商不过手足，主次分明，禁海便是天经地义。"

那些事先揣摩过崔先生的态度，大力主张禁海的士子们纷纷跳起来，此时不在崔先生面前表现一番更待何时？

叶小天道："宋人地寡人众，却能富得流油，全因工商之盛，也没见宋人就贪鄙庸俗。今……"

张三曰："夫孝者，善继人之志，善述人之事者也！海禁者，实乃我大明祖制……"

李四曰："孟子曰：'何必曰利？亦有仁义而已矣！'天生四夷，皆在王化之外也。故东临沧海、西阻流沙、北封大漠、南横五岭。盖天之欲限四夷而隔绝中外也。"

王五曰："市舶之事，大坏夷夏之防。奸狡之徒，将本逐利。豪商巨贾，累赀巨万。皆市侩之徒，以奢靡之风，坏乱人心。言市舶者必言利，皆奸臣也！"

叶小天道："四肢也好，头脑也……"

张三曰："洎奸臣广言利以邀恩，多立使以示宠，刻下民以厚敛，张虚数以献状；上心荡而益奢，人望怨而成祸……"

李四曰："使天子有司守其位而无其事，爱厚禄而虚其用。盖宇文融、杨国忠辈也。孔子曰：'宁有盗臣，得无聚敛之臣……'"

赵六曰："海禁之开放敦厚之朴，成贪鄙之化。是以百姓就本者寡，趋末者众……"

王五曰："夫文繁则质衰，末盛则本亏。末修则民淫，本修则民悫。民悫则财用足，民侈则饥寒生……"

叶小天闭上了嘴巴，眼看着一张张亢奋的面孔、喋喋不休的嘴巴、漫空飞舞的唾沫星子，脸上渐渐露出一丝笑意。

这些人根本就不给他说话的机会，什么开海禁海，什么民心民意，于这些书生而言统统都是狗屁，他们其实想要的就是扬名立万，就是在崔像生和王学政面前留下一个好印象而已，自己不过是那块踏脚石，辩不赢又如何？辩得赢又如何？

叶小天闭上嘴巴一言不发,众士子更加亢奋起来,语速越来越快,声调越来越高,引用的圣人名言更是天马行空、不知所谓了。

"傻鸟!"

叶小天忽然似笑非笑地说了一句,聒噪声立止,所有人都闭上嘴巴,瞪大眼睛看着他。

"一群傻鸟!"

叶小天又骂了一句,李秋池不敢相信地看着他,结结巴巴地道:"你……你说什么?"

叶小天道:"你在山珍海味之间,为了百姓吃不上饭夸夸其谈、痛心疾首,可明明开海通商就有大把银子的进项,你个装模作样骑驴找驴的傻鸟!"

李大状都没见到过这样的读书人,被叶小天骂蒙了,他呆呆转向崔像生,道:"先生,你看……你看……"

叶小天顺手从亭前一株矮树上摘下一片叶子,卷成一个漏斗,劈手夺下徐伯夷手中酒杯,把那树叶做的漏斗塞到他手里,说道:"你用的这酒杯,穿的这衣帽,都是工人做成,商人贩来,你吃着他们的、用着他们的,却拿起筷子吃肉,放下筷子骂人,只会卖弄舌头的傻鸟!"

李秋池和徐伯夷愣在那里,正卖弄得兴高采烈的众士子愣在那里,亭中就座的王学政、崔像生等人全都目瞪口呆,眼看着叶小天大步离去。

叶小天走到那架着篝火还在翻烤全羊的大师傅面前,站住脚步看了看,问道:"这位师傅,你这火是怎么生起来的?"

那大师傅一直专心致志地烤羊全羊,对亭中的辩论毫不在意,读书人的玩意儿他可不认为自己听得懂,是以根本不曾在意过,这时见叶小天说话,不免奇怪地看了他一眼,道:"用火折子啊。"

说着,那大师傅从怀里取出一根造工精美的火折子,向叶小天晃了晃,叶小天一伸手就把火折子从他手中取了过来,一本正经地道:"大人们吩咐,不能用工人做的火折子生火了。"

那大师傅瞠目结舌道:"那……我要如何烤羊?"

叶小天道:"钻木啊!要是嫌钻木慢的话……"他手搭凉篷往天边看了看,道:"啊!那边有块云彩,说不定一会儿就会打雷下雨,要是这亭子遭了雷击,'嘭'的一下,那火就起来了。"

亭中人和亭子周围的人面面相觑。

叶小天一转眼又看到那位烤羊大师傅手中雪亮的小刀,于是把刀也拿了过来,道:"大人还说了,这刀也不能用了。"

那大师傅结结巴巴地道:"那……我该如何上菜呢?"

叶小天叹息道:"你怎么就这么笨呢?喏,看我的!"

叶小天抓住一条羊腿用力一撕,也不管它如何烫手,便狠狠咬了一口那喷香流油的羊肉,道:"这样不是很好?哈哈哈……"

叶小天一边吃肉,一边大笑而去:"莹莹,快来吃羊腿。"

"好啊好啊!"

莹莹欢天喜地地跑过来:"是你答的大好,人家赏你的吗?"

"那当然!尝尝,香不香?"

"嗯!真的好香!"

两人你一口我一口地啃着羊肉,旁若无人地走了开去。

夏老爹张大嘴巴看着:"我这女婿……挺驴啊!"不等别人回头,夏老爹就急急举起了酒杯,装出一副"我不认识他们"的模样。

第七章

匪气

一

叶小天扬长而去，栖云亭中诸人一个个张口结舌。过了半响，崔像生才气得语无伦次地骂道："此等粗鄙猖狂之士，也配称作读书人？真真是有辱斯文。"

徐伯夷忙道："先生息怒，斯文败类总是有的。学生对此人有所了解，若依他平时性情，虽然粗鄙了些，却也不至于如此张狂。依学生看来，他定然是在我们的批驳之下无言以对，是以恼羞成怒，又自知举人之试难以取中，仕途已绝，这才自暴自弃。"

李秋池也忙缓和气氛，打趣地笑道："叶小天这般举动，那就是死猪不怕开水烫了，先生是何等人，何必与这般粗人一般见识呢？"

王学政缓缓地道："不错，此人定然是被驳斥得哑口无言，是以恼羞成怒，恣狂失态。呵呵，今日栖云之会，有这么一个粗鄙狂徒引大家一笑，也是一件乐事，像生，你又何必放在心上呢。"

"哈哈哈，浩铭兄说的是，是愚弟执着了。"

崔像生马上转怒为喜，一脸怒色尽化春风，他要的就是王浩铭这句话而已。周围几个耆老和李秋池、徐伯夷等人也都笑了起来。徐伯夷和李秋池笑着，得意地对望了一眼，心中暗想："有王学政这番表态，那叶小天本来就算还有万一录取的希望，这回也是万万不能了！"

叶小天返回岸边，便对莹莹道："这里的冷食实在难以下咽，听他们之乎者也地说话更是叫人难受，南明河畔风光甚美，咱们何必在这里消磨时光，不如寻到遥遥，一起溯河而上，游玩一番如何？"

莹莹倒还惦记着栖云之会是文人墨客们的一次重大聚会，巴望着自家郎君在这场雅会上露脸扬名呢，便道："小天哥喜欢，咱们改日专程过来游玩就是，今天有这么多读书人在这，尤其是王学政和崔先生那可都是难得一见的人物，还是你的前程要紧，我不嫌闷的。"

叶小天牵住她的手道："傻丫头，你不知道，我刚才吟了一首惊天地泣鬼神的好诗，崔先生听了赞不绝口、王学政更是频频点头，该露的脸我都已经露了，该扬的名也已经扬了，接下来呢，我又与那几位书生策论，驳得他们哑口无言，脸上无光。凡事当适可而止，我们现在不离开，不是让他们无地自容吗？"

"这样啊……"莹莹眉开眼笑地道，"好啊，那我们就沿河游玩，其实我早烦了呢。嗯……要不要跟我爹说一声？"

莹莹探头向栖云亭中望了一眼，却见她老爹正举杯在手，虽无豪饮之态，却大有举杯邀月的雅意，看都没往他们这儿看上一眼。

叶小天道："何必惊动他老人家，我刚才在亭前已经说过了。"

莹莹喜道："那我们走吧，咦，遥遥跑哪儿去了？"

莹莹向前方矮丘上望了一眼，恰好看见巨猿大个子从一棵大树上悠荡起来，向另一棵大树上落去，身影一闪，便隐入了重重绿树之中。莹莹向前一指，喜道："在那儿，我去找他们。"

此时，叶小天在栖云亭前的一番对答已经迅速传播开来，周围席位上的书生都用异样的眼光看着他。叶小天虽不在乎，毕竟有些不自在，巴不得立刻离开这儿，便道："好！我沿河往上游走，你找到他们就来。"

莹莹答应一声，就要往矮丘上跑，叶小天忙扯过一片把大的绿叶把羊腿裹住，对夏莹莹道："你拿去，趁热让遥遥也吃尝尝。"

莹莹拿了羊腿沿着丘陵小道跑去，叶小天掸一掸衣袖，昂然而去。

前方河上悬空的崖石上，安南天本来依照祖父的吩咐赶去栖云亭畔，恰好听说叶小天刚才在栖云亭嬉笑怒骂的一幕表现，急急赶回来把经过对祖父说了一遍。

安老爷子听了哈哈大笑起来，道："这叶小天当真是个异类，老夫已经很多年没有见过像他这么有趣的人了。"

安南天苦笑道："当初在葫县时，孙儿只当他是艾典史，觉得他为人处事独树一帜，或可为我安家所用，谁知他却是个'西贝'货（假货）。如今这'西贝'货摇身一变成了蛊教尊者，更不可能为我安家所用了，爷爷还要见他吗？"

安老爷子微笑道："见不见的倒没什么，不过……谁说他是假典史，如今又做了蛊教尊者，就不能为我所用了？我看，他能发挥的作用，比以前还要大上许多。"

安南天疑道："爷爷是说……"

安老爷子道："为我所用的人，不一定就得是我的人。你说他正在考举人？"

安南天道："是！"

安老爷子提了提钓竿，换了条鱼饵，复又甩到水中，微笑道："他要考举人，那就送他一个举人。"

安南天动容道："爷爷，这可要耗费咱们一个名额……"

安老爷子道："谁说要用咱们的名额？这件事我会跟夏家那个老头子提一提，谁叫他那宝贝孙女和叶小天出双入对呢，呵呵……夏家一向不重文教，从来没有争过举人名额，现在夏家想要一个，不过分吧？"

安南天道："爷爷想给他一个举人身份，自然是为了让他做官，可此人匪气甚重，做事从不按常理出牌……"

安国维淡淡地道："匪气不重，做得了贵州的官？按常理出牌，搅得浑这池春水？"

· ※ · ※ · ※ ·

莹莹举着烤羊腿跑进树林，高声唤道："遥遥，遥遥……"

前方树后突然闪出一道人影，莹莹一看那人顿时一呆，吃惊地道："二姐，你怎么在这儿？"

从树后闪出来的那人正是展凝儿，莹莹一见展凝儿，嫩脸不由一热，她可是对展凝儿说过马上就回红枫湖，如今却被她抓个正着。

莹莹讪讪地道："二姐，你不是狩猎去了吗，你每次入山狩猎，都得大半个月才回来，这一次怎么这么快？"

展凝儿肃然道："这件事以后再说，莹莹，我特意来找你，是有话想对你讲。"

莹莹茫然道："二姐要说什么？呃……你要不要尝尝羊腿？"

展凝儿没好气地道："你跟我来！"

展凝儿转身就走，莹莹犹豫了一下，快步跟了上去。展凝儿走到一方巨石、两棵大木中间停住，莹莹追上来问道："二姐，你究竟要跟我说什么啊？"

展凝儿犹豫了一下，道："你知不知道他的真实身份？"

莹莹眨了眨眼，道："他？他是谁啊？"

展凝儿瞪起眼睛，气道："你还跟我装傻？"

莹莹干笑两声，道："哦！你说他呀，他也没跟我说太多，只是告诉我，他是京城人氏，父亲是天牢狱卒，其他就没讲过什么了，不过，他现在可是铜仁府秀才哦。"

展凝儿道："就这些了？那他有没有告诉你……"

莹莹狐疑地看着展凝儿："嗯？"

展凝儿道："他有没有告诉你……告诉你……"

展凝儿忽然想到了在雷神禁地的那一幕：叶小天用力挣开巨猿的手指，从崖壁上跳下来，声嘶力竭地喊着让巨猿把她救走，望着她安详地一笑，便举起刀，义无反顾地冲向虫海。

展凝儿心头一热，忽然有些不忍心向莹莹吐露真相了。莹莹看着展凝儿，一双漂亮的大眼睛慢慢睁得更大："二姐，你不会是想告诉我，他在家乡已经有妻有子了吧？"

展凝儿一呆："嗯？"

莹莹看她神情，只当自己猜对了，大眼睛里忍不住泪光闪闪："他怎么可以骗我？他都有妻有子了还要花言巧语地骗我？"

展凝儿苦笑道："你误会了。他并没有娶妻生子。"

莹莹马上松了口气，眸中泪光仍在，已然喜滋滋地道："那就成了，就算他已经定了亲我也不怕，嘿嘿！小天哥喜欢我，我也喜欢小天哥，谁也别想拆散我们。"

展凝儿幽幽地道："那蛊神教呢？也拆不散你们？"

莹莹敲了敲脑壳，迟疑地道："蛊神教？我好像听说过这个名字，哎呀……怎么想不起在哪儿听说过了。二姐，这蛊神教是什么？"

展凝儿道："蛊神教是我们信奉的一个教派，他们住在深山大泽之中，周围有九峒八十一寨生苗拱卫……"

莹莹一下子跳起来，道："啊！我想起来了，我四十六还是五十二堂兄来着，哎，堂兄太多，实在记不住了，反正是听他们说起过。蛊神教怎么了，小天哥跟他们有仇吗？听说他们很厉害的。"

展凝儿苦笑道："叶小天和他们没有仇。只不过……叶小天就是这一代的蛊神侍者，也就是蛊神教的教主！"

"啊！我就知道。"莹莹开心地道，"我夏莹莹看中的男人，又岂能是等闲之辈？我就知道小天哥一定是个有大本领的人，果然了不起呢。"

展凝儿道："可你可知道，蛊神教有一个很特别的规定……"展凝儿实在是按捺不住了，便把蛊神教的规矩一股脑对夏莹莹说了一遍，夏莹莹顿时呆住了，半响都没有说话。

凝儿同情地道："他没对你说过这件事吧？呵呵，我就知道。二十年哪，你如今才二八年华，二十年后也不过才三十六岁，可他就要离你而去，你能接受吗？"

"为什么不能？"

夏莹莹笑起来，大眼睛弯弯的，像一双迷人的月牙："哥哥们常说，这成亲久了啊，朝夕相处的，再深的爱也会变成亲情。我和小天哥若能做上二十年夫妻，等他回山做了尊者，再去跟他偷情寻欢，那可要快活一辈子了。"

展凝儿瞪大眼睛看着她，半响才摇了摇头，心道："她的脑筋真的少根弦，我就不该用正常人的心态看她。"展凝儿道："罢了，该说的我已经跟你说了，言尽于此，你好自为之吧！"

　　夏莹莹甜甜地笑着，看着展凝儿飘然远去，笑容渐渐隐去，心道："如果这是真的，你早就知道了吧？那你为何还喜欢他？说来说去，不就是想骗我把他让给你吗，我才没那么傻！"

第八章

郎在高山打一望

一

叶小天溯河而上，安国维远远看见他的身影，对安南天道："你回避一下。"

安南天扭头看了一眼，会意地答应一声，悄然避往林中。

叶小天慢悠悠地走到悬空大石旁，见一个头戴竹笠的老人正盘膝钓鱼，神态悠然自若，不觉站住了脚步。

可他站了一会儿，见老人还没钓上鱼来，觉得无趣，正要举步走开，那老人忽然回过头来，向他笑道："小友，你方才骂得固然爽快，可你今日痛快了这张嘴巴，来日却不免人要受罪了。"

叶小天有些诧异地看了眼这个满面皱纹的白须老者，道："老人家耳目灵通得很哪，栖云亭中刚刚发生的事情，老人家这么快就知道了。"

安国维微笑道："呵呵，老夫的孙儿也在那里，事关晚辈前程，老夫岂能不用些心思？"

叶小天释然笑道："原来如此，那就难怪了。只是那亭中人却不关系我的前程，所以，我不必用心，也不必紧张，骂了就骂了，他们能奈我何？"

安国维呵呵一笑，道："那亭中有一个名扬天下的大儒，还有一个贵州学政。小友是读书人，读书人不外乎两条前程，要么求个功名利禄，要么求个诗礼传家。崔像生一句话就能让你在士林中声名狼藉，王学政摇摇头你便休想踏进官场半步，你得罪了他们，进也是死，退也是死，奈何？"

叶小天笑道："进退不能，那我往旁边去就好了。"

安国维一呆，叶小天又道："若是左右也去不得，我就竖个梯子往上爬，再不然就挖条地洞往下钻，活人还能让尿憋死？"

安国维开怀大笑，道："有趣，有趣，你这少年，倒是豁达得很。只是未免天真了些。"

叶小天道："我倒觉得，是老先生你看不穿而已。"

叶小天看了一眼安国维身旁的鱼篓，笑问道："老先生钓的这鱼，准备作何用处？"

安国维不知他为何忽然问起此事，随口答道："几条鲜鱼，却也不大，回去熬口鱼汤，小酌几杯老酒，不亦快哉。"

叶小天道："看老先生气度不凡，想必贵府不小，大一些的府邸中都有观鱼池，观鱼池中放养有许多锦鲤，老先生要喝鱼汤，何必舍近求远，来此钓鱼呢？"

安国维觉得这个少年愈发有趣了，便微笑着答道："锦鲤是用来欣赏的，怎可入口食之？"

叶小天道："这就是了。这河中鱼，老先生从未饲养过它，今日下饵钓鱼，钓上来，它们便不免一个入得镬釜的下场。那池中锦鲤，肥大异常，也并非不可食用，但老先生日日饲养，却不肯拿来熬汤，这是为什么？

"因为鱼鳞美丽，赏心悦目。所以说，你对人有什么样的用处，别人便会用什么样的待遇来对你。你若于人只有果腹的作用，就算你摇头摆尾地示好，还是不免被吃的下场，你有一身锦鳞，自然会有那喂鱼的人来。"

安国维深深地望了叶小天一眼，只觉他这句话由表及里竟是越品咂越有味道，内中似乎透着层层玄机，似是咏志，又似清楚自己的身份，这才有这样一番比喻，不由心中暗凛。

可安国维是何等样人，便是杨应龙那样足智多谋之辈，言及他时也要称一声老狐狸，安国维的心神只是片刻失守，便即恢复清明。他清楚叶小天不可能识得他的身份，自然也就不可能揣测出他的来意，想来这只是叶小天自矜的一番言语。

安国维点了点头，道："你这小子，有点意思！"

叶小天微微一笑，拱手道："老先生还有何见教？"

安国维抚须一笑，道："没有啦，你逛你的风景，我钓我的鱼。"

叶小天长揖到地，道："如此，晚辈告辞！"

安国维回过身去，一扬鱼竿，再不回头，叶小天便也从容自若地从他身后走过。

安国维笑眯眯地看着在流水中轻轻起伏的鱼漂，心道："这少年，不是池中之物啊，或者可以好好栽培一番。来日贵州之变局，以他的身份，或者可以起到大用处！"

叶小天一副坦然从容的模样缓缓而去，心道："莫名其妙！怎会在这儿冒出一个扮世外高人的老头儿？整个贵阳府有谁会这么在意我？只有莹莹家呀！这个老头子十有八九就是莹莹的亲爷爷了，今儿是来相孙女婿的，嘿嘿！也不知我刚才那大尾巴狼装得像不像，看他笑眯眯的样子，我应该是过关了吧……"

· ※ · ※ · ※ ·

莹莹找到了正与大个子和福娃儿玩得不亦乐乎的遥遥，一起往坡下来寻叶小天。一路上莹莹便有些心不在焉，虽然她认为展凝儿是在骗她，目的是为了让她放手，可这番话还是听在了心里。

"究竟是真的还是假的？"

莹莹是个沉不住气的姑娘，这个问题就像一根刺，深深地扎在她心里，不问清楚她怕是连吃饭睡觉都要受影响。当她与遥遥来到山下时，叶小天正独自在河边徘徊。

叶小天一见他们走来，便笑着迎上去，道："遥遥，看你跑得一脑门汗。跟大个子和福娃儿在一起久了，连你都有些野了，快去河边洗把脸。"

遥遥乖巧地答应一声，向河畔走去，福娃儿忙屁颠屁颠地跟过去，大个子则站在一边，向叶小天龇牙一笑。

莹莹咬了咬嘴唇，开门见山地道："小天哥，我有件事想要问你。"

叶小天道："呵呵，很少看你板着脸这么一本正经的样子，什么事啊？"

莹莹肃然问道："小天哥，你听没听说过十万大山深处的生苗禁地有一个蛊神教？"

叶小天看到莹莹有些怪异的神色以及这突兀的问题，不由心中一跳，脸上的笑容渐渐敛去："莹莹，你听谁说过了什么，是不是？"

莹莹固执地道："你回答我。"

叶小天沉默片刻，轻轻抬起头，向莹莹落寞地一笑，轻声道："没错！我知道蛊神教，我去过那儿，而且莫名其妙地……就成了他们的尊者，我想不干都不成……"

叶小天的笑容有些苦涩："我坚持了许久，他们也不想两败俱伤，这才让了一步，和我许下二十年之期，允许我在世间逍遥二十年，二十年后，他们就要我回山去做那劳什子鬼尊者，我不想去的，可是……"

叶小天慢慢低下头，轻声道："对不起，这件事，我一直瞒着你。一开始是觉得你不过是一个农家姑娘，我与你做上二十年夫妻，送你一场富贵，让你给我生儿育女，也不算亏欠了你。后来，我是从心眼里喜欢你，不仅仅喜欢你的美貌，还喜欢你的率真活泼，我是真的舍不得你……可说到底，是我太自私了。"

莹莹喃喃地道："原来这是真的……"

叶小天羞愧地抵下头，道："对不起，真的很对不起。你走吧，我不会怪你。"叶小天慢慢转过身，不忍看见她离开的样子。

可是过了一会儿，叶小天忽然感觉一个柔软香馥的身子轻轻贴近了自己，一双柔软的手臂环住了他的腰，脊背不由一僵。

莹莹把脸颊轻轻贴在他的后背上，柔声道："你是爱我的，对不对？"

叶小天用力点了点头，大声道："对！"

莹莹露出了甜美的笑靥，柔声道："我从小就听过曾祖母的爱情故事，羡慕得不得了。我经常幻想我就是生活在高高雪山上的那个女孩，直到有一天，有个她喜欢的男人出现在她面前，夸她貌美为花，愿与她长相厮守，那时她就毫不犹豫地跟他走。不管他是什么身份，不管与他在一起有多少困难，只要彼此喜欢，就像生长在雪山泉水旁的一朵雪莲花，静静生长好多年，就为了等到那个有缘人撷取它、珍视它……"

莹莹眼中慢慢漾起晶莹的泪花，低声道："当我坐在小桥上，你把我当成一个卖梨姑娘的时候，我们的缘分就已经开始了。当你气急败坏地吻住我的时候，人家的心就属于你了，你现在让我走？"

叶小天一寸一寸地转着身子，慢慢转过来，不敢置信地看着莹莹，欣喜若狂地道："莹莹，你……你明知道我只能和你在一起二十年，你还愿意跟着我？"

莹莹用力点头，道："和喜欢的人在一起，一天就抵得过二十年。和不喜欢的人在一起，二十年也不如一天！何况……"

莹莹细细长长的眉，像出鞘的剑一般扬了起来："蛊神教很了不起吗？想跟我抢男人？哼！二十年后，我二十多个叔伯，一百多个兄弟，至少几百个侄子，用人堆都压死他们！"

"莹莹！"

叶小天感动地抱紧了莹莹，激动地道："你真是我的宝贝！你是世上最可爱的姑娘！你放心，我叶小天也不是任人摆布的软柿子，蛊神教这件事，我一定会想出一个办法来！"

山坡山，树丛中，一道倩影孑然独立。

"妹的茶，

妹的茶里有油盐，

有油有盐茶赖记，

有情有义才好连。

哥的茶，

哥的油茶味道鲜，

只要情哥不嫌弃，

陪哥吃茶六十年。"

低回婉转的歌声在丘上林中轻轻响起，低得只有唱歌的人自己听得见。

"小天哥，我很用心地为你学了一首歌，可惜……我永远也不可能唱给你听了。"

看着南明河畔相拥的一双身影，展凝儿洒泪而去。

第九章

守不住的秘密

一

栖云之会本是贵州学政王浩铭为崔像生办的一场接风宴，同时也是这位中原大儒亮相贵阳、点评贵州士子的一个重要活动，本来注定要在贵阳士林留下一段佳话的，却被叶小天一通搅和，整个宴会都变了味道。

接下来任何人的诗赋策论似乎都没有了味道，崔像生和王浩铭等人固然是兴致缺缺，那些士子们高谈阔论的时候，一想到叶小天借烤羊师傅嘲讽他们高谈宏论、夸夸其谈的情景，就浑身不自在。

栖云之宴草草结束了，王浩铭与崔像生同车离开。

坐在车上，想到好好一场风雅之宴被叶小天这么一个浑人搅散，崔像生仍愤愤不平。王浩铭好言安慰道："像生，何必对此事耿耿于怀呢，你的道德文章天下闻名，与这样一个粗鄙匹夫计较，别人不会笑他，只会笑你。"

崔像生长长地吁了口气道："浩铭兄，如果他真是一介匹夫，便是说得再难听些，我也不会放在心上。我等读书人，岂会同那等样人一般见识？可这叶小天还有秀才身份哪，真是士林之耻！"

王浩铭淡淡一笑，道："你放心，他这秀才，很快就不是了。"

崔像生双眼一亮，道："浩铭兄，你是说……"

王浩铭道："贵州文教不昌，铜仁尤其如此，可笑那张绎还一向自诩风流，治下居然五年未出一个秀才。铜仁府教谕黎中隐年初时候曾被我狠狠教训了一顿，言明他再不能有所改观，便免去他的教谕之职。谁知不过数月光景，铜仁就出了叶小天这个秀才……"

崔像生恍然道："这其中恐怕大有蹊跷。"

王浩铭冷笑道："依我看，恐怕不是大有蹊跷，而是一定有问题。今年'岁试'，我会亲自下去巡视，别处我都不去，唯独铜仁我是一定要去的，到那时候……"

崔像生听到这里，不禁会意地微笑起来。

所谓"岁试"，是秀才被录取后，每年都要进行一次的复考。此举是为了防止读书人学业上不进反退。如果参加"岁试"的秀才考试不及格，是要被剥夺秀才资格的，只有举人以上的功名才是一考定终身。

而这"岁试"，不是由取中他的当地官府和考官来测试，而是由上级学政衙门派人考评，这也是黎中隐连续五年没有取中一名秀才的原因，当地的读书人学识太差，就算他取中了，还是要在"岁试"的时候被剥夺秀才功名，何苦来哉？

直到王学政严厉批评了黎中隐的政绩，黎中隐迫于无奈，这才决定暂且弄虚作假应付过去。只要叶小天的才学不至于太拿不出手，等学政衙门派人来岁试时，再送些礼物贿赂一番，说不定就能蒙混过去。

可今日叶小天在栖云亭恣意张狂，辱骂了崔像生及一众士子，王学政这个宴会的主持也觉得脸上无光，不免动了真怒。往常都是他派人前往各地主持"岁试"，如今决定要亲自往铜仁一行，自然是决心拿下叶小天的秀才功名，是以崔像生一听便怒气全消。

王浩铭说完这番话，眉头忽又一皱，疑惑地对崔像生道："对了，刚才叶小天吟的那首诗……是怎么回事？明明狗屁不通，你怎么还大力吹捧了一番？"

崔像生老脸一红，支吾半晌，才对这位同门好友说了实话："哎！浩铭兄，你有所不知，叶小天那奸诈小贼，那首打油诗根本就不是他做的，而是出自铜仁知府张绎的手笔。"

王浩铭怔了怔，道："啊！张胖子……"

崔像生苦笑道："可不是！我回家乡时，张绎曾设宴款待，席间便曾沾沾自喜吟起这首狗屁不通的打油诗，还说这是他近来的一首新作。这诗固然是狗屁不通，可你让愚弟如何作答？"

王浩铭虽然是贵州按察使兼学政，一手掌管贵州的司法刑狱和教育，算得上是位高权重，可是同提溪张氏这种世袭罔替的土皇帝比，还是要逊色许多。王浩铭思量许久，自忖如果是张绎在他面前吟起这首诗来，恐怕他也得昧着良心夸奖几句，两人不禁相视苦笑……

崔像生到了贵阳后就住在王浩铭的按察府司，两人刚刚饮宴回来，都有些许醉意，回到府衙后便各自散去，到自己住处稍事休息。

王浩铭到了后宅花厅，吩咐侍婢给他送来一碗醒酒汤，正慢慢啜饮着，一个眉眼精明的小厮一溜小跑地赶进来，凑到他耳边对他悄声低语了几句。

王浩铭听了眉头微微一皱，奇怪地道："红枫湖夏家？方才宴上不是见过了吗，他有什么事又来拜访？快请他进来！"

不一会儿，一个红光满面的高大老者大步流星地闯了进来，那小厮一溜小跑地也追不上。那高大老者迈步进了花厅，一见王浩铭便拱起手，粗声大气地道："王按察，夏某这厢有礼了，冒昧打扰之处，还乞恕罪。"

王浩铭赶紧迎上去道："夏老兄说哪里话来，你我之间何必这么客气。快快快，快请上座，来人啊，看茶！"

王浩铭吩咐侍婢给夏老爹上了杯茶，便笑问道："王某与夏兄刚刚还在栖云亭中饮酒共欢，却不知有什么事情不好当面说，偏要赶在此时一晤？"

夏老爹皱了皱眉，似乎有些为难的样子，道："王按察，我夏某人是个大老粗，不会拐弯抹角地说话，就不跟你说客套话了。我今天来，就为一件事情，我们夏家，今年要一个举人名额！"

王浩铭一听顿时呆在那里，呆了半晌才道："夏兄，你们红枫湖夏家一向不大在意科举的，怎么今年……"

夏老爹不耐烦地道："我这不是就在意了吗？王按察，你可是兼着本省学政，录取谁不录取谁，就是你一句话的是，你就明白告诉我吧，这个名额，你给不给？"

王浩铭吞吞吐吐地道："其实，朝廷对各位大土司一向都有照顾，对于举人，也一向默许可以拿出部分名额来，给各位土司家有心向学却又学识稍嫌不足的子弟。只是夏兄你既有意要个举人名额，就该早些提出来才是，如今各位土司都已打过招呼，再要有所变化的话……"

不等他说完，夏老爹便把牛眼一瞪，道："这不是还没张榜吗？有什么不能改的。王按察，你也不用为难，你只要许我一个名额，其他的事你都不用管，要是谁家不愿意，你告诉我，我去与他分说！"

夏老爹伸出蒲扇般的大手，一拍桌子大喝道："这么多年以来，我老夏家就没要过一个举人名额，今年我就想要一个，我就不信了，谁还敢跟我撩蜂拨刺找不痛快！"

王按察赶紧劝道："夏兄息怒，息怒。这个……于情于理，既然你夏老兄开了尊口，今年这举人名额，各位土司都该让一个出来的。罢了！小弟这里先答应你了，只是各位土司那里，还要麻烦你老兄去打声招呼。"

夏老爹转怒为喜道："使得使得，我回头就跟他们说一声。"

王按察无可奈何地吩咐人取来笔墨，提笔在手，对夏老爹道："却不知夏兄想要取中的那人姓甚名谁，如果他不曾参加过今科会试，小弟纵然想要照顾，却也无能为力的。"

夏老爹道："你放心，那人自然是参加过今科会试的，他姓叶，就是今日在栖云亭中吟过一首好诗的那个叶小天！呵呵呵，还算有才吧？"

王按察登时一呆，脸色难看起来，他本已决心找个茬儿夺了叶小天的秀才功名，如今反要取他为举人不成？王按察迟疑半晌，方才有些不悦地道："夏兄，这叶小天……他可不姓夏啊！"

夏老爹气呼呼地道："谁说不是呢，可是……也不知我家老头子吃错了什么药，他非要送那混账一个举人功名，我有什么办法？"

· ※ · ※ · ※ ·

叶小天和夏莹莹离开南明河回到贵阳城后，莹莹便带着小路和小薇回了夏府。一路上，莹莹比平日少了许多欢颜，她一向无忧无虑，事实上夏家也没有什么事需要她操心，而现在她开始学会思考事情了。

事业和爱情都能促使人成熟，对这个时代的女性来说，几乎不存在事业，对她影响最大的也就只能是爱情了。

像莹莹这样的女孩，一旦喜欢了一个人，那些相关的因素她都不会做过多考虑，在她这样的女孩眼中，理智从来都不能战胜情感，但这并不意味着她对将要面临的困难可以完全忽略。她也会想，如果未来那一天真的到来，她该怎么面对，又或者如何解决这个问题。

小路悄悄观察着莹莹的神情，对小薇悄声道："莹莹似乎有心事呢。"

小薇忍俊不禁地道："怎么可能，咱们莹莹心里从来不存事儿。"

小路摇摇头道："人总是会长大的，我看她好像真的有心事，一会儿我去问问她。"

莹莹回到自己住处，便坐到花园中一架秋千上，有一下没一下地悠着身子，咬着下唇怔怔出神。

小路轻轻走到她身边，扶住了秋千，莹莹抬头看了她一眼，又慢慢低下头。小路柔声道："莹莹，你有什么心事，不妨跟我说说。"

莹莹摇了摇头没有说话，小路绕到她面前，蹲下身子，一双大眼睛眨也不眨地盯着她。僵持半晌，莹莹终于忍不住幽幽说道："小天哥……是……蛊神教的尊者呢。"

小路轻轻扬起了眉："蛊神教？听起来有点耳熟……"

莹莹把叶小天向她介绍的蛊神教的情形对小路说了一遍，小路蓦然瞪大了眼睛："二十年？你是说，最多二十年，他就得离开你，到深山老林里去？那和出家有什么区别？"

"嘘！"

莹莹赶紧四下看看，小声道："小天哥那么聪明的一个人，他一定会想出解决办法来的。我爹本来就不大同意我跟他在一起，如果再知道这件事……我可当你是最好的姐妹才对你说的，你千万不要说出去。"

小路忙不迭点头："嗯！我明白，我明白！我一定不会说出去的。"

一炷香的时间之后，曲径廊庑尽头一个角落里，小薇瞪大眼睛道："什么？二十年，那怎么可以，二十年后莹莹才三十多岁呀，难道就要为他守活寡了？"

小路赶紧道："嘘！小点声。莹莹一颗心都给了他，你能让她回心转意不成？我琢磨，这事未必就没有解决的办法，我可当你是最好的姐妹才对你说的，你千万不要说出去。"

小薇忙不迭点头："嗯！我明白，我明白！我一定不会说出去的。"

两炷香的时间之后，假山藤萝中，小薇愁眉苦脸地对莹莹母亲身边的贴身侍女小芳诉苦道："你也知道，我和小路是要跟着莹莹一起嫁人的。可是那个家伙二十年后就要'出家'，到时候我该怎么办呢？"

小薇噘起小嘴道："跟莹莹我自然是没比的，可我好歹也是曲涅部落的小公主啊！姐妹共侍一夫就够委屈的了，还只能跟他做二十年夫妻，想想心里就憋屈得慌。"

小芳瞪大一双乌溜溜的眼睛，惊诧地道："才二十年！啊哪……唔……你们三个人一分，等于一个人才跟他做六七年夫妻嘛，亏大了。"

小薇唉声叹气地道："谁说不是呢，可莹莹死心眼嘛，都知道这事了，还是喜欢他。莹莹说他一定能想出解决办法，也不知是不是真的。唉，走一步看一步吧。对了，我可当你是最好的姐妹才对你说的，你千万不要说出去。"

小芳忙不迭地点头："嗯！我明白，我明白！我一定不会说出去的。"

三炷香的时间之后，夏夫人四大丫鬟中的另外三个小樱、小雪和小莉瞪大眼睛听着小芳绘声绘色、添油加醋地讲解叶小天二十年后要"出家"的事情，小芳说完了，又叮嘱咐道："我可当你们是最好的姐妹才对你们说的，你们可千万不要说出去呀！"

小樱、小雪和小莉跟小鸡啄米似的点头："我明白！我明白！我一定不会说出去的。"

四炷香的时间之后，夏夫人知道了，紧接着，夏老爷子和刚刚回府向老子复命的夏老爹也知道了……

由此，正在长大的莹莹学到了她人生课堂的第一课：女人，是守不住秘密的！

第十章

一枝红杏出墙来

一

得知叶小天是蛊教尊者，夏老爷子大惊失色，马上召开了家族紧急会议。

其实参加会议的人除了夏老爷子就只有莹莹的父亲和母亲，她那些堂兄弟们都属于胸肌厚大、脑仁微小的暴力分子，如果让他们知道这个消息，他们唯一能想出来的办法就是把叶小天五马分尸，连残尸都想不起来掩埋，纯属成事不足，败事有余。

夏夫人黛眉微蹙地道："老祖宗怎么说？"

夏老爹道："老祖宗说，顺其自然。什么大妇不大妇的都不重要。那男人如果疼莹莹，怎么都会疼她。如果不疼她，她是什么身份都改变不了被冷落的事实。"

夏老爷子道："废话！那是我妈还不知道他是蛊教尊者。要是她老人家知道叶小天是蛊教尊者，二十年后就得抛妻弃子，住到深山老林里去当野人王，她才不会这么说呢，她老人家最疼莹莹，怎么会舍得莹莹守活寡。"

夏夫人立即响应道："是啊！爹说的对，咱们得立即把他们分开，不能让他们再在一起。他们分开久了，感情自然就淡了。"

夏老爹为难地道："可莹莹那孩子被娇纵惯了，也就老祖宗的话她还肯听，咱们说话她根本不听啊。"

夏夫人肃然道："这一次不能由着她了，哪怕惹得她不高兴，也得把他们分开。要不然他们孤男寡女的总在一起，难说不会发生点什么，到那时可就悔之晚矣。"

夏老爷子迟疑道："这倒不至于吧？叶小天不是曾护送一位水舞姑娘千里迢迢从靖州到铜仁吗，两人朝夕相处那么久，他不也未曾侵犯那女孩子的清白？说起来他的人品还是好的。"

夏夫人道："爹，如果他跟水舞姑娘真的发生过什么，薛家也就不会反对他们在一起了。我担心叶小天正是吃了这个亏，这一回只怕就不会那么君子了。不怕一万就怕万一呀。"

夏老爹一听紧张起来，道："对！事关莹莹的名节，这事可马虎不得。要不，咱们马上带莹莹回红枫湖吧，把她送到老祖宗身边，让老祖宗看着她。"

夏老爷子一根一根地揪着胡子，眉头紧锁道："那丫头肯跟咱们走吗？"

夏老爹看了看妻子，夏夫人沉声道："那就把她绑走！"

夏老爷子摇了摇头，道："不妥，那丫头要是哭天抹泪的可怎么得了？"

夏夫人急道："爹！这都什么时候了，你还管她哭不哭的？"

夏老爷子突然一拍大腿道："有主意了！嘿嘿！就说我妈病重，要见她。"

夏老爹和夏夫人面面相觑，夏老爷子沾沾自喜地道："莹莹这孩子挺孝顺的，听了这消息一定会跟我们走。"

……

莹莹的住处，夏夫人身边的贴身丫鬟小芳慌慌张张地跑来，对正在园中剪花的小薇急急说道："小薇，不好啦！夫人已经知道叶小天是蛊教尊者了，正跟老爷子和老太爷商量办法呢。"

小薇大吃一惊，道："我不是跟你说了，千万不可以跟别人讲？夫人怎么知道的？"

小芳羞愧地道："我……我就跟小樱、小雪她们几个说了一下，谁晓得就……"

小薇急得团团乱转："这下糟了，莹莹一定会埋怨我的，说不定还会赶我离开。"

小芳道："你倒是赶紧去告诉莹莹啊，快些想个办法。我听夫人的口风，是想把莹莹强行带回红枫湖呢。"

小薇道："哦！对对对，我马上去。"

小芳回头张望了一眼，急急道："我不能离开太久，要不然夫人该生疑了，我先回去啦。你可千万别说是我告诉你的呀。"

小薇提着石榴裙往屋里跑，一边跑一边道："你放心，我绝不会告诉别人的！"

· ※ · ※ · ※ ·

莹莹沐浴已毕，正由小路帮着梳理头发。

莹莹穿着一袭半透明的蝉翼纱褙子睡袍坐在梳妆镜前，肌肤如玉，面若桃花，白俏俏嫩生生的，好一个玉人儿。

小路为莹莹梳理着及腰的长发，看着她镜中的美丽容颜，忍不住抿嘴笑道："咱们家莹莹真是越来越漂亮了呢，如果我是男人啊，就算夏家有上千个兄弟守着，也不会畏你如虎，一定得千方百计追你到手。"

纤毫可鉴的镜中是一张异常魅惑的面孔，月眉细细长长，眼波狐一般媚丽，听到小路这番话，镜中的莹莹向她俏巧地皱了皱鼻子，一线红唇微微挑起，笑道："人家已经有了小天哥哥啦,你敢打我主意,我就让哥哥们打断你的腿。"

小路扬起下巴,冷哼道:"我要是男人,一定比他俊俏三分,你舍得打我吗?"

莹莹嫣然道:"你不懂的,喜欢一个人,或许最开始吸引你的是他的才、他的貌,但是等你真的爱上他,他就把你的心都装满了,即便再有人比他强一百倍一千倍,你也看不进眼里去。"

小路看着莹莹甜美满足的笑靥,芳心不由得悸动起来。一直以来,她对叶小天虽有好感,但还远没有到爱的地步,因为当年幼的她被送到莹莹身边时,她便知道自己注定了是陪嫁的命运,根本由不得她爱或不爱。

所以,她无法理解莹莹的心态,莹莹或许因为自幼的生活环境比她单纯许多,但是此刻在感情事上,显然又比她成熟了许多。小路想着叶小天,想着他若对自己亲密一些,想着若与他耳鬓厮磨,忽然有些痴痴出神。

就在这时,小薇一头冲进莹莹的闺房,急吼吼地说道:"莹莹,不好啦!小芳跟我说,夫人已经知道叶公子是蛊教尊者的事啦,着急要把你带回红枫湖,从此把你们俩分开呢!"

"啪!"小路手工的牛角梳应声落地。

莹莹吃惊地回过头道:"我娘怎么知道小天哥是蛊教尊者的?"

莹莹突然醒过味儿来,霍然看向小路,道:"小路,你……"

小路慌张地道:"我只对小薇说过。"

小薇支支吾吾地说不出话来。

莹莹跺了跺脚,跳起来道:"怎么办?这可怎么办,娘亲一定不会答应我们在一起了。"

小路又是愧疚又是羞窘,慌张地道:"要不去跟叶公子说一声吧,他足智多谋,说不定会有办法。"

莹莹双眸一亮,道:"对!小天哥,我去找小天哥!"

· ※ · ※ · ※ ·

墙头处,小路和小薇叠着罗汉,把匆匆穿上外袍,头发还来不及挽起的夏莹莹送上墙头。夏莹莹骑在小路的脖子上,仗着一股子急劲儿爬上墙头,颤颤巍巍地骑在墙头,眼都不敢睁:"我怕高啊!我不敢跳,你们快上来帮我。"

"好!"

小路正要从小薇身上下来,后边忽地传来夏老爷子粗犷的大嗓门:"莹莹呢?莹莹……"

小路大急,叫道:"莹莹,你快走,快啊!老太爷来了,要是被他抓到就坏了。"

莹莹一听，不由着起急来，也顾不得害怕了，一抬腿，就往墙外跳去。

墙根底下正躺着一个乞丐，这乞丐手底下有好几个小乞丐，因为两颗门牙异常突出，被手下尊称为兔爷儿。他平素从不自己讨饭，都是打发手下出面，自己坐享其成。

兔爷儿正懒洋洋地晒着太阳，莹莹从墙上跳下来，正好落在他的身上，兔爷儿闷哼一声，差点没背过气去。莹莹惊诧地张开眼睛，奇道："咦？脚居然不痛哎！"

兔爷儿张着嘴，像出了水的鱼似的倒着气儿，呻吟道："姑娘！你不痛，我可快喘不上气儿来了。"

莹莹扭头一看，原来脚底下踩着一个披头散发、脏兮兮的乞丐，吓得莹莹尖叫一声急忙跳开，忙不迭道："对不起，对不起。"

兔爷们一见这位姑娘俏媚异常，仿佛仙子，尤其是披散着一头长发，柔媚可人到了极点，登时忘了自己的痛苦，着迷地望着她的模样，道："啊……没关系，姑娘，你……你真美……"

莹莹看他痴迷的样子有些害怕，又担心爷爷追出来，哪还顾得上答他的话，急忙提起裙裾，慌慌张张地跑开了。

墙里边，夏老爷子一马当先，领着夏老爹和夏夫人大步流星地走过来，小路姑娘刚从小薇身上下来，正要腾跃几步纵上高墙，刚刚作势便被拐过竹林的夏老爷子看见了。

夏老爷子大声叫道："小路、小薇，莹莹呢？"

二人被夏老爷子看见，可没有勇气当着他的面逃走，急忙怯怯地向三人行礼，道："见过老太爷、老爷、夫人。"

夏夫人急问道："你们在这儿干什么，莹莹呢？"

小路和小薇对视了一眼，犹豫着不肯开口。

夏老爹顿足道："你们倒是说话啊！"

小路和小薇双膝一软，不由自主地跪了下去，垂着头，还是不说话。

夏老爷子大怒："混账！你们以为老夫不敢处置你们吗？"

夏老爷子蒲扇般的大手举了起来，还没向她们的头上拍去，小薇突然抬起头，勇敢地道："婢子从被送到夏府的第一天起，听到的吩咐就是一辈子只听莹莹小姐的话，只忠于莹莹小姐！婢子不会出卖小姐的！"

夏老爷子大手扬在空中，怒道："你……你们……"

夏夫人看看小路二人身后那堵高墙，脸色倏然一变，脱口道："莹莹跳墙跑了！"

墙头外，兔爷儿艰难地喘了半天气儿，好不容易才把气息调匀了，他揉着肚子，望着莹莹逃去的方向，回想着她摇曳动人的身姿，仿若天仙的容颜，痴痴地道：

"啊！真是太美了，这么美的姑娘，每天被她踩我都心甘情愿啊！"

兔爷儿话音刚落，便有一道人影从天而降，一双大脚准确地踩在他的肚子上，兔爷儿被踩得上身和双腿向上一翘，呃的一声就翻起了白眼。

夏老爷子急急跑出两步，向三岔路口望了望，回身喝道："喂！要饭的，方才有位姑娘往哪个方向跑了。"

兔爷儿像条快断气的鱼，嘴巴一张一合地倒着气，一个字也说不出来，夏老爷子急道："你倒是快说啊！说出来老夫有重赏！"

兔爷儿听了双眼一亮，正要挣扎着吐出几个字，又是一道人影从天而降，一双大脚踩在他的肚皮上，夏老爹东张西望一番，急急问道："爹，莹莹呢，跑去哪儿去了？"

兔爷儿翻了翻眼睛，果断地晕了过去。

第十一章

欲把生米煮成熟饭

一

夏老爹走后，王按察拿出那张已被他勾勾抹抹不知多少回的名单，从头到尾地琢磨起来，那张名单上每一个名字，都代表着一个身份、一个背景，每一次勾抹，都代表着背后的一次较量和王按察的利弊衡量。

王按察觉得勾去谁都不妥当，贵州自古就在土司们的掌控之下，秦汉唐宋到如今，这一点从未改变过，他这个按察使要想在贵州站住脚，同样离不开这些传承千年的土司的支持，又岂能随意开罪一个。

思来想去，王浩铭把目光放在了那五名真正靠学识本领考上来的学子名字上，这五人之中那个徐伯夷他今天已经看过了，印象也很好，而且虽无人向他打过招呼，他也清楚徐伯夷是田家的人。

田家的人若是在应有的名额之外没有考中也就算了，既然是凭着实力杀入"五强"，他还真不敢随意抹去。主考官虽然是他，但是还有两个副主考，一旦有人泄露了这个消息，他势必开罪田家。所以，他在徐伯夷的名字上画了个圈，又盯住了剩下的四个名字。

这四个人都是无权无势无背景的普通读书人，王浩铭斟酌半晌，随意选了一个看起来名字不太好听的人，用笔轻轻一勾，这条堪堪跃过龙门的鱼，便被他打回了凡尘。

王浩铭在被他抹去的名字上边一笔一画地写下"叶小天"三字，把笔往笔山上一搁，仰在官帽椅上长长地吐出一口浊气。

夏老爹已经承诺他会同各大土司打招呼，但是既然只让出一个名额，各位土司少不得还要有一番角逐，而且角逐得会更加激烈，他决定谁也不得罪，让叶小天占用一个没有背景的读书人的名额吧。到时候不管哪个土司决定让出一个名额，都是他送上的一份人情。

王浩铭轻轻敲击着椅子扶手，想定主意之后，忽然又想到了崔像生。刚才在车上他还放过狠话,结果叶小天的秀才功名不但没有削去,反倒成了举人,他如何向老友交代？

王浩铭思索半晌,起身向崔像生所居的跨院赶去。崔像生刚刚沐浴已毕,穿着一袭道袍,简单挽个发髻,赤足盘坐榻上正在烹工夫茶。

这工夫茶,就体现在水、火、冲三道程序之中,水与火都讲究一个活字,活水活火。崔像生用的这水,是让小厮去山顶背来的泉水,上好的乌榄核炭烧得旺旺的,红泥小炉上架着一只造型古朴的紫砂壶。

瞧见王浩铭进来,崔像生笑道：“浩铭兄脚长啊,我这茶刚刚煎好你就到了,来来,快请上座。”

王浩铭也不客气,脱靴上榻,盘腿而坐,崔像生吩咐小厮取来棋盘,黑白二子摆定,二人一边对弈一边品茶。

待棋局渐渐胶着,双方杀得难解难分之际,王浩铭便拈着棋子儿对崔像生道：“像生啊,明日这举人名单就要公布了,我思来想去,决定把那叶小天录为举人。”

崔像生正举杯品茶,听到这里不由一呆,奇道：“浩铭兄何出此言？难道那叶小天的文章当真出类拔萃到了不容抹杀的地步？”

王浩铭在棋盘上慢慢落下一子,说道：“他的文章中规中矩,不算如何精彩,但是取中举人却也应当。咳!当然,这并不重要,重要的是……我觉得若是削了他的秀才功名,反而是便宜了他。”

崔像生眉头一皱,道：“浩铭兄此言可令小弟费解了。”

王浩铭呵呵一笑,道：“像生啊,在栖云亭前,这叶小天姿狂失态,太过无礼,这件事很快就很传开,如果这时叶小天落了榜,即便他本来就该落榜,你想世人会如何看待你我？”

崔像生沉吟不语,暗自揣摩着王浩铭的真意。

王浩铭又道：“铜仁张绎一旦听说你与叶小天的过节,又得知叶小天不曾中举,势必认为是你我从中作梗,咱们岂不无端便得罪了一方土皇帝？我如今不但要给他一个举人名分,还要取他为官……”

王浩铭脸上露出一丝阴冷的笑意,道：“以他这样的秉性为人,一旦做了官,你还怕他不能捅出大娄子？到时候,还有谁能救他!”

王浩铭说到这里,飞快地扫了一眼崔像生的神情,唯恐被他看出自己改变初衷的真正原因。他压低嗓音说道：“我已想好,待他取中举人,便安排他去葫县为官。

“葫县罢土司设流官才不过三年光景,混乱得很,便是长袖善舞的积年老吏到了那里也不免栽跟头,何况是他这样一个愣头青,他若是在那儿惹出事端来,自有朝廷法度治他,到时你我不费吹灰之力,便可笑看这狂妄之徒自食恶果了。”

崔像生可不相信王浩铭这番遮羞的话,可他又想不到真正的原因,他才刚到贵阳,又有大儒身份,旁人自然不会闲极无聊,把花溪之会叶小天与夏家大小姐的风流韵事讲给他听,是以竟是百思不得其解。

·※·※·※·

冬天在夏府盘桓了三日便回来了,他清楚夏家的底细,但他并不清楚叶小天不清楚此事,以他沉默寡言的性子回来之后也不会向这些晚辈们说起他和老友相聚的情形,叶小天自然也不会多嘴询问。

如今叶小天已经考完了试,每天除了与莹莹、遥遥四处游山玩水便再无其他事情,从夏家回来的冬天趁机要求尊者开始习练蛊术。叶小天不好推却,今日回来后,便被冬天拉到了他的房间。

一口黑色坛子摆在桌上,里边满是各色毒虫,一见光亮便纷纷蠕动着,看得人头皮发麻。

冬天佝偻着肩膀,眯着眼睛,阴恻恻地对叶小天道:"尊者,蛊术修炼非常复杂,但是不管多么复杂的蛊术,首先得能练出蛊虫,否则终归是无根之木,无源之水。

"如今属下教给尊者的就是炼制蛊虫的方法。要养出不同的蛊虫,需要选取不同的毒虫,按一定比例放入罐中,以鲜血饲养,若能养出蛊虫,这第一步就算成功了。今日尊者训练的是阴蛇蛊,所需各类毒虫的比例,尊者可背熟了吗?"

叶小天点了点头,看看罐子里的毒虫,有些毛骨悚然地道:"背熟了。"

冬天微微一笑,容颜更显阴森:"好!回头属下再教尊者辨识这些不同种类的虫子,并学习如何抓捕。今日咱们先习养蛊,请尊者划破手腕放血进去,以饲养蛊虫。"

冬天递过一口银制小刀,叶小天看看那口罐子,硬着头皮把刀凑近手指,冬天摇摇头道:"尊者,划破手指是无法保证每只虫子都能食到尊者鲜血的。最后成为蛊虫的那只如果不曾得到尊者足够的血液喂养,就不会认尊者为主,使用起来不会得心应手,要划破手腕才行。"

叶小天咧了咧嘴,道:"划破手腕?如果血流不止……"

冬天露出一口白森森的牙齿,微笑道:"尊者放心,属下有最好的金疮药。"

叶小天道:"好吧,这些虫子……要几日一喂啊?"

冬天道:"七天!"

叶小天惊道:"七天?女人才一个月流一回血,我七天?这么下去我会失血过多而死的。"

冬天微笑道:"不会的!我们为尊者准备了许多补血气的食物。"

叶小天恍然道:"补血气……我明白了!我说从昨天开始,每天早上你们都让我喝什么芝麻红枣粥,中午必有一道猪肝汤,晚餐雷打不动少不了一道藕片炒黑木耳,临睡之前还让我喝什么阿胶蜂蜜汤呢，原来就是为了把我养肥了再杀啊！"

冬天啼笑皆非地道："尊者，这又不是养猪……"

叶小天道："好啦好啦，你不用说了，我知道该怎么做了。"

叶小天举刀在手，道："伸头也是一刀，缩头也是一刀，反正躲不过，拼啦！"

叶小天把眼一闭，一刀划下！

冬天咳嗽一声，道："尊主，刀背是很难划破手腕的。"

叶小天脸上一热，这才翻转小刀，横下心来轻轻一划。

冬天道："请尊者把血淋入罐中，务必保证每一只毒虫都能吸食到尊者的血。"

叶小天把手腕举在罐子上方，眼看着鲜血一滴滴落入罐中，虽然他不晕血，还是有点脚软。

叶小天那一刀划得有点儿浅，血流了几滴就不流了，冬天反复催促直至要替他动手，叶小天无奈之下这才狠狠心，把伤口划大了些，眼看着那鲜血不断注入罐中，真是好不肉痛。

终于，冬天满意地点了点头，道："好啦！"

叶小天赶紧道："那你还不快替我敷药包扎！"

冬天取过金疮药，见叶小天的手还举在罐子上面，不由奇道："尊者，血已经够用了。"

叶小天飞快地把手递到他面前，没好气地道："我知道，我只是不想浪费而已。"

冬天不禁暗自好笑。

冬天包扎伤口的手法当真纯熟无比，很快就给叶小天敷好了金疮药并包扎已毕，叶小天想到罐子里那些虫子正在吸他的血，就不想待在这间屋子里，他捂着手腕刚刚走出房子，夏莹莹就风风火火地赶到了。

"小天哥，你快来！"

莹莹把叶小天急急拉到一旁大树下，把家里人知晓了叶小天的尊者身份，决心让他们分开的话对叶小天学了一遍，眼泪汪汪地道："人家不想离开你，小天哥，咱们怎么办啊？"

"怎么办？怎么办？"

叶小天在大树下转悠了几圈，霍然回身看向莹莹："莹莹，你真的愿意跟着我，不后悔？"

莹莹用力点点头，又用力摇摇头，铿锵有力地道："不后悔！"

叶小天道："好！那咱们……就只有先把生米煮成熟饭了，你愿意吗？"

"愿意！"

莹莹毫不犹豫地答道，然后犹豫了一下，迷惑地问道："怎么煮？"

第十二章

两个活宝煮饭

一

"桃源客栈，莹莹，咱们就选这家吧！"

叶小天仰头看着客栈上方牌匾上的名字，牵着莹莹柔软的小手，一时心猿意马。

莹莹道："我还是觉得刚才那家同心客栈更好。同心，多好听的名字。"

叶小天道："莹莹，你不觉得桃源更好听吗？"

"嗯？桃源会比同心更好听吗？我怎么不觉得？"

"这个……因为你书读得比较少。"

"哦？"

"咳！其实是这样，同心客栈是家大车店嘛，还是这家环境优雅些，一看门脸就是一家上等客栈，咱们成为夫妻的第一天啊，当然要选个好一点的地方。"

"嗯！还是小天哥心思细腻。"

莹莹俏脸红得像只可爱的小苹果，羞答答地瞟了叶小天一眼。叶小天看见她不经意间展露出来的妩媚风情，不由得心弦一颤，恨不得马上赴桃源一行，立即拉起她的小手道："咱们进去吧！"

"别……"

莹莹忽然咬住了樱唇。

叶小天担心地道："又怎么啦？"

莹莹忸怩地道："你也说，这是咱们成就夫妻的大日子。我想……我想……"

"嗯？"

"我想，我们是不是应该买些红烛喜字。虽说没有父母之命媒妁之言，可人家……就要做你的妻子了呢。"

"嗯，你说得对！这可不能草率了。"

叶小天道："走，咱们去买龙凤红烛！"

莹莹跑来告诉叶小天，她家里获悉叶小天身份的反应时，叶小天就想到了这招"釜底抽薪"之计，得到莹莹的坚决响应之后，两人就离开了租住的房舍。临行前叶小天特意唤过毛问智，对他嘱咐了几句，只说自己要跟莹莹去办一件事情，今晚不回来，叫他们不必担心。

叶小天唤毛问智嘱咐也是有所考虑的。如果是冬天或华云飞，恐怕都不会放心他单独离开，而毛问智粗枝大叶的性子却不会考虑那么多，果然，毛问智大大咧咧地答应下来，于是二人顺利离开。

叶小天买了龙凤花烛、大红喜字、喜酒，全都盛在一个筐子里，上边用一块红布盖了，拉着莹莹的手，又回到了桃源客栈。

"掌柜的，一间上房！"

站在柜台前，叶小天心中打鼓，强自镇定着向柜台里边正拨拉着算盘的掌柜说道。

那老掌柜的尖嘴猴腮，身材瘦削，颌下一缕鼠须，透着一股精明劲儿。听见有人说话，老掌柜的尾指一跷，啪的一声把算盘珠子定了一下，顺手拿过一块镇纸，压在已经算好的账目上方，再抬头时，已是满面堆笑。

"哎哟！客官，是您呀，一间上房是吧？您放心，老主顾了，小老儿绝不坑您，老规矩、老价格，旁人可拿不到这么便宜的价儿！嘿嘿嘿，您请，这边登记一下。小四，先带这位姑娘去上房，还是那间……"

叶小天心道："不对啊，这桃源客栈我是头一回来啊，什么老主顾，莫不是认错了人？算了，与他理论这些做什么，这不是还要给个便宜价吗！"

叶小天走到柜台前登记住客名簿，莹莹疑惑地看了叶小天一眼，被那小二领走了。

叶小天登记好住客名册，提着筐子由那赶回来的小二领着，来到那间上房，推门进去，立即掩好了门，喜上眉梢地叫道："莹莹！"

果然是间上房，外间是间客室，有桌有椅，十分宽敞，隔着帘儿便是卧室，莹莹正在客房椅子上坐着，一见叶小天进来，立即跳起来迎上前，板起俏脸，警惕地问道："这个地方你常来？"

叶小天一呆："啊？"

莹莹道："带着姑娘来？"

叶小天又是一呆："啊？"

莹莹气道："哼！你个花心大萝卜，我不理你了。"

莹莹甩袖转身，叶小天慌了，赶紧把筐子一放，拉住她衣袖道："什么啊，我也是头一回来啊，我根本不知道那掌柜的为啥跟我套近乎，想是认错人了。"

莹莹瞥着他，冷笑道："编！你继续编！这么巧，人家就认错人了？"

叶小天懊恼地拍了拍额头，明明是个懵懵懂懂的小丫头，甚至对男女间那点事一窍不通，可是为什么吃醋、疑心这种事不学就会？莫非这是女人的本能？

叶小天好说歹说，莹莹就是不信，叶小天恼了，拉起莹莹的手道："走！咱们找那掌柜的当面问个明白。我不做亏心事，不怕鬼叫门，莹莹，你要相信我……"

莹莹哂笑道："我哥哥们对我嫂嫂们一向都是这么说的，可是他们出了门还是照样风流。"

叶小天欲哭无泪，拉着莹莹怒气冲冲地赶到前堂，就见那鼠须小老头正冲着一个手提马鞭、一手骑装的豪客点头哈腰："哎哟！客官，是您呀，一间上房是吧？您放心，老主顾了，小老儿绝不坑您，老规矩、老价格，旁人可拿不到这么便宜的价儿，嘿嘿嘿，您请，这边登记一下……"

叶小天猛地站住，对莹莹道："喏，你看到了，他跟谁都这么说，应该是店家跟客人故意套近乎。"

莹莹乌溜溜的眼珠一转，迟疑道："或许……这个客人也是常客呢。"

正说着，一个肩上搭着褡裢的高大汉子迈步进了客栈，粗声大气地道："哎呀俺的娘哎，你们这贵州的道是真难走啊，俺这腔都快颠碎了，快给俺开间房，俺好好歇歇。"

鼠须小老头连忙迎上去，点头哈腰地道："哎哟！客官，是您呀，您放心，老主顾了，小老儿绝不坑您，规矩、老价格，旁人可拿不到这么便宜的价，嘿嘿嘿，您请，这边登记一下……"

那大汉直眉瞪眼地道："这话咋说的，俺是头一回来你们贵州，咋就成老主顾了呢？"

鼠须小老头龇牙赔笑道："来的都是客嘛，您听着舒坦就好。一回生，两回熟，下回您再来，可不就是老主顾了。"

那大汉放声笑道："你这掌柜的会做生意，说得俺这心里头热乎乎的。成，以后再来就住你这儿，赶紧给俺开间房，送十个馍馍进来，再弄两道菜，一壶酒，俺歇乏。"

叶小天如见救星，赶紧对莹莹道："你看看，你看看，我就说这是那掌柜的跟客人套近乎吧？"

莹莹见状也知道是误会了叶小天，吐了吐舌尖，不好意思地道："对不住啦，小天哥！刚刚听他一说，我这心里头就不痛快。都是人家不好，不该怀疑你的。"

叶小天牵起她的小手，柔声道："这说明你在乎我嘛，我当然不会生气啦，走，咱们回房间去吧，眼看这天就黑了，春宵一刻值千金嘛。"

莹莹羞羞答答地道："好！"悄悄递出手去，让叶小天牵着，小两口儿就回了自己的住处。

两个人把门窗关好，把买来的红字儿贴在门上、窗上、床头上，又把一双龙凤红烛竖在床前梳妆台上点燃，整间屋子顿时就变了味道，很有些洞房的感觉。

叶小天又把打来的一壶酒、两道菜摆上桌。莹莹自取了盖筐子的那块红布盖在自己头上，也不需司仪唱礼，就与叶小天对拜了，由他取下自己的盖头，眉眼盈盈，羞喜之态娇媚可人，叶小天一时看得痴了。

莹莹被他看得有些不好意思，羞羞答答地伸出手，轻轻牵起叶小天的手，柔声道："相公……"

叶小天被她这一声唤，只觉骨头都酥了，望着眼前的娇媚丽人，一时之间竟有一种身在梦中的恍惚感，虽然他们的婚礼简陋到了极点，可是那种难言的幸福却充溢了他的身心。

叶小天嗓子有些发干，轻轻咳嗽一声道："娘子，我们……把合卺酒喝了吧。"

"嗯！"莹莹垂眉敛目，柔顺地应着，很有一种小媳妇的感觉。

叶小天用微微有些颤抖的手斟满两杯酒，两个人各执一杯，手臂相环，喝了一个交杯酒。

"咳咳咳……"

莹莹一杯酒下肚，顿时咳嗽不止，脸上浮起两抹嫣红，眼睛呛出了眼泪，那眼波反而更增几分娇艳。

叶小天接过她手中的杯放在桌上，轻轻拉起她的小手，柔声道："娘子！"

莹莹羞喜地回应道："相公！"

叶小天往床榻上睃了一眼，小声道："娘子，我们……我们是不是应该……"

莹莹垂着头，轻声道："相公。"

"嗯？"

"从现在起，人家就是你的人了。"

"嗯！"

"那……我们现在就去找我爹爹吧。"

"啊？"

叶小天顿时呆住，结结巴巴地道："现在去找……找你爹爹？找他做什么？"

莹莹挺起胸膛，骄傲地道："人家要去告诉他，人家已经是你的人了，他再也无法拆散我们！"

叶小天期期艾艾地道："莹莹，我……你……我们现在，你现在还不算是我的人啊。"

莹莹瞪大眼睛，吃惊地道："我们都已经拜堂了，还不算是你的人？"

叶小天被她纯洁无瑕的目光看着，忽然觉得自己很龌龊，他臊眉搭眼地道："是啊！咱们……咱们得一起睡过觉，才算做了真正夫妻。"

"这样啊……"

莹莹的脸更红了，怯生生地道："可是那样……不是会有宝宝的吗？"

叶小天道："是啊，做了夫妻，有宝宝不是很正常吗？"

莹莹低着头道："可是人家现在不想要小宝宝啊。"

叶小天赶紧道："也不一定睡一觉就会有宝宝的。呃……最重要的是，只有这样，你爹才不会拆散我们啊。"

莹莹咬着下唇挣扎良久，下定决心道："好！那……那我们一起睡觉。"

叶小天喜上眉梢，赶紧应道："好！"

莹莹松开叶小天的手，飞快地跳上床，拉过一床被子往身上一盖，把羞红的脸蛋儿也遮住了。

叶小天激动得难以自己，赶紧手忙脚乱地脱去衣裳，往床上一躺，手还没有伸出去，莹莹便羞闭着眼睛，结结巴巴地道："相公……"

叶小天颤声道："我在！"

莹莹道："相公晚安！"说罢裹紧了自己那床被子，羞窘地转过身去，准备睡觉了！

叶小天躺在她身后，一时目瞪口呆。

第十三章

一锅夹生饭

一

叶小天躺在那儿，看着面前一床大被欲哭无泪。过了一阵儿，莹莹似乎感觉到叶小天正在背后看着她，忍不住羞涩地问道："相公，你怎么还不睡啊？"

叶小天干巴巴地答道："我睡不着。"

莹莹道："哦！那咱们说说话吧。"夏莹莹轻轻转过身，刚一张开眼睛，一张小嘴就惊讶地变成了O形："啊！你怎么脱了啊！"夏莹莹飞快地闭上眼睛，红着脸道："这要着凉了怎么办？"

叶小天的脸颊轻轻抽搐了几下，道："没事，我现在……热得很。"

莹莹道："是不是喝酒喝的？我也觉得热。"

叶小天趁机道："那你跟我一样，脱了吧。"

莹莹紧了紧被子，羞涩地道："人家才不要呢，那多不好意思。"

叶小天苦笑道："莹莹，咱们这个样子是做不了夫妻的。"

莹莹惊讶地张开眼睛，不去看他赤裸的胸膛，只是望他的眼睛，问道："咱们都睡到一张床上了，还不算夫妻呀？"

叶小天无力地道："你知道怎么才算是夫妻吗？"

莹莹道："当然知道啦！我从小到大都不知参加过多少场婚礼，我的哥哥嫂嫂们拜堂成亲的时候我都是看过的，拜天地、喝合卺酒、睡到一张床上，就成了夫妻呀。"

叶小天咳嗽一声道："其实不是这样的。那个……等闹洞房的人离开以后，夫妻两人还要做些事情才算成了真正夫妻。"

莹莹惊讶地道："这样啊，我还真不知道，哥哥嫂嫂们都没跟我提起过。还要做什么呀？"

叶小天快哭了，将军箭已在弦，还要给她讲解战场常识不成？我的命怎么这么苦。

面对这么一个萌妹子，真要让他讲，叶小天忽然又觉得有些难以启齿了，犹豫良久，叶小天忽然想起了那天他和莹莹在山坡上看到的公牛和母牛交配的一幕。

叶小天马上兴奋地道："莹莹，你还记不记得那天我们在山坡上聊天时，看到那头公牛'欺负'那头小母牛的事情？"

莹莹奇怪地道："记得啊，相公为什么突然提起这件事啊？"

叶小天吞吞吐吐地道："那个……要做夫妻呢，男人和女人之间也要做那种事的。那个……当时那头公牛不是在欺负母牛，它们是在做夫妻呢。"

莹莹骇然捂住小嘴，道："像那两头牛一样？天哪，那样子……好吓人……"

叶小天道："怎么会吓人呢，你看你那么多的哥哥嫂嫂成亲，不都是这样子过来的吗？"

莹莹怀疑地看着叶小天道："你是不是骗我？"

叶小天哭丧着脸道："我怎么会骗你，真是这样子的啊！"

长夜漫漫，红烛高燃，床头喜字下面，可怜的新郎官口干舌燥地的新娘解说着"人类的起源、生命的真谛"，太过直白的话他又不好讲，只好又是隐喻又是暗示地一番含蓄解说，本来就很懵懂的莹莹越听越迷糊。不过看到郎君那副可怜兮兮的样子，莹莹还是相信了他的说法，莹莹红着脸道："一定要这样子吗？"

叶小天忙不迭点头道："是啊，是啊，必须这样子。"

莹莹犹豫了一下，不好意思地捂住发烫的脸颊，道："那你把蜡烛吹熄了吧。"

叶小天道："新婚夜怎么可以熄蜡烛呢，我把帷帐放下来就好了，你别不好意思，这里只有你和你的相公啊。"

这句话似乎打动了莹莹的芳心，莹莹红着脸点了点头。

帷帐放下了，帐内一下子幽暗下来，弥漫着一种神秘的气氛。莹莹红着脸爬起来，战战兢兢地跪趴在床上，摆出了和那头小母牛一模一样的姿势。

叶小天茫然道："你干啥？"

莹莹羞涩地道："你不是说，要跟那只小母牛一样，才算做了真正夫妻？"

叶小天被她雷得外焦里嫩，整个人都麻木了。话说他也是初哥一枚，头一回就摆出这么高难度的动作，虽说看着挺诱人的，可是对他来说也挺手足无措的。

叶小天想："还是由简而难的好。"于是对莹莹姑娘又是一番口干舌燥的解说……

"哪哪哪！哪！夜色深沉，关灯关门！"

"咣……天干物燥，防火防盗！"

两个更夫，一个拿锣，一个拿梆，慢悠悠地从长街上走过。已经三更天了，这对可怜的新婚夫妇终于结束了对"阴阳和合"的理论性探讨，进入了实质性的探索阶段。

莹莹被叶小天剥成了小白羊，捂着要害红着脸儿躺在榻上动也不动，只有胸脯急促地起伏着。叶小天越凑越近，那张将天真妩媚揉于一体的小脸已经近到看不清了，四片唇瓣便接在一起，凉凉的又甜又腻。

片刻后，两人温柔地分开，莹莹闭着眼睛微微气喘，红润的脸蛋儿，娇美的身段，媚得浑然天成。她本能地意识到将要发生些什么，一双小手便紧张地抓住了横搭在腰间的被子，一双莹润脚丫也向被底轻轻缩了一缩。

"啊！"

叶小天刚刚碰到莹莹，莹莹就吓得向后一缩。

叶小天气喘吁吁地道："你别躲啊，人生大礼，这是必然要经历的啊。"

莹莹闭着眼睛，颤声道："嗯，我不躲，不躲……"

叶小天向前一进，莹莹下意识地又是一退，叶小天发起狠来，也不说话，只管向前进攻，两人就这么一进一退蠕动着，终于，莹莹"哎哟"一声，头碰到了床栏，身子也扭成了麻花。

叶小天又是紧张又是忙碌，已然急出一头大汗："莹莹，你别躲啊。"

莹莹怯生生地道："人家怕，人家想起那头大公牛，就怕。"

叶小天啼笑皆非地道："我又不是公牛，你不用怕，我会很温柔的……"

莹莹听话地把身子蹭下来，可叶小天刚一进，感觉异常灵敏的莹莹便是一缩，两人这么一进一退的，直到"哎哟"声再度传来，莹莹的头又碰到了床栏。

叶小天双手撑在床上，已经微微有些打战了，他鼻息咻咻，仿佛一头愤怒的公牛，他气急败坏地道："莹莹，你说了不躲的。你怎么……你挪下来点……"

夏莹莹怯生生地道："哦！"

又是一场进与退的厮杀，如是再三，筋疲力尽的叶小天终于一头瘫倒在床上，一动不动了。莹莹似乎也知道自己做错了事，歉疚地对叶小天道："相公，你怎么了？"

叶小天有气无力地道："流血了。"

莹莹惊叫道："啊！我流血了？"

叶小天欲哭无泪地道："不是你流血，是我流血了！我的手腕……白天划破过，刚刚因为用力太猛……"

莹莹怯生生地道："相公，那咱们……"

叶小天垂头丧气地道："我仔细考虑了一下，还是算了，你还小呢，等你长大些……再说吧……"

莹莹幽幽地道："你生气啦？"

叶小天道："没！"

莹莹委屈地道:"你看,你连话都懒得跟我说了,一定是生气了。"

叶小天干巴巴地道:"没!我只是累……"

莹莹咬了咬唇,轻声道:"相公,要不我们再来,这一次我一定不躲了。"

叶小天振奋了一下,道:"你真不躲了?"

莹莹好像即将走上刑场似的义士,悲壮地点了点头,道:"嗯!不躲了。"

叶小天大喜,一骨碌爬了起来,先把手腕上的伤势处理了一下,又重新酝酿了一番情绪,跃马扬戈,再度上阵……

"啊!好疼!好疼好疼!疼死我了……"

莹莹用被子掩着娇躯,吃惊地看着捧着小腿痛苦挣扎的叶小天:"相公,你怎么啦?"

叶小天上气不接下气儿地道:"抽筋!我的腿抽筋了,哎呀!疼死我了……"

莹莹张着一双楚楚动人的大眼睛,一脸无辜地看着他。

鸡啼三遍,天光放亮,两个人衣装整齐地躺在榻上。莹莹蜷身如弓,睡得香甜,叶小天彻夜无眠,枕着手臂,直勾勾地看着帐底,一脸惆怅。

大概是因为太紧张了,在莹莹的鼓励下,叶小天奋起余勇又尝试过两三次,可每一次他那条刚刚抽过筋的腿就再度发作了,最终只能放弃。一棵水灵灵的小白菜都盛进盘子端到眼前了,叶小天这头猪却拱不掉,这心里得有多憋屈?

鸡啼声吵醒了莹莹,莹莹揉揉眼睛,忽然发现叶小天就躺在她身边,轻轻"啊"了一声,脸蛋儿顿时红了起来,心里头油然升起一种难言的甜蜜与满足。

对于床事尚一片懵懂的她可没有叶小天那浓浓的失落感,在心爱的男人身边睡了一宿,对她来说,这就代表着一种完全不同的意义,似乎一夜之间她就长大了。

"莹莹!你醒了?"

叶小天刚刚转过眼来,莹莹就羞得拿被子掩住了发烫的脸蛋。

"我又没有真个把你怎么样,至于这么不好意思吗?"

叶小天可不明白女孩这么复杂的心思,看她如此模样又是好气又是好笑,他干咳一声道:"莹莹,我仔细考虑过了,你回去之后就对你爹讲,咱们已经做了真正夫妻,说不定能糊弄过去,他就不会逼咱们分开了。"

莹莹轻轻拉下被子,露出那红扑扑的小脸,一双大眼睛动人地扑闪着,很认真地对叶小天道:"人家本来就已经是你的人了!"

这番深情款款的话,把叶小天感动得热泪盈眶,要是昨夜真个顺利入巷,那才是真的完美吧?他怎么会想得到,这顿饭煮得这么夹生。

一大早,叶小天退房时,掌柜地望着他,一脸意味深长的笑,笑得叶小天好不心虚。离开桃源客栈,走在路上,谁要是多看他们两眼,叶小天都心虚得不行。可是有莹莹这么娇美的姑娘走在他旁边，看向他们的人又特别多。叶小天只得硬着头皮，尽快逃离这热闹之处。

此时，府衙门前已经挤满了人，因为今天一大早就要公布举人榜单了，还有许多等着传喜报拿赏钱的人，也提夹了铜锣在榜单下盯着。

过了一阵儿，府门开了，几个衙门提着糨糊桶，拿着榜单走出来，麻利地把榜单贴到墙上。许多亲自赶到现场的考生，立即往前挤去，想第一时间看到榜上有没有自己的名字。

那几张大红纸上，清清楚楚地写着本科录取的三十名举人姓名，以及他们的籍贯和如今的住处。有那眼尖的报喜人瞅准了一个名字，记下地址，便飞也似的跑开了。

叶小天根本没考虑过自己有被取中的可能，是以不曾前往看榜。他带着莹莹赶回自己租住的地方，还没推开院门，一个报喜人便飞也似的跑来。这报喜人通常都是一拨一拨的，来得最早的那个当然拿的赏钱也就最多。

这个报喜人为了抢个头筹，跑得上气不接下气，一见门前有人，他马上一边飞跑，一边敲响铜锣，操着一口贵州方言向叶小天大呼道："中举了，中举了！"

叶小天正是心虚胆怯的时候，再加上那人跑得气喘吁吁，还敲着铜锣，操着一口叶小天听不太明白的当地土话，一听之下登时就火了。叶小天转过身，一把揪住那人衣领，恼羞成怒地道："你说谁不举了？"

那人兴高采烈地道："叶小天叶公子！"

叶小天大怒道："我怎么不举了？你给我说清楚，我怎么就不举了？"

"你就是叶公子？哎呀！"

那人轻轻扇了自己一个耳光，赶紧赔笑道："小的失言，小的失言，您大人不计小人怪。叶公子，您中举了！恭喜举人老爷，贺喜举人老爷，你高中举人了啊！"

第十四章

一团麻

一

叶小天松开那人衣领,茫然道:"我?我中了举人?"

那人笑容可掬地道:"是啊,您高中举人啦。举人老爷,恭喜!恭喜啊!"

这时,院中有人听到了外面的声音,院门"吱呀"一声打开了,毛问智探头出来,喜道:"啊!大哥,你可回来了!"

毛问智话犹未了,一只大手便搭上了他的肩膀,将他往旁边一拨拉,露出了夏老爹阴沉的大脸。

叶小天吃了一惊,虽然昨夜与莹莹没有成就好事,可是陡然看见人家姑娘的老爹,叶小天还是情不自禁地有些心虚,夏莹莹见了父亲也是一呆,脱口叫道:"爹!"

夏老爹重重地哼了一声,瞪着叶小天道:"你小子,昨夜带着我的……"

他还没有说完,那报喜人以为他是叶小天的本家长辈,已经冲到他面前,"咣"的敲了一声响锣,大声道:"恭喜老爷子,贺喜老爷子,贵府小公子高中举人,从此高官得做,骏马得骑,出将入相,位极人臣,光宗耀祖,名扬四海,出乎其类,拔乎其萃……"

夏老爹苦于不知女儿逃去了哪里,足足担了一夜的心事,愣是在叶小天的住处坐了一夜都没睡觉,此刻再听这人跟唱喜歌似的嚷了一大通,只听得他头大如斗,忙从怀里摸出一锭银子,往那人捧着的铜锣上一丢,喝道:"去去去,休得聒噪!"

那报喜人虽知必有赏赐,却没想到竟然是这么丰厚的一笔赏赐,足足五两纹银,直把他喜得心花怒放,忙不迭答应着,揣起银子便一溜烟地去了。

夏老爹瞪着叶小天道:"你小子,昨夜带着我闺女去了哪里?"

"呃……这个……"

叶小天傻了眼,虽说他已跟莹莹定下哄瞒夏老爹的主意,可是他哪开得了这个口。

这时候，夏老爹后边呼啦啦又涌出一群人来，正是夏夫人和一群夏家兄弟，最后面才是华云飞抱着遥遥。等这些人都涌出来了，冬天先生才塌着肩膀，眯着双眼，慢吞吞地从院里踱出来。

"小天哥！"

遥遥被华云飞抱在怀里，一见叶小天，立即兴高采烈地向他打招呼。叶小天向她扬了扬手，夏老爹怒道："我在问你话呢！"

"我来说！"

夏莹莹一把扯开叶小天，气鼓鼓地站到了爹娘面前，挺胸抬头，双手叉腰，威风凛凛地道："我跟小天哥昨夜已经拜堂成亲，现在，我已经是他的女人啦！"

"啊？"

夏莹莹的一句话，不亚于平地一声惊雷，把夏老爹和一众夏家兄弟惊得目瞪口呆，夏夫人吓得脸都白了，急忙拦阻道："莹莹，你别胡说！"

莹莹理直气壮地道："我没胡说！小天哥，你说，人家是不是你的女人？"

叶小天还没说话，夏夫人已经一把扯住夏莹莹，把她拉进院子，躲进一间屋子盘问去了。夏老爹像头愤怒的老虎，双手揪住叶小天的衣领，咆哮道："你个混账东西，你对我女儿做了什么？你说！你快说！"

咣！咣咣！

一声铜锣适时响起，就见一个伶俐汉子满脸堆笑地挤进人群，高声道："这里就是叶小天叶公子的住处吧？恭喜！恭喜啊！不知哪位是叶公子，您高中举人啦……"

他还没有说完，夏老爹就从怀里摸出一锭银子砸到他的铜锣上，喝道："知道啦！快走开！老夫有家务事要料理！"

那报喜人一见夏老爹头发花白、形容粗犷，不由吓了一跳，只当夏老爹就是叶小天。真要说起来，中了举人的未必就是年轻人，七老八十的人也是有的，所以这报喜人倒不至于因此惊奇，只是身体相貌如夏老爹这般威猛的举人着实少见。

那报喜人收了偌大一锭谢银，哪里还会聒噪，忙不迭地道谢离开，那套喜歌也就省了说了。

叶小天趁这工夫清理了一下思绪，下定决心道："不错！我和莹莹已经做了真正夫妻！伯父，你就不要阻止我们在一起了！"

"你！"

夏老爹怒极，蒲扇般的大手举起来，叶小天很光棍地仰起脸，不闪不避。夏老爹手掌颤抖，他就这么一个宝贝女儿，女儿已经和这臭小子成就好事，他就是再生气，还如何下得去手？

夏老爹一提叶小天的衣领，把他整个人提了起来，提着他迅速闪到一边大树下，压低嗓门，咬牙切齿地道："你这个混蛋！二十年后，你就要入山做尊者，你想让我女儿为你守活寡不成？"

叶小天道："伯父，我是真的喜欢莹莹。关于蛊神教那件事，你放心，还有二十年的时间，我一定会想到一个妥善的解决办法，不会和莹莹分开的。"

夏老爹冷笑道："这是蛊教传承千年的教规，你能有什么办法？"

叶小天认真地道："蛊教传承千年的教规又不止这一条，至少没有一个尊者可以逍遥二十年时间，我就做到了！我能做到一次，就能做到第二次，伯父……啊不！岳父大人，你相信我吧，难道我就舍得抛妻弃子远遁深山？二十年的时间，我怎么也能想出一个办法来的。"

遥遥见那老头子揪着叶小天的衣领不放，不由急道："云飞哥，你快去救小天哥，他被凶老头欺负呢。"

华云飞摇了摇头，苦笑道："这种事，别人只能越帮越忙。还是让他们翁婿俩……自己解决吧！"

听到"翁婿俩"三个字，夏家众兄弟不禁向华云飞怒目而视。华云飞有恃无恐，也不在意。夏老爹打也不是，放也不是，他恨恨地瞪着叶小天，不死心地问道："你……和莹莹……真的做了夫妻？"

叶小天用力点了点头，道："是！"

"嗨！"夏老爹恨恨地松开手，用力捶了捶自己的额头，就在这时，只听咣咣咣一串铜锣声响："恭喜叶公子，贺喜叶公子，叶公子您高中举人啦！"

又一个报喜人赶到了门前，一见门口这么多人，只道是左邻右舍前来道喜的，便知道定是有其他报喜人赶在了他的前头，最丰厚的头份赏银是拿不到了，但还是强打精神向主人报喜。

一个夏家兄弟不等老爷子发火，就摸出一锭银子丢了过去，喝道："知道了，快走开！"

"谢谢大爷，谢谢大爷！"那报喜人又惊又喜，忙不迭拾起银子退了开去。

夏老爹见状，不禁悲从中来，叶小天中举人的事，其实他比任何人知道得都早啊，这本来就是他去王按察那里要来的名额嘛。

也不晓得他们家老爷子是中了什么邪，非要他去王按察那儿给叶小天讨一个举人身份回来。这可好，叶小天的举人功名是他争来的，结果还搭了自己的宝贝女儿进去。向叶小天兴师问罪吧，这么一会儿工夫，已经替叶小天付了三份喜钱了，难道老夏家上辈子欠了他什么？

夏老爹正憋屈不已，夏夫人忽然快步从院子里出来，凑到他耳边低声言语了几句，夏老爹双目一张，又惊又喜地抬头道："你说的是真的？"

夏夫人嘴角含笑，轻轻点了点头，夏老爹立即瞪了叶小天一眼，骂道："你小子竟敢骗我！不过……看你小子还算君子，要不然……哼！"

叶小天正莫名其妙，夏莹莹耷拉着脑袋从院子里走出来，走到叶小天身边，垂头丧气地道："小天哥，对不起，我……我不会撒谎，三言两语就让我娘套出了实话。"

叶小天心道："什么实话？不会是把我昨夜的糗事也套出来了吧？"

叶小天偷偷望了一眼他那风韵犹存的准丈母娘，见她唇角含笑，一脸轻松，应该只是确定了莹莹还是处子，并不晓得昨夜的真相，叶小天心头一松，这种糗事，他还真丢不起这个人。

这时候，不远处又有"哐哐"的铜锣声传来，一个夏家兄弟下意识地就往怀里去摸银子，可他扭头一看，鼻子差点儿没气歪了，就见一个半百老汉手里牵着只猴儿，正一面走一面敲锣。

那夏家兄弟怒道："你耍猴不会去热闹人多的地方吗？跑到这儿来干什么？"

那耍猴的支吾道："我看这儿人就挺多……"

那夏家兄弟挥了挥拳头，向他喝道："马上给我滚！不然要你好看！"

那耍猴的见他凶狠，不敢惹事，赶紧牵了猴子走开。

夏老爹看看女儿，又看看叶小天，有些不知所措了。女儿不曾与叶小天真个做了夫妻，固然令他松了口气，可他更不知道该如何拆散这一对儿了。老夏家上溯两辈，就没出过女孩子，管教儿子的经验他有一大把，管教女儿的经验……他除了宠着惯着，实在不会别的。

夏夫人见状，把女儿拉到一边，低声劝道："女儿啊，别的事情爹娘都能依你，唯独这事不行，可这是你的终身大事啊！"

夏莹莹道："娘，我喜欢小天哥！"

夏夫人道："娘和你爹难道不是为了你好？你想想，二十年时光一转眼就过去了，到时他遁入深山，你孤零零一个人拉扯孩子，那是何等的寂寞凄凉？这世间杰出的男子多得很，你现在只是一时情热迷了心窍，只要冷静下来，你就不会这么想了。"

夏莹莹嘟起嘴道："娘，你说得好听，什么冷静，不就是变心吗？你以前还跟我说，好女人要从一而终呢……"

她扭头看看叶小天，斩钉截铁地道："我永远都不会变心的！"

"你……"

眼见女儿执迷不悟，夏夫人心想："这孩子死心眼，只能先把她诳回家去，再慢慢劝她回心转意了。"便向丈夫悄悄递了一个眼色。

第十五章

暂别离

一

"老爷子，夫人，原来你们在这儿！"

一个早就藏在一侧的夏家家丁得到夏老爹的授意，马上装出一副刚从很远的地方跑来的样子，气喘吁吁地对夏老爹道："老爷子，老太爷吩咐小的来找你和夫人，说是老祖宗生了重病，请老爷子您赶紧回去呢。"

"啊！怎么会这样，老祖宗她怎么了？"

夏老爹做大惊失色状，装模作样地向来人询问。夏莹莹一听，已经焦急地跑上前道："你说老祖宗生了重病？"

那家丁连忙点头道："是，大小姐。老家派人来，请老太爷、老爷子赶紧回去，还说，一定要请大小姐您也回去一趟，老祖宗重病昏迷，昏迷之中还一直念叨着您呢。"

夏莹莹的眼圈一下就红了，含泪欲滴地道："我离开的时候，老祖宗还好好儿的，怎么这就病了呢。爹，娘，我们快回红枫湖吧。"

叶小天冷眼旁观，心中暗想："夏家那位老奶奶真是生病了？怎么就这么巧，别是伯父为了诳走女儿设的一计吧？应该不会吧，哪有做晚辈的随随便便拿自己长辈开玩笑的。"

然则，即便他能断定夏家那位老夫人重病的事九成九是假的，他一个外人晚辈也不能不近情理地指出来，但有万分之一的可能是真的，他就要千夫所指了，这个时候只能保持沉默。

夏莹莹红着眼圈转过身来，对叶小天道："小天哥，我……"

叶小天颔首道："我明白，来日方长，你先回去看望老人家。嗯……要不我陪你一起去？"

夏莹莹欣然道："好哇！"

夏老爹眉头一皱，还没婉言拒绝，众人身后便又有一人扬声道："叶举人可是住在此处吗？"

众人只当又是来了一个报喜的，很不耐烦地扭过身去，却见一个青衣皂帽的衙役站在路边高声询问着。

叶小天上前几步，拱手问道："鄙人就是叶小天，却不知这位差官有何指教？"

那人连忙叉手还礼，道："原来是叶举人当面，小人失礼了。布政使、按察使两位老大人于明日辰时三刻，在布政使衙门召见今科举人，还请叶举人切莫误了参见的时辰。"

叶小天呆了一呆，忙拱手道："有劳了！"

那差官又施一礼，转身离去。叶小天望着他的背影正有些发呆，夏莹莹听得明白，已然轻轻走到他身边，低声道："相公中举，这是大好事，既然有两司长官接见，相公还是留在贵阳吧，我回去探望老祖宗，等老祖宗好一些我便回来寻你。"

叶小天听她唤自己"相公"，不由心头一热，握住她的手，轻轻点点头。

"相公……"

夏莹莹欲言又止，她虽然天真，其实心中也有些疑心是家人诳她，可这种事她不敢冒险，无论如何都得回去一趟心里这才踏实，是以这心中疑虑到了嘴边不觉又咽了回去。

她只是紧紧地握了一下叶小天的手，低声道："你放心，我一定、一定回来找你！"

"嗯！"

叶小天的眉梢微微地挑了起来，沉声道："你也放心！无论如何，我都会等你！无论发生什么事，我都会娶你！你是我的，就一定要嫁我，只能够嫁我！"

这句话，叶小天说得铿锵有力，非常大声，夏老爹听得眉头大皱，夏夫人眉眼之间倒是掠过一丝欣然，谁不希望自己的女儿被人如珍似宝地呵护着？如果不是叶小天的特殊身份使得他只有二十年尘缘，夏夫人倒真想接纳这个女婿。

"嗯！"

莹莹听着叶小天掷地有声的话，心中甜甜的，她眼中还有晶莹的泪花闪烁，却已破涕一笑，低下头，柔柔地羞道："昨晚……是我不好，我以后……一定会努力做个好妻子。"

叶小天微笑起来，轻声道："你很好，做你自己就好，谁让你是独一无二的呢！"

莹莹咬了咬唇，又道："如果……家中有什么变故，我回来得或许会晚一些，所以……如果有合适的女子，你可以纳妾。"

叶小天眉头一蹙，道："我……"

莹莹又瞪起俏媚的眼睛道："可是，只准纳一个！"

今晨两人一路回来时，叶小天已经向莹莹解释过自己急于娶妻生子的苦衷，莹莹当然明白传宗接代对一个人、对一个家族的重要。经过昨日之事，她的心智仿佛一夜之间便成熟了许多，她也考虑到此去不管老祖宗生病的事是真是假，她想再离开都不是一件很容易的事：

老祖宗若是真的生了病，作为老祖宗唯一的也是最疼爱的重孙女，她势必要伺候汤药，直到老祖宗痊愈，否则岂能放心离开？

如果这是家人成心用老祖宗做幌子骗她回去，当然不会让她轻易离开，要解决这些事恐怕也得需要一段时间。再加上昨夜不曾满足郎君，心生歉疚，所以才有这番言语。

叶小天苦笑道："我……"

夏莹莹抢着道："就这么定了，我是大妇，我说了算！"

叶小天又闭上了嘴巴。夏莹莹道："还有，我不在你身边看着，你可不许出去拈花惹草，不许浪荡青楼。要是你学我那些叔伯和兄弟，我就……我就罚你永远不许碰我！"

夏莹莹说完踮起脚，也不管爹娘和那么多兄长就在身边，凑过去在叶小天的颊上轻轻一吻，这才转身跑开。

夏老爹也不知这对小儿女凑在一块窃窃私语些什么，只看见女儿那深情的一吻，一张老脸登时就黑了，一见女儿回来，立即拉着大脸道："我们走！"

叶小天抚着脸颊，看着莹莹被她的堂兄弟们簇拥着渐行渐远，似乎还能感受到颊上那甜美双唇轻轻一触的温柔滋味。相恋复相离，虽非一坛醇酒，酸酸甜甜，也是醉了……

·※·※·※·

第二天清晨，距辰时三刻还早，三十名举子便赶到了贵州布政使司衙门口。本科解元姓涂名方林，众举子一到，便围到他身边，向涂解元道喜，涂解元挂着一脸比哭还难看的笑容，向众人一一还礼。

贵州情形特殊。在中原花花锦绣之地，一个县丞的官职，你若没个进士出身，也根本轮不到你去做，而在贵州却因为地方贫瘠，难出政绩，时不时还要拖欠俸禄，土司老爷们又来喧宾夺主，所以没有哪个进士愿意到这种地方来做官。

限于当地的特殊情况，朝廷也是特事特办，很多基层官员都是从本省举人中直接选拔，可是作为一省的解元，本省举子试的第一名，就不可能就地任职了，他是一定会被保送到京师参加会试考进士的。

可是尽管是本州解元，一旦拿到全国范围内，尤其是跟江浙一带那些学霸们竞争，那成绩就根本就不够看了。所以他这一省解元，既捞不到本省的实惠官儿做，去京师大比又势必要名落孙山，涂解元又如何高兴得起来。

徐伯夷虚情假意地向倒霉的涂解元道完喜，一扭头恰好看见叶小天穿着一袭青袍，在毛问智的陪同下向这边走来。

今天是到府衙拜见本省布政使，叶小天没让遥遥和哼哈二将跟着，所以留下华云飞在家看着他们，只带了毛问智出来。徐伯夷一见叶小天，马上迎上去，皮笑肉不笑地道："叶兄，恭喜啊！"

叶小天冷冷地睨了他一眼，道："叶某比你至少年轻十岁，这个兄字可不敢当，你就别跟我套近乎了。"

徐伯夷不以为忤，哈哈一笑道："是啊，你年轻啊，年轻就是好啊，人年轻，又俊俏，所以才能抱上红枫湖夏家的大腿，要不然，你今日怎能沐猴而冠，轻轻巧巧便得了一个举人功名呢？"

叶小天上下看他两眼，冷冷地道："足下别是今儿早上忘了吃药吧？又或者早在葫县的时候，就被人打坏了脑子，怎么胡说八道？"

"我胡说八道？"徐伯夷见众举子都围过来看热闹，有心在众同年面前让叶小天丢脸，声音提得更高了："你敢说你没有攀上红枫湖夏家的大小姐夏莹莹？"

叶小天点头道："没错！我与莹莹两情相悦，碍着你什么事儿了？"

徐伯夷道："红枫湖夏家，名列八大金刚，夏大小姐可是土司老爷家的千金，如果不是靠着夏家的帮助，就凭你的才学，你有资格做举人？"

叶小天顿时怔住了，怔了半晌，才试探地问道："你说……红枫湖夏家，是名列八大金刚的土司？"

徐伯夷瞥着他冷笑连连，有些羡慕又有些嘲讽地道："你不会想告诉大家，你根本不知道夏大小姐的真实身份吧？"

叶小天举起手来轻轻拍了拍自己的额头，喃喃自语："八大金刚、夏家……"

忽然之间，叶小天心中便充满了感动。他没有想到，他心目中的那个卖梨姑娘，后来勉强被他提升为某村长孙女的莹莹，居然有这样高贵的出身，居然和展凝儿一样，是一位豪门贵女！

第十六章

笑话、神话！

一

当初叶小天知道展凝儿寄情于他时，曾受宠若惊，可那时他已喜欢了莹莹，自然不敢妄想再去追求展家大小姐。娥皇女英共侍一夫的美梦他也做过，可惜他不是舜帝，没有享受公主姐妹花的资格，他又不是嫌贫爱富的徐伯夷，既已倾心于莹莹，自然不作他想。

他却万万没有想到，莹莹居然也是同凝儿一样出身高贵的女子。几乎顷刻之间，他就明白了莹莹对他隐瞒身份的苦心，确实，如果他早知道莹莹的身份，他还能在莹莹面前表现得那样自信而霸道？

徐伯夷见叶小天怔怔出神，只当他被自己说得哑口无言了，心中大感快意，不由冷笑道："怎么，你没话说了？"

叶小天忽然向徐伯夷长长一揖，郑重地道："谢谢你！"

徐伯夷奇怪地道："谢我什么？"

叶小天认真地道："谢谢你告诉我这件事，我才知道莹莹究竟有多好。"

徐伯夷一脸茫然，完全不明白叶小天在说什么。

街对面是一排高档酒楼，与官衙相近的地方酒楼总是多一些，而且档次大多不低。其中一座金碧辉煌的酒楼二楼上，开着一扇小窗，窗内两位老人对面而坐，桌上只摆着几样简单的菜肴和一壶老酒。

两位老人一个高大威猛，一个清癯雍容，但是有一点是相同的，就是顾盼之间自有一种威风，显然是久居上位者自然而然流露出来的气质，除非他们自己有意收敛，否则很容易就被人注意到他们的不同寻常。

如果没有人守在楼梯口，普通的食客能够有幸走上这层楼，他最先注意到的一定是那位高大威猛的老人，但是看久了，他的注意力却一定会转向那位雍容清癯的老者。

虽然这位老者在那个身材魁梧、卧虎一般威猛的白发老人面前显得有些单薄，但他静静流露出来的神韵，却如渊之渟、如岳之峙，比起那个魁梧老者更易令人产生高山仰止的感觉。

这两个老者，正是安家那头老狐狸安国维和夏老爷子夏仁勇。

夏老爷子远远瞟着对面衙门口的情形，白眉微微一皱，道："那个臭小子花言巧语哄骗我的宝贝孙女，我恨不得扒了他的皮。你这老家伙偏要我送他一个举人功名。结果我憋了一肚子窝囊气，你却眼看着他去三等县做一个小小典史，也袖手不理？"

安国维微笑道："他屈居三十名举人之末，如果一下子拔得太高，岂不令人侧目？那对他并非好事。再者说，宦海沉浮、风波险恶，冲在最前面的人未必能走到最后。"

夏老爷子蹙眉道："难道你没听说，杨应龙正打算安排播州阿牧赵歆的儿子赵文远去葫县，田家则大力举荐徐伯夷去葫县吗？杨应龙虽是个年轻后生，可他的野心却让我们这些老家伙也甘拜下风，他此举必然大有深意。田家那对小娃儿也不是什么省油的灯，况且徐伯夷和叶小天又有宿怨，叶小天被他们两个钳制着，还能玩出什么花样儿来？"

安国维开怀大笑："呵呵呵，你呀，这是关心起孙女婿了吗？"

夏老爷子脸色一沉，道："我可不希望我的乖孙女嫁过去没几年就得守活寡，他们两个绝不可能！"

安国维笑吟吟地道："好！小儿女间的事，咱们不谈。你担心他吃亏，那是因为你不知道他此前曾在葫县干过什么事，嘿嘿！一个假典史都能干得有声有色，如今有货真价实的官身，他会吃亏？"

夏老爷子疑道："什么真真假假？你这老家伙，又在玩弄什么玄虚？"

安国维莞尔道："你只要知道，那个小子粘上毛比猴子都精就行了。"

"就他？"

夏老爷子不屑地向外瞟了一眼，忽然哈哈大笑起来："哈哈，你快看看你口中的那只猴子，在府衙门前便跟人打起来了。就这臭脾气还猴精猴精的？我看是头驴子还差不多。"

安国维诧异地往窗外看了一眼，看不甚清，但是动手的那个确实是叶小天无疑，只是不知道正与他打作一团的又是哪个。

夏老爷子乐不可支地道："脾气这么火暴的人也算猴精？前番在栖云亭，他把崔大儒骂了个狗血淋头，还捎带着得罪了按察使王浩铭。今儿个更是不得了，堂堂举人居然在布政使衙门口动起了手，这一来准保得罪布政使姜欣。

"贵州三司啊，除了一个掌兵的都指挥使司跟他不挨边，其他的两位都被他得罪遍了，就他这性子能在宦海中扑腾出什么局面来？只怕最先沉底的那个就是他了，哈哈……"

安国维看了一阵，轻轻举起酒杯，小小地呷了一口，微笑道："驴子是不会闹天宫的，而猴子……可以！"

· ※ · ※ · ※ ·

府衙门前，叶小天揪着谢传风的衣领，啪啪地扇他耳光。

毛问智紧紧抱着谢传风，将他双臂拢住，让他挣脱不得，大声嚷道："哎呀妈呀！你们俩这是干啥啊，有话好好说呗，别干仗啊！大家都是举人，和气生财，和气生财啊。"

谢传风快被他气晕了，你要和气生财，你抱我这么紧干什么？可他明知毛问智就是在拉偏架，他连抗议的工夫都没有，因为叶小天就像抽陀螺似的，抽得他脸都肿了。

"你个贱人！一而再，再而三地跳出来污蔑本举人，你当本举人提得起笔，就打不得你个贱人？叶某人可是文能提笔中举人，武能举掌捆贱人的！"

叶小天用力打着，嘴也不闲着："今儿是布政使大人召见今科举子的大好日子，你又跑来向本举人头上扣屎盆子，你这是在打我叶某人的脸还是在打布政使大人的脸？你说！"

"你以为跑到这儿来污蔑我，就能有人替你做主了，哈！谁能替你做主，你把那人给我找出来！还是说你觉得唾沫星子能淹死人？你不晓得本举人会狗刨吗？"

叶小天打着谢传风，却是故意透话给徐伯夷听，他以为是徐伯夷怂恿谢传风来让自己难堪的。方才他和徐伯夷斗了几句嘴，顾忌布政使和按察使两位大人召见在即，不想在府衙门前闹出事来，本想就此散了，谁知谢传风突然跳了出来。

谢传风一出来，就当着众举人的面，声泪俱下地控诉起他被叶小天横刀夺爱的事来，除了扭曲事实外加夸大臆想，说到激动处，什么狗男女、奸夫淫妇、不知廉耻的小贱人一类的话就脱口而出了。

叶小天一开始浑没当回事儿，只是笑吟吟地听着，听着听着，也不知是哪句词儿触动了他的逆鳞，突然就大光其火，冲上去就是一记"冲天炮"，打了谢传风一个措手不及。

毛问智一见大哥动手，马上跑过去，两条长臂一张就把谢传风搂了个结结实实，然后就开始不断地"劝架"！

徐伯夷在一旁气急败坏地道："叶小天，你太放肆了，布政使衙门前，居然如此有辱斯文。"

叶小天道："贱人！他是贱人！你也是个贱人！有辱斯文？我是今科举人，今日蒙布政使和按察使大人召见，他居然跑到这儿来污蔑我，究竟是谁有辱斯文？"

叶小天真是恨透了谢传风，他和水舞分手，固然是薛母在其中起了大作用，可是这谢传风却也不无推波助澜的作用。那可是他的初恋啊，硬生生被人拆散，提起来岂能不恨。

再者，后来他听莹莹讲过水舞被谢传风气吐血的事儿，本就有心替水舞出一口恶气，如今又见谢传风跑到布政使衙门口儿来污蔑他，新仇旧恨，岂能不恼。

徐伯夷被叶小天骂得气白了脸，其实叶小天这一次是真的误会了徐伯夷。谢传风的确是被人怂恿而来，但那人却不是徐伯夷，而是李秋池。

李秋池接连几次被叶小天削了面子，已经被一些知情人传为笑话。李秋池是贵州第一讼师，同许多豪门都有密切关系，他的名声和口碑就是他的身价和地位，被叶小天这样打脸岂能不恨？

他素知贵州布政使姜欣性格方正，便怂恿谢传风出面，想在布政使衙门前让叶小天出个大丑，一旦惹得姜布政嫌恶，就算不能削了他的功名，也能阻止他拿个肥差，说不定什么差使都捞不到，徒留举人功名。

当日曾在栖云亭前向叶小天解说双方辩题的赵文远等人也纷纷上前劝解。衙役们见众举人闹得不像话，马上有人飞也似的跑进衙门向布政使大人报讯去了，其他人便上前把叶小天和谢传风硬生生分开。

谢传风狼狈不堪地擦着唇角的血，向叶小天怒骂道："姓叶的，你不要以为你攀上了高枝就可以为所欲为。天理昭彰，报应不爽！你为非作歹，恶贯满盈，人不报应天报应，你不会有好下场的！"

叶小天恶狠狠地道："我心眼少，但是不缺！我脾气好，但不是没有！你要是再不知好歹，肆意败坏我的名声，诽谤水舞姑娘，我见你一次打一次，你给我记住了！"

徐伯夷嘲笑道："哼！贪慕女色、强夺人妻，道德败坏以至于斯！被人追到衙门口来声讨，又恼羞成怒，仗势欺人，好一个斯文扫地的举人啊！真是一个天大的笑话！"

叶小天整了整衣衫，冷冷地看了他一眼，傲然道："笑话？姓徐的，我叶某人今天或许是你和世人眼中的一个笑话，来日却必定是你们眼中的一个神话！"

第十七章

运筹

一

叶小天这句话似乎有点大言不惭，可他要是厚着脸皮亮出尊者身份，倒也不算吹嘘。虽说蛊教尊者这个身份对于生活在文明社会，并且不甚了解深山生苗信仰的官绅百姓们来说，实在谈不上有多显赫。可是大半年前才离开京城的一个小小狱卒，如今坐拥数十万子民，算不算一个神话呢？

布政使衙门里，按察使王浩铭才刚刚赶到不久，此刻正与布政使姜欣喝茶聊天。这两位封疆大吏秉承"王不见王"的原则，除了偶尔饮宴交际的场合，从来不一起出现在公众面前，更不会到对方衙门拜访。

但今天不同，王浩铭兼着本省学政，举子们是他录取的，而这些被录取的举子们不管是做官也好，还是成为地方士绅名流，都要常和布政使衙门打交道，所以这次接见，他们两个人必然一起出面。

两人正不咸不淡地打着官腔，一个衙役忽然急急跑进来，大声禀报道："老爷，举子们在衙门口打起来了。"

王浩铭一听脸色就沉了下来，他刚刚还向姜欣夸耀他录取的这些举子学识如何渊博，道德如何高尚。这些人成为地方官吏又或士绅，将如何有助于姜布政推行他的政略方针，这不是打了他的脸吗？

不过这里是姜布政的地盘，王浩铭虽然心生愤怒却也不好发作，只是侧目看向姜欣。姜欣为人一向方正，一听这话顿时不悦，面沉似水地道："举子们何故争斗？"

那衙役道："回老爷，举子们正依名次列队等着老爷传见，忽然有位田府管事跑来，指斥一位名叫叶小天的举子花言巧语诱奸他的未婚妻子，还害死了这个女子的父亲，令那女子母女失和。那叶小天勃然大怒，扑上去揪住他便是一顿拳打脚踢，这叶小天还有个身材高大的跟班也一起动手，众举子解劝不开。"

"哦？"

姜布政面皮子微微一动，向王浩铭轻轻地扫了一眼，因为在王按察向他移交的公文中，曾特意提到过几人，进行了着重推荐，其中就有这个叶小天，他也已经准了的。

王浩铭知道夏家为叶小天讨要举人功名不是根本目的，最终目的必是送他一个官身，只不过这事儿轮不到他做主，但是作为今科举子的考官，他是有荐举权的，所以先下手为强，在移交布政司的公文中着意提到叶小天性格刚烈、锐意进取，可派往葫县任职，以期打开葫县局面。

姜布政看了他一眼，似笑非笑地道："王大人，这个叶小天还真如你所说，性格刚烈、锐意进取啊！"

王浩铭老脸微微一热，咳嗽一声道："想必当日在栖云亭畔，这叶小天恣意狂放，羞辱崔像生的事，姜大人你也听说过了。呵呵，此人性情是火暴了些，可是他能不畏强权，此等人可比一个成熟稳重的更适合派驻葫县啊。"

王浩铭说着，心里已不知有多后悔。早知叶小天会闹出这种事来，他何必多嘴举荐叶小天呢，这位姜布政为人方正，也不大买那些土司老爷们的账。如果他不多嘴，经过叶小天这么一闹，姜布政气恼之下，那叶小天哪还有机会做官？如今可好，明明厌憎于他，却还得为他美言。

姜布政听了王浩铭这番话心头却是微微一动。他自主政贵州以来，守成有余，开拓不足，朝中几位阁老把他放在这里，本来是希望他能打开局面，加强朝廷对贵州的掌控力。

谁知他到了贵州，才发现如果没有土司老爷们点头，他的政令根本出不了府门，出了府门也是废纸一张，迫于无奈只得俯首低头，向那些土司们妥协，以换取他们的支持。几年来只能勉强维持局面，无甚建树，其中尤以葫县为甚。

葫岭两位土司争地，直至兴兵作战，朝廷果断出兵平息了战乱，顺势罢黜了两位土司，立葫岭为葫县，设立流官。这等于是为朝廷又争取了一块直接由朝廷控制的领土，这也是朝中几位阁老的得意之作。

然而葫岭立县已经三年有余，这个位于贵州驿道最北端的要害之地，依旧不能算是掌握在朝廷手中，为此他已不知几次受到阁老们的密函斥责。

如今杨应龙想把播州阿牧赵歆之子赵文远安插到葫县，田家又想把田家门人徐伯夷安插到葫县，显然是贵州的土司们已经回过味儿来，想把朝廷探进贵州的"这只手"砍掉，重新把葫县掌握在自己手中。

正因如此，姜布政才不动声色地把杨、田两家的要求都应允下来，决心驱狼斗虎，先让田杨两位土司较量一番，一则可以消耗这两位土司的实力，二则可以由他们来互相制衡。

如今又冒出这个叶小天来，据说他是红枫湖夏家内定的乘龙快婿，若让他到葫县去，那里的局势势必乱上加乱，那里越乱越好，乱了，朝廷才好乱中取利啊。

想到这里，姜布政微微一笑，道："不错，少年人嘛，总不能因为读了书便连血气也没了。姜某听说叶小天诱拐他人妻子一案，王大人已经有了结论，这田府管事无事生非，污辱新晋举人，该打！"

姜布政说罢，对那衙役道："去！也不必等到辰时三刻了，这就叫他们晋见吧。"

王浩铭听得一呆，心中暗自起疑："就这么轻轻放过了？这可不是姜欣的性格啊。这老家伙，在打什么主意？"

· ※ · ※ · ※ ·

谢传风两颊赤肿地回到田府，捂着脸往自己住处急走，他这副狼狈相可不想让府中那些下人们看到。

其实他也知道李大状是有意利用他，但他本就有心恶心恶心叶小天，两个人于是一拍即合。

谢传风本想着不管叶小天与他如何理论，这种事都是越描越黑，叶小天不是做了举人正春风得意吗？如此这般先让他丢个大脸，说不定夏家听说了也会心生嫌弃，那叶小天可就鸡飞蛋打一场空了。叶小天拐走了自己自幼定亲的俏媚娇妻，总要让他也尝尝滋味这才甘心。谁知这叶小天竟是属驴的，一言不发动手就打，这也叫读书人吗？

谢管事捂着脸正想往自己的住处去，尽快弄些消肿化瘀的药物敷敷脸面，突然听到一个清冷的声音道："谢传风！"

谢传风一听这声音便是一惊，急一扭头，就见一道倩影娉娉婷婷地立在阶上，头戴一顶浅露，看不见她的容颜，只能看见那俏巧圆润的白皙下巴，在她身后还立着两个侍女。

谢传风双膝一软跪了下去，垂头恭声道："大小姐。"

不闻脚步声，但是一角白裙已经出现在他眼前，靴尖隐露，头顶传来田妙雯淡淡的声音："你的脸是怎么回事？"

谢传风支吾了两声，还没想好措辞，田妙雯已然一声冷笑："你和李秋池搅和在一起做了什么？"

谢传风心中一惊："糟了！大小姐都知道了。"

谢传风急忙以额触地，道："大小姐恕罪，小人知错了！"

田妙雯淡淡地道："做了几天管事，就开始忘乎所以了？不要忘了，你是田府的人。你去与人如此为难，别人会搞不清这只是你的私人恩怨，还是出自我田家的授意。"

谢传风一听话锋不对，不由体若筛糠，颤声道："大小姐，小人……"

面前白裙一动，那袅娜的身影已然远去，只留下田妙雯一道清冷的声音："你走吧，从此再不是我田府之人！"

谢传风大惊，膝行两步，哀声求道："大小姐，请念在小人鞍前马后的份上，宽恕小人一次。"

谢传风一面说一面叩头，等了半晌还不见田妙雯说话，抬头一看，哪里还有田大小姐的身影，身边只围了许多田府的奴仆下人，都用同情的眼光看着他。

谢传风绝望地大呼道："大小姐！"

谢传风犹不死心，直挺挺地跪在地上不动，可片刻之后，田府内管家韩氏娘子便带着一个家仆来到了他身边，对他说道："谢传风，小姐念你对我田家也算有些苦劳，这是赏你的，你走吧。"

谢传风急忙道："韩大娘，求您帮忙在大小姐面前为我美言几句，若能令大小姐回心转意，您的大恩大德，我谢传风没齿不忘！"

韩大娘叹道："大小姐的脾气你不知道？不要枉费心机了。"

那家仆将一个包袱放在谢传风身边，韩氏娘子回眸一扫，对几个家丁道："送他出去。"韩大娘说罢扬长而去。谢传风望着她远去的背影，脸上一片绝望。

谢传风失魂落魄地离开田府，又在田府门前痴痴伫立许久，终于死了心，背着包裹慢慢离开，寻到一家车马店。田府不用他，贵阳城还有谁家肯用他？如今之计，也只有回铜仁去了。

"叶小天！"谢传风坐在一间陋室里，等着车马行为他安排返乡的车马，想起害得自己被赶出田府的始作俑者，不由得咬牙切齿。

忽然间，他又想起田大小姐所赐的包裹，沉甸甸的应该有不少金银，如今前程已经没了，如果这笔钱丰厚一些，回去后买房置地，也可过上小康生活。

谢传风打开包裹，意外地发现，包袱里除了一笔金银，居然还有一封书信。谢传风急忙展开书信一看，一丝喜意顿时漾上眉梢，他急忙左右看看，见室中无人，便把那封信三口两口吞咽腹中，脸上露出一丝得意的笑容。

第十八章

各有安排

一

布政司、按察司两司长官大开中门,在吹吹打打的乐声中接见了新科举子们,对他们慰勉一番,又赐宴接待,最后又陪同他们离开府衙,仿效进士及第夸官游街的方式,领着他们游览风景名胜,祭拜孔子先师,可谓风光无限。

又过三日,布政使衙门便发下公函,对今科举子们的前程一一做出了安排,见到布政使衙门的公函后,三十名举子当真是有人欢喜有人忧。

三十名举子中有十一个人就地安置,其中五人留用于贵阳布政司、按察司、大宅吉、小宅吉,其余六人则分赴各地为官。

不过,此时还只是两司商议后的临时任命,上任之后只是代理官职,需上报朝廷,得到皇帝批阅,然后由吏部下发正式文告,这才算是真正的朝廷命官。

不过对于这种级别的小官,再加上贵州的特殊情形,上呈皇帝与吏部批文不过是走走过场,之前还没有过不批准的先例,是以得到布政司衙门的任命,他们几乎就是板上钉钉的朝廷命官了。

剩下十九人中,涂方林涂解元被一路乐声相送,吹吹打打地送进京城,准备参加明年的全国大考了。如果幸运的话,他会高中进士,得到一张平步青云的船票,可是看他这倒霉劲儿,这种幸运十有八九与他无关。

另外还有八人被保送国子监,同样是进京,他们比涂解元就幸运多了。

明代国子监的监生一般有四种,一种是秀才考进去的,称为贡监;第二种是高官子弟承父祖福荫入学,称为荫监;第三种就是像这八人一样以举人身份入学的,称为举监。第四种是捐资入监的例监生。

前三种监生里面,荫监生有背景有门路,进国子监的唯一目的就是镀金,他们的前程其实早就安排好了。以举人身份入学的仅次于他们,从国子监毕业之后,一般也都能得到一个安排。

以秀才身入监的就没有优容了，他们想从国子监毕业就弄个官身，就只能拼爹、拼座师、拼各种社会关系。至于捐资入学的例监生，基本上就是为了要个比较荣耀的名声，做官的希望不大。

三十名举人中没有安排的那十个人，则下发批准建功名坊的公文，送他们还乡，虽然不比其他幸运儿，却也是免税免赋、荣耀乡里。

三十名举子中最引人注目的有三个人，一个是徐伯夷，一个是赵文远，还有一个就是话题最多的叶小天，这三个人都被安排到葫县为官了。

徐伯夷接任原葫县县丞孟庆唯的官职，赵文远则成为葫县驿丞，叶小天为葫县典史。

这三人中，徐伯夷是八品官，以举人来说，能够直接任命为一县县丞，成为朝廷有品秩的官员，算是相当美满的结局了。不过以他举人试第三名的成绩，确也当得起这个任命。

至于赵文远和叶小天则是不入流的官，也就是九品以下，两人都是月俸四石。不过这两人的官职都比较特殊，一般不入流的官是不需要朝廷任命的，可以由地方官府直接任命，向吏部报备一下就好。

但是典史有个特别之处，就是县里的县丞或主簿出缺时，其职责由典史兼任，这一来他就等于是县丞、主簿这种有品秩的官员的预备官，因此典史也得吏部选，皇帝亲自签批任命，虽不入流，也是命官——朝廷任命的官。

而驿丞呢，掌管驿站中仪仗、车马、迎送之事，同样属于不入流的小官，可是葫县因为正处于贵州驿路的最北端，是贯通贵州南北的唯一交通要道之所在，所以这里的驿丞就与中原地区那些负责迎来送往的驿丞大不相同了。

这里的驿丞具备许多军事职能，传输军事物资、传递军事情报。比如驻守云南一带的官兵，以当地的经济条件，无法完全养话这么多官兵，部分粮食需要朝廷拨付。

如果有十万驻军，每人每月除了从当地征粮和自耕自种，朝廷再额外补充半石，那么一年下来就是五六十万石，其中一部分通过海路运输，另一部分就得通过这条驿道运送。

这驿站在此过程中要负责保管物资、交接物资、维护驿道，责任不可谓不重。此外还有钞、布、棉、战衣、军靴、兵器……杨应龙盯上这个位置，自然有他的用意。

按照姜布政的说法，葫县地处要隘，且立县时日尚短，又因县丞与典史两个要职出缺，所以需要补充较多的年轻官员，以加强葫县的治理。

内中真正缘由，各个方面自然都心知肚明，只有那些不明所以但又知道叶小天与徐伯夷不和的百姓对此津津乐道，期盼二人到了葫县来一场龙虎斗，给他们茶余饭后增加一点谈资。

· ※ · ※ · ※ ·

杨府内，阿牧赵歆和他的儿子赵文远恭谨地站在杨应龙面前。

杨应龙淡然道："我不能久离播州，这就得回去了。文远，你此去葫县，我只有一个要求，务必要把通过葫县的这条驿路掌握在手中。即便有一天你离开葫县去别处任职，也要保证那里有你的耳目和手足，关键时刻能让他们发挥作用！"

赵文远恭谨地道："是！卑职记下了！"

杨应龙微微沉吟一下，又道："还有，与你同往葫县任职的，有徐伯夷和叶小天两人。这个徐伯夷是田家的人，你要小心他。至于那叶小天，你不妨倾心结交一下。"

赵文远微微有些诧异，心道："徐伯夷是田家的人，可那叶小天不是夏家的人吗？听说他能中举做官，全是夏家从中出了大力啊！怎么大人却要我同他交好，难道红枫湖夏家已经暗中同我们土司大人缔结了盟约？"

赵文远并不知道叶小天的尊者身份，更不知道遥遥是杨应龙的亲生女儿，没有杨应龙的允许，就是他的生身父亲播州阿牧赵歆也不敢向他透露这个秘密，难免心生疑惑。不过赵文远不敢多问，只是垂首答应下来。

杨应龙微微一笑，举掌轻拍三记，便有一个石榴裙、轻罗衫、发髻做少妇打扮的高挑艳媚女子从屏风后面姗姗地走出来，向杨应龙盈盈施了一礼。

杨应龙道："清清聪明机警，又有一身好功夫，可以助你一臂之力。此去葫县，让她与你同行，充作你的妻子。我有什么吩咐，会通过清清传达于你。你们要同心协力，能否把这条要道掌握手中，可全靠你们了。"

"是！"

赵文远和潜清清同时拱手称是。

赵文远悄悄睨了一眼俏立身旁、几与他等高的这位身段高挑的美人，嗅着她身上的淡淡幽香，不由心猿意马起来："此去葫县不但做官，还有这样一个美人供我狎弄享用，大人对我真的不薄啊。"

田府里，田妙雯对徐伯夷同样耳提面命了一番。

田妙雯依旧戴着浅露，她倒不是故作神秘，实是她的容颜与她平素在下属面前所树立的形象、气质相去甚远。

在众人眼中，怜邪姬是一个精明强干、杀伐果断的女中豪杰，可是她下巴尖尖，一张巴掌大的心形脸蛋，尤其是一双眼睛，不管是愠怒还是庄严，给人的感觉永远都是楚楚可怜,会把她苦心经营的威严形象毁于一旦,所以她很少将真面目示之于众。

田妙雯对徐伯夷道:"我要你做的只有两件事。第一,把葫县掌握在你的手中!第二,阻止赵文远插手葫县。这两件事,原本就是一而二、二而一的事,你的起点比他们高,身为县丞,你是葫县第二把交椅,而知县花晴风又出了名的无能,天时地利你已占了大半。"

徐伯夷信心十足地道:"伯夷此去,一定竭尽所能,绝不让小姐失望!"

田妙雯轻轻颔首道:"对赵文远,你也不必明刀明枪,我不管你用什么法子,只要你能把葫县掌握在手里,关键时刻登高一呼,能够左右葫县局面,便是你的大功一件!"

徐伯夷躬身道:"是!"

田妙雯微微一笑,又道:"你跟叶小天过节不少吧?"

徐伯夷心中一凛,急忙辩解道:"大小姐,伯夷跟他……"

田妙雯淡淡地道:"好啦,你不用急着向我解释。你们有没有过节都没关系。等你到了葫县,这个叶小天作为典史将是你的直接下属,可他与夏家过从甚密,不可能为我所用,你想控制葫县,这个人是一定要除掉的。怎么除掉我不会管你,必要的时候,还会给你提供一些帮助。"

徐伯夷一听喜出望外。自从获悉谢传风被田大小姐赶出田府,他就心中凛凛,不敢再公器私用,以泄私愤。如今有了田大小姐这句话,他就可以放心行事了。

田妙雯道:"官场,只有一条向上爬的路,只有两种上路的人。不想做那个被人踩的,就得做那个踩人的人。我已送你上路,是踩人还是被踩,还得看你自己,不要叫我失望!"

徐伯夷躬身道:"是!"

想到再回葫县,便是一人之下,万人之上,当初他可是如丧家犬一般灰溜溜离开的,徐伯夷恨不得立即插翅飞到葫县,让那些曾经嘲讽他、蔑视他的人好好看一看他今日的风光。

可是另一方面,他又有些淡淡的失落,如果田大小姐对他哪怕有一星半点的情意,又岂会把他打发到葫县去?在田大小姐眼中,他终究不过是个可以栽培一番的爪牙啊!他是不可能爬上田姑娘的牙床,品尝天娇贵女的滋味了。

第十九章

相约

一

布政使衙门颁下任命的第二天，众举子们便赴任的赴任、上京的上京、回乡的回乡，统统作鸟兽散了。徐伯夷更是马不停蹄，立即打点行装奔了葫县。

在等待布政使衙门颁布安置结果的这几天里，众举子们纷纷互相邀请、设宴饮乐。同乡关系和同年关系，都是官场人脉的重要一环，他们既是同乡又是同年，先天就比其他官员近了一层，以后相互照应着，便是一张牢不可破的关系网。

不过叶小天并没有受到其他举子的邀请，一则他不是正统读书人出身，以前和这些人全无联系，再加上他的性情脾气、谈吐举动也实在不像个读书人，和这些人格格不入。

更重要的是，他把崔像生这样的士林领袖以及王浩铭这些的官场大佬都给得罪了，虽说眼下还看不出有打压他的痕迹，可还是敬而远之的好，立足官场，关系人脉固然重要，站队正确与否更是一件至关重要的事。

这些举子们一朝鱼跃龙门，从圣人的"之乎者也"中拔出脑袋来，为人处事就自然而然地立足于现实，所思考的事情也更注重现实利益了。

叶小天也懒得同他们打交道，他又没个人提点着，许多科场和官场上的惯例规矩都浑浑噩噩一知半解，因此等他接到布政使衙门的任命，见上面明确规定了赴任日期，马上赶去车马店租订马车时，长途马车早已被人预订一空了。

叶小天无奈只得怏怏离开，一边走一边想，布政使衙门要求到任的时间这么紧，不要说红枫湖没有时间去，马车订不到想赶路都成了难题，看来只能去买几匹马了。只是这路途漫漫，没有车子，要带着遥遥和福娃儿、大个子赶路可就成了大问题。

叶小天虽然看似不羁，但孰轻孰重还是分得清的。他在栖云亭恣意狂放，在府衙门前怒打谢传风，都不关乎最根本的东西，如果谁想因此凭一己喜恶对他做出处置，他除非不想争，否则总有道理可讲。

然而官府的正式命令，如果违背或逾期，那么对他做出任何处置都是天经地义的，他没有任何理由辩白。他不想失去这个得来不易的官身，如果他的老爹老娘得知自家出了一个官，不知要有多欢喜，这么光宗耀祖的大事，他只是一个刚及弱冠之年的青年，又不是一个看破红尘看破世事的老朽，岂能不放在心上？

叶小天想着，不禁又长长地叹了口气，重回葫县他固然很开心，那儿不仅有他难忘的记忆，更有他离京之后交下的第一个朋友，可他心中又有些依依不舍，时间这么紧，实在难以赴红枫湖一行了。

叶小天一路想着，便有些神不守舍，迈步走出四海车马店的大门时，恰与迎面走来的两人碰了一下肩膀。那人忽然站住，向叶小天扬声道："叶贤弟？"

叶小天闻声止步，回身一看，认出此人正是与他同科的举人赵文远。当初在栖云亭畔，此人曾向他解说李秋池、徐伯夷等人辩论的内容，后来在府衙门前他与谢传风厮打，此人也曾出面解劝，叶小天对他印象不错。

叶小天忙拱手道："原来是文远兄，失敬，失敬。"叶小天说着，向赵文远身边所站的那位高挑清丽的女子飞快地扫了一眼，心道："这女人莫非是赵文远的妻子？"

果然，赵文远笑道："啊哈，果然是叶贤弟。夫人，这位叶贤弟是我的同年，此番同往葫县任职，以后就是同僚了。叶贤弟，这是拙荆潜氏。"

叶小天忙揖礼道："小天见过嫂夫人。"

潜清清向他福了一礼，娇声道："叶兄弟免礼。"

潜清清当初在生苗禁地神水湖畔，曾与白筱晓一起在帐中作歌伴舞，但当日账中侍候的侍婢舞姬们很多，又都化着浓厚的舞妆，与此刻清水芙蓉的模样大相径庭。

叶小天虽然没有脸盲症，却也没有"半面不忘"的好记性。自那日之后，与他打过交道的一直只有白筱晓，这个潜清清再未露过面，此时瞧来并无熟识的感觉。

赵文远道："叶贤弟也是来租车马的？"

叶小天苦笑道："正是，可惜，长途车马都被人租光了，布政使衙门规定的报到日期又近，我正打算去马市上买几匹马。"

赵文远笑道："此去葫县山水迢迢，又有行李伴从，骑马怎么吃得消？我早订了车马的，因为明日一早就走，所以今日来取。既然叶贤弟不曾订到车马，不如明日与我同行。"

叶小天忙推辞道："不妥不妥，我虽行李不多，家里人却不少，与兄同行，多有不便。"人家既有女眷，此去长途漫漫，他怎好与人家女眷挤在一辆车子里，虽说贵州民风与中原不同，这也是很失礼的行为，叶小天当然要推辞。

赵文远哈哈笑道："叶贤弟不必客气，我租了三辆马车呢。如今加上你也没关系，如有女眷，可与拙荆同车。你我兄弟挤一挤就好了，路上也好有个伴儿。"

叶小天道:"这个……"

赵文远笑道:"叶贤弟,你就不要跟我客气了。咱们同年,刚刚入仕又在同一个县任职,以后少不了打交道的时候,今日多亲近亲近,以后有什么事也好相互照应。"

叶小天暗道:"这就是拉帮结派了,也好,徐伯夷去了葫县,必定与我为难,多个朋友多条路。"便道:"如此,多谢文远兄了。"

赵文远笑道:"贤弟在此稍候,我去里边领车马出来,你与我走一趟,先认认我的住处,明日一早你们过来,咱们一起出发。"

叶小天点头答应,赵文远便让妻子也候在门外与叶小天作伴,自往车马行中走去。

潜清清方才初见叶小天时,心中还稍有惴惴,但见叶小天并没有认出她来,这颗心便放下了。

其实他们都以为叶小天是夏家插手葫县的一枚棋子,也就认定叶小天是清楚赵文远底细的,那么即便认出她来也没什么大不了的,他们本就没打算洗脱播州杨家的烙印。可叶小天既然没认出来,当然更方便她在葫县行事。

潜清清眸波一转,忽地嫣然道:"叶兄弟,此去葫县,官居何职啊?"

叶小天欠身笑道:"哦!布政使衙门委了我一个典史之职。"

潜清清轻叹一声,道:"典史啊,执掌司法刑狱,那可威风得很呢。唉,可惜我丈夫只是做个驿丞,干那迎来送往的没出息营生。"

叶小天暗暗皱眉,心道:"为人妻子,怎么能在外人面前数落自己丈夫的不是,看来这赵文远的妻子,平素在家里定然跋扈得很了。"

叶小天微笑道:"嫂夫人,这你可说错了,同样是驿丞,这葫县驿丞可不同一般。要知道,那可是贵州的北大门,是驿道最关键处,但凡能在那儿任驿丞的,权柄都是极重的。你可看过别处的驿丞除了驿卒可还有兵丁供差遣?但这葫县驿丞,麾下便有百余兵丁。"

潜清清道:"啊!原来如此,那倒是我妇人之见了。叶兄弟可曾娶过妻子,此去葫县还有什么家眷同行吗?"

叶小天道:"小弟尚未婚配,此去葫县,只有一个年方五岁的小妹子,此外还有两位兄弟、一位长者。"

潜清清笑靥如花,道:"那好极了,明日让你那小妹子跟我同车吧,这一路上可就不嫌寂寞了。"

两人正说着,几个车把式牵着马车从大门里出来。这车马店为了方便大车出入,既无台阶也无门槛,大门也修得宽敞。

车把式前边拉着马车,后边车马店掌柜陪着赵文远,到了门口,说了一番"多谢光顾、一路顺风"的客气话。赵文远拉着叶小天登上一辆马车，潜清清上了后面第二辆，赵文远说个地址，便让车把式上路了。

这赵文远很是健谈，也善于制造话题，一路说说笑笑的，与叶小天越说越近乎。车正走着，路边忽然出现一座高大宅院，青砖铺地，双狮守门，照壁旗杆，一应俱全。

叶小天随意看了一眼，陡见门上斗大两个字"夏府"，不由心中一震，急忙问道："夏府？这里可就是红枫湖夏家在贵阳的府邸？"

赵文远一呆，心道："你马上就是红枫湖的乘龙快婿了，怎么连夏府都没来过？"口中却应道："不错，除了红枫湖夏家，又有哪个夏家建得起如此庞大的宅院？"

车子缓缓而行，好半晌，路边蔓延的依旧是夏家宅院的院墙，叶小天望着夏府高高的院墙，心中百感交集："哎！想当初我大哥说媳妇，只是媒人上了趟门，双方父母见了个面，这婚事就订下了。我跟大哥一母同胞，只比他晚出生一炷香的时间，怎么运气就差了这么多，想找个媳妇这么难呢？"

叶小天自怨自艾一番，乐观的天性使得他很快就为自己找了一个心安理得的理由：

"不一样嘛，水舞和我大嫂怎么比呢，就算后来没有发生她爹被杀的事情，就凭她早有婚约，也注定好事多磨嘛。至于莹莹那就更不用说了，人家可是七仙女一般的人物，七仙女固然跟了牛郎，可天下的放牛郎成千上万，我能成为其中最幸运的那个，该是何等福气！

"更何况，就算七仙女，不还有个王母从中作梗吗？我只是从王母换成了老丈人而已，银河虽然难渡，只要我肯用心，总能搭起那座鹊桥！"

第二十章

一种相思，两样滋味

一

作为播州大总管，位高权重的赵歆在杨府里自然也有一席之地，杨府第二进院落的西跨院，整个都属于他，此刻正由他的儿子赵文远住着。

赵歆为了方便进出，在西跨院的外墙上又单独开了一道门户，形成了一个府中有府的格局。

赵文远带着叶小天就是从这个后开的院门回的住处，因为没走大门，叶小天又不熟悉贵阳城各家豪门的住处，所以并不清楚这里是杨应龙的宅邸，赵文远自然也不会刻意向他点明这一点。

叶小天只当这是赵文远租住的地方，认清地方后就想回去，赵文远哪里肯放他走，一定要留他吃酒。

叶小天推却不过，又考虑到此去葫县与上次不同，这次是真真正正去做官，仕途能否走得长远，上下左右各个方面的关系都要照顾到。虽说他在葫县已经有了一定的基础，但是要跟他的顶头上司做对，朋友还是多多益善，所以对这个能增进友谊的邀请便爽快地答应下来。

赵文远吩咐厨下置办了一桌丰盛的酒席，二人对坐畅饮。席间攀谈，也不免要说起彼此的来历，赵文远只说他是播州人，并未多言出身。叶小天也很警醒，毕竟相识日浅，不好透露太多。

按照大明开国时就立下的规矩，衙役后嗣，在祖上脱离贱籍三代之内，是不许考官入仕的，虽说大明朝到了现在，许多规矩都已崩坏，但是如果被有心人拿来说事儿，终究是个麻烦，所以他自报家门，说的还是大万山司的籍贯。

赵文远的酒量极好，再加上能言善辩，向叶小天殷勤劝酒，根本不容人拒绝。叶小天也是有意攀交，争取到葫县上任后能多一个盟友，是以酒到杯干，十分爽快。

他们喝的是黄酒，初尝劲道绵软，似乎酒劲不大，但是一个多时辰下来，叶小天业已头重脚轻，说话时舌根也有些发硬了。

赵文远见状，又殷勤挽留，想安排在客房住下。叶小天今天是独自去的车马行，回去太晚怕家人担心，所以执意拒绝。赵文远见状也不再挽留，便要安排车马送他离开。

此时正是华灯初上时候，天色还不算太晚。叶小天来时看过路径，赵文远的住处距他租住的房子并不是很远，想要步行回去，正好正熟悉一下路径，便向赵文远婉拒了好意。

赵文远送走叶小天，往回走时，也有些脚步轻浮了。他们今晚喝的是黄酒，这酒与烧酒不同，烧酒是一开始如烈火下喉，酒力雄劲；而黄酒是后劲大，尤其受风一吹，那酒劲发作起来，比烧酒有过之而无不及。

赵文远脚下虚浮地走了几步，忽然目光一亮，站住了脚步。

主卧窗棂上，正现出一道曼妙的身姿。那是潜清清，看她动作，似乎正在对镜梳妆，妖娆的体态在窗子上映出了一道极诱人的曲线。

赵文远想到这是土司大人赐给他的女人，想到她那美丽的容颜，动人的体态，腹下突如揣了一个火炉，热烘烘的，再难抑制那种本能的渴望了。

赵文远立即举步向潜清清的卧房走去，推开房门，便是极奢华的一间卧室，画屏六扇金鹧鸪，小山重叠，柳暗花明。内里有一张罗帐轻掩的红木雕花大胡床，旁边还一张梳妆台，锦墩上坐着一个披着半透明蝉翼纱背子睡袍的女人，凸臀细腰几近半裸，赵文远一见，有些口干舌燥起来。

潜清清正在对镜卸妆，她的发髻已经打散，秀发披散如云，镜中一张俏丽可人的容颜，鲜嫩润丽得仿佛一朵正在盛开的鲜花，看到赵文远进来，潜清清把象牙梳子轻轻搁在梳妆台上，娉娉婷婷地站起身来。

她这一站，妖娆体态更是毕露无遗。赵文远看到她那迷人的体态、妍丽的笑靥，再嗅到她身上淡淡的幽香，更是情难自遏，便以酒遮脸，涎笑道："娘子，夜色已深，咱们睡了吧！"

说着，赵文远便张开双臂，向潜清清扑去。潜清清像只灵巧的小鹿般向旁边一闪，赵文远扑了个空，赵文远一怔，微微带些愠意地道："潜姑娘，你可是土司大人赐给我的！"

潜清清眸波微微一闪，似乎赵文远的这句话发挥了作用，站住不动了。赵文远嘿嘿一笑，张开双臂再一扑，一把揽住了她。潜清清任他抱住自己柔软香馥的身子，柔声道："赵公子，你真愿把我当作你的妻子吗？"

赵文远暗自冷笑，心道："我是'峨'（贵族），你顶多是个'颇直'（奴婢），怎么能配得上我？我父早已为我和布摩（族中大巫师）之女订下婚事了，你这种女人，玩玩罢了。"

赵文远心中这样想着，口中却道："土司大人既然把你赐给了我，你当然就是我的女人，娘子，还不侍奉你的夫君上榻休息？"

潜清清咯咯一笑，张开柔软的双臂抱住了他，呵气如兰，语声如丝地道："那……人家要是跟了你，你会对人家好吗？"一边说着，她的手已经轻轻向下滑去……

赵文远身子一震，本就欲火如炽，再被清清妖媚的模样一勾，刻意的撩拨一激，不禁淫笑道："好娘子，我当然会对你好的，嘿嘿！我马上就会对你很好很好……啊！"

赵文远说着忽然一声惨叫，脸色突变，身子佝偻得跟只虾米似的，颤声对潜清清道："放手！放手，你快放手……"

潜清清依旧巧笑倩兮，可她那只兰花般俏美，拈得起樱桃，也握得紧刀剑的柔荑，却紧紧捏着赵文远，痛得他脸色惨白，额头冷汗都沁了出来。

潜清清妖媚地笑着，轻抚赵文远的脸颊，柔声道："郎君，人家比较笨呢，土司大人吩咐人家以你妻子的身份与你同往葫县，可人家不知道包不包括侍奉枕席呀。不如郎君再去播州请示一下，如果土司大人恩准呢，那人家一定会好好侍奉你，让你欲、仙、欲、死……"

潜清清说着，手却是越来越用力，赵文远痛得喘不上气来，脸色都变得蜡黄了，一迭声地道："你放手，你快放手，我不碰你！我不碰你了！"

潜清清松开手，又是咯咯一笑，故意在他面伸展了一下腰肢，挺起饱满的胸膛，露出极度诱惑的风情，道："奴家倦了，想睡了呢。郎君累不累，人家为你宽衣啊？"

潜清清便迈着妖娆的步伐像只妩媚的猫儿凑上去，赵文远如见厉鬼，仓皇后退，恶狠狠地骂道："你这个疯子！你这个疯女人！"赵文远说着，弯着腰，狼狈不堪地逃了出去。

潜清清嗤嗤地笑起来，笑了半晌，姗姗回到梳妆台边坐下，望着镜中那张荡意犹存、极度诱惑的面庞，神色渐渐变得黯然起来，幽幽地道："你说过要跟我厮守终生的，你究竟去了哪里呢……"言犹未了，目中已有晶莹的泪光闪烁……

夜晚的贵阳城，似乎比白天还要热闹一些，街头有许多行人，路边有许多商贩挑灯夜卖。叶小天穿行其间，信步而行，晚风拂来，打一个酒嗝，胸腹间便觉畅快了许多。

叶小天走了一阵，酒意上涌，步履不免有些踉跄起来。这时，他忽然看见路旁出现一堵高墙，想起这里就是夏府所在，想起莹莹，心情激荡，不由自主便走过去。

"开门，开门！"

叶小天抓着门上兽首铜环不停地叩击着大门，大着舌头叫嚷起来。

夏府独自占了偌大一块地方，因此从夏府门前经过或在此做生意的人极少，叶小天抓着铜环一通叩击，声音清晰，传得极远，过了片刻，就听府中有人不耐烦地叫道："什么人？"

叶小天叫道："开门，我要见莹莹，快开门！"

大门"吱呀"一声打开了，一个夏府家人挑起灯笼看了看，见是一个弱冠少年，喝得脸面通红，满口酒气，说话连舌头根都硬了，只道是上门寻衅的醉汉，另一个家丁便冷笑道："你这厮好大的狗胆，竟敢来我夏府生事？"

叶小天一步迈了进去，险险被高高的门槛儿绊个跟头，他踉跄了几步，转头四顾，含糊不清地道："莹莹呢，我……我就要回葫县了，我要见……见见她！"

那家丁一见他硬闯进来，不由勃然大怒，举拳就要打，却被那个挑灯的家丁一把拦住，那家丁面色奇怪地问道："你说你要见谁？"

叶小天道："莹莹，我要见莹莹，夏莹莹！"

那举拳当空的家丁吃了一惊，登时态度大改，急忙问道："你要见我们家大小姐？你是谁？"

叶小天打了个酒嗝，道："我……我是莹莹的相公，我是叶小天！你……你不认识我吗？我……就是你……你们夏家的姑爷，我要见莹莹，快带我去见……她。"

那挑灯的家丁见他身子摇摇晃晃，急忙扶住他，向另一个家丁使个眼色，又对叶小天满脸堆笑地道："原来是叶公子啊，我们大小姐回了红枫湖，她不在这里啊。"

叶小天顿时呆住，头脑也稍稍清醒了一些，喃喃自语道："对啊！莹莹回红枫湖了，莹莹不在这里……"

这时候，另一个家丁已经飞也似的跑进了后宅。那家丁本想去禀报夏老爹的，半路上正碰到几个勾肩搭背打算出去鬼混的夏家兄弟，一听说叶小天找上门来，几兄弟不由大怒，立即向前宅奔来……

第二十一章

驴女婿骂丈人

一

"一字官武走南阳，二把钢刀斩莱阳。三人拜和紫荆树，四马投唐小秦王。五虎上将保太子，六郎起义是孟姜。七个莲蓬来对宝，八字李煜是刚强。九里山前买韩信，十面埋伏楚霸王……"

夏老爹哼着当年周游天下时学来的俚歌小调，很惬意地从浴室里面走出来，脚下趿着一双蒲草软拖，光着两条大毛腿，身上缠一条大毛巾，披头散发地往梳妆台前一坐。

两个长相甜美、身姿娇小的丫鬟立即上前，拿起牛角梳子为他梳理起来，夏老爹哼哼唧唧依旧唱个不停，看起来心情挺不错。

前些天夏老爷子出了个馊主意，诈称老祖宗生了重病，诓骗莹莹回家。夏老爹为了不让莹莹起疑，自然也要跟父亲一起回红枫湖，但他一到红枫湖就又马不停蹄地赶了回来，究其原因，居然还是为了叶小天。

安家那头老狐狸安国维是很清楚叶小天尊者身份的，他知道就凭叶小天能掌握数十万山苗的实力，只要他愿意，在贵州地面上就可以起到极大的作用。

但是要做到这一点，就一定得让叶小天"入世"。否则来日贵州一旦真的掀起一场腥风血雨，狼烟四起的时候，人家往深山老林里一钻，做他的逍遥王去了，你能奈何？

所以安国维打定主意，就以官场作为叶小天入世的切入点，只要他在人世间有了种种牵绊，来日面对贵州乱局，必然做不到袖手旁观。出于这种目的，安国维力保叶小天做举人并成为朝廷命官。

但是安宋田杨四大家中，安家作为"土司王"，地位一向超然，安国维一旦有所举动，很容易引起他人注意。他平时高高在上，扮演的其实是平衡贵州百十位土司之间利益的裁决人角色。

他若一旦直接插手某些事情，就会打破这种平衡，迫使一些土司做出选择，站到他的对立面去，与播州杨应龙沆瀣一气。

这也是他此前派儿子去生苗禁地干涉尊者传承，却没有动用太多力量的原因。当时他甚至根本没有出面，只让他的长孙打着声援表妹的名义出面，因为他外孙女是苗人。

当时如果是安国维亲自大张旗鼓地入山，将会令各方势力都深感不安。好在安国维处理得当，而杨应龙又因暗怀鬼胎，整个过程中都不肯对外张扬，所以引起的骚动并不大。

如今安国维想"十年树人"，把叶小天培养成一棵来日可以为贵州遮风避雨的大树，同样不能自己出面。恰好这时叶小天与夏莹莹相恋，并且因为"花溪决斗"闹得满城风雨。

安国维因势利导，便让夏家出面来安排这件事，这也正是夏家千方百计阻挠叶小天和夏莹莹相恋，可是在外人眼中，夏家却在极力栽培叶小天的原因。

这些内幕，连夏老爷子的亲儿子都不知道，所以夏老爹觉得很郁闷：明明父亲也是反对叶小天和莹莹往来的，为什么还要不遗余力地栽培叶小天呢？

然而不理解归不理解，他老爹的吩咐，他只能服从。他们这对父子，是很典型的中国传统式父子，平时父子俩几乎没有谈心的时刻，一见面，夏老爷子就吹胡子瞪眼，似乎非如此不足以称严父。

如此这般，他自然不好多问，只能乖乖听命。这几天夏老爹一直在贵阳盯着，直到叶小天的任命下来，他才放了心，今儿晚上喝了点小酒，正打算好好睡一觉，明天一早就赶回红枫湖。

因为他太了解他那个宝贝女儿了，虽说红枫湖有老祖宗在，尚能镇得住莹莹，可谁知道老祖宗对此事究竟是个什么看法。万一老祖宗支持莹莹，恐怕他那宝贝女儿就要把红枫湖闹个天翻地覆了。

夏老爹一边哼着小调，一边琢磨着女儿的事，这时前宅那个家丁气喘吁吁地跑到了他的卧室："老爷子，大……大事不好，那位叶……叶小天叶公子，跑上门来寻咱们大小姐了。"

夏老爹一听，这个气啊："我们老夏家是上辈子欠了你怎么的？老子恨不得一把捏死你，还得为你多方奔走安排出路，已经够憋屈了，你个混账东西居然还敢得寸进尺！"

夏老爹噌一下就站了起来，那小丫鬟正为他梳头，一时来不及反应，啊的一声轻呼，扯下几根头发来，唬得那小丫鬟赶紧屈膝跪倒，惶恐地道："老爷子恕罪，奴婢知错了！"

夏老爹也不理她，气呼呼地往外就走，没走几步，忽又站住，折身走到墙角，铿的一声拔刀出鞘，披头散发地甩开一双大毛腿，大步流星地朝外就走。

那家丁跟在后面，悄悄吐了吐舌头，心道："老爷子怒了，这一下我们那位姑爷子只怕要遭殃。"

前宅里面，叶小天酒劲上来，醉得更厉害了，不过他还朦朦胧胧记得刚刚有人跟他说过莹莹不在这里。叶小天深一脚浅一脚地想往外走，谁知却歪歪斜斜地奔向了一旁的照壁。

这时候，莹莹那几位留守贵阳府的堂兄飞也似的跑过来，家族既然坚决反对莹莹和这个人在一起，他们对叶小天自然也就不再客气，一见叶小天跑到他们家来耍酒疯，当即怒喝道："姓叶的，你给我站住！"

叶小天扶住照壁，茫然抬起头。一个夏家兄弟一个箭步蹿过去，一把揪住他的衣领，喝道："一向只有我们老夏家找别人麻烦的份儿，还从来没人敢找我们老夏家的麻烦，你胆子不小，居然敢找上门来生事！"

叶小天直着眼睛，大着舌头问道："你……是谁？"

那人道："我是谁？我是莹莹的七十二堂兄！"

叶小天恍然道："哦！原来是……七十二……舅哥啊！七十二……舅哥，你好，呵呵，莹莹……在哪儿？"

七十二怒不可遏，抡起钵大的拳头道："谁是你舅哥，少跟我攀亲戚，马上给我滚，不然我就揍你！"

叶小天哈哈大笑起来，指着他的鼻子摇了摇，喷着酒气道："不不不，不可能！你……不敢……打我！"

七十二又好气又好笑，道："我不敢打你？就因为你要做一个什么破典史了？"

叶小天脖子一梗，道："典史……是个什么玩意儿？你不敢打我，呵呵，你打我，我不怕，反正……掉眼泪心痛的是莹莹，你敢打我？"

七十二的铁拳都扬在空中了，听到这话顿时僵在那里，还别说，他还真怕莹莹跟他大发雌威。如果莹莹跑去跟他爹哭一通鼻子，不管他有理没理，为了哄莹莹开心，他老爹一定会揍他一顿。

其他几个夏家兄弟一见，赶紧上前把他拉开，随着他们来的还有几个家丁，一见主人为难，一个机灵的家丁赶紧上前道："姓叶的，我们大小姐不在府上，以后也不会见你了，你马上离开！"

叶小天向他看看，疑惑地问道："你……又是我的哪位舅哥？"

这家丁恰好有妹子，而且还有两个妹子，被人无端叫了一声舅哥，心里好不腻歪，便鼻子不是鼻子脸不是脸地道："我不是你舅哥，我是夏府的家丁。"

"哦！"

叶小天不屑地斜了他一眼，道："狗……狗仗人……"

恰在此时，夏老爹扛着大刀，披头散发，披着一条大毛巾，甩开一双大毛腿冲了过来。他没听见前言后语，就听见"狗仗人"这三个字了，顿时大怒道："混账东西，你骂我？"

叶小天打了个酒嗝，道："……势！"

"该死的东西！"

夏老爹气得三尸暴跳，一刀便斩向叶小天的脖子。那几个夏家兄弟吓了一跳，现在莹莹还对他死心塌地呢，要是把这个碰不得的宝贝蛋给砍死了，那还得了！

几人声嘶力竭地狂叫起来："六伯父，不能杀啊！"

夏老爹一刀挥出去，心头也是一惊："坏了！这人杀不得啊！"

夏老爹急忙一抬手，大刀擦着叶小天头顶的发髻砍了过去，刀刃磕在石雕的照壁上，溅起一片火花。

大醉之中的叶小天对此茫然不觉，指着夏老爹傻笑道："你……你们不敢……打我！嗯？"

叶小天凑近了仔细一看，大惊道："哎哟！是老丈人啊，小天失……失礼啦……"

夏老爹快被他气昏了，这小混蛋砍不得，揍他一顿总可以吧？夏老爹飞起一拳，打在叶小天的下巴上，叶小天整个身子都飞了起来，倒摔出去，落在地上挣扎了两下便不动了。

夏七十二大惊失色，赶紧凑上去察看，其他几兄弟也忙围上去。夏老爹一见好像闯了祸，也不禁有点提心吊胆，赶紧想着向女儿解释的理由："他骂我狗丈人，嗯！对！就这理由！这么忤逆不孝的东西，我打他，有错吗？"

夏七十二俯身察看着，众兄弟七嘴八舌地问道："怎么样了，他不要紧吧？"

夏七十二抬起头来，啼笑皆非地道："他睡着了……"

夏家兄弟面面相觑，正提心吊胆的夏老爹心情一松，没好气地喝道："把这混蛋给我扔出去，泼醒了他，让他滚！"

夏氏几兄弟把叶小天架出夏府，往大街上一扔。两个家人担来一桶井水，哗的一声泼在他的身上，叶小天睡得正酣，被冷水一泼，呛得咳嗽两声，缓缓苏醒过来。

夏老爹见他已然苏醒，没好气地一挥大手，道："走！"

众兄弟跟着夏老爹返回夏府，砰的一声关紧了大门。片刻之后，不远处院墙阴影下，有两道人影缓缓地走了出来，慢慢踱到了叶小天身前……

第二十二章

醉酒

一

一个幸灾乐祸的声音道:"啊哈!这叶小天哪,大概是命中注定跟他老丈人八字不合,怎么每次登门,总是被老丈人乱棍打将出来呢。在薛家他是这样,在夏家他还是这样。"

"他活该!水舞有未婚夫,他偏要去追人家。莹莹那么可爱,偏偏得了一个胭脂虎的绰号,他还不明白事出反常必有妖?还自以为聪明伶俐呢,明明就是一个大呆瓜!"

"呵呵,表妹啊,我听你这语气,怎么酸溜溜的呢?"

"你想死是不是?信不信我把你打得比他还惨!"

"哎呀!我怎么就忘了你是霸天虎呢,我闭嘴,我闭嘴!"

"你还说!"

"哈哈哈……"

正在拌嘴的这一对儿,自然就是安南天和展凝儿。就在这时,叶小天呻吟一声苏醒过来,伸手向前一摸,正好摸在展凝儿的靴子上,展凝儿好像被蝎子蜇了似的,嗖一下跳开。

叶小天张开朦胧的醉眼,仰起头来冲着他们仔细看了半天,呵呵地傻笑起来,道:"啊!原来是你们啊!好久……不见!"

安南天笑吟吟地蹲下,道:"是啊,好久不见了。你怎么喝成这副样子,我记得你并不好酒啊。"

叶小天敲了敲自己的脑壳,蹙起眉来仔细想了想,恍然道:"啊!对了,今天……我……我跟赵……赵文远一块喝酒来着。对对对,呵呵呵,我这是在哪儿呀?"

安南天和展凝儿是逛街的时候见到步履蹒跚的叶小天的,便一路跟了下来,看到叶小天拍打夏家大门时，展凝儿心里头就像打翻了一坛子陈年老醋，如果叶小天叩的是她家的大门，喊的是她的名字那该多好……

看到叶小天进去，展凝儿本来就要伤心走开了，谁料安南天却一把拉住了她，笑嘻嘻地非说要等着看什么热闹。展凝儿还真不清楚叶小天和夏家现在是个什么局面，她素知这位堂兄虽然平素总是放荡不羁，但是作为安家这一辈的长公子，其实并非等闲人物，最起码耳目就比她灵通许多，所以耐着性子等了下来。谁知没多长时间，就看见叶小天被人给丢了出来。

她和安南天并不清楚叶小天喝得酩酊大醉竟是因为与赵文远一起喝酒。如今听到赵文远的名字，两人不由一起皱起了眉。安南天试探地道："赵文远？呵呵，我记得在生苗禁地时，小天兄弟你跟杨应龙相处得并不和睦啊，什么时候你们走得这么近了？"

叶小天趴在那儿，只觉头昏沉沉的，是以也不站起，只是大着舌头道："多久？唔……我要去葫县，订不到车，恰好……碰到他，受他相邀……就……就是今天的事儿。"

安南天和展凝儿交换了一下眼色，沉声道："小天兄弟，你可知道这赵文远究竟是什么人？"

叶小天趴在那儿，睁着一双醉眼看着他，一脸不解。安南天叹了口气，道："你方才究竟有没有听清我说的话？赵文远……是播州阿牧的儿子！"

叶小天喃喃地道："阿木？阿木是什么东西？"

安南天加重语气道："阿木不是东西，是官职！赵文远的爹，是播州阿牧！也就是播州的兵马大总管！是杨应龙的第一打手！你现在明白了吗？"

叶小天喃喃道："播州……杨应龙……我明白了……"

安南天见他咧嘴傻笑的样子，不禁蹙眉道："那你还跟他来往？杨应龙贼子野心，绝非善类，你想受他摆布吗？"

叶小天指着他呵呵地笑起来："安公子，你……你怎么这么笨呢？"

安南天诧异地指着自己的鼻子，道："我笨？"

叶小天口齿不清地道："对……对啊！你真是好笨！就算……赵文远是杨应龙的人，就算……将来……我们会成为敌人，可眼下……我们就有一个共同的敌人！将来可能……做敌人，所以……现在就不联手？那……那还有个什么将来啊？呵呵……"

叶小天晃了晃昏沉沉的脑袋，喃喃自语道："你……真是太笨了，再跟你说……下去，我也会……变笨的。呃……我……我先睡一会儿。"

叶小天还当自己正躺在柔软的大床上，翻了个身，便呼呼大睡起来。安南天蹲在他旁边，怔怔半晌。展凝儿见一向自视甚高的堂兄被一个醉鬼抢白，唇角不禁微微地勾了起来。

过了半晌，安南天轻轻叹了口气，对展凝儿道："醉成这副德行，还有这份见识。果然是有几分本事的人啊，还是老爷子眼睛毒，难怪肯大力栽培他。"

展凝儿想起叶小天先是死命地追水舞，接着又去追莹莹。自己这么一个活蹦乱跳的大美人就在他身边，而且都已不怕羞地向他剖白了心事，他却视而不见，听而不闻，气就不打一处来。此时一听安南天夸奖叶小天，展凝儿气道："这就是个睁眼瞎，有个屁本事啊！"说着，展凝儿气呼呼地在叶小天屁股上踢了一脚。

睡得正香的叶小天挠了挠屁股，就像被蚊子叮了一口似的，哼唧两声，又睡了。展凝儿见状更是愤怒，忍不住又是一脚，只不过这一次就轻多了，倒似给他挠痒痒似的。

安南天眼珠转了转，道："好啦，你大名鼎鼎的霸天虎，欺负一个醉鬼，被人看到岂不有辱你的声名？咱们走吧。"

安南天起身就走，展凝儿怔道："咱们这就走了？"

安南天心中暗笑，转过身来，故作惊讶地道："不走还干什么？"

展凝儿一指叶小天，气道："他呢？你就任他睡在大街上？"

安南天摊手道："不然怎么办？"

片刻之后，安大少爷背起了烂醉如泥的叶小天。叶小天满嘴酒气，身上又被泼了水，又是水又是泥的，安大少爷哭丧着脸，背着他，怏怏地走在前面，后面跟着负手而行的展凝儿。

当空的明月悄悄抓过一片云彩，遮住了自己的眼睛……

·×·※·×·

叶小天依稀做了一个美梦。

梦里，他脚不沾地地来到了一个极豪奢的所在，前边有两个俏美的小丫鬟举着橘红色的灯笼在前方引路，星光月色下，但见亭台楼阁，优雅奢华，令人叹为观止。

几曲画廊，曲折幽深，他飘飘然地进了一处所在，被人剥个精光，泡进浴桶，几只柔软的小手在他身上擦来擦去，然后换了一套干净柔软的衣袍，又被人扶进一间卧室。

卧室中珠帘低垂，旁边画屏几扇，柔软香馥的被褥，躺上去如在云端。迷糊中，似乎有个美丽的女子坐在他的身旁，轻抚着的他的脸颊，令他感觉很舒服。但他睁开眼努力地看，也如雾里看花，只觉其美，却看不清楚。

于是，他握住那双柔荑，只觉那双手好滑、好软。被褥舒适，旁边又有熏香一炉，嗅在鼻端令人倦意更浓。叶小天握着那双诱人的小手，不知不觉就陷入了梦乡……

清晨的鸡啼声唤起了尚在酣睡中的叶小天，他伸了个懒腰，慢慢张开眼睛，看到并不熟悉且极为华美的帐顶，不由发起怔来："我这是在哪儿？"

昨晚的经历渐渐回忆起来，叶小天记起他受到赵文远的邀请，去他府上饮酒，然后告辞离开，独自返回自己的住所。半路上，他好像看到了夏府，于是上前叩门，想见一见莹莹。

然后……

叶小天模模糊糊还有些印象，似乎被夏家的人揍了一顿，再然后他就想不起来了。叶小天摸了摸下巴，下巴还隐隐有些作痛，叶小天心道："莫非我真被夏家的人给揍了一顿？"

叶小天目光一转，不由一声怪叫。正有一个人坐在榻沿上，一张脸凑近了，正在笑吟吟地看着他！叶小天定了定神，突然认出此人，不由失声叫道："安公子？"

安南天唰的一声展开折扇，潇洒地摇了几下，微笑道："是我！看来你的酒已经醒了啊！"

叶小天惊道："安公子，我怎么在这里？"

安南天微笑道："你醉倒街头，被我见到，既然是故人，我怎好置之不理，便扶你回来了。"

"哦！原来如此……多谢安公子。"

叶小天刚刚道完谢，突然想起安南天好男风的怪癖，不由大惊失色，昨晚那个香艳迷离的美梦，陡然间又浮现在脑海中："天哪！我不会被他给……给……"

叶小天赶紧摸摸身上，低头再一看，衣服全都换过了，身上穿的可不是他的内衣，叶小天登时心中一凉。安南天眉头一挑，疑惑地道："怎么，丢了什么东西吗？"

安南天微微一笑，把折扇一收，往旁边的圆桌上一指，道："你放心，你的东西都在那儿呢。"叶小天悄悄摸了摸臀后，又吸气提肛，"唔……没有异样。"

叶小天暗暗松了口气，安南天已然又回过头来，笑吟吟地道："要不要一起吃点早餐？"叶小天跟这么一个家伙单独在一块，真是浑身不自在，正想道谢离开，忽然听他提起早餐，不由惊叫道："糟了！今早就要上路啊！哎呀！我一晚没有回去，不晓得他们有多急！"

叶小天急忙掀被跃起，这一站起，犹觉头脑昏沉，不由暗想："这黄酒后劲太大，以后可千万不能喝多了。"

他慌慌张张抓起自己的衣袍，衣袍已经洗过。熨烫平整，叶小天急忙换上自己的衣服，对安南天拱手道："多谢安公子施以援手，在下急于去葫县报道，今儿一早就得上路，实在耽误不得，告辞！告辞！"

"哎……"

安南天一语未了，叶小天已经拱手作揖，道谢连连地跑了出去。

安南天追到廊下，眼见叶小天脚步匆匆地向外赶去，不觉站住脚步，莞尔摇头。片刻之后，鼻端一阵幽香飘来，展凝儿站到了他身边，与他并肩伫立，眺望着叶小天远去的身影。

安南天看了她一眼，道："舍不得？那就抢过来呗！"

展凝儿睨了他一眼，道："你支持我？"

安南天果断地道："不！坚决反对！我可不想姑姑、姑夫找我算账！"

展凝儿叹了口气，轻轻地道："不想了，不是我的，终究不是我的。"

安南天眼珠转了转，忽又嘿笑道："啊！年前我去你家拜年时，听姑姑念叨，这一两年就要给你找个婆家嫁了呢。"

展凝儿大怒，一个旋风腿把闪避不及的安南天踹得飞起，咆哮道："安南天，你不气我是不是会死？"

已经跨出了月亮门，急急跑到前宅的叶小天依稀听到有个女人向安南天咆哮的声音，不禁心生同情："原来这安公子家有猛虎，定是饱受蹂躏，这才移情男子，真是不幸啊！"

第二十三章

启程

一

叶小天离开安府,马上健步如飞地赶向自己的住处。此时天色微曦,路上行人不多,叶小天为了尽快赶回去,抄的是山间小路,行人就更少了,但不时便会遇到一个晨跑锻炼的人。

叶小天越过一个,再越过一个,越跑越快。有个晨跑的老人追上来,好心地提醒道:"小伙子,晨跑要匀速、慢速,你这样是跑不了多远的。"

叶小天的嘴角抽了抽,干笑道:"多谢老人家,我是有急事要赶路,不是晨跑。"

叶小天加快了脚步,很快便甩脱了那老者。此时袅袅的晨雾还在草尘上荡漾,眼看就要赶到自己住处,从这里已经可以看见那幢半隐于白雾的房舍,叶小天忽然看见了冬天。

冬天佝偻着腰杆,拄着一根竹杖,从一条岔路上慢吞吞地走过来,一边走一边东张西望,时不时地高喊一声:"小天,你在哪儿?"

叶小天急忙快步迎上去,走到近处,见冬天的发梢和两个肩膀都被露水打湿了,竟是一宿未睡,始终在寻找他的模样,叶小天不由又羞又愧。

在他而言,他就是他。尽管他已成为数十万生苗所信仰敬奉的蛊教尊者,可他刚刚成为尊者就离开了蛊教游历天下,根本就没有感受到那种高高在上、生杀予夺的滋味。

尽管他时来运转做了秀才、举人,可他的家并不在此地,他还没有享受到荣耀乡里,受地方崇敬的滋味,也没有享受到地方官每有政略方针必定延请当地士绅共议的荣耀,所以更多地保持了他的本色。

这就使得他常常忽略了自己已经是一个重要人物,他有一群追随者,出入还是比较随便,否则他昨日既被赵文远留下饮酒,就一定会请赵文远派人向家里知会一声,而不会酒后误事。

如今因为他彻夜未归,连冬天都跑出来寻找了一夜,可见因为他的"失踪",给他的兄弟和部下造成了多么大的不安。看到冬天这副模样,叶小天心中有愧,一时讷讷难言。

冬天眯着眼睛对叶小天道:"劳驾,请让一让。"

叶小天心情激荡,忽然张开双臂一把抱住了他:"冬天长老,真是对不住,我……我昨夜与人饮酒未归,忘了知会家里,你眼神不好,都得出来寻我,真是对不住了!"

叶小天张开双臂一抱,冬天登时大吃一惊,一个小瓷瓶已经倏然弹到掌心,连瓶塞儿都已拔下,忽然听到叶小天的声音,冬天大喜,掌心一弹,那只瓷瓶又倏然消失。

冬天欢喜地道:"啊!尊者,属下终于找到您了!"

叶小天听了不免有些啼笑皆非,心道:"就你这眼神能找到谁啊,明明是我找到了你……"

冬天说罢,忽然想起叶小天刚才的称呼,忙不安地纠正道:"尊者,属下可不是长老,尊者万万不可如此称呼。"

叶小天放开他,笑道:"早晚会是的,先称呼一下,省得到时候叫不习惯。"

冬天早习惯了叶小天的不循规矩,无奈地一笑。叶小天又道:"云飞和问智他们呢,连你都出来了,他们一定也在找我吧?"

冬天道:"是!傍晚不见尊者回来,云飞就去车马行寻你,车马行的人也不清楚你去了哪里,等到晚上还不见尊者回来,大家都很着急,就想让问智守着遥遥,我们出去寻找。可问智不答应,遥遥也想去找你,我们就分头行事了,不过我们估摸如果尊者是有急事未归,天明时候也该回来的,所以早已约好这个时辰往回赶。"

叶小天心中略安,道:"好,那咱们快回去。"

两个人赶回房舍,就见毛问智正大马金刀地坐在院门前擦着额头的汗水,叶小天又是感动又是好笑,心想:"这夯货倒也有心,居然还知道搬把椅子出来。"

叶小天走到近处一看,才发现毛问智屁股底下坐的是福娃儿。毛问智一见叶小天,立即跳起来,欢喜地道:"大哥,你可回来了,你这是去哪儿啦,俺们都找了你一宿了。"

福娃儿也欢喜地蹦过来,大脑袋冲着叶小天亲昵地拱着。叶小天摸了摸福娃儿毛茸茸的大脑袋,又对毛问智抱歉地道:"实在对不住,我昨夜碰到一个熟人……"

毛问智一转眼看到冬天,又大惊小怪地叫起来:"哎呀妈呀,我们这么多人都没找着大哥,倒让你个盲人给找回来了,你说这扯不扯!"冬天虽然性子木讷了一些,却也不爱听这种话,脸色登时就有些难看。

叶小天脸色微微一沉，一扯毛问智的衣袖，把他拉到一边，小声道："老毛，你别老咋咋呼呼的，我知道你没有恶意，这么说是为了表示亲近，可谁愿意被人提起自己的缺陷？"

毛问智挠了挠后脑勺，讷讷地道："嗯哪，俺知道了，俺以后肯定不说了。"

叶小天又道："还有，福娃儿虽然有些灵智，毕竟比不上咱们人类，你拿它当椅子，在它而言，可能是个挺好玩的游戏，可遥遥却是把福娃儿当好姐妹的，你说她看了会不会生气？"

毛问智继续挠着后脑勺，吭哧道："嗯！俺知道了。对了，大哥，这福娃儿是母的啊？"

叶小天怔了怔，道："我还真没注意过，也许是公的。"

毛问智道："那遥遥就不能当它是姐妹啊，只能当它是兄弟。"

叶小天无奈地道："兄弟又怎样？姐妹又怎样？这和我跟你说的有关系吗？"

毛问智道："怎么没有关系呢？大哥你刚刚明明说的是姐妹，可它要是公的，那就不是姐妹。"

叶小天一把揪住了毛问智的衣领，气急败坏地道："你听不懂我说这话的重点吗？我是在说兄弟姐妹的问题吗？我是说，你说话办事，要考虑别人的感受，你这副大大咧咧的性子，我可以不在乎，可别人未必不在乎，你究竟明不明白？"

毛问智一脸无辜地道："大哥，我明白啊！可你要是不在乎，你这是干什么呢？你都快把俺勒断气了，咱有话不能好好说吗？它是公是母有啥了不得的，你生啥气啊！"

叶小天气得鼻孔冒青烟："究竟是我在乎它是公是母，还是你在乎它是公是母？我怎么就碰上你这么个纠缠不清的笨家伙，我真想一把掐死你算了！"

"小天哥哥，你回来啦。"

身后突然传来遥遥欢喜的声音，叶小天松开毛问智的衣领，装作替他整理着衣衫，声音也柔和起来："咱们马上就要回葫县了，这次咱们是风风光光、正大光明回去做官的，言行举止可要注意些。"

"啊！遥遥！"叶小天做完戏，马上像是才发现遥遥似的，猛一转身，一脸惊喜地迎上去，张开双臂将雀跃而来的遥遥一把抱起。

毛问智悻悻地松了松衣领，好奇地看向正欢喜地扑向遥遥的福娃儿，口中喃喃自语："这玩意儿究竟是公还是母呢？"

·※·※·※·

叶小天向赶回来的华云飞简单说明了一下昨夜未归的情形，便赶紧收拾行装，一起赶向赵文远的住处，半路上，经过一番交谈，华云飞便和他们分开了。

华云飞在葫县有案底，是身负十几条人命的杀人凶手，如果就这么堂而皇之地回去，实在有点说不过去，虽说真正见过华云飞面目的人并不多，可终究太冒险了。

叶小天和华云飞商议了一番，决定让他先行赶回葫县，伺机潜伏下来，至于未来如何，等他到了葫县再见机行事。这样一来，赶到赵文远府邸时，就只剩下叶小天、毛问智、遥遥、冬天，以及一猿一熊猫了。

对于如此古怪的阵容，赵文远一行人表现出了极大的兴趣，不过他们关注的多是那头巨猿。潜清清的一双妙目，却是飞快地在冬天、遥遥和大个子身上流转了一圈儿。

赵文远这些人中，只有她清楚冬天的真正身份，对于这种擅长蛊术的神秘人物，即便是一身武功的潜清清，同样深怀忌惮。

至于大个子，这种罕见的上古巨猿，在更久远的年代曾广泛活跃于贵州一带，但是如今早已销声匿迹，他们连听都没听说过，后世的人倒是通过发掘出的古生物化石复原过这种上古时期的类人生物。

因为没有见过，这些人难免对它异常高大的体型以及相当程度的智慧大感兴趣，而潜清清当日曾随杨应龙一起闯过蛊神殿，亲眼见过这头巨猿大发神威的模样，对它不免多关注了两眼。

至于遥遥……

潜清清看了她一眼，便暗暗赞叹："不愧是土司老爷的种儿，粉妆玉琢的煞是可爱，这才隔了多长时间，愈发是美人胚子了，长大必然是个人见人爱的小美人。"

潜清清想着，微笑地向她迎过去："这就是遥遥吧？生得还真可爱，来，咱们这一路往葫县去，你就跟姨姨坐一辆车吧。"

遥遥抬头向叶小天望去，叶小天道："还不快谢谢姨姨，去吧，你跟这位姨姨坐一辆车。"

遥遥这才答应一声，乖巧地行了个礼，脆生生地道："姨姨好。"

"好！好！"潜清清笑眯眯地牵起她的小手，柔声道，"走，咱们上车去，你叫我清清姨就好了。"

这时候，赵文远走过来，微笑地对叶小天道："叶贤弟，你可算来了，咱们这就上路，如何？"

叶小天见人家早已行装整齐，车马都候在门外，知道就是在等自己，不禁歉然道："有劳赵兄久候，小弟来晚了。"

赵文远笑道："也不差这点时间，走，我们登车吧，你这两位随从，如果可以骑马，我这里有备用的马匹，如果需要乘车，就坐后面那辆吧，只是车上还放了些行李，稍嫌拥挤。至于这个……嗯？这只貔貅……"

福娃儿脖子下面挂了个小筐，里边盛着竹笋，它正捧着一根竹笋啃得津津有味，听到二人说话，便仰起头，萌萌地看着他们。

叶小天道："大个子！"

叶小天往脖子上比画了一下，又指指福娃儿，大个子明白过来，一把揪住福娃儿的脖子，把它架到了自己脖子上，又顺手从它筐子里掏出一根竹笋，直接丢进自己的大口。

赵文远笑道："这头巨猿不知叶贤弟是从何处寻来，如此高大的身材已是闻所未闻，居然颇通人智，更是稀罕得很。"

叶小天道："这是我在山中偶然寻到的，它身量高，让它跟车而行，不会耽误行程的。"

赵文远又好奇地看了看巨猿，这才与叶小天一起登车。车马启动，沿长街而行，不一会儿又经过夏府门前，叶小天看到夏府门前阔大的照壁，脑海中突然忆起了昨夜醉卧此处时与安南天的那番对话："赵文远是杨应龙的人！"

第二十四章

再见张胖子

一

　　车子到了官道上，虽然还是有些颠簸，却很轻微了。
　　叶小天伏在案上，笔走龙蛇地写着家书。等他搁下笔，拿起信纸吹了吹，见墨迹已干，便拿过一个信封，用火漆封上，又在信皮上写下地址和收信人"兄小安亲启"。
　　叶小天把信递给赵文远，笑道："如此，这封信就有劳文远兄了。"
　　赵文远笑道："无妨，驿站嘛，干的就是迎来送往的事，帮你送封信算得了什么。呵呵，这就算是我上任之后公器私用的第一件事吧。"
　　两个人都笑起来，赵文远端详了一下信上的字迹，赞道："贤弟，你这字真漂亮。"
　　叶小天道："字写得还成，我也就这么一点能撑门面的东西了，论起学识，比起兄台你可是大有不如了。"
　　赵文远摇头笑道："你这么说可要羞煞为兄了。不瞒你说，我这举人功名，也不是正儿八经考来的。"
　　叶小天趁机问道："哦？据我所知，朝廷于科举一事上，只对为国守土的众位土司有所优容，莫非文远兄竟然出身土司人家？"
　　赵文远莞尔道："非也。不过，家父是播州阿牧，素受播州大土司杨大人的器重，为兄文不成武不就的，家父只好请杨土司出面，为我争了这个功名回来。"
　　叶小天道："啊！原来令尊是播州阿牧，失敬、失敬。"
　　叶小天嘴里说着，心中暗想："这赵文远对他的出身倒是毫不讳言，他是不清楚我的身份还是并不在意？杨应龙虽然很在乎尊者之位的归属，但他应该不会把拉拢我的期望放在赵文远身上吧？我和他同时中举，同时赴葫县为官，应该只是一种巧合。"
　　叶小天刚想到这里，一个赵文远的侍卫策马赶到车边，弯腰向车内说道："公子，咱们马上就到铜仁了。"

赵文远点了点头，对叶小天笑道："咱们这一路走得顺畅，按照现在的脚程，赶去葫县应该不会逾期，如今既然到了你的家乡，可要回乡去看看？衣锦还乡，人之常情嘛。"

叶小天自报的籍贯是铜仁府大万山司，是以赵文远有此一言。可叶小天在大万山司哪有什么亲人，他略一犹豫，道："算了，公事要紧，家里人会理解的，等我们在铜仁歇下，我再修书一封，托人捎回家去便是。"

这时又一名扈卫侍从策马赶来，大声道："公子，前方五里亭有人守候，说是要见叶小天叶公子。"

赵文远诧然转向叶小天，道："可是你的亲人迎来了？"

叶小天在铜仁哪有什么亲人，听了这话不禁心惊肉跳："可别是薛母那疯婆子不知从哪儿打听到了我的消息，又来与我纠缠吧？"

叶小天硬着头皮走出去，就见前方路边有座草亭，草亭前站着一个小童，一见他出来，便笑吟吟地迎上来，兜头一揖，高声道："恭喜叶老爷，贺喜叶老爷！"

叶小天一见是他，急忙跳下车辕，笑道："小竹，你怎在此？"原来这小童正是铜仁府学教谕黎中隐的贴身小厮，与叶小天打过多次交道，叶小天自然认得。

小竹笑嘻嘻地道："奉我家教谕老爷吩咐，在此迎候叶老爷。听说叶老爷中了举，还分派了官职，知府老爷和我家老爷都很高兴，叫小的在此迎候，知府老爷已经为叶老爷设下酒席，准备为您接风呢。"

叶小天被这一堆的老爷绕得有点头晕，摇头笑道："小竹，你跟我不必客气，你我故人，还是称我叶公子就好。怎么知府老爷和黎师也知道我来了铜仁吗？"

小竹道："叶老爷您一路住的都是驿站，昨日所住的驿站里正好有个我们铜仁府的差官，回来提起此事，知府老爷才知道。是以一大早，小的就迎候在此了。"

赵文远已经下了车跟在叶小天后面，听到这话微微一笑，道："叶贤弟你接连中了秀才、举人，如今又成为朝廷命官，张知府也是脸上有光呢，不要让知府大人久等，你这就去吧。"

张知府设宴请的是叶小天，叶小天自然不好擅作主张把赵文远拉上，况且赵文远有播州杨家的背景，也不好同打着田家烙印的张绎亲近，所以叶小天只嘱咐了冬天、遥遥几句，便与小竹一同赶向城中。

张知府正在后花园里看戏，窦娥唱到六月飞雪时，张大胖子捏着小手帕儿，已经哭得泪人一般，陪坐一旁的黎中隐好不郁闷："这出戏你老人家都看了上百回了，用不用每回都哭啊？"

张知府用小手帕儿擦擦眼泪，又使劲擤了一把鼻涕，抽抽搭搭地对黎教谕道："这窦娥真是太冤了。"

黎中隐哭丧着脸道："是啊，是啊！"

张知府把手帕一丢，伸手去摸茶杯，眼睛还不舍地看着戏台上。一个丫鬟正在后面给他杯里续茶，一见老爷伸手，赶紧收回茶壶，可是仓促之下还是有几滴茶水溅到了张知府的手上，疼得张知府哎呀一声。

那丫鬟大惊失色，赶紧跪倒，叩头如捣蒜地道："老爷息怒，老爷息怒。"

张知府从椅子里猛地一起身，可惜腰间肥肉被扶手卡住了，一时站不起来，只好怒不可遏地指着那小丫鬟道："贱婢，你想谋害本官吗？把她给我拉下去，活活打死！"

那丫鬟吓得魂不附体，只是磕头求饶，两个冲上来打算把张知府从椅子里拽出来的家丁转向那丫鬟，架起她就走，那小丫鬟涕泗横流，绝望地叫道："老爷饶命，老爷饶命啊……"

黎教谕等人坐在那儿一声不吭，虽然他们觉得张知府此举有些草菅人命，可提溪张氏世袭铜仁，张知府就是此间的土皇帝，别看他平时有些呆憨，尤其是自命风雅的时候更是丑态百出，可是又有谁敢笑他？

知府老爷府上的门子早就得了吩咐，叶小天到了不必传报，是以小竹领着叶小天，前边又有一个张府家丁陪着长驱直入，直接来到了后花园，恰好看见那个绝望着哭泣着被拖走的小丫鬟。

张胖子吹了吹白白胖胖的手，见手背上烫出几个红点儿，悻悻地骂了两句，又唤过两个家丁把他从椅子里拖出来，一转身正好看见叶小天，不禁咧开了嘴巴。

叶小天急赶两步，一个长揖到地，一脸激动地道："叶小天见过恩师。恩师，许久不见，小天很想念您老人家啊，您老人家可还安好吗？"

叶小天与张胖子打过交道，很懂得如何奉迎他，他知道称呼张知府为老父母又或张老大人远不如称呼他恩师显得亲切，而且张胖子喜欢附庸风雅，叫声恩师，他一定更喜欢。

果然，张绎一张胖脸都快笑成了菊花，眼睛眯缝得都要看不见了，他和颜悦色地对叶小天道："你来了啊，快起来，快起来！哈哈哈，你此去贵阳，中了举人，又做了官，老夫很开心啊。"

张绎扭过头，洋洋自得地对黎中隐道："老夫有眼光吧？当初我就说，这孩子一定是个有出息的。"

黎中隐点点头，钦佩地道："大人慧眼识珠，堪称伯乐。"

张知府仰天大笑："哈哈哈哈……伯乐是谁？"

黎中隐呆了一呆，叶小天忙近前一步，笑道："这伯乐是古时候一位很会挑选人才的人，不过他的故事一向流传于中原一带，恩师您世居铜仁，难怪不知道了。"

张知府恍然道:"哦,原来是个古人。"黎中隐暗暗擦了一把冷汗,真要是让张胖子当场出丑,这人胸脯挺肥,心眼儿却小,以后就没有他的好日子过了。

叶小天又向黎中隐见了礼,明明黎中隐才是他的恩师,这时却只能口称黎师,以示与张绎的区别。

张知府很开心地招呼叶小天坐下,他才刚被人从椅子里拔出来,又费劲地把一身肥肉挤了回去。叶小天道:"我看恩师眼圈有些红,可是公务繁忙,没有休息好吗?"

张知府道:"哦!没什么,刚刚看戏,看到那窦娥被人陷害,就要拉上刑场,为师心生怜悯,不免落泪。"

叶小天道:"恩师当真慈悲。对了,学生刚刚进来时,看见一个女子被人拖出去,哭哭啼啼的,那是什么人啊?"

张知府恨恨地道:"那个贱婢,连茶都斟不好,烫了老夫的手,拖下去打死了事。"

叶小天忙道:"学生承蒙恩师提拔,致有今日风光。如今重返铜仁,得与恩师相聚,这样大喜的日子,恩师您大人大量,就不要与那不懂事的小丫头计较了吧?"

张胖子对自己看着顺眼的人所说的话还是听得进去的,闻言便摆了摆手,旁边家丁急忙追出去传令停刑。

张胖子眉开眼笑地对叶小天道:"石阡府、思南府、镇远府平日里都笑我铜仁府无人,连个秀才都出不了。怎么样,我张绎不鸣则已,一鸣就吓死人!嘿嘿,小天你秀才、举人,轻而易举就拿下来了,依我看,进京考个进士都不在话下。"

叶小天一听他这牛皮吹大了,不禁吓了一跳,赶紧道:"恩师过奖,学生要是进了京,肯定中进士,只是中了进士可就未必还能回贵州做官。学生还想离恩师近些,时时聆听恩师教诲呢。"

张胖子沉吟道:"唔!有道理,那算了,这进士咱不要了。"

黎中隐等人面面相觑,心道:"这对师徒,果然一脉相承,自吹自擂的,已经不要脸到了极致啊!"

张胖子笑道:"为师听说你来,很开心,特意为你摆下接风宴。中隐啊,你们几个先去客厅,本官与小天随后就来。"

黎中隐等人连忙告退,叶小天知道这是张胖子对他有心腹话交代,连忙倾身向前,做洗耳恭听状。

第二十五章

是这样吗？

台上的戏子们见知府老爷有客人到了，都知趣地停了下来，呆呆地立在那儿，不知是该退下去，还是继续唱。张绎笑道："继续，换个喜庆点的，唱《西游记》的一出吧。"

台上的戏子们赶紧退下去画脸换装，不一会儿孙悟空便蹦蹦跳跳地上了戏台，锣鼓声又铿铿锵锵地响了起来。

这出戏是元朝时候就有的一出杂剧，布局及人物的描画尚嫌粗糙，不过故事细节与叶小天所听过的那部《西游释厄传》大同小异，吴承恩的这本书本就是集前贤创作于一体，看着倒也不觉生疏。

张绎看了会儿戏，便笑眯眯地对叶小天道："前两天，有个叫徐伯夷的人路过铜仁府，特意来拜访我。"

叶小天道："啊！是他，他是新任葫县县丞。据说与田府关系很密切，恩师您也算是田氏一脉，既然路过铜仁，他来拜访恩师也是应有之义了。"

张绎笑眯眯地道："是啊，我可以不理会他，可田家的面子不能不给，于是就接见了他。向他问起今科举子时，他还特意提到了你，呵呵，我看他和你似乎有些过节啊。"

叶小天道："学生跟徐伯夷确实有些过节。"

叶小天把他在葫县时如何与徐伯夷结怨的经过说了一遍，又道："他本来是个很体面的读书人，却被我弄得斯文扫地，心中岂能不恨，所以在贵阳遇到我后，便屡次三番想要设计害我。"

叶小天转向张绎，微笑道："想必徐伯夷并不知晓我与恩师的关系，所以才敢在恩师面前肆无忌惮地中伤我吧？"

张绎看着台上的孙悟空翻跟头，眼睛眯成了一条缝，笑吟吟地道："有人说，最了解你的人，往往就是想算计你的那个人，这话真是一点不假，徐伯夷对你的事可清楚得很呢。"

叶小天道："哦？"

张绎道："他很清楚你是我亲自录中的秀才，所以在我面前对你不但没有只言片语的中伤，反而大加褒誉。不过……他言不由衷不情不愿，难道我还看不出来？"

叶小天听了不觉有些意外，既意外于徐伯夷对他做过如许之多的了解，也惊讶于张绎的精明。

张绎身体痴肥，这自然是假不了的，可谁规定胖成这副模样的人就必须连脑子里也塞满肥肉呢？他附庸风雅，做出的诗狗屁不通，偏偏还自以为高明，这些都不假，但他并不是一个傻瓜。

张绎皱了皱眉，道："此人太工于心计，权欲心也重，我很不喜欢他。唉！"

叶小天虽然一口一个"恩师"地叫着，却不相信就因为张绎点了他为秀才，两人之间便真的建立了多么深厚的师徒情谊。张绎也是田氏一系，却全心全意为他打算，希望他弄垮一个田家想要重用的人？

叶小天试探地道："学生此去葫县，是任典史，徐伯夷正是学生的顶头上司，以下斗上，难！再一个，不瞒恩师，小天在贵阳时，曾邂逅了一个女子，等到两情相悦，才知道她是红枫湖夏家的大小姐。

"学生与徐伯夷争斗，虽然是因为两人之间的私怨，可是会不会被田家误以为学生是替夏家出头？田家的势力比夏家大得多，如果田家因而插手，那学生就更没有胜算了。"

张胖子笑道："我说过，这是田家对徐伯夷的一个考验，考验他的能力，既然是出于这样一个目的，田家是不会插手的。你不用因此担心田家会出面替徐伯夷扛起来。"

叶小天半开玩笑地道："如果是这样，学生就放心了。只是，外人眼中，学生是夏家的人，而恩师您却是田家的人，恩师如此支持弟子，不会被田家误以为您投靠了夏家，给您带来不便吧？"

张胖子豁然大笑起来，摇着胖手道："不会的，不会的，贵州大大小小上百个土司，各有各的地盘，各有各的势力，千百年来就是这样一个格局，已经牢不可破了。

"我这铜仁府周围都是忠于田家的势力，我想投靠夏家，不要说周围这些田系势力不答应，就是我手下许多人也不会答应。千百年下来，我们田系内部各位土司之间互相联姻融合，关系早已盘根错节，用刀都砍不开，除非我疯了，否则田家是不会相信我会背叛的。"

张胖子端起茶来，笑吟吟地抿了一口，又道："土司们之间要争，也就是争一争谁的实力更强、排名更高，彼此之间是不会有伤筋动骨的大动作的。哦！这一点，我指的是那些大土司，毕竟树大招风，不能轻举妄动。至于小土司们则不然了，比如葫岭那两位土司……"

张胖子呷了口茶，把茶杯放下，摇头叹道："自从驿道开通，葫县就成了我们贵州的北大门，可是那儿有两位世袭的小土司，所以从来没有哪位大土司打过那儿的主意，你以为是为什么？

"因为，他再小也是一位土司，贵州千百年来格局不变，就是因为大大小小的土司们之间早就形成了一种很稳定的关系，就像我们面前这座戏台子……"

张胖子往台上一指，道："那四梁八柱，就是四大天王、八大金刚，其他大大小小的土司，就是下面的基石，谁要是想从中掏走两块砖，弄不好整座戏台就垮了。

"所以……没有哪个土司敢冒天下之大不韪，去破坏规矩。谁坏了规矩，谁就是土司们的公敌。可朝廷不同，朝廷这个庞然大物，从太祖皇帝时起，就一直想拆了我们这座戏台，给皇上他们家在这儿盖个观风景的小亭子。

"那两位土司因为争地大打出手，结果朝廷就乘虚而入，罢黜了两位土司，设县遣流官，如果朝廷成功了会怎么样？那就等于在这戏台下掏走两块砖，又打进了一个楔子！

"这根楔子如果肯好好地留在那儿，那么在它烂掉之前，倒可以起到那两块砖的作用，可是戏台边上偏偏还站着朝廷这个大力士，用大锤不断地把那根楔子往里砸，他想用这根楔子把这戏台子撬垮。所以，土司们纷纷把目光投向这里，然而……是谁拔掉了那根楔子，再砌两块砖上去，却不是非常重要，你明白吗？"

叶小天明白了，朝廷一直想要改变贵州的政治格局，把它纳入自己的直接掌控之下。贵州大大小小百余个土司之间固然有这样那样的问题，但他们内部竞争，争的只是谁的实力更强、排名更高、影响力更大，为自己的家族争取更多的资源。

但是谁也没有那个实力消灭其他的土司，即便有这个实力，也不敢轻举妄动，在贵州掀起"战国时代"，以大吞小，互相博弈，直至决出唯一的王者。

因为在他们头上还有一个更强大的势力正虎视眈眈，那就是朝廷。千百年来，中原尽管朝代更迭，却始终会出现一个强大的中央集权。千百年来，贵州的土司们中不乏人杰，有志于消灭所有土司，唯我独尊，可是就因为有朝廷这头雄狮窥伺在侧，这里的势力格局始终未变。

现在朝廷加快了对贵州的渗透，所有的土司都感到了危机。他们既是竞争对手，又是合作伙伴，既想把这块飞地掌握在自己手中，又想同心协力把朝廷探进来的手推出去。

所以，在没有人能控制葫县之前，他们会争先恐后地下手，但是一旦有人先做到了,他们又会从竞争对手变成这个人的支持者,全力维护他,不让朝廷再有机可乘。

想到这里,叶小天缓缓点了点头,道:"学生明白了,多谢恩师指点。"

张绎摆摆手,笑眯眯地道:"明白就好,所以,此去葫县,你大胆地去做,葫县是贵州的北大门,更是我铜仁的前门,徐伯夷这个人我很不喜欢,我更喜欢由你守在那里。"

叶小天站起身来,长揖到地。

张绎道:"你去吧,先去跟黎中隐叙叙话,嘿嘿,老夫抢了他的得意门生,这老家伙嘴里不说,心里一定幽怨得很呢,老夫一会儿再过去。"

叶小天恭谨地道:"是!学生告退。"

旁边走来一个小丫鬟,引着叶小天向客厅走去,张绎转向戏台,津津有味地看起了戏。过了一阵儿,一个头戴浅露,身穿一袭白衣,身姿极其曼妙的女子从戏台后姗姗地走了出来。

张大胖子努力地拔了拔身子,又泄气地坐下,正要叫人把他从椅子里拔出来,那头戴浅露的女子已经轻笑道:"张叔叔,你就坐着吧,在侄女儿面前,你还客气什么。"

那女子说着,袅袅娜娜地走过来,一个侍女抢步上前,用手帕擦了擦叶小天刚刚坐过的椅子,又顺势转到了椅子后面站定,那女子便盈盈落座。

张绎挺着肉山似的大肚子,对那女子道:"妙雯哪,徐伯夷是你想要用的人,为何你却让我鼓励叶小天同徐伯夷斗呢?不会是……他才是你真正想用的人吧?"

那女子微微抬头,露出白皙娇嫩十分诱人的下颌,轻笑道:"怎么可能?叶小天快要成为夏家的乘龙快婿了,不可能为我所用,我只是想用他来试一试徐伯夷究竟是不是一块可造之才,如果不堪造就也就算了。"

张绎道:"试金石?如果他试出徐伯夷只是一块废铁,却被他掌握了葫县,那不是偷鸡不成,反蚀一把米了?"

田妙雯戴着浅露,本来看不清她的容颜,可是浅露上的垂帷轻轻地波动,让人清晰地感觉到她脸上正露出一个极其迷人的笑容。

她向张绎一笑,转首看向戏台,淡淡地道:"有什么关系呢?只要不是掌握在朝廷手中就好。"

张胖子摩挲着肥肥的三层下巴,心道:"果真是这样吗?那你跑到这儿来干什么?唉!这丫头再也不是搂着人家脖子,扭得麻花儿似的,缠着胖子叔叔要糖吃的小丫头了,她长大了啊……"

第二十六章

归来

一

叶小天在铜仁逗留了一天，当天中午参加了由铜仁知府张绎为他置办的接风宴，当晚又宴请了他的座师铜仁府学教谕黎中隐黎先生，第二天上午才启程离开铜仁。

一行人出了铜仁府，前行不远，便见官道旁一条岔路通向远处大山脚下，那正是通往三里庄的道路，叶小天请赵文远的车队在路边等候，他与毛问智各乘一马，赶向了三里庄。

叶小天骑着马，停在一棵大树下，远远地看着依山而建的那幢房子，那幢房子最醒目的地方就是它的南墙，那堵墙高达三丈，足有小城的城墙那么高，照理说任何一户人家都不会建一堵这么高的墙。此刻，那座异常醒目的高墙上正有几个工匠忙碌地拆着墙体，墙体已被拆得七零八落。

过了一会儿，毛问智走回来，对叶小天道："大哥，俺打听过了，水舞她娘卖了宅子后就去了水西，再没回来过。这幢宅子现在已经换了人家，人家正翻修呢，说是要给儿子当新房用。"

叶小天喃喃地道："没回来过？她们娘俩儿能到哪儿去？"

毛问智道："大哥，兄弟我有句话，不知当讲不当讲。"

叶小天诧异地看了他一眼，笑道："你什么时候跟我客气起来了？说吧，什么话？"

毛问智道："俺觉着吧，就算水舞姑娘回来了又怎么样？她家那个疯婆子实在太难缠了，咱好不容易才摆脱她，过去的就让它过去了吧，莹莹姑娘挺好的，你就不要再念着水舞姑娘了。"

叶小天深深地吸了口气，道："你想多了。我来，只是想看看她有没有回来，没有别的想法。她们娘儿俩既然没回三里庄，大概已定居贵阳了。走，咱们上路！"

毛问智扳鞍上马，扬马一鞭追上叶小天，高声赞道："这就对了，大丈夫何患无妻？咱们爷们不能婆婆妈妈的，拿得起，就得放得下！"

· ※ · ※ · ※ ·

葫县效外，有一片很大的库房区。

这儿既是仓库也是客栈，通常是前栈后库的格局，这是当地人建来专供来往客商们居住的，很多商旅运输的货物过于庞大，歇脚进城不太方便，便住在这里。

靠近山脚的小河边，有一片僻静的房舍，一位翠衫黄裙的姑娘蹲在墙边角门外的岩石上，痴痴地望着面前潺潺的流水。

水中有茂密的水草倒伏着，随着水流的方向轻轻起伏，许多手指长的小鱼儿在水草间钻来钻去。天空中停着一朵白云，云影倒映，使那流水仿佛镜子一般，倒映出她那张清丽而憔悴的容颜。

旁边草木微动，有人走了过来，痴痴出神的少女回眸一望，连忙站起，敛衽施礼道："洪员外。"

罗百川微笑颔首，捻着手中的佛珠，问道："水舞姑娘，你身体好些了吗？"

水舞脸上露出一丝腼腆的笑容，轻声答道："多谢员外，奴家的身体已经好多了。"

水舞当日在贵阳时，便曾被谢传风的无耻要求气得吐血，当时病情虽未显现，但已郁结于体内，之后身心饱受煎熬，在她的母亲被乱石砸成肉酱之后，终于爆发出来。

罗百川救她离开之后，水舞一路上就高烧不退，始终昏迷不醒。罗百川为此还放慢了行程，雇了一个老妈子一路照料，回到葫县后把她安置在这里将养，直到现在才稍稍恢复元气。

罗百川道："举手之劳，何足挂齿。对了，老夫刚刚收到消息，今科举子中，有九人得授官职，其中三人遣往葫县任职，其中就有叶小天。这一次他来葫县，将任典史一职，那可是不入流的官里唯一一个朝廷命官哪。"

"小天哥哥做官了？"

水舞双眸一亮，欢喜地道："我就知道，他有出息，他一定会有出息！"

罗百川微笑道："新任县丞昨日已经到了，相信叶小天这一两天也该到任了。呵呵，水舞姑娘，恭喜你，很快就能与他重逢了。"

水舞脸色一黯，沉默半响，轻轻摇头道："我不想见他！"

罗百川目光一闪，道："哦？水舞姑娘不欲与他相见？"

水舞默默地走到小河边，轻轻仰起头，望着天空那朵悠悠的白云，幽幽地道："我家恩将仇报，给他惹下那么多的麻烦，我哪还有脸面见他？况且，他现在和莹莹姑娘很要好……遥遥跟着他，我也很放心……"

罗百川微微皱了皱眉，又慢慢舒展开，微笑道："既然这样，你可有什么亲友可以投奔吗？"

水舞默默地摇了摇头，忽又回首一笑，向罗百川盈盈福了一礼，道："这个就不劳员外操心了。今日正有一支商队从云南来，往金陵府去，我想跟着他们到金陵去，天无绝人之路，总能寻个营生的。"

罗百川微微摇头道："这些走长途的商旅，大多不太规矩，你一个年轻貌美的女儿家，无依无傍地跟着他们远走他乡，万一路上有个什么闪失，可如何是好？"

罗百川略一思索，道："这样吧，如果你不想留在葫县，我这正有一批东西要送往蓟门，交给一位了不起的大英雄。你既无处可去，不如随队同行，洪某修书一封，那位大英雄一定会收留你的。"

说到那位大英雄时，罗百川一脸崇敬之色，显见那人在他心目中有着极其重要的地位。换一个人未必知道罗百川所说的蓟门是什么地方，可水舞是在京城出生京城长大的，岂能不知蓟门所在？

水舞讶然道："蓟门？员外是说居庸关吗？"

罗百川有些意外地笑道："不错！想不到水舞姑娘竟然知道这个地方。既然如此，也不妨实话告诉你，老夫所说的那位大英雄就是当今太子少保、蓟州总兵戚大将军，你放心了？"

水舞一听，欣然拜倒，道："水舞今已孤苦伶仃，走投无路，承蒙员外如此大恩，无以为报，只能来生结草衔环以报了。"

罗百川虚扶了一把，道："姑娘言重了，老夫那支车队，今日就要上路。姑娘既然答应，那就赶快回去收拾一下吧，一会儿老夫就派人送你去与车队汇合。"

水舞欣然答应一声，急急走向自己的住处。她正是举目无亲的时候，如今有了安身之所，而且是到这位素来敬仰的大英雄府上做事，心里自然欢喜得很。

一个青衫人慢慢走到罗百川身后，轻笑道："大哥很少心慈面软，这一次救下水舞姑娘，我还以为大哥你……没想到大哥就这么让她离开了。"

罗百川微微皱了皱眉，不悦地道："自从大亨的母亲过世，天下间再无一个女子能够走进老夫的心里。"

青衫人微微欠身道："是！兄弟失言，大哥恕罪。"

青衫人慢慢站直了身子，道："徐伯夷当初声名狼藉，灰溜溜地离开了葫县，却不想才过了不到一年的光景，居然以县丞的身份又杀回来了。而典史与驿丞两个职位，也相继落入土司之手，朝廷居然听之任之。朝廷步步退让，葫县前程堪忧。"

罗百川微笑道："你我能看到的，你以为朝廷诸公就看不到？杨应龙野心勃勃，只要他不肯放手，葫县便会得到安宁。我倒觉得，朝廷这招'以退为进'使得好！"

"以退为进吗……"

青衫人沉默片刻，缓缓地道："但愿如此！"

水舞根本没有什么东西可以收拾，她只有几件换洗衣物而已，片刻工夫就已收停当，此刻已经挎着小包袱出现在院中，远远看见罗百川正与他人交谈，便乖巧地站住了脚步。

青衫人睨了她一眼，对罗百川道："大哥既非有意于她，何以先是倾心照料，现在又为她安排出路呢？这可不像大哥一向的为人。"

罗百川轻轻叹了口气，道："还不是为了大亨那孩子？这女子与叶小天关系匪浅，而叶小天与大亨情同兄弟，老夫可不想有朝一日被大亨知道，对我心生怨尤。"

"大亨杂货铺！"

柜台后翘着一只肥硕的大屁股，大亨趴在柜台上，双手托着肥嘟嘟的下巴，无聊地哼着歌儿，一双眼睛贼兮兮地瞄着街头走过的女子，只要有几分姿色，他就看得津津有味。

店里一角，一对衣着光鲜的男女轻轻抚摸着一匹绡纱，妞妞殷勤地解说道："老爷、夫人，这就是鲛绡纱了。传说南海有鲛人，鱼尾人身，她们织的绡纱薄如蝉翼，入水不湿。鲛人当然只是一个传说，可这绡纱的确是用上等蚕丝由最好的织工织就，一匹的重量还不足三钱，当真有入水不湿的效果。夫人您这么美丽，若是用这样一匹鲛绡纱做件睡衣，一定美如天仙了。"

那女子比那男人看起来小了二十多岁，与妞妞年龄相仿，显见是个受宠的妾室，被妞妞一口一个夫人地叫着已是欢喜不胜，再听她这么说，不由咯咯一笑，揽着那男人的手臂轻轻摇了摇，扭着迷人的娇躯昵声道："老爷……"

那男人道："买！买买买！给我包起来。"

"这位老爷真是大方！夫人，老爷这么疼您，可真是您的福气。"

妞妞一边继续灌着迷汤，一边麻利地把那匹绡纱包起来，笑盈盈地道："老爷夫人是我们店里的常客，给您打个八折，八十两就好了，换个人来，可是拿不到这么便宜的价儿。"

妞妞收了钱，甜笑着把这对客人送出门外，一扭头，就见托着下巴百无聊赖地唱歌的大亨突然停住了声音，两眼发亮地望着外面。

妞妞回头一看，恰见一对短裙苗挽着手臂，笑盈盈地从店前走过。两个少女光鲜靓丽，健美浑圆的大腿充满了青春的娇美气息，尤其难得的是，她们是一对双胞胎，生得一模一样。

妞妞气哼哼地走到大亨身边，大亨一见视线被挡住，赶紧往旁边挪了一下，继续直勾勾地瞅着外面。

妞妞咬着嘴唇，气愤地扭住了他的耳朵："好啊你！人家在这里辛辛苦苦帮你赚钱，你那双贼眼却不老实，看什么呢？喜欢你就追出去啊，讨一个回家做老婆呗！"

"放手，快放手，叫人家看了笑话。"

大亨踮起脚尖，赔笑哄着妞妞："我就是随便看看，要娶一定娶你啊！她们就是送上门我都不要，你想啊，我娶了一个，另一个跟我老婆长得一模一样，可她天天在别的男人身子底下欲仙欲死，天天都有戴绿帽子的感觉……"

妞妞听了又好气又好笑，手下拧得更来劲儿了，大亨哎哟哎哟地叫着，正想继续求饶，突然两眼一直，又望着外边不动了。妞妞大怒，道："狗改不了吃屎的东西，你还看！"

大亨惊喜地叫道："我的天！大哥回来了！"

第二十七章

难题

一

叶小天走进大亨杂货铺，笑吟吟地道："大亨，别来无恙啊！哈，妞妞，你好！"

大亨和妞妞同时怪叫了一声，妞妞花容失色，嗖的一下躲到了大亨身后，战战兢兢地道："你……你你……你是人是鬼啊？"

大亨则欢喜地跳起来，张开双臂一把将叶小天抱住，大声道："大哥，你可想死我了，我还以为这一辈子再也见不到你了呢。"

听到妞妞的话，两人同时一愣，这才想到知道叶小天假死遁身的人非常少，除了大亨和县衙的少数几个巡检，几乎全是葫县的官。大亨放开叶小天，沉吟道："嗯！他是……他是……"

叶小天面不改色，微笑道："我叫叶小天，是大亨的朋友，是与大亨进货时遇到的，一见如故，遂成知交。"

大亨马上接口道："是啊，我上次去进货的时候，见叶大哥和艾典史生得一模一样，不禁万分惊奇，一番攀谈，十分投机，就认了叶大哥做我的兄长。"

妞妞哆哆嗦嗦地道："那他……他怎么还认识我呢？"

大亨从容不迫地道："自然是因为我出门在外很想念你，总在叶大哥面前念叨你，如今他见我身边有这么漂亮的一位姑娘，当然就认定是你了。"

叶小天暗暗竖了竖大拇指："不愧是我兄弟，撒谎连眼都不眨！"

妞妞听了心中好不欢喜，见叶小天果然不是艾典史还魂，这才放心地从大亨后面闪出来，向叶小天福了一礼，道："奴家见过叶大哥。"大亨和叶小天握着手，心照不宣地摇了摇，放声大笑起来。

毛问智大步流星地走进来，粗声大气地道："这位就是大亨兄弟吧？哎呀妈呀，大哥还真是没说错，大亨兄弟，你生得珠圆玉润，果然是宜子多福之相啊。"

罗大亨："呃……"

毛问智毫不见外地拍了拍他的肩膀，大大咧咧地道："俺姓毛，毛问智，也是叶大哥的好兄弟，你以后叫俺老毛就行。"

罗大亨："嗯……"

门口，遥遥站在车辕上脆生生地唤道："福娃儿！"

福娃儿从大个子肩上滑下来，连蹦带跳地蹿到马车旁，往地上一趴，遥遥纵身跃下，很准确地骑到了它肥厚宽广的后背上，福娃儿便驮起遥遥，一步三摇地向店里走来。

大个子弯腰看了看店内货架之间狭窄的道路，挠了挠头皮，放弃了跟进来的打算。这时已经有许多百姓围拢过来，对它指指点点。大个子不耐烦起来，冲着他们龇了龇牙，喉咙里发出一声低低的咆哮，吓得几个少女和一群孩子尖叫着落荒而逃。

赵文远站在车旁，微笑着看着店内这一幕。窗帘儿掀开，露出潜清清那张妩媚的面孔，妙目流盼，向店内轻轻一瞟，又慢慢放下了窗帘儿……

他们这一路走得很是顺畅，原估计后天早上才能到葫县，不想今日就到了，进城后，叶小天轻车熟路地指挥着车马，穿过十字大街时恰好经过罗大亨的杂货铺，便来见一见故人。

两人简单地聊了几句，因为有些话当着这么多人不便开口，叶小天便道："大亨，为兄已考中举人，蒙布政使衙门抬举，荐为葫县典史，外面还有一位朋友，乃是新任本县驿丞，我们两人先去县衙报到，回头再与你叙旧。"

大亨一听忙道："大哥，我跟你去！"

大亨匆匆跑到柜台后面，从柜台底下掏出一个书包往肩上一挎，又跑出来。叶小天一看他那书包鼓鼓囊囊的，不由两眼一直，忍俊不禁地道："你还背着书包呢？"

大亨咧嘴笑道："我背了一阵吧，感觉揣啥东西挺方便的，比褡裢还好用，我就一直背着了。嘿嘿，这里边不是砖头了，除了吃的，还有一些散碎银两，比揣在身上方便。"

叶小天看了看他那日渐圆润，河马一般满是肥膘的腰肢，认同地点了点头。大亨跟着叶小天出了店，叶小天把他又向赵文远介绍了一番，众人便继续向县衙走，叶小天与罗大亨步行走在车队的最前面。

叶小天对大亨道："妞妞已经嫁给你了吗？我一来就看到你们两个黏在一起。"

大亨把胖脸一摇，下巴一阵哆嗦："哎！要是成了亲就好了，现在吧，妞妞算是我雇的伙计。"

叶小天奇道："伙计？她家的杂货铺不开了？"

大亨道："开着呢，我这不是出高价挖了墙角吗！"

叶小天瞪大了眼睛，道："挖墙脚？你从她娘那儿挖墙脚？"

大亨理直气壮地道："是啊！她们家那间小杂货铺，一个月也就几两银子的进项，我一个月许给她二十两银子，她娘听了欢天喜地，就把她给我送过来了。"

叶小天道："大亨啊，你们店里还收伙计吗？"

大亨道："我这生意，是三年不开张，开张吃三年，用不了那么多伙计，怎么，大哥有人想推荐给我吗？"

叶小天叹道："我做典史，月俸才四石。如果你店里还缺伙计，我就辞职不干了，给你当伙计去。"

大亨干笑道："大哥，你就别开我玩笑了，我这不是没办法吗？前些天我拐弯抹角地试探过我爹的意思，我爹的意思是给我找一个门当户对的女人，妞妞那出身……他是不会答应的。

"所以我就想啊，先跟妞妞做了真正夫妻，最好连孩子都生下来，到时候有个胖乎乎很可爱的小孩子搂着我爹的脖子，奶声奶气地唤他爷爷，我就不信他不接受妞妞。嘿！嘿嘿……"

大亨眯着眼睛，一副很阴险的模样说。叶小天恍然道："啊！原来你和妞妞已经做了真正夫妻？"

大亨的面瓜脸又垮下来，垂头丧气地道："还没呢，妞妞说，除非我跟她明媒正娶，拜过天地，才肯跟我洞房。否则，休想碰她。哎！我是夹在风箱里的老鼠，两头为难啊！"

叶小天同情地拍了拍他的肩膀，叹息道："咱们还真是一对难兄难弟！"

大亨大喜，道："大哥也是有了心仪之人，却娶不到吗？"

叶小天斜了他一眼道："你这么开心做什么？"

大亨笑嘻嘻地道："没什么，我只是一下子觉得安慰了许多。"

叶小天没好气地哼了一声，问道："你怎么还天天在杂货铺里打转，驿路运输才是财源滚滚的大生意，你都不打理吗？"

大亨笑道："谁说我不打理？不过你看我这身板儿，能成天跟着车队东跑西颠吗？这件事，我交给高涯和李伯皓负责了。"

叶小天蹙起眉头道："你完全放手，就不怕他们联起手来架空你，以致大权旁落？"

大亨喜滋滋地道："怎么可能？账我管着，钱我管着，这就掐住了他们的命门了。而且，他们两个能联起手来？除非太阳从西边出来！嘿嘿，他们两个，就像是前世的冤家，天天掐架。啊！也不知今天他们又打架没有，真是令人期待啊……"

叶小天："这……"

· ※ · ※ · ※ ·

山里面，一条干涸的河床静静地躺在阳光下，淤泥在烈日的曝晒下很快就裂出了拳头大的口子。前方有一道垒起的堤坝，堵住了上游的河水，清清的河水从两侧引出的小渠缓缓流去。

这条河叫捞刀河，河水平时深度有两丈左右，可是现在即便是被堤坝截住，水深也不过三尺有余。堤坝上，几十个持竹矛、佩长刀的壮汉来回地巡视着。

忽然，下游方向有一群人气势汹汹地走过来，堤坝上巡视的壮汉居高临下看见那群人的身影，立即咣咣地敲响了铜锣，有人一边沿着那条引水的小渠向两侧飞奔，一边向山坳里高矮错落的竹楼群高声叫喊起来："李家寨抢水来啦，快来人哪，李家寨抢水来啦！"

片刻工夫，从两侧村寨里涌来大批壮汉，手持刀枪棍棒、铁叉竹矛，聚拢到堤坝上严阵以待。

天下之山，萃于云贵，连亘万里，际天无极。所以贵州的田多是梯田，梯田在山上，而山上是多雨则涝，无雨则旱，所以这梯田也就成了"望天田"，是真正的靠天吃饭。

近来葫县一带大旱，供养上游高家寨和下游李家寨的这条捞刀河，水深迅速降低了六七倍，而庄稼正是即将吐穗灌浆的关键时刻，于是高家寨就截断了河流，以保证他们田地的灌溉。

可这一来，处于下游的李家寨不要说浇地用水了，便是饮用水都成了难题，是以两个寨子为了争夺水源，冲突越来越激烈，这条河堤扒了筑、筑了扒，在双方的争夺中不知已经重建了几次。

为了保住水源，高家寨组织壮劳力携带武器，日夜守在河堤上。今日显见是李家寨组织人马又来争水，高家寨立即严阵以待。高家寨少寨主高涯匆匆赶到，握着一口剑，冷冷地看着山下。

山下，率领数百名气势汹汹的壮汉冲过来的那个人，正是李家寨少寨主——"罗李高"车马行三位东主中的另一位，他的老同学、老搭档李伯皓。

第二十八章

风波恶

一

李伯皓走到近处,挥刀向站在堤上的高涯一指,厉声喝道:"高涯!你们高家寨想干什么,是要把我李家寨逼到走投无路吗?"

高涯一只脚踏在堤坝的一块石头上,吐了口唾沫,不屑地道:"水从我家门前过,我想截就截!需要征得你的允许吗?李伯浩,我已经答应车马行今年的收入,从我该得的那一份里拿出三成,给你们寨子里的人买粮,对你可谓是仁至义尽了,你还想怎么样?"

李伯浩目欲喷火,怒声喝道:"胡说!那就任由我们田里的庄稼活活干死?我们李家寨现在不要说是灌溉的水,就是人和畜生喝的都一滴不剩了,你看看这河道,还有水吗?"

高涯干笑两声,道:"这水我们要是不截,任他流淌下去,你们不够灌溉的,我们地里的收成也得大减。姓李的,你冲我喊冤,我跟谁说去?这是老天爷难为人,可不是我高家寨难为你们!"

李伯浩怒道:"那就得牺牲我们、成全你们?"

高涯懒洋洋地道:"废话,谁让你们住在下游的?要是你们李家寨在我们上游,你们截了水,我就认了!还是那句话,水从我家门前过,我想截就截!"

李伯浩大怒,喝道:"好!你想截就截,我想扒就扒,咱们各凭本事吧!李家寨的兄弟们,为了咱们的庄稼,扒堤!"

高涯噌一下跳了起来,把剑一横,厉声喝道:"我看谁敢动!谁敢动这堤上一锹土,老子就活埋了他!"

李伯浩举刀就冲,大喝道:"你小子有本事,就先埋了我吧!"

一见少寨主率先发起了冲锋,李家寨的壮丁们立即挥舞着武器冲了上去:"冲啊!冲啊!打垮高家寨的王八蛋,把堤扒了!"

"打下去，把他们给我打下去，我看谁敢动我们的救命水！"

两下里兵器交接，一片叮当作响。李伯浩挥刀劈退一个高家寨的人，急急扶起一个被人打晕的族弟，高声呼喊道："老九，老九？你醒醒！"

那人满头满脸都是血，也不知伤在何处，已然晕迷不醒。李伯浩把他平放在地上，抄起自己的刀，咬牙切齿地咆哮道："姓高的，我要宰了你！"

高涯大笑道："那你得先下地狱才行！"

两人举起染血的刀剑，疯狂地战在一起……

· ※ · ※ · ※ ·

县衙门口，赵文远一行人赶到后，便命人进去传报，片刻工夫那衙差便转回来，殷勤地对叶小天和赵文远道："两位大人，县大老爷现在二堂相候，请！"

赵文远和叶小天谦让一番，并肩进了门，那衙役头前带路，引着二人向二堂走去，一路上，已有一些获悉新任典史与新任驿丞同时到任的胥吏公差纷纷跑出公房观看。

他们看见叶小天，当即目瞪口呆地站在那儿，叶小天看到许多熟悉的面孔，心情也很激动，下意识地就向他们含笑致礼，那些人依旧目瞪口呆地看着他，根本反应不过来。

叶小天这才警醒此刻的自己应该是不认识他们的，只是含笑致礼的动作已经做了，却也收不回去，只好扮出一副礼贤下士的模样继续含笑点头，在越来越多满面惊愕之色的胥吏、公差们注视下，一路走向二堂。

花晴风正在二堂门阶上候着，一见二人走来，便微笑起来，只是看着叶小天，他的笑容却不免有些发紧。人生际遇真是难测啊，谁能想到，这叶小天居然以典史身份堂而皇之地回到了葫县。

那衙役站住脚步，对叶小天和赵文远道："两位大人，这位就是本县花大老爷！"

叶小天和赵文远连忙快步向前，距花晴风约三步远时一起站住脚步，拱手道："下官叶小天（赵文远），见过县尊大人。"

"哎呀呀，两位快快请起！"花晴风连忙一撩袍襟，含笑下阶，将二人扶起来，笑容满面地道："两位大人一路辛苦了，快请堂上就座。"

"县尊大人先请！"

叶小天和赵文远请花晴风走在前面，两人落后半步，与他一同步入客厅，到了厅中又客套一番，直到花晴风先在上首坐了，二人这才分左右落座。一旁早有小厮奉上茶来，花晴风端起茶盏向二人让了让，轻轻呷一口茶，清咳一声，对那小厮道："你去，请王主簿和徐县丞来见一见两位。"

那小厮答应一声，忙不迭走开了。

花晴风又啜了口茶，这一次动作大了点，被沸茶烫了舌头。花晴风急忙抿住嘴巴，已是痛得双眼微微湿润起来。虽然他此前就已知道叶小天将到葫县，已经有了准备，可是一见叶小天还是有些慌张。

其实叶小天就算回到葫县也是他的下属，作为一县主官，他本不必紧张什么，可是他对叶小天心中有愧，自然就难免心虚了。

当初，他们设计让叶小天假冒艾典史，对叶小天说的是功成之后便放他离开，实则打的主意是让他以艾典使的身份"病故"，以避免因为艾典使被强盗杀死，激怒朝廷，向他们问责。

叶小天获悉真相后来了个"单刀赴会"，打了他们一个措手不及，那时叶小天的威望如日中天，他们哪敢公然加害，仓皇之下只好答应了叶小天的假死遁身计划。在那之后不久，叶小天就悄然离开了，谁知道叶小天会不会因为这件事对他们心存芥蒂？

再一个，叶小天当初虽然是假典史，在葫县却人望甚高，县衙里许多人都成了他的追随者：周班头、马辉、许浩然……甚至他的小舅子苏循天。

叶小天离开葫县之后，花知县一手握着代理县丞的大印，一手握着代理典史的大印，把葫县的司法大权牢牢地抓在了手中。

虽说作为一县正印官，他还是有王宁王主簿制衡着，权柄依然有限，却是他自做官以来头一回品尝到权力的滋味。如今叶小天卷土重来，会不会把他已经到手的东西再拿回去？

花晴风用茶盖轻轻抹了抹飘在茶水上的茶沫，把茶凑到唇边，抬起眼睛飞快地扫了叶小天一眼，忽然想到现任县丞是徐伯夷，又放下了一些心事，唇角勾起一抹若有深意的笑容。

不一会儿，王主簿和徐伯夷先后来到二堂，花晴风忙向他们二人引见一番。徐伯夷倒还好说，他和叶小天、赵文远是同科举子，在贵阳就认识，彼此道声辛苦，便算见过了面。

赵文远和王宁王主簿是初次见面，确也需要引见一番，只是叶小天和王主簿明明彼此熟悉得很，这时却得装作一副互不相识的模样，听着花晴风的介绍，拱手寒暄，煞有其事。

早已把叶小天当日冒充过艾典史一事查得清清楚楚的徐伯夷笑眯眯地看着二人做戏，心中暗暗冷笑："官场上，当真都是一班不要脸的戏子！"

几位官员寒暄已毕，落座叙谈一番，花晴风便和颜悦然地道："你我今后共事，来日方长，两位大人的家眷随从还候在外面，现在就不耽搁你们了。王主簿，请你送赵驿丞赴驿丞交接一下。"

王主簿颔首称是,花晴风对赵文远道:"赵驿丞远来辛苦,先去交接了差使,将家人安顿下来,今晚本官为你设宴接风。"

赵文远忙起身向花晴风拱手道:"有劳县尊大人。"

王主簿微微一笑,束手道:"赵驿丞,请!"

二人离开客堂后,花晴风又笑容可掬地对叶小天道:"叶典史,本县原本只剩一套空房,是前任县丞腾出来的,徐县丞到任后已经入住,如今再无合适的住所,而驿站在城外,来往不便。本官思量,先在县衙附近为你租住一处房舍暂时安顿家人,你看如何?"

叶小天微微一怔,他在葫县时,葫县的公舍当时还有两三套空着,如今都已住了人了?就算住了人,他是典史,是葫县县衙里的第四把交椅,旁人也该把房子腾出来才是。

他虽然今日才到,可布政使衙门的公函早就来了,现在居然没有房子给他安排?叶小天暗暗冷笑:"我若答应下来,只怕就要在那租住的房子旷日持久地住下去了.花知县这是摆明了不欢迎我啊,想给我一个下马威吗?"

叶小天迅速在花晴风和徐伯夷脸上扫视了一眼,不动声色地道:"有劳县尊大人。下官此来葫县,少不得要在这里干些年头,若是政绩不够突出,说不定就要在这里干上一辈子了。"

看着花晴风越来越难看的脸色,叶小天笑得更愉快了:"再说,下官家里人口又多,县衙的公宅住着略显局促,本也不适合下官入住。既有租来的宅子,那下官就先住着,下官会尽快择址自建一幢住宅。县衙公舍既已住了人,就不要再让人家搬出来了。"

花晴风目光微微一闪,打个哈哈道:"公舍的确简陋了些,既然叶典史有意自建住宅,那本县就不客气了。哈哈哈……"

花晴风咳嗽两声,又对徐伯夷道:"徐县丞,你陪叶典史去交接安顿,晚上一起过来,本官设宴接风。"

徐伯夷答应一下,与叶小天谈笑晏晏地走了出去。任谁看着,这都是同科中举,又做了同僚,彼此间的关系十分亲近,又哪会觉察这两人竟是一对解不开的冤家。

"自建一幢住宅?哼!你还真想在本县扎根啊!"

花晴风看着叶小天和徐伯夷远去的背影,眸中渐渐浮起一抹阴险。

第二十九章

下马威

一

　　县衙的第三进院落就是花知县的官邸。红漆雕栏的围廊后面，知县夫人苏雅正踮着脚尖，用小木勺喂着笼中的金丝雀，逗弄着蹦蹦跳跳的雀儿，她的颊上微微露出一丝愉悦的笑容。

　　此时的苏雅夫人，穿一身燕居常服，一件琵琶袖的浅绿色短衫，外边套一件银绫的半臂，系一条石榴红的齐腰襦裙，纤腰楚楚欲折，容颜淡雅俏丽，有种极妩媚的味道。

　　她这一踮起脚尖来，腰间便凸出一个内陷的弧度，衬得裙下丰隆的臀部更形隆翘，曲线诱人。亏得这是在内宅里，除了花知县就只有内宅的那些丫鬟侍婢，再无一个男子，否则这熟透了的水蜜桃一般的身材，真不知要勾得多少登徒子色授魂销。

　　花晴风步入后宅，看见娇妻这副模样，不觉有些情热，走上去轻轻揽住她柔若无骨的腰肢，将脸颊从肩后靠过去，亲昵地贴了贴她娇嫩柔滑的脸颊。这样的举动算为是极为狎昵了，不过人家是少夫少妻，又是在私邸之内，倒也不算什么了。

　　花晴风自从到了葫县后，就成了一只风箱里的老鼠，受到豪强齐木、县丞孟庆唯、主簿王宁乃至山中各族部落此起彼伏的打压，身心饱受煎熬，心力交瘁之下，每日里只是长吁短叹没精打采，仿佛一八十老翁，虽然正当壮年，却是连床笫之事都淡了。

　　自从孟州市丞身遭横死，叶小天离开葫县，他趁机攫取了一部分权力，整个人一下子都似年轻了几岁，权力给他带来的激情与渴望，使得他夫妻间更加和谐美满了。

　　平素里花晴风只要这么一抱，苏雅少不得要倒在他的怀中，学那戏水的鸳鸯，狎戏一番，但是今日苏雅只是把纤腰一挺，淡淡地回眸望了他一望。

　　花晴风松开手，奇怪地道："娘子何故不悦？"

　　苏雅淡淡地问道："那个叶小天回了葫县？"

花晴风眉头一皱，道："你怎么知道？哦！是不是循天那小子告诉你的？"

苏雅冷哼一声，道："今日一早，徐县丞对三班六房做了调整，各房的胥吏、捕头，交叉调动，一团混乱。这件事，应该是相公你的主意吧？"

花晴风听见她是诘问此事，不由松了口气，笑道："娘子，这是县丞的职责嘛，何须本县插手呢。新官上任三把火，徐县丞年轻有为，他既有心整顿，要做出一番气象来，本官自然要鼎力支持的。"

苏雅冷笑地凝视着花晴风道："相公仅仅是支持吗？徐县丞刚刚到任，没有你的授意，他敢对三班六房做出这么大的调整？而且，继前日接风宴后，昨日你又单独宴请了他，难道不是为了今日之事？"

花晴风皱了皱眉，不悦地道："夫人，你只需管好这后宅，何必理会外间之事呢，那叶小天与你非亲非故，我就是想要对付他，你也不必为他抱不平吧？"

苏雅气极反笑，道："相公，你以为我是为了替那叶小天抱不平？"

花晴风反问道："难道不是？否则你又何必指责为夫？"

苏雅叹了口气，幽幽地道："相公，妾身是你的发妻，凡事自然只会为你考虑，怎会相帮那叶小天呢？妾身对你提起此事，不是认为你不该对付叶小天，而是你的方法，错了！"

花晴风愕然道："方法错了？错在哪里？"

苏雅道："徐伯夷与叶小天早有过节，你就是不授意于他，他也会全力以赴地去对付叶小天……"

花晴风微笑道："但是，他刚刚担任县丞，虽然他的职位高于叶小天，可他在本县的根基不如那姓叶的，有本官支持他才能大胆施为，否则，只怕他未必是那叶小天的对手！"

苏雅顿足道："相公，你怎么还不明白呢？你在葫县蛰伏三年，直到今日才渐渐把一部分权力收拢手中，你既然容不得叶小天，你就该旗帜鲜明地表明你的态度，告诉所有人，你就是要对付叶小天！

"民心何用？那叶小天难道还能昭告全县，说他就是当初那个受万民爱戴的艾典史？就算他能这么做，如果本县的知县和县丞都容不下他，那些百姓们再如何支持又能改变什么？

"到时候，你就可以再下一城，扩大你的权力，收揽更多的心腹。徐伯夷想坐稳这个位置，只能对你俯首帖耳。到那时候，就是王宁也得再退一步，葫县才能真正落入你的掌握，你才能一逞平生抱负啊！

"可你呢？明明你不必拉拢，那徐伯夷为了对付叶小天，也必然得投到你的门下，鞍前马后地为你摇旗呐喊，你何必让他当那挂帅出征的大元帅？这兵权交出去容易，想再收回来可就难了,你就不怕他变成第二个孟州市丞?"

花晴风捻须微笑道:"为夫是一县正印,出面去对付一个刚刚到任的典史,如此自降身份,岂不惹人非议?相公我避居幕后,由那徐伯夷出面,这才进退自然啊!

"不知情者,会以为徐伯夷与叶小天不合,故而争斗。知情者,更不会猜疑到为夫的头上,为夫坐山观虎斗,等他们两败俱伤之际,再出来收拾局面,如此岂不稳妥?"

苏雅凝视着他,目中渐渐露出悲哀之意:"相公,其实你一直就是这样的,该避居幕后的时候你避居幕后,不该避居幕后的时候你同样避居幕后!呵呵,相公,妾身以为,你不该做知县,你该做个师爷才是!"

花晴风的脸腾地一下涨红起来,怒道:"娘子怎可如此无礼?"

苏雅蛾眉微敛,淡淡地道:"我累了!"

苏雅再不看他一眼,从他面前径直走了过去,花晴风气得鼻息咻咻,狠狠盯着苏雅的背影,直到她的身影消失在花厅门口,这才愤愤地一甩袖子,骂道:"妇人之见!"

· ※ · ※ · ※ ·

徐伯夷带着两个衙役,陪着叶小天出了府门,此时赵文远已经随王主簿离开,但是给他们留下了一辆车子,他们的行李都堆在车厢里,遥遥正在软绵绵的行李包上乐此不疲地爬上爬下。

徐伯夷吩咐人牵来一匹马,翻身上马,瞥着叶小天道:"叶大人,请吧。"

叶小天没有马,如果步行,就和那两个衙差一样,成了徐伯夷的随从。徐伯夷有意让他出糗,故意头也不回,策马走出半晌,才悄悄扭头观望,却见叶小天正端坐车中,小丫头遥遥蹲在他膝前,乖巧地给他捶着腿。

徐伯夷一见大为懊恼:"这一来,本官岂不是成了给他开路的人了?不对啊,那一车行李呢?"

徐伯夷又扭了扭头,这才发现那头巨猿大步流星地跟在马车旁边,方才堆在车中小山一般的行李,此刻正被它轻飘飘地扛在肩头。徐伯夷暗暗咽下一口气,恨恨地一鞭子,抽在了胯下的牲口身上……

花晴风给叶小天租下的这处宅院距县衙并不远,毕竟是为了方便他每日上衙办公,公房已经没有分配给他,如果再故意把他打发得远远的,那就实在说不过去了。

叶小天下了车到了院中一看,这幢宅院还真有点小,就是一个小院子,一间正房,正房分隔出了左右两个卧室,中间是一个小小的堂屋,院落一角搭了个鸡棚。

迈步进了堂屋,一进门右手边就是一个灶台,灶台上方还贴了一张已经熏得乌漆抹黑的灶王爷。这，分明就是一户普通的民居，还是家境比较拮据的民居。

典史这个官儿放到朝廷上，那真是芝麻绿豆大的一个小官，可是在一个县里，已经是有头有脸的大人物了。花知县给他租下的，竟然是这么小的一幢民宅。

其实花晴风虽然不喜叶小天，却也不至于这般下作，故意选一幢这样的宅子恶心他，这是徐伯夷自作主张。可是他既然打着花晴风的幌子，他不说，旁人自然认为是花晴风的授意。

所以苏雅夫人才规劝花晴风：你要么别对付他，既然想对付他，那就大张旗鼓、旗帜鲜明地告诉所有人：本县正印官就是不喜欢这个叶典史，何必干些人家牵驴你拔橛的蠢事呢？

冬天一向都是那样一副表情，眯着眼睛，阴恻恻的，也看不出他是喜是怒。遥遥还小，更不明白这房子大小，已经关系到叶小天的颜面。但毛问智虽是个粗人，却不至于连这点事儿都不懂。

刚一迈进院子，毛问智就嚷嚷开来："你们耍呢！俺大哥是典史，你们就给租这么小的一间破房？比土地庙还寒酸，俺住倒没关系，你让俺大哥住，这不是寒碜人吗？"

罗大亨的一张胖脸也沉了下来，对叶小天道："大哥，不如你去小弟家里住些时日？咱们哥俩儿正好多聚一聚。"

叶小天微笑道："这里不错呀，离县衙够近，每天不用起大早。再说，纵有广厦千间，睡觉不就是一张榻吗？大家一路风尘都很累了，就不要再折腾了，回头我选个上佳之地建座府邸，你们想宽敞，咱就宽敞个够！"

徐伯夷方才一直佯装没有听到毛问智和罗大亨激愤的话，如今听叶小天这么说，便想回头调侃他几句，可徐伯夷一瞧叶小天那副坏坏的笑脸，心头便是怦一跳，忽然有点不祥的感觉……

第三十章

架空？

—

　　徐伯夷已经被叶小天坑了不止一次，巧得很，每次叶小天坑他，几乎都是在情绪失控的时候，用叶小天他大哥叶小安的话来说，就是叶小天又耍驴了。

　　而叶小天本是一个见人说人话、见鬼说鬼话的伶俐虫儿，这个评价是小丫头遥遥说的，确实也是如此，所以徐伯夷深知他的厉害。因此见他不但没有生气，反而一脸黠笑，倒比看他发怒还要有些打怵。

　　徐伯夷开始有些后悔了："我刻意租这么一间民居来羞辱他，可别弄巧成拙了，这小子又想干什么？"

　　徐伯夷心里想着，口中虚情假意地道："房子是小了点，因为时间仓促，一时找不到更大的房子，好在这里距县衙够近，你不用每天起那么早，呵呵……叶典史，还是先让你的家人安顿下来吧，趁着天色还早，我带你去见见典史房的胥吏衙差们，大家早早认识一下，明日也好早公办差了。"

　　叶小天微笑道："有劳县丞大人，这葫县，其实我熟得很，就不劳县丞大人带路了，一会儿我自去典史房报到就是。"

　　徐伯夷深深地望了他一眼，皮笑肉不笑地道："既然如此，那本官就不客气了。本官刚刚赴任，手头的事务千头万绪，还没理顺，就不多打扰了。"

　　叶小天道："县丞大人自管去忙，叶某稍做安顿便去县衙。"

　　徐伯夷摆摆手道："不劳远送。"

　　叶小天马上站住脚步，笑吟吟地拱一拱手，道："慢走，不送！"

　　此时，叶小天还站在堂屋里，徐伯夷说不送，他就真的不送了，连门槛都懒得迈出去。

　　徐伯夷又被他噎了一下，眼见叶小天已经转过身去，煞有介事地安排起一家人住宿，仿佛他已经离开了似的，只得暗暗咽下这口气，气咻咻地夺门而去。

叶小天拍了拍脑门，沉吟道："一共两间卧房啊……遥遥，恐怕不能单独给你安排一间房了。你委屈着点儿，暂且住下，等咱们家盖了大房子，哥哥给你修一座很漂亮的闺楼。"

"好啊好啊！那人家跟小天哥哥一起睡！"遥遥欢喜雀跃，一把抱住了叶小天的大腿。

叶小天不觉有些尴尬，这么个小黄毛丫头，跟他睡在一屋，本也没什么不自在的。可是在花溪的时候，靖州杨夫人当众说过他与杨家有婚约，遥遥是他的未婚妻子，这一来两人住在一块就有些不合适了，虽然遥遥还这么小。

叶小天咳嗽一声，道："唔，大哥睡觉打呼的，很响，会吵得你睡不好觉，不如你跟冬天伯伯睡一间屋……"

遥遥用两根食指塞住耳朵，嘟着小嘴道："不听不听，人家就要跟小天哥哥睡一起。"

毛问智道："大哥，那咱们就将就一下吧，你跟遥遥睡一屋。俺跟冬天老头睡一屋。喂，冬老头，俺可先跟你说……"

冬天的面皮似古井无波，佝偻着身子，慢吞吞地应道："老夫不打鼾的。"

毛问智笑道："谁管你打不打呼啊，你就是打呼能跟俺比响啊？俺是告诉你，你那些瓶瓶罐罐，只能堆到鸡窝里去，可千万别放屋里，这要半夜爬出来……俺别的不怕，就怕虫儿啊！"

冬天："嗯……"

一家人一边拌着嘴，一边搬下行李安顿起来。那些瓶瓶罐罐在毛问智的坚持下当然没有放进里屋，可也没有塞进鸡窝，全都堆在了堂屋正面靠墙的那张桌子上。

墙上以前好像贴了一张什么画儿，四四方方的还有一个痕迹，与周围墙体颜色区别分明。案几上再堆上高高矮矮许多坛坛罐罐，看着就像……

叶小天摆放东西的时候就注意观察了一下，发现这屋里空荡荡的，什么都没有，安顿妥当后便唤过毛问智道："老毛啊，你去十字大街买点日常应用之物……"

毛问智是有个有地方就能睡觉的主儿，他还真没觉察缺了什么，当即瞪着一双大眼，大大咧咧地道："成！大哥你列个单子，看看都买啥？对了，十字大街在哪儿啊？"

叶小天摸着鼻子，闷声道："算了，不用你去了，冬天！冬天叔……"

冬天眯缝着眼睛从房间里摸出来，循声凑到叶小天身边，阴恻恻地问道："什么事吗？"

叶小天沉默了一下，道："没事了！"

罗大亨见状，忍不住笑道："大哥，这事儿你就交给我办吧，我这眼睛毒着呢，家里头缺什么，我只要扫上一眼就全知道了，准保给你置办齐全。"

叶小天拍了拍罗大亨肉乎乎的宽厚肩膀，感慨地道："兄弟，大哥一向觉得你这人做事不靠谱，原来是没有比较，如今有人一比较，大哥就觉着，其实你挺靠谱的。"

罗大亨被叶小天一赞，眉开眼笑地道："那是，兄弟我现在好歹也是大亨杂货铺的大掌柜，兼'罗高李三姓车马行'的大东主，办事哪能不靠谱，我办事，你放心，我这就去了。"

罗大亨翻开书包看了看，见里边揣的银钱足够花销，便哼着小曲，兴冲冲地走了出去。

·※·※·※·

这幢房子的原主人把东西搬得精光，大概是因为得知租住宅院的是官府，小民都有畏官心理，所以里里外外收拾得也很干净，他们把行李打开放好就行了，其他也没什么可安顿的。

叶小天见大亨还没回来，就对毛问智道："你们先待在家里，等大亨回来后，让他带你们去用晚餐，他是我的兄弟，你们跟他不必见外。我这就去趟县衙，先去典史房会一会老朋友们。"

毛问智答应一声，把他送到门口。在贵州，叶小天最熟悉的就是这座小城，如今旧地重游，颇有一种游子归乡的感觉，信步而去，很快就到了县衙。

叶小天进了衙门，径直转向典史的签押房，他曾在这儿待了小半年，不过那时他是假典史，如今却是货真价实的朝廷命官，心情自然大不一样。

叶小天心中感慨着，一路走过来，路上遇到不少胥吏官差，叶小天不见得都认识他们，可他们却认识那位曾经风光一时的"艾典史"，如今见到叶小天，便一脸古怪地退到路边，目送他过去。

叶小天温文尔雅地颔首为谢，走过去时，耳边听到有人窃窃私语："像！真像！连走路和笑容都一模一样。"

"是啊！艾典史是典史，叶典史也是典史。而且两人长得一模一样，这真是活见鬼了。"

叶小天听了不禁哑然失笑。仔细想想，葫县除了官员们和他的好兄弟大亨，知道他真正身份的就只有苏循天和李云聪两个人，如今花知县是摆明了和徐伯夷沆瀣一气，他想站住脚，没有几个亲信的人是不成的。

叶小天暗自盘算着：周班头、马辉、许浩然这几个人当初跟我走得很近，我该把身份向他们透露一下，只要把他们招揽过来，就能建立起我的班底，也就有了抗衡花知县和徐伯夷的本钱。只是不知这段时日，那个窝囊知县究竟攫取了多少权力，回头我得先向李云聪了解一下，要知己知彼才好。

叶小天一路走一路想，猛一抬头，发现他已经到了典史房，这典史房紧挨着户科，另一边是几位班头的签押房。叶小天深吸一口气，酝酿了一下自己的情绪，推门走了进去。

"咳！这典史房里如今是谁做主啊？本官是新任典史叶小天！"

叶小天说完这句话，不觉便是一呆，他本来是想做出一副与典史房的人素不相识的模样，定睛一看，还真的素不相识，不管是那正伏案处理公文的，还是坐在一旁闲聊扯淡的，一个也不认识。

书案后边一个正提笔写字的老学究急忙搁下笔，起身迎上前来，对叶小天拱手笑道："老朽典史房掌房书吏典慈，见过典史大人！老朽已经接到县尊大人吩咐，知道大人你要来，可没想到你这么快就到了，县丞大人没陪着你吗？"

叶小天怔了怔，脱口问道："你是掌房书吏？那原来的掌房老窦呢？"一见典慈脸上露出一抹异色，叶小天忙道："哦！本官之前曾经向人打听过，说是此处的掌房书吏是老窦，却没想到已经换了人。"

典慈恍然笑道："大人说得不错，老窦原是典史房的掌房书吏，不过今儿一早，他已经和老朽交割了差使。老朽原本是府衙的仓吏，遵县丞大人吩咐，和他互换了差使。呵呵，这三班六房衙内各科，全都做了调整。"

"哦？"

叶小天看了看典史房中那一张张陌生的面孔，缓缓问道："你们几个，也都是今天才换过来的？"

众胥吏衙差纷纷赔笑欠身，道："是的，大人！"

叶小天深吸一口气，转身就走，留下众人愕然相对。

第三十一章

敌我之分

一

叶小天大步流星地来到县丞的签押房，就听室内正传出洋洋洒洒的琴声，奏的是一曲《阳关三叠》。曲子弹的还不错，曲回婉转，余音袅娜，门口两个衙役都是认识艾典史的，见到叶小天都知道这就是那位与艾典史形貌相同的叶典史，连忙向他施礼，脸上少不得也露出一种古怪的神气。

叶小天目不斜视，昂然直入厅堂，见厅中只有两个小厮侍候，一见叶小天进来，琴声乍止，徐伯夷停住双手，微微搭在琴弦上，含笑道："叶典史已经报到过了？"

叶小天直挺挺地站住，朗声问道："典史房……或者说三班六房各处的胥吏衙役们，县丞大人都调动过了？"

徐伯夷淡淡地道："不错！常言道，吏滑如油，欺上瞒下。何故？盖因他们久居一处，彼此熟稔后，便能相互勾结、上下其手，置国法于不顾，牟取一己私利。本官把他们交错调动，就是想让他们彼此之间有个监督，彼此不熟悉，也就很难勾结在一起，如果有人做下不法之事，也更容易暴露，叶典史可是觉得有什么不妥吗？"

徐伯夷说着，目光向叶小天一睨，微微露出挑衅，大有一种"有本事你打我呀！"的贱意。打？叶小天不要驴的时候，哪是那么容易被人支配情绪的，他轻轻笑了起来，笑得阳光灿烂："原来如此！并无不妥啊，既然是县丞大人的安排，下官遵从就是！"

叶小天向他拱一拱手，转身就走，徐伯夷见他气势汹汹而来，偃旗息鼓而去。雷声大雨点小，不过如此，不由暗自得意，把眉梢轻轻一挑，一拨琴弦，继续弹奏起来。

叶小天走到门口，忽然回头道："县丞大人，下官有个不情之请，不知当不当说。"

徐伯夷见他忽然客气下来，欣欣然道："叶典史何必客气，有话但说无妨！"

叶小天道："县丞大人今后能否不要在下官面前抚琴呢？"

徐伯夷奇道："这是何故？"

叶小天道："叶某幼年时曾有一个玩伴，彼此的感情非常好。可惜，前几年他在街头，被一匹疯马踢死了，叶某为此悲伤了许久。如今一听大人你弹琴，就会不由自主地想到他。"

徐伯夷轻哦一声，抚着胡须道："你那位朋友，想必是擅长琴艺的了？"

叶小天摇了摇头，声含悲戚地道："不！他是弹棉花的。"

"噗！"

两个小厮只笑出半声，就赶紧闭紧了嘴巴，憋得脸庞涨红，门口两个衙役的面孔也扭曲起来。

徐伯夷气得脸都黑了，眼看着叶小天昂昂然而来，又昂昂然而去，愤愤地用力一挑琴弦，琴弦断了，听起来还真像弹棉花的。

叶小天回到自己签押房所在的院落，先去户科看了看，果不其然，户科吏典李云聪等几个曾经与他交往密切的人也全被调走了，李云聪被调去做了仓大使。

叶小天心中恼怒，返回自己的签押房。胥吏们正围在一起喊喊喳喳，一见叶小天去而复返，连忙散开来，各自找点活计，其实也不知道他们在忙些什么。

叶小天在这里待过小半年，自然知道哪张公案是典史的，他大步走过去，往公案后面一坐，环顾了一下签押房中众胥吏，大声问道："本官这个院子里，所有的人都是今儿刚换过的？"

众人听他语气不善，不由噤若寒蝉，掌房书吏典慈犹犹豫豫地刚要答应，门口忽然站定一人，朗声答道："还有我！"

叶小天双眼一亮，急抬头，定睛看，但见一员虎将，披盔戴甲，站立门前。这人白须及胸，左手提一张龙牙战弓，右手扶一杆殷红如血的长刀，威风凛凛，煞气腾腾，俨然便是五虎上将的老黄忠……

叶小天木然看了良久，晃了晃脑袋，摇去心头幻想，淡然道："知道了，你先退下吧！"

"是！大人！"

扫地的老卢头拖起扫把，提着撮箕，躬身退了下去。

看到叶小天，老卢头是很激动的，这个院子里，如今只有这个老卢头才知道今日的叶典史就是当日的艾典史。作为李云聪的棋友，在叶小天离开葫县之后，李云聪按捺不住，曾经对他透露过这个秘密。

叶小天双手撑在案上，揉着眉心，微微生起一丝颓意："但凡曾与我来往密切的人，全都被花晴风和徐伯夷调开了，新来的这些人中也不知道有谁是花晴风的心腹，有谁是徐伯夷安插的内应，晚到一步，便失了先机啊……"

·※·※·※·

傍晚的时候，花知县在县衙二堂的会客厅中为叶典史和赵驿丞接风。县里的头面人物几乎都来了，县丞徐伯夷、主簿王宁、县学教谕顾清歌、训导黄炫、巡检官罗小叶、税课大使陈慕燕。

罗小叶对叶小天是很友好的，昔日有人提醒他的理智，不要与叶小天走动太近的，是叶小天的身份。而今日叶小天摇身一变，成了真正的葫县典史，这层顾忌就不存在了。只是这种场合，两人不便说什么，只是相视一笑，一切尽在不言之中。

叶小天心中一暖，虽说他刚到葫县，就和县里坐第一把交椅和坐第二把交椅的人暗暗交锋，可以用的旧部也都被调开了，但是至少这个手握兵马、地位超然的罗巡检，不会站到他的对立面去。

叶小天转眼四顾，又看到了顾清歌和黄炫，两人刚跟他打过招呼，已然在席位后落座了。因为徐伯夷曾在县学读书，与他们有师生之谊，是以上前见礼。

如今徐伯夷官位在他们之上，两位先生不敢大剌剌地坐着受礼，忙起身还礼，但是神色之间很是冷淡。叶小天看在眼里，心中暗忖："这两位老夫子，对徐伯夷阿附权贵、抛弃发妻的行为显然是极为不齿的，也该下把力气，把他们拉过来。虽然说秀才造反三年不成，可我又不是让他们去造反，文人手中那支笔，用得好了，可也是能杀人不见血的。"

叶小天缓缓坐下，就见对面的王主簿正举杯喝茶，他刚才应该正掀起眼皮观察着叶小天，叶小天这一眼望去，明显感觉到他的眼睛刚刚垂下。

叶小天心想："这个老狐狸虽然是葫县的三把手，可地位却是稳稳当当。民政大权始终牢牢把持在他的手中，平素虽然不显山不露水的，倒比那孟庆唯更有城府。对这个老狐狸，我不可不防，不过在对付花晴风和徐伯夷这一狼一狈时，倒是可以联起手来。"

叶小天脸上含着淡淡的微笑，目光在谈笑晏晏的众多宾客脸上微微一扫，敌人壁垒已经渐渐在他心中划出了一个明晰的轮廓。

花晴风致辞，对叶小天和赵文远的到任表示欢迎，二人随后站起，致谢表态，酒宴一开，便是觥筹交错，现场气氛渐渐轻松活跃起来。

叶小天的右手位置坐的是税课大使陈慕燕，两人原本就认识，方才还让花知县假惺惺地引见了一番。叶小天为陈慕燕斟上一杯酒，正与对面的黄训导谈笑的陈慕燕连忙以手扶杯，颔首致谢。

叶小天笑微微地道："陈大使，今年的税收可还顺利吗？"

叶小天只是随口一句问话，跟他拉近些关系，谁知却正问到陈慕燕的痛处，陈慕燕眉头一拧，长叹一口气道："难！难啊！今年尤其难啊！已经连着一个半月没下雨了，你从贵阳来，没看过城东那条河吧？原本两丈多深，现在挽起裤腿就能过河了。

这还是因为咱们县城地处峡谷低凹地带，两侧大山里的那些百姓人家，全是在山上开的梯田，梯田靠天吃饭哪，现在庄稼全打蔫了，再这么下去就得枯死，收税？本官的税丁根本不敢下乡，去了还不得让那些急红了眼的百姓活活打死。"

叶小天听到这里，看到满桌的山珍海味，忽然没了胃口。他开口问道："县上就没想想办法？"

陈慕燕叹气道："想办法？怎么想办法？咱们又不是雷神雨师，能呼风唤雨。高家寨建了座龙王庙，急来抱佛脚，不灵光啊。你还别说，李家寨还真的重金请来一位道士，县里也拿了一部分钱，让他做法祭天……"

叶小天皱起眉头，道："就只能寄望于这些江湖术士？他们成吗？"

陈慕燕道："嗨！成不成的，至少能安抚民心哪。百姓们信这个，见咱们县衙门也出了力，至少就不会来找咱们的麻烦了。要不然怎么办？除了求老天爷，谁有办法？"

就在这时，客厅门口一阵嘈杂，有人大声道："苏卫门，县尊大人正在宴客，你不能随便进去！"

"去你的！"

"哎哟！"

门口突然撞进一个人来，倒退几步，撞在靠近厅门的一张酒桌上，哗啦一声，杯盘碗碟摔了一地，几个措手不及的官员急忙跳起，狠狠地抖着衣襟上的菜肴和酒水。

一个身穿青布窄袖长袍，腰系红带，头戴插翅皂帽的男子迈步进来，骂骂咧咧地道："都火上房了，你跟我说饮宴！"

门口家仆跌进来时，花晴风就已大怒站起，一见此人，不由拍案喝道："你这混账，又发什么疯了！"

叶小天一看此人，不由微笑起来，来人正是苏循天。

第三十二章

各怀机心

一

　　苏循天不耐烦地撇了撇嘴角，正想丢两句不软不硬的话噎一下姐夫，目光一转，忽然看到叶小天，顿时神色一喜。

　　叶小天急忙向他递了个眼色，苏循天会意地站住，转向花晴风道："县尊大人，非是卑职冒犯，实是有一桩头等大事，事态紧急，不得已才闯了酒宴，还祈大人恕罪。"

　　为了对叶小天"坚壁清野"，花晴风"大义灭亲"，把他的内弟苏循天也调离了，从壮班捕头调去做了卫门官，负责城门的警戒和治安，苏循天为此和他大吵了一架，气还没消，说话不免有些阴阳怪气。

　　花晴风对他不好真的公事公办，当着满堂宾客又不好以姐夫身份来教训他，只好捏着鼻子咽了这口气，板着脸道："你有什么要事，快快讲来！"

　　苏循天慢吞吞地道："这事若让卑职说吧，只怕一时半晌说不明白，即便说得明白了，大人你若再多问两句，卑职还是答不上来……"

　　花晴风忍了再忍，额头的青筋还是绷了起来，沉声喝道："混账！你是戏弄本官吗？你说不清楚，还向本官面禀什么？"

　　苏循天见姐夫气得额头青筋暴起，更不着急了，笑吟吟地道："大人，你别急呀。卑职说不清楚，自有那能说清楚的人，可惜你这门太难进了，他被拦在外面。"

　　花晴风碍着夫人的面子，还真不能把苏循天怎么样，况且再跟他这么怄气下去，又难免叫其他官员看笑话，苏循天豁得出来，他却不能无所顾忌，只好喝道："来人，把候在门外的人带进来！"

　　那个撞翻了桌子的家仆刚刚站起来，听到老爷这声吩咐，急忙答应一声，一溜烟地向外跑去。不一会儿，他便引了一个身穿短褐、肤色黎黑的五旬老汉到了厅中。

　　家仆对那老汉指点道："这位就是本县大老爷，你有什么事，快快禀上吧！"

那老汉一听大惊失色。他一辈子钻在山沟里务农，连县城都没进过几回，对他来说，村正就是很大很大的官儿了，县太爷？他这辈子居然还有机会看到县太爷？

老汉赶紧扑通一声跪倒在花晴风面前，叩头如捣蒜地道："王小二见过知县大老爷。"

还很少有人对花晴风这般恭敬，一见这老汉头嗑得实诚，花晴风微微露出笑意，和蔼地道："好了，好了，你偌大年纪，就不要施礼了，起来答话！"

那老汉忙道："是，是！"战战兢兢地爬起身来，紧张得双手掌心在衣襟上直蹭，根本不敢抬头看花晴风一眼。花晴风微笑道："你有什么事要面禀本官？"

那老汉连忙摇头道："小老儿没有什么事要禀报大老爷。"

花晴风大怒，立即恶狠狠地向苏循天瞪去，苏循天道："老伯，在城门口的时候，你是怎么跟我说的，你就照样跟县尊大老爷说说就行了。"

那老汉恍然道："哦！是这样！小老儿原是辰州府麻阳人氏，十八年前逃荒来到葫岭……"

花晴风听得大皱眉头，道："这个就不用说了。"

那老汉一听顿时茫然起来，不知道这些不用说，他该从何说起。

苏循天一见这老汉太过木讷，只好站出来道："大人，是这样，这老汉叫王小二。入夜之后，卑职就关了城门，谁知这老汉突然带着一家老小赶到城下，向卑职乞请入城。

"卑职告诉他们要么去投亲靠友，要么就在城下对付一宿，等到天明再进城。只是一时嘴贱，顺口问他为何这么晚进城？这老汉告诉卑职，说高家寨和李家寨发生了械斗，他是逃难来的！"

老汉忙不迭点头道："对对对，他们两个寨子的人，打得很厉害！"

苏循天接着说道："这王小二的家就在李家寨边上，在山上开垦了五六亩山田，农耕度日。如今连月不雨，大河变成了小溪，小溪干成了河道，山上更是干旱得厉害。高家寨和李家寨为了争水，近来械斗不断。

"今天早上的时候，李家寨少寨主李伯皓上山去寻高家寨的晦气，一刀刺在高家寨少寨主高涯胯下，险些削断了他的命根子，高家寨寨主大怒，纠聚了大批青壮，当天下午又去李家寨打斗，王小二担心受牵连，这才连夜逃离。"

老汉连连点头，道："对对对，就是这么一回事。"

苏循天瞟了一眼脸色骤变的花晴风，悠然道："卑职觉得，大人对这事应该会比较感兴趣，所以就带他来见大人了。大人要是觉得这事没什么重要，卑职马上带他离开！"

"且慢！"

花晴风一声大喝，背着双手在厅中急行几步，蓦然站住，对叶小天和赵文远道："叶典史、赵驿丞，今有大事，这接风宴只能到此为止了。"

赵文远忙起身道："大人身为一县父母，自当以公务为重。下官已经不胜酒力，这就告辞了。"

花晴风向他拱了拱手，朗声道："徐县丞、王主簿、罗巡检、叶典史留下，其他诸位大人，就请早些回去歇息吧！"

当下众人纷纷告辞，片刻工夫，厅中就只剩下了花晴风和他特意留下的四位官员以及苏循天和那王小二。

王小二惶恐不安地站在那儿，花晴风把他们带到正厅，又向王老汉仔细询问了一番高李两寨械斗的情形，挥手让苏循天带他出去，面色凝重地道："诸位大人，对此有何见解？"

王主簿眉头一皱，道："当初葫岭就是因彝苗两家大打出手，又各自呼朋唤友，将附近山中部落招来助战，形势渐渐不可控制，朝廷才出兵平息纷争。皇帝一怒之下，罢黜了两位土司，选其德望可心服众的吏目任命为部落酋领。如今两族为了争水再起纷争，只恐形势不可控制，再加上百姓的庄稼毁于一旦，生计无着，一旦酿成暴乱……"

花知县脸色大变，这正是他最担心的。仅仅是两个寨子械斗，倒不是什么大事，可这两个寨子如果各自呼朋唤友，将附近山中乃至附近几个县的部落全招来，就会酿成一场震惊朝廷的大动乱。

而例来农民暴动，常是因为天灾导致生计无着。如今适逢大旱，秋收在即，地里却颗粒无收，一旦再有农民因为大旱，趁着附近部落恶战揭竿而起，小小葫县顷刻之间就得被他们攻克。就算他们来得及逃走，这两件事任何一件变成事实，都足以令朝廷砍了他的头。花晴风如何敢不慎重？

想到这里，花晴风对他的小舅子倒是有些感激了："两寨从来不把县衙放在眼里，有事也是自己凭武力解决，根本不会告知本官。若是等到此事不可控制的时候本官才知晓，那就大势去矣！循天这小子，虽然跟我怄气，倒还知道亲疏远近，知道替我着想。"

听罢王主簿的话，花晴风双眼一亮，道："王主簿对高李两寨都很熟悉，明日一早，请王主簿上山，调停一下两寨纠纷如何？"

王宁缘何成为葫县官场上的不倒翁？自有他的为官之道，这等一旦处理不好就会砸在自己手里的事情，既有更大的个子顶着，他才不会主动揽在自己身上，马上摇头道："下官只是负责民政，两寨相争，起于天灾，如今已经发展成械斗。下官老朽，如此奔波，身体吃不消，职责上也有逾权之嫌，不妥，不妥。"

花晴风带些商量与乞求的口吻道:"王主簿,一旦这件事发展下去,后果不堪设想。王主簿是最熟悉两寨酋领的人,实是最佳人选……"

"咳!咳……喔……咳!"

他还没说完,王主簿就咳嗽起来,喉咙里打着呼噜,一副马上就要断气的模样,愣是打断了花晴风的话。

叶小天心想:"高涯和李伯皓不是与大亨联手成立了'罗李高三姓车马行',跑驿路运输吗,怎么两人居然闹到水火不容的地步?"

一见王主簿推辞不去,叶小天便主动请缨道:"县尊大人,王主簿既然身体不适,不宜攀山越岭,那下官愿往……"

叶小天还没说完,花晴风的眉便皱了起来,徐伯夷一见,霍然站起,朗声道:"我去!"

叶小天向徐伯夷望去,徐伯夷一脸正气,慷慨激昂地道:"葫县百姓已受天灾,岂可再受人祸肆虐,既然两寨争水,已然发展成械斗,徐某掌管本县司法刑狱,正该出面调停解决!"

徐伯夷现在对叶小天执行的就是全面的"坚壁清野",让他无可用之人,无可做之事,直到彻底架空,变成一个可有可无的傀儡,那时便可任他摆布,岂肯给叶小天做事的机会。

况且,他刚到葫县,以前在葫县的名声又不好,急需一个机会树立自己的威望和地位,双寨械斗固然是个麻烦,但风险之中也有莫大的机遇,他对自己的能力还是信心十足的,相信他能调停得了两寨的纠纷,是以截在叶小天前头,争着处理此事。

花晴风一听他肯出面,欣然拍板道:"好!此事就由徐县丞全权负责!"

第三十三章

大亨本色

一

作为花晴风的枕边人，苏雅算是最了解他的人了。诚如苏雅所言，花晴风最欠缺的就是独当一面的勇气，遇事总想缩在后面，怂恿或授意他人出面。

即便是这一次，他清楚地意识到高李两寨的纠纷一旦处理不好，后果将不堪设想，他作为葫县正印官一定要负全责，他还是没有主动出来解决此事的勇气。

可他想让王宁主持其事，王老狐狸又岂会替他承担？叶小天主动请缨，花晴风又不大情愿。叶小天惹祸的本事他很清楚，他更忌惮叶小天喧宾夺主的能耐，所以徐伯夷一出面，他立即答应了。

在花晴风看来，徐伯夷才是他最可靠的盟友，徐伯夷不像王主簿那般老谋深算，而且在本地也不像王主簿一样有相当的根基。同时他又不像叶小天一样做事不按常理出牌、不理会官场规矩，是最好控制的一个人。

叶小天道："县丞大人负责司法，而具体的办差人却是下官，下官既已到任，若是让县丞大人您冲锋在前，岂非有失职责本分？县丞大人，还是让下官……"

叶小天还没说完，花晴风已经抢先说道："叶典史，你刚刚到任，还不熟悉情况，况且此事十分重大，还是由徐县丞全权负责为好。你是不知，那些山野中人不识教化、不惧王法，不是那般好相与的。"

花晴风言外之意是说，那些化外之民野蛮得很，徐伯夷是县丞，他们多少还能看在眼中，你这个典史去了，他们根本不会把你放在眼里，所以……你还是省省吧。

叶小天既是关心高涯和李伯皓两人，也是真心想为百姓们做点事，他倒不是想以此事为武器来对付花知县和徐县丞，花晴风既然这么说，叶小天只好作罢。

花晴风对徐伯夷道："徐县丞，明日一早你便启程入山吧！"

徐伯夷正气凛然地道："事态紧急，何必坐等天明？下官让那个王小二带路，连夜入山解决此事！"

花晴风欣然道："徐县丞如此勤于公事，实是众官僚的楷模！本县十分欣慰！"

当即徐伯夷便点了七八个捕快，因为便服宜于山中行走，也不换上官服，便让那王小二带路，领着他们匆匆离开了县衙。

徐伯夷不是不想多带些人去，问题是他就算把三班六房的人全带去，如果真要动起手来，他们也是送菜，莫不如简从便服，倒能显出自己的气魄来，一旦事成，便能传一个"单刀赴会"的美名。

况且在他看来，他是官，又是去调停此事的，两寨人马又岂会对他有所不利。徐伯夷离开后，王主簿打个哈欠，懒洋洋地道："王某老啦，才熬了这么一会儿精神就不济了，县尊大人，下官告辞！"

花晴风方才请他出面被他拒绝，心中正觉不悦，只淡淡地拱一拱手，道一声"慢走，不送！"便算答了礼。

叶小天见状也起身告辞，出了客厅，见苏循天正等在那里。如今他是卫门官，自然不必跟着徐伯夷入山，一见叶小天出来，苏循天立即迎上来，含笑道："我该称你一声艾典史呢还是叶典史？"

叶小天笑起来，道："姓叶也好，姓艾也罢，我就是我，你就是你，咱们还是咱们！"

苏循天欣然道："不错！咱们还是咱们！"两人的手用力握了握，叶小天道："这里说话不便，我先回去。过得两日，你把老兄弟们找来，我做东，请你们吃酒。"

苏循天咧嘴一笑，道："得知大人要回来，兄弟们都开心得很，早就准备为大人接风洗尘了，只是我们也知道大人现在的身份和我们应该是不认识的，不好立即为大人接风，这宴席只好压后。三天后如何？到时我们为大人摆酒接风，还是老地方，'太白居！'"

叶小天微笑着点了点头，不再与他多说，举步走了出去。过了一会儿，花晴风从客厅里踱出来，看见苏循天，责备道："循天，你一定要在众官员面前阴阳怪气地与我说话，让我下不来台吗？"

苏循天翻了个白眼，一副痞赖模样道："姐夫，我对你还不够恭敬吗？那你想要我怎么样，让我跟那王小二似的，一见你就磕头，你就开心了？"

花晴风大怒道："这就是你恭敬的态度？我是你的上官，是你的姐夫！"

苏循天懒洋洋地打了个哈欠，对花晴风道："是！县尊大老爷，我最尊敬的姐夫大人，小舅子我要去守城门了，你要是没别的事儿，咱回见吧！"苏循天扬长而去，把花晴风气得吹胡子瞪眼，偏偏拿他毫无办法。

※·※·※

叶小天回到自己住处，一推院门，院门应声而开，原来早就给他留了门的，叶小天不由会心一笑。

他还以为遥遥已经睡了，不想吵醒了她，所以放轻了脚步，到了正房门口，看见门缝里有灯光透出，叶小天轻轻一推房门，吱呀一声房门开了，叶小天一看房中情形，不禁目瞪口呆。

正面墙边本来有一张长桌，桌上堆着许多坛坛罐罐，此刻长桌还是长桌，坛坛罐罐也还是坛坛罐罐，但是桌沿上居然又多了一只香炉，不是焚香礼佛的那种香炉，是一只金光闪闪，镂刻花卉的熏香香炉，烟气袅袅，满室飘香。

长桌前，横放着一只美人榻，福娃儿趴在美人榻边，遥遥躺在美人榻上，头枕着福娃儿的大脑袋，正在打瞌睡。左右两厢八扇画屏，四扇竹兰梅菊，四扇四大美人儿。

门右的灶台还是灶台，门左放了一个博古架，架子上堆了许多还没拆封的大大小小的盒子，看那模样，应该都是一些器玩。两厢的门上各挂一套珠帘，也不知那是些什么珠子，被灯光一照，闪闪发亮。

说到灯光，这灯光发自两株灯树，两株灯树样式相同，都有三尺来高，青铜的虬干，上边有红色的桃子和翠绿的树叶。那桃心就是灌灯油、点灯芯的地方，火光一起，从打磨得近乎透明的淡红色石质桃皮里透出来，便似阳光下一颗颗熟透了的蟠桃。

厅里还有几把紫檀木的官帽椅，中间一张青玉饰边的小几，毛问智和罗大亨、冬天正坐在椅上聊天，小几上则摆着几张细瓷果盘，盘中盛着鲜干两色的果子。

大个子可怜巴巴地蹲坐在一旁，一直抓耳挠腮的，却一动也不敢动，它随便动动胳膊腿儿，就得碰翻了东西。至于墙上挂的字画，叶小天一时倒没注意，他已经被堂屋中这一幕给惊呆了。

这些东西有问题吗？当然没有！这些东西如果摆在大亨家里，摆在花知县的后宅花厅里，全都没问题。可这儿是什么地方？一幢民居的堂屋。进了门，横跨五步宽，竖跨八步长，一共就这么大点地方。

而且右边门后还有一个灶台，左边门后一口水缸，如今挤下了这么多东西，这屋里头还能下脚吗？回头要是再弄些柴火烧火做饭，屋里火气缭绕，油烟扑鼻……

罗大亨和毛问智、冬天三人正说着话，一见房门打开，叶小天出现在门口，三人马上站了起来，就听桌椅板凳一片响，膝盖碰着了小几，晃倒了果盘，膝弯把椅子顶得向后一退，又撞中了美人榻。

叮叮当当声中，遥遥揉揉眼睛坐起来，一看叶小天，欢喜地叫道："小天哥哥！"一偏腿儿就下了地，大亨赶紧叫道："遥遥，小心些。"

"哎哟！"遥遥的小腿碰到了屏风，揉着膝盖"嘶嘶"地呼痛，毛问智一个箭步冲过去，眼疾手快地扶住了因为地方狭小无法完全展开的那扇坐屏。冬天眯着眼四下看看，实在找不到下脚的地方，只好放弃迎接小天。

罗大亨咧开大嘴笑道："大哥，你回来了啊！快进来，快进来！哎哟，小心着些，别绊倒了，那是插花的瓶子。"

叶小天无奈地站住脚步，道："大亨啊，你……你买这么多东西干什么？"

大亨搓了搓肥胖的手掌，笑眯眯地道："哎呀，没花多少钱啦。咱们自己兄弟，你还跟我见外吗？"

叶小天扶了扶额头，有气无力地道："我不是说你花钱多，我是说……随便置办几件家具能用着就行了，你弄这么多……摆都摆不下啊。"

大亨笑道："哦！你说这个啊，没事没事，我琢磨吧，随便买两件回头还得换，莫不如一次咱就置办齐了，回头造了大宅子往里一搬就能用。哈哈！你看兄弟眼光怎么样，这可都是好东西。"

叶小天苦笑道："大亨啊，我本来还觉着你比老毛靠谱呢，现在一看，你是一如既往地不着调啊！哎！算了，我都懒得说你，就这样吧。"

叶小天高一脚矮一脚地从乱七八糟的东西上迈过去，坐在那张只能摆在堂屋里的美人榻上，都没有勇气去参观一下他卧室里的布置了。

第三十四章

步步紧逼

一

叶小天把抱着他的胳膊撒娇喊疼的遥遥抱上大腿,一边给她轻轻揉着瘀青的膝盖,一边对毛问智道:"家里有什么吃的没有,我刚刚在宴会上光顾着应酬了,都没吃几口东西。"

毛问智挠了挠后脑勺,道:"呃……我们晚上下馆子去了,家里没吃的。"

叶小天叹了口气,把遥遥放在美人榻上,对遥遥道:"遥遥,你要是困了就先回屋睡吧,哥哥先弄口吃的。"

遥遥摇摇头道:"遥遥不困呢,等小天哥哥一起睡觉。"

叶小天嗯了一声,亲昵地摸摸她的脑袋,站起身来往四下一瞧,问道:"米缸摆哪儿了?"

大亨道:"米缸?啊!米缸!"

叶小天又好笑又好气,道:"你要唱曲子啊还是怎么着?"

大亨干笑道:"哦,米是要放在缸里面是吧?我忘了买米缸了。"

叶小天摇头笑道:"真不愧是大户人家的孩子啊,大户人家的姑娘那是十指不沾阳春水,大户人家的少爷那是不知油盐酱醋茶啊……"

大亨突然呆住了,迟疑地道:"油盐酱醋茶……"

叶小天怔了怔,失声道:"这些东西你不会都没买吧?"

大亨慢吞吞地道:"买了……"

叶小天松了口气,笑道:"行,你还算办点正事。"

大亨讪讪地道:"只不过,茶……我买了,买的是正宗的蒙顶石花,上好的茶啊。可是油盐酱醋……没买。"

叶小天苦笑起来,道:"得,那我焖点白饭吧。"

大亨咳嗽一声道:"米……我也忘了买。"

叶小天默然片刻，叹道："大少爷，你真是大少爷。算了，今晚不吃了。"

"啊！"罗大亨突然想起了什么，眉开眼笑地把书包往身前一拉，便在里边翻捡起来，他那书包仿佛一个百宝囊，里边乱七八糟地塞满了东西。

罗大亨在里边扒拉了半天，从最底下翻出一块用油纸包着的东西，献宝似的对叶小天道："哈！我就说嘛，四娘每天都要往我包里塞几块桂花糕，今天下午我到处跑，没顾上，应该还没吃完。"

叶小天笑道："桂花糕？还别说，你这个习惯挺好的，起码我今天不用饿肚子了。"

叶小天撕开油纸包咬了一口，脸色突然变了。

大亨两只肥手合拢在胸前，用好似咏叹的声调道："啊！洁白酥润的桂花糕，就像妙龄少女动人的身体，光是看到就已令人陶醉。嗅上一口花香袭人，咬上一口滑软油润，软糯甘饴，甜而不腻，清香可口。米香、油香包裹着桂花香，就像你一层一层地剥下她的衣裳……"

叶小天咧着嘴把桂花糕递到他面前，大亨赶紧推辞道："不不不，我每天都能品尝到这样的美味，虽然我此刻已馋涎欲流，但……大哥你还是拿去垫垫肚子吧。"

叶小天苦着脸道："我觉得这块桂花糕在你包里放了一定不止十天了！"

大亨大惊失色道："什么？难道曾经有一天，我漏过了一块美味的桂花糕？"

叶小天狠狠在他后脑勺上拍了一巴掌，便抓起一杯茶水。他的舌头已经被那块变味的桂花糕恶心得没有知觉了……

· ※ · ※ · ※ ·

最终，叶小天还是没有吃饱肚子，不过他的胃口已经被那块坏掉的桂花糕折腾没了。大亨在叶小天家黏黏糊糊地磨蹭了许久，最后干脆说今晚不回去了，要跟叶小天秉烛夜谈，被叶小天一脚踢出门去。

看看堆得满满当当、像座仓库似的堂屋，叶小天摇了摇头，也懒得再收拾，便让毛问智熄了熏香准备休息。冬天和毛问智回西屋，叶小天拉着遥遥的手进了东屋。

幸好叶小天对大亨的不着调已经有了充分的心理准备，所以进了东屋后并没有过分惊奇。东屋里，一张酸枝木的架子床，左右金钩，围栏立柱，一应俱全，帷帐是绯红色的，贴俩喜字就能当婚床。

床边立了一扇黄花梨的实木座屏，屏风后面是一只马桶。床边放着脚榻，对面一套黄花梨的桌椅，贴墙一张梳妆台，一张纤毫毕现的铜镜足有一扇窗户那么大。一进门口的左手边这面墙还摆着一座立柜，因为空间有限，所以挡住了摆在墙边的半个椅子。

这房间可不像大户人家那么宽敞，一张宽阔豪绰的架子床已经占去了房间一半的空间，再加上屏风、桌椅、马桶，中间就剩下两步就能迈出去的地方了，而就是这么一点空间，居然还塞了一张椭圆形的浴盆。

遥遥喜滋滋地道："小天哥哥，锅里还有热水呢，你要不要洗澡，我给你搓背。"

叶小天吓了一跳，赶紧道："今天不洗了，很累，咱们早点歇了吧。"这时叶小天才发现遥遥穿着一套家居的小衣衫，头发微有湿意，小脸白里透红，想是下午已经沐浴过了。

听到叶小天的回答，遥遥乖巧地答应一声，从浴盆旁边斜着身子蹭过去，踩着脚踏，把一双小鞋子脱掉，摆好，爬到床上盘膝坐下，脱下一双雪白的步袜，叠得整整齐齐地放在床尾一边。又脱去外裳，解开头发，只着小衣，赤着脚丫儿跪坐在榻上，瞪着一双黑白分明的大眼睛看着叶小天。

叶小天道："好啦，到里边去，早点睡觉。"

遥遥认真地道："不可以的，哥哥才要睡里边。"

叶小天笑道："为什么？你怕哥哥睡觉不老实，会从床上摔下来吗？"

遥遥笑嘻嘻地道："当然不是啦，哥哥是大人，怎么会摔下床呢。不过，娘亲……"

说到这里，遥遥神色一黯，咬了咬嘴唇，又改口道："水舞姨姨说，女人不能睡在床里边。起夜的时候要从男人身上爬上爬去，是不敬的行为，对男人来说也不吉利。"

叶小天摸了摸她柔顺的头发，柔声道："水舞离开你，不是她的错。她并不是不要你了，只是……唉！你还小，很多事说了你也不懂，你只要知道她还是疼你的就好。"

遥遥咬着嘴唇，轻轻点了点头。

叶小天又道："水舞说的固然不错，不过你还小，不算犯忌。你身子轻呀，睡在里边，就算从哥哥身上爬过去也是轻轻地，不会吵了哥哥。如果哥哥睡里边，睡得迷迷瞪瞪的，万一起夜的时候压着你，那多疼啊。"

遥遥歪着小脑袋想了想，似乎认同了叶小天的说法，于是微笑着点头答应，爬到里边躺下，拉过被子盖在身上，一双动人的大眼睛依旧眨呀眨地看着叶小天。

叶小天道："睡吧！"转身吹熄了灯，摸黑爬上床，这才脱去外裳钻进被窝。遥遥躺在他旁边不说话，呼吸细细的，叶小天明明能感觉到她近在咫尺，却一点也碰不到她小小的身子，那种感觉非常奇妙。

"这小人儿，有一天会长成一个大姑娘呢……"叶小天忽然神游了一下，但他马上就收慑了自己的精神："别胡思乱想，她是个小丫头，阿弥陀佛，罪孽深重啊……"

次日一早，叶小天醒过来，张眼一看，昨晚睡觉时老老实实的遥遥已经翻了个身，一条胳膊一条腿搭在他身上，小脸红扑扑得睡得正香。

叶小天微微一笑，轻轻拿开她的手脚，替她盖好被子，起身着衣下地。堂屋里还是那么乱，毛问智还在呼呼大睡，能够听到他从西屋里发出的呼噜声，大门开着，比他起得还早的冬天正在院子里慢悠悠地打着拳。

叶小天在屋檐下站了半边冬天也没看见他,不知是打拳打得太专注还是眼神实在不济。叶小天觉得腹中饥饿,折回堂屋掀开锅盖一看,果然是一锅照得见影子的清水。

叶小天有心出去吃早餐,可是要出去就得带上全家人,遥遥睡得正香他不忍叫醒。万般无奈之下,叶小天忽然怀念起了华云飞的好,云飞在的时候,他何曾为吃发过愁啊……

·※·※·※·

叶小天赶到县衙的时候,典慈等几个胥吏已经到了。

叶小天是新官上任,花知县和徐县丞又明显是把苗头对准叶典史的,谁敢在这时触他的霉头,所以当叶小天走进签押房的时候,几个胥吏都已正襟危坐,伏案疾书,也不知在忙活些什么。

"典史大人,户科请领毛太纸十张、连史纸十张、宣纸二十张、竹纸一刀,另砚台三副、墨锭十枚、毛笔十枝。"

叶小天看了看,提起笔来唰唰唰地签上了自己的名字。

"典史大人,收发房请领薪炭两石,铁皮水壶一只。"

叶小天看了看,提起笔来唰唰唰地又签上了自己的名字。

"典史大人,仓房请领簿册五册,墨锭两枚,毛笔两枝。"

"典史大人,刑房看监禁卒钱阿九因老母重病,预支薪俸二两。王主簿已经批准了,向您支领银两……"

这一上午叶小天处理的就是这些琐碎事情。

他是典史,主管缉捕、监狱事,相当于刑警队长兼监狱长,不过胥吏们向他请示这些杂七杂八的事儿倒也不是花晴风、徐伯夷故意难为他,因为典史同时还负责文仪出纳,请领办公用品以及出纳都归他管。

这个时代分工不像后代那么细,通常一个官员都要兼着许多职务。比如知县负责全县赋税征收、决断刑狱、劝农稼穑、赈灾济贫、文化教育、祭神祭孔等,无所不包。

县丞作为他的副手,主要负责全县的文书、档案、仓库、粮马、征税,同时负责政法口的监督与管理。而主簿则主要负责全县民政,主管全县户籍、文书办理、户政事务等等。

所以这些事来找叶小天并无不妥,只不过整整一上午没有一件关系到缉捕监狱的案子,那就有些不寻常了。叶小天疑惑地抬起头,注意到胥吏们躲躲闪闪的目光,渐渐明白过来:"先架空我的人,接下来要架空我的权了!"

第三十五章

八千生苗

　　典史房的掌房书吏典慈一大早就装模作样地拿着一堆簿册在那儿比比画划，可他也不能一整天都在那儿装相，这时刚刚放松下来，忽然注意到叶典史的目光，不禁紧张起来，赶紧摊开刚刚合拢的簿册，做专心致志状。

　　叶小天凝视着他，忽然笑了："典书吏。"

　　典慈赶紧抬起头来，慌张地道："卑职在！"

　　叶小天若无其事地道："本官除了文仪出纳，还掌管缉捕、监狱事。今儿快一上午了，还没有一件关乎缉捕和监狱的事情，莫非本县治安已经到了路不拾遗的地步？"

　　典慈讪讪地道："哦！这个……不是……咳！是这样，大人，您没到任之前，县丞大人下了手谕，吩咐但凡关系到缉捕、监狱等司法事，必须报到他那儿去，如果没有县丞大人签署的手令，任何人不得擅自处断，违者严惩。"

　　叶小天依旧若无其事，仿佛打的根本不是他的脸，只是轻轻"哦"了一声。他这样的态度，反而令典慈有些不知所措了，赶紧解释道："大概是因为大人您当时还未上任，县丞大人才有此吩咐。只是如今县丞大人还未撤销命令，卑职……"

　　叶小天微笑着点点头，道："我明白，我明白！县丞大人这道命令，是手谕？"

　　典慈道："正是！"

　　叶小天道："把手谕取来我看！"

　　典慈赶紧翻开一份簿册，唰唰唰地翻了几页，取出一张盖了鲜红大印的公函，踮着脚尖凑上去，双手奉于叶小天。

　　叶小天拿过那份盖有县丞官印的公函，随意地浏览了一下，轻轻一折，揣进了袖筒。典慈不安地道："大人，这……这正式的行文，应该归档……归档……"

　　叶小天微微一笑，道："本官自然明白。放心，丢不了，过两日，本官便会交还。"

典慈不敢再说，只得应声退下。叶小天站起身来，起身往外就走。门口正有两个衙差一块进来，一见叶小天马上点头哈腰地道："典史大人，小的是工科的刘晟瑞……"

另一个道："典史大人，小的是礼科的孟浩胧……"

叶小天潇潇洒洒地甩着袖子从他们中间走了过去："不管你是工科的还是礼科的，有什么事等本官回来再说……"

叶小天明白，徐伯夷定然是早有主意，利用他对司法的直管之权，强行剥夺了他最重要的职责。若是和这些下人小吏们发难，只能是自取其辱，失了风度。

正常情况下，他们听命于职位更高的人很正常，总不能指望每一个人都能像苏循天、李云聪、周班头他们一样，他们那些人和自己是并肩打出来的交情。而现在分到他身边的全是一些五十出头，即将回家养老的胥吏，很难豁出前程跟着他同上司做对。

老卢头正扫着院子，一见叶小天立即站住，恭谨地道："大人！"

叶小天点点头，正要从他面前走过去，老卢头忽然小声道："大人，小老儿知道你是谁！"

叶小天一下子站住了身子，转身望向他，老卢头笑眯眯的，脸上有种小孩子般的得意，对叶小天道："大人回来，小老儿很开心。知县和县丞为难大人，小老儿也看得出来。他们能比孟州市丞和齐木更难对付？大人您早晚能斗垮他们。"

叶小天凝视了他一眼，微笑着拍了拍他的肩头，举步向外走去，老卢头儿笑眯眯地看着叶小天的背影，举起扫帚轻轻一挥，扫去了叶小天踏出的脚印……

· ※ · ※ · ※ ·

叶小天离开衙门，回家唤了毛问智和遥遥出门，正在家里无所事事的福娃儿和大个子欢喜雀跃，马上也跟了出来。超级宅男冬天先生正在堂屋里兴致勃勃地鼓捣着他的坛坛罐罐，叶小天也没叫他。

大亨现在事情很多，尤其是最近李伯皓和高涯相继回山，不久又把他们两个部落出身的挑夫、运卒也叫了回去，人手有点紧张，同时另有两家车马行相继开业，尤其是一个叫谢传风的人所开的谢氏车马行甫一开张便大肆扩张，还重金从"罗李高车马行"挖走了几个最好的车把式，大亨得亲自去车马行坐镇，所以没有过来。

叶小天领着遥遥和毛问智，带着大个子和福娃儿在小城里转悠了一阵儿，举头一望，忽然眼前一亮，便带着他们上了山。

这葫县半山半谷，城在山中，城中有山，地形与中原大部分城阜都不同。这座小山不是很高，但是在县城里已是唯一的高山，半山腰上有一处土地庙，就是当初叶小天刚到葫县,被县衙扣下全部银钱赶出来后寄住的地方。

叶小天举步上山,发现最近虽然干旱少雨,可山上那条小溪依然还有水流潺潺。叶小天走到半山腰处那座破败的土地庙前,回首向山下望去,葫县大半都落入眼底。

县衙就在山脚下,从此处看,整个县衙三个大院落的前后布局一目了然,此处正在县衙的右侧中线位置,叶小天笑起来,对遥遥道:"咱们把房子建在这儿怎么样?"

遥遥欢喜地道:"好啊,人家以前在这儿住过呢。"

叶小天指指点点地道:"从那儿到这里建一道围墙,把那片岩石、那片竹林、这边的土地庙,全都包括在内。前边那条小河也要圈进院子,让活水从院中留过。这座土地庙的位置最正,把它拆了,宅子就以此处为中心……"

毛问智听了咋舌不已地道:"大哥,你……你这是把大半座山都圈进去了啊。"

叶小天道:"要不然,福娃儿和大个子撒得开欢?嗯,占地大小没关系,只要建筑上不逾制就行。"

毛问智挠挠头道:"行,反正大哥你有钱,你就是把整座山都改成你们家菜园子俺都没意见。就是……就是这么大的一片宅子,怕不得两三年才能建好?"

叶小天微笑道:"哪能那么久,要想快,自有快的办法!"

叶小天说着,目光已经盯向从山上流下的那条溪流,一个头戴竹笠、身背猎弓的少年,正挽着裤腿,顺着溪流走下来。他手中提着一口狭长如柳叶的长刀,信步而来,只是偶尔刀光一闪,便有一条肥鱼裂水而出,被他随手一扬刀,便落进身后的背篓中——云飞来了。

"大哥,拿回去尝鲜!"

华云飞走到叶小天身边,右肩一低,沉甸甸的鱼篓便滑落到叶小天脚前,他这才一扬头,露出竹笠下那张笑脸。

遥遥欢叫道:"云飞哥哥!"

毛问智惊喜地道:"哎呀妈呀,是你小子!俺还琢磨呢,你小子藏哪儿去了。"

叶小天道:"你来得正好,这件事你去办最合适。"

叶小天把准备建宅子的事对华云飞说了一下,道:"冬天年纪大了,眼神又不好,再没有比你合适的人了,你就往生苗禁地走一遭吧。告诉他们,我要在这盖房子,叫他们派人来!多派点人手,我需要尽快建好!"

深山老林里边,确实没有比华云飞更合适的人了,他只要去过一次的地方就一定能再找得到,听完叶小天的话,华云飞欣然应允,道:"好!我这就去!"

华云飞倒也干脆,二话不说立即上路。只有要一弓一刀在手,在丛林之中他就不怕没有吃的,别的自然也不用带。

毛问智开心地对叶小天道:"俺咋就忘了生苗禁地有那么多人呢,随便叫来一点儿，这房子盖得还不唰唰快啊！"

叶小天微笑不语。

生苗禁地的所在其实并不远，它处于葫县和铜仁之间的崇山峻岭之间，只是因为入山的道路难行，生苗又不惯与外界接触，所以外界的人轻易不敢入山。

华云飞只用了两天半的时间就赶到了崇山峻岭之中的生苗禁地，他赶到蛊神教总坛，把叶小天的吩咐对格彩佬等长老们一说，众长老一听大喜过望，他们一直在纠结要不要多派些人随尊者游历天下，又担心过多限制了他的自由，会激怒这个桀骜不驯的尊者。如今听说尊者要在这么近的地方起宅子，看来是不会远走了，这可不是一件大好消息吗？

当下众长老就向九峒八十一寨发出号令，通知说尊者要建一幢府邸，要求各峒各寨出人出力，为尊者盖房子。

各寨一听为尊者盖房子，他们一砖一木地盖好的房子，是给尊贵的神侍大人居住的，这是何等的荣耀、莫大的功德啊！登时，九峒八十一寨群起响应，仅仅一天，从附近村寨赶来的生苗青壮和年轻妇女就达到了一万多人，第二天又增加了三倍。

华云飞大惊失色，带着这么多人出山，像话吗，这是盖房子还是要造反？华云飞再三推拒，众长老也觉得数万人马有点多，毕竟不是盖蛊神殿这样的超级宫殿。

可是想让人回去，那些生苗又有哪个肯走，最后众长老不断调停，确保每个寨子都有人参与，确保男女都有代表，又紧急下令各寨停止输送劳力，经过一再裁减，终于把人数压缩到了八千人。

八千生苗，在华云飞和太阳妹妹的率领下，浩浩荡荡地出山了！

第三十六章

生变

一

"孙伟暄,你过来一下!"

罗大亨站在仓库门口,扬声喊了一嗓子,一个青年人马上跑过来,一边抓起搭在肩头的汗巾擦着额头的汗水,一边对罗大亨道:"大东家,什么事啊?"

罗大亨指了指仓库里堆积如山的货物,道:"我问你,这是怎么搞的?这些货已经积压多少天了?有的东西都快变质了,你看这两百筐鲜果,都有酒味了,再这么下去,果子都变成果酒了!"

孙伟暄苦笑道:"大东家,不是兄弟们不卖力气啊,实在是人手短缺的厉害,二东家和三东家的寨子抢水械斗,已经打红了眼,两位东家把他们族里的兄弟都叫回去了,一下就少了一半的车把式和挑夫……"

这孙伟暄二十出头,身材颀长健壮,那饱满如垒石的胸肌和臂肌,英俊的容颜,时常挂在嘴角的笑意,使得他很有人缘,尤其是女人缘。兄弟们每跑一趟长途,赚了银子回来去青楼花销时,他总能叫到最漂亮的姑娘,且花的钱却最少,有时候还会有些姑娘倒贴,真把兄弟们羡慕得不得了。

孙伟暄目前是"罗高李三姓车马行"的大管事,也是最好的车把式,旁的车把式路过一些险峭路段时,只能把货物搬下来,小心翼翼地拉着马车爬上去,再把货物一箱箱搬上去,只有他敢挥鞭直上,那些牲口被他调教得服服帖帖。

同时,他又懂些拳脚,而且性情豪爽,仗义疏财,在车马行中很有人望。不过大亨选择他做大管事还有一个主要原因:他不是齐木的嫡系。

齐木还在的时候,车马行的大管事叫常自在,那时孙伟暄刚入行才一年多,因为人缘好,经常受到常自在的打压。不过齐木死后,常自在拉了一拨亲信单干了,孙伟暄这才有了出头之日。

大亨听了孙伟暄的话不禁大皱眉头,道:"那就再雇人嘛,只要咱舍得花钱,还怕雇不来人？"

孙伟暄为难地道："大东家，你有所不知，虽说县上穷苦人家不少，可是很多人只要还有口饭吃，就不愿跑驿道赚长途运输的辛苦钱。还有些人肯吃这碗饭可身体又太单薄，让那种人跑长途，一趟回来咱就得给他付丧葬费。"

罗大亨："这……"

孙伟暄道："再一个，齐木死后，常自在拉了一拨人单干，成立了常氏车马行。近来又有一个叫谢传风的人成立了谢氏车马行，他们先后从咱们这里招走了很多人，还挖走了几个最好的车把式，咱们这人手就更不够了。"

大亨胖胖的脸上本来一丝褶皱都没有，宽广的额头更是平整，这时硬生生挤出一个川字，闷闷不乐地道："怎么会这样，咱们跟人家立过契约的，如果延误了运输的时间要加价赔偿。"

孙伟暄想了想，道："大东家，不如这样，我们挑那些容易损坏禁不起存放的东西先运，同时尽量再多招揽些人手，别的办法，在下实在是想不出了。"

大亨捏着圆润的下巴想了想，摇头道："不！你可着那些贵重的货物以及老主顾的货物先运，那些便宜的东西，大不了就按契约赔偿吧，你要记住，这几趟生意哪怕是一文钱不赚，咱们的牌子也不能砸了。至于人手方面，你继续招人，工钱再提高些。"

孙伟暄点头称是，急急赶去安排。大亨从书包里掏出一块桂花糕，恶狠狠地咬了一口，嘟囔道："高涯、李伯皓，这两个不着调的混蛋，难道一天不下雨，你们就要在山上掐一天吗？"

· ※ · ※ · ※ ·

赵文远赴任之后，这驿丞的小日子过得还是蛮惬意的，除了守着一个如花似玉的大美人，而且挂着他女人的招牌，却看得吃不得，其他方面几乎没有什么糟心事。

明代的驿站不仅是交通枢纽，军事用途也多，尤其是边境地区的驿站和贵州这种特殊地方的驿站。所以葫县驿站地位很特殊，作为此地驿丞，赵文远手下有马八十四、驴六十头、牛三十头、轿夫八人，驿卒两百一十人，此外还有护路军卒一百二十人，在葫县算得上一方诸侯了，大权在握，自然逍遥。

不过对于杨应龙交代的任务，赵文远一时却还没有什么进展。

上一任葫县驿丞是朝廷派遣的，可是这一次朝廷却任用了有播州背景的赵文远，实不知朝廷大佬们出于何种想法，对于这样一个重要职位，他们在任命之前不可能不对赵文远做一番调查，而赵文远的出身来历并不难查。

赵文远目前正在熟悉驿站的运作和了解他的部下，对于驿卒和兵丁们，他相信只要恩威并用,假以时日总能培养出一些心腹;然则作为驿丞,要插手驿站之外却与驿路关系密切的事情却很困难。

因为驿路运输中有大量的车马行参与,而这些车马行大都背景雄厚,至少不必依附于他一个小小驿丞,他的职责只与朝廷有关,对于葫县路段车马行的管理,属于葫县职权。

赵文远背着手在花厅中踱来踱去,愁眉紧锁,始终想不出一个合适的主意。潜清清穿一身襦裙袄衫,系一件文竹披风,带着一个小丫鬟从后边走出来,一副要出门的模样。

一见赵文远心事重重地踱着步子,潜清清不屑地撇了撇嘴,对那小丫鬟道:"你出去候着!"那小丫鬟先行离开到了院中。潜清清说道:"你有那么为难吗?"

赵文远冷冷地睨了她一眼道:"难道你有好办法?"

潜清清道:"好办法我是没有,不过我知道一个道理:机会要吗自己去制造,要么就等到它出现。你才刚刚上任,就算不能连任,你这一任驿丞也要做三年,你现在才上任几天,愁什么?"

赵文远没好气地道:"清清姑娘,赵某可比不得你,杨大人面前不只是我一个可用之人,家父也不只是我一个儿子,他们给了我这个机会,我若不努力就会令他们失望。他们失望,我就会失去所有。"

潜清清好看的眉毛轻轻挑了起来:"你这话是什么意思,难道说我就不需努力做事?"

赵文远揶揄道:"你当然需要啊,不过不是需要努力做事,你是女人嘛,哈!"

潜清清睨着他道:"你以为我是土司大人的女人?"

赵文远冷笑道:"当然不是啦!如果是,土司大人怎么会把你赐给我?准确地说,你应该是土司大人曾经的女人,只是土司大人玩腻了,可惜你还依旧幻想有朝一日能重获土司大人的欢心,再度攀上梧桐枝。"

潜清清眉梢一剔,勃然大怒。但她没有发作,怒气上脸,忽然化作一副似笑非笑的表情,睇着他悠然道:"奴家就算是一只灰麻雀,可就是不愿意栖在你这根枝上,你能把我怎么样?"

赵文远顿时气结,他还真不能把潜清清怎么样,潜清清不是他的部下,是杨应龙派来配合他做事的。为了掩饰身份对外声称是他夫人,可杨应龙并没说过潜清清一定得陪他上床,难道他能为此事跑去请示杨应龙?

潜清清见他语塞,得意地一笑,挺起胸膛,像只骄傲的孔雀似的往外走,走到门口忽又站住,对赵文远道:"如果你嫌等机会太慢,何不自己制造一个机会?"

赵文远道:"自己制造机会?"

潜清清道："靠这条驿道过活的人不仅仅是买卖人，还有一些山贼土匪，如果他们总在你的辖区内生事，需要你出动兵丁护路商旅才能顺利过关，你想控制这条路的机会是不是会大增？"

赵文远咀嚼着潜清清说过的话，眸子渐渐亮起来。当他再抬起头来时，潜清清已经走远了。

潜清清是到城里买应用之物的，顺道还想雇几个下人。驿站里都是男人，她从贵阳来时只带了一个从贵阳买的丫头，后宅里一应事务只靠一个丫鬟可忙不过来，潜清清打算雇两个婆子、两个丫鬟。

潜清清由那贴身丫鬟陪着进了县城，先找到人牙子选了四个本地出身、家境清白的老妈子和丫鬟，又让她们陪着去十字大街采买了一些日常女子需用之物，又买了两匣糕点和一罐糖饴，想去县衙打听一下叶典史的住处，以便探望遥遥。

潜清清来到葫县的主要目的，除了居中策应、传递消息，就是与叶小天保持一定的联系，其实是和遥遥保持一定的联系。在路上，潜清清与遥遥同车，已经同这小丫头保持了良好的关系，遥遥对这位清清姨很有好感。

潜清清赶到县衙门口，将下巴轻轻一扬，指使一个驿卒上前询问叶典史住处，那驿卒刚刚走上前去，突然有三四个捕快狼狈不堪地跑过来，将他撞到一边，扎向县衙大门。

这几个人鼻青脸肿，显见是被人重殴了一顿。几个人一边跑，一边大喊："快禀报知县大老爷，县丞大人被……被李家寨的人给抓起来了，快！迟了恐有性命之忧啊！"

第三十七章

坚忍

一

王主簿抚着胡须，轻轻扫了一眼谢传风呈上的礼物，最上面就是一张房契，大字很清楚，是金陵府石头城乌衣巷里的一幢宅院，那种地方的宅院随便一幢房子价钱都不菲，更何况看上边那行大字，分明是一幢占地十一亩的豪宅。

王主簿又审视地看了一眼正夸夸其谈的谢传风，眼睛微微眯了起来："出手很自豪绰啊！一个管事，就算上下其手，从中渔利，他能在短短数年间捞到这么多财富？"

王主簿根本没有心听谢传风究竟在说什么，没去想收不收这份厚礼，或者说是否答应做谢传风的后台。因为谢传风在驿路运输上争得一席之地的关键并不在这份礼物本身，而在于这份礼物究竟是谁送的。

王主簿暗暗盘算，谢传风被田家赶走，应该只是一个幌子，也是田家撇清自己的一个手段，这谢传风很可能是田家安排到葫县的一枚棋子，那么我收下这份厚礼，就是站到田家这条船上去了。

王主簿紧张地思索着，赵文远是播州杨家的人，叶小天据说会成为红枫湖夏家的女婿，而这谢传风则是田家的人，看来土司们已经看破了朝廷想以葫县为突破口，试图扩大控制贵州的意图。

而朝廷坐视这三方势力把手伸进葫县，显然是三年来试图控制葫县的一系列措施一再失败，朝廷已心灰意冷，即便还没有放弃控制贵州的想法，至少目前来说也只能继续保持大明建国百余年来贵州一贯的体制，这暂时对一个国家来说，十年八年、五十年一百年，都是有可能的，这种情况下，我该何去何从呢？

王主簿暗自思忖："原本在葫县，三分天下我能占其一，是因为我与高李两寨关系都不错。但是他们拉拢我，只是希望在抵制朝廷一系列试图控制葫县的政令时，我能从中起到作用。

"如今朝廷已经很少有什么动作，我对他们的影响也是越来越小。最重要的是，杨、田、夏三家已经开始插手葫县，我最大的倚仗已不足以称为倚仗，到时候花知县背后站着朝廷，徐县丞背后站着田家，叶典史背后站着夏家，葫县还有我王宁存身之地吗？"

谢传风说完，见王主簿似乎正悠然出神，便试探地问道："大人？"

"哦？哦！"

王主簿迅速做出了决定："朝廷已有退缩之意，一旦抛弃葫县，花晴风作为两榜进士、七品正印，朝廷必然另有安排，我王宁却需自寻出路了。如今杨、田、夏三家中，只有田家不但争了一个县丞之位，而且还派人抢夺驿路要道的控制权，似乎是志在必得，我便投靠田家吧！"

想到这里，王主簿微笑道："好！既然如此，那本官便应允你了。葫县地少人贫，驿路运输关系到本县许多人的生计，你尽管好好做，本官尽力与你方便就是。"

谢传风一听不由又惊又喜，他方才隐晦地提出要贩卖茶叶、香料、珠宝等物，原本没指望王宁全都答应。这些货物都是牟利至少十数倍的货物，但风险也大。

从南方采购珠宝，通过贯通贵州的驿道可以转运江南富庶之地，也可以经四川贩卖到西番。西番密宗最喜欢以贵重宝物装饰佛像佛殿，八宝庄严，焚香虔敬，以像西天。这种风气现在已经蔓延到道教，道教也开始讲究金镶玉裹，氤氲祈禳。而出家人又最有钱，这些异域珠宝大有销路。

至于香料，不仅佛道两家需求最盛，中原富有人家一样对香料有大量需求，这些东西都是暴利，当然税赋也高，因此想赚更多的钱，就只能走私，要走私就需要官府有人策应。

而最紧要的一样货物就是茶叶，明代茶叶可是作为战略物资来监管的，因为番地不产茶，他们又恃茶以生，故朝廷立严法管理，用茶叶制番人之死命，壮中国之藩篱，所以走私茶叶比偷税漏税罪责更重。

谢传风提出这一条来，本来是想用以供王主簿讨价还价的时候否决的，到时候就比较容易答应帮他走私珠宝和香料等其他条件，却不想王主簿竟然全部答应下来，谢传风自然喜出望外。

谢传风目的已达到，连连道谢着向王主簿告辞，王主簿不动声色地把那份厚礼拢进袖中，客客气气地把他送出门去。王主簿刚把谢传风送出大门，正要回转自己的签押房，忽然看到几个鼻青脸肿的捕快闯进院子，急匆匆奔二堂去了。

王主簿眉头一皱，暗自有些奇怪。自从齐木垮台，葫县捕快在民间的声望大为提高，再也不是以前那种过街老鼠般的模样，怎么今天又发生了殴打捕快的事吗？

王主簿招手唤过一个守门的衙役，问道："发生了什么事？"

那衙役一见主簿大人询问，忙道："回禀主簿大人，那几个捕快是随徐县丞入山调停高李两寨纠纷的，结果……不知因为何故，徐县丞被李家寨给扣住了，他们则逃了回来，说是徐县丞有性命之危。"

"哦！"

王主簿脸色微微一变，摆了摆手，那衙役便退了回去。王主簿马上返回签押房，对他的掌房书吏老蔡吩咐道："本官家里刚刚有人来报信，说是本官的四夫人身子不适，本官回去瞧瞧。"

老蔡答应一声，王主簿便回到内室换了一身便袍，急急离开了县衙。

花晴风听说徐县丞被李家寨扣住，顿时呆若木鸡。自从叶小天弄死齐木，打垮葫县第一大恶霸，花知县已经很久没有出现过这种泥胎木塑般的状态了。

徐伯夷是进山调停的，缘何被李家寨给扣起来了呢？说起来徐伯夷还算谨慎，入山之后先会见了正带人围困李家寨的高家寨一众人马，高家寨的人听说他是来调停两寨纠纷的，对他倒还算客气，徐伯夷见到了高老寨主，听高老寨主诉说了两寨械斗的前因后果之后，又到李家寨了解情况。

其实整件事很简单，就是因为久不下雨，葫县大旱，处于河水上游的高家寨截断河流以满足本寨百姓的浇地用水。如此一来处于捞刀河下游的李家寨旱情更是雪上加霜，双方交涉未果，便一个武力挖堤，一个武力护堤，因此结下仇怨。

徐伯夷弄清原委，便把两位寨主召集到一起，说道："两位寨主，不管你们是住在上游还是下游，都是因为这条河，祖辈们才在此定居，这一河之水乃是天赐，沿河两岸的百姓，不管上游下游，都是有权享用的。

"如今大旱不雨，河水暴跌，若是你们两家均用，虽然不能满足灌溉要求，可度日固然艰辛，却未必会有人渴死饿死，如果你们继续这样诉诸武力，却不免出现死伤。这其中轻重，你们还不明白吗？依本官之见，不如你们均分河水。"

高寨主瞪着徐伯夷道："我们寨子缺水，地都裂开了一个个的口子，庄稼都快枯死了，一瓢水浇下去，地皮都没湿就不见了影子。如今水就从我们寨前流过，你却要我们不能任意取用？均分，你又如何均分？"

徐伯夷微微一笑，道："这个好办，就按你们两寨人口的多寡来分，若是你寨人口是李家寨人口的五成，那么一天十二个时辰，则有八个时辰放手给李家寨，在此期间，高家寨不得取用一滴。余下四个时辰，则允许你们截断河流，由高家寨完全使用。如此最是公平。"

高寨主一听哪肯答应，论人口他们寨子比李家寨少了两成，可明明他们住在上游，却要多舍两成的水给下游的人？这河水全给他们用都嫌不足啊！再说，李家寨住在下游，因为更接近山外，族人中多有外出务工者，故而开辟的山田数目也不如他们寨子多，地多的反要让着地少的，简直岂有此理！"

徐伯夷在此事中倒是没有什么私心，他希望妥善解决此事，从而一举树立他的威信，可这个计划遭到了高家寨的强烈反对，于是他又采取了另一个方法，那就是按照两寨所拥有的田亩户数来分水，这个说法自然又遭到了李家寨的坚决反对。

徐伯夷好言好语，费尽唇舌，始终无法拿出一个令两寨百姓都满意的方案，结果两寨寨主倒是因为主管司法的徐县丞来了，又提起在械斗中的死伤来，争相喊冤。徐伯夷的好脾气渐渐耗尽，眼见两位寨主得寸进尺，便想利用官威杀鸡儆猴，先把涉案人员控制住，震慑一下双方村民，然后再讨论用水问题。

他自以两个寨子都有人要被抓，可谓不偏不倚，两位寨主应该答应，可是其中却有一个李伯皓——那可是李寨主的亲生儿子，李寨主如何肯答应？再说如果高家寨不截断河水，李家寨会去械斗吗？

徐伯夷一脸铁面无私的模样，李寨主却是勃然大怒，立即命人把徐伯夷抓起来，把那几个捕快打了一顿放出山来，传话说要葫县县太爷给他们李家寨一个公正的交代，否则他们就要直接向朝廷讨公道。

花晴风一听"直接向朝廷讨公道"，就像一瓢冰水从头泼到了脚：向朝廷讨公道？他们如何向朝廷讨公道？花晴风六神无主，赶紧吩咐人道："快去，请王主簿来商量事情。"

片刻工夫，那衙差回报："主簿老爷家里有事，已经离开衙门了。"

花晴风把牙一咬，又吩咐人去王宁家里唤人，结果差官到了王府一打听，王家人说四夫人患了急症，葫县没有良医，王主簿已经带着四夫人急急赶赴铜仁府请名医诊治去了。

差官回到县衙一说，花晴风只气得七窍生烟："这个老混蛋！这只老狐狸！"

花晴风在二堂转悠了半响，无奈之下，只得吩咐道："去，请叶典史来，本官有要事与他商量。"

那差官又去了前边典史房，不一会儿回来禀报："老爷，典史老爷说，如果老爷这里需要文仪用品，只管遣人吩咐一声就是，县上财政再如何拮据，也不致让大老爷您这里连文房四宝都有了短缺。

"至于其他的事，由于县丞大人早已发下吩咐，典史老爷统统做不得主，既然是要事，典史老爷可不敢应承，以免误了大老爷您的大事，还是请大老爷您自行决定吧！"

那衙差原本就是典史房的人，被花晴风抢在叶小天到任之前紧急调开的，所以说话阴阳怪气。花晴风听得勃然大怒，厉声喝道："混账！本县召他议事，他敢不至？"

那衙差慢吞吞地道："典史老爷还说了，如果县太爷大怒，请小人回禀县太爷，在其位而无其权，便如不在其位，不在其位则谋其政，便是乱序逾法，故……典史老爷不敢领命！"

花晴风气得两眼发直，一屁股坐到椅子上，那衙差眼中飞快地闪过一丝讥诮之意，躬身道："大老爷如果没有别的吩咐，那小人退下了。"

花晴风也不理他，怔怔半晌，慢慢抬起头来，目中射出坚毅的光辉，沉声自语道："做官第一要义，便是坚忍！我忍！徐图自强而已！你不来见我，我去见你！"

花晴风突然站起来，大步流星向外走去！

第三十八章

颠覆

一

　　吏科掌房书吏和户科掌房书吏神色不善地站着，叶小天翻看着账簿，淡淡地道："说说吧，仅仅半年工夫，你们两科的文仪消耗，仅毛笔就有一百八十枝以上，咱们葫县公务那么繁忙？还是说这毛笔都是劣次品？"

　　书吏们是没有俸禄和工食银的，只靠纸笔费、抄写费、饭食费养家糊口，收入微薄，所以但凡做了书吏，很难洁身自好，中饱私囊、索贿受贿是常有之事。所以才有这么一句话："任你官清似水，难免吏滑如油。"

　　然则六房之中，最有权势的就是吏科、户科和刑科，他们额外的油水不少，照理说贪墨公物的事应该少一些，可叶小天无意中翻阅了一下账簿，却发现以户科和吏科为最，领取的文仪用品数量惊人。

　　阴天打孩子，闲着也是闲着，再说这两科的人不是花知县的人就是王主簿的人，叶小天在这两科并无心腹，便想揪住此事做做文章，找找他们的别扭。

　　吏科掌房书吏眼珠一转，正想找些理由蒙混过去，典慈突然惊叫道："县尊大老爷来了！"众人闻声向门口望去，就见花知县面带微笑，正站在门口。

　　花知县的笑容有些牵强，他是县太爷，本县最大的官，要召见一个不入流的小官，人家竟然推脱不来，这也就罢了，他还得纡尊降贵迁就人家，主动送上门来。如今看到众人惊异的目光，花晴风脸上火辣辣的，急忙暗道："我的心性修炼的还是不够啊！要忍！要忍！百忍成佛！"

　　叶小天看到花知县，不禁露出一丝意味难明的笑意。他站起身，向吏科和户科掌房书吏摆了摆手，让他们退到一边，上前两步，微微一拱手，明知故问地道："县尊大人，您可是一县父母、百里至尊啊！您有什么事，只需传报一声，下官自当拜谒，您怎么竟然屈尊来了这里？"

　　花知县故作从容地打个哈哈，迈步走了进来，随口道："本官哪有那么大的架子，为官者当礼贤下士、平易近人。本官身为一县父母，更没有高高在上的道理，要放得下身段才能体察民情嘛。呵呵……"

花知县说着已经走到典史房中，叶小天满面堆笑，执礼甚恭，可就是不说"县尊大人请上座"，花知县厚着脸皮走上去，在叶小天的那张座位上坐下，摆了摆手道："你们先出去，本县和叶典史聊聊天。"

众胥吏如蒙大赦，赶紧溜之大吉。眼见这房中气氛不对，他们这些小鱼小虾可不想沾麻烦。

房间里空下来，没有旁人看着，花知县顿时放松下来，也能真正放下身段了，他叹了口气，诚恳地对叶小天道："叶典史，本县悔不该不听你的忠言啊！"

叶小天随手提过一把椅子，在花知县对面坐了，讶然道："大人何出此言？"

花知县道："叶典史，你为人机警，于权善变。高李两寨之争，本该由你出面调停最为妥当。可当时徐县丞主动请缨，本县想你二人都是初来乍到，既然有意为本县分忧，那就让他去吧，毕竟他是你的顶头上司，不好拂却他的颜面。谁料那些化外之民无视王法、藐视朝廷，居然把徐县丞给扣为人质了。现在……叶典史，只有请你出马啦。"

叶小天恍然道："啊！原来大人说的是这件事。不瞒大人，卑职当日确曾主动请缨，可那天卑职刚到葫县，正是县尊大人为下官设接风宴的时候，下官还不了解县衙情形啊。"

叶小天叹了口气，对花知县道："下官正式署理公务后才知道，徐县丞已经发下话来，唯有文仪之物交由下官管理。其他一应事务，下官都插不得手。县尊大人，这不在其位，怎能……"

叶小天还没说完，花晴风便哈哈一笑，摆手道："叶典史，你误会了，误会了。"

叶小天笑眯眯地道："哦？不知下官误会了什么？还请县尊大人示下。"

花知县一本正经地道："徐县丞的确说过这样的话，而且请示过本县。当时你还没有上任，徐县丞担心奸猾之徒趁机徇私枉法，故而下令，一应案件全部要禀报于他，他不点头不得受理。你正式署理公务时，他已去了山里，来不及撤销这个命令，致有这番误会。"

叶小天点点头道："原来如此！"

花晴风道："正是如此。哈哈哈……"两人相对笑了几声，花晴风突然收住笑声道："本官这就传令下去，叶典史既已到任，理应由你负责的事情，就该由你担当起责任嘛。"

叶小天欣欣然道："大人明见！"

花晴风立即跟上一句，道："如今高李两寨械斗，李家寨更是扣押了朝廷命官为人质，此等行为简直是无法无天之至，叶典史负责本县司法刑狱，此事责无旁贷啊。"

叶小天马上愁眉苦脸地道："大人，下官我有心无力啊。"

花晴风怫然不悦，道："有人罔视国法，囚禁命官，你身为本县典史，对分内之事怎能一再推脱……"

叶小天道："大人，非是下官推脱，实是无能为力啊。下官要办案，总要有人可用吧，大人可知下官这典史房中的掌房书吏是何等样人？嘿！这本来是仓大使，一个管仓库的人，仓库管地再好，能做得了文书之事？

"再说那快班捕头，是负责缉凶捕盗的人，可是周班头被徐县丞调去做了收发房主事，将收发房主事调来做了快班捕头，一个平素只会登记收发文件、誊写状榜事宜的人干得了缉奸捕盗、破案解囚等事？

"同僚之间本应和睦相处，下官在大人面前说这些话，若被有心人听去，还以为我故意中伤徐县丞呢。可县尊大人对下官推心置腹，下官对大人又岂能不以诚相待？在下官看来，徐县丞此举实是糊涂透顶！"

叶小天一番话说得花晴风的脸又热起来，却还得硬着头皮应和道："嗯……徐县丞此举确是有欠妥当，这个……如果本县把人全调整回来的话……"

叶小天把眉梢一扬，振声道："那下官就立刻率人入山！"

·※·※·※·

山野丛林中，八千生苗正向葫县方向行进着，足足八千人，仿佛成千上万只灵猿，步姿矫健地穿行于林间，居然没有发出半点嘈杂之声。

太阳妹妹和华云飞并肩走在一起，双眼发亮地问道："你说当时尊者大人当着那么多人的面，就一把揽过那位莹莹姑娘，狠狠地亲了她的嘴儿？"

华云飞无奈地道："太阳妹妹，这一段儿你都听过五遍了，还要问我？"

太阳妹妹两眼闪闪发光，脸上带着兴奋的红晕，微微歪着头，有些迷离神往的模样道："我只是想象不出尊者大人会那么霸道嘛！他那么清秀的一个人，嘻嘻，真是太男人了！"

华云飞奇怪地看了她一眼，突然问道："你是不是喜欢我大哥？"

太阳妹妹的俏脸一下子红了，急忙否认道："哪有！你……你不要胡说八道啊。"

华云飞忍俊不禁地道："没有就没有呗，何必一副做贼心虚的模样。放心，我这人嘴严，不会往外说的。"

"谅你也不敢，要不然……"太阳妹妹斜了华云飞一眼，威胁道："本姑娘可是会用蛊的，你要敢得罪我，就要你好看。"

华云飞哼了一声，扭头看看无声无息地跟在他们身后，却仿佛无穷无尽的生苗战士,微微蹙起了眉头。太阳妹妹睨他一眼,道:"为什么,不高兴后遗症?大男人怎么这么小气。"

华云飞道:"我才懒得跟你生气。我是觉得你们来的人实在是太多了些。"

太阳妹妹一双好看的大眼睛顿时瞪得更大,惊奇地道:"怎么会呢,这可是给尊者大人盖房子啊!人少了能盖得起来吗?"

"你可知道你心目中至高无上的那位尊者大人,如今只是一个不入流的九品芝麻官吗?"这句话华云飞并没有说出来,他只是轻轻叹了一口气,忧心忡忡地想:"跟老毛相处久了,又认识了大亨,连我做事都开始不着调了。"

与此同时,叶小天也正带着人匆匆赶向李家寨。刚刚从收发房调回快班的周班头紧随在叶小天身边,一边赶路,一边问道:"大人此去李家寨,心中可已有了定计?"

叶小天道:"这时我能有什么好办法,不过正好有这么一个好机会,我岂能不善加利用?先把你们弄回来,就算这件事办不成,他一县之尊难道还能把刚刚颁布的命令再收回去?这又不是小孩子过家家。"

周班头一听,不禁担心地道:"大人,那些化外之民可不敬畏王法,就算县太爷亲自来了,他们也未必生起敬畏之心。大人既无定计,那就千万小心为上,对付齐木那等人的手段在这些人面前是不起作用的。"

常言道:"横的怕愣的!"这些部落百姓与齐木不同,他们不像齐木一样霸道蛮横,但是一旦招惹了他们会比齐木那种人还难对付,因为他们一旦被激怒,根本不计后果,无知者无畏啊!

叶小天微微一笑,道:"你放心,我在贵阳时早就见识过他们这等人是如何的无法无天了,这种人都是属顺毛驴的性子,我会见机行事的!"

第三十九章

游说

一

叶小天一行人在山脚下站住，仰望坡上，一片高低错落的高脚楼，掩映在重林之中，外围又搭了一些帐篷，应该是围困李家寨的高家寨人居住的地方，双方应该刚刚结束一场战斗，坡上一片狼藉。

叶小天双手叉腰，打量着山坡上的形势，眼见高家寨的人把李家寨围了个水泄不通，大有不死不休之势，不由微微皱起了眉头。

这时候，马辉和许浩然扶着胖得跟头海狗似的大亨走过来，大亨哼哼唧唧地道："大哥哇，这山里头……骑不得马，坐不得轿，早知道我就牵头驴子来了。"

叶小天白了他一眼道："不等走到地方，驴子就会被你活活压死。"

大亨道："那就骑牛，这么走路，真要活活累死了。"

叶小天道："骑牛咱们得什么时候才能到？你别废话了，赶紧过去。"

大亨撇嘴道："求人还这么不客气，真是上辈子欠你的。"说归说，他还是挺直腰杆，接过周班头递来的白旗，独自向前走去。

"站住！干什么的？"

山坡上，高家寨的人用荆棘布下了几道防线，李家寨有大量青壮出山做工，这是为了防止那些李家寨的人闻讯赶回，壮大山上守方的力量。如今一见山下来了人，守在荆棘丛后的人立即拉开了猎弓。

大亨高声大呼道："不要射箭，自己人，我是自己人哪！"

大亨挥舞着手中的小木棍，上边绑了一块白布充作白旗，向荆棘丛后的人呼喊："我和你们的少寨主高涯是同窗好友！我和高涯是同一家车马行的东家，不要射箭！"

山坡上有人手搭凉篷向下观望，惊讶地道："哎哟，还真是大东家！"说话的人正是罗高李三姓车马行的一个伙计，高李两寨的冲突变得激烈后，被高涯带回了寨子。

这山里人不比军队一般纪律严明，一俟发现不是敌人，而且只有一个人上山，不要说禀报寨主了，还没等守卫这道防线的吏目说话，就有几个"罗高李车马行"的人兴高采烈地跑了下去。

"大东家，你怎么来了？"

罗大亨一听他们这称呼，再看他们模样有点眼熟，便嘟起胖脸训斥道："你们都是车马行的人吧？你们知不知道你们这一走掉，咱们车马行要赔多少钱给人家？"

罗大亨这一说，这几个高家寨的人倒是想起了自己的另一层身份，讪讪地低下头，低声解释道："大东家，我们也是没办法，都辛辛苦苦干了大半年了，我们也不想生意赔了，可是他们李家寨……"

罗大亨挥手道："好了好了，我也知道这事怪不得你们。听说高涯还受了伤，你让我说他什么好，他和李伯皓真是一对不争气的东西。你们快带我去看看他，对了，山坡下是我的人，叫他们上来。"

几个车马行的伙计忙不迭答应下来，叶小天等人都穿着便袍，那些山民也不知晓他们的真正身份，反正才十几个人，也不怕他们搞出什么幺蛾子，便向山下挥手招呼，叶小天一见，便领人上了山。

高寨主正跟李寨主隔着寨墙对骂，忽然有人跑来报讯，说是少寨主的同学兼生意伙伴罗大亨上山来探望少寨主了，高老寨主忙又扯着喉咙回骂了几句，便打道回府去。

高家寨是打着替高涯报仇的名义围攻李家寨的，所以高涯也被抬来了，此刻就安置在一间棚屋里，高涯和叶小天的人一到，顿时把棚屋挤得满满当当。

大亨掀开高涯的被子看了看，好奇地问道："削掉了没有？还有小鸡鸡吗？"

叶小天和周班头慢慢相觑，不是说好了让他一上山就跟高涯攀交情拉关系吗，怎么专挑刺激他的话说？高涯涨红了脸道："当然没事。那个混蛋只是一刀刺在我大腿根上了，连小爷的一根毛都没削掉。"

大亨啧啧连声地道："不像，我看可不像。瞧你这脸，白得跟鬼似的，伤得只怕不轻啊。"

高涯急了，一把掀开被子道："你不信就自己看，别看我包扎得严实，伤处真的只有大腿。"

大亨连连摇头，下巴一阵晃荡："好了好了，你一个大男人有什么好看的，我要想看不如看我自己了，你真的没事吧？"

高涯昂然道："当然没事，男子汉大丈夫，头掉了不过碗大个疤，能有什么事。"

罗大亨伸出双手比画了一下，疑惑地道："大头掉了才碗大个疤？那你这小头，岂不是只有酒盅那么大？"

高涯大怒道:"放屁!碗口有这么小的吗,碗口,指的是海碗。"

罗大亨道:"你又没说是海碗,得,我不跟你争,海碗就海碗,大头被砍掉了是海碗口大的疤,小头被削掉了还是酒盅大呀!"

高涯鄙夷地道:"你是在说你自己吗?小爷我起码也得是酒杯大的疤,最大的酒杯!"

大亨嗤之以鼻:"酒盅!只能是酒盅,这儿没有女人,你就别吹啦,老实承认吧,你就是一个酒盅。"

高涯气急败坏地伸手摸到榻边放着的双拐架在肋下,一下子站了起来,大骂道:"你个混账东西,你成心来气我是不是?你以为我腿受了伤,我就得任你欺负不成?来来来,我要跟你决斗,你别跑!"

高寨主回到营地,就见他儿子高涯拄着双拐,嗖嗖地追着一个大胖子,追到近处便扬起右拐狠狠打下去,一边打一边咬牙切齿地嚷:"你说,有没有碗口大,有没有碗口大?"

那死胖子一边扭动着肥硕的身体,灵活地躲避着高涯的拐杖,一边倔强地道:"就是没有!我威武不能屈,富贵不能淫!你就是打死我,我也不会违心承认!"

高寨主茫然地道:"这是怎么回事?"

·※·※·※·

随着高寨主的到来,高涯和大亨间的这场闹剧终于结束了。叶小天趁机趋前拜见,对高寨主说明了自己的身份。

高寨主因为徐伯夷的原因,对官府已经没有什么好感,脸色顿时冷淡下来,但是随着叶小天附和他的声音,跟着他对李家寨进行了一通声讨,高寨主的脸色渐渐缓和下来。

叶小天道:"老寨主,我看高兄活蹦乱跳的,伤的并不重,老寨主您悍然出兵,应该是爱子心切,同时也是担心若忍了这口气,会被人误以为你高家寨怕了他李家寨。以老寨主您的胸襟,又岂是睚眦必报的人!"

这话听着受用,高寨主微微点头,叶小天话锋一转,又道:"如今老寨主您围了李家寨,吓得他们龟缩不出,这面子也算争回来了,晚辈觉得,应该适可而止了,否则李家寨一旦狗急跳墙,老寨主你固然不怕,可是伤亡总是难免的。"

叶小天这里和高寨主说着话,高涯气鼓鼓地坐在一旁,双腿大开,攥着一根拐杖,仿佛一只蛤蟆似的冲着大亨运气:"碗口大!"

大亨啐了一口,道:"你就是打死我,我也不承认!"

"够了!"

高寨主咆哮一声，制止了这两个家伙无谓的争吵，捋须沉吟片刻，对叶小天道："那么你想怎么样？老夫先告诉你，这水，老夫是绝不会让的，我高家寨和他李家寨非亲非故，水从我家门前过，我却任由自己寨子里的庄稼枯死，今后还何以服众？人，都是有私心的！"

叶小天道："晚辈明白，这件事嘛，暂且不提。当务之急是把徐县丞放回去，他可是朝廷命官，一个处置不好，那就是大祸事。朝廷安抚地方，不代表可以让地方如此藐视朝廷。三年前两位土司被永远罢黜世袭尊位，这件事高寨主你还没有忘记吧？"

高寨主双眉微微一扬，叶小天马上接口道："晚辈并不是在威胁老寨主，只是朝廷诸公是不会理解老寨主您的苦心的，老寨主您想着要服众，他们同样需要服众，老寨主身为一寨首领，应该懂得审时度势的道理。"

高寨主冷笑道："那个徐县丞，可不是我们高家寨拿下的。"

叶小天道："晚辈明白，可眼下您老若不退兵，晚辈两手空空，拿什么去李家寨去讨人呢？水从你家门前过，要断流还是放水，还不就是老寨主您一句话的事吗，您还怕在接下来的交涉中会吃亏？

"请您老把人撤回去吧，李家寨那边，晚辈再去了解一下情况，之后会邀请两位寨主到县上，咱们一起商量个妥当的办法出来。常言道，远亲不如近邻，高李两寨毗邻，若是结下死仇，恐怕也非老寨主您所愿意看到的吧。"

高寨主站起身，负着双手慢慢踱了两圈，道："好！那老夫撤兵！不过……"高寨主一指叶小天，沉声道："小子，如果你和那姓徐的一样，想要忽悠老夫，老夫可不会与你善罢甘休。"

叶小天暗暗松了口气，长揖道："老寨主如此深明大义，晚辈感激不尽。您老放心，晚辈这就去李家寨，一定尽快圆满解决此事。"

一团乱麻，总得先找到那个线头，一点点地解开，这种事急不得，如果乱抽一通，这团麻只会越来越紧，先劝这老头子撤回高家寨，缓和了当下局势，便是一个好的开始。

不管如何，总得先把徐伯夷那头眼高手低的猪弄回去啊，要不然花知县那边又不好交代。只是……

叶小天心思一转，暗道："我就白给那个混蛋揩屁股？人，我要带回去，可一定得让他吃点苦头才成，要不然，那个混蛋是不会长记性的！"

第四十章

上兵伐谋

一

一座青色雨檐的高脚楼，楼下只有五根立柱，有一个半人的高度。有一个人正倒吊在楼下，一身白色的小衣，披头散发，长发直垂到地面上，正是那位前来调停的葫县新任县丞徐伯夷。

徐伯夷因为倒吊，所以脸庞通红，额头却不知何故一片乌青。一见有人走近，他立即大叫起来："快放我下来！你们这些无法无天的刁民，竟敢囚禁朝廷命官，呃……"

那人很不耐烦地踢了他一脚，蹬蹬蹬地上楼去了。一只正在楼下稻草丛中觅食的大白鹅被他的叫喊声吸引，摇摆着肥肥的屁股向他走过来，嘎嘎嘎地叫着。

徐伯夷脸上露出惊恐之色，说道："走开！快走开！呸！呸呸！"

徐伯夷身子倒吊，双手反绑，无力阻止那只白鹅接近，无奈之下，只好向那只白鹅"呸呸"地吐起了唾沫，这种武器显然没什么杀伤力，那只白鹅突然张开翅膀，嘎嘎叫着一通助跑，突然跃起伸出长喙用力一啄，准确地啄在徐伯夷的脑门上。

徐伯夷脑门的乌青就是被这只大白鹅啄出来的，稍稍一碰就痛彻入骨，哪还禁得起它这般凶狠的一啄，徐伯夷痛得眼泪都流出来。泪水迷离中，隐隐约约又有一个人走近过来。

那人没有从他面前走过去，而是蹲下了身子，歪着头看他，徐伯夷眨了眨眼睛，那张面孔慢慢清晰起来。叶小天蹲下身子，歪着脑袋看着他，惊讶地道："哎呀，真的是你啊徐县丞！失敬、失敬！"

徐伯夷看清来人，不由惊喜地道："是你？官兵上山了吗？哈哈，罗巡检出动了官兵是不是？快！你快放我下来，快把这些凌辱本官的暴民统统抓起来……"

跟在叶小天身后的几个李家寨的壮汉正抱臂站着，听见徐伯夷这番话，脸色开始有些不善了。叶小天叹了口气，道："徐大人，你的脑袋莫非跟我的脚趾头一样，用来走路的吗？"

徐伯夷一呆，愣愣地问道："怎么？"

叶小天道："这个寨子有三千多人，调罗巡检的兵上山？你怎么想得出来。"

徐伯夷期期艾艾地道："没有官兵上山？那……那你怎么会出现在这里？"

叶小天叹了口气道："还不是因为你被抓了。做调停人做到你这个份儿上，徐大人你也算是前无古人了。"叶小天摇着头站起来，徐伯夷叫道："你先放我下来！你去哪里？"

叶小天道："这儿我说了可不算，徐大人少安毋躁，待我见过李寨主再说。"

李寨主在楼上盘膝危坐，左右坐着他的长子、次子和族中几位长老，见叶小天步入房中，李寨主把手一摆，冷冷地道："坐！"

叶小天笑了笑，在靠门的客座位置坐下，对李寨主道："李寨主，久仰大名，今日方得一见，幸会。"

李寨主好奇地打量着叶小天，他已经得到消息，就在刚才高家寨已经退兵了，想来能说服高家寨退兵的就是此人。倒是不可小觑了他。

高脚楼下，罗大亨踮着脚尖儿四下张望着，忽然肩膀被人拍了一下，耳边响起一个声音："别找了，我在这儿呢！"

罗大亨扭头见是李伯皓，不由喜道："哎呀，伯皓兄，我可找到你了。"

李伯皓不耐烦地道："你是为了车马行的事儿来的吧？我告诉你，他们高家寨太欺负人了，我们姓李的这一回算是跟他们耗上了，车马行那边我顾不上，你自己想办法吧。"

大亨道："我不是为了这事儿来的，你过来。"罗大亨把李伯皓拉到一边，压低声音，鬼鬼祟祟地道："高家寨退兵了，你知道吗？"

李伯皓傲然道："我当然知道！我们李家寨只是不想多伤人命，才没有跟他们决战，他们想打败我们李家寨，简直是痴心妄想！我早就知道他们会灰溜溜地滚回山上去。"

罗大亨啐道："你懂个屁！你以为他们为什么退兵？因为他们已经和官府达成了一个秘密协议。"

李伯皓一听这话，顿时神色一紧，忙道："他们和官府达成了什么协议？"

罗大亨道："你们是不是扣了本县县丞？"

李伯皓道："不错！明明是高家寨的人截断河水，我们李家寨才跟他们起了纠葛，那狗官却一味地偏袒他们，还想把我抓回去问罪，这样的狗官，打死都不为过。"

罗大亨冷笑道："高李两寨争水，这公说公有理、婆说婆有理的事，官府不管怎么管，都不可能一碗水端平？可你们扣了徐县丞，这下好了，你们不但和高家寨的人结了仇，官府也被你们得罪了。"

李伯皓冷笑道："我怕他不成！我们又没杀掉姓徐的，朝廷会对我李家寨兴师动众，就为帮他出口气？朝廷就不怕山中无数部落因此生出猜忌之心吗？"

罗大亨连连冷笑，李伯皓怒道："你笑什么？"

罗大亨道："你以为这是小事吗？朝廷命官你们想抓就抓，你置朝廷体面于地？"

李伯皓道："我贵州山中部落成千上万，他们要是敢动我……"

罗大亨打断他的话道："如果他们和高家寨联手呢？到时有高家寨安抚山中部落，再配合官兵，一个从山上往下打，一个从山下往上攻，你李家寨外无援兵、内无粮草，应付得了他们的两面夹攻？"

李伯皓脸色一变，罗大亨又道："官府的这个打算，我是从我大哥那儿打听到的，伯皓兄，你我既是同窗，又是共事伙伴，我不想你执迷不悟铸下大错。听说这消息后，就赶紧跟了来，对我大哥只说是愿意作为你们双方的同窗，协助官府调停纠纷，实则我都是为了你呀，要不然我为什么爬山越岭的这般辛苦。"

李伯皓犹疑地道："他们既然想勾结起来对付我李家寨，那你大哥还跑来见我爹干什么？"

罗大亨道："能不动兵当然还是不动兵的好！我大哥这就叫先礼后兵了，如果你们不识抬举，那花知县就只能上书朝廷请求发兵了。伯皓兄，高家寨截断河流，致使你李家寨无水可用，这本来是高家寨的不是，可你们这么做，有理也没成了没理，何苦来哉？"

李伯皓脸上阴晴不定地沉吟半响，问道："那你说，我该怎么办？"

罗大亨道："这条河先经过高家寨，他们占了地利之便，你们互相争斗，除了殴死人命泄愤之外，就真能抢得来水吗？依我之见，不如放了徐县丞，把这个难题推给官府去解决。

你们同样是大明子民，官府总不能眼睁睁看着你们渴死饿死吧？如果官府始终拿不出什么好办法，那时候你们即便有些过激的举动，不也有了正当理由吗，你们也要活下去呀！"

李伯皓沉思片刻，颔首道："不错！我马上把这件事告诉我爹！"

李伯皓匆匆跑向楼梯，到了楼梯口，忽又回过头来，向罗大亨重重一抱拳，感激地道："好兄弟！"

罗大亨一脸微笑，仿佛天官赐福一般，向李伯皓点了点头颤巍巍的肥下巴，用一种很感性的声音道："嗯！好兄弟！"

高脚楼上，叶小天正不卑不亢地同李寨主交涉着，关于供水问题，其实叶小天一时也拿不出一个双方都能接受的好办法，对此他便避而不谈，只谈释放徐县丞的问题，这一来，至少双方不会产生直接的冲突。

叶小天态度固然不卑不亢，其实措辞非常小心，绝不说一句会刺激到李寨主的话，叶小天晓以利害，侃侃而谈，对他所说种种，李寨主和族中几位长老不免有些意动。

其实他们也不想两面树敌，当时是被徐伯夷的态度给气得失去了理智，此时不免有些悔意，他们终究不愿与朝廷为敌，但就这么放徐伯夷离开，他们又有些不甘心。

这时李伯皓匆匆跑上楼，警惕地看了叶小天一眼，快步绕到他父亲身后，对他窃窃私语了一番，李寨主听了儿子的话不由悚然一惊，暗道："难怪高家寨肯退兵，原来官府和他们勾搭起来了。这群狗官！我若不放徐县丞，只怕就要两面受敌了。然则我若是放了徐县丞，官府如今正与高家寨眉来眼去，岂不更加偏袒他们了？"

叶小天看到李寨主的神色，心知大亨已经把话传到，顺势说道："关于水源一事，李寨主你尽可放心，不管是高家寨还是李家寨，都是我大明子民，作为葫县的地方官，我们不可能偏袒。

"李寨主，只要你马上释放徐县丞，接下来，我想请李家寨派个人作为你的代表与本官一同回城。咱们和高家寨派来的人咱们三方协商，拿出一个各方都能接受的好办法来。啊！本官与令公子伯皓相熟，不如就让他和我一起回去吧。"

李寨主的长子用不信任的目光盯着叶小天，冷冷地道："你花言巧语，是想扣押我五弟做人质吗？"

叶小天沉声道："本官代表的是堂堂正正的朝廷，不是绿林大盗。"

"嗯……"李寨主捋着胡须微微点点头，又把探询的目光投向诸位长老，见诸位长老也颔首示意，李寨主便对叶小天道："老夫答应你了，不过你要是敢骗我……"

叶小天松了口气，急忙接道："本官但有片字虚言，天打雷劈！"

时人信鬼神，亦重诺言，叶小天只说了这一句话，李寨主便不复多言。

叶小天笑容可掬地道："其实徐县丞也是一番好意，只是方法错了，致有这番误会，徐县丞懊悔得很呢。方才在楼下，徐县丞对我说，回去后他要在县衙前筑起高台，绝食祈雨，以示诚意！一日不下雨，他便绝食一天，令公子去了，正好为他做个见证！"

第四十一章

有话好好说

一

徐伯夷被吊上一段时间,就会被人放下来喘喘气,可是过上一段时间,又会再次被吊起来,如此反复,徐伯夷都已经有点习惯了。如果只是这么倒吊着,他都不觉得是多么可怕的一件事了,但是再加上那头可恶的大白鹅……

此刻,徐伯夷正圆睁双目,怒瞪着那头大白鹅,嘴巴抿得紧紧的,随时准备使出他此刻唯一能放的大招:吐唾沫。

而大白鹅则扬着它颀长的脖子,用它的绿豆眼高傲地藐视着徐伯夷,一人一鹅正在僵持,那头白鹅突然嘎嘎地叫了几声,一扭屁股,摇摇摆摆地走开了。

徐伯夷随即就发现身边出现了很多双脚,他努力地仰起头,想看清楚来人是谁,可是因为身边的两个人站得太近,结果谁都没看清,随即他就发觉被人提着他的腿,把他从钩子上放了下来。

徐伯夷双腿被绑在一起,直挺挺地站在地上,先让发胀的脑袋适应了一下,这才看到站在面前一脸笑模样的人正是叶小笑。叶小天道:"徐大人,李寨主宽宏大量,已经不计较你的冒犯了,咱们这就可以下山了。"

徐伯夷一听不由大喜过望,虽然他恨李寨主入骨,可是在人屋檐下,不能不做做姿态,只得拱起手来,假惺惺地道:"李寨主,过往一切,尽都过去了,你放心,徐某是不会放在心上的。"

李寨主傲然道:"你就是放在心上,老夫也不怕!姓徐的,你有一个好部下呀!如果不是他再三解劝,老夫又听说你已许诺,要在县衙门前筑坛祈天,绝食求雨,也算是有几分诚意,老夫是绝不会这么容易放你离开的。"

"绝食祈雨?"

徐伯夷暗自吃了一惊,急忙转脸看向叶小天,叶小天一脸黠笑地向他眨了眨眼,徐伯夷登时心中大恨:"这个混蛋又要搞什么鬼?"

李寨主见他对自己的话置之不理，脸色顿时沉了下来，不悦地道："姓徐的，你这是什么意思，莫非这只是你为了下山，有意诳骗老夫的话？"

　　徐伯夷赶紧道："老寨主，你误会了。君子一言，驷马难追，岂有出尔反尔的道理。何况徐某还是葫县县丞，当朝命官，许诺过的事更是绝不会毁诺背信的。"

　　李寨主听了，这才脸色稍霁，点点头道："好！那你们这就走吧！"

　　李寨主转向叶小天，道："叶典史，今日看你的面子，我把人还给你了。可这旱情未解，河水仍断，你们如果不能尽快拿出一个办法来，我李某人也是绝不会坐以待毙的。"

　　叶小天连忙又向李寨主保证一番，这才带着徐伯夷等人下山。山坡下，高家寨留了十多个人，抬着高涯正躲在密林中，见是叶小天等人独自下山，这才出来相见，两伙人合作一路返回葫县县城。

　　徐伯夷把他的头发胡乱扎起，折了一截木棍簪好，这才恶狠狠地对叶小天道："姓叶的，绝食祈雨是怎么回事，你是不是故意整我？"

　　叶小天一脸委屈地道："徐大人，你这么说话那可就太没有良心了。你可知下官费尽了多少唇舌？可李寨主他就是不肯高抬贵手哇。下官使尽浑身解数，好说歹说，这才说的李寨主回心转意。

　　下官还替你说好话，说你是心忧灾情，情切之下举止才有些失措，并非是有意偏袒高家，更对李家没有丝毫敌意。此番归去，你将设坛祈雨，以示诚意，这才说得李寨主点头，要不然你现在还在高脚楼下吊着呢。"

　　叶小天说完，回头道："李少寨主，周班头，你们两个当时都在场，你们说是不是这么一回事？"

　　周班头大声应道："不错，县丞大人切莫误会，叶典史所言半点不假！"

　　李伯皓也微微颔首，哂然道："若非如此，你以为你能安然归来？"

　　徐伯夷冷哼一声扭过了头去，忽然觉得有种不对劲儿的感觉，他又急急扭过头，向随在叶小天身后的那些捕快们仔细一看，不由诧然道："他们……他们这些人……叶小天，我葫县无人了吗？你怎么连仓大使都带来了？"

　　叶小天笑吟吟地道："哦，下官刚刚把大人你救出来，有些事还未及禀报。好教大人知道，知县大老爷觉得县丞大人你调整三班六房的举措不甚稳妥，已经把所有人都调整回来了。"

　　徐伯夷脑袋里轰的一下，看着叶小天那张可恶的笑脸，他的心就像是被人丢进了一口沸腾的油锅，煎得外焦里嫩，那叫一个难受。

　　他下达的命令，仅仅数日工夫，就被人全盘否定了。不要说他是叶小天的顶头上司，就算他是叶小天的直接下属，他对职权范围内的事务做了一番调整，命令已经下达，旋即就被上司全部否决，他的脸也要被打成猪头了。

此刻，他该已成了葫县官场上最大的笑柄了吧？下命令的人当然是花知县，可他清楚，真正促成此事的一定是叶小天，而且很可能就是以他被李家寨扣住这件事做筹码，逼得花晴风做出的决定。

"花晴风，真是狗肉上不了台面，烂泥糊不上墙！我怎么会选择这么一个扶不起的阿斗！早知如此，我该选择王主簿作为盟友才是啊！"

徐伯夷陷入了深深的懊悔之中，但他只是懊悔他错信了花晴风，懊悔他一时不慎，给叶小天提供了反扑的机会，却绝不会反思他当初之所以选择了花晴风，正是因为他看中了花晴风的无能，他相信以他的手段足以钳制叶小天。他想借花晴风的"名"，出他的"师"，干掉叶小天后，再顺势控制花晴风。

如今聪明反被聪明误，他该如何是好？彷徨中的徐伯夷忽然觉得这种感觉异常熟悉。是！当初他被叶小天掌掴，他被从叶小天那里获悉真相的展凝儿痛殴，沦为葫县人茶余饭后的笑资时，就曾有过同样的感觉。

徐伯夷怒视着叶小天，如果他的目光是剑，叶小天早已在他的目光下千疮百孔了。徐伯夷咬着牙，一字一句地道："叶小天，这件事我跟你没完！你欠我的，总有一天，我会叫你千百倍的偿还！"

叶小天莞尔一笑，扬声喊道："大亨啊！"

罗大亨屁颠屁颠地跑到他身边，把书包潇洒地往身后一甩，问道："大哥，什么事啊？"

叶小天道："葫县大旱，百姓们生计无着啊。徐县丞看在眼里，急在心里，如今决心在县衙前面筑坛祈雨，我看这祭坛，就麻烦你们'罗高李'车马行给造一个怎么样！"

徐伯夷气得七窍生烟，却听罗大亨压低嗓门对叶小天道："大哥，你有所不知，我们车马行正赔钱呢，我现在恨不得一个子儿掰成两半花，盖祭坛又没什么好处，没好处的事儿谁干哪。"

叶小天道："哎，盖简单点嘛，找点木头钉吧钉吧，这台子不就立起来了吗，花不了几个钱。这样吧，你可以在台子四面都写上你们'罗高李车马行'的名字，还可以打起旗子来，算是为你们车马行扬扬名。"

罗大亨一听，眉开眼笑地道："你要这么说……成！这祭台我包了，你放心，我回去马上就办，今天一定能搭好！"

· ※ · ※ · ※ ·

八千生苗在一处大峡谷处停下来，大峡谷中有一条大河，河水奔腾，河道不到百步便是一个极大的落差，形成一道道连绵起伏的瀑布，河水冲击的咆哮声激烈回荡，声势骇人。

　　生苗战士们停下来饮水生火，开始做饭。他们从寨子里带出来的粮食已经吃光了，但这可难不倒他们，他们这些世代生长在深山老林中的人，最擅长的本领就是寻找食物。

　　植物的叶子、树皮、埋在地下的块茎，青青翠翠的野草，五颜六色的鲜花，很多华云飞既不认识也不知道能吃的东西都被他们搜罗了来。天上飞的、地上跑的各种飞禽走兽，更是不在话下，他们甚至找来一些奇模怪样的虫子……

　　这条大河水流湍急，既不适合行船也不适合捕捞，可就是在这样的河流中，他们甚至徒手或用投枪便捕捉到许多肥美的大鱼，说到求生本领，真是没有人比他们更高明了。

　　太阳妹妹蹲在河边洗了把脸，仰起脸来对站立一旁的华云飞道："你不是说葫县正在大旱吗，这么多水，你还说旱？"

　　太阳妹妹这一仰脸儿，白净净的脸庞上还带着水珠，被阳光一照，晶莹剔透，有种惊艳的美丽。华云飞却丝毫没给这个小美人面子，他白了太阳妹妹一眼，道："如果这里有水便葫县全境不旱，那古往今来，人们还修什么渠，开什么河，兴的什么水利？"

　　太阳妹妹眨眨眼道："什么意思？"

　　华云飞慢条斯理地道："这峡谷两岸怪石嶙峋，这水则沿着两山之间的这道峡谷流入葫县再流出葫县，这儿的水的确是用之不竭，可你是打算一篓篓地把水送出去呢，还是打算把这石头山给凿穿？"

　　太阳妹妹点点头，笑吟吟地道："喔……你这么一说，我就明白了。"

　　华云飞微微皱眉，背负双手，仰起脸来望向对面山峰。就在这时，太阳妹妹突然伸手一抄，扣住华云飞的膝弯，不等他反应过来，便用力一拉，华云飞哎呀一声就跌进了河水。

　　幸好河岸边的水不算太深，华云飞又通水性，只是等他狼狈地从水里爬出来时，全身都已湿透了，衣服湿了还不打紧，可他的弓还背在身上，弓箭最怕遇水，华云飞懊恼地道："你这疯丫头，又发什么疯了？"

　　太阳妹妹把娇俏的下巴一扬，冷笑道："我知道你瞧不起我是山里姑娘，说话阴阳怪气的，以为我听不出来吗？你活该！"太阳妹妹把双手一背，学着华云飞的模样，两眼望天地走开了，走得那叫一个摇曳生姿。

　　华云飞跺跺脚，急忙摘下弓，脱下外袍拧干河水，一边用拧干的袍子心疼地擦拭着他的猎弓，一边嘟囔道："难怪孔老夫子说，唯小人与女子难养也。真是难养也……"

第四十二章

兵临城下

一

叶小天一行人回到县衙,花晴风见他果然把徐县丞救了回来,不由大喜过望,先是假惺惺地夸勉了叶小天几句,又对徐伯夷好言安抚一番,便命人带他下去沐浴更衣。

徐伯夷换好衣袍回到二堂,马上请花知县屏退左右,说是有要事商量。众人刚一离开,徐伯夷便怒气冲冲地对花晴风道:"县尊大人,你我当日是如何计议的?怎么这才几天工夫,你就改变了主意,把叶小天的那些死党心腹又调了回来?"

花知县见他语气不逊,心中不悦,暗想:"如果不是因为你无能,我会答应他的条件吗?"

花知县拂然道:"徐县丞,这能怪得了本县吗?如果不是你主动请缨,前往山中调停,却被那些山野蛮夷们扣住,本县又岂会接受他叶小天的城下之盟?"

徐伯夷道:"大人!你是一县父母,百里至尊啊,你让他上山,他敢不去?只要他去了,为了不铩羽而归,抑或是不被李家寨的人拿住,他会不竭尽全力?"

花知县微微冷笑道:"徐县丞,看来你对叶小天此人了解得还是不够啊!如果本县不满足他的条件,他还真就敢抗命不去!此人蒸不熟、煮不透、切不开、嚼不烂,实实在在的一块滚刀肉,是官场的一个异类啊。"

徐伯夷不免语塞,仔细想想,花知县所言还真是半点不假。徐伯夷泄气地在椅子上坐下来,道:"县尊大人,下官刚刚才做出的调整,两天工夫又调整回来,这……下官已经回来,不如由下官出面再做调整,如何?"

花晴风吓了一跳,连紧阻止道:"万万不可,这叶小天是属驴的,一旦发起疯来,本县也不知道他会干出些什么事儿来。再者说,取消调整是本县刚刚下达的命令,如此朝令夕改,何以服众?"

徐伯夷气恼地道:"大人要服众,那下官呢?"

花晴风微笑道："幸亏有你啊！徐大人，这个时候，你一定要忍辱负重、庄敬自强！为官者，坚忍为上，该忍的时候你一定要忍，你看那勾践，卧薪尝胆……"

徐伯夷不耐烦地道："下官赴任之前，曾听人言，为官者只有两条路，要么被人踩，要么去踩人，大人这坚忍的说法，下官倒还是头一回听说。"

花晴风脾气好，循循善诱道："可是在你没有能力踩人，只能被人踩的情况下，你该怎么做呢？"

徐伯夷："嗯？"

花晴风道："这时候，你是愤愤不平地被踩，还是心甘情愿地被踩，抑或是假装心甘情愿地被人踩？"

徐伯夷啼笑皆非，这个混蛋，想让我跟他一样，做缩头乌龟吗？花晴风正向徐伯夷兜售他的为官之道——神龟坚忍大法，突然有个衙役不等通报，便急匆匆地跑了进来。

这人见了花晴风也顾不上行礼，便上气不接下气地喊道："大……大大大大……大人，大事不好啦！有数千番人气势汹汹地杀奔葫县而来，城……城守官已然弃门而逃……"

徐伯夷噌地一下站了起来，大惊失色道："是高家寨还是李家寨的人？"

那衙役面如土色地道："小人也不晓得，总之……总之有好多人，好多好多人，至少有上万人……"

花晴风大骇，顿足道："这个叶小天究竟是怎么跟他们交涉的，这些化外蛮夷定然是暴动了，快！我们快走！马上逃往湖广！来人啊，快来人啊，快去告诉夫人收拾细软……"

叶小天笑吟吟地迈步进了二堂，拱手道："啊，县尊大人，县丞大人……"

县尊和县丞两位大人争相跃到他的面前，一人一只抓住了他的臂膀，花晴风气极败坏地道："你这个混账，究竟是怎么和高李两寨交涉的，为什么他们要发兵攻打县城？"

徐伯夷道："叶小天，你不要走！你闯下榻天大祸了，这一次你无论如何也脱不了干系。你跟我们去贵阳，我要上书朝廷参你，不杀你不足以平民愤……"

叶小天眨了眨眼睛，奇怪地道："两位大人，你们没吃错药吧？高李两寨的少寨主还在前边坐着喝茶呢，哪儿来的暴民攻打县城？"

花晴风怒不可遏地道："你还要狡辩？这一番任你舌灿莲花，也休想本县上当了。那些暴民已经兵临城下，马上就要进城了，你还说无事？"

叶小天恍然道："哦！原来是这件事。大人你误会了，那些人不是来攻打县城的。"

花晴风听了又惊又喜，忙道："你确定？那他们是来干什么的？"

叶小天悠然道："那是下官雇来盖房子的民工。"

花晴风和徐伯夷相顾茫然，喃喃自语："盖房子的？"

·※·※·※·

城头上，花晴风和徐伯夷战战兢兢地探出头去，就见城下黑压压一大群人。城门洞开，城门官早就逃走了，此刻大概正背着他的老娘，挎着他的婆娘，领着他的儿子，走在逃亡铜仁的山路上。

其实也怪不得那城守官果断逃跑，这座小城根本就谈不上守御，他平时把守城门，只是维持一下秩序，收入城税什么的。

这小城的城墙高不足两丈，拿根竿子一撑就能上去，那城门也是极单薄的一层木板，一撞就开，而且城里根本没有守军，就算把罗巡检的兵全拉来，对付得了成千上万的敌人？他不逃更待何时！

城下，太阳妹妹纤腰挺拔，尽力展示出她最青春娇美的一面，大声喝令族人们肃静。

她知道尊者就在城头，心慌慌的不敢回头，因为不敢回头，便总觉得尊者正在看着她，所以浑身不自在。她想把自己最美丽、最精神的一面展示给尊者，又不知道自己的表现是否妥当，难免就有些失措。

其实根本不用她号令，那些族人全都规规矩矩的，虽然他们散乱地站着，不像军伍一般队列整齐，但是俱都鸦雀无声，能让他们如此规矩，自然是因为他们也清楚，他们至高无上的尊者就在城头，只是他们之中大多数人甚至不认识尊者的模样。

叶小天站在城头，指着城中那座山峰，正在手舞足蹈地比画："喏！就是那儿，卑职已经选定，就在那片山坡上盖房子，那片山坡本是无主之地，可以省下买地的开销，地方离县衙又近，下官每日上衙方便……"

花晴风听他啰里啰唆地说了半天建设规划，不耐烦地道："那你也用不着这么多人吧？他们都是你从哪儿雇来的，我看他们服色相貌，都很凶悍的样子，恐怕不是善类。"

叶小天往城下瞅了瞅，道："他们都是山里的生苗，貌相凶恶了些，其实性情淳朴得很。至于人数……下官原也没想招这么多，有个几百人就够了，想必是他们得知下官给的价钱公道，所以一下子都来了。不过也没关系，雇一百个人耗时一年和雇一万个人耗时一个月，其实花的钱都差不多。"

徐伯夷听说不是山民暴动，心思已定，沉着脸道："叶典史，如今葫县大旱，粮价大涨，你一下子雇来这么多人，岂不令本县粮食供应更加紧张？况且，这么多人进城，难免会造成许多混乱，我看你还是把他们打发回去的好。"

叶小天摊手道："徐县丞，你说得轻巧，请神容易送神难哪。徐县丞如果有办法，就请你帮忙把他们打发回去吧，叶某人可没有这个本事。"

徐伯夷刚刚在李家寨吃了大亏，现在脑门还是青的，如今这批人是深山里的生苗，比李家寨的人更加野蛮，他如何敢出面说话，打发这些人滚蛋？断人财路如杀人父母，这些人可是来赚钱的啊。

花晴风蹙着眉头，干巴巴地道："叶典史，你这是要盖多大的宅院啊？这得花不少钱吧？你才刚刚入仕，有那么多的钱？"

叶小天微现忸怩之态，道："不瞒县尊大人，叶某是穷光蛋一个，钱是没有的。不过红枫湖夏家有啊，嘿嘿，想必县尊大人也听说过我和红枫湖夏家的关系。"

徐伯夷睨着他，冷冷一笑，哂然道："吃软饭吃得如此不知廉耻，确也少见。"

叶小天叹了口气，道："我也不想要啊，可人家哭着喊着要送钱给我。我想了想，有人千方百计地想去巴结人家大户小姐，可惜就是巴结不上。我也就别拿腔作势了，所以只好笑纳。"

徐伯夷听了不觉气结。

花晴风一旁暗想："他要盖房子，用得着这么大动干戈？恐怕这些生苗和红枫湖夏家是有些瓜葛的，他是利用丈人的关系才找来这么多人帮忙。既然是他找来的人，这些人一旦在葫县惹出事端，他就脱不了干系，所以他一定会对这些人严加看管，既然如此，我何必出面做这个恶人。他和红枫湖夏家渊源如此之深，而且如此不避嫌疑，一旦被朝廷诸公知道，还能容得下他，哼哼！"

花晴风暗暗冷笑一声，对叶小天道："这既是你个人的私事，本官也不便管你。只是这些工匠都是你雇来的，你一定要严加约束，如果他们惹出什么事端来，本县唯你是问。"

叶小天道："自当如此！"

花晴风冷哼一声，拂袖而去。徐伯夷恨恨地瞪了叶小天一眼，紧跟着花晴风离开了。叶小天望着二人的背影淡淡一笑，便把目光徐徐投向远方，投向贵阳方向。

叶小天望着湛蓝天空中悠悠往去的白云，在心底里深深地发出一声思念的呼喊："莹莹，你现在……还好吗？"

第四十三章

追着打脸

一

红枫湖，湖心岛上。

美丽的小岛，仿佛一片枫叶的形状，周围是碧波万顷。

湖心岛上有一个巨大的洞窟，洞中有洞中湖，湖水清澈，但深不见底，因为洞中的湖水过于寒冷，也从没人去探究过这石窟中的湖水究竟从何而来又有多深，不过估计是有地下暗河与外边的湖水相通的。

洞中有五颜六色的钟乳石，有的洁白如玉，有的金碧辉煌，千姿百态，宛如一座珠玉满堂的地下宫殿。此刻，就在这静澈不知其深的窟中湖水、钟乳石旁，几个男人正围着一个娇美的少女，七嘴八舌地劝说着。

这个少女正是夏莹莹，而那几个男人则是她的亲生兄长。

"小妹，大家都是为了你好。你年幼无知，被他甜言蜜语一番哄骗……"

夏莹莹用两根手指塞着耳朵，娇躯轻轻扭着："不听不听，王八念经。"

"小妹，后天是老祖宗大寿，老祖宗最疼你了，你不参加怎么成，你看……"

夏莹莹继续用两根手指塞着耳朵，扭着小身子："不看不看，王八下蛋！"

"呃……咳！"

洞口忽然响起一声清咳，咳声很威严，在石窟中微微荡起几圈回声，夏家几兄弟一回头，见一个侍女扶着一位满头白发的老妇人正站在洞口，忙纷纷迎上前去，恭谨地道："老祖宗，您怎么来了。"

达娃摆了摆手，道："你们都出去！"夏家几兄弟不敢违拗，连忙退了出去，达娃让那侍女也退出去，拄着拐杖，一步步走到夏莹莹身边，夏莹莹低下头，轻声道："老祖宗。"

达娃扶着拐杖站定，笑眯眯地道："怎么，老身要过大寿，你这丫头都不肯来啊，生老奶奶的气？"

夏莹莹委屈地道:"老祖宗,莹莹哪敢生您老人家的气,我说归说,等您老人家大寿的时候,我肯定会去的嘛。"

达娃笑起来,在莹莹的额头轻轻点了一指,嗔道:"你这丫头啊,刀子嘴,豆腐心。这样子可不行啊,以后你嫁了人,这么个性子,还不得被男人给欺负得死死的?"

夏莹莹嘟起了嘴巴,扭身道:"人家这一辈子都不嫁人了,谁还能欺负我呀?"

达娃道:"因为那个叫叶小天的人吗?"

夏莹莹负气不语,达娃道:"丫头,老奶奶最疼你了,你说,老奶奶会害你吗?那个蛊教,老奶奶听说过,很是有些稀奇古怪的规矩,二十年尘缘,你知道这意味着什么吗?"

见夏莹莹不语,达娃轻轻叹了口气,又道:"老奶奶和你曾祖父厮守了一辈子,他离开后还是总感到孤单。老奶奶马上就一百岁了,如果你活到老奶奶这个年纪,大半生岁月孤零零一个人,那种滋味该多么难受?"

夏莹莹道:"老祖宗,我不在乎!我只要和他在一起,我……"

达娃重重地一顿拐杖,道:"你不在乎,我在乎!"

夏莹莹顿足道:"老祖宗,想当初你为了曾祖父,从雪山高原上……"

达娃把手搭在夏莹莹的削肩上,柔声道:"莹莹啊,你是我的后代,是我的骨肉啊,我不疼你谁疼你?你的爷爷奶奶、父亲母亲,和我都是一样的想法,老奶奶宁可你现在恨我,也不想你将来后悔!"

夏莹莹道:"我自己做事自己负责!我不后悔!再说,小天哥说过,他一定会想办法破除这个规矩!"

达娃加重语气道:"那就等他解除了这个规矩再说!"

夏莹莹道:"老祖宗!"

达娃转身向洞口走去,缓缓说道:"别使小性儿,回去收拾一下,准备给老奶奶过大寿,要挑份老奶奶喜欢的寿礼明白吗?"

夏莹莹气道:"老祖宗!"

达娃道:"可不许跟老奶奶耍花样,你说不答应你们在一起,你就永远待在这里谁也不见,你以为我不知道你偷偷溜去南湖北湖玩?还有啊,你那绝食的小把戏……你可别吃得太胖了,到时想嫁都嫁不出去了……"

达娃老奶奶一边说,一边摇头叹气。夏莹莹站在那儿,脸蛋红成了一块大红布……

·※·※·※·

"绝食？"

徐伯夷跟着花晴风往回走，一边走一边同仇敌忾地骂着叶小天，还没走到县衙门口，他就被迎面赶来的罗大亨给拦住了。罗大胖子搓着一双胖手，兴高采烈地向他表功："是啊！祭台已经搭好了，徐大人你快去绝食吧，乡亲们都已迫不及待了！"

徐伯夷一听，脸当时就黑了。

李伯皓一看这小子说话太不着调，赶紧把他拉开，上前说道："徐县丞，祈雨台已经搭好，葫县大旱，百姓们久盼甘霖，如今听说徐县丞您要高台祭天，绝食祈雨，都深为感动啊，他们如今都到县衙门前为你助威去了。"

高涯叫人抬着也凑过来道："徐县丞，众望所归，您快请吧。"

高李两寨的人并不知道高台祈雨是叶小天的主意，但是尽管他们误以为这是徐伯夷的承诺，却也知道徐伯夷不会关心小民的死活，他提出这个主意只是为了能尽快释放。

高李两寨的人对徐伯夷都深为不满，认为他在偏袒对方，释放他本就是不想过度刺激官府，并非心甘情愿，如今有了这个借口，还能不好好整治他一番吗？

徐伯夷脸色极其难看地转向花晴风："县尊大人……"

花晴风一把握住了他的手，殷殷然道："衙内公务，自有本县与一众同僚代劳，伯夷勿虑，你放心去吧。"

徐伯夷是希望他为自己说句话，只要花晴风说一句："徐县丞公务繁忙，不宜绝食祈雨，不如本县延请几位大德高僧、有道方士前来作法。"他就好顺势下台了。

谁知花晴风却是每逢大事必缩头，根本就没想过如何替他解围，本着死道友莫死贫道的江湖规则，花晴风撂下一句场面话，便溜之大吉。

"县尊大人……"

徐伯夷望着花晴风匆匆离去的背影欲哭无泪。万般无奈之下，徐伯夷被罗大亨、李伯皓、高涯等人簇拥着来到了县衙门前。花晴风正在衙前瞻仰那座祭台，一见徐伯夷到了，赶紧佯装没看见他，举步进了县衙。

徐伯夷恨恨地瞪了花晴风的背影一眼，往那高台处一看，就见县衙对面倚墙搭起一座高台，全是以粗大木料搭成，台子四周还有挡板，挡板上写着许多大字：

"南来北往贩东西，最好还是罗李高！"

"诚信、快捷、安全，真诚期待与您的合作！"

"承揽一切整车零担业务，罗李高车马行，您最信赖的朋友！"

"全程呵护、放心托付！"

"罗李高车马行，您无悔的选择！"

台上还插着各色彩旗，台前还有一支锣鼓锁哪队在吹吹打打，许多百姓围在四周兴高采烈，一见这般情形，徐伯夷鼻子都快气歪了。

徐伯夷迷迷糊糊地就被拉上了台，等他在台上坐下，这才发现头顶还给他搭了一个遮阳棚，面前还有一瓮清水，想得挺周到。徐伯夷一扭头，又发现身后居然还单独辟出了一个小空间，帘子没拉上，里边赫然摆了个马桶。

徐伯夷一看，心中暗道："连方便都不让我下台，这是想把我活活饿死在台上吗！"

· ※ · ※ · ※ ·

花晴风漫步走向后宅，渐渐生起一些悔意："我和叶小天做对，究竟是对还是不对呢？这个人实在是太难缠了，徐伯夷只是对他稍露敌意，就被他坑得死去活来，如果我当初选择与他合作……"

"不成！此人诡计多端，行事不寻常法，如果我不及早对付他，总有一天他会变成第二个孟州市丞，把我变成他手中的一个傀儡。他一个小小典史，我花晴风两榜进士、七品正印，还对付不了他这样一个未入流的小官？"

花晴风心中天人交战，时而服软求和的想法占了上风，时而继续作对的意念占了上风，待他走到第三进院落花厅前的小花园时，正好看见苏雅在花丛前站着，似乎在赏花。

花晴风不觉放慢了脚步，微笑着走上前道："夫人，在赏花啊。"

苏雅一见是花晴风，神色立即冷淡下来，淡淡地道："老爷回来了。"

两夫妻近来一直在冷战。花晴风屡次三番主动搭讪寻求和解，但苏雅却使起了小性，两人之间的关系虽比前两天缓和了些，却还没有恢复到以前的那种亲密。

花晴风赔笑道："是啊，今日前衙不忙，枯坐无聊，就回来了。哦，对了！我已把循天调回快班做捕头了，他跟你说过这件事吗？"

苏雅淡淡地道："衙门里的事是老爷的公事，妾身一个妇道人家，只要打理好后宅就可以了，老爷何必与妾身说呢。循天该怎么安排就怎么安排，妾身可不敢要老爷徇私枉法。"

"夫人，这话怎么说的……"

"老爷，妾身要去沐浴了，请让让！"

"夫人，花开正艳，不如你我一同欣赏一下。"

"老爷喜欢，就独自欣赏吧，妾身也觉得……这花开得异常别致呢！"

苏雅冷着脸从花晴风面前走过,花晴风暗自懊恼:"我在衙中受那叶小天的腌臜气,回了后宅也是夫纲不振,真是岂有此理!咦?"花晴风无意间一抬头,终于明白了夫人方才究竟在看什么。

他看见了一座山,那座矮山本没有什么风景,它就摆在城里,大家早已司空见惯,是以连游人也没有,平时看见除了那座孤零零的破土地庙再也没有什么,可今天,那山上却是满坑满谷的都是人!

挖掘的挖掘,平整的平整,拖运大木的、撬压石头的、拆土地庙的……

花晴风先是有些愕然,随即才明白这就是叶小天雇来的那八千民工。方才在城头听叶小天大谈规划时,花晴风不耐烦得很,并未仔细听,而且站在城头看着,因为角度不同,他也没想太多。

此时站在这里,看着这么多人在山上平整土地,挖掘地基,花晴风突然回过味儿来:"这座宅院一旦建成,那么拉风那么显眼地杵在那儿,堂而皇之地压在我的住宅上面,这可是天天、时时打我的脸啊!徐伯夷被拉到衙前示众打脸去了,本县躲到后宅,你还不肯放过吗?"

第四十四章

清泉石上流

一

烈日炎炎，徐伯夷坐在高台上，觉得自己就像一只被剥了皮挂起来示众的野狗，心中倍感屈辱。

这条大街连着十字大街，正是葫县最繁华的所在，来来往往的行人很多，每个经过高台的人都会对台上的他指指点点，时不时还会点评一下"罗李高"车马行那另类的广告语。

高台四周就像安了栅栏，他坐在笼子里，虽然这笼子是无形的，他却无法走出去。烈日当空，头上虽有遮阳棚却也不甚好受，面前那坛清水他已经喝了两碗，结果解了渴，饥火也升起来。

徐伯夷走到旁边的马桶间，拉上帘子方便了一下，重新回到前边，往蒲团上狠狠地一坐，咬牙切齿地发誓："君子报仇，十年不晚，这笔账，我早晚跟你连本带息算清楚！"

县衙后宅里，花晴风研好了墨，铺开一张宣纸，把窗子一推，想照着后窗外的池中风景画一幅《风荷图》。他一开窗子，恰看见山坡上两排光着脊梁的大汉，用粗木担着一块四四方方的巨石，正在"嘿哟、嘿哟"地夯着地。

花晴风顿时兴致全无，把笔往笔山上一搁，拂袖而去。花晴风怏怏地走到葡萄架下，往藤椅上一倒，在藤椅"咿咿呀呀"的抗议声中，扬声喝道："侍琴，沏壶'玉叶长春'来！"

远远的，小丫鬟侍琴答应了一声。

花晴风摇着躺椅，忽然从那葡萄架的缝隙间看见山坡上一群人正像纤夫似的拉扯着一根根绳子，在他们齐声合力的哪喊声中，"轰隆"一声，那座破败的土地庙垮塌了，山上立即传出了一阵欢呼的声浪……

小丫鬟侍琴知道老爷今天心情莫名地不好，赶紧沏好一壶茶，端着茶盘赶到葡萄架下，却愕然发现葡萄架下只有一张犹自摇晃不已的藤椅，县太爷已不知去向……

叶小天实际上并不像花晴风和徐伯夷所想象的那么逍遥自在，更没有得意扬扬。天气依然干旱，高李两寨的争端依旧没有平息，这些都需要他去解决。

不错，他只是一个典史，一个不入流的小官，这些本不需要他来承担，但这就是他打脸的代价，徐县丞是他的顶头上司，花知县是他顶头上司的上司，凭什么被他扇得脸都肿了却无法反抗，这就是代价。

花晴风和徐伯夷固然是中了他的算计，可最主要的原因却是他们扛不起这副担子，没勇气扛这副担子，便只能伸长脖子，任由叶小天打脸。

叶小天如果不能解决这件事，那就是他们伸出尖牙利爪反扑的时候了，那时他们将不是把脸打回来，而是把叶小天啃得渣都不剩。叶小天当然不想出现这样的一幕，可是天不下雨，他能有什么办法？

山坡上，生苗勇士们干得热火朝天，他们没有工钱可拿，可这是给尊者盖宅子，是在积功德，一想到这一点，他们就感到无比荣耀，唯恐自己出的力气不够大、流的汗水不够多。

不管设计房屋和庭院的匠师们做出怎样的安排，他们都二话不说，马上全力以赴。仅仅半天工夫，八千生苗就已经把这座山来了个彻底大变样，到底是人多力量大。

叶小天蹲在已经被夷为平地的土地庙前面，看着面前那条潺潺流过的小溪，这座山上有个泉眼，这条小溪就是泉眼涌出的水，是以尚未干涸。

叶小天蹙着眉头仔细思索着应付这场旱灾的办法，想出一个个办法，又一次次否决。高李两家的那些梯田，主要还是靠天降雨，这"望天田"自古如此，实难想出别的办法。

高李两寨旁边那条河的水源平时只是作为雨水灌溉的补充，现在也只能浇灌低矮处的梯田，高处的田地只能任由庄稼枯死，即便是这种情况下，两个山寨还因为争水发生械斗，实因如果没有这条河，他们将颗粒无收。

水源，叶小天是没有办法解决的难题，那么剩下的就只能是希望高李两寨深明大义，在这场严重的旱灾中同舟共济，合理分配水源，避免在天灾之下再增人祸了。

然而要做到这一点比天下下雨似乎还难一些。这条河的水此时供给一个寨子尚嫌不足，两个寨子平分，每个寨子都是杯水车薪，你凭什么让他们有那么高的觉悟？

花知县口口声声说什么化外野蛮，即便不是化外野蛮又怎样？叶小天虽然从小在京城里长大，可是争水械斗的事他早就听说过。每逢大旱之年，那些憨厚老实的纯朴农民，就会为了一条河、一眼井，红了眼地跟人拼命，土地就是他们的命根子，这个时候让他们牺牲自己成全别人？他们不是圣人！

左也不行，右也不行，叶小天不禁愁眉紧锁，就在这时，他身后突然一阵喧哗，叶小天扭头望去，就见许多生苗汉子急急向土地庙的方向跑过去，叶小天不由精神一振："莫非挖到什么宝贝了？"

一时间叶小天兴致勃勃，倒把旱灾的烦恼暂时抛到了脑后。那些生苗汉子可不知道蹲在溪水旁若有所思的这个年轻人就是他们万分崇敬的尊者，是以也没人给他让路。

叶小天从这些一身臭汗的汉子中间硬挤过去，还没挤到中间，就听有人哈哈大笑起来："好甜啊！真是太凉快了！"

叶小天听了更是心痒难搔，不明白究竟发现了什么，待他拼命挤进人群，这才发现地上有一眼喷泉正向空中喷吐着泉水，那泉水如一根笔直的柱子，随着地底压力的不同，水柱时高时低，几个光着脊梁的大汉有的任那泉水冲洗着自己的身子，有的直接张开嘴巴接着泉水，正开心大笑。

叶小天一见不由有些泄气，他看到不远处戴着竹笠的华云飞和毛问智也在观看，便向他们挤过去，刚挤到他们身边，那泉水忽然停了，众人不由大感奇怪。众人又等了片刻，还不见那泉水再涌出来，便无趣地纷纷散去。

毛问智对叶小天道："可惜了啊大哥，这泉水咋就停了呢，这要是一直喷该多好，大哥庭院里就能多一道风景了，你想啊，有一道喷泉在这儿，有多漂亮。"

华云飞也笑道："是有些可惜了。刚刚我尝了一下，这泉水还真挺甜的，比我来时路上喝的那条深山大河里的水要甜好多。"

叶小天道："我这院子里倒不缺一道泉水，现在令人烦恼的是高李两寨缺水啊。你遇到的那条大河，两岸附近的居民应该不会缺水吧？"

华云飞笑道："那条大河就在青云谷后面，翻过两个山头就是，那片地方怪石嶙峋，草木稀疏，不适合建宅定居的。"

叶小天听了摇头叹息道："有水的地方不适合住人，适合住人的地方又缺水，这老天还真是作弄人。嗯？你说那条大河在哪？青云谷再翻过两座山？"

华云飞道："是啊！怎么了？"

叶小天刚要说话，就听身后一声尖叫，叶小天急忙回头一看，就见太阳妹妹捂着脸左闪右闪的，浑身湿漉漉的。原来地上那眼喷泉又涌出了水，太阳妹妹正从那眼泉水上跨过来，结果……湿身了。

叶小天忍俊不禁地走过去，从腰间抽出一条汗巾递过去，太阳妹妹也没看清是谁，胡乱接过擦了把脸，这才看清笑吟吟地站在身旁的人是叶小天，不由俏脸一红，有些腼腆地道："干……干爹。"

"嗯！"

太阳妹妹原本岁数就不大,且又生得娇小玲珑,为了在工地干活方便,她换穿了一身男人衣裳,就显得年岁更小了,叶小天被她一叫,觉得很有必要表现一下父亲的慈祥,于是摸了摸她的头,向她颔首一笑,便从她身边走过去,研究起那道喷泉来。

太阳妹妹有些不开心地噘起了嘴巴,小声嘟囔道:"比人家大很多吗,人家叫你就答应,答应的还挺干脆。"

太阳妹妹正发着牢骚,一转眼看见华云飞正瞅着她笑,马上双手叉腰,瞪圆漂亮的大眼睛,凶巴巴地质问道:"你看什么看!"

华云飞笑吟吟地扭过头去,太阳妹妹还想发作,忽然意识到叶小天就在身边,忙又收敛了姿态。

毛问智是一朝被蛇咬,十年怕井绳,一见太阳妹妹发威就心里发毛,忙小声提醒华云飞道:"云飞兄弟,这个丫头你可不能招惹啊,她养的虫子厉害着呢!她……"

毛问智正说着,忽然看见太阳妹妹瞥着眼睛,似笑非笑地瞟着他,不由心中一凛,登时闭紧嘴巴,一个屁也不敢放了。

叶小天蹲在那眼喷泉前,试了试喷出的泉水,力道还挺足,叶小天不觉有些奇怪:"这么强的劲道,刚才怎么就停了呢?"他刚想到这儿,那道泉水突然又收住了。

叶小天恍然大悟,原来这眼泉竟是一眼间歇泉。围拢过来的毛问智、华云飞、太阳妹妹听了叶小天的解说,不由啧啧称奇。毛问智忽然兴致勃勃地道:"大哥,过道就修在这眼泉水上吧,这要过来个不知道的,突然被泉水一喷,那就好玩了。"

叶小天不觉失笑,转念想想,确实很有意思,便道:"成,你去跟匠人师傅说说。"

毛问智立即兴冲冲地找匠师去了,叶小天看着那泉眼叹道:"天上的雨不下来,要是这地下的水能上去也好啊,这问题不就解决了吗?"一言既出,叶小天突然心中一动,隐隐捕捉到了一个念头。

第四十五章

悲伤的徐县丞

一

叶小天蹲在那儿，好奇地等待着，等到那眼间歇泉再度喷发出来，洁白的水柱冲向空中的时候，忽然扭过头，兴致勃勃地对华云飞道："云飞，你说，这水究竟能不能往高处流？"

华云飞还没说话，毛问智就咧开大嘴傻笑起来："哈哈哈，大哥，你尽瞎掰扯，人往高处走，水往低处流，这都老话了！连俺这没读过书的人都知道，你想让水往高处流，除非把张飞张翼德给请来。"

叶小天正沉浸在自己的思绪中，一时没听懂他的笑话，奇怪地问道："为什么要请张飞？"

毛问智道："呀！这你都不知道啊？当阳桥前一声吼，喝断桥梁水倒流呗，哈哈哈哈……"

毛问智笑了几声，见叶小天、华云飞和太阳妹妹都在一旁看着他，慢慢收住笑声，讪讪地问道："你们不觉得好笑吗？"

叶小天摇摇头，目光又转着那眼泉水，喃喃自语道："想让水往高处流，难道真的不行？"

太阳妹妹突然大声道："能行的！"

叶小天双眼一亮，急忙问道："你快说说，为什么行？"

太阳妹妹握着一双粉拳，信心十足地道："干爹想让它行，它就一定行！"

叶小天："呃……"

华云飞嘴角抽搐了几下，忍住笑道："大哥，我觉得你跟我们商量，不如独自想想。"

叶小天苦笑道："有道理，你们别吵我，我去溪边静一静。"

叶小天走回小溪边，坐在一块大石上，托着下巴，望着面前潺潺的流水出神。

渐渐地，夕阳西下，暮色苍茫，华云飞和太阳妹妹便离开去张罗八千人的住宿问题去了。

大亨押运着几十车粮食上了山，那些生苗们一起动手，片刻工夫就搬的精光，大亨走到叶小天身边，兴高采烈地道："大哥，你想啥呢？还不下山啊，那徐伯夷现在可狼狈了，你不瞅瞅去？"

叶小天抬头看了看悬在西山上的太阳，起身道："走，咱们下山！"

叶小天唤过华云飞，叮嘱他道："你留守在山上，轻易不要下山，这里的人全是生苗族人，别人不敢靠近，免得被人认出你来。对了，明天早上，你陪我到山里走一趟，咱们去看看你说的那条大河。"

华云飞答应一声，心中暗暗称奇："大哥要去看深山里的那条大河？看它做什么？莫非大哥在小河边坐了一下午，真的想出了一个能让水往高处流的法子？"

县衙里，那些胥吏差役们正在下值，陆陆续续走出县衙大门。

本县县丞正在祈雨台上出丑，他们自然不好像普通百姓一样站在台前去观赏徐伯夷的糗态，但是每一个离开的人都会忍不住往台上偷偷瞧一眼，忍俊不禁地低头疾走。

徐伯夷在台上当了一天的观赏动物，已经对此完全免疫了，他坐在高台上，此时一门心思地盼着天黑。他已经饿得前胸贴后背，只盼天黑下来，好溜回家去饱餐一顿。

这时，李伯皓带着两个人登上了高台，跟在李伯皓背后的那两人怀里赫然抱着被子褥子和枕头，徐伯夷一见，登时两眼一黑……

叶小天回到家，伸手去推房门，手指刚刚触及门环，门就吱呀一声打开了，一个少妇打扮的俏丽女子从里边走出来，叶小天的手指差点按在她那饱满高耸的胸膛上。

叶小天急忙缩手，定睛一看，赶紧施礼道："啊！原来是赵家嫂嫂。"

潜清清向他嫣然一笑，福身一礼道："叶大人回来啦，奴家今日到城中买些日用之物，特意来看望遥遥，冒昧造访，还祈恕罪。"

叶小天笑道："哪里哪里，嫂夫人光临，小天欢迎还来不及呢。"

遥遥跟小大人似的走在潜清清旁边，正要送她出门，看到叶小天回来，雀跃道："小天哥哥。"

叶小天弯腰想抱她起来，谁知遥遥侧身一闪，居然避开了他的怀抱。

遥遥今日接待潜清清，努力回想着水舞教给她的东西，渐渐有了一些女主人的感觉，心里特别有成就感，她可不想在外人面前被小天哥哥抱起来，那样一来她好不容易才培养出来的女主人形象岂不毁于一旦？

叶小天一把抱空，不免有些意外，他悄悄瞪了遥遥一眼，直起身来对潜清清道："嫂嫂与赵兄在驿站那边可还好吗？小弟自从赴任以来，公务过于繁忙，一直想去拜访赵兄和嫂夫人，可惜都没腾出空儿来。"

潜清清俏皮地一笑，道："拙夫也是一样，刚刚上任，诸般事务繁忙。倒是我闲来无事，来葫县路上与遥遥相处的极好，情同姐妹一般，便来探望她了。如果叶大人不见怪的话，以后我可是会常常登门的。"

"好啊好啊！"

遥遥拍手称快，马上眼巴巴地看向叶小天，虽然她总是竭力做出一副大人模样，可那小儿情态却是总在不经意间就露出来。

叶小天在她红扑扑的脸蛋儿上刮了一下，对潜清清笑道："好啊，我常在外面奔波，遥遥自己在家着实寂寞得紧。你要不嫌带孩子麻烦，就常来走动，免得这丫头一等我回来，就抱怨我让他她独自在家闷了一天。"

潜清清嫣然道："那……就这么说定了。遥遥，姐姐以后会常来看你的。叶大人，妾身告辞。"

叶小天和遥遥把潜清清送到院门外，潜清清登车离去，遥遥立刻张开双臂，喜笑颜开地冲叶小天道："小天哥哥抱。"

叶小天板着脸道："不抱。"

遥遥马上像小猪似的噘起了嘴巴，叶小天道："刚才想抱你，你躲什么？"

遥遥嘟囔道："刚才当着清清姐的面，人家是女主人，被你抱起来多不像话。"

叶小天"扑哧"一声笑了出来，将遥遥抱起来道："你个小丫头片子，还女主人呢。"

遥遥不依，叶小天一路往屋里走，她便一路叽里呱啦地讲方才如何从容待客，如何答对得体。

叶小天笑吟吟地听着，暗自揣摩道："这个潜清清会和一个小丫头情同姐妹？只怕这是赵文远有意拉近和我的关系吧，难道他不知道我正跟花知县和徐县丞斗得如火如荼，还是说……他相信我能斗垮那一狼一狈？"

·※·※·※·

一狼一狈，此刻正对坐唏嘘。

明月当空，县衙对面的祈雨台上挂着四串红灯，祈雨台四周居然有几个来自高家寨和李家寨的人打地铺。徐伯夷趁夜回家大快朵颐的想法彻底破产。不过，花晴风总算还有点良心，跑来看他了。

两个人对面坐着，说起叶小天，都恨得牙根痒痒。

徐伯夷道："雇了八千生苗盖房子？他想盖多大的房子？现如今葫县大旱，本就有些人心惶惶。八千人聚集于此，一旦有人妖言惑众，怂恿愚民，岂不惹出大乱子。大人，你可别忘了，前朝末年……"

下边的话，徐伯夷没往下说，因为前朝末年就是元朝末年，正是大元朝廷召集百姓修黄河，有人登高一呼，这才反兵四起的。只不过，这反兵的一路后来成了气候，建立了大明朝。徐伯夷便不好把他们比作乱民了。

花晴风明白他的意思，安慰徐伯夷道："你就不要在这件事上做文章了，叶小天说的也有道理，如今是请神容易送神难。不过，他把你逼上高台，如何解决高李两寨的争端，就只能靠他了。他要是解决不了的话……"

花晴风冷冷一笑，向台下打地铺的人扫了一眼，一字一句地道："那时候不用本官动手，高李两寨的人就能生剥了他！"

咕噜噜……

花晴风的狠话还没撂地，徐伯夷的肚子就不争气地叫起来。

徐伯夷哭丧着脸对花晴风道："大人哪，不等高李两寨的人生剥了他，下官就得活活饿死了，叶小天是真狠，他居然想把下官活活饿死在这高台上，你看台下……嗯？"

徐伯夷还没说完，忽然感觉有人在碰他的手背，低头一看，就见花晴风正轻轻地碰着他的手背，又向他急急递了个眼色，花晴风的袍袖之内似乎藏着一包什么东西。

徐伯夷福至心灵，急忙用大袖遮掩着接过花晴风递来的东西，东西用布包着，还挺热乎，徐伯夷一阵激动，赶紧把那布包笼起来，咳嗽一声，对花晴风道："县尊请稍坐，下官内急，暂时回避！"

花晴风微笑着点了点头，徐伯夷便揣着布包躲进了茅房，厕帘一拉，徐伯夷坐在马桶上，迫不及待地解开那个布包，包里是几个新蒸的白面馒头，馒头里边还夹着菜末肉丝。

已经饿得前胸贴后背的徐伯夷嗅到面香，只觉饥饿难耐，马上张开大口，狼吞虎咽地吃起来。他一口气吃下三个肉夹馒头，饥饿感这才减轻了一些，只是方才吃得太急，又没有水喝，噎得他直打嗝。

徐伯夷想到一天只有这一顿饭，此时不多吃一些明天会很难熬，便一边打着嗝，一边继续努力地往肚子里塞着馒头。

徐伯夷坐在马桶盖上，一边鬼鬼祟祟地从厕帘缝隙里观察着外面的动静，一边打嗝一边吃着馒头，吃着吃着忽然悲从中来，差点儿掉了眼泪："我是会试第三的举人！葫县县丞！朝廷命官！为什么……落得这步田地！"

第四十六章

截断巫山云雨

一

　　一片嶙峋陡峭的悬崖上，马辉和许浩然紧张地拉着一条绳索，其实绳索还系在身后的一棵大树上，本不需如此担心，但绳索下面正系着叶小天，而悬崖下面全是尖利高耸的怪石，一旦摔下去必然粉身碎骨，他们岂能不担心。

　　华云飞攀在另一条绳索上，上边有周班头看着，华云飞腰间虽然系着绳索，但绳索松松的，他几乎可以不必借助这条绳索就能轻松攀缘，之所以系上只是以防万一罢了。

　　叶小天蹬着一条岩石缝隙，手里抓着一块突起的岩石，探出身子在悬崖峭壁上认真地观察着，山风呼啸，吹散了额头的汗水，下边离地二十多丈，一开始有种眼晕腿软的感觉，久了渐渐适应，倒是颇感刺激。

　　"大哥，咱们上去吧！"

　　叶小天已经看了很久，为了把周围的情况探察仔细，他大半个身子都探向空中，绳索绷得紧紧的，华云飞自己攀爬悬岩并不害怕，可是看见叶小天这副样子却提心吊胆。

　　叶小天点点头，在马辉和许浩然的帮助下，费尽力气爬上悬崖。周班头见华云飞像头灵猿似的，轻灵如飞地攀缘上来，便放心地撇下他，赶到叶小天身边，问道："大人，你究竟有什么打算啊？下面这条河固然水源充沛，可是……我们利用不上啊！"

　　周班头往身后指了指，从这里到高李两寨所在的那条峡谷，中间交叉纵横地有四五座山峰，如果想开山凿渠把这里的水引到那边去，那就和愚公移山差不多了，要挖通这连绵的山川，恐怕得倾尽全国之力，耗时三年五载。

　　叶小天摇摇头道："我现在也不能确定我的法子究竟可不可行，走，咱们先到那边看看。嗯？大个子呢？"

叶小天今天是到深山里考察那条大河的，想到这里地形环境复杂，罕有人至，也不知道是否有什么大型野兽，所以就把大个子带了来。大个子仿佛一头金刚，在山岭上尤其如鱼得水，带着它，众人的安全就大有保障。

仿佛听见了叶小天的招呼似的，大个子呼啸一声，从一处悬崖下面嗖一下蹿了上来，凌空翻了个筋斗，稳稳地落在叶小天身前，向他咧嘴一笑。这家伙最近在家闷得难受，好不容易被叶小天带出来，自然撒起了欢儿。

叶小天在它屁股上踢了一脚，道："走！前面开路！"大个子挨了一脚，喜不自胜，兴冲冲地跑在前头，向那片亘古以来都无人进去过的丛林灌木走过去。

这个地方几乎从来也没有人来过，砍柴人不会跑这么远的路，猎人也不会到灌木如此茂密的地方狩猎，华云飞和周班头等人随身带的有刀，可是如果披荆斩棘地开路前行，一个上午也走不出百十步，如今有了大个子就截然不同了。

大个子块头儿庞大，身高超过他们一倍，那些和人等高的灌木堪堪只及它的腰部，大个子皮糙肉厚的也不怕荆棘刮碰，迈开大步一路碾压过去，两只簸箕般的大手随手一抓，力大无穷的它就能把几棵灌木连根拔起，叶小天等人跟在它后面自然大省力气。

叶小天是沿着悬崖转向最近的另一座山峰，两山之间有一道山脊相连，只是山脊上长满了茂密的灌木。大个子冲锋在前，连趟带拔，惊吓得许多蛇虫鸟兽到处乱窜，用了小半天的工夫，他们终于来到另一座山峰上。

叶小天站在山峰上四下观察了许久，又向连着另一道山峰的山脊一指，道："走！往那边去！"

这条山脊是光秃秃的，倒不用大个子开道了，但它和方才走过的那条山脊形成了一个之字形，往这边走的话，就离高李两寨所在的山谷越来越远了。

如果想去高李两寨所在的山谷，直线距离当然最近，可是那样的话他们只能从这里滑下山坡，穿过一片狭窄的山谷，再爬上对面陡峭的山峰，翻山越岭才能通过。

叶小天如今沿着一条条山脊走，虽然曲曲折折，可是只要他能找出一条通过山峦相连的山脊沟通的路，那么反而要比翻山越岭快上许多。如此往复，直到第三天，叶小天才探测出一条曲曲折折，以山脊相连，可以抵达高李两寨中间位置的一条山路。

天色将晚的时候，叶小天带着人回了城，由于终于探明了道路，叶小天虽然疲累，精神却非常好。

只是尽管有大个子为他开道，叶小天在罕有人至的丛林中钻来钻去，衣衫还是刮得破破烂烂，头上身上满是草茎和碎屑，衣服上还沾有泥土和苔藓，样子狼狈不堪。

叶小天走到祈雨台前，见徐伯夷像只霜打的茄子，正有气无力地坐在台上，不由会心一笑，折身便往祈雨台上走去。

徐伯夷每天晚上都撑个半死，接着一整天又饿个半死，觉也睡不好，此时正有气无力地打着瞌睡，忽然听到"咚咚咚"的脚步声，不由精神一振："花知县送饭来了！"

徐伯夷兴奋地张开眼睛，一看是叶小天，顿时冷下脸来，恨恨地瞪了他一眼，可是看清叶小天的狼狈模样，徐伯夷又不禁哈哈大笑起来，幸灾乐祸地道："叶典史怎么搞得这般狼狈？莫非是挖渠引水去了，嘿嘿！这层峦叠嶂的，等你挖渠引水，还不如我祈雨靠谱呢。"

叶小天在他对面随意地坐下来，笑吟吟地道："引不来水我也不会饿死，可这雨要是再持续不下，却不知你徐大人能否撑到那一天了。不过我看你说话中气十足的，应该还能撑些时日啊，哈哈……"

徐伯夷冷哼一声，自知斗嘴不是叶小天的对手，便低声喝道："你闹够了没有！真若把本官活活饿死，消息传回朝廷，你当朝廷会相信本官是为了祈雨而死？到时候你叶小天难逃干系。"

叶小天微笑道："你若狠得心来去死，叶某情愿担上这场干系。就怕花知县送饭来时，足下又要躲在茅厕里面狼吞虎咽了，哈哈哈……"

徐伯夷被他抢白的脸上红一阵白一阵的，恨恨地道："叶小天，你不必得意！如果旱情一直无法解决，到时候难过的人就是你了。你以为你还能耗几天，高李两寨是不会无限期地等下去的，你如果不能马上拿出一个办法，两寨就会把怒火对准你，到那时你求生不得求死不能，我倒要看看谁更难看，哈哈哈哈……"

徐伯夷得意地大笑起来，笑声未歇，大个子突然从台下兴致勃勃地跳了上来。

咚！

大个子庞大的身躯重重地砸在台上，徐伯夷嗖的一下被弹上了半空。

大个子的一只巨脚正踩在祭台边缘的一块木板上，结果这个祈雨台有些偷工减料，这块板子没有钉牢，一下子像跷跷板似的，所徐伯夷弹到了天上。幸亏大个子另一只脚站得稳稳的，它的反应又灵活，身体重心迅速转移到了另一只脚上，所以依旧站得稳稳的，没有摔下台去。

徐伯夷依旧保持着坐姿，被弹射到半空，狠狠撞在顶棚的木板上，整个人又重重落回地面，居然还是保持着坐姿，那块木板还被大个子踩得翘在空中，好在徐伯夷屁股底下只少了一块木板，屁股卡在那里，没有摔下去。

只是他的脑袋被棚顶重重地撞了一下，屁股又疼得发木，眼前金星乱冒，一时什么都看不清楚了。眼见闯了大祸的大个子像个孩子似的耸了耸肩膀，赶紧又跳下了祭台。

大个子这一跳，被它巨大的脚丫子踩得翘在空中的木板落了下来，徐伯夷正眼冒金星地看着叶小天，这块木板落下来，砰的一声敲在他的头上，徐伯眼两眼发直，身子晃了两晃，仰面摔倒在台上，人事不省了。

叶小天顺手拿过一个碗，从坛中舀了一碗水，咕咚咚地喝了，摇头叹息道："人要是倒了霉，还真是喝口凉水都塞牙！"

县衙第三进院落，花厅里，花知县正在喝茶，苏雅则侧身坐在罗汉榻上，拿剪刀细心地剪裁着一块布料。

虽然是在后宅闲坐，她的坐姿依旧保持着优雅端庄，一双长腿并拢着，微微侧向一边，腰肢轻扭，翘臀被绣着荷花的襦裙绷出一个浑圆丰满的弧度。

花知县一见夫人剪裁衣服，便有些不自在起来，随意抿了两口茶水，就想借故走开。因为苏雅正在做一件婴儿穿的衣服，他二人成亲已七年有余，到现在还一无所出呢。

平日里每每看到别人家的孩子，苏雅都眼热得很。闲来无事，便常常一展所长，做些男婴女婴穿的衣服。其实为了子嗣的事，两人曾不止一次偷偷拜访过各地名医，延医问诊，药汤不知喝了多少罐，苏雅的肚子却始终不见争气。

同民间愚昧百姓把生儿育女的责任统统推给女方不同，古时候的读书人一样明白孩子是"父精母血"孕育而成的道理。两人延请名医时，名医也说过苏雅身体正常，花知县纵然想把责任怪罪到娘子头上也不成。

况且花晴风本是穷苦书生，全靠开丝绸坊的丈人家资助才得以安心读书考中进士，对苏家他亏欠至深，在妻子面前更没有足够的底气发威了。

再者，为了此事，他丈人曾给他买过一个侍女陪寝，言明一旦怀孕，便可扶为姜室。结果花晴天辛苦耕耘一年之久，那个买来的侍婢也不下蛋，这一来花晴风便知道原因大抵是出在自己身上，一见苏雅又想起了孩子，不免有些心虚。

花晴风正要佯作无事地走出去，一个侍婢走进来，向他福礼道："老爷，叶典史求见，现在二堂相候。"

花晴风一听叶小天的名字就心惊肉跳，突然变色道："这么晚了，他来做什么？"

第四十七章

猫鼠同眠

一

花晴风赶到二堂客厅,见叶小天跷着二郎腿坐在厅中,捧着一杯茶正喝得有滋有味。他的姿态倒是从容,只是配上他那身破衣烂衫,再加上满身的草茎树叶以及脸上的一道道泥痕,未免就显得有些怪异。

花晴风本想清咳一声示意自己的到来,一见叶小天这副模样,惊诧之下忘了再端架子,他快步走进客厅,上下打量着叶小天,惊诧地道:"叶典史,你这是怎么了?"

"哦!县尊大人。"叶小天站起身来,把茶碗向侍候在厅中的小丫鬟一递,笑眯眯地道:"劳烦小妹妹再给我沏一碗来,口渴,谢谢。"

花晴风皱了皱眉,暗道:"粗俗!"

那小丫鬟脸蛋儿一红,赶紧上前接过茶碗,叶小天这才转向花晴风道:"大人,卑职这几天一直在山里头转悠……"

花晴风骇然道:"你这是被寨子里的人给打了?"

叶小天咳嗽一声道:"大人,卑职是在荒山里转悠。"

花晴风松了口气,道:"哦哦,原来如此。坐坐,坐下说,叶典史去深山里转悠什么?"

叶小天接过小丫鬟递来的茶水,重又在椅上坐下,道:"卑职在找水!"

花晴风怔了怔,奇道:"找水?"

叶小天道:"不错!我听雇来的那些生苗说,就在青山谷外两座山峰之后就有一条大河,河水流经我县,注入铜仁大江,这条河水源充沛,只要引条支流补充到高李两寨所居的山谷,足以保证他们灌溉之用。"

花晴风一听大喜,道:"竟有此事,这可是大好事啊,想不到叶典史奔波几天,竟然有这么大的收获,哈哈,那些化外之民终是愚昧,这样取之不竭的一条大河就在身边,他们居然不知利用……"

叶小天道："大人，如果这水好引，他们两寨又何必为了水源大打出手？"

花晴风又是一怔，道："这条河……距高李两寨有多远？"

叶小天道："说起来倒也不算太远，只不过中间隔了五座山……"

花晴风的脸色顿时沉了下来，怫然道："叶典史，你这是在戏弄本官吗？中间隔了五座大山，这水如何引法？如果这样都能引得水来，那直接把铜仁江的水引过去不就好了？"

叶小天笑道："这就是下官来找大人的原因了。开山固然不可能，时间上也来不及，可是咱们想把这水引出来，却也并非不可以，只是中间涉及许多问题，需要县尊大人支持。"

花晴风不敢置信地道："那条河与高李两寨隔着五座山，你既不开山，如何引水？"

叶小天道："卑职这几天在山里头转悠，为的就是此事。卑职想，可以在那条河上造几座大型水车，把水抽上悬崖，沿山脊运水。"

花晴风听得张口结舌，半晌才不敢置信地道："你说什么，造水车抽水？沿着山脊运水？这……这怎么可能！"

叶小天反问道："怎么不可能？"

花晴风一呆，他直觉地认为不可能，可叶小天一问，他一时倒想不起究竟哪儿不可行了。诸如需要多么庞大的水车，一辆水车依旧是杯水车薪，水车的日常维护保养、山脊高低不平……

他正思索着诸般困难，叶小天已然道："那处悬崖高约四十丈，一座大型水车高度约在八丈，我要在悬崖上开凿四层放置水车的基座，为了保证有足够的水力驱动水车，每层至少需要安放五台水车。

由于大河水流湍急，置放在河上的水车转动将非常迅速，可以迅速把河水提上来，从凌空八丈处到崖顶之间的四条水槽直接在石壁上开凿，水槽向下倾向的角度可以大一些。

这样一来，只要倾斜的角度足够大，提上来的水够多，就足以驱动每一层的水车，直至把水从谷底一层一层的提到悬崖顶上。提到悬崖顶上的水流不会太湍急，但它源源不断，不用担心断流。

从悬崖顶到高李两寨需要经过四处山脊，其中两处山脊长满了树木，需要砍伐出一条道路来，再掘成水渠。这四条山脊都是中间低两边高，不过这不是问题，这些大山是向高李两寨方向逐渐变矮的。

这样的话，只有第一条山脊因为两侧都是岩石，只能从崖顶开挖水渠。那么我可以填平山脊，或者把两侧的河堤筑高，另外三座山，我可以在河水流到山脊最低处时，错开一些位置，沿着山脊一侧继续开挖河渠。"

叶小天显然已经做了充分的准备，说起来滔滔不绝，他一口气说完了，把茶水一饮而尽，向那小丫鬟一递，道："小妹妹……"

花晴风又是一皱眉，暗道："俗不可耐！"

那小丫鬟可当不起这位挺年轻俊俏的典史大人一口一口小妹妹，再说……当着县太爷的面呢，要是私下叫还差不多。她赶紧抢上一步，打断叶小天的话道："是，婢子再沏一碗。"

叶小天笑道："多谢！县太爷府上，便是一个丫鬟也是如此的善解人意。"一句很平常的夸奖，把那脸嫩的小姑娘臊得脸蛋儿通红，又是欢喜又是难为情地接过茶杯续水去了。

叶小天对花晴天道："清道的、挖渠的、凿石的、建水车，可以同时进行，这个法子，耗时最短。至于所需人力，除了造水车的匠人师傅，其他劳力都可以让高李两寨自己出人。

"他们有那么多闲人械斗，让他们给自己寨子挖渠调水还能不卖力气？下官那里正在建造大宅的生苗熟悉山中情形，也可以拨一部分过去，尤其是开凿悬崖的部分，有他们在，可以在最短的时间内完工。

"不过，调生苗过去，就得付他们工钱了。咱们县衙没钱，可以发动县里的富绅豪商们捐款，他们也担心大旱持续下去，附近山寨发生什么动荡会殃及他们，只是要他们捐些工钱，不会伤筋动骨，他们会认捐的。

"如此算来，真正的开销只有建造水车的费用和很少的工钱，这条河道一旦开拓，不仅今年能用，以后都能用，而且这水是从山上引过去，可以免去高李两寨日常挑水上山的烦恼，他们必对官府感恩戴德。

"当然，从此以后，对水车和河道的日常维护修缮，就全靠他们自己了。咱们是一劳永逸的买卖，对朝廷咱们还能换来一桩大大的政绩，可谓一举两得啊！"

花晴风一听怦然心动，刚听叶小天的计划时，他还觉得这个想法太过离谱，此刻听叶小天仔细分析，越想越觉得可行。尤其是叶小天提到政绩，天可怜见，他现在最缺的就是政绩啊！

花晴风越看叶小天越觉得顺眼了："也许，这也是和他改善关系的一个良好开始吧！"花晴风想着，针对叶小天的念头开始动摇起来。

叶小天道："整个工程最难的部分就是在悬崖上开凿置放水车的基座，如果手工开凿，耗时太久，现在每拖延一个时辰，都有庄稼在枯死，为了抢时间，我们需要动用火药！"

花晴风又是一怔，道："火药？"

叶小天道："不错！上一次从孟州市丞家地窖里起获的那批走私火药，据我所知，现在还在咱们葫县封存着。这批火药是赃物，要动用需得大人您批准，咱们用的是正途，回头报与朝廷，想来也不会有所责怪。"

花晴风沉思片刻，越想越觉得这是他争取政绩的难得机会，而且成功的可能性很大，于是拍案而起，振奋地道："成！本县准了，那些火药都给你。朝廷方面，本县会上书言明缘由。明日一早，本县就遍邀士绅豪商，号召他们共商义举。至于开挖河渠的具体事宜，本县就全权委托你了！"

花晴风一句话，就把最风光也最能体现领导地位的差使都揽到了自己身上，却把最苦最累也最担干系的事都推到了叶小天身上。叶小天却丝毫不在意，微笑起身，向花晴风拱手道："大人放心，下官必全力以赴！"

这时候，那小丫鬟捧着茶盏走过来，一见叶小天将要告辞，犹豫着不知该不该上前，叶小天上见，笑道："小妹妹，你总算把茶送来了，我还渴得很呢。"

花晴风捋着胡须，心想："此人虽然不懂规矩，做事乱七八糟的，但如此率性自然，倒也是真人本色。"

那小丫鬟红了脸，垂着眼睛走到叶小天身边，双手把茶盏奉上，不敢抬眼看他，叶小天接过茶来一口饮尽，把空盏又还到她手上，向花晴风笑吟吟地拱手道："下官告辞！"

叶小天脚步轻快，满面笑容地离开了县衙，嘴里还哼着小曲儿。分润功劳给花知县，是因为他要做这些事，必须要得到花知县的允许和支持，尤其是动用火药，花知县不点头，他也无计可施。

而且，即便他有办法把花知县排除在外，这件事只要办成，花知县也是首功。因为花晴风是葫县知县，葫县的任何政绩都不可能越过他全部算在某个下属头上。

叶小天也不可能越过花知县向朝廷上奏折，言明开挖水渠全是他的功劳，且不说他没有上书资格，就算有，这么难看的吃相一露出来，他也算是自绝于仕途了。

再者，他可以扯皮，高李两寨可等不起，一旦他久不解决此事，激怒高李两寨，那时连他也要完蛋。这种情况下，分润功劳给花知县就成了他唯一的选择。

况且如此做，很可能会达到分化花知县和徐县丞的效果。这二人联手对他是个大麻烦，就算他能把这两个人斗垮，一个典史先后把知县和县丞拱倒，他也将恶名在外了，借刀杀人才是上策！

第四十八章

先知

一

叶小天回城的时候本来就很晚了,他又在县衙耽搁了一段时间,所以当他回到家的时候,月亮已经挂上了树梢。

弦月挂在枝头,树枝在风中轻轻摇曳着,似乎在挑逗那轮纤巧的月牙儿。

赵文远背负双手,稳稳地站在树下,月牙儿就担在他的右肩上。

淡淡的月色下突兀地出现了一道人影,鬼鬼祟祟地四下探望一番,悄悄向赵文远靠近。

赵文远等那人走到近前,轻笑道:"龙大当家的?"

来人把刀掩在肘后,向赵文远抱了抱拳,粗声大气地道:"我们大当家的没空见你,你有什么话对我说吧,我会如实回禀我家大哥。"

赵文远笑了,他手腕一抖,唰地亮出一幅画,月色下看不甚清,但是可以看出那是一幅人物肖像。

赵文远道:"这副画像是贵阳提刑按察司三年前画影图形的一份通缉文书,上面的人就是龙大当家的,长相与你可是一模一样呢。呵呵,莫非足下是龙大当家的孪生兄弟?"

来人被赵文远一番揶揄,一脸络腮胡子都纠结起来,一张大黑脸变得更黑了,估计是脸庞涨红起来,只是因为夜色太暗,无法看清楚。

赵文远将那份画影图形三把两把扯碎,顺手一抛,对来人道:"龙大当家的,你尽管宽心,本官邀你前来确是有要事相商。你放心,本官只是一方驿丞,要抓你也轮不到本官来做。"

络腮胡子豁然一声大笑,随即又压低声音,用满不在乎的声音道:"龙某人纵横十万大山,来无影,去无踪,谁奈我何?除了'一窝蜂',整个贵州再没有一个能被我龙某人看在眼里的,尤其是你们鹰爪子!说吧,你找龙某干什么?"

赵文远笑眯眯地道:"我说过了,要和你合作一场大买卖。"

络腮胡子仿佛听到了最好笑的事,忍不住笑起来道:"官和匪合作大买卖?哈哈哈哈……我不是在做梦吧?"

赵文远静静地看着他,直到他笑声渐歇,才淡淡地道:"官,可以是匪。匪,也可以做官。官和匪,为什么就不能合作?"

络腮胡子两眼微微一眯,沉声道:"合作什么?"

赵文远道:"本官是驿丞,来往物资无论是官方的还是民间的,本官都了如指掌。诸如车上运了些什么货物,随行的保护人员有多少,配备了什么武器,什么时间经过哪条路段,如果这些消息能够让你知道,你说于你会有什么帮助?"

络腮胡子怵然动容,紧紧地盯着赵文远,半晌才确认他不是开玩笑,络腮胡子迟疑道:"你……你会把这些消息通报于我?"

赵文远伸出一只手,道:"五成!你掳获所得,变现之后,要分我一半。"

络腮胡子狞笑道:"龙某人打死打拼,辛辛苦苦得来的钱财,要分你一半?你好大的胃口。"

赵文远好整以暇地道:"这走驿道的商旅都狡猾得很,也难缠得很。大当家的有没有过辛辛苦苦踩盘子,费尽心机打埋伏,结果却发现车上全是不值钱的便宜货,甚至往山里运都嫌麻烦,只能弃于当地,扛起自己兄弟的尸首逃之夭夭的时候?又或者,车上确是硬货,可惜点子扎手,足下费尽心机,折损许多兄弟,却还是无法得手,最后只能落荒而逃?"

络腮胡子沉默不语。

赵文远道:"知己知彼,百战百胜。如果有本官通风报信,你会如何?"

络腮胡子咬着牙道:"你们这些当官儿的,真比我们做贼的还狠!两成!只要你是真心合作,我给你两成!"

赵文远道:"四成!不能再少了,你以为本官不担风险?"

络腮胡子道:"三成,一成也不能再加了!你只需动动嘴皮,我却要流血流汗,我有那么多兄弟要养活,比不了你。"

赵文远的目的本就不在从贼那儿分润多少好处,只是不讨价还价一番,必然会引起他的警惕,如今见好就收,赵文远笑道:"成!那就三成。不过,本官作为驿丞,亦有护路之责,你要注意,但凡由本驿丞派出驿卒护送、打起本驿旗号的商队,你可万万不能动!"

络腮胡子欣然道:"一言为定!"

他本来就不可能每天都去道上打劫,通常他做上一笔买卖,不管成败都会立即逃入深山,等风声过去再回驿道继续讨生活。如果有驿丞向他通风报信,可以有的放矢地作案,那放过一些车队又算什么。"

两个人各有所需,可谓一拍即合。商量妥当联系方式之后,络腮胡子又不无疑惑地道:"你是朝廷官员,为何要做这种事?"

赵文远微笑道:"朝廷那点俸禄够干什么?本官为了这个驿丞的差使,上下打点,不知花了多少钱,总要想个法子捞回来不是?"

络腮胡子微微眯起眼睛,道:"你就不怕走漏了风声,抑或龙某失手被捉,供出你来?"

赵文远狡黠地一笑,道:"这就是我和你约定,每次都只口头传讯的道理了。如果做贼的没有什么真凭实据,随口攀咬,官儿就要倒霉,这天下间的官早就死绝了!"

络腮胡子上下打量赵文远几眼,叹道:"龙某只是小贼,你们这些当官儿的才是大盗啊!"

· ※ · ※ · ※ ·

尽管叶小天事先做了充分的考察和计划,实际操作的时候还是依据实际情况做了较大的调整。

他们用火药在岩壁上炸开几个巨大的豁口,由攀岩如灵猿一般敏捷的山苗进行清理,并开凿整理出几个可以置放水车的巨大基座,与此同时,沿着几条山脊,高李两寨的人马开始清理挖掘水道。

水车的用料除了核心部分全都可以就地取材,从山上砍伐大木就地制作,这一来就节省了大量时间。在安置好水车调试运行的时候,匠师们又根据水流的大小做了调整,比原计划多制作了数倍的水车,最终从河中取水的水车达到了十六架之多,而往悬崖上调水的水车则依次递减,为了保证有效驱动,水车的大小也在不断缩减,为此又增设了一层。

荒无人烟的大峡谷中渐渐呈现出一幕宏伟的景象,一排巨大的水车沿着滚滚而去的河水矗立起来,被流速甚疾的水流冲刷着风车一般旋转,而河水则被它们卷入空中,注入一道凌空架起的石质水槽。

水槽在近八丈高的崖壁上倾斜向下达数十丈之远,在这数十丈长的人造湍流上是一架架比底层水车略小的水车,将水接力般送往更高处。而被浪费掉的河水,则从高空直坠而下,形成数道人工瀑布。

眼见此法真的可行,高家寨放开了对捞刀河水的控制,两寨剑拔弩张的局面大为缓和,全力以赴地投入到山脊河道的挖掘中去。

由于几个部分同时进行,加上有充足的人手,而制造水车也不是什么高难度的活儿，同时为了救急，这批水车并不过于计较质量，整个运水工程以奇迹般的速度发展着。

整个工地所有的人在连续几天的摸爬滚打中，全都熬得跟野人一般，但是眼见成功在即，却是干劲十足。叶小天站在高处，欣然看着即将投付使用的高山水渠，满心欢喜。

叶小天对毛问智喜滋滋地道："哈！简直可以用神迹来形容了，我看只要保持这个速度，明天就可以运水了。"

毛问智扶着叶小天的胳膊，愁眉苦脸地道："是啊！哎哟，让我歇会儿，腿酸得要命。"

叶小天道："你小子出力很多嘛，别人还没喊累，你先叫苦叫累的。"

毛问智道："不是啊大哥，我腿酸……不是累的。从骨头缝里往外酸啊，明儿个准保下大雨。"

叶小天一呆："明天会下大雨？"

叶小天抬头看了看天，万里无云，哪有要下雨的样子。

毛问智道："昂！俺不跟你说过吗，小时候俺被王老财打断过腿，从那以后，一要下雨它就酸。雨下得越大，酸得越厉害。俺现在酸的都快走不动道了，明天肯定有大雨啊！"

叶小天听了不觉发愣，道："虽然我也盼着赶紧下雨，可……水车即将投付使用，这可是我费尽心血搭建起来的，真想看看把水引到高李两寨时那种欢喜的场面，这一下雨，大家就不会那么欢喜了。"

毛问智安智道："哪怕啥的，这水车建成了，以后都能用啊。再说，一场雨也解决不了问题，除非连着下上几场大雨，要不然雨过地皮湿的，这地都旱得透透儿的了，能起啥作用。"

叶小天拍了拍他的肩膀，笑道："理是这么个理儿，只是有些遗憾。算了，不管它了，有雨总比没雨好，只是如果明日下雨，雨中可不宜继续施工，我赶紧通知下去，今天尽量赶吧，实在完不成，明天大家就休息一下，这几天累得可都不轻。"

叶小天走出几步，突然又站住，他忽然想起了徐伯夷，那个家伙还在"绝食祈雨"呢！如果这场雨真的下起来，纵然解决不了干旱问题，也会令徐伯夷名声大噪，那时再想扳倒他岂非难如登天？

"只不过对他略施小惩，却成全了他的莫大声名，我这不是作茧自缚吗？"

想到那时候徐伯夷得意扬扬的无耻嘴脸，叶小天的眼珠微微转动了起来……

第四十九章

我又中招了

一

徐伯夷目光呆滞地坐在祈雨台上，蓬头垢面，胡子打了绺儿。

街头行人对他的存在已经失去了最初的新鲜感，在台前走来走去，也不多看他一眼。

徐伯夷坐在那儿，时不时地动一动手，挠挠这儿、挠挠那儿，配着他那副形象，有点像个深山野人。

他已经很多天没洗澡了，对于一个习惯每天沐浴两遍的人来说，这么多天不洗澡，简直无法忍受。他本来最重视仪表，头发经常梳理得一丝不乱，胡须也每天保养梳理，飘逸俊朗，一派潇洒，可现在这副形象，实在令人不敢恭维。

县衙里负责洒扫的老卢头提着一桶水，慢腾腾地走上高台，把水倒入徐伯夷面前的水瓮，徐伯夷呆滞的眼神儿慢慢挪到水瓮上，直勾勾地看着清亮的井水注入进去。

老卢头看了徐伯夷一眼，咳嗽一声道："县丞大人，水送到了，您要是喝完了就说一声，小老儿马上再给您续上。"

徐伯夷木然地应了一声。

老卢头提起空桶转身要走，忽又站住，像是想起了什么似的，同徐伯夷唠起了家常："县丞大人，小老儿在县衙里听说，典史大人率人高山引水，水车已经尝试成功，就这两天，就能成功地把水运到高李两寨了。"

"哦？"

这句话果然引起了徐伯夷的注意，他抬起头来，看着老卢头道："他真能把水引上悬崖？"

老卢头道："可不！要说呢，用水车把低洼处的河水引到高处，这也不算啥稀奇事儿。可以前咋就没人想得到用这个法子呢？仔细想想，大概就是被那数十丈高的悬崖峭壁和连绵不断的大山给吓住了。嗨，人家叶典史有胆魄，所以成就了别人能为而未为的大事啊!"

徐伯夷嘴角微撇,心中又嫉又恨。

老卢头又用关切的口吻道:"要说县丞大人你也是不容易啊。为百姓求雨,绝食这么多天,虽然老天爷不开恩,就是滴雨不下,可是大人你毕竟尽到心意了,那些无知的小民居然不知感恩,还嘲笑大人,连小老儿都有些看不下去了。"

徐伯夷一怔,忙道:"他们说我什么?"

老卢头道:"嗨,还能说什么。他们说,大人你绝食这么天了,都没见昏倒过,肯定是有人偷偷给大人你送吃的。大人根本不是为百姓求雨,而是沽名钓誉,想获得上司的青睐,求个仕途通达。

他们还说,大人你假惺惺地求雨,就连老天爷都看不过眼去了,所以一滴雨都不下。洪武末年的时候,有个草包大将军叫李景隆,绝食十日不死,大人你都已经超过十天了,居然还活蹦乱跳的。嘿嘿,看来是越草包的人越抗饿呀。"

徐伯夷一听只气得七窍生烟:"我一天只吃一顿饭,撑的时候撑死,饿的时候饿死,现在老是胃疼,我容易吗我,我都快混成野人了,这些混蛋还在背后说我的风凉话!

不要说绝食了,换成你谁,只是天天在这儿坐着,还得半死不活连活动一下都不行,我看你们能不能受得了?哎呀!我也真蠢,一定得挨到饿死吗?我饿晕不可以吗?我若是饿晕了,他们能眼睁睁看着我死?给我喂点稀粥,也好过天天吃馒头啊!"

老卢头欠身道:"大人,您歇着,小老儿告退。"

徐伯夷对老卢头点了点头,他当初上任之后就开始摸底,究竟谁和叶小天过从甚密,把相关的人都打发走了,独独漏了老卢头。老卢头只是县衙里一个负责洒扫的老仆,他根本就没想过这样一个人居然也对叶小天心悦诚服,是以对老卢头肯向他通风报信,心中大增好感。

老卢头提着水桶离开高台,徐伯夷便想:"我在这儿受苦,雨又不下一滴。等到叶小天引了水去,我岂不更加遭受世人嘲笑?"

徐伯夷这里转着念头,老卢头慢吞吞地进了县衙。过了小半个时辰,叶小天便出现在县衙门口。

叶小天穿了一身和普通民夫一样的粗布短打扮,挽着裤腿儿,脚下一双草鞋,两条腿上全是泥巴,肩上还扛着一只锄头,一看就是参与掘挖水渠,匆忙回城,连衣服都顾不上换。

但凡看到叶小天的路人,都钦佩地向叶小天施礼招呼,叶小天也微笑着一一答礼。如此礼贤下士,更是赢得了县上百姓们的爱戴。

叶小天到了县衙门口，扛着锄头上了祈雨台，兴冲冲地对徐伯夷道："县丞大人，下官今日试运水车，已经成功地把水运上悬崖了，哈哈，明天！明天我就能调大河之水以济高李之旱了。"

徐伯夷冷哼一声，不阴不阳地道："叶典史造下这般大功德，真是可喜可贺啊。"

叶小天笑吟吟地道："不敢当，不敢当！大人你为了缓解旱情，解百姓之危，也是不辞辛劳啊。高台绝食，虽然没有求下雨来，葫县百姓们一样会感念你的恩德的。"

徐伯夷心中暗恨，慢慢站起身来，向叶小天长长一揖，慨然道："徐某求雨，足下治河，所为固然不同，目的却是一样，都是希望能解我葫县百姓于倒悬。如今足下成功在即，徐某亦心中欣然，徐某代葫县父老，谢足下大恩。"

叶小天忙不迭虚扶道："县丞大人言重了，你多日不曾进食，身体虚弱，就不要起来了，赶紧坐……"

他还没有说完，徐伯夷突然身体一挺，双手还拱着，便慢慢向后倒去，临近地面的时候，双膝一弯，先用一膝着地减缓了摔倒的力道，然后双眼一闭，双腿一摊：人事不省了……

"哎呀！徐县丞！徐县丞！快来人哪，徐县丞晕倒了，快来人哪！"

叶小天慌忙抢上前去，扶住徐县丞大叫，叶小天一边叫，一边暗骂："你是'饿晕了'，又不是中了箭，还腰杆一挺，你挺什么挺，装死都不会。"

叶小天这一喊，便有许多行人闻声围拢过来，叶小天对高李两寨派来每日轮番守在祈雨台前的几个大汉道："快！快扶徐县丞到县衙里，吩咐厨下熬些热粥。徐县丞多日不曾进食，可不能马上吃干的，快去。"

正在装死的徐伯夷一听这话，不由心中暗喜，同时有些深深的懊悔："唉！我怎么早没想到这个主意，否则早就可以喝粥了，何需多受这么多天的罪！"

那几个大汉抬起徐伯夷，匆匆奔向县衙，此时闻声赶来的百姓越来越多，许多在十字大街购物的百姓发觉这边出现异状，也都纷纷赶来，把祈雨台团团围住。

叶小天一身短打扮，布衣草鞋，扛着锄头，站在高台上，正气凛然地道："乡亲们，徐县丞为了解除旱情，绝食求雨，以期感动上天。然则如今已绝食多日，我葫县依旧滴雨未下。

如今，徐县丞已然饿晕过去，叶某怎忍让徐大人继续绝食祈雨。叶某决定：代替徐县丞，在这高台上绝食，这老天一日不下雨，我叶小天就一日不进食。"

围观百姓一听大受感动，纷纷说道："叶典史，徐县丞求不来雨，是他徐县丞心不够诚。叶典史你披荆斩棘、开山运水，所作所为，我们都是看在眼里的。我们听说，这高山河渠马上就能开通了，叶大人你何必代人受过，绝食祈雨呢。"

叶小天正色道："高山水渠，所解的只是高李两寨的旱情，本县其他地方的百姓所受旱灾虽不及高李两寨严重，却也大大影响了收成，叶某看在眼里，急在心头啊！

"乡亲们，即便这河渠修成，我们葫县依旧缺不得雨水。天不可欺啊，祈雨怎么能半途而废！高山水渠即将完工，叶某在不在，影响都不大了。叶某就代替徐县丞在此绝食祈雨吧，苍天有眼，一定会感念到叶某的诚意！"

叶小天说完，扶着锄头缓缓坐倒。

台下百姓感动得热泪盈眶，有些老人在儿孙的扶持下，颤巍巍地跪倒在地，声泪俱下地道："好官哪！叶典史真是爱民如子的好官哪！青天大老爷，我葫县百姓之福啊！"

这些老人一跪，其他人纷纷跪倒，向台上膜拜不已。

叶小天盘膝台上，张开双臂，向着一丝云彩也不见得天空大呼道："老天爷，你看到了吗！求你赐我们葫县百姓一场大雨吧，我叶小天愿意交出这条命，只求苍天开眼，赐我葫县一场豪雨！"

台下百姓一听，感动得哭声一片。

台上，叶小天悄声问站在台阶上的毛问智："老毛，明天真会下雨吧？你要是不准，我把你那条瘸腿再掰折一次！"

毛问智小声道："肯定得，你放心，明天一定下雨，下大雨！哎哟，不行了，我这腿酸的……我得回去弄个火炉子烤烤……"

徐伯夷被抬回县衙，厨下赶紧弄了碗稀粥给他灌下去。徐伯夷佯装不醒，迷迷糊糊地喝了大半碗粥，这才气息奄奄地张开眼睛。闻讯赶来的花晴风关切地道："徐县丞，你还好吧？"

徐伯夷眼睛半睁半闭，气若游丝地道："下……下官……还好。就是……觉得头晕……"

他还没有说完，苏循天就急急跑了进来，咋咋呼呼地道："姐夫！姐夫！叶典史宣布接替徐县丞继续绝食，直至苍天降雨啦！"

众人闻言大惊失色，正在装死的徐伯夷一听这话，脑海中电光石火般闪过一个念头："不好！叶小天此人奸似鬼，滑如鳅，他会干出这种蠢事？我定是又上了他的恶当！"

徐伯夷又气又急，脖子一歪，真个晕了过去。

第五十章

包子

一

徐伯夷这一晕,好久好久才幽幽醒来。

他这些日子在祈雨台上折腾得真是狠了,吃也吃不好,睡也睡不好,身体乏到了极点,这一晕,身体机能自然发挥了调节作用,让他很香甜地睡了一觉。

睡觉睡到自然醒……

徐伯夷伸了个懒腰,这感觉,真舒坦啊!

"老爷,你醒啦!"

旁边传来他家中小厮惊喜的声音,一下子把徐伯夷从飘飘欲仙的境界拉回了人间:"嗯?他怎么来了?"

徐伯夷睁开眼,才发现他此时并非在祈雨台上。

老郎中正倚在一边椅上打盹,听到声音也凑过来,上前一看徐伯夷的气色,捻须微笑道:"看!老朽就说嘛,大人只是长期疲累,再加上饥饿过度,只要好好歇一晚,就会没事的。"

徐伯夷一下子清醒过来,挣扎坐起道:"什么时辰了,现在什么时辰了?"

那小厮还未及回答,窗外就传来了"喔喔"的鸡啼声。

徐伯夷爬到窗边,一把推开了窗子,探头出去,只一眼望去,心便是一沉,难怪他未察觉天亮,天上铅云密布,阴沉的可怕。

天亮了,天阴着……

徐伯夷一开始只是根据他对叶小天的了解,不相信叶小天会把坑他的办法硬套在自己头上,料到叶小天另有阴谋。但那时天空晴朗,万里无云,徐伯夷不相信叶小天会预知天气变化,所以叶小天究竟有什么阴谋,他是不知道的。而此刻,他已经全都清楚了。

如果他昨晚当即醒来,察觉叶小天阴谋,他还可以回到祈雨台上,坚持由自己继续绝食，可是现在天色阴沉到了这种地步，明显是要下大雨了，他若再返回祈雨台，岂不是令人鄙夷到了极点？

此时的徐伯夷，心头懊恼痛悔到了极点。他却不想想，即便他昨晚没有昏倒，也确信叶小天有阴谋，他当时就敢果断做出决定重返祈雨台？他就是肯去，叶小天必也有别的后招等着他吧。

徐伯夷趴在窗口，像个父母出门做工，把他锁在家里的孩子，眼巴巴地看着窗外，眼巴巴地看着……

一颗豆大的雨点打在干燥的地面上，溅起一抹轻尘。然后，是第二颗、第三颗、无数颗……

大雨倾盆！

徐伯夷泪如雨下！

·※·※·※·

当百姓们清晨起来，惊喜地发现天色阴沉到了极点的时候，他们马上意识到已经连月不雨的老天终于开了眼，随即他们就联想到了昨晚慷慨陈词，愿以性命祈雨的叶典史。

百姓们纷纷离开家门，甚至没有带上一件雨具。无数的人就像被一条无形的线牵着，从四面八方向县衙前面汇聚，人群越来越多，成千上万的人把县衙门前拥挤得水泄不通，但是居然没有一个人发出半点声音。

所有的人都鸦雀无声，静静伫立在台前，等着天上降下雨滴的那一刻。

而叶小天，正躺在台上呼呼大睡。

毛问智昨晚给他送来了吃的，毛问智可不像花晴天，只携带适宜携带的东西，毛问智想的还是很周到的，他给叶小天带了一只烧鸡，还有一瓶黄酒，虽然烧鸡外面裹了几层油纸，衣服还是油了，可一向邋遢的毛问智又哪在乎这个。

叶小天躲在茅厕里把一整只烧鸡毁尸灭迹，又把那一瓶黄酒喝得精光，出来倒头便睡，一直睡到现在还没起来。

县衙后宅里，花晴天的脸色比天上的乌云还要阴沉。

身边香风飘拂，苏雅静静地走到了他身边，与他并肩看着天色。

花晴风沉着脸道："怎么可能？难道老天真地对他特别眷顾？"

苏雅淡淡地道："怎么可能？如果他是上天气运所钟之人，会在葫县做个小小典史？我看，他或他身边，应该是有人懂得望气，知晓天气变化。"

花晴风的双拳在袖底慢慢握起，沉声道："不管如何，这场雨一下，他的名声，在我葫县将无人能及了。"

苏雅蛾眉微微一挑，带些讥诮的语气道："那又怎么样？你是葫县正印，高山引水，你本可以亲自前去。只要你去了，他出力再多，轮得到他出风头？高台祈雨，你也可以去，你这百里至尊若是去了，轮得到他坐享今日荣耀？"

花晴风眉头一蹙，分辩道："凡事本县都亲自出头，那还要属官做什么？"

苏雅冷笑道："是吗？你不肯去山中开渠，是担心万一失败，颜面尽失。你不肯上高台祈雨，是担心一旦再来个连月不雨，你将自讨苦吃。老爷，你做事永远是未虑胜，先虑败，只要还有一条退路可走，你就绝不肯向前一步的。"

花晴风老脸一热，恼羞成怒道："夫人，你太放肆了。"

苏雅回身便走，冷冷地道："何必不开心呢，他立下再多功劳，你作为一县正印，也不可避免要分润些功劳的。你既不曾付出，又想独揽全功，那怎么可能？天上是不会掉馅饼的！"

叶小天躺在祈雨台上，正在做美梦。

梦中，他赶到红枫湖，夏家一下子涌出几千个兄弟，把他吓了一跳。他抱着脑袋，刚刚摆出一个防护要害的姿势蹲到地上，忽然听到一阵爽朗的大笑声。

他的老丈人夏老爹笑容满面地走过来，夸他是最好的女婿，把他领进了宅子，院子里张灯结彩，堂上喜气盈天，莹莹凤冠霞帔，头上掩着红盖头，正在堂上等着他。

迷迷糊糊地拜了天地，他被送进洞房，用秤杆轻轻一挑，看到莹莹那娇美无俦的笑靥，他忘情地扑了上去。咦？贺客们走没走呢？好像许多人在看着……不管了！

叶小天亲了一下莹莹的小嘴儿，软软的、凉凉的、甜甜的，叶小天兴奋得魂不附体，搂住她的纤腰再度吻下去，唔……好像丰润了一些，更具肉感，带给他一种不一样的滋味。

叶小天定睛一看，怀中的新娘子赫然变成了展凝儿，凝儿羞答答地低下头，对他说："小天哥哥，人家喜欢你很久了，你连我也一起娶了吧。"

叶小天大喜，可是马上担心地说："那莹莹怎么办？她一生气，会阉了我的。"

叶小天扭过头去，见莹莹用一副很可怕的笑容看着他，手里挥舞着一把巨大的剪刀，咔嚓咔嚓……

凝儿走过去，和莹莹说了一阵子悄悄话，两个人便手挽着手儿走过来，含羞带怯地对他说："我们两个一直是好姐妹，以后……还是做好姐妹吧。"

叶小天大喜，顺杆往上爬，涎着脸道："那咱多一个好姐妹也不嫌多，咳！我把水舞找回来怎么样？"

莹莹和凝儿顿时柳眉倒竖，指着他口若悬河地斥责起来。啊！唾沫星子喷了他一脸，好多唾沫星子、好大的唾沫星子，明明是两个小美人，怎么口水这么多啊……

叶小天猛地一下子醒过来，张眼一看，大惊道："哎呀，下雨啦！房子漏啦，我们快躲……"

叶小天还没说完，突然发现自己正坐在高台上，四周台下黑压压全是人群。叶小天迅速清醒过来，弄清了自己为何出现在这里，但是……为什么这么多人看他睡觉？

叶小天还没想明白这件事，台下无数的百姓一齐张开双臂，向着天空欢呼着跳起来："下雨啦！下雨啦！"

"神迹啊！真是神迹啊！"

"叶典史只求了一天的雨，徐县丞求了九天都不下，嘿！"

"谁能瞒得过老天爷？老天爷心里头亮堂着呢！"

"叶大人，叶大人，叶大人……"

雨，越下越大，肥大的芭蕉叶被密集的雨水打得砰砰直响，积了水的叶子越来越弯，忽然哗的一下把所积的雨水倾倒下去，便又倏然挺直，继续迎接连续不断的雨水。

一只松鼠捧着只松果，站在一片灌木丛下，机灵的小眼睛四下扫视着，两只耳朵竖着，忽然，它耳朵抖动了几下，捧着松果一蹦一跳地窜进了灌木更深处。

在它方才立足处前方不过一步远的地方，出现了一双大脚，地上巴掌许长的野草被一层浅浅的雨水覆盖了，被这人一踩，溅起微微的水花。那双脚没有停歇，继续向前走去，他的身上，披着一件套头的厚重蓑衣。

前方一棵浓荫如盖的大树，树下正有一个头戴竹笠的人倚树而站，看到他时向前迎了两步。蓑衣人走到树下，微微抬起头，雨水顺着他的蓑衣流下来，脸上也湿漉漉的，正是赵文远。

赵文远对那人低语了几句，那人点点头，把腰间的刀正了正位置，飞快地窜进了雨幕。赵文远抬头看看天色，也转身向山下走去，山下有一片大屋，中间有一个正方形的极宽敞的院落，院落里停放着好多车子，正是驿站所在。

徐伯夷拥着被坐在窗前，头发依旧蓬乱，胡子还打着绺儿，看着檐下串成帘的雨水，听着邻家老汉大声欢呼的声音。徐伯夷用愤懑的语气自语道："一个人，吃了六个包子还没饱，吃到第七个，饱了。他就说，早知道这样，我直接吃第七个就好……"

他突然无法自控地冲着窗外的雨幕大声咆哮道："你们这群蠢货，我就是那六个包子！"

第五十一章

立碑

一

一场豪雨,灌满了大河小溪,也扫去了人们心头的燥气。不知从哪儿钻出来的青蛙,爬在水洼里快活地唱起了歌儿。

虽然一场雨解决不了这么久的干旱造成的旱情,但它至少给了人们一些希望,所以即便是那些无法从叶小天的引水工程中受益的受灾百姓,精气也变得与往昔大不相同了,就像那些经过雨水浇灌洗濯过的叶子,水灵灵地挺拔着。

大街小巷的人们都在议论着这场大雨,如果这仅仅是久旱之后的一场大雨,它或许会给人们带来惊喜,但是不会带来如此之大的震动,让人们对它如此津津乐道。

但今年筑台祈雨,而且半途换将,结果刚一换人,大雨立下的事,使得这场大雨充满了神奇的色彩。徐县丞绝食九天,滴雨未下;人家叶典史就到台上睡了一宿,雨就下来了,这说明什么?说明人家叶典史对天地虔诚。

水车能把水从低处引到高处,这一点很多百姓都明白,水车又不是新鲜玩意,打汉朝时候起就有了,水力水车、龙骨水车,种类都不仅一样。

实际上在葫县大旱期间,有一些受灾地区就是用水车从低洼处往高处引水灌溉,以缓解旱情的,否则大片土地都要一桶桶地提水去浇,那真能把人活活累死。

可是谁也不会想到从五座大山之外的大河里把水引到数十丈高的悬崖上,再沿着山脊挖渠,把水引到高李两寨。人家叶典史就能想出这样的法子,就敢想出这样的法子,这仅仅是他有常人所不及的胆略气魄吗?

于是就有一些崇信鬼神的老人开始绘声绘色地讲故事,最初也不知是谁提出了这个创意,或许只是一个玩笑,但是转过几人之口后,就变成了这样一个故事:

叶典史是龙王三太子转世投胎,所以洪水在他面前也得服服帖帖,风神雨师也得给他几分面子。就连叶小天在城中山上建宅子时推平了一座土地庙,都成了这一传说的有力佐证。

土地爷再小那也是神哪，如果不是龙王三太子，换个凡人谁敢去推了他的庙试试，早就遭报应了。可人家三太子身份地位比土地爷高，三太子相中了那块地方，土地爷当然得搬家。

因为这场大雨，使得第二天的工程进度受到了影响，直到第三天才开始进行全面的收尾工作，正式开始向高李两寨引水。

这天，叶小天和花晴风都离开了县城，去主持这仿佛巨龙一般横亘于五座大山之上的水利工程的启动仪式，只不过两人分别去了这条巨龙的龙头——大峡谷和龙尾——高李两寨。

花晴风率领葫县的士绅豪商赶去大峡谷，主持启动这场盛大的工程，而叶小天则赶去与高李两寨百姓一起庆祝这个盛大喜事，至于徐县丞呀，徐县丞病了。

徐伯夷这一次不是装病，他连憋气带窝火，再加上此前受了八九天的折腾，他是真的生病了。即便没生病，他也不会在这种场合露面的，因为他现在就是一个大笑话。

从官场到民间，没有人不在暗地里笑他，因为这桩丑事，别人把他以前所做的丑事也翻了出来，诸如攀附权贵、抛弃发妻等等。而嫌贫爱富正是穷人所痛恨、富人所鄙夷的，他这时出来做什么？

花晴风其实更想去高李两寨那边主持活动，锦上添花不如雪中送炭，亲眼看到那河水源源而来，受到感激涕零的百姓们膜拜爱戴，比被富商士绅们恭维着更有满足感。

可是一生唯谨慎的花知县刚刚动了这个念头，马上就想到一个很严重的问题："万一引水失败，我岂不是要被那些愤怒的山民生撕了？"

所以，花知县很明智地选择了大峡谷，把这个可能更荣光，但也更危险的事情交给了叶小天。

在由山脊串联起来的这条水龙的两侧都安排了人，随时注意引水过程中出现的问题，同时在每座山峰处备有一个旗手，随时通过旗号向别处传递讯号通报讯息。

花知县站在悬崖上，风吹得他的官袍直响，以致他不得不用手扶着官帽，才能继续进行他慷慨激昂的发言："此渠一开，日夜不息决胜人力……"

只是大家对他的发言似乎都不怎么感兴趣，其间只有那些官绅时不时用稀稀落落的掌声表示一下欢迎。

大亨嘟着胖脸，站在人群中不停地嘟囔："能不能少放几个屁啊，人家还等着看水龙吸水呢。"被他老爹罗百川狠狠地瞪了好几眼，大亨才不情愿地闭上了嘴巴。

花知县的发言总算结束了，他转过身，看着崖下那条波涛滚滚的大河，豪气干云地挥手道:"启动水车!"

他这一忘形地挥手,忘了护住他的官帽,大风一吹,他的官帽便被卷上了半空。

乌纱帽还在半空盘旋着,崖下的工匠们便拉起了那道修建水车期间暂时有用的一次性水闸,原本被挡板隔向一边的河水滚滚而下,十五台水车相继启动,转速由缓而急,越来越快。

河水被一辆辆水车送往高处第一道水槽,紧接着第二层悬崖台上的水车开始启动,当河水滚滚注入崖顶河道时,欢呼声响彻崖上崖下。

可是没多久便有两架水车发生了故障,好在匠师们对此早有准备,马上对发生故障的水车进行了抢修,而且在此期间其他水车继续发挥着作用,并没有影响调水。

很快,第一座山头处就树起了一面红旗,向着悬崖处不断挥动,这意味着水已经顺利抵达第一处山头。

罗百川看到这一幕,不禁微笑起来,自语道:"这小子,敢想敢干,是个人物!"

大亨的胖脸倏地出现在罗百川面前,腼腆地道:"爹,无缘无故的,你夸我做什么?"

罗百川瞪着儿子,瞪了半响,突然笑了起来,拍拍大亨的肩膀道:"你也不错,起码有这种眼力的人,这一辈子就不会混得太差,哈哈……"

大亨茫然道:"爹,你在说什么呢?"

罗百川笑吟吟地道:"没什么,爹刚给你说了房媳妇,是邻县林路尧林员外的次女,爹已经看过了,很漂亮很贤淑的一位大家闺秀,明儿,你跟爹一块去相一相。"

"啊?"

大亨一听,一张胖脸顿时暗下来,迟疑着想跟他老子说点什么,可罗百川已经微笑着迎向花晴风,同其他士绅一道向花晴风道贺去了。

·※·※·※·

叶小天和高李两寨的寨主、少寨主、众多的长老们站在山峰上,坡下还站了无数的村民。叶小天不知道大峡谷处进行的是否顺利,心中焦急万分,可是面上还得故作从容,不露出半点焦灼之色。

河水最初的传送并不是很快,一条新建的河道,会有一些水被流经的土壤吸收,但这水是源源不绝的,从大峡谷到高李两寨整个地势又是由高向低不断倾斜的,所以水流还是越来越大,速度也越来越快。

在经过第三道山脊的时候,一道仓促筑起的堤坝被水一浸,发生了坍塌,不过问题不大,被巡视检查河道情形的人迅速修复,河水继续源源不绝地向前流动着。

当叶小天等人站在高李两寨所在的山谷高处,看到前方那座山峰处挥舞起一面鲜艳的红旗时，所有人已经按捺不住地欢呼起来。

　　站在坡下的百姓兴奋之下忘了上下尊卑，喜形于色地跑上山坡，一见面前还是一条新鲜的泥土河道，可是坡上的人全都喜形于色，马上也像他们一样，把期盼的目光沿着那条河道延伸过去。

　　一条溪水像一条沾满了混浆的小蛇，沿着河道蜿蜒而来，紧跟着，后面滚滚的河水吞噬了这条小蛇，欢快地向前奔涌着。小蛇似乎从洪水中逃了出来，还是一身的泥浆，继续向前奔跑，继续被洪水吞噬。

　　河水涌到了叶小天他们脚下，当河水倾泻向下时，沿着一条人字形的河道，分别流向高李两寨的梯田，整个山谷中欢声雷动，许多百姓欢喜地流着泪、蹦着、跳着、与他人拥抱着，甚至没看清对方是自己寨子的人还是对头寨子里的人。

　　人字形分水处距高家寨最近，盛大的庆功宴就设在了高家寨，李寨主也是受邀而至的贵客。山里人豪爽，大碗喝酒，对客人尤其热情，叶小天坐下只是片刻工夫，就被灌得头重脚轻了。

　　这时候，高寨主和李寨主一起捧杯来到他的面前，高寨主大声道："叶典史，如今有了这高山水道，不但解了这一次的大旱之危，救下许多庄稼。而且这水从山上来，我们许多族人以后都不必辛苦背水上山，这份恩惠太重了，我老高是个粗人，也不知道该怎么谢你，这杯水酒，请大人你一定要喝下。"

　　叶小天举杯站起，对两位寨主道："两位寨主，这高山水道，主意是我想的，可出了大力的却是你们两个寨子。如果你们不是倾尽全寨之力，咱们这条水道也不可能这么快就交付使用。

　　"只是，救旱如救火，为了尽快运水过来，其实我们很多地方都是仓促建成，比如那些水车有些不太牢固，待旱情解决后，还要加固整修；比如那悬上置放水车的基座现在还不太固定，只是临时用大木在岩壁间支撑，这个也需要重新修整；还有这整个运水堤坝只是临时以泥土堆就，两场大雨就能冲垮，回头还需用石头加固，最好再植上树木……"

　　两位寨主拍着胸脯道："叶大人，你放心好了。你给我们想出了好主意，也解决了这个难处，剩下来的事我们自己做，放心吧，这条河道是我们的命根子，我们会当成自己的眼珠子一般珍视，不会出问题的。"

　　叶小天道："那就好。只是叶某还有一番话想对两位寨主讲。"

　　李寨主豪迈地道："大人请讲，现在河水滔滔不绝，老李有水用了，正可洗耳恭听。"

　　叶小天微微一笑，道："两位寨主，我想问你们，如果这一次本官没有想出这个办法解决旱情，你们两寨会怎么样呢？"

两位寨主一怔，同时陷入沉思之中。

叶小天道："高家寨天天筑堤，李家寨天天掘堤，连高涯兄都受了重伤，如果没人阻止，你们两寨现在将有多少人因为这条河而失去性命，而结果呢？在不断地筑堤与毁堤的争斗过程中，旱情还是没有解决，可那时你们悲伤的将不仅仅是枯死的庄稼，还有你们失去的亲人……"

两位寨主互相看看，羞愧地垂下头去。

叶小天加重语气道："我希望两位寨主能够吸取这个教训，大难临头当同舟共济，千万不要用一些莽撞错误的方式，让你所蒙受的灾难更多，天灾之下再添人祸！"

两位寨主向叶小天举杯道："叶大人，你说的对！我们听你的！"

捞刀河中游，一处水流稍缓的所在。高寨主、李寨主率领两寨长老和自己的儿孙，以及众多的族人站在河边，在他们中间站着叶小天，叶小天和两位族长面前摆设着一张香案。

河水中，有七八个只穿兜裆裤的大汉站在齐胸深的水中，把一块刻有叶小天和两寨寨主三人名字以及誓言的高大石碑一寸寸地钉进河底，当石碑立定以后，石碑的顶部距离水面还有两尺以上的距离。

因为大旱，这个位置的河水其实和这块碑的高度相同，只是因为昨日大雨，又补充了一些水源进来，所以才淹没两尺，如果是平常时节，这条河深达两丈有余，这块石碑就要深埋水下了。

叶小天抓起案上一柄银制的小刀，在指尖上一划，将血淋入案上的三只酒碗，高寨主和李寨主也依次歃血为盟，然后纷纷捧起酒碗，神色庄严。

"我，葫县典史叶小天！"

"我，高家寨寨主高洋！"

"我，李家寨寨主李建武！"

"我等三人，在此向天地立誓：我等于此处'水度碑'，从此以后，但遇大旱年岁，上下绝流，河水下降，现出碑上'水度'两字时，两寨百姓必同舟共济、共渡难关。

"任何人不得用筑堤、水车等方法尽采此河之水，断绝下游百姓生计！凡我两寨百姓、子孙后裔，须得一体遵守，但有违背此誓言者，天诛其族、地灭其寨！"

叶小天微笑地看着水中碑影："千百年后，但有人从此河中捞出此碑，当可看到我叶小天的大名，兄弟我虽不著书立说，却也能名传千古了，不亦快哉！"

第五十二章

狭路相逢

一

驿道上,一只商队艰难地行进着。

昨日刚刚下过一场大雨,地面非常泥泞,人和车走得都很缓慢。

林员外抹了把额头的汗水,给伙计们鼓劲儿道:"林某也知道大家伙儿辛苦,大家再加把劲儿,咱们很快就到铜仁市了,等到了地方,林某多给大家发七天的工钱。"

一个伙计奋力地推着陷在泥泞里的车子,闻声大笑道:"林员外,是个仗义人。你放心吧,大家伙会卖力气的。"

众人纷纷应和,一起用力,把那辆陷在泥沼中的车子推了出来。

林员外骑在驴子上,开心地笑起来。

这位林员外名叫林路尧,正是罗百川和儿子说起过的那位林员外。

这位林员外是个很了不起的商人,他年轻的时候,是个走街串巷的小货郎,后来攒了点钱,就开始开杂货铺。杂货铺这生意利润不大,但是稳当,林员外稳稳地赚了几年钱,便又投入全部资本,开酿酒坊。

酒坊可是个赚钱的买卖,但那时候林员外依旧是个稍有家底的殷实商人,还算不上大户。直到有一天,林路尧到葫岭探访好友罗百川,路上经过一片高粱地,林路尧顺手折了一支高粱吃。

这高粱是粮食,但高粱秆富含糖分,相当于一种另类的甘蔗。有些地方就用高粱秆榨糖的,所谓的高粱饴就是用它做成的。林路尧本来是想嚼根高粱秆儿,结果一口下去,却意外地发现高粱秆儿里有大量的小虫子。

若是换一个人,骂一声晦气,顺手把这高粱秆一扔也就算了,但林路尧可是个精明人,他马上意识到,今年高粱必定减产。而高粱,正是明朝时候酿酒的主要原料。

林路尧二话不说,立刻打道回府,他也不去葫岭了,回到铜仁便拿出全部积蓄,大量收购高粱。当年秋收时,高粱果然大幅减产,粮价因之暴涨,林路尧不但为自己的酒坊囤积了大量原料，而且还高价抛售高粱，因而大发其财，一跃成为铜仁市数一数二的富商，就是在铜仁府也名气颇大。

现如今林员外的生意早已不仅仅局限于酒坊了，今次往中原贩运的是一批上等丝绸，这批货运到铜仁市，可在当时销售，还可以运去贵阳府，那利润翻一倍都不止，所以林员外亲自跟了来。

前方道路上，有一处地方是两座矮山夹峙的所在，矮山上满是低矮的灌木，密密匝匝，一片浓绿。

矮山灌木距地面大道之间还有一片大约数百步的缓坡，坡上有稀疏的树木和半黄的草皮，此时如果走到近处，会发现有些草皮有明显的被铲过的痕迹，因为有一些草皮周围有或圆或方的泥土的痕迹。

一个骑驴汉子超过林员外的商队，先行赶到了两座矮山之间，悠然自得地唱着山歌："爹妈给我一块田，荒了十七八九年，今夜有谁来开荒，不断犁头断犁辕……"

山歌本就是山野之人闲时聊以解闷所唱的曲子，大胆粗放，这人捏着嗓门学着女人的细嗓唱着，荒野之间自得其乐，却也没什么好害臊的。

一块周围有泥土的草皮动了动，从下边探出一颗人头，警觉地四下看看，沉声道："都打起精神来，点子来了！"

周围草皮下传出一阵应和声："是，老大！"

看那探出的人头，豹头环目，颔下一部络腮胡子，正是曾与赵文远打过交道的那个龙大当家，周边几县闻名的第一大盗——龙凌云，手下有两百多个兄弟。

骑着驴子唱着山歌的汉子好像并不是在给他们通风报信儿似的，悠然自得地唱了一段山歌便没了声息，只是沿路而下，渐渐拐过山弯。可他的身影刚一消失在山脚处，歌声便又远远传来

"七斤毛铁八斤钢，今夜我要来开荒，九寸十寸挖下去，扒开茅草就插秧。"

龙凌云眉头一蹙，自语道："他娘的，对面也有人来？"

这时候，一片草皮动了动，底下也钻出一颗人头来，问道："大哥，好像对面也有人来啊，咱们还动不动手？"

龙凌云略一思索，咬牙道："对面来的人应该不多，否则祈老六就不是提醒，而该示警了。林员外这只肥羊不能就这么放过去，按原计划行事。"

"好！"那人答应一声，人头缩回了地皮下，但是草皮上隐隐冒出一张猎弓的一角，远远的猎弓露出一角，根本不会有人注意，即便真有人能看到，也会以为是一棵树根。

龙凌云事先得了赵文远通风报信，不但清楚地知道林员外一共几辆车，车上载的是什么货，价值几何，而且连随行人员的人数和配备的武器也一清二楚，所以事先就

做了周密安排。

因为探知这批货物是丝绸，所以像火攻、竹枪这类霸道的手段首先被排除在外了，又因探知丝绸都装在箱子里，箱子又放在棚车里，而且近三十名护卫佩戴着的都是腰刀等近战武器，所以龙凌云特意选择了这个地方，并且大量配备了弩箭，意图先用远攻，解决对方的主要战力，速战速决。

如今虽然知道山坳对面也有人来，可是祈老六既然示意来人不多，可以继续动手，他便不肯放弃这笔大买卖了。

山脚下，祈老六骑着毛驴儿，哼哼唧唧地避到了道边。山道本就狭窄，对面又是八名骑士护着一辆马车，他不让路，双方是无法同时经过的。

一辆华美的轻车，不疾不徐地行驶着，宽轴大轮的长辕驷车，孔雀蓝绘花的车厢，拉车的四匹马都是雄骏的枣骝，祈老六双眼顿时一亮："看这架势，必是一头肥羊啊！"

但那抹神光只是微微一闪，随即便湮灭在他微微发黄的眸子里，一位骑着高头大马的骑士用马鞭顶了顶宽沿遮阳帽，看了他一眼。

祈老六穿着一身满是风尘的两截衣，肩上搭了一条颜色发黄的褡裢，谦卑地向他笑着，一咧嘴便是一口黄板牙，那骑士便不屑地扭过头去。

祈老六的目光在那辆华美的轻车上又注视了一眼，绒帘轻垂，看不到里面的情形，但可以预见的是，有这样的排场，必是一位出身高贵的人，说不定随身还携带着昂贵的宝物。

车马从他面前过去了，祈老六一提缰绳，骑着毛驴继续上路了。

护送马车的八名骑士走得相当悠闲，任由健马小步轻驰，那车把式的大鞭也插在车辕的插销上，四匹健马自然而然地沿着道路欢快地轻驰。

一位骑士抬起头，警觉的目光四下扫了两眼，提醒其他几人道："诸位，前方两山夹道，咱们小心着些。"

一个骑士忍不住笑了起来："小赵，你是头一回跟着小姐出门吧？整个贵州地面儿上，谁敢动咱们田家？"

先前出言提醒的骑士脸色微微一红，道："陈大哥，咱们这次出来，可没打起田家的旗号。"

陈大哥傲然道："那又如何？若真有宵小劫路，就凭陈某一手'乱披风'刀法，管教他有来无回！"

陈大哥说着，拍了拍他腰间的佩刀。这时候，就见迎面一支车队，也正向他们缓缓驶来，从那队伍的模样来看，应该是一支商旅队伍。

这条土道就是葫县到铜仁方向的官道了，说是官道，年久失修，早已坑洼不平，而且道路不宽，只能容一辆大车，再加上左右护持的马匹通过。

两侧因为是缓缓延伸向山坡的草地，其实两车错开一些，各自碾压着一半草地，也就错肩而过了，可陈大哥这批人却护着轻车径直前行，毫无让路的意思。

他们这些人都有一身好功夫，但是并没有江湖经验，他们只是豪门中的护院，而且是师一辈徒一辈代代为田家效力，忠心绝对没有问题，但是工夫通常只能在校武场上演示，见过血的机会几乎没有。

出门在外的时候他们只把田家的旗号打出来就行，所起的作用仅仅是仪仗，何曾走过真正的江湖？江湖，只是他们常常挂在嘴边上的一句说辞罢了，这是一群并无野外生存经验的老虎。

双方渐渐在这条两山夹峙的地方相会了，眼见对方并没有让路的意思，林员外心中有些气恼，对方只有一辆轻车，其余人都是骑马，避让到草地上很容易，而他的车队如果避让就麻烦。

这道路在雨后本就难行，避到草地中更加困难，一旦陷到泥里，要拉出来就很吃力，可是林员外是生意人，讲究的是和气生财，再说眼见对方气派不小，想来平日跋扈惯了，却也不敢得罪，只好吩咐车队避向一旁草地。

那些伙计心中有气，吆吆喝喝地把车马牵向草地，故意慢慢腾腾，有意让他们在路上等着，两支队伍交错，再加上道路泥泞，登时混乱一片。

龙大当家的从草皮下悄悄探出头来，观察到这样一幕，不由狞笑一声："当真是天助我也！"他立即掀开草皮，从坑洞里一跃而出，大喝道："动手！"

第五十三章

麻烦来了

一

随着龙凌云的一声大喝,一块块草皮挟着泥土飞向半空,一个个持弓人从坑洞中跃了出来,箭矢稳稳地瞄准了他们的目标。

龙凌云安排狙击的这些大盗很多都是山中猎户出身,箭法出色,他们甫一跃出坑洞,就自发选择了最靠近他的也最具威胁的对手。

什么人最具威胁呢?当然不可能是车把式和小伙计,而是那些持刀佩剑的武装护卫,而现在两支车队都混杂在一起,最显眼的就是那八个骑着高头大马、衣着光鲜、肋下佩刃,看起来最难对付的角色。

"嗖!"

一支利箭准确地射中了那位陈大哥的咽喉,他捂着咽喉,绝望地仰面倒去,刀还未出鞘,他哪管教人有来无回的'乱披风'刀法,根本没有用武之地了。

小赵第一次陪着小姐远行,终究警觉些,突然发觉两侧山坡上出现异动,他立即滑下马去,一支利箭射中了他的肩头,被他避过了要害。

小赵大呼道:"快,快护送小姐冲出去!"

那车把式慌慌张张去拔大鞭,大鞭拔下来,又因为鞭子扭缠在了鞭杆上,半天抖不开。这时又是一箭飞来,将他射落车下。

小赵大急,飞身窜上马车,一刀刺向马股,那马吃疼,长嘶一声向前便跑,带得其他三匹马也向前疾驰起来。

车帘儿一掀,探出一张令人望而生怜的娇美面庞,一看那副模样就给人一种楚楚可怜的感觉。可她的眼神却没有一点怯生生的意味。她镇定地向外面探看了一眼,便唰的一下放下车帘,娇叱道:"冲出去!"

小赵在前边听见小姐的吩咐,大声答应一声,将刀向几匹马屁股上一一刺去,那几匹马吃痛,疯狂地向前边奔去,擦碰得那些已经大半避到路边的对方货车东倒西歪。

道路本就难走，再这样一颠簸，田妙霎在车里也坐不稳了，她急忙用双手撑住两侧厢壁，车子忽然一跳，她哎哟一声，臀部离座而起，脑袋撞到了车棚上。

小赵也顾不得纷飞的箭雨，驱赶着马车疯狂地往外冲，龙凌云等人一轮弓箭射罢，立即拔出刀来，狂吼着向他们冲去。这些悍匪最不缺乏的就是勇气，杀人与被杀就是他们的生活。

八名骑士有三人被当场射杀，剩下五人中有两人受了箭伤，纷纷拔刀护着车子往外冲，一路吆喝着喊着。相比起来，那些武艺不如他们高明的草莽汉子反倒更冷静些，袭击一发生，商队护卫就迅速退向大车一侧，以货车抵挡一侧冷箭的袭击，同时从车上撤下一块块木板竖在身前充当盾牌。

在这过程中被射伤的伙伴，哪怕就在他们脚下哀号，他们也绝不多看一眼，而是冷静而迅速地完成布防，直到整个防御箭矢的圈子搭起来，他们才分出人手把中箭未死的伙伴拖进防御圈。

一见如此，那些从两侧冲出来的悍匪便抢先阻拦正横冲直撞地向外抢去的马车，正护马车逃离的五个人除了小赵赶车，另外四人立即分出一半抵挡追兵。

田妙雯所乘的车子华美精致，防震性能也好，车上还有各种配套措施，坐在车上很舒适，但它不是战车，因为增加了这许多功能，车子的牢固程度便也受到了削弱，一路刮碰着向外冲去，忽然被一辆大车的一角重重地磕碰了一下，那车厢哗啦一下踢了一半。车中的田妙雯惊叫一声，虽然素来镇定，这时又哪能不惊。

"哈哈，这还有个女的！"

"挺漂亮的啊，抢回山去大家乐一乐！"

附近的几个悍匪大喜，眼见他们逃得太快，本想舍了他们专对那摆布乌龟阵法的林员外一伙人下手了，一见车上有个年轻貌美的女子，顿时色心大起，马上锲而不舍地追上来。

"小姐？"

小赵匆忙中回头看了一眼，见田妙雯坐在半垮的车厢里，双手紧紧抓着一旁的扶手，花容失色，不由大感焦急。

田妙雯沉声道："不用理会，冲出去！"

田妙霎急急回头看了一眼，心中闪电般掠过一个念头："准备如此充分，定然是冲着我来的，究竟是什么人，莫非是播州杨家？"

· ※ · ※ · ※ ·

郊外仓库边，罗大亨腆着肚子，声色俱厉地训斥着："你们两个，是咱们罗高李三姓车马行的东家……"

罗大亨的神态很威严，可右手捧着地啃了一半的桂花糕，把他的威严形象毁坏殆尽。

李伯皓小声提醒道："大东家，是罗李高。"

罗大亨喝道："你闭嘴！"

高涯拄着拐杖，不服气地道："罗高李、罗李高，有什么区别？当初是因为你比我大一岁，所以才把李排在前边，你也不用这么计较……"

罗大亨喝道："你也给我闭嘴！"

高涯悻悻地闭上了嘴巴。

罗大亨指着他们道："你们这两个不着调的东西，咱们车马行成立何其不易，自成立之初，兄弟们齐心协力，很快就成了这条道上名声最响、生意最大的车马行！

"可这才多久，啊？你们就撂挑子不干了。竖牌子不易，拆牌子却容易得很，要不是孙伟暄帮我撑着，咱们车马行早就垮了。就现在，常氏车马行、谢氏车马行都已后来居上了，你们不着急？咱们罗高李车马行龙头老大的位子就快不保……"

李伯皓再次小声提醒道："大东家，是罗李高，不是罗高李！"

罗大亨一抬手，就把半块桂花糕塞进了他的嘴巴："罗李高！我还桂花糕呢！是罗李高还是桂花糕，很重要吗？"

这一次，高涯小声提醒道："大东家，是罗李高，不是桂花糕！"

罗大亨气得跳脚："你们这两个纠缠不清的混蛋，真是要活活气死我啦！"

不远处，叶小天看着这般情景，不禁笑道："刚才看他还挺有点大掌柜的气派，这么一会儿就原形毕露了。"

赵文远笑道："年轻人其实都是这样子了，我在播州时，那些年龄相当的朋友，还不是一句话就能点着的炮仗？"

叶小天睨了他一眼，揶揄道："足下如今年纪很大吗？"

赵文远哈哈大笑，弹了弹头上乌纱，自嘲地道："是啊！这身官袍一穿，不自觉地便老气横秋了，其实我的岁数也不算大呀。可是既然做了官，便不免受到影响，一言一行都开始注意起来了，这架子想不端着都不行。倒是你……"

赵文远看着叶小天，笑眯眯地道："你可是本色不改啊，始终没有一点官样。听说，徐伯夷被你折腾得不轻？"

叶小天道："我本想，今后大家同一个衙门里做事，低头不见抬头见的，往昔那点过结就让它过去算了。谁知我刚到葫县，他就想算计我，嘿！我叶小天可不是唾面自干的老实人。"

说到这儿，叶小天又睨了赵文远一眼，道："我听说，原田府管事谢传风跑到葫县来开了一家车马行？"

赵文远道:"嗯,他现在混得风生水起。在葫县道上已是坐二望一的大车马行了。"

叶小天道:"徐伯夷是田氏门下,这谢传风又跑到葫县来开车马行,你说他们两个……"

赵文远打个哈哈道:"据说这谢传风走了王主簿的门路,看来与田家是再没有什么关系了。"

叶小天道:"焉知不是掩耳盗铃?"

"嘿嘿……"二个人各怀鬼胎地笑起来。

这时候,一条体魄健壮的汉子风风火火地跑进了仓库院子,穿着一身短打,咧着怀,露出饱满如垒石一般健硕的胸肌。

赵文远赞道:"好一条大汉!"

叶小天道:"他是大亨的得力助手,名叫孙伟暄,高李两寨斗得不可开交的时候,全靠他撑着,车马行才没有倒。"

这时就见孙伟暄快步走到罗大亨面前,一面掀起衣襟擦着汗,一面对罗大亨急急说着什么,叶小天不由微微一怔,喃喃地道:"大亨这车马行,不是又出什么问题了吧?"

叶小天话音刚落,罗大亨就冲着他跳着脚儿跳起来:"大哥,大哥,不好啦!大哥,不好啦……"

叶小天快步走过去,没好气地道:"喊什么,我好得很!你又有什么麻烦了?"

大亨脸色凝重地道:"我麻烦了,大哥你也麻烦了。说起来,还是你的麻烦比我大些。"

叶小天一怔,道:"你们车马行出事,关我什么事儿?"

孙伟暄抢着道:"典史大人,不是我们车马行出事了,而是驿道出事了。"

叶小天一愣,急忙道:"你说清楚!"

孙伟暄道:"今天有商队在驿路上被大盗'一条龙'给劫了。小民的车队半途得到前方逃回的商队示警,不知前方情形现在如何,护从的人马又少,所以就先退回来了。"

罗大胖子捧着大肚子,愁眉苦脸地道:"那个一条虫,平时都是劫上一车货就逃之夭夭,这一回也不知哪来的那么大胆量和本事,居然把整支车队都劫了,听说还不是一支,而是两支。哎,这一耽搁,我又要赔好多钱,我的钱哪……"

叶小天和赵文远异口同声地问道:"在什么地方出的事?"

孙伟暄道:"那是一座无名山谷……"

叶小天和赵文远又异口同声地问道:"距此有多远?"

孙伟暄怔了怔,道:"大约六十里。"

叶小天和赵文远同时松了口气,庆幸地道:"啊!六十里外,已然归铜仁市管辖了,不关我们的事啊,呵呵呵……"

李伯皓和高涯互相看了看,头一次达成了一个共识:"这些当官的,也忒无耻!"

孙伟暄迟疑地道:"两位大人说的是直线距离吗?"

叶小天和赵文远的笑声戛然而止,一起瞪着他道:"那你说的呢?"

第五十四章

探案缉凶

一

无名山谷里，叶小天一身布衣，站在一辆被搬空了货物的车子前面，静静地观察着车辕上的一摊血迹。他去罗大亨那儿时，穿的就是一身便袍，闻讯赶回县衙途中就碰到了赶来缉查案件的周班头一行人，便直接跟过来了。

车辕上的血迹已经干涸，一群乌头苍蝇附着在上面，周围一有人走动，它们就惊飞而起，等人一过去再盘旋着落下。

那些大盗把骡马也拉走了，想必是为了驮运货物，可他们同伴的尸体却丢在了现场，命如草芥，命归草芥，不过如此。

赵文远抬头看了看前方的谷口，叹了口气，同情地对叶小天道："叶兄，你还真是倒霉啊。刚刚解决了高李两寨的争端，又摊上这种事。这支商队只要再往前走十里就是铜仁地界了，可偏偏就在这边出了事儿。"

叶小天苦笑道："倒霉就倒霉吧，人生的一半不就是倒霉吗。"

赵文远问道："那另一半呢？"

叶小天从他身边走过去，信口答道："解决倒霉呗。"

司法刑狱的案子本来就该叶小天负责，但这次案子不小，照理说徐伯夷也该来，但徐伯夷以绝食多日、身体尚未康复的借口拒不到场，叶小天就独自带人来现场勘察了。

至于赵驿丞，虽然他并不负责刑事案件，但是作为驿丞，驿路上的事他也有责任配合调查，同时了解驿路的安全情况，也有助于他加强在驿站负责范围内的各项事务，所以他也来到了现场。

周班头站在路边，正向一个余悸未消的人问着话，叶小天走到他身边，并未出声打岔，只是安静地听着。勘案问案方面，人家才是行家，至少比他要明白许多，叶小天从来不干不懂装懂冒充内行的事儿，赚了面子却吃大亏。

周班头仔细询问一阵，向那人点点头，那人松了口气，一屁股坐到地上，他的腿现在还是瘫软的呢。

这是一个车把式，车把式遇到劫路贼，通常只要不作出反抗的举动，劫路贼是不会伤害他们的。此外一般也不伤害伙计。这倒不是山贼有好生之德，而是一旦把这些人都杀怕了，没人再肯跑长途，他们下回劫谁去？

周班头一扭头看见叶小天站在旁边，忙向他施礼道："大人。"

叶小天摆摆手道："不必拘礼。你问清楚了？"

周班头道："是！这人说，他们是铜仁市林路尧林员外家的伙计，贩运一批丝绸回铜仁。路经此处时，对面恰有一支车队过来，两下里拥挤在一起，以致行动都缓慢下来。这时，两侧山坡上突然有许多山贼从土坑中跃出来，先以利箭射击，继而拔刀冲阵，劫了他们的货，还绑走了林员外，说是索要赎金。"

叶小天目光一凝，道："迎面又来一支车队？那支车队可是山贼同伙？"

周班头摇摇头道："大人你看，那两具尸体，就是迎面而来的车队骑卫。"

叶小天看了看一个仰面朝天，咽喉中箭的死者，深吸一口气道："可查清了他的身份？"

周班头道："卑职已经仔细搜查过，死者身上并没有任何可以表明身份的东西。"

"连'过所'都没有吗？"

叶小天刚刚释然，登时又露出狐疑之色。

周班头低声道："大人，这驿路上也不乏私贩，私贩怎么可能申请过所。同时，有些走送亲访友的人，因为就在附近几县之间走动，官府设立的关卡又少，所以也很少申请'过所'，省得麻烦。

"迎面过来的这些人和两侧埋伏的山贼曾大打出手，砍死了好几个山贼，他们一共有八名骑士，护着一辆轻车，那边还有三具尸体也是他们的，所以这些人身份或者可疑，但是与山贼应该没有什么关联。"

叶小天点了点头，道："把这些死者画影图形，张榜公示，看看能否有人认出他们的身份。"

周班头应了声"是"，又道："'一条龙'这伙山贼，一向在附近几县活动，不过他们很少能像这次一样获得这么大的收获。大人你看，两侧山坡上那些坑洞都是事先挖好的，而经过这条驿路的人，很难说都是车队，为了防范山贼以及加快贩运的速度，很多商人都是用的骡马帮。

"那样的话即便对面有支车队堵塞了道路，山贼埋伏在道旁两侧也无法及时阻止他们逃逸，顶多截下一人半马的，所获极少。所以山贼轻易是不会采用这种方法的……"

叶小天打断他的话道:"这些意味着什么?"

周班头道:"卑职认为,这伙山贼踩盘子的时候一定打探得非常清楚,他们把林员外的身份、贩运的货物、所使用的运输工具乃至行程时间都了解得很清楚。所以,他们要么有内奸,要么就是事先有人和林员外一行人有过很密切的接触。"

叶小天点了点头,道:"虽然我不曾做过贩运,可也明白,既然道路涉险,那么我几时上路,几时打尖,事先都不会太早确定并泄露于他人知道……"

周班头欣然道:"不错!所以他们派去踩盘子的人,应该就是在驿站或者林员外等人离开驿站的这段时间里,和他们有过密切接触的人。卑职会对这段时间里同他们接触过的人做详细调查。"

此时已然走到他们身边的赵文远也在认真听着,听罢周班头的话也点头道:"周班头所言大有道理,不愧是老公门。在驿站和离开驿站的这段时间内,商旅不绝于途,如果有人和他们有过接触,必然瞒不过他人耳目,当可获得一些线索。"

叶小天思索了一下,忽然问道:"你方才说,对面来的人有八名骑士,护着一辆轻车,这里一共死了他们五个人,还剩三人加那辆车子上的人或东西,既然是逃向我县方向,他们哪去了?"

周班头道:"卑职正要说,我县方向无人曾看到过他们,来时路上也未见到他们的尸首。"

叶小天下意识地看向两岸莽莽的山林,周班头道:"山贼强冲林员外的守阵,护卫死伤殆尽,幸存的伙计和车把式也都在,失踪的只有对面那支车队的三个人及那辆车。"

赵文远道:"既然如此,他们应该也和林员外一样,被山贼掳走了。"

叶小天摇头道:"不会!山贼知道林员外的底细,想把他绑为肉票,勒索赎金。绑架另外那三个人做什么?三个护卫骑士能有什么高贵的身份,值得他们绑票?"

周班头道:"那么,他们就是被追赶甚急,仓促逃上了山!"

叶小天望着莽莽青山沉思片刻,道:"昨日新雨,车马行过必有痕迹,走!循着踪迹搜索一下!"

赵文远慌忙阻止道:"叶典史,这太危险了,万一那些山贼尚未逃远,岂不有性命之忧。还是等调来民壮再搜山吧,本官也可调驿卒们前来协助于你。"

叶小天道:"不用担心,他们已经得手,既捞了那么大笔财货,又绑了肉票,没有不远走高飞的道理。本官要找那些失踪者,倒不是指望他们能够提供什么有用的消息,只是希望如果他们还未死,能够及时救下他们一条性命。周班头!"

周班头马上一挺腰杆,大声道:"卑职在!"

叶小天伸手抓住一柄斫在一旁破烂马车上的刀,用力摇晃两下,将刀拔起提在手中,沉声吩咐道:"留下一部分人清理现场,其他人,随我循踪上山!"

· ※ · ※ · ※ ·

罗百川坐在厅中，正有滋有味地品着茶，大亨斜挎着一个鼓鼓囊囊的书包走了进来。

罗百川一见，登时眉头一皱，扮出严父模样，不悦地道："站住！你不是去车马行了吗？怎么这么快就回家了。大亨啊，你现在也长大了，做事要有坚持，你这样子，让车马行的其他人怎么看？"

大亨一见他爹就紧张，咽口唾沫道："爹，我……"

罗百川斥道："又要犟嘴？车马行也是你的生意，而且是你的大生意。杂货铺那边利润再大，也不及把这车马行经营好了。这可是你安身立命的根本，爹的生意，早晚都是你的，可你也得能拿得起来才行。像你现在这样三天打鱼两天晒网的怎么成？"

大亨道："爹，不是我不用心做生意，实在是今天确实没有生意。我们车马行承揽的那些货……"

罗百川大怒："混账！还学会撒谎了。你当爹不知道吗？爹现在的生意都是交给你的车马行贩运的，至少还有三批货共计二十余车不曾运走，你说没有生意？你这个臭小子，是不是三天不打就皮实了？"

大亨气呼呼地站在那儿，脖子梗着，直眉瞪眼地瞅着他爹不说话了。

罗百川把茶杯重重地一顿，喝道："怎么着，七个不服八个不服的，老子说你还说错了不成？你是不是又想挨揍了？"

大亨把脖子又用力一挺，还是不说话，罗百川气得跳了起来，这对冤家父子又杠上了。

第五十五章

父子冤家

一

　　罗百川气得鼻息咻咻，斥责道："你这个不成器的东西，老子刚看你有点出息，这就开始不务正业了。什么时候你才能让老子省点心！啊？你不是没事做吗？行，咱们这就走！套车！咱们去铜仁市，先跟我那老亲家见见面，你小子做事不行，那就负责给老子生孙子，有了孙子我从小教他，你这个浑球老子是不指望了。"

　　大亨讪笑道："爹啊，你那亲家已经被山贼'一条龙'给抓走了，现在死活不知呢，你上哪儿找他去。"

　　罗百川大惊失色，道："你说什么？'一条龙'抓了林路尧，这是什么时候的事儿？我怎么不知道？"

　　大亨道："就是今儿早上啊，这一次'一条龙'把林家的整个商队都给端了，还绑了林员外做肉票。消息一出，商路断绝，官家要勘察清楚再安排商旅上路，所以我们车马行停工了啊。"

　　罗百川大怒道："混账东西，这么大的事儿，你怎么不早说？"

　　大亨把书包往身后用力一甩，翻个白眼儿，振振有词地道："我这不是给你说了吗？刚刚你肯让我说吗？我说爹呀，你就是我爹你也不能不讲道理啊，你说我这才刚进花厅，你就没完没了的数落我，你给我机会开口了吗？"

　　罗百川道："我……"

　　大亨噼里啪啦地道："要我说呢，这林员外怕是要完蛋了，谁都知道那'一条龙'可不是个好东西，心狠手辣。林员外要是一死，他那宝贝女儿得给他守孝吧，这一守就得两三年光景，那不就耽误你老人家抱孙子了吗？所以不如咱们另谈一门亲事。"

　　罗百川道："你……"

　　大亨口若悬河地道："我开杂货铺的时候，认识了一个姑娘，姓程，名晓秋，闺名妞妞。这姑娘年方十七，温柔贤淑、善良大方，出身清白、长于家务，儿子对她一见钟情，相信爹见了也会喜欢她的，不如我领她上门让爹见见……"

罗百川气急败坏地道："闭嘴！"

罗大亨打了个哆嗦，赶紧闭嘴。

罗百川瞪着罗大亨，一副本要吃人的表情："老子不让你说？啊？你说老子不让你说？老子让你说了，你就啰里啰唆尽说些不着调的话？你以为老子不知道你高价雇了个女伙计？啊！抛头露面做生意，这样的女子能进咱们家的门？啊？你要是真喜欢她，等你娶了正妻，纳她做个妾就好了，想娶她为妻，门儿都没有！"

大亨把脖子一梗梗，道："门儿没有，我就爬窗户！"

罗百川一呆，道："你爬什么窗户？"

罗大亨道："我就实话对你说了吧，爹！我跟妞妞早就同房啦，现在妞妞已经有了身孕，再等九个月你就有大孙子抱了。这笔账，你认也得认，不认也得认，我的终身大事，你就不要操心啦！"

"你个臭小子！"

罗百川大怒，抢起巴掌就向罗大亨追来："别的不见你本事，这个倒不用人教，我打死你个不孝子！你想逼老子同意你娶她进门，没门儿！"

罗大亨绕柱疾走，一边嚷道："你要不同意，我就离家出走！"

罗百川又好气又好笑，一边追打，一边道："怎么着？自己开店铺做生意了，翅膀硬了是不是？这就要自立门户了？你有本事就走，走了就别回来！"

罗大亨道："爹，这可你说的啊！谁要说话不算谁是小狗。"

罗百川气得一个踉跄："你……你这个混账东西……"

罗大亨把书包一甩，昂然道："我走！你说的啊，你可不能说话不算数！"

罗大亨一边说一边往院口退，退到院口猛一转身，飞也似的跑掉了。

罗百川站住脚步，望着罗大亨远去的背影骂道："这个小兔崽子，还真想自立门户啊？你行吗？你没两天就得连哭带喊地求着回来。"

罗百川说着，双手慢慢负到身后，脸色阴沉下来："林员外居然被'一条龙'给绑了肉票？这个'一条龙'，本来觉得他多少还有点用处，才懒得动他，想不到他的胆子越来越大了！一条龙？哼！一条小蛇也敢称龙！"

罗百川沉着脸思索半响，轻轻击了击掌，一个老家人便闪身掠到他身边。看此人身手极其矫健，站在罗百川面前，神态举止充满彪悍之气。若是让看惯了他一副唯唯诺诺家仆模样的大亨瞧见，必定大吃一惊。

罗百川一字一句地道："给我查清'一条龙'的下落！"

·※·※·※·

一条土沟里慢慢探出一个人头,谨慎地四下打量了一番,又滑回土沟里。这条土沟只有一人多深,应该是多雨季节被洪水冲出来的沟壑,如今沟中长满了野草,几乎将土沟填平,从上面看,不注意的话,甚至会认为这是一片较低矮的草地。

土沟里面,一个年轻人仰面躺在那里,因为失血过多,他的脸颊已经一片苍白,在他的胸腹前,有一片殷殷血迹。

滑下土坡的是个年轻的女人,她看了看气息奄奄的年轻人,迅速脱下自己的襦袄,用力撕开,艰难地搬动年轻人的身体,在他伤处迅速缠了两圈。

她一宽去外衣,露出里面月白色的窄袖春衫,隐约可以看见衫内绣花的抹胸,抹胸上部隆起的酥胸玉乳曲线姣好,令人想入非非,春光乍泄,她也全不在意。

这女子正是田妙雯,而那青年则是小赵。小赵和另外两个侍卫护着田妙雯向外逃,逃出不远那车子便彻底散了架,三人便护着田妙雯向山上逃,追兵大众,草木繁藏处总是更容易摆脱他们的。

那些山贼原也不是一定要置他们于死地,他们劫道图的是财。可田妙雯虽然没显出多少财,却有色。她的样貌哪是那些山野村姑可比的,那种娇美端庄大家闺秀的风仪,本就令这些粗鄙山贼色心大炽,再加上她的模样太过柔美娇怯,那些山贼就更是不甘心让她溜走了。

最后,那两个侍卫舍命阻敌,小赵护着田妙雯逃上了山。那些追兵杀掉了两个护卫再追上山时,丛林莽莽,已经彻底失去了他们的踪影,贼人无奈,只得悻悻而归。

但小赵在先前的战斗中已经受了伤,一路跟跄奔跑时,肠子都流了出来,他一手提刀,一手捂着肚子,直到找到这处可以藏身的所在,一口气儿泄了,这才倒下来。

小赵已经晕迷,被田妙雯搬动身体,才慢慢苏醒过来,他张开无力的眼睛,望着田妙雯,虚弱地道:"大小姐,属下……不成了。"

"别说废话,能挺就挺着,能活就活着。"

田妙雯冷冷地说了一句,身子一动,顿时眉尖一皱,微微现出痛苦之色。难怪她方才爬上土坡,又顺着草丛滑下来,倒不是出于谨慎,而是逃跑中崴了右脚,足踝痛彻入骨,她现在根本站立不起。

田妙雯握住足踝,只轻轻一碰,便觉疼痛难忍,田妙雯叹了口气,用淡淡的语气道:"我也走不动了,如果他们依旧追来,一死而已。如果我们能活着离开,我田家绝不会亏待了你……"

田妙雯说着,转眼看向小赵,却见他仰面朝天,两只眼睛依旧睁着,眸中却已失去了生命的光彩。田妙雯微微一怔，轻轻推了推小赵，他依旧仰面躺着，嘴巴微微张着，一动不动。

田妙雯沉默了片刻，轻声道："如果我能活着离开，我田家必善待你的家人，你放心去吧！"

·※·※·※·

山坡下停着一辆破碎的马车，周班头迅速勘探一番，对叶小天大声道："大人，车中应该坐的有人，但此刻已不见踪影。"

马辉气喘吁吁地跑过来，道："大人，山坡上陆续发现一些尸体，大多是山贼，其中另有两具和山谷中被杀的那些骑士服饰相同。"

叶小天一挥手道："走，上去看看。"

"哎！"

赵文远挺不情愿地叹了口气，跟着叶小天向山坡上走去。

周班头一路走，一看观察着地上的死尸和遗留的痕迹，道："看样子，那辆轻车在突围时与那些货车碰撞的太厉害，跑到这里时颠散了架，所以那三名骑士就护着车中人上了山。

在上山途中，那些山贼还在继续追赶，他们边退边战，所以这路上才遗下这么多的尸体，看起来，那几名骑士武艺不错，以寡敌众，又先受了埋伏，居然还有如此强大的战力。你看此人，背上有箭伤，应该是先前受到伏击时受伤的。"

叶小天道："这些山贼事先埋伏在山谷两侧，目标明显是林员外的那些财货，为何却对这车中人死追不舍？"

赵文远摩挲着下巴道："莫非这车中人穿金佩玉，比林员外更显富贵？"

周班头插嘴道："大人，轻车极显奢华，榻饰精美华丽，属下勘查时，还嗅到隐隐的兰麝之香，应该是个年轻的女人。"

叶小天道："这样的话，那就是为色了！"

叶小天啪地打了个响指，往前方郁郁葱葱的丛林一指，喝道："给我搜！"

第五十六章

一跤扑到虎

一

"分开搜,如果还有人活着,也不会逃得太远。"

眼见树林茂密,真要是往大山深处搜索,便是撒出去十万大军也无济于事,他们此刻只有这么点人,如果再聚在一起就更起不到搜索的效果,叶小天便下达了一个切实可行的命令。

周班头迟疑道:"大人,如果大家散开的话……"

叶小天道:"不必担心,山贼已经获得财货,必然远遁,不会有什么凶险,大家只要小心脚下的蛇虫野兽就行了。"

周班头只好应道:"是!"马上一摆手,率领几个捕快向前方呈扇形散去,如此一来,叶小天就不必向前探索,只需横向搜索过去,周班头这也是出于对他的一片维护之心。

赵文远见状,便也拔出刀来,装模作样地趟着草丛向前搜去。

小赵的尸体横在草丛中,田妙雯就坐在他身边,神态却依旧平静从容,仿佛旁边只是睡着一个人。

在这荒郊野外,若是换了一位姑娘,遇到这样的场面,怕不早吓得六神无主、哭哭啼啼了,最起码也要离那具尸体远一些,但田妙雯却仿佛置身于自己的闺房之中,那份淡定从容一如既往。

她坐在地上,把崴伤的右脚屈过来,轻轻揉着受伤的足踝,仔细思索着今日的遭遇,越想越觉得这场伏击完全就是针对她的。

事先精心的准备、一场完美的伏击,这可不是山贼一贯的作风,况且那些"山贼"甫一攻击便以她的护卫作为主要袭击对象,这种种迹象都表明,这是假山贼名义对她发动的一场狙杀。

"会是谁呢?"

四大天王、八大金刚之间的关系非常复杂，除了当代还有姻亲关系的家族间彼此关系密切，其他的家族即便祖上曾经有过多次联姻，现在也是泾渭分明的利益集团。

他们平时来往、饮宴交游都很平常，但是真正遇到竞争时，还是明争暗斗、合纵无常的。所以田妙雯能列出的怀疑对象其实不止一个，但是目前来说，有动机用狙杀手段试图干掉她的，只有两家。

一个是宋家，宋家这些年来势力发展的不愠不火，宋家的势力范围又与田家的固有势力范围接壤，田家试图重新崛起，和宋家就有了一定的利益摩擦。

但是宋家虽然有这个动机，却不符合宋家一贯的作风，要知道如果她真的死了，她大哥田彬霏一定会发疯，只要被他抓到半点把柄，田家就会倾尽全力，不惜同归于尽也要报复宋家。

而宋家和田家虽然有些摩擦，却还远没到水火不容的地步，宋家的主事人为人处事又一向温和。如果排除宋家，那么就只剩下一个嫌疑人了，而且是嫌疑最大的人，那就是播州杨家的杨应龙。

播州杨家的实力实际上已经超过田家，直追宋家，对田家依旧在排名上压杨家一头一直耿耿于怀。而且她大哥田彬霏也一直把杨应龙当成潜在的对手，两者早想一搏。

只是杨应龙和田彬霏的身份都太特殊，他们两人一旦动手，可不是文人笔墨间的一场游戏，也不可能是个人武力的较量，那是动用两个庞大家族的力量进行的一场博弈，牵一发而动全身，不能轻举妄动。

如今杨家有意于葫县，田家也摆出一副对葫县志在必得的态度，此举必然激怒杨应龙，田家本来就是杨应龙提升杨家地位的最大障碍，现在又有这样的竞争关系，要对付田家便有了充分的理由。

四大家中，以田家的势力最为单薄，如果杨应龙能一举打垮田家，挟大胜之锐，直接就能凌驾于宋家之上，与安家分庭抗礼。

"如果是这样，那么狙杀我应该只是杨应龙的第一步棋，他既决定动手，就一定会做好万全的准备，很可能待我横死山谷，他便会用事先准备好的伪证诱导我大哥向其他土司寻仇报复，既而浑水摸鱼……"

就这么一会儿工夫，田妙雯已经对四大天王、八大金刚等各方势力做了一个全面的分析，并且把怀疑对象锁定为杨应龙，为杨应龙找到了充足的作案动机，甚至连杨应龙下一步的计划都进行了详细的推测。

聪明反被聪明误，也只有田妙雯这样的女人，才会把一件简单的事情想得如此复杂，如果是展凝儿或夏莹莹……那两个女人根本不会进行任何理性的分析！

展凝儿会提着刀直接追进山去，杀光那些山贼就算以牙还牙了。而莹莹，她会把她那二十多位叔伯，七八十个堂兄弟一口气全叫出来，接下来……接下来就不关她的事了。

田妙雯正沉思着，忽然听到一阵窸窸窣窣草丛拨动的声音。田妙雯一惊，身形倏地一动，牵动足踝，痛得一声闷哼。

田妙雯咬牙忍住痛楚，迅速向一旁的草丛钻去。虽然她也知道，除非人家没有发现小赵的尸首，否则一定会对周围进行更详尽的搜索，她足踝受伤，逃不多远，终究还是会被发现，还是本能地想隐匿起来，先确定对方是敌是友。

赵文远提着刀，装模作样地四下搜索着，脚下迈着慢腾腾的步子。前方有个捕快用水火棍哗哗地扫着草丛，看到赵文远后便向前方折去，把剩下的这块地方让给他来搜。

赵文远对今日发生的一切心知肚明，哪有心思搜索，可他目光一垂，忽然发现前方较低矮的一丛野草突然摇晃了一下，心中不由一动，立即把脚步放得更慢了。

草丛的波动很轻微，而且是顺着一个方向轻轻波动着，很有可能是什么小兽，赵文远觉得如果能打点野味儿回去倒也算不虚此行，但他蹑着脚步走过去，忽然从那茅草的缝隙间看到了一抹白。

那不是什么白色的小兽，比如白狐，而是一抹衣袍，赵文远眸中立即掠过一抹厉色，下意识地攥紧了手中的刀。

田妙雯紧张地躲在草丛中，屏着呼吸，注意着那个捕快用水火棍扫荡草丛的方向，却没注意到背后悄悄蹑来的赵文远。

田妙雯躲在那里，身子挤压着草丛，野草正好向赵文远的方向倾斜出一个角度，使他从茂密的草丛中发现了田妙雯的踪迹。

赵文远情知此人必是幸存者，本能地动了杀机。其实他也知道，龙凌云不可能泄露和他的联系，这个劫后余生的人更不可能知道些什么，但是因为他的立场，本能地对此人便产生了敌意。

可这杀气只是稍稍涌现，就立即烟消云散了。因为他看到叶小天提着一口刀，正向这边走过来，赵文远微躬的身子马上直起来，向叶小天招了招手，便趟着草丛向前方走去。

叶小天大步走过来，看看西方天色，对极认真的向前方走去的赵文远道："赵兄，别走太远了，天色将晚，再搜二里地，要是没什么收获，咱们就回去了。"

赵文远回头笑道："好！"

田妙雯听到前后两方都有人说话，心口不由怦怦直跳，身子忙又伏低了些，心中暗想："搜我的人到底是官府的人还是杨应龙的人？"

因为田妙雯认定这场伏击是针对她的，那么在捕获或杀掉她之前，杨应龙的人自然不会轻易离开,所以难以判断外面人的身份。

偏偏叶小天这句话中又没有什么可以表明他身份的词,田妙霎不禁犹豫起来:"我要不要出去见他们?万一他们是杨应龙的人,我岂非自投罗网。"

这时,叶小天迈着大步,向走到远处的赵文远说着话,堪堪走到矮沟上方。那蒿草长得极高,几乎与地面平齐,土沟里的野草草尖只是比别处地面稍矮一些。

叶小天随意扫了一眼,还当是一片低洼地,一脚踏出便腾了空,叶小天"哎呀"一声惊呼,整个人便向土沟中扑去。

"嚓!"

一口雪亮的钢刀,紧贴着田妙霁吹弹得破的脸颊插进了松软的土壤,几乎直没至柄。田妙霎万万没想到这个人竟然从上边摔下来,而且人未至刀先至,几乎只差分毫便毁了她的容颜,骇得她花容失色。

田妙霎一声尖叫刚刚到了唇边,却又硬生生忍住,因为就在这时,她感到左胸一痛,被一只大手按了个结结实实,两个人四目相对,中间还有几根野草轻轻摇曳着,半晌两人都没作声。

田妙霎杏眼圆睁,一副即将惊叫出声的模样,而叶小天脸上却挂着一脸喜色,即将大笑出声的模样,两者当真是相映成趣。

叶小天一跤跌下,心中也是一惊,他甚至还来不及惊呼,便摔倒了地上,不过,除了脸被一些草茎刮得有些火辣辣的,身上倒是没感觉到痛楚,他跌在了一个软绵绵的所在,是以露出喜色。

他还以为是土壤松软,所以没有受伤,谁知面前赫然出现一张面孔,大大的眼睛,模样娇柔妩媚,那眸子似乎含着一汪水,配着那楚楚可怜的尖尖下巴,叫人一见就恨不得把她揉碎了吞进肚里去。

"他不是山贼!"

"果然是女人!"

田妙霎看到叶小天一袭儒士轻衫,脑海中飞快地闪过这个念头。叶小天看到她,则立即想到了周班头分析那辆轻车主人的身份。

田妙霎见叶小天还在审视地打量她,便瞪着叶小天,一字一句地道:"从我身上、滚、下、去!"

第五十七章

不是冤家不聚头

一

"哦?哦!哦哦……"

叶小天这才省悟过来,自己的手还按在人家姑娘胸脯上呢,虽说他扑下来时,两人之间还隔着一些野草,身体之间并没有特别密切的接触,但这只手却是穿过草丛,直接按在人家胸脯上的。

嗯……既柔软又有弹性,真看不出,这么一个娇怯怯的、骨细体软的姑娘,居然还挺有料的。叶小天恋恋不舍地抬起手,翻了个身,跪坐在一旁,讪笑道:"姑娘,你……"

叶小天话犹未了,田妙雯已然一脚踢来。田大姑娘何曾被男人占过这么大的便宜,虽然她也清楚叶小天是无意之举,还是心中气恼。亏得她右脚崴了,动作不敢太快,以免牵动伤处,被叶小天一把抄住了她的腿。

"咦?这小腿挺纤秀的啊,一把可以掌握,腿肉还挺结实,这裤料也不错,看着不怎么起眼,摸起来滑润极了。"

叶小天下意识地握了两把,田妙雯又气又羞地道:"你个混账东西,竟然还敢占我便宜!"

叶小天正色道:"姑娘,饭不能乱吃,话不能乱说,你要知道,我可是处男。"

田妙雯呆了一呆,道:"什么?"

叶小天道:"姑娘你是不是第一次我不知道,我可是第一次啊,你说咱俩谁吃亏。"

田妙雯气得发昏,脱口骂道:"你个混蛋,你是男人,你跟我比?"

叶小天松开她的腿,摊开手,很委屈地道:"男人怎么了?男人没有贞操,可是还有节操啊!就是因为你们女人都这么想,所以男人寻花问柳才那么心安理得。"

田妙雯被叶小天气了个七荤八素,这时候赵文远跑到土沟旁,假惺惺地叫道:

"叶大人，你没事吧？啊！这里居然有位姑娘，你找到失踪的人了吗？"

赵文远先前见那女子藏身草丛，鬼鬼祟祟，就知道她无法确定自己这些人的身份，是以不敢现身相见，本打算蒙混过去，最好不要找到她。谁料叶小天一跤跌进土沟，赵文远不好再装傻，便急急赶回来。

"叶大人……"

田妙雯听了赵文远这声称呼，一双水汪汪的眸子不禁睨向叶小天，怎么看都像是含情带怯的模样，她现在其实是有点惊讶的，只可惜她无论生气、羞恼、诧异、鄙夷，永远都是一副媚意撩人的模样。

田妙雯用一双水汪汪的眸子睨着叶小天，诧异地道："你是葫县典史叶小天？"

能被称为大人的都是官，葫县有官身的人绝不超过十个，其中只有一个姓叶的，是以赵文远一唤，田妙雯马上就意识到了叶小天的身份。对叶小天她可是闻名久矣，但是叶小天的真面目她却是头一回见到。

叶小天向上面的赵文远招了招手，又对田妙雯欣欣然道："正是本官。想不到姑娘你也知道本官的名字啊，呵呵，看来本官早已名声在外。却不知姑娘你是什么人，可是遇到了山贼吗？"

"我是……"

田妙雯语气稍稍一顿，便很自然地接了下去，道："我是贵县王主簿的外甥女，曾听舅父提到过你，是以一听那人招呼就知道了大人你的身份。"

田妙雯说到这里，微微露出悲戚神情，道："奴家从贵阳府来，本是受家人护送，前往葫县探望舅父的，谁知路途之上……"

田妙雯生就一副娇娇怯怯的模样，就算生气时蹙着眉尖瞪着眼睛，照样楚楚可怜，此刻虽然有些故意做作的成分，可是看起来却和刚才的神情没什么两样，所以叶小天倒是没有看出什么疑状来。

一听是王主簿的外甥女，叶小天不由大喜。他现在和花晴天、徐伯夷斗得正凶，王主簿倒向哪一边对他可是至关重要。可以这么说，如果花晴风、徐伯夷、王宁和罗小叶四人都对他抱有敌意，那么他即便有天大的本领，在葫县也混不下去。

现如今亏得罗小叶站在他一边，王主簿态度暧昧，正在打着太极拳左右逢源，而花晴风又是个逢事必缩头的忍者神龟，徐伯夷才一再在他手上吃瘪。叶小天正在争取王主簿的支持，现如今救了王主簿的外甥女，这可不是增加双方友谊的大好机会吗。

叶小天赶紧正了正衣冠，彬彬有礼地道："姑娘请节哀顺变。人生不如意事十之八九……咳！本县境内发生这种大案，叶某身为典史是责无旁贷的，你放心，本官一定会把凶手缉拿归案，以正国法！"

田妙雯听他大打官腔，偏偏说的不伦不类，便在心底里暗暗鄙视了他一下。这时，因为赵文远的一声大喊，附近搜索的人都向这边集中过来，叶小天忙道："姑娘，咱们上去吧。"

这时周班头用水火棍拨了拨草丛，躺平一块地方，斜着身子走下来，对叶小天道："大人，那边发现一具尸体。"

田妙雯微微有些感伤的语气道："那是我的护卫，掩护我一路至此，伤重而死，还请你们把他的尸首也带回去，我要好好安葬他。"

叶小天点头道："自当如此，马辉，你们把尸体抬上去。姑娘，请吧。"

田妙雯慢慢站起身来，秀气好看的双眉不由自主地蹙了起来，叶小天一看她的站姿，右脚只以脚尖轻轻点头，不由问道："你受伤了？"

田妙雯道："方才被山贼追赶，奔跑甚急，以致崴了脚。"

叶小天道："看样子很严重啊，你还能走路吗？"

田妙雯用脚尖试探了一下，摇了摇头。

赵文远、许浩然等人互相看了看，都有些为难。这位姑娘既然走不了路，那就只能背她离开了，可人家一个年轻姑娘，男女授受不亲哪。如果她丑一些还好，便是背她也不至于叫人误会什么，偏偏她生得女人味十足，谁好意思主动请缨？

迟疑片刻，周班头咳嗽一声，挺身而出，道："姑娘，周某是本县班头儿。你看我都这么大岁数了，跟令尊论起来年纪也该相仿了，不如由周某背你下山，可否？"

田妙雯咬着嘴唇，妙目向叶小天微微一睐，道："多谢周班头，你偌大年纪，怎敢有劳。不如……请叶典史背我下山，可以吗？"

"我？"

叶小天指了指自己的鼻子，看到众人有些惊讶的目光，叶小天的男人虚荣心发作，登时洋洋得意："人长得俊，没办法呀！"

叶小天上前两步，把腰一弯，豪气地道："来！我背你！"

为人做牛做马还能如此心甘情愿，也就只有美女才有这个魅力了。

其实田妙雯想要叶小天背她，原因很简单：她讨厌男人，如果可能，她不愿意让任何一个男人近身，但是没人背着她就无法下山，叶小天已经沾过她的身子，也只好选他，不想再让第二个男人再沾一遍她的身子罢了。

周班头尴尬地摸了摸胡子，心道："还是小白脸吃香啊……"

这土坡挺陡，有倒伏下来的野草，脚下就更滑了，叶小天穿着官靴尤其不方便，可叶小天背起田妙雯后，但觉身体轻盈，柔若无骨，明明柔柔怯怯骨骼纤细的一个人，伏在背上却没有一点瘦骨硬硌的感觉，仿佛一团棉花似的。

尤其是叶小天双手托扶着她接近臀部的双股，肌肤一触，腴润之中更富弹力，明明隔着两层衣服，指端竟有一种插进酥油的感觉，绵滑细致，令人销魂。叶小天不由精神大振，仿佛一头发情的小公牛般，刷刷刷唰地只四步就走到了沟上。

其他人抬起小赵的尸体，一行人开始下山。田妙雯虽然身体轻盈，终究也有分量在那儿，叶小天又不是果基格龙那种野兽般强壮的男人，走了一阵便渐觉吃力。

再加上田妙雯不是全身伏在他身上，上身微微挺着，避免和他有太多接触，这样一来叶小天就更觉吃力。感觉田妙雯的身子有些下滑，叶小天便向力向上颠了一下。

田妙雯呀的一声轻呼，娇躯再落下时，叶小天的双掌正好接住她的臀部，羞得田妙雯微微一挺腰肢，她以为叶小天是在故意揩油，心中暗恼，搂在叶小天脖子上的手臂悄悄一缩，在叶小天肩颈处用力地拧了一下。

"啊！"

叶小天一声惨叫，引得赵文远等人纷纷侧目。叶小天咳嗽一声，道："竟然忘了请教姑娘你的尊姓大名呢！哦，姑娘家的名字是不宜说与外人听的，你看我这记性。"

叶小天说着，心中暗想："这小妮子，跟只妖媚的波斯猫似的，还会挠人呢。"却不知上得山多终遇虎，这个小妮子，又岂是小猫发威那么简单，只是眼下她没有别的办法大发雌威罢了。

众人听了叶小天的话，心中好不以为然："问个名字而已，用得着叫得跟杀猪一般吗？叶大人装腔作势的，别是想打人家主意吧。"

田妙雯趴在叶小天背上，柔声道："贵州风气与中原不同，姑娘家的名字说与人听也没什么。好教典史大人知道，奴家姓田，小字韧针。"

叶小天道："认真？姑娘的名字很奇怪啊。"

说着，叶小天扣住人家姑娘的双手便用力握了一下以示报复。啊，这姑娘看着瘦弱，屁股还挺有肉的，姣美如梨，团肌结实，弹性异常惊人，伸手一抓，那腴润肤下的肌肉竟似有流动的感觉。

田妙雯身子一僵，叶小天怎么说也是举人出身的当朝命官，怎么竟然这般无耻？田妙雯没想到叶小天竟痞赖若斯，咬着牙根道："是韧针。坚韧的韧，针织女红的针！"

田妙雯一边说，一边伸出纤纤二指，在叶小天肋下掐住一块肉，用力地拧动着，说到"韧"字便是一圈，说到"针"字又是一圈，你做十一我做十五，反正绝不白白吃亏。

田妙雯这一下掐得当真够狠，叶小天以极大的韧力，挺着那针扎般的痛苦，二目圆睁，咬牙切齿地道："韧针！哈……嘿……嘶，这名字很别致啊！呵呵，好听……"

叶小天一边说，一边攥紧双手……

第五十八章

刀来剑往

一

　　田妙雯的上衣下摆遮住了叶小天的动作，叶小天抓住两片臀肉，强忍肋下传来的针扎般的痛楚，恶狠狠地报复着，咬牙切齿地想："这小丫头片子，还真不愧是王主簿的外甥女，跟王主簿一个德行，面上和和气气，背后下绊子使阴招。

　　老子背着你，不托你的屁股托哪里，当我稀罕摸你的尊臀？哟！还别说，捏着挺舒服的，有便宜不占是王八蛋！我叫你装蒜！我叫你装蒜！我捏！我捏！我捏捏捏……"

　　田妙雯什么时候受过如此粗暴的对待，屁股都被捏得麻了，痛得她眸中泪光朦胧。她咬紧了牙关，一边用力还击，死命地掐叶小天的肋下软肉，一边暗暗发狠："这个无耻之徒，竟敢如此辱我！我定要把你千刀万剐！"

　　前方就到了山下，有几个捕快正牵着众人的马匹等在那里，赵文远止步回身，笑道："叶大人，让这位田姑娘上马……"

　　赵文远一扭头看到叶小天脸色，不由吓了一跳，失声道："你怎么了？"就见叶小天面孔扭曲，双目瞪得溜圆，额头冷汗涔涔，好像见到了杀父仇人。叶小天咬牙切齿地道："没什么，身子弱，有点……累！"

　　田妙雯的手指从叶小天肋下徐徐撤出，感激地道："叶大人，真是辛苦你了。"

　　叶小天肋下火辣辣的，强忍痛楚，道："没什么，我扶姑娘上马吧，呃，姑娘会骑马吧？"

　　田妙雯柔柔怯怯地答道："奴家会骑马，不过……一向骑的都是太平马。这马……性子不野吧？"

　　叶小天心中暗骂："我呸！哪匹马有你性子野。"脸上却笑得无比灿烂，道："怎么会呢，县衙的马性情都温顺得很。"

　　叶小天背着田妙雯走到马前，把她轻轻放到地上，很殷勤地扶着她的手臂，单膝一屈，让田妙雯踏着他的大腿站上去，田妙雯踩着叶小天的大腿，扶住马鞍翻上身去。

叶小天笑道："好啦，咱们也上马，回城！"

众人纷纷走向自己马匹，小赵的尸体也被人搭上马背，叶小天走向自己那匹马，绕到田妙雯所骑骏马马股处时，手中连鞘的单刀突然向上一挑，飞快地刺了一下那匹马的菊花。叶小天这一下动作极其敏捷，随即收刀，从容地走向自己的马。

田妙雯所骑那匹马要害被袭，惊得希发聿聿一声长嘶，发足就向前奔去，众人见状惊呼不已，却见那位看起来娇怯怯弱不禁风的田大姑娘猛地一勒马缰，双腿用力挟住马背，虽然一足崴伤，使不得力，骑术竟也高明之极，那马只奔出不足二十丈，便服服帖帖地停了下来。

叶小天摸了摸鼻子，佯装无事地翻身上马，待他驰到田妙雯身边，田妙雯似笑非笑地睨着他道："心胸狭隘，有仇必报，你是不是男人？"

叶小天眉头轻佻地一挑，道："我是不是男人，要试过了才知道。姑娘你想试试吗？"

田妙雯神色一冷，道："这笔账，我早晚要跟你算个清楚。"

叶小天大声道："什么？你要设宴相谢？哎呀，田姑娘你太客气了。这是叶某分内之事嘛，不过……我也很久没跟王主簿小聚了，正好登门拜访，哈哈，那我就却之不恭了啊。"

赵文远、周班头等人策马走近，听到叶小天这番话，赵文远笑道："叶典史负美下山，田姑娘摆酒相酬，当真是一段佳话呀。"

田妙雯瞪着眼前这个没皮没脸的家伙，突然笑了，美似一朵山茶花，迎着阳光灿然绽放。

叶小天促狭地向她眨了眨眼睛，微笑着一提马缰冲向前去，田妙雯盯着他的背影，脸上笑容依旧，眸中却倏然掠过一抹冷冷的杀气。

· ※ · ※ · ※ ·

王主簿此时刚刚赶回葫县，到县衙二堂见过花晴风，花晴风一见王主簿，忙放下茶盏，满面春风地迎上来，关切地问道："王主簿回来了啊，你那四夫人，病体可已痊愈？"

王主簿拱手谢道："承蒙大人动问，下官那妾室已经痊愈了。"

花晴风道："哦……那可真可惜。"

王主簿道："嗯？哼！"脸色登时就沉了下来，曾几何时，这个乌龟知县居然也敢调侃他了。王主簿忍了忍心头恶气，故作不曾听清，说道："听说在县尊大人的鼎力支持下，叶典史高山取水，解决了高李两寨的争端，真是可喜可贺呀。"

花晴风笑吟吟地道："好说。我等身为一方父母官，理应为百姓解危除厄嘛。这件事，本官已呈送铜仁府并报送朝廷了。可惜王主簿你当时不在葫县，本县想在功劳簿上添你一笔，却也无从下笔呀。"

王主簿含笑道："下官于此事并未出什么力，不敢贪功啊。对了，下官听说，大人您去大峡谷亲自主持调水仪式，结果一阵大风吹来，卷走了大人的头顶乌纱？"

花晴风睨着他道："怎么？"

王主簿道："大风卷走乌纱，这可不吉利啊。下官听说铜仁市的飞山庙挺灵验的，大人有时间不妨去拜拜，去一去晦气。"

当初花晴风的夫人苏雅就是听说飞山太公灵验无比，想去飞山庙拜神求子，结果被齐木派人假扮山贼掳走，当时齐木只是为了以此胁迫花晴风就范，对苏雅倒没有侵犯凌辱之举。

但苏雅被那些"山贼"扣押了一日一夜，直到花晴风忍气吞声地向齐木低头服软，这才得以放回。民间便有许多传言，说苏雅已经被'山贼'凌辱，县尊大人的头巾已经绿油油的了。

如今王主簿阴阳怪气地一番调侃，花晴风的脸登时就黑了，可这种事越描越黑，再说王主簿只字未提当初这桩丑事，他岂能自揭其短，只得冷冷一哂，道："子不语，怪力乱神，王主簿也是儒教弟子，怎么信这些东西？"

王主簿道："老朽年轻的时候，那是生冷不忌啊。临到老来，却是越来越敬畏鬼神了。老朽还听说，驿路上刚刚发生了一桩大案？此事若解决不好，与大人你不就是一个天大的麻烦吗。"

花晴风淡淡地道："贵州治安不靖，一向如此。如今只是一个商贾被劫，又非朝廷物资被劫，算什么了不起的大案子了。朝廷纵有责斥，也不会为此拿下本官吧？"

王主簿嘿嘿一笑，道："县尊大人你有所不知，你可知那被绑为肉票的林员外是什么人？"

花晴风瞥着他道："难道不是商贾？"

王主簿捻着胡须，慢吞吞地道："商贾自然是商贾，可他还是铜仁张知府的岳父！"

花晴风一呆，略显紧张地道："你说什么？"

王主簿道："林路尧的长女是张知府最宠爱的小妾，林路尧是张知府的老丈人，下官这么说，大人你明白了吗？"

花晴风一听，顿时呆若木鸡。王主簿见花晴风又进入了"痴呆"境界，不禁微微一笑，拱手道："下官告退。"

王主簿离开许久，花晴风才大梦初醒般召人来问："叶典史回来了吗？"

那衙差答道:"大老爷,典史大人前往案发地勘察,尚未归来。"

花晴风沉声道:"等叶典史回来,立即传他来见!"

那衙差答应一声正要退下,花晴风又道:"请徐县丞来一趟。"

等那衙差退下,花晴风就在二堂里忧心忡忡地踱起步来,他没想到一个商贾居然能和张知府牵上关系。想是因为女儿给人做妾不甚光彩,所以从不张扬。

林员外在他辖内出了事,如果他不能救出林员外,只要林员外的女儿给张知府吹吹枕头风,他的日子可就真难过了。朝廷对他这几年的差使本来就不满意,这不是屋漏偏逢连夜雨,船迟又遇打头风吗?

王主簿呛了花知县几句,得意扬扬地赶回自己的府邸,远远就见一大票人站在他的府邸门口,王主簿心中一惊,不知发生了什么事,急忙策马上前。

叶小天正要叩门,忽见王主簿策马而来,不由欣然笑道:"啊!王主簿,下官正要登门拜访呢。"

王主簿翻身下马,看了一眼叶小天带来的那一大帮人,疑惑地道:"叶典史,带这么多人到我府上做甚?"

叶小天还未及回答,田妙雯已然扶着门柱扬声唤道:"舅舅,是我来了。"

王主簿一抬头,讶然道:"啊?啊!乖甥女,你怎么来了?你……你这是……"

王主簿迎到田妙雯面前,见她衣衫不整的样子,不由惊讶地站住。

"舅舅……"

田妙雯扑到王主簿怀里,哽咽地道:"舅舅,人家从贵阳赶来看你,谁知半途遇到山贼,险些被他们抓走呢,人家好怕……"田妙雯说着,眼泪像断了线的珠子似的噼里啪啦地掉下来。

王主簿轻轻拍着她的后背,柔声安慰道:"好啦好啦,这不是没事嘛,不要再哭了。你这孩子,道路不靖,还赶这么远的路,事先也不知会我一声,快别哭了,叫人家笑话。"

田妙雯擦着眼泪点点头,叶小天见状,对王主簿道:"王大人,令甥女受惊不小,脚还受了伤,你们甥舅重逢,叶某此时打扰,未免不近人情。只是此案还牵涉到林员外被绑票一事,不能不问,明日我再登门拜访吧。"

叶小天带人告辞,那小赵的尸体若是抬进王家也不妥当,便抬去县衙仵作房暂时安置。王主簿谢过叶小天,搀着田妙雯走进府门,大门一关,王主簿就放开田妙雯,冷然问道:"你是谁?"

田妙雯脸上还挂着晶莹的泪珠,悲苦无助的模样却顷刻不见,她一只脚虚点着地面,依旧站得优雅笔直,慢条斯理地答道:"我姓田,自号怜邪姬,相信王主簿听说过我的名字!"

第五十九章

离家出走

一

　　山坡上，叶小天的那幢宅邸，正以惊人的速度建造着，经常是头一天向山上抬头看去，它还是一副模样，第二天你再看时，它便换了一副模样。

　　叶小天这幢宅邸的规模很大，可它只是占地广，园林大，而非在几进院落、屋檐款式、壁雕和仪门照壁的花样以及园林中假山池塘的要求上违犯了建制要求，所以他就是占地一千亩，别人也挑不出毛病。

　　但是因为府邸的规模太大，所以尽管有这么多人全力以赴地工作，眼下还是无法入住的，就算主建筑群落成便入住，也得再等十天左右，所以叶小天此刻依旧住在县衙替他租的小房子里。

　　叶小天离开王主簿住处，看看天色已晚，便犹豫要不要马上去见花晴风，略一思索，他便决定先回家去，反正此刻就算把探案经过详细禀明，也无法进行下一步的行动，一切都得明天再说。

　　叶小天让周班头等人先回县衙，他则回了家。叶小天走到自己住处，老远就见门前蹲了好大一坨，定睛一看正是大亨，大亨挎着书包蹲在地上，圆滚滚的身材和福娃儿有得一拼。

　　罗大亨低头着，也不知是在看蚂蚁还是做什么，连叶小天走到面前都不知道。叶小天唤道："大亨，你怎么在这，等我呢？"

　　罗大亨一抬头见是叶小天，欢喜地站起来，道："大哥，你回来了。"

　　叶小天道："你又不是外人，来了怎么不进屋，蹲在这儿干什么？"

　　罗大亨道："我进了，那个死胖子以为我要跟它抢小主人，老欺负我。"

　　叶小天奇道："哪个死胖子？呃……你是说福娃儿？"

　　罗大亨道："可不就是它吗？遥遥对我稍好一点儿，它就生气。趁我不注意老拿头来撞我的屁股，我不跟它一般见识，所以就出来等了。"

叶小天忍笑道："其实福娃儿是喜欢你才拿头拱你屁股的，它跟遥遥也常这么玩，旁人可没这待遇。"

"是吗？"

大亨一听顿时开心起来，道："我就说嘛，我大亨一向有人缘，怎么就这么不招福娃儿待见。"

叶小天笑道："福娃儿一定是把你当成同类了，所以对你特别亲切。"

罗大亨嘟着肥滚滚的腮肉道："大哥，你是想说我胖还是想说我黑？"

叶小天道："你白得跟白面馒头似的，哪儿黑了？"

罗大亨白了他一眼，道："那你就是说我胖了？"

叶小天笑着在他肩上拍了一巴掌，道："行了，少跟我贫，快说，这么晚来找我，有什么事？"

罗大亨一听，潸然泪下，道："大哥啊，我现在已经无家可归了！"

叶小天大吃一惊，道："你怎么了？"

大亨黯然道："我现在已举目无亲，只有投靠你了，你若不收留我，天下之大，也没有我容身之地了。"

叶小天紧张地道："你爹出事了？"

罗大亨大惊："我爹出什么事了？"

叶小天无奈地道："我是问你，是不是你爹出事了，否则你为何无家可归了？"

罗大亨恍然道："哦！不是你想的这样。我是想跟妞妞成亲啊，可我爹偏要给我说一房富家小姐为妻，我和我爹吵翻了，我就离家出走了。"

叶小天皱眉道："你们父子俩用不用闹得这么僵？其实你爹很疼你的。"

罗大亨道："大哥这么说，莫非是不肯收留我？"

叶小天苦笑道："怎么会呢？算了，你先跟我进来吧，不过我可告诉你，我这宅子小，你要住下，只能跟老毛和冬天挤在一起。"

罗大亨喜滋滋地道："那我不怕，我还没跟人一块睡过觉呢，有人聊天挺好的。"

叶小天摇着头，把罗大亨带进房去，福娃儿见大亨去而复返，果然兴致勃勃地跑过来拿头去拱他的屁股，大亨已经得到叶小天解释，知道这福娃儿喜欢他才会跟他游戏，倒也甚是欢喜。

冬天不会做饭，老毛更不会，遥遥还小，拾掇一家人饮食的事儿就落到了叶小天头上。叶小天虽没华云飞那样的手艺，可是简单的饭菜还是做得出来的。

叶小天简简单单做了一大锅面条，一家人捧着面条吃得稀里糊涂。因为碗小，大亨用的是盆，跟猪拱槽似的，呼噜呼噜一大盆面条下肚，大亨捧着空盆，抚摸着圆滚滚的肚子，看着满满当当的一家人，又多愁善感起来。

大亨泪汪汪地对叶小天道："大哥，我离家出走，举目无亲，妞妞家孤儿寡母的，我又不好住过去，唯一能想到的就只有你了。我当时就知道，大哥你一定会收留我，你是我的亲大哥啊！"

叶小天又好气又好笑，这个夯货，在葫县黄金地段有一家日进斗金的"杂货铺"，又是"罗李高"车马行的大东家，就算真的离家出走，怎么就无处可去了？说得悲悲切切的，老毛混得那么惨，也没见他这么悲伤过。

不过叶小天也清楚，大亨之所以有这种心态，并不是因为物质上的原因，而是心理上的。他自幼丧母，由父亲一手拉扯长大，而他父亲又一向秉承严父方出孝子的原则，一见他就吹胡子瞪眼睛，从未表现温情的一面，更不要说谈心沟通了，所以大亨在心理上有种孤独的感觉，一旦离家出走，自然觉得举目无亲。

叶小天觉得这对父子如此下去不是办法，略一沉吟，便道："你爹从小把你拉扯长大，好吃好喝地供着你，可有什么地方亏待你了？就连你喜欢吃桂花糕，还专门雇个做桂花糕的厨娘给你，要不你能养得这么肥？

"如今我一盆面条，你就感激不尽，觉得我对你如何如何好。你可想过从小到大，你爹为你付出多少？又何曾希望得到你的报答？"

大亨怔了怔，叶小天叹了口气，语重心长地道："你呀，习惯了索取，就忘记了感恩。你爹为你付出的一切，你都觉得天经地义、理所当然。你爹为你选媳妇，或许不合你的心意，可他终究是为了你好。

"大亨啊！你这么一走了之，真的好吗？你爹岁数也不小了，哪怕家大业大，其实和你一样，他只有你一个亲人，也希望你在他身边。你要愿意留下，大哥当然收留你，可我还是希望，你能回到你爹身边。"

"嗯……"

大亨重重地答应一声，看来叶小天的这番话似乎真的触动了他，大亨托着胖胖的下巴，独自想起了心事。叶小天见状，便也不去打扰他，只希望自己这番话，真的，能让大亨想通。

叶小天刚吃完饭，周班头便风风火火地上门了，一见叶小天便道："大人，县尊对无名山谷抢劫案异常重视，听说您已经回来了，请你现在就过去一趟。"

叶小天看看天色已经近乎全黑了，心想："我们的乌龟知县这一次对案子倒是很上心哪。"

叶小天随周班头出了门，到了县衙叶小天直趋二堂。等他赶到二堂时，堂上灯火如昼，花晴风正坐在上首喝茶，王主簿和徐伯夷居然也在，二人一左一右坐在花晴风下首。

以前但逢什么事情，王主簿总是一副事不关己的淡然模样，这一次王主簿却正襟危坐神态凝重。叶小天扫了他一眼，心道："事关他的外甥女儿，这态度果然就不同了。"

徐伯夷则懒洋洋地靠在椅子上，一副萎靡不振的模样。他那新官上任的三把火，被叶小天"一泡尿"就浇灭了，整得他灰头土脸，成了葫县上下的大笑话，直到现在还没缓过元气来。

这些日子徐伯夷一直借口绝食日久，元气未复，整日在家歇养。在叶小天高山引渠的风头过去之前，他会一直偃旗息鼓，免得正迎上叶小天的锐气。现下花晴风把他也请过来，看来对此案倒真是异乎寻常的重视了。

叶小天迈步进了花厅，向花晴风、徐伯夷、王主簿拱手笑道："县尊大人、徐县丞、王主簿，下官来迟一步，恕罪，恕罪。"

花晴风道："叶典史来了，快快请坐。呵呵，你往驿路勘察，奔波往返，着实辛苦了，眼看天色已晚，本县原不想此时再惊动你，只是……"

花晴风从案上取过一封书信，向前一递，道："你看看。"

叶小天刚刚落座，忙又起身，上前接过书信，回到座位坐下，展开书信先看了一眼落款，只一看叶小天的眉头便是一挑，这封信居然是铜仁张知府的。

叶小天从头看起，整封信一共不过百十来字，叶小天一个字一个字地看，片刻工夫也看完了。

花知县等叶小天看完书信，苦笑道："你看到了？这位林员外居然是知府大人的岳丈。虽说他的女儿只是知府大人的如夫人，却一向受宠，如今张知府不下公函而致私信，你该明白此事的紧要……"

叶小天当然明白，铜仁府若是行文致函，那就是公事公办。这封私信实则是表明张知府的态度，张知府既然为此特意写了封信，就说明他对此案异乎寻常地关注。

花晴风叹了口气，道："如今你往驿路勘察，可已有了结果？"

叶小天道："下官已然查明，此案是一直在附近几县活动的大盗'一条龙'所为……"

徐伯夷打断他的话，沉声道："知道是谁并不重要，重要的是，你能不能把他抓捕归案！至少，得把林员外活着救出来，否则……只怕知府大人那里不好交代。"

徐伯夷说到这里，一见叶小天向他望来，赶紧咳嗽两声，声音陡然变得虚弱起来："哎！县里发生这样的大案，本官也是心急如焚哪。只是现在身体虚弱，走两步便胸闷气喘头昏眼花，此事只好拜托给你叶大人了。"

第六十章

三块铜板摆两处

一

此案虽然棘手，可叶小天并没有推脱的意思。作为专职缉凶捕盗的典史，他想推卸责任也不可能。况且，林员外是张知府的岳父，而张绎对他有知遇之恩，这件事他岂能不全力以赴。

再者，他想在葫县立足，就必须得打垮徐伯夷。因为他们两人之间的矛盾已然不可调和。只有徐伯夷倒了，以花晴风一贯的作风，才不敢再向他轻启战端。

否则徐伯夷有花晴风相助，又是他的顶头上司，有的是机会向他发难。一旦被徐伯夷占了上风，花晴风一旁落井下石，又难保一个态度暧昧的王主簿不会跳出来咬他一口，那便后果堪忧。

这种情况下，徐伯夷输得起，他可输不起，他只要输一次，就可能失去所有。所以，挟新胜之锐，继续扩大自己的影响，才能抵消徐伯夷在官职上所占据的优势。

然而一看花晴风如此推卸责任、徐伯夷则在一旁幸灾乐祸，叶小天心中颇感不快，便故意推脱道："县尊大人，下官身为典史，缉凶捕盗自然责无旁贷。然则这盗却不是普通的盗贼，而是纵横十万大山的绿林大盗，麾下有百十条好汉，动用官兵也未必能损他分毫，下官心有余而力不足啊！"

花晴风还没说话，徐伯夷便把脸一沉，训斥道："这叫什么话？我等食朝廷俸禄，理当报效朝廷，为君父分忧，保一方黎庶。如今林员外被绑了肉票，便没有知府大人这层关系，我们也该鞠躬尽瘁，死而后已，岂可畏难而退，推卸责任。"

啪啪啪！

叶小天轻轻击掌，欣然赞道："徐县丞这番话当真是慷慨激昂、掷地有声，叶某佩服之至！只是叶某职微言轻，不如就请徐县丞主持此案，叶某愿供驱策，如何？"

徐伯夷一听，马上咳嗽起来："本官……咳咳咳……只恐心有余而力不足呀。若是耽搁了大事，知府大人怪罪下来，岂不令县尊大人为难吗？若非本官身体虚弱，不用你说，本官也会负起全责！"

叶小天扑哧一笑，轻蔑地瞟了他一眼，对花晴风道："下官就全权负责此案，如果需要用到罗巡检的人马时……"

花晴风马上道："本县会让罗巡检全力配合你。"

叶小天又道："下官若是不能救出林员外，自然承担全部责任。可要是下官出生入死侥幸成功，却有人事前扮死狗，事后抢功劳，下官可不甘心……"

官场上哪有人把话说得这么明白的，徐伯夷气得瞪起了眼睛，花晴风却是老脸一红，马上接口道："本县会据实上报朝廷，绝不会有任何人分润你的功劳！"

"好！"

叶小天挺身而起，向花晴风和王主簿、徐县丞团团一揖，道："既然如此，下官愿全权负责此案，无论成败，一肩承担，告辞！"

叶小天说罢转身就走，花晴风和徐伯夷不禁面面相觑，待叶小天走出二堂，花晴风忍不住说道："看他信心十足，莫非真有办法对付那'一条龙'？"

徐伯夷道："怎么可能？'一条龙'为祸黔东多年，朝廷多次悬赏缉拿，何曾有人伤了他半根汗毛。此人作案之后，便往深山老林里一钻，若是不知其巢穴所在，便是派出百万雄兵，又岂奈何得他。我看叶小天是仗着与张知府有份师生之谊，所以肆无忌惮。"

花晴风假惺惺地道："但愿如此吧，我葫县近来多事，若他真能破获此案，于我们大家都是一件好事。只是此人行事常有惊人之举，我只怕他不知轻重，闹出更大的乱子来。"

王主簿淡淡地道："两位多疑了，叶小天此举能有什么深意。依我看来，他身为典史，徐大人既有恙在身，他无论如何都是脱不了干系的，所以他干脆放手一搏罢了。"

花晴风一怔，道："就这么简单。"

王主簿语含讥诮地道："能有多复杂？县尊大人，我看你就是太聪明了，所以很简单的事情也会想得很复杂！"

※·※·※

叶小天出了县衙，便向不远处的山坡拐去。

山坡上篝火丛丛，劳作了一天的生苗武士们正围坐在篝火旁，烧烤着他们捉来的小兽，竹鼠烤得吱吱冒油，一些不知名的昆虫则放在石板上，烤得酥酥的，再喝着他们自酿的米酒，倒也惬意。

看到夜色下有人上山，他们也不在意，不要说叶小天只有一个人，便是再多几个,他们也不怕是来山上生事的。

叶小天确实没有把握对付"一条龙",他没有缉捕盗匪的经验,而且这些大盗藏身于莽莽丛林之中,想要找到他们的下落,发动民众、出动眼线都全无用处,想要缉捕他们的话,不要说出动捕快和民壮,就是出动官兵用处也不大。

但是正如王主簿所说,作为典史,这件事他根本脱不了干系,本来还有徐伯夷陪绑,可徐伯夷正在装死狗,只要他自己不出头,这件事还真不好把他拉进来,既然伸头一刀缩头也是一刀,何不死得英雄一些?

况且,"一条龙"虽然难对付,他也未必全然没有办法,他可是有八千生苗正在替他免费打工盖房子呢,只要他一声吩咐,这些人有幸替至高无上的尊者卖命,必然嗷嗷叫着冲进深山,就算龙凌云躲在耗子洞里,他们也能把他揪出来。

叶小天一边上山一边想,到深山老林里去缉匪,出动八千人反而不妥,那种地方不是靠人力多寡决定胜负的所在,人多了反而误事,队伍太过庞大,哪及得上百十个悍匪逃窜迅速。

不过这些山苗都是天生的丛林战士,如果从中再挑选一些精英,只要能找到"一条龙"的老巢,未必就没有机会得手,就算不能宰了"一条龙",要救出林员外也是大有希望的。

叶家大宅此时建造的已经初具规模,大门、前庭、正厅等部位都已建造完毕,只剩下描画雕琢和细致处的涂漆和一些清洁工作,主建筑群的二三进院落也已经建造了一半,至于左右厢房和整个花园区则放在工程的最后面。

前庭院落里,星光月色下,地面已经铺了极平整的大石,太阳妹妹坐在一块条石上,华云飞从远处篝火处走来,将一条烤鱼递给她。

太阳妹妹道了谢,接过用树枝穿着的烤鱼,吃得像只小猫,斯文极了。

"你继续说,后来怎么样了。"

太阳妹妹正听华云飞讲述他向齐木寻仇的经过,华云飞继续讲下去,太阳妹妹侧脸儿倾听,月光洒在她的脸上,半边脸庞莹白如玉,另半边脸庞埋在夜色里,翘挺的鼻尖、花瓣似的嘴唇,剪出一个迷人的侧影。

"就这样,你把他们一气儿全干掉了?"

"嗯!你是想不到,孟州市丞看到我时那副惊恐的模样。还有齐木,他一向那么嚣张,关进大牢之后他都张狂依旧,因为他早就花重金买通了提刑司的人,一定会把他放出去。结果他突然看到了我,那种奇怪的表情……"

华云飞长长地吸了口气,道:"齐木有一身好功夫,可他当时戴着重枷,只能被我一拳一拳活活打死。幸亏有大哥,否则我不可能报得了仇。若是换一个人,即便有心帮我也想不出这样的主意。大哥他……"

华云飞斟酌了一下,轻笑道:"大哥不是一个守规矩的人,似乎老天让他来到人间,就是专门来破坏规矩的。"

太阳妹妹想起从父亲那里听说的一些事情,深有感触地点头道:"嗯!尊者的确是这样。我蛊教传承上千年,从来没有出过他这样……奇怪的尊者,从登位到继位,他所做的事就没有一样和前人相同的。于混战中继承尊者之位,拒绝服下绝嗣汤,不纳神妃,坚持游历人间二十年,还要娶妻生子……"

太阳妹妹轻轻叹了口气道:"所有的规矩都被他破坏殆尽了,可长老们偏偏拿他没办法,或许以前的尊者也曾想过这么干,可那些尊者从来没有这份勇气去尝试。"

华云飞看了太阳妹妹一眼,试探地道:"你很喜欢我大哥,是吧?"

太阳妹妹侧过脸来,眉梢微微挑起,睨着他道:"你说的喜欢是哪种喜欢?"

华云飞道:"呃……喜欢还分很多种?"

太阳妹妹道:"那当然,我喜欢我爹娘,喜欢我弟弟,喜欢我从小一起长大的好姐妹,哪一种喜欢都不相同。"

华云飞期期艾艾地道:"我说的……是男人喜欢女人……不是不是,是喜欢……是女人喜欢男人的那种喜欢。"

太阳妹妹啃尽了一条鱼,把鱼骨小心地放在一边,用手帕擦了擦嘴,屈起双膝,双手抱住膝头,把下巴搁了上去,静静地看着前方,似乎在想着华云飞说的话。

前方平地上突然冒出一眼清泉,一下子喷起一丈多高,突突地喷了片刻,又突然唰的一下消失了。

太阳妹妹轻轻吁了口气,慢悠悠地道:"也不算吧,我也说不清楚。我记得刚认识他的时候,他是我弟弟的干爹。我弟弟出生后一直哭闹不止,我爹就按照族里的习惯,到桥头去给他请干爹,结果就把尊者请了来。

"那时我没怎么注意过他,就是觉得弟弟的这个干爹长得好年轻,模样也挺好看,只是比我也大不了几岁的样子,跟着弟弟唤他干爹有些难为情。再后来,他忽然就被蛊神选中,成了我们的尊者。

"那时,我对他也没有什么特别的感觉,就是替他高兴,也替我弟弟高兴。你要知道,能成为尊者的义子,那是多么荣耀的事。接着,依照规矩,各部落为尊者选神妃了……"

第六十一章

我要给你生猴子

一

　　太阳妹妹骄傲地挺起了胸:"我可是寨子里最美丽的姑娘,只有我才配称太阳妹妹,就是邻寨的月亮哥哥都喜欢我呢。侍奉蛊神的荣耀当然只能属于我,可谁知道……"

　　太阳妹妹沮丧地塌下肩膀,重又把下巴搭在膝头:"尊者居然要游历人间二十年,结果……人家又被送回寨子了……"

　　叶小天走进大门,老远就看见华云飞和太阳妹妹坐在一块条石上低语,便放轻了脚步。太阳妹妹泄气地道:"我好不服气。幸好,所有寨子送去的姑娘都被送回去了,要不我以后真是没脸见人了。"

　　华云飞瞪大眼睛,惊讶地道:"你……你不知道你喜不喜欢尊……我大哥,却愿意做神妃?"

　　太阳妹妹奇怪地看了他一眼,道:"侍奉至高无上的蛊神,那是无比荣耀的事啊,为什么不愿意?"

　　她歪着头想想,道:"嗯……干爹又年轻,又清秀,人还特别聪明,待人也和气,仔细想想,其实和他在一起,也挺好啊。"

　　说到这里,太阳妹妹的俏脸微微有些发红,只是夜色下看不太清。但华云飞却能听出她话中隐隐的羞涩,华云飞不禁沮丧起来,他对直爽大方的太阳妹妹的确萌生了好感,谁知……初恋的萌芽刚刚诞生,就被人粗暴地踩死了。

　　华云飞暗想:"看来她其实是喜欢了我大哥的,只不过……她自己都没觉察到她的心意罢了……"

　　太阳妹妹幽幽地叹了口气,闷闷不乐地道:"可惜尊者要游历人间二十年呢!我就是一直不成亲,等到那时候也没资格做神妃了啊,那时我都好老好老了……"

　　华云飞酸溜溜地道:"那你不如现在就嫁给他做妻子好了,反正我大哥一直想讨个老婆,却一直找不到。"

太阳妹妹吓了一跳,心虚地道:"你开玩笑吧,我……我只是一个深山里长大的小苗女啊,哪有资格……而且,你不是说,他和红枫湖夏家的大小姐相好吗?"

华云飞道:"是啊,可是都这么久了,还没有莹莹姑娘的消息,我看……这事悬了。莹莹姑娘家里一定很反对她和大哥在一起。大哥二十年后就要回深山做尊者,他现在最想的就是留个后代,所以呢,谁要是能给他生个儿子,肯定能做他的正妻!"

"这样吗?"

太阳妹妹的眼睛马上亮起来,眸子在夜色下像一双闪闪发光的黑宝石:"生孩子,啊!生孩子……"

华云飞吃惊地瞪大了眼睛,道:"你不是当真的吧?"

太阳妹妹扑哧地一笑,向他扮个鬼脸,顽皮道:"逗你玩呢,什么都当真。"

华云飞松了口气,笑道:"我就说呢,就算你们是深山生苗,姑娘也不该如此大胆才是……"

太阳妹妹嘿嘿地笑了两声,心中便想:"生孩子啊,要怎么才能生孩子呢?还得是个男孩,哎呀,真是好麻烦。不行,我得回山一趟,请教请教我师傅……"

叶小天这时已经走到他们身后,听到最后一句话,便笑问道:"太阳妹妹要做什么大胆的事啊?"

太阳妹妹正在心里算计叶小天,结果正主儿突然出现在眼前,太阳妹妹吓了一跳,"哎呀"一声就跳了起来,心虚胆怯地唤道:"尊……尊者……干爹……"

她在别人面前一向爽朗,可是一见叶小天就怪怪的,叶小天一直以为她是因为自己的尊者身份而心生敬畏,便摆手笑道:"别老叫干爹,我又没多老,听着太别扭。你也跟云飞一样唤我大哥好了。"

"真的?"

太阳妹妹双眼一亮,喜滋滋地道:"干……尊……咳!大……大哥……"

叶小天失笑道:"怎么这一声大哥比叫干爹还难出口吗?"

太阳妹妹用手指卷着衣带,忸怩地道:"不是啊,只是……只是如果我爹要揍我的时候,你可得替我做主呀!"

叶小天奇道:"你爹为什么要揍你?"

太阳妹妹傻兮兮地笑了两声,小声道:"我爹……一向唤你兄弟的呀。"

叶小天恍然大悟,想想这关系确实乱七八糟,便把手一挥,道:"不用管他,咱们各论各的。"

"好!"

太阳妹妹得了神旨喜上眉梢，叶小天也不明白她只是换个称呼怎么就开心成这样，又奇怪地看了她一眼，这才转向华云飞道："云飞，明天要麻烦你下山一趟了。"

叶小天把事情经过对他说了一遍，又对一旁认真倾听的太阳妹妹道："这件案子以官府的力量是很难成功的，我想让你从这八千生苗武士中挑选约两百名最精锐的战士，由云飞率领，入山寻找大盗一条龙的巢穴。即便不能抓获龙凌云也没关系，只要救出林员外，就算是大功告成！"

"没问题！这件事包在我身上了，大哥你尽管放心好了！"

太阳妹妹一听这里边还有她的事儿，登时欢喜不禁，马上豪气干云地答应一声，还用力拍了一记胸脯以示决心，那胸脯儿被她一拍，便微微荡漾了一下，弄得叶小天好一阵无语："这丫头，怎么像脑袋里少根筋似的。跟八千大汉厮混在一起，都快变成女汉子了，要不把她弄去帮我看孩子吧，遥遥总和潜清清在一起，可不是什么好事……"

太阳妹妹则心花怒放地想："他要我唤他大哥呢，一定是对我……哎呀！人家得马上回山一趟！"

·※·※·※·

毛问智哄睡了遥遥，打着哈欠回到西屋，冬天老头坐在微弱的灯光下，还在鼓捣着几只黑乎乎的坛子。毛问智道："冬老头，睡觉啦，把你那瓶瓶罐罐的搬出去。"

冬天茫然地抬起头，四下看看，恍然道："啊！这么晚啦，好好好，我把罐子放回去。"

毛问智又道："冬老头，你睡床头吧。俺跟大亨挨着唠唠嗑。"

大亨突然攥紧双拳道："不！我要回家！"

毛问智抱着一床被褥刚要放在床上，愣道："啊？不说你今晚住这儿吗，咋又要回去了？"

大亨道："大哥说的对！我不能这么一走了之，我爹只有我一个儿子，我只有我爹一个爹，媳妇我要娶自己想娶的，可爹也不能丢！我回去，跟我爹说个清楚！"

毛问智把被褥往炕上一丢，道："你要回去，可……都这么晚了，家里也没准备灯笼，这黑灯瞎火的，你怎么走啊……"

叶小天提着灯笼从山上下来，走到他所居的小巷路口时，便回身对一直送过来的华云飞和两个生苗勇士道："好啦，进去就是我家，你们就不用送了。虽说天色已晚，但难免还有行人，一旦被人认出你来终究是个麻烦。快回去吧，明早选出足够的人手后你便入山！"

华云飞站住脚步，对叶小天道："好！那我们回去了，大哥放心，除非他们不留下任何痕迹，否则我一定能找到他的老巢！"

叶小天点点头，看着华云飞三人渐渐远去，便提着灯笼哼着小调走向小巷……

"咦？"

叶小天忽然站住脚步，向远处眺望，就见小巷中正有一溜火光，飞快地跳跃着向前闪去，夜色中远远看去像一团鬼火，叶小天明知那是有人打着火把，可还是觉得有点冷，好端端的，这是谁打着火把赶夜路？

周围黑漆漆的，叶小天总觉得后边像是有人似的，赶紧加快脚步，向自己家里赶去。叶小天一推门闪进堂屋，就见毛问智正蹲在灶前烧火，叶小天道："这么晚了烧火做什么，你饿了？"

毛问智抬头看见是他，道："哪是烧火啊，俺在灭火呢。"

叶小天看看锅里热气腾腾的水，笑道："哈！老毛你现在也心细了，这是给我烧的？正好，走了一天，双腿酸麻，我烫烫脚。"

大亨举着火把，一溜小跑地向自己家里赶去，他这火把是从灶膛里抽出来的一根燃烧的木柴，不是专用的火把，燃烧不了多长时间，走得慢了怕会熄掉。

离着罗府还有半里多地，那根火把终于结束了它的使命，好在这时已经来到大街上，大亨摸着黑赶到自己府上，抓起门环想要叩门，不想那门是虚掩的，被他一碰便开了一道缝。

大亨大吃一惊，急忙推门进去，冲着门房叫道："有人吗？咱家遭了贼吗，怎么大门都不关？"

门子提着灯笼从门房里出来，一见大亨，喜道："大少爷，你可回来了，你放心，哪有什么贼啊！是老爷吩咐给你留门的，说少爷你身体胖，爬墙太吃力了。"

大亨揉了揉鼻子，嘟囔道："他就知道我肯定回来？"

大亨一边嘟囔着，一边往后宅里走去。

后宅花厅里灯光还亮着，罗百川半坐半靠地偎在罗汉椅上，端着一盏茶时不时地抿上一口，家仆老丁站在他面前，低声道："卑职已经动用了我们全部的人手，很快就能查到一条龙的下落。如果找到他，大人打算怎么办？"

罗百川沉吟片刻，道："宰了他！"

老丁微微一诧，道："大人不是觉得龙凌云还有些用处吗，怎么？"

罗百川微微眯起了眼睛，道："他的用处，远不及他的坏处。眼下，杨家、田家都把手插到了葫县。有这两头老虎在，龙凌云已经没有什么利用价值了。"

老丁微微欠身道："是！卑职明白了。还有件事……"

老丁语气稍顿，继续说道："大人所送的礼物，戚帅已经收到了。戚帅很开心，说难得你这个老部下，还这样念着他。不过，你现在身份不同，不要再长途跋涉地给他送礼物了。"

罗百川摸了摸花白的鬓角，感伤地道："我都已经这把年纪，戚帅的年纪就更大了。他过大寿，我怎么能不尽心意。以后，怕是机会不多了……"

说到这里，罗百川的耳朵突然动了动，说道："大亨回来了。"

老丁一怔，罗百川笑道："我听得出他的脚步声，这孩子……"

罗百川摆了摆手，老丁会意，向他欠身一礼，悄然退下。

第六十二章

再度决裂

一

大亨走到花厅门口,见厅里还亮着灯光,探头往里一瞧,正迎上他父亲的目光。罗百川在厅中正襟危坐,正瞪着他。

大亨讪讪一笑,吐了吐舌头缩回头来,蹑手蹑脚地就要逃回自己的卧室,就像他小时候贪玩,每次回来晚了被他老爹逮到时一样。大亨走出几步,忽又觉得不对,忙一转身又回到客厅。

罗百川山见儿子向厅里探了下头,然后就鬼鬼祟祟地走开了,不觉一怔,随即便有些好笑:"这孩子,终究还是个孩子。"可紧接着罗大亨又走进来,雄赳赳气昂昂的,仿佛一位走上刑场的义士,罗百川赶紧收敛了微露的笑容,继续做金刚怒目状。

罗百川沉着脸道:"回来啦,不是要离家出走吗?这么大的人了,别的本事没学到,学会跟老子耍混蛋了。既然你都离家出走了,还回来做什么呀?"

罗大亨不理他的冷嘲热讽,大步走过去,拉过一把椅子,往他爹面前重重一墩,一屁股坐了上去,双手扶膝,大马金刀地道:"爹!我要跟你好好谈谈!"

罗百川一愣,有些惊讶地看了儿子一眼,他还从未见过大亨这样的一面,觉得很是新奇:"谈谈,你要跟我谈什么?"

罗大亨道:"谈我媳妇!"

"哦?"

"爹,父母之命,媒妁之言,这话没错。可做父母的为什么要这么做?还不是为了儿女好吗,希望他能一辈子过得平安快活。爹是疼儿子,儿子心里明白的。"

罗百川一听老怀大慰,脸色也缓和下来:"还别说,儿子终究是长大了,已经开始明白事理了。"

罗百川道:"你明白就好。爹吃的盐比你吃的饭都多,论起人生阅历,你怎么跟爹比?爹帮你找媳妇,也是为你一辈子打算啊。常言道,家有贤妻,不遭横祸。爹已经老了，还能管你几年？这份家业早晚也要交到你手上，你赶紧娶个好娘子，我老人家就只管抱孙子了……"

罗大亨道："爹，我还没说完呢！"

"嗯？"

罗大亨道："好心是好心，可好心也会办坏事啊爹。你说，那位林家小姐我压根都没见过，我怎么知道她是不是贤妻呢？"

罗百川道："爹仔细寻访打听过的，林家小姐贤淑温柔、知书答礼，那还能有假？再说，林员外的为人能教出蛮横霸道、不知礼仪的闺女？这一次爹不是带你去见见吗，你一见准保会喜欢上她。"

罗大亨道："爹，传言是信不得的。我还是你儿子呢，你说我跟你哪儿像了？"

罗百川的眉头顿时拧成了一个大疙瘩，这话怎么这么别扭，我儿子不像我，这叫什么话。

罗大亨继续道："再说，就算她真的温柔贤淑知书答礼，我就一定喜欢吗？她就一定喜欢我吗？这可不好说。再退一步讲，我就是真的会喜欢上她，可我已经有了喜欢的人，我为什么要丢下喜欢的人，去重新喜欢另一个人呢？"

罗百川被儿子的话绕得有点头晕，捋着胡须道："啊！这个问题……儿啊……"

罗大亨道："人家妞妞的确是小门小户出身，可小门小户出身又怎么啦？小家碧玉未必就不是贤妻良母啊。咱们大明例代皇后都是从小户人家选的，母仪天下六宫之主还不一样做得好好的？"

罗百川怒道："说来说去，你是想说服老夫，同意你娶那个叫妞妞的姑娘？"

罗大亨道："不错！爹，儿子是很认真地在同你谈，媳妇娶回来是我老婆，你总得让我喜欢吧？林家有钱，可咱家也不差钱啊，难道你是冲着林家的钱才让我娶他女儿的？"

罗百川一拍桌子，怒道："放屁！爹一番苦心，被你这混账小子当成驴肝肺。我告诉你，你就是说出个龙叫唤来，老子也不同意你娶那个妞妞过门！女儿家抛头露面的能是什么好姑娘，怎么可以嫁进我们家，我看她就是贪图咱们家有钱，才用狐媚手段迷惑你，你这混球，被人迷了心窍还不自知！"

罗大亨没有桌子可拍，猛地一拍大腿，道："爹，今天我也告诉你，我要娶就一定娶妞妞。你要是看上林家姑娘了，你自己娶。"

罗百川气得额头爬满了"蚯蚓"，跳起来喝道："这是什么混账话？"

罗大亨也跳起来，道："我说错了吗？你说我这媳妇儿娶回来，是跟我睡还是跟你睡啊？跟我睡，为什么非得选你看中的人？"

罗百川气的脸皮子都紫了，指着儿子，哆哆嗦嗦地道："你……你……造孽啊！

老夫怎么会生出你这么个混账儿子！你给我滚！滚！滚得远远的，永远也别回来，老夫……老夫快被你气死了。"

"你为了那林家小姐，居然要赶我走！"

大亨悲从中来，眼泪汪汪地道："就为了让那林家小姐进咱们家的门，你居然要赶我走！好，我走！我走！反正我是绝不娶她，要娶你自己娶！"

罗百川气得抓起茶杯就想砸到大亨脸上，可茶杯抡起来后却本能地手腕一沉，把茶杯啪的一声摔到地上，大吼道："你给我滚！"

"我滚！我这就滚！你有本事再生一个儿子好了，你别喊我回来！"

大亨怒气冲冲转身就走，罗百川被这浑球气得头晕眼花，哆哆嗦嗦地坐回椅上，忽然看见罗大亨折身又进了大厅，罗百川惊愕地张大眼睛，就见罗大亨看都不看他一眼，径直走到旁边，捧起了桌上的一盏灯……

叶小天和毛问智在堂屋里说话，刚刚躺下的冬天听到声音也披衣起来，见了叶小天免不了又唠叨着要他抽时间学习蛊术。叶小天这段时间是真的忙，要不然对这门神奇的工夫，他倒真想学学的。

只是他时间太少，总是难以抽出时间跟冬天学习。冬天在修习蛊术的同时，为了尊者一旦有了时间可以修习蛊术，总是备足用以修炼蛊术的毒虫，死掉就再去捉一批，如此反复，却也辛苦。

叶小天心中有愧，对他不免好言安抚一番，言称一旦解决了龙凌云这桩案子，有了空闲时间，一定随他好好修习蛊术。三个人说了一阵话，冬天和毛问智便回屋歇下了。

叶小天用热水烫了脚，劳累了一天的疲乏一扫而空，困意却涌上来，他趿着草履蹑手蹑脚地到了东屋，见桌上还亮着一盏小小的油灯，榻上帘笼还用金钩挂着并未放下来，遥遥侧睡如弓，长长的睫毛覆着眼睑睡得十分安详。

叶小天摇头一笑，这小丫头，对水舞说给她的那些话总是牢牢记在心里，什么女人要睡在床的外侧，避免从男人身上翻来翻去一类的规矩，她个黄毛丫头，算什么女人了。

尽管遥遥睡觉很老实，叶小天还是担心她一翻身掉下床去，他宽去外衣，走到床边，把手轻轻插到遥遥身下，小心翼翼地想把她托送到床里边去，结果他的动作虽然轻微，还是把遥遥惊醒了。

遥遥睁开蒙眬的睡眼，见是他回来了，便甜甜地笑起来："小天哥哥，你回来啦。"说着，很自然地张开双臂，亲热地搂住了他的脖子。

叶小天把她送到床里，道："嗯！哥哥回来了，快睡吧，很晚了。"

遥遥打个哈欠，坐起身道："遥遥给哥哥倒水洗脚。"

叶小天道："哥哥已经洗过了，快躺着吧，哥哥也就睡了。"

"哦！"

遥遥答应一声，乖乖地躺下，一双大眼睛却没有合拢，而是看着叶小天，等他上床休息。

叶小天吹熄了油灯，刚刚摸向床头，就听外面响起了拍门声。叶小天眉头一皱，心道："这么晚了，还能有谁登门？别是花知县又想起什么主意了吧？这个乌龟知县总是想一出是一出的。"

叶小天一边暗暗奇怪，一边摸黑向外走去。

遥遥在榻上道："小天哥哥，点灯。"

叶小天道："你快躺着吧，我去瞅瞅是谁，黑灯瞎火的，就别折腾了。哎哟！"

叶小天一边说一边往外摸，小小一间房，他早就走熟了的，闭着眼睛也能摸到门口，只是他忘了方才洗了脚还没倒水，那盆还在外边放着，这屋里满满当当全是罗大亨买来的不合用的家具，空地又少，叶小天一脚正踩在盆沿上，把一盆水都踩翻了，脚上湿淋淋的。

这时院门口依旧有人拍着门，还传来罗大亨的声音："大哥，开门，开门哪！"

叶小天懊恼地道："是大亨，这小子不是回家睡了吗，怎么深更半夜的又来了。"

这时西屋的冬天也听到了声音，扬声向外询问。叶小天道："是大亨，冬老眼神不济，就不要起来了，我去开门！"

叶小天摸黑打开房门，院子里有星光月色倒还能看到些轮廓，叶小天深一脚浅一脚地走过去，拔下门闩把门一开，只见面前一片幽光，映着一颗浮在空中的胖胖的人头，吓得他一声怪叫，差点儿把门闩砸出去。

罗大亨被他这一声怪叫吓了一跳，差点儿把手里捧着的灯掉到地上，罗大亨忙道："大哥，是我，你怕什么呀。"

叶小天定睛一看，这才看清罗大亨手里捧着一盏灯，圆圆的灯笼罩着光，在夜色中仿佛一个发光的圆球，灯罩的上方顶着罗大亨的下巴，罗大亨穿了一身深色衣衫，加上天色又暗，结果只能看见他一张大脸，被灯光一照仿佛飘在空中的一颗鬼头。

叶小天没好气地道："你怎么这么一副鬼样子，半夜三更的又为什么来了？"

罗大亨长叹一声，悲戚戚地道："大哥，我现在已是举目无亲，只有投靠你了，你若不收留我，天下虽大，也没有我容身之地了。"

叶小天："哎呀……"

第六十三章

意外事件

一

鸡啼三遍，叶小天在喔喔的鸡啼声中醒来，他穿好衣服推门来到院中，就见冬天那老家伙早就在院子里打拳了，慢腾腾的左推一把，右攘一把，悠然自得。

叶小天抬头看了看天色，天上布满了灰白色的云彩，早晨的阳光被完全遮蔽起来，看起来今天应该会有一场小雨。近来的旱情已经有所缓解，但这时再来一场雨倒也不是坏事。

叶小天活动了一下，家里人便也相继起床了。一家人都懒得做早餐，便跑去一家口味还不错的小吃店，那小店一共就三张桌子，被他们一家人占了两张。

大亨和毛问智都是大肚汉，一家人吃罢早餐，丢下满桌的杯盘狼藉，叶小天牵着遥遥的小手，一家人有说有笑地往回走。

福娃儿和大个子那两个吃货实在是太能吃了，而且大个子那种庞然大物整天蹲在蜗居里也实在委屈了它，所以当新宅有了雏形以后，叶小天就把它们两个送上了山，它们不在家里，倒不必为它们的一日三餐发愁了。

大亨的杂货铺还开着，车马行也有很多事做，只是杂货铺不到日上三竿是不用开门的，车马行那边他一般是下午去一趟，所以也跟着叶小天回家。一行人刚到家门口，太阳妹妹就带着两个魁梧的生苗勇士登门了。

太阳妹妹穿着一袭洁净新鲜的蜡染布衣百褶罗裙，颈上戴了一只硕大闪亮的苗银项圈，耳朵上挂着拳头大的细银耳环，清爽俏丽，透着一种野性之美，很显然……她特意打扮过。

叶小天注意地看了她一眼，那双黑葡萄似的大眼睛马上害羞地垂下去，好似望不见底的潭水上笼起了一层薄雾："大……大哥……"一见叶小天，太阳妹妹便结巴起来，脸蛋也有些红。

叶小天无奈地道："得，叫小天哥吧，这样更习惯些。云飞出发了？"

"嗯！"

太阳妹妹莫名地欢喜起来，喜滋滋地点头，道："我给他挑选了二百八十人，事先没敢说是尊……是大……是小天哥你的意思，要不然大家打破了头都要去，反而不好办。反正他们之中谁身手好，我基本都清楚。"

叶小天欣然道："这就好。一进山，他们这些人就是蛟龙入海，如果连他们都摸不清一条龙的巢穴，我相信就没有谁有这个本事了。"

"嗯！"

太阳妹妹点头，笑容可掬地道："小天哥，我来，一是告诉你这件事。再就是，我……我想离开一趟。"

叶小天一怔，忙道："哦？山里有事？"

太阳妹妹微羞道："没……没什么事，就是想回去看看师傅，她老人家年纪大了……"

叶小天道："哦，格彩佬长老是吧？的确……行，你去吧，反正盖房子的事有哪些匠人师傅指点，你带来的人也都规矩。"

"嗯！人家……人家一定快去快回。"

太阳妹妹依旧是一副眉开眼笑的样子，向叶小天鞠了个躬，道："那……小天哥，我走啦！"不等叶小天说话，她便领着两个生苗勇士走开了，裙下一双泛着健康小麦色的纤秀小腿像小鹿般轻盈地迈动着。

叶小天纳闷地看着她的背影，自语道："为什么这么开心，难道是回山找婆家？"他却不知，就因为他那一句"叫小天哥"，人家姑娘觉得关系一下子又近了一大截，所以就开心起来。

叶小天随口开了句玩笑，可没发现太阳妹妹真有什么不对，反正这丫头一向风风火火的。叶小天想起华云飞已经带人入山，心情顿时大好，转而又想起了昨天救回来的那位田姑娘。

昨天他还没来得及向田姑娘询问遇劫的经过，林员外那些伙计当时一直依照道上规矩抱头蹲下，直到绿林大盗们杀光那些护卫劫了东西逃走，所知实在有限。田姑娘被追杀了许久，或许可以知道多些情况。想到这里，叶小天便转头道："老毛……嗯？人呢？"

毛问智从院门后边探出头来，小心翼翼地四下看看，问道："那个凶女人走啦？"

叶小天哑然失笑，道："你为什么这么怕她？放心吧，当初是当初，现在是现在，太阳妹妹不可能再给你下蛊的。"

毛问智从门后走出来，讪讪地道："我是一见她心里就毛毛的，好像肚里有虫在爬呀爬的，还是离她远些才好。"

叶小天摇摇头道:"我去王主簿府上拜访一下,一会儿大亨要去杂货铺,冬老先生又忙着研究蛊术,你多照看下遥遥。"

遥遥不服气地道:"小天哥哥,人家不是小孩子了,不用人看着。"

叶小天摸摸她的头,笑道:"是,你不用看着,那你就帮小天哥哥看着你老毛叔叔,他这人不着调的。"

遥遥笑逐颜开地道:"行!小天哥你放心,我一定把他看得好好的。"

毛问智:"呃……"

叶小天离开不久,一个年轻妇人来到这条小巷,向巷中的一位老人打听了一下,便怯生生地走向叶小天的住处,轻轻叩了叩门。

这小妇人敲门的声音太小,连敲了好几遍,毛问智才听到声音,赶来拉开门,见是一个二十出头的小妇人,上着青下穿白,一身襦裙,模样蛮水灵,像一棵刚用井水濯洗过的小白菜。

毛问智便缓和了颜色,问道:"你找谁?"

虽说毛问智刻意放轻了声音,可他高大的个子、粗重的眉毛,看着很凶悍的模样,还是吓得那妇人退了一下,局促地小声道:"请……请问,这里是叶典史的家吗?"

毛问智道:"哦!是啊!你找我大哥?他不在家。"

那少妇一听,顿时现出焦灼之色,紧张地道:"什么?叶典史不在家?奴家……奴家刚去了县衙过来,奴家有急事……"这小妇人说着,眼珠在眼眶里打起了转转。

毛问智看着模样很凶悍,却是个见不得女人掉眼泪的主儿,一瞧她这模样登时慌了手脚:"别别别,你别哭啊,你说你站这儿一哭,不知道的人还以为我把你怎么着了,你有事说事……"

那小妇人抽抽搭搭地道:"奴家出来一趟不易,家里人看得紧,今天若是见不到叶大人,怕是再也没有机会了……"

毛问智额头汗都下来了:"行了,你别哭哇。我大哥去王主簿家了,你去那儿找,准保能找着。你站这儿哭不是更误事吗,要不……我陪你去?"

王主簿府上,听说叶小天来了,王主簿亲自迎出来,接了他往府里走。

叶小天道:"令甥女可还好吗?"

王主簿道:"好好好,多亏叶大人相救,我那外甥女昨日受了些惊吓,不过如今已经好多了。"

叶小天道:"那就好。令甥女是大户人家出身吧?我看她出行的派头可是不小。"

王主簿道:"是啊,我那妹子嫁的是一位参议,不过已经致仕了。哦,这边请。"

两人说着,便拐进一个小花园,园中丛丛菊花怒绽,淡香幽幽扑鼻,花丛中有一座五角小亭,田妙雯见他们走过来,便从亭中姗姗迎出,向叶小天盈盈地福了一礼,娇声沥沥地道:"见过叶大人!"

叶小天一见到她,肋下又隐隐作痛起来,今早起来时他仔细看过了,肋下乌青一片,这个丫头下手真是毫不留情。田妙雯见到他,臀后也是隐隐有些酥痒,那儿肉厚,饶是叶小天捏得不遗余力,倒也不至于太过痛楚,只是……

她那细皮嫩肉,被叶小天这一顿蹂躏,直到后半夜时两瓣臀肉还麻酥酥的,清晨起来沐浴一番,本来神清气爽已经好多了,此时一见叶小天,想起昨日被叶小天非礼的一幕,心中愈加恼怒,可面上却不动声色,丝毫看不出两人昨日竟有那样一番交锋。

叶小天见了她浑若无事的模样倒是有些意外,他本以为两人见了面,这妮子会趁王主簿不注意狠狠瞪他一眼,抑或悄声说上两句狠话,谁知她却似完全遗忘了昨日的经历。

叶小天不由暗想:"这丫头,城府不浅哪……"

三人于亭中落座,两名丫鬟奉上三杯香茗和一些干鲜果饯,闲话叙了几句,叶小天便转到了正题。田妙雯对她所知的一切倒是没有丝毫隐瞒,因为她知道的本就不多,全说给叶小天知道也没什么,但是关于她自己的揣测,却一句也没有讲。

一则,以她此刻的身份,就不该有这种推断。再者,如果此事真是播州杨家所策划,那么杨家必然已经做好了向田家发动全面攻击的准备,至少是有了应对狙杀失败、田家反扑的准备。这种情况下,她佯作没有发现杨家的阴谋,隐忍不发暗中防备,才能抢回一些主动。所以这件事她是绝不会透露与别人知道的。

叶小天从田妙雯那里没有打听到任何有价值的东西,不过他本来就是抱着万一的希望而来,因此倒也并不失望,他真正的希望正寄托在华云飞和华云飞所率领的那二百八十名生苗勇士身上。

叶小天与王主簿又闲聊几句,便起身告辞。他是救回田妙雯的大恩人,王主簿舅甥俩一直把他殷勤地走出府门,叶小天迈过门槛,回身拱起手来,向王主簿笑道:"主簿大人请留步、田小姐请留步,叶某告辞!"

王主簿朗声一笑,也拱起手来:"叶典史,那老夫就不远送啦!"

王主簿话音刚落,门旁高墙下突然闪出一个样貌柔弱的小妇人来,一头扑倒在叶小天脚下,抱住他的大腿,号啕大哭道:"叶典史,你让奴家找得好苦哇……"

叶小天吓了一跳:"这什么情况?"

田妙雯顿现鄙夷之色:"这个好色无厌之徒,不知哪儿勾搭的无耻妇人,都追到这儿来了!"

第六十四章

女讼师

一

叶小天惊讶地道："小娘子是何人？你……你快放手啊，这般模样成何体统？"

那少妇惶恐焦急，又一直担心被家人找回去。如今终于见到叶小天，恰似溺水的人抓住了一块木头，哪里还肯放手，只顾号啕大哭，满腹委屈都化作了悲声，那手抓得死死的，不肯放开分毫。

叶小天尴尬地看看王主簿，王主簿一副爱莫能助的模样。叶小天又有些央求地看向田妙雯，讪讪地道："田姑娘，你看这……"

田妙雯见此情景，也意识到自己先前的猜测有些误差，便移步向前，弯腰搀扶那位少妇，柔声道："这位姐姐，请起来说话，你有什么冤屈尽管说来，在这门口如此哭泣也不是办法。"

同为女人，使那少妇有了些安全感，又见田妙雯说话和气，那少妇也自知失仪，忙点点头，擦着眼泪站起来。

王主簿见状，对叶小天道："叶典史，你看咱们要不要回转厅中说话，在这门口多有不便。"

说话的工夫，已经有路上行人站住，好奇地向这边张望过来，叶小天点点头，于是三人领着那少妇，又回到了王主簿家的客厅。

王主簿和叶小天在上首坐下，田妙雯扶着那少妇在下首坐定，又好言宽慰几句，便也回到自己座位坐下。

叶小天这才和颜悦色地问道："这位娘子，你有什么冤屈要求本官主持公道？哦，旁边这位是本县主簿王大人，呵呵，你有冤屈尽管诉来，如果我们两个人还解决不了，怕是本县也没什么人能为你做主了。"

那少妇怯生生地看了王主簿一眼，飞快地垂下眼帘，幽幽地道："两位大老爷，奴家姓叶，单名一个倩字。是本县县东二里堡人氏。"

叶小天笑道："好啊，倒是我的本家。你说吧，有什么冤屈，邻里纠纷，豪绅欺压，还是……"

少妇吞吞吐吐地道："都……都不是。奴……奴家的丈夫两年前病逝了，奴家想要改嫁，可……可公公不许，小叔还……还恫吓辱骂，奴家……"少妇说着，忍不住又流下泪来。

王主簿和叶小天一听，脸色同时沉下来，看向这少妇的眼神便有些鄙夷。

王主簿是正统的读书人出身，信奉的是"饿死事小，失节事大"，虽然朝廷从来也没有在法律上规定守寡妇人不得改嫁，可是官方一直是鼓励守节的。比如守节达到一定年头，可以免除这户人家的赋税；达到更多的年头，可以为这妇人立贞节牌坊，一直持鼓励与提倡态度，王主簿对于夫死改嫁者，自然不会有所同情。

叶小天出身平民，从小在平民区长大，深知穷苦人家守寡妇人独立门户的辛苦，所以对妇人改嫁倒没有什么抵触，可没有抵触不代表他举双手双脚欢迎。

尤其是，他固然理解妇人改嫁，可是眼见这少妇夫死不过两年，就这么哭着喊着求改嫁，甚至跑来找官员告状，未免也太迫不及待了些，反感也是油然而生。

王主簿沉声道："你要改嫁，夫家不许，此事可与娘家商量过？"

叶倩垂着头，低声道："奴家的娘家家境贫苦，而夫家富有，财大势粗，父母兄弟不敢冒犯，又怎能为奴家做主。"

王主簿道："既然如此，你当去找本县知县做主。典史负责的是缉凶捕盗，此等民事纠纷，哪有逾矩处理之权？"

叶小天颔首道："王主簿所言不错，此等事情，是一县之尊的职权，并非本官可以做主，叶小娘子，你找错人了！"

叶倩惶急地从椅上起身，跪在地上，乞求道："叶大老爷，奴家去年去过县衙的，可是县太爷一听就把奴家打发回去了，说是要么父兄同意，要么翁叔同意，否则他是不会理会此事的。叶大老爷，奴家早已听闻您的大名，您是本县有名的清官，民女孤苦伶仃，实在无人做主，只能求大老爷您主持公道了。"

叶小天一听她去年就去找过县太爷，她丈夫才死了两年，去年那就是刚死一年的时候，在那之前，想必和婆家人也早闹过纠纷，这才诉之公堂。这么说来也就是她丈夫死了不久，她就吵着要改嫁了，心中更加鄙夷，遂冷冷地道："此事不属本官职权，叶某帮不了你，叶小娘子，你请回吧！"

叶倩一听，绝望地垂泪道："大老爷，如果你不为奴家做主，奴家唯有一死了之了！"

叶小天大怒，拍案道："岂有此理，你用死来威胁本官吗，把她赶出去！"堂下两个王府家丁马上拿眼去看王主簿，王主簿对这妇人的无耻淫浪早就深恶痛绝了，一努嘴，两个家丁马上恶狠狠地扑过来。

"且慢！"

田妙雯盈盈起身，睇了绝望垂泪的叶倩一眼，缓缓问道："叶小娘子，你想改嫁，可已有了心仪的人家？"

叶小娘子一呆，讷讷地道："还……还没。不过，不过只要夫家同意改嫁，奴家可以先住回娘家，奴家还年轻，要改嫁……总……总不是很难的。"

王主簿冷诮地道："不止年轻，还颇有几分姿色，想要改嫁，自然不难！"

叶倩涨红了脸色，有些羞恼的样子，可一则本性柔弱，二来王主簿是官，嘲讽她几句，也不敢反驳，只是嘴唇翕动了几下，没有言语。

叶小天年轻，脑筋反应要比王主簿快上一筹，听了田妙雯这句问话，心中突地一跳，猛地意识到自己犯了一个严重的错误。

田妙雯似笑非笑地瞟了叶小天一眼，上前扶起叶小娘子，柔声道："想是姐姐有些难以启齿的话不宜宣之于众。你我都是女子，没什么不好开口的，来，我陪姐姐到后面，咱们慢慢说。"

田妙雯牵起那小妇人的手，姗姗地向后堂走去，王主簿和叶小天互相看看，这时候王主簿也回过了味儿来，眉头一皱，道："这小妇人似乎别有隐情？"

叶小天苦笑道："叶某惭愧，一听这妇人迫不及待地要改嫁，叶某便心生反感，忽略了。我是官，是问过案子的，反不及令甥女心细如发，当该引以为鉴了。"

王主簿微笑不语，心道："这位可是主持田家内政的大小姐，能把田家庞大的家业打理得井井有条，便是治理一省也绰绰有余了，你不过是一小小典史，便不如她，又有什么好惭愧的。"

田妙雯带着叶小娘子到了后堂，与她坐下细细盘问，这样私密的所在，面对的又是一个和婉可亲的同性，叶小娘子再没有那许多顾忌，便把自己的苦衷向她和盘托出。

不出田妙雯所料，这位叶小娘子明明没有心上人，却要死要活地想改嫁，确是出于一桩家丑。她嫁的那丈夫，从小就是个病篓子，否则以她夫家位居堡中首富的地位，哪轮得到她这小门小户出身的女子嫁去为妻。

可是叶小娘子嫁过去不过大半年光景，她丈夫就死了，她生得年轻貌美，那无良的公公和小叔便不顾身份，打起了她的主意，害得这叶小娘子每晚休息都似打仗一般，门窗顶紧，枕下再放上剪刀，担惊受怕中方得休息一阵儿。

亏得那翁叔俩也照顾家门体面，不敢太过肆无忌惮。她才撑到如今还保得清白，可她业已是心力交瘁，实在撑不下去了，无奈之下才想改嫁。可是翁叔不准，娘家又不敢为她撑腰，告到官府因那理由实在难以启齿，花知县又断然拒绝。

无奈之下，她偶然听说叶小天官声甚好，是本县有名的大清官，叶小娘子又撑了好久，终于争取到一个离开夫家的机会，在回娘家探望生病的母亲时，从后墙翻出，避过跟来的家丁耳目，逃来县城求助。

田妙雯听叶小娘子含泪说罢经过，微微蹙起黛眉，沉吟道："你的事我清楚了，这些事的确不宜宣之与众。只要说出来，不管你有无被人冒犯过，总有些无聊的人添枝加叶，败坏你的清白，从此无法抬头做人。而且你那夫家若是坚决否认，你没有任何证据，只怕就要变成你为了改嫁诽谤夫家了。"

叶小娘子垂泪道："小姐说的是，小女子实在没什么主意，又不愿做那禽兽不如的事，所以……才想到求助于叶青天。如果叶青天都帮不了小女子，那……小女子唯有一死以全名节了。"

田妙雯嘴角一撇，不屑地道："叶青天？你说那叶小天？他算什么青天了，无赖里面，他勉强算是个官。官里面，他不折不扣就是一个无赖……"

叶小娘子睁大眼睛，分辩道："小姐有所不知，叶大老爷真的是个好官，他……"

田妙雯道："好啦好啦，他是不是好官，这件事你找他帮忙都是不可能的。他与本县县太爷一向不合，这件事又归县太爷管着，他没办法帮你，如果他逾矩越权，不但帮不了你，于他自己而言也是个大麻烦。"

叶小娘子眸中的光彩渐渐黯淡下去，幽幽地道："叶大老爷已经是奴家最后的希望，如果叶大人也帮不了奴家，那奴家只有……"

田妙雯微微一笑，道："他固然帮不了你，我却可以呀！"

叶小娘子吃惊地道："你？"

田妙雯用顽皮的目光望着她，嫣然道："不错！不如……你聘我做你的讼师，我来帮你打赢这场官司，如何？"

第六十五章

探骊寻珠

"女讼师？"

叶小天听田妙雯说出这个想法后，神情与叶小娘子一般无二，同样一脸的惊愕与古怪。

王主簿则立即拉长了脸，不悦地道："你若有心帮她，大不了由舅舅出面帮她说和一下，相信县尊大人还是会给我这个面子的。你一个大家闺秀，何必抛头露面。"

田妙雯若无其事地笑笑，道："舅舅，人家闲得无聊嘛，人家懂得些律法，看叶家娘子忒也可怜，便为她出一次面，偶尔为之的事，也没什么关系嘛。"

王主簿道："讼师之辈，播弄是非，颠倒黑白，捏词狡辩，渔人之利，名声极差，你一位大家闺秀……"

田妙雯似笑非笑地道："人家若是以讼师为业，难免也落下这样一个名声。可如今人家分文不取，只为叶家娘子仗义出面，一俟解决此事，从此再不涉及诉讼，又怎会败坏了声名？说不定还是一段佳话呢。"

田妙雯说着，一双妙目便向王主簿微微一睇。那种风情，当真是颠倒众生的效果，王主簿却是心中忽悠一下，再也不敢多言。他之所以反对，是因为他很清楚田妙雯的打算，但田妙雯显然也看出了他的想法，他又岂敢再多置一词。

田妙雯当日顺口说是他的甥女，自然是因为谢传风已经向她传回消息，说明王主簿接受了他的礼物。而王主簿的这种投靠，却是一个秘密交易，即便外间对此有所猜测，却也无法确定什么。

可是今日他的"外甥女"替人做讼师，去县衙打官司，试图推翻县太爷已经做出的裁定，这是代表谁的立场？

而贵州居然出了个女讼师的事，也必然会引起轰动，田妙雯的真正身份，只要有心人认真去查，就一定能查个清楚明白。到那时，谁还不知道他王主簿投靠了田家？

朝廷会知道，贵州的各位大土司也都会知道，到那时他就彻底地打上了田家的烙印，从此只能旗帜鲜明地站在田家一边。

　　徐伯夷作为田家的爪牙，赴任后的表现很不好，田妙雯当然可以就此抛弃徐伯夷这颗无用的棋子，可那样一来，田家染指葫县的打算也等于放弃了一大半，就算有谢传风在，却无法直接插手官府，这样的根基就算打下来也不牢固。

　　如今王主簿若是被挤兑得公开站在田家一边，旗帜鲜明地向朝廷和各大土司表明："我就是田家的爪牙！"他就再没有任何退路，必须全力以赴地支持田家，那么再加上一个聊胜于无的徐伯夷，田家是不是就能站住脚了呢？

　　叶小天此时还不清楚田妙雯的真正身份，只以为她是因为和叶家娘子同为女人，同情心泛滥。即便知道田妙雯的真实身份，他最多也是眉头一皱，旋即轩朗。

　　有什么关系呢？小小葫县，任他妖精云集纷纷作怪，与他何干？他只想好好地做他的官，娶个称心如意的好妻子，生儿育女，光宗耀祖，他不想牵涉进任何一方，不管那一方是朝廷还是某位土司，只要不来找他的麻烦就好。

　　一行人来到县衙门前，叶倩怯生生地回头一望，田妙雯向她鼓励地一笑，道："去吧，击鼓！你是原告，理直气壮，何不大胆些！"

　　叶倩一想，身后还有本县主簿和典史两位官员撑腰，胆气顿时一壮，举步上前便要击鼓！

　　"好啊！你这小贱人，果然来了县衙！"

　　一个留着两撇鼠须的中年男人从墙角噌一下跳出来，怒气冲冲地走向叶倩。叶倩刚刚拿起鼓槌，一看此人，吓得一惊，鼓槌失手跌落在地，胆怯地唤道："公公！"

　　这时候，又有一个二十出头的蓝衫人紧跟在那鼠须中年人后面冲出来，瘦脸削腮，脸上满是幸灾乐祸的笑容。那中年男人怒喝道："把这败坏门风的小贱人给我带回去！"

　　那年轻蓝衫人立即冲上前来，伸手就要去抓叶倩的手腕。

　　"啪！"

　　一柄竹骨折扇抽在他的手上，蓝衫人怒而抬头，就见面前站着一位白袍公子，一头墨染似的头发，梳理的一丝不乱，挽着一顶公子巾，面如敷粉，唇若涂朱，一双秋水湛江的有神大眼，下巴却尖尖的透着几分柔弱。

　　此人虽然是男儿打扮，可那五官模样一看就是个女子，蓝衫人先是被她的美貌惊得一呆，又见她淡淡一睨。虽看不出多么威严，却有一种富贵雍容之气，自家的气势便弱了三分，不敢挥拳便打，而是怒道："你是何人，我带自家嫂嫂回家，竟然出面阻拦！"

　　一身男装的田妙雯把折扇一收，灵活地一转，啪的一下握在手中，淡淡地道："叶家娘子已经聘了本人担任她的讼师，就算你是她的小叔子，也等过完堂再说。"

　　那中年人怒道："讼师？一个雌儿穿上男袍就想当讼师？我呸！就算你是讼师，

我家的媳妇也轮不到你……"

叶小天像挥苍蝇似的摆了摆手，道："把这两个聒噪不休的东西拿下，等着大老爷提审。"

守在衙前的那些差役都认识主簿和典史，眼见他二人和那叶家娘子是同路，所以叶家娘子上前击鼓时，他们问都没问一声，这时一听叶小天吩咐，那几个衙役马上冲过来把那对父子摁住。

那位员外有些懵了，因为叶小天和王主簿都穿着便装，他不知道这二人身份，忙不迭解释道："诸位差官，你们抓错人了。我是城东二里堡的冯来福冯里正啊！上一次知县大人往大峡谷主持引水仪式，我还曾陪同前往的啊……"

一个差役低喝道："你闭嘴！那两位是本县王主簿和叶典史。"冯来福一听吃了一惊，赶紧闭上嘴巴，他儿子本来高声叫嚷着还在挣扎，一听这话也蔫了。

田妙雯扭过头来，向叶小天微微一笑，拱手道："谢了！"

叶小天微笑道："姑娘的谢太重，我可不敢当！"

田妙雯自然知道他在暗讽那日背自己下山，却被自己掐得肋下乌青的事，想起他对自己的非礼，羞恼之意顿起，在心中冷哼一声，面上却是不动声色，转而对叶家娘子道："击鼓！"

叶家娘子一见自己的公公和小叔子来了，只吓得六神无主，待见叶小天一声号令，那些差役就扑上来把他二人摁住，胆子这才大了些，听了田妙雯的话，她便弯腰拾起鼓槌，走到那架鸣冤鼓前。

鼓架上置着一面大鼓，左右还各杵着两方木牌，木牌红漆黑字，分别写着"诬告加三等，越诉笞五十！"叶家娘子不识字，却也没把那牌子当回事儿，咬紧了牙关，挥起鼓槌便咚咚地敲起鼓来……

· ※ · ※ · ※ ·

丛林深处是千奇百怪的树木，高耸入云的参天大树间，还横躺着许多寿终正寝的老树，也不知已经在哪儿躺了多少年，静静地腐败起着，枯树上长满了蘑菇、野草。

因为空气潮湿，一些树木生出巨大的气根，像一条条巨蛇似的从半空中垂下来，有的已经触到地面，深深地扎进地里，有的则缠绕在一起，纠结在空中。

这种景象看起来很美，却也充满了危险，这种地方真正的危险很少来自那些大型的野兽，因为就是那些大型野兽也视这里为畏途，这里有许多剧毒的虫子、蛇类，地面潮湿松软的树叶层和一团团的藤蔓又成了它们最好的保护色，陷身其间，很容易被那些藏在腐枝败叶间的蛇虫置之死地。

然而在这古木参天，遮天蔽日的恐怖森林中，此刻却有几个人类像灵活的猿猴般，在缠绕的藤蔓、纠结的气根、横七竖八的枯树间，很敏捷地沿着一些自然形成的缝隙灵巧地前进。

从他们的服饰看，分明就是生活在深山里的苗人，也只有他们，才会把这里当成自己的家园，出入无忌。

一棵巨大的古树，树干至少得需要十一二个人手拉手才能环抱过来，树皮粗糙虬结、疙瘩处处，很容易就能爬上去。这棵古树的生命力依旧很旺盛，伸展开来的如盖的树冠，那茂密的枝叶遮蔽了蓝天。

几个生苗跳上这棵大树卧佛般堆积躺倒的树根，飞快地向上攀缘着，很快就爬到了高高的树冠上。

一个眼力极好的生苗居高临下的扫视着，突然指着一处地方低声说了一句什么，旁边那个人立即扭过头来，向他所指的方向看去。扭过头来的这人正是华云飞。

他所看的方向是一片郁郁葱葱的绿色，在深山丛林之中，这种景象很常见，但华云飞定睛仔细看了一会儿，唇角渐渐逸出一丝笑意。

随着风掠树冠的摇晃，他发现了一些建筑的边角，虽然只是一片飞檐或者院墙的一角，但是足以令他确定，这里是一个较大的聚居地，在这深山老林中出现的这样一个所在，当然就是他们一路循踪所寻找的"一条龙"的老巢。

"终于找到了！"华云飞欣喜地自语，他们二百八十人，分成四十个小队，撒入茫茫林海，苦苦搜寻着一切人类生存的痕迹，终于被他们发现了"一条龙"的老巢。

华云飞强抑激动，吩咐道："散出去，摸清他们老巢周围的情形，一个时辰后，还在这里汇合。"

这时候，一阵风吹树摇，从树巅望下去，隐见远处林中正有一行人马往龙凌云的老巢赶去，华云飞立即低喝道："都小心些，千万不要打草惊蛇！"

此时，那一行人离得太远，华云飞没注意到那一行人中，走在最前面的一人双眼是被蒙住的，由左右两人搀扶而行的，即便看到了，他也不会认得此人。但是，如果大亨在这里，就一定会觉得很奇怪了："我们家的老丁怎么会在这里？"

第六十六章

蒋干盗书——上大当

一

"到了!"

老丁耳畔传来一句话,随即蒙在他眼睛上的黑布就被解开了,老丁微微眯着眼睛,慢慢适应着光线。很快他就看清,自己正置身于一处用大木搭置的宽敞棚屋下。

方才蒙着眼睛的时候他就听到周围有很多粗重的呼吸,这时睁眼一看,棚中左右果然有许多宽大的粗糙木椅,坐满了形容剽悍的汉子,一个个貌相狰狞,正在瞪着他看。

老丁没有在意这些人凶恶的面相,只把目光向上首看去,见一张更加宽大的粗木大椅上坐着一条大汉,一条腿踩在椅子上,正一边抠着脚丫子,一边虎视眈眈地盯着他。

老丁向他泰然拱了拱手,道:"阁下就是龙大当家的?久仰大名!"

龙凌云看他年过半百,身量相貌也不惊人,不免有些疑惑地道:"你……真是'一窝蜂'的人?"

老丁微微一笑,道:"怎么,龙大当家的觉得我哪里不对吗?"

龙凌云哈哈一笑,用那刚抠过脚丫子的大手抓起一只粗陶碗,咚咚地灌了两口酒,又砰一下放下,噜地站起身来,粗声大气地道:"路少东和我们'一条龙'也是熟朋友了,他介绍来的人自然不会有假,哈哈哈……"

龙凌云大步走上前来,笑道:"龙某是久仰你'一窝蜂'的威名,放眼整个贵州,龙某最佩服的,就是来去无踪、无不敢为的'一窝蜂',今日有幸能够见识到'一窝蜂'的高人,真是三生有幸啊!"

龙凌云说着,一只大手便轻飘飘地按在了老丁肩头。老丁淡淡一笑,道:"好说,'一条龙',纵横贵州,我'一窝蜂'也是久仰的了。所以这一次这桩大买卖,我们大哥才想到和你们'一条龙'合作!"

龙凌云那一掌看似轻松，实则蕴藏暗劲儿。不要说是寻常百姓，就是一个练家子轻易也承受不住这样的一掌。可是他一掌拍下，老丁居然浑若无其事地站在那儿，既未缩肩卸力，也未作势硬抗，竟是轻描淡写地便化解了这重若泰山倾压下来的一掌，龙凌云不由微微一惊，对老丁的身份再无怀疑。

"早听说'一窝蜂'里，哪怕只是一个踩盘子、探风声的小角色，都有一身高明功夫，所以二十年来纵横无忌，只要出手，从不会无功而返。如今看来，传言不假啊。"

想到这里，龙凌云的态度便愈发恭敬起来，向老丁抱了抱拳道："承蒙你们'一窝蜂'的人看得起龙某，愿与龙某人合作，龙某受宠若惊啊！请！请上座！咱们好好谈一谈，只要这笔买卖真能谈得拢，龙某与众兄弟自然愿与'一窝蜂'的众好汉合作干他一票，彼此也好结个善缘！哈！哈哈哈……"

龙凌云的老巢外围，那些散出去探察地形的生苗勇士陆续返回了这棵参天古树，在树屋一般宽敞的树杈上，分别把自己探查到的情形向华云飞做了汇报。

这些苗人大多不懂汉语，但华云飞有意留了一个精通汉语的苗人，由这个苗人负责翻译。将各人探查的消息综合之后，华云飞发现这"一条龙"果然是个极谨慎的人。

"一条龙"这老巢建在山林深处，想要找到本就如大海捞针，也就是华云飞这样杰出的猎人，再加上这些习惯于在深山中生存的生苗，又是分成数十队人马，在密林中依据查找到的些微人类活动过的踪迹，又加上很大的运气成分，这才找到了他的老巢。

如果是官府出面，想要找到这里的可能几乎没有，饶是如此，"一条龙"选择老巢时，还是考虑到了万一的情形，掩映在密林中的这座巢穴是一个山寨，寨子的后半部分竟是一片沼泽地。

这片深山沼泽的面积究竟有多大还无法确定，而方才摸到寨子后方探查的生苗武士看到有人进入了这片沼泽，也就是说，那沼泽里边一定还有一条出路，可惜茂密的水生植物和芦苇丛使他无法看清那人行走的路径。

这样的话，由于沼泽的存在，即便有人意图对"一条龙"不利，甚至有能力派出大军把山寨围困起来，他们也可以利用长期探索出来的这条藏在沼泽里的生路逃出去。

"不好办哪……"

华云飞蹙眉思索了一阵，吩咐道："咱们走，回去把情形报与我大哥，请他定夺！"

山寨中，老丁一番言语说得龙凌云心花怒放，喜道："此言当真？"

老丁道："半点不假，这批珍宝是云南沐王赠送给当朝首辅张江陵的礼物，经由这条驿道转运湖广。这件事本就是见不得光的，所以我们即便劫了，他们也不敢声张，只能吃了这个哑巴亏。况且……"

老丁微微一笑，道："这笔财宝的数目非常庞大，一旦得手……我们所有人就可以金盆洗手，回家颐养天年去了，就算他们动了雷霆之怒，肯出动朝廷大军，又上哪儿再去寻找你我呢！"

这句话一出口，那些山贼眼中全都露出了贪婪的光芒，就连龙凌云的呼吸也变得粗重起来："好！丁兄，那就请你回复你们大当家的，这笔买卖，我们干了！"

龙凌云拍案而起，兴冲冲地道："什么时候行动？"

老丁徐徐站起，微笑道："时间就在最近，这段时间还请龙老大约束部下不要私自外出，只管在寨中候命，一俟有了准确消息，丁某还会通过路少东和你们联系的，告辞！"

龙凌云拱拱手，歉然道："好！不是龙某信不过丁兄，只是……"

老丁会意地一笑，道："无妨，如果不是龙老大这样谨慎小心的人，我们'一窝蜂'也不会选择跟你们合作。请吧！"

龙凌云哈哈一笑，挥了挥手，马上有人上前，又用黑布蒙上了老丁的眼睛。一行人马押着蒙住了眼睛的老丁离开了山寨，很快，老丁就觉察出，他离开的路，与方才不是一条。

一旦蒙上眼睛，即便记忆力极好的人，也很难再记住一条地形很复杂的路，但是世事无绝对，任何事情都有例外。老丁幼年时曾经患过一场重病，曾经在长达六年的时候，他就是一个盲人，而且是一个六识很敏锐的盲人。

后来跟着罗百川，老丁成了一个秘密组织的人，他又刻意对自己的这种能力进行过特殊的训练，所以来时那条路他此刻已牢牢记在心里，只要闭上眼睛，他就可以重新走上一遍。

而这一次，是另一条……

黑布蒙着眼睛的老丁，嘴角轻轻牵了起来。

· ※ · ※ · ※ ·

花晴风一开始并没认出叶家娘子，当他见到一个女讼师出现在公堂上时非常惊诧，及至听说这位田姑娘是王主簿的外甥女，只是因为同情叶家娘子，所以临时兼职讼师。花晴风登时暗恼："王主簿纵容甥女出面，这是什么意思？"

待他向叶家娘子询问了一番所告事由，才忽然想起了这个女人，毕竟在他的仕途生涯中，女人把官司打到官府，要求判她改嫁的，他只遇到过这么一个。

花晴风沉下脸道："本官还记得这件事，记得曾经的判词。本官问你，你那娘家可同意你改嫁了？"

叶倩嗳嗫地道："这……这是民女自己的意思，与娘家……无干！"

花晴风冷哼一声，道："那么，你那夫家可是同意你改嫁了。"

冯来福马上高声叫道："大老爷，草民不曾同意儿媳改嫁！"

花晴风把袖子一拂，冷冷地道："既然如此，本官不准，退堂！"

"且慢！"

田妙雯上前一步，向花晴风拱手道："大人，叶家娘子请官府主持公道，判她改嫁他人，实是别有隐情。大人身为葫县的父母官，断案岂能如此草率，不该问一问详情吗？"

花晴风真想质问她一句，有没有功名在身，若是没有功名，一旁跪下答话，可是他目光往旁边一扫，见王主簿和叶典史都在廊下站着，便没有勇气说出口了。

虽说他现在比当年强了许多，已经掌握了一部分权力，可还是没有勇气与王主簿正面冲突。花晴风忍了忍心头恶气，冷冷地道："你是讼师，可有状纸？"

田妙雯道："叶家娘子欲上公堂，却为翁叔所阻，窥个回家探望生病母亲的机会才得逃脱，遇上本姑娘为她诉讼，便来此处请大老爷你主持公道了，仓促之间尚不及写下状纸。"

花晴风啪一拍惊堂木，喝道："讼师上堂，却无状纸，本官不予受理！退堂！"

田妙雯冷诮地道："大人何必急着退堂，状纸而已，顷刻间事，大老爷爱民如子，官声极好，不会连这片刻工夫都等不及吧？"

田妙雯一边说着，已然移步上前。

在花知县公案左下首有一张低矮的几案，案后坐着一个老吏，桌上铺着纸张和文房四宝，他是负责公堂记录的。

田妙雯走过去，一伸手从笔架上取下枝毛笔，在砚台中蘸了蘸墨，笔走龙蛇，唰唰唰一挥而就，复把毛笔往砚旁一搁，提起那张墨迹淋漓的状纸便向花晴风的公案走去。

她的动作太过迅速，就连近在咫尺负责记录的那个胥吏都没看清她究竟写了些什么，田妙雯走到公案前，一抬手，朗声道："大人，这便是叶家娘子的状纸了！"

田妙雯答话、提笔、写状纸、递状纸，一气呵成，如行动流水一般，那姿势优雅柔美，当真令人赏心悦目。如此风采，不要说花晴风看得眼睛一亮，便是左右那些衙役和站在廊下观审的叶小天和王主簿也为她的风采心折。

田妙雯走到公案前，这抬手一递，手臂刚刚扬起，云袖刚刚展开，那兰花般俏美的手指便顺势一松，状纸似被微风托拂着似的在空中盘旋了两圈，恰恰落在花晴风面前，方方正正。

第六十七章

简单粗暴

一

　　花晴风低头一看这张状纸，先暗赞一声："好书法！"定睛再看状上所写内容，不由倒抽一口冷气。

　　田妙雯的状上写道："为守节失节改节全节事：氏年十九，夫死无子，翁壮而鳏，叔大未娶，故乞改嫁。"

　　后面这段话很好理解，前面一句话略微有些拗口，可仔细一读，点睛之笔却恰在此处：若是守节，难免失节。唯有改节，方能全节。为何？便是因为此妇正当年少，而公公不但正当壮年而且死了妻子，小叔已经成年却尚未娶妻……信息量那是相当地大呀。

　　按照当时的律法，公公与儿媳通奸是死罪，小叔与寡嫂通奸同样是死罪，真要发生了这种案子，是要上达天听的。现如今人家叶姓小娘子已经把官司打到公堂，如果他花晴风不准，来日一旦真的出现这一幕丑闻，便是他的重大劣迹，丢官罢职也是在所难免。

　　田妙雯也是抓住了花晴风一向胆小怕事的心态，这一张状子虽只寥寥数句，却是犀利如刀，花晴风见了这样一张状子，那"不准改嫁"四个字的判词竟是无论如何也说不出口了。

　　花晴风对田妙雯以女子之身而为讼事，且是王主簿的外甥女，有向自己发难之嫌，心中大为不满，本来打定主意，无论如何也不让她赢这场官司，如今见了这样一张状纸，竟是踌躇半晌不敢作答。

　　廊下叶小天和王主簿都有些好奇，不知道田妙雯提笔一挥而就，不过寥寥数笔，究竟写了什么，竟令花知县脸色如此难看。

　　花晴风盯着那张状子看了许久，脸色阴晴不定。田妙雯见状微微一笑，自知已然击中花知县的要害，他是绝不会把这份责任背到他的身上，这场官司赢定了。

果然，花晴风徐徐放下状纸，向冯来福看了一眼，道："冯里正！"

冯来福赶紧抬头道："小民在。"

花晴风道："你那儿媳正当青春年少，且无子嗣抚养，就此孤老一生，确也不妥。本县反复思量，不如……允她改嫁了吧。"

"什么？"

冯来福一听急了，他固然是不知廉耻，垂涎儿媳姿色；却也知道逼迫这儿媳守节，于冯家大有好处。依《大明律》，女子三十以前夫死守节，五十以后依然没有改嫁的，旗表门闾、免除本家差役，这可是莫大的荣耀和实实在在的实惠。

冯来福不肯就此放弃，马上大声道："大人，小民不服！守礼节，尽妇道，乃是妇人根本！丈夫以义烈标名，妇人以守节为行。《周易》有云：'妇女贞洁，从一而终'。《礼记》有云：'一与之齐，终身不改'。天不可逃，夫不可离，妇人守节，天经地义。如今夫家娘家皆不同意冯叶氏改嫁，大人怜其年少便要枉顾礼法吗？"

花晴风脸色一沉，拍案道："大胆、放肆，竟敢直斥本县。"

冯来福这才醒觉失仪，忙又重新跪好，道："小民不敢，但大老爷如此吩咐，实在有悖礼教，小民万万不敢遵从。"

花晴风放缓了语气，道："冯来福，你今年多大岁数了？"

冯来福一怔，不知他何以问起自己年纪，忙道："小民今年四十二岁。"

花晴风又道："妻子可还安好？"

冯来福道："呃……前年春上病逝了。"

"可曾续弦？"

"不曾！"

花晴风道："好！你那儿子今年多大了？可曾婚配？"

冯来福赶紧示意儿子向前膝行几步，道："犬子冯嵩，年方十八，是小民的次子，尚未成亲。长子冯昱，也在前年春上病逝了。"

前年春天，葫县一带发了一场大水，之后瘟疫盛行，那场瘟疫本身并不致命，但是对身体本来就虚弱的人来说，却是一场大劫，全县死了四百多人，都是老年人或平素体弱者。

花晴风点点头，道："是啊，冯来福，你壮年鳏居，你那儿子业已成年，却尚未娶妻，家中留一守寡的妇人，就不怕瓜田李下惹人非议吗？本官有此思量，才决定判决冯叶氏改嫁……"

冯来福一听，暗自吃了一惊："原来如此，难怪知县大老爷突然改了口风。这不知羞耻的小贱人，定然是把一切都说与这女讼师知道了。如果我逼迫太紧，她把心一横，当堂说出一切，我还如何做人？可……就这么放她离去，实不甘心……"

花晴风见冯来福低头思量不语，以为自己这句话已然令他心虚退缩，便咳嗽一声道："咳！本县宣判……"

"且慢！"

冯来福猛地抬起头来，先怨毒地盯了叶小娘子一眼，又缓缓把目光移向花知县："知县大人所虑甚是，然则对于此事小民也曾有所考虑，想出了一个妥当的办法。"

花晴风一听大感好奇，忙问道："你有什么办法？"

冯来福道："小民曾与亲家商议，让寡媳回娘家居住。吃用穿戴、一应用度，小民依旧供应。如此便可避免乡里非议，待到小民续弦、次子成亲，抑或寡媳年迈之后，我冯家自然接回奉养，如此，既可尽了节义，又可避免他人非议，岂非一举两得？"

花晴风本就是迫于形势，生怕冯家真的干出什么丑事，到时自己也脱不了干系，如今一听冯来福这么说，登时拍案赞道："好！好主意！难得你一片苦心，既然如此，冯叶氏，你还有何话说？"

叶小娘子惶然道："民女……民女……"

田妙雯抢上一步，瞪着冯来福道："你这等说法，可与她娘家人商议过吗？"

冯来福经她妩媚的大眼一瞪，心头不由一跳："好骚好媚的一个小娘子，穿上男装，依旧如此撩人！"不过他也知道，这个女子，他是丝毫打不得主意的，当下不敢多想，连忙应道："冯某说过，已然与亲家商量过的！"

花晴风见田妙雯气恼的样子，暗暗冷笑一声，道："来人啊，去传冯叶氏父母到堂！暂且退堂！"

花晴风把惊堂木一拍，拂袖而去，冯来福、冯嵩父子和冯刘氏、田妙雯被分别带到堂下班房暂候，原告被告双方隔着一条甬道，分别待在两座班房里。

叶小天和王主簿也进了田妙雯所在的班房，一进班房，王主簿便道："哎！我就说，你不要管这件事嘛。现如今，人家娘家、婆家都不同意此女改嫁，又想出了妥帖的办法，你纵有通天的本领，又能如何？"

田妙雯最初肯出手帮助冯叶氏，很大原因是想借此把葫县的三巨头之一拉入田家的阵营，叫他再也反悔不得。可这时候被冯来福的无耻贪婪所激，动了真怒，却是想不问成果，只想助她脱离冯家控制了。

田妙雯气鼓鼓地转向叶小娘子，问道："你怎么说？"

叶小娘子怯怯地道："奴家……奴家没什么见识的，实在不知……不知该如何是好。如果……如果公公肯放我回娘家，从此不再骚扰，那……那也是可以的。"

叶小娘子垂下头，幽幽地道："奴家并非不知廉耻的女子，一味寻思改嫁个男人，但能避免……避免……就好！"

田妙雯冷冷一哼，道："这分明是他的缓兵之计，过些时日，他们要接自家儿媳回去，只要你父母不反对，谁又能奈何得他们？这件事，绝不能就此罢休。"

王主簿在一张条凳上坐下来，捋着胡须慢条斯理地道："你不想罢休又能如何？如今还能奈何得了他们吗？"

田妙雯睨了一直默不作声的叶小天一眼，道："你不是一向足智多谋吗，可有办法？"

叶小天笑嘻嘻地道："姑娘怎知我一向足智多谋？"

田妙雯冷哼一声，翘起下巴不答。

叶小天想起人家舅舅就在面前，不好打情骂俏，便咳嗽一声，端起官架子道："此事在我看来，容易得很。"

田妙雯双眼一亮，喜道："你真有办法？快快说来！"

叶小天道："首先呢，我会软硬兼施，恐吓冯家。我是官，他是什么？不过一个土财主罢了，我不吓得他屁滚尿流都不叫本事。如果他还不买账，我就请李伯皓和高涯两人出面！"

田妙雯一怔，道："这两个人是干什么的，本地有名的讼师吗？"

叶小天摇头道："非也，他们是山中部落的少寨主。县中这些百姓，一向把他们传得凶恶狰狞，不讲道理的。我叫他们带上三五十条壮汉，白天祸害冯家的田地，晚上往他们家丢屎撒尿，如此不出三天，冯家一定哭着喊着求叶小娘子改嫁！"

田妙雯听得怔住了，半晌才瞠着叶小天，问道："你真的是官？"

叶小天也学着她方才的样子，傲慢地扬起下巴："如假包换！"

田妙雯叹了口气，喃喃地道："幸亏像你这样的奇葩，大明官场上再也没有第二个了。"

叶小天无所谓地道："只要能达到目的，用什么手段很重要吗？"

只要能达到目的，用什么手段并不重要！这，就是叶小天为人的准则！田妙雯又睨了他一眼，想起自己了解到的关于叶小天的一切，对这个人有了更深一层的认知。

叶小天道："太简单粗暴了，是吗？难道……姑娘你还有更好的办法？"

田妙雯眸波微微一闪，嫣然道："试试看吧，如果我的法子不管用，那时就要劳烦叶大人用那痞赖手段了。"

田妙雯眼波欲流，瞧来甚是妩媚，叶小天看在眼中，对这位田姑娘却是又多了一层认知："这位田姑娘的为人处事，与我倒算是同路人！"

第六十八章

小狐狸

一

　　叶小娘子的家人很快就被带来了，叶父、叶母，还有两个哥哥一个弟弟。这一家人一看就是极憨厚老实的普通农家人，到了公堂上人家让跪便跪，跪在那儿战战兢兢，头都不敢抬。
　　花晴风从二堂出来，继续审理此案，此时已经有许多百姓闻风赶来，挤在廊下观审，场面甚是热闹。
　　现在花晴风的心态就轻松多了。其一，按照礼教，改嫁是不被提倡的。如果叶小娘子的婆家和娘家都反对叶小娘子改嫁，又有冯来福提出的解决办法，他就可以顺势做出判决，还能给王主簿的挑衅一个有力的反击。而之前冯来福敢那么说，显然已经和叶家商量妥当，此案已是板上钉钉，再没有改变的可能。
　　花晴风面带微笑，非常平和地把原被告双方唤上大堂，当着所有人的面，把冯来福的提议对叶父说了一遍，询问道："对此安排，你可同意？"
　　叶父偷偷瞟了冯来福一眼，被他凶狠的目光一瞪，慌张地收回目光，顿首道："听凭大老爷安排！"
　　花晴风不悦地道："这叫什么话，本县问你，对此安排，你可同意？"
　　叶父结结巴巴地道："草民……草民同意！"
　　此前冯来福确曾同他说过此事，在发现叶倩逾墙逃跑后，冯来福追赶不及，便对叶父说了这个办法。当时他倒不知儿媳能够找到王主簿的外甥女做靠山，只是近来葫县新到任好几个官员，冯老财不了解这些新到任的官员，担心万一有什么差池，所以才同叶父商量了这个法子以防万一。
　　叶父有三个儿子，家境贫寒，想给他们说个媳妇都没条件，长子和次子能说上媳妇，还是靠把女儿嫁给冯家那个病篓子换来的聘礼才办的亲事，如今老三业已长大成人，该讨媳妇了，说不得这件事还得着落在他姐姐身上。

对叶父来说，儿子才是自己的依靠，女儿就是赔钱货，早晚属于别人家的，对这个女儿，他完全没有像对自己儿子那样关爱。如今她明明已经成了冯家的媳妇，还能再换来一笔好处，有什么不答应的。

田妙雯一听叶父这么说，柳眉不由一剔，心中愠意渐起。忽然，她觉得有个人正在看着自己，田妙雯抬头一看，只见因为廊下已经站了许多观审的百姓，王主簿和叶小天已经转移到了侧厢。

正在看着她的人是叶小天，叶小天见她抬头，向她咧嘴一笑，露出一口小白牙，他把大拇哥竖在胸前，向自己点了点，显然是想让她向自己求助，采用他的无赖打法。田妙雯冷哼一声，不屑一顾地扭过头去。

公案后面，花晴风得到了叶父的准确回答，笑容可掬地道："如此甚好，那本官就判决……"

"大人，且慢！"

田妙雯突然踏前一步，拱手说道。

花晴风脸色一沉，不悦地道："怎么，田讼师还有话说？"

田妙雯道："冯叶两家长辈既有合议，本讼师自然再无话讲。然则，这还涉及叶家娘子今后的奉养问题。叶家贫寒，兄弟已各自成家，父母已然老迈，她一个守寡妇人，又不宜抛头露面做些营生……"

冯来福一听，马上接口道："田讼师，冯某说过，会照顾她的衣食住行！"

田妙雯冷冷地看了他一眼，道："口说无凭，当立据为证！"

冯来福一听，欣然道："冯某吐口唾沫就是个钉儿，哪有食言的道理！田讼师既然不信，那便立下字据又有何妨？"

"好！"

田妙雯举步便向那负责记录的书吏走去，淡淡地吩咐道："让开！"

那小吏被她威仪所慑，又知道她是王主簿的外甥女，下意识地便离席而去，田妙雯坐下去，铺开一张纸，凝眸一想，提笔便写。

田妙雯笔走龙蛇，将一张大纸写成一张字据，唰的一下晾在一边，又一字不差地再写了一张，把笔往砚台上一搁，提起两份字据便向公案前走去，朗声道："请知县大老爷看过，这个字据可还使得？"

花晴风接过字据定睛一看，就见上面写道："今有叶氏，闺名曰倩，嫁与冯昱为妻。未及一载，丈夫辞世。翁壮而鳏，叔大未娶，叶氏守节难避瓜李之嫌。今冯叶两家共议，知县花公主证，讼师田某辅证，将叶氏发付本家，勿得下嫁。若守节不嫁，衣食住行，仍由冯家供应，每月贴补，不得延滞。若叶氏岁过五旬，守节依旧，则由冯家接回供养！"

花晴风看罢，抚须赞道："情由道理、一应约定，尽在其中矣！"

花晴风抬起头来，对冯来福和叶父道："你二人上前，共同看过！"

冯来福识字，叶父却不识字，走上前来，只管拿眼去看冯来福，冯来福拿过字据，仔仔细细看了一遍，颔首道："合情合理，草民同意！"叶父见状，忙不迭也点头道："草民也同意！"

花晴风道："既如此，你二人便签字画押吧！"

花晴风作为知县，首先在证人处签下了自己的名字，还用了自己的官印加盖上去。冯来福接过两份字据，铺在小吏那张书案上，提笔写下自己名字，又用拇指按了按印油，印下了自己的指纹。

叶父见状，忙也笨拙地抓起毛笔，在字据上小心地画了一个圈，也按下自己的指纹。虽说在他心中，女儿远不及儿子重要，可毕竟是自己的亲生骨肉，这件事做下来，心中有愧，不敢去看女儿，便垂着头退下。

田妙雯这时才走上前去，冷冷地睨了冯来福一眼，斥道："让开！"

她这一举步上前，一阵幽香迎面拂来，冯来福那老色鬼嗅在鼻端，心头便是一荡，只是田姑娘这等仙妃般的高贵人物，根本不是他这样一个乡下老财能够染指的，只得讪讪退到一边。

田妙雯提笔写下自己的名字，把两份字据小心地叠好，拿起一份走到叶家娘子面前，对她道："叶家娘子，你一生的依靠，全赖这一纸文书了，这份字据，你可要好生收好！"

叶倩嫁到冯家不过大半年光景，嫁过去时丈夫就是个病娄子，要说夫妻感情实在是薄了点，她还年轻，如果能再改嫁，有个知冷知热的男人疼爱，自然是心中所愿。

如今娘家人懦弱贪婪，婆家人又是如此的无耻冷酷，她也不敢奢望了，但求能摆脱冯氏父子的欺扰，保得自家清白，且又一日三餐无忧，也就知足了，因此接过字据，感激地道："多谢田姑娘！"

花晴志得意满地睨了一眼王主簿和叶小天，啪一拍惊堂木，喝道："退堂！"

花晴风喜气洋洋地回了后堂，冯来福收好另一份字据，走到叶倩身边，假惺惺地道："倩儿啊，你要回娘家去住，如今房中那些常用之物便都取去吧，你且回去看看都需要哪些东西，老夫一会儿叫人给你送过去。"

叶倩哪肯再入虎口，万一这老畜生不顾廉耻，强要了她的身子呢？叶倩赶紧摇头道："不……不必了，谢……谢谢公爹。"

冯来福当着这么多人，也不好再说什么，只在心中发狠："小贱人，你以为可以逃得出我的手掌心吗，过几日便接你回来，谅你爹娘兄弟也不敢反对，到时你再想离开后宅一步，都是妄想！"

公审结束，旁观的百姓议论纷纷地散去了，原被告双方也都向堂外走去，叶小天摇摇头，直觉地认定那冯来福不会善罢甘休，田妙雯这一纸字据恐怕保不了这位叶家小娘子。

　　他刚想走上前去与田妙雯说话，却见田妙雯把折扇一展，居然跟着叶倩出了大堂，叶小天微微一怔，与王主簿对视一眼，便也跟了出去。

　　出了县衙大门，叶家娘子像个受气小媳妇似的跟在爹娘兄弟身后正欲回家，田妙雯从后面赶上来，扬声说道："叶家娘子！"

　　叶倩回头见是仗义相助的田妙雯，忙敛衽施礼道："田姑娘。"

　　冯来福父子和叶父叶母等人见状也都停下来，田妙雯笑吟吟地睨了他们一眼，对叶倩道："叶家娘子，你现在的身份依旧是冯家的媳妇，而娘家父母兄弟吗，依本讼师看来，对你亲情甚薄，虽有血缘之近，却无血脉之亲啊，你今后的生活岂不尴尬？你还如此年轻，姿容也甚惹人怜，何不寻个好人家嫁了，你终身有靠，也免得娘家为难。"

　　"啊？"

　　叶倩惊愕地张大了小嘴，被田妙雯这句话弄得有些摸不着头脑了。

　　冯来福大怒道："田姑娘，你不要欺人太甚！公堂之上刚刚立下字据，本县县太爷亲自做的证人，你想反悔不成！"

　　田妙雯讶然道："田某何曾反悔，田某所言，字字句句可都是与你们两家所立字据并不相悖的！"

　　冯来福大怒道："岂有此理，你便是本县主簿大人的外甥女，就可以颠倒黑白，不讲道理吗？乡亲们哪，你们大家都来评评这个理儿，公堂之上刚刚有了论断的事，这位田讼师就要倚仗权势，矢口否认了！"

　　那些百姓还没走远，呼啦啦就围上前来，王主簿眉头一皱，心道："这位大小姐不知轻重，莫非是要亮出田家大小姐的身份，以势压人，强迫冯家就范？"

　　王主簿刚要举步上前，手腕突然被人一把拉住。王主簿扭头一看，就见叶小天目泛奇光，用一种有趣的眼神儿盯着田妙雯，对他道："令甥女绝非莽撞之人，且勿动作，看她究竟意欲何为。"

　　王主簿翻个白眼，心道："你要看热闹，我可不想，她若失了分寸，人家笑话的可是我。"想是这么想，他终究还是站住了脚步。

　　田妙雯听冯来福大喊大叫，俏脸登时一沉，娇斥道："冯来福，你好大胆，白纸黑字，墨迹未干，你就想反悔，莫非想吃板子！"

　　冯来福怒极反笑，道："怎么，田讼师你要反咬一口吗？"

　　田妙雯把双手往身后一背，冷然道："取出字据，看看咱们究竟是谁想反悔！"

　　"好！"

冯来福也是豁出去了，不管一旁王主簿难看的脸色，从怀里掏出字据，让儿子双手持举，大声念道："今有叶氏，闺名曰倩，嫁与冯昱为妻。未及一载，丈夫辞世。翁壮而鳏，叔大未娶，叶氏守节难避瓜李之嫌。今冯叶两家共议，知县花公主证、讼师田某辅证，将叶氏发付本家，勿得不嫁。若守节不嫁……"

"嗯？"

冯来福突然回过味儿来，瞪大眼睛仔细看那字据："勿得不嫁？不嫁！勿得不嫁！"

冯来福呆若木鸡，站在那儿半晌作声不得，他绝对没有看错，那里写的赫然是"勿得不嫁"，可是他方才在公堂上看时，明明就是"勿得下嫁！"

他之所以记得这么清楚，是因为看到这一句时，他还心中暗笑："下嫁？叶家房只三间，地只几垄，究得叮当山响，这样小门小户的人家，也配称下嫁，这位田大小姐以为是写她自己吗。"

不过，下嫁也罢，平嫁也罢，总之都是不准再嫁的意思，用"下嫁"也只是听着好听，一句给人脸上贴光的客套话，并不违背出嫁的意思。并不是说，她若嫁到大户人家去，算是攀附了高枝，便不违背"勿得下嫁"的要求，所以并不在意。谁知……

"不可能！不可能！"

冯来福慌了，只当这份字据写错了，自己方才匆匆一看，没有发现，立即扑到叶家娘子面前，恶狠狠地道："拿出你那份来！"

叶家娘子虽不识字，却也听得懂"勿得不嫁"的意思，一时间又惊又喜，只道是田妙雯笔误写错了一份，这时哪肯交出自己怀里那份"正确"的字据，她捂着胸口，焦急地看向田妙雯。

田妙雯微微一笑，淡然道："你便取出叫他看看，也好让他心服口服。"

叶家娘子性情柔弱，全无主意，见田妙雯这么说，只得依依不舍地从怀里取出那份文书，冯来福一把抢过去，飞快地展开向那处地方一看，整个人就如泥胎木塑一般，呆呆愣在那里，再也作声不得。

叶小天一看他的脸色，就明白这份字据上写的定然也是"勿得不嫁"四字，叶小天好奇地看了田妙雯一眼，他正站在田妙雯背后，这时目光向下一垂，恰看见田妙雯背着双手，正使一块汗巾，轻轻擦拭拇指，那右手拇指上，隐隐有些墨迹。

叶小天脑海中电光石火般回想起方才公堂之上田妙雯斥退冯来福，提笔蘸墨，签署名字，之后拾起字据，慢条斯理地叠起的过程，登时恍然大悟："这丫头……好一条刁钻狡猾的小狐狸！"

第六十九章

同一种人

一

"你做了手脚，一定是你做了手脚！"

冯来福体若筛糠，气得抖个不停："我要告你，我要向县太爷告你！"

叶小天走上前去，一把从他手中夺过字据，在他肩上拍了拍，微笑道："白纸黑字，清清楚楚！老话说，饿死不做贼，屈死不告状！冯员外，你确定想要告这场一定告不赢的状吗？"

叶小天笑得很温和，说话的声音也很温和，可他微笑的模样看在冯来福眼中，却让他没来由地一阵心悸，讷讷地应道："我……我……"

叶小天轻轻掸了掸那张字据，慢悠悠地道："这上面有县太爷的亲笔签字，还盖了大印，有你和叶家双方家长的画押。我想不出有任何理由，能证明这张字据是无效的……"

叶小天突然脸色一狞，厉声咆哮道："还不快滚！"

冯来福被他这一声吼吓得一个趔趄，冯嵩赶紧抢上前来把他扶住，冯来福颤声道："好！好！你……你们财雄势大，我不跟你们计较，我不跟你们计较！"

冯来福一边说一边退，忽然看见儿子手里还捏着自己的那份字据，气得一把抢过来，哗哗撕个粉碎，带着儿子灰溜溜地离去。叶父一家人傻了眼，站在那儿不知所措。叶小天看见他们，眸中登时掠过一丝掩饰不住的厌恶。

穷人总喜欢强调富人的为富不仁，所以在那么多的民间故事里，地主老财总是贪婪无耻的，可是穷人就等于好人、善人？人性的贪婪是不分贵贱的，叶小天从叶氏一家人身上，似乎看到了薛水舞父母双亲的影子。

叶小天冷冷地道："能够附和冯员外，迫害自己的女儿，你们这父母、这手足，也是真够可以的！叶小娘子若是跟你们回去，少不得又要被你们这对无良夫妇再卖一次！如今本官做主，为她另择佳婿嫁掉，你们有意见吗？"

叶父一见冯员外都不敢招惹此人，又听他自称是官，早就吓得双膝发软，恨不得跪到地上去了，一听叶小天这么说，忙不迭摇头道："没意见，没意见，草民听凭大老爷做主。"

叶小天摆摆手道："那就去吧。人穷志短，这我明白，若是屈膝迎合一下权贵，便能换来好日子过，倒也无可厚非。只是……骨肉亲人，万万不可出卖，否则便是一块行尸走肉，活着又有什么意思？"

叶父羞得面红耳赤，连声应声，拉起婆娘便掩面而走，三个儿子无地自容，灰溜溜地跟着老爹逃开。叶小天回过身来，看了眼有些举止失措的叶家小娘子，对田妙雯笑道："好啦，如今叶小娘子总算换来了自由身，只是她现在可没有良家可以许配，田小姐不如好人做到底，收她做个丫鬟如何？"

田妙雯略一犹豫，颔首道："也好。我从贵阳过来，也没带个使唤人。如果叶小娘子愿意的话……"

叶倩吃吃地道："大小姐，您……您对奴家有大恩，侍候小姐，奴家心甘情愿。只是……只是做了小姐的身边人，要随小姐去贵阳吗？"

田妙雯微笑道："那是自然，我来葫县只是探望舅父，早晚要回贵阳的。"

叶倩"喔"了一声，便有些迟疑起来。那时节普通小民出趟门不易，有些老农活了一辈子，都没离开过家门范围十里，这一下子就要离开故土，到那只是听说过的也不知远在何处的贵阳，叶小娘子如何不慌。

田妙雯微微一蹙眉，道："怎么，你不愿意？"

叶倩捻着衣角，怯生生地道："奴家……也不知道。奴家没有个去处，能蒙大小姐收留，实是感激不尽。可是……可是去贵阳，奴家就要永远离开故土，一个亲人也见不到了，奴家……"

田妙雯没好气地道："似你父兄那般无情的人物，有什么好留恋的。"说是这么说，可叶倩只是小门小户人家出身的一个没见识女子，哪有那般潇洒，说抛下就抛下的，一时急得泪都流了下来。

叶小天见状，略一思忖，道："那……不如这样。我在山上起了一幢宅子，眼看就可入住了。到时候少不得要雇些仆佣下人、家院厨娘，叶小娘子如果不愿离开故土，便去我府上做事，如何？"

叶倩一听，喜出望外，急忙拜倒于地，感激地道："多谢典史大人，多谢典史大人。"

眼见四下百姓还在围观，叶小天便唤过一个衙役，把叶倩送到自己家去，让毛问智带她上山，山上的主建筑群现在基本已经建好，已经有许多房舍可以住人。

这边着人送走叶小娘子，叶小天便对田妙雯笑道："田姑娘，好手段呀。"

田妙雯睨了他一眼道："好像你已经明白我用了什么手段？"

叶小天"嘿嘿"一笑，道："姑娘你签名画押之后，将毛笔搁回，此时趁机借衣袖掩护，用拇指一侧蘸了墨汁，然后假意叠起字据，却在那个'下'字下边摁了一撇，'下'就变成了'不'，让那冯员外吃了个哑巴亏，是不是？"

王主簿方才没有看到田妙雯擦手，虽也猜出必是她做了手脚，涂改了'下'字，却不知她是几时下的手，王主簿的思维还停留在如何用笔上，众目睽睽之下却又并未见她动笔涂改过东西，是以百思不解，这时听叶小天一说，方才恍然大悟。

田妙雯向叶小天嫣然一笑，道："比你的主意如何？"

叶小天耸耸肩道："我是以力破巧，你是以巧破巧。可仔细说来，却是异曲同工，都是耍无赖，有区别吗？"

田妙雯撇了撇嘴角，虽然不以为然，可仔细想想，性质还真没啥大区别，自然也说不出反驳的话来。叶小天道："如果田姑娘你是个男人，我一定要跟你义结金兰了。"

田妙雯好看的眉梢微微一挑，道："因为情投意合吗？"

叶小天微笑道："非也，只因你跟我，是一样的人，而我们这样的人，轻易是得罪不得的，所以我想来想去，只有做兄弟，才能避免做敌人。"

田妙雯深深地凝视了叶小天一眼，忽地嫣然一笑，浅浅眉眼，尽是眸波流转……

·※·※·※·

过了仪门，叶小天和王主簿便分开了，他的典史房在左侧，与县丞的签押房相对，而主簿的签押房在右院，与六科相对。

王主簿带着田妙雯走进院子，田妙雯依旧一身男装，白衣胜雪，双手负在身后，轻轻把玩着那柄折扇，步态悠然。

二人一进院子，就看到主簿签押房外长廊下，正有一人低着头缓缓往返，心事重重。王主簿和田妙雯只看一眼，就认出了他——徐伯夷。

田妙雯作为女状师上公堂替叶家小娘子打官司的时候，徐伯夷正在户科房里大发脾气。刚到葫县时他向司法口的人开刀，来了个大换血，结果没两天就被叶小天把原来的全部班底又搬了回来，狠狠打了他一记耳光。

这些天，徐伯夷稍稍缓过一些元气，暂时不敢向叶小天挑衅，便又折腾起了六科，以此提高他的存在感。

徐伯夷训斥道："你们这户籍是怎么整理的，乱七八糟，分属、姓氏，均当有所索引，才好容易寻找。你们看看你们所登记的户册，本官如果想要你们查一户人家，你们要耗时多久才找得到，嗯？"

一个小吏低声下气地解释道:"大人,你有所不知,本县诸族杂居,那些部落很多人名字都特别怪异,一个字也可成名,七八个字也可成名,实在没有什么规律可循。至于姓氏更是五花八门,有的部落习俗是子女以父名姓,祖父一个姓氏,父亲又一个姓氏,到了子女再出一个姓氏,千奇百怪,同是一家,都无法索引。"

徐伯夷怒道:"我不听你这些托词,如此混乱不堪,官府如何管理?总之,这是你们的问题,你们不会知晓地方,叫他们依汉人规矩立姓起名吗,官府养着你们这些废物……"

徐伯夷正说着,一个小吏兴冲冲地跑进门来,大声道:"嘿!快去看哪,今天居然有个女子做讼师,人生得还特别俏……"

他说到一半,才发现县丞大人正在房里,登时傻在那里。徐伯夷冷冷地瞪了他一眼,问道:"什么女讼师?"

那小吏讪讪地答道:"听说……听说是王主簿的外甥女,仗义出面,为一个民妇做讼师。"

"喔?"

徐伯夷听说是王主簿的外甥女,不由心头一动:"王主簿也跟知县扛上了吗?"徐伯夷也顾不得再向这些小吏抖威风,马上离开户科,赶去大堂看热闹。

徐伯夷没有见过摘掉浅露的田妙雯,但她的貌相轮廓却也能辨识几分,尤其是田妙雯的声音,他熟悉得很。一听那熟悉的声音,似曾相识的体态,尤其是这位姑娘也姓田,徐伯夷如何还不明白她究竟是谁。

徐伯夷认出田妙雯身份,登时方寸大乱,田大小姐来了葫县,却诡称是王主簿外甥女,他们是什么时候搭上的线?为什么大小姐到了葫县,却不知会我?

徐伯夷越想越怕,急于同田妙雯见面,探一探她的态度,但田妙雯忙着帮叶家娘子打官司,他一直无法接近,只好远远盯着,直到看见田妙雯随着王主簿回到县衙,便提前赶来守候了。

第七十章

我挥慧剑

一

　　一见王主簿和田妙雯走过来，徐伯夷马上快步迎上去，对王主簿拱手笑道："王大人，徐某等你许久了，正有一件紧要公事与你商量。啊！这位姑娘是……"

　　王主簿见对面六科房里许多人都在佯装做事，却从窗口暗暗窥视着他们的动静，便咳嗽一声，回望田妙雯一眼，坦然道："哦！这是王某的外甥女。"

　　徐伯夷忙又与田妙雯见礼，他直到此刻才头一遭真正见到田妙雯的真面目，见她虽然一身男装，但肌骨莹润，白滑娇嫩的容颜似水般清柔丝般柔润，尤其那双水汪汪的桃花眼和尖尖俏俏的下巴，看得他心头一热，随即却又一酸。

　　"此等妩媚，我竟不是第一个见到的，反被王宁这老匹夫占了先。"想到这里，徐伯夷心中好不是滋味。

　　王主簿笑道："徐大人有事，着人来知会一声就是了。劳你相候，怎么敢当，来来来，快请房中就座。"

　　王主簿把徐伯夷让进签押房，徐伯夷却不就座，而是先向田妙雯长揖一礼，毕恭毕敬地道："徐某不知大小姐来了葫县，未曾及时拜见，还祈恕罪！"

　　王主簿一见，微微一笑，便举步离开，走到堂屋门口，把门关上，去对面房间暂避了。他这签押房一式三间，左边是他办公的地方，中间是一个堂屋，右边则是他房里那些小吏们当差听用的所在。

　　田妙雯没有理会徐伯夷的见礼，轻移莲步，在王主簿的主位上款款落座，这才说道："坐吧！"

　　"是！"

　　徐伯夷答应一声，走到一旁椅前，把官袍后摆一拂，欠着身子把半个屁股坐在椅子上。

　　这是官场上不成文的规矩，除非是上司或平级，就算是私交极好的朋友，如果是下级，在这种官场会晤中，也不会踏踏实实地把整个臀部塞进椅子，这是表明彼此的身份和地位，表达自己的尊重。

田妙雯睨了他一眼，没理会他刻意的做作，而是冷冷一笑，道："你到葫县后，所作所为，好得很哪！"

徐伯夷刚刚落座，又一下站了起来，这么坐还有一个好处，就是站起来迅速。徐伯夷垂手而立，羞愧地道："徐某无能，让大小姐失望了。"

田妙雯冷哼一声，道："你是叶小天的上司，又有花晴风联手，结果呢？两个废物加起来，还是废物！"

田妙雯这番话，已经丝毫不给他留情面，把个一向心高气傲的徐伯夷说得面红耳赤，恨不得找条地缝钻进去。

田妙雯道："如今，王主簿也是自己人了，放眼整个葫县，几乎全是叶小天的敌人。如果你还是不能把葫县掌握在手，我实在不清楚，你究竟还能干什么！"

徐伯夷咬着牙，一字一句地道："大小姐，徐某初来乍到，远不及叶小天在葫县的根基。那花知县成事不足，败事有余……在下不是替自己辩解，在下是说……大小姐尽管放心，我一定能找到机会，把他挤垮！"

田妙雯哂然一笑，道："挤垮？不！我要他死！"

徐伯夷吃了一惊，骇然抬头看了田妙雯一眼，之前在田府的时候，田妙雯就说过要让他干掉叶小天，但徐伯夷很清楚田大小姐当时所说的"干掉"是什么意思。

这个"干掉"，只是剥夺叶小天应有的权力，让他变成一个傀儡、摆设，甚或丢官罢职，一无所有，但绝不是指的杀掉他，官场自有官场的规则，动辄喊打喊杀不但落了下乘，而且会激起公愤。权力之争、利益之争，就该局限在成败之战上，可是今天田大小姐却明确指示：让他死！

徐伯夷迟疑了一下，顿首道："是！大小姐放心，这件事包在我身上。"

田妙雯的一双妙目盈盈地一转，凝注在他的身上："你打算怎么做？"

徐伯夷被那双水汪汪异常妩媚的眸子一看，竟然有些难以自持。其实他并非好色之徒，对于权力地位的热衷远远高于对女色的追求，可是一则田妙雯实在是个罕见的风情尤物，再一个他又是欲求而不可得，那种魅力对他的影响就变得异乎寻常地强大了。

徐伯夷赶紧低下头，试探地道："在下可以买凶……"

田妙雯扑哧一声冷笑，徐伯夷立即住口。田妙雯缓缓站起，道："买凶？我派个侍卫出手就行了，还要你何用？要用权术让他身败名裂！我要考验的是你做官的本领！"

徐伯夷垂首道："是！我记下了！"

田妙雯又深深地望了他一眼，便举步向外走去，这一走，双手便又下意识地背到了身后。其实田妙雯以前从没有负手走路的习惯，哪怕是扮成男装的时候。只是自从被叶小天背过一次以后，她就不知不觉养成了这个习惯。

从来没有人那样羞辱过她，从来没有！

一个天之骄子的娇娇女，突然遭受从不曾遭遇过的特殊对待，足以令她刻骨铭心了。这，就是她授意徐伯夷要把叶小天搞到身败名裂、家破人亡的原因，因为……她突然发现她见了叶小天，居然恨不起来，动不了杀心。

这让她感到很害怕，她不想和那个好色无厌、痞赖无行的家伙有什么瓜葛，一切不可控的情绪都必须扼杀在萌芽状态，绝不允许它泛滥成灾！这，就是理性的田大小姐所做的选择！

·※·※·※·

到了散衙的时间，叶小天换了身便袍，慢悠悠地离开县衙，踱到大街上。他喜欢这种悠游自在的气氛，道路两边被摊贩们都挤满了，许多行人来来去去，买菜的、买小吃的，此起彼伏的吆喝声，他觉得这才是人世间的味道。

"来……今秋新做的柿饼，南瓜大的！甜甜的不涩咧，涩了管换咧……"

叶小天听到甜甜的柿饼，便站住了脚步。小时候他最喜欢吃柿饼，吃的嘴巴上粘了一层白乎乎的柿粉，像个白胡子小老头，遥遥应该也会喜欢吃吧？

卖柿饼的生意兴隆，有两个大妈正在前面买柿饼，叶小天就站在后面等着，就见一个大妈一边挑着柿饼，一边对旁边另一个年老的妇人道："老郑家的，你听说了吗，城东二里堡冯家的儿媳妇，给叶典史做小了。"

"啊？有这回事？"

另一位大妈很惊讶，叶小天比她还要惊讶，这才多长时间的事，怎么事情就传成了这样，人民群众的想象力也太丰富了吧？

"那可不！"

正挑柿饼子的大妈从柿饼子上掐了一小块塞进嘴巴品着滋味，说道："我听老刘家里的说，冯家那老畜生想爬灰呢，自打儿子死了，就一门心思想占了他那儿媳妇，要不那小媳妇把官司打到县衙，哭着喊着要改嫁呢。

"结果啊，县太爷也不知收了冯家什么好处，就是不答应。这不，叶典史上任了，刚巧就撞见人家小娘子，这一下可就看对了眼，听说了她的事后，就给她撑腰，到底是判了改嫁了。人家叶大人，立马就把她送进自己的新宅子去了。"

另一位大妈咂巴咂巴嘴，羡慕地道："这小娘子好福气呀！我见过她一回，鲜滋水灵的一朵花，难怪叶大老爷肯纳她做小，咱们叶大老爷不是还没娶妻吗，身边没个知冷知热的人照料可怎么成。"

叶小天听了心中稍感安慰："还好，没把我说成那种强抢民女的恶霸贪官！"

正挑柿饼子的大妈直起腰来，对卖柿饼子的小贩道："成了，就这些。"

一边等着那小贩称量，这位大妈就对旁边那妇人道："话是这么说，可她终究是嫁过人的，叶大老爷年轻着呢，就是纳小，什么样的闺女找不着。嗨！他是没找我，要不然哪……"

叶小天在后边瞪大了眼睛，惊诧地看着她，心道："大娘，您有六十多了吧？当我奶奶都不嫌小哇！"

就听那老妇人道："要不然我随便一划拉，就能给他介绍十个八个年轻俊俏的黄花大闺女进门！"

旁边那老妇笑道："你呀，那给人做媒的毛病又犯了。人家叶大人喜欢，你管那么多。要说呢，这做过媳妇的可是会侍候人，没跟过男人的黄花大闺女哪比得了。"

"嘿嘿！可就说呢，叶典史是个没娶过媳妇的，被这小娘子那么温柔的手段一伺候，还不美上天去？"

"也不好说，没娶过媳妇，还不兴逛过青楼？男人哪，可不像咱们女人那么守规矩，什么不懂啊。"

"要我说呢，冯家那小媳妇定是有些特别的本事，要不然能半年工夫就把她男人给吸干了？勾搭得她那公公神魂颠倒，就连叶典史那么大的官儿都想纳她为妾，她呀……"

这一说可就下了道了，别看那时男女之防严重，可这乡间妇人一旦嫁了人便生冷不忌了。村头巷尾，妇人袒胸露怀地奶孩子，都不怕有路过的大老爷们参观，那荤腔听得叶小天这小处男都面红耳赤的。

好不容易挨到那小贩称量好了，那位大娘付了钱，便跟另一个老妇人有说有笑地走开了，叶小天这才凑上前去，讪讪地道："劳驾，给我秤两斤柿饼子。"

那小贩常在这街头做生意，当日叶小天登台祈雨时，他也是围观过的，这时一瞧，便觉叶小天有些面善，不禁迟疑道："哟！我瞧着您……您是不是姓叶？"

叶小天心虚地道："谁说我姓叶，我姓……我说我买柿饼子，你这儿还得先查户口怎么着，别废话，快秤柿饼子！"

"哎哎！"那小贩一见客人不高兴了，赶紧拿起秤来，就在这时，后边有人高喊："大哥！大哥！叶大哥！"

叶小天扭头一看，却是毛问智老远向他招手，叶小天赶紧扭过头去，假装没看见，毛问智喊得更大声了："大哥！叶大哥！叶典史！叶小天啊……"

第七十一章

陪我赌一场

一

毛问智越叫越欢实，许多人都往这边看来，叶小天实在忍无可忍，眼见那小贩称好了柿饼，赶紧丢下些钱，也顾不得找零，便拎起来匆匆逃开。叶小天拉着毛问智逃进一条小巷，这才没好气地问道："你就不能等会儿吗，大呼小叫的做什么？"

毛问智纳罕地道："咋啦，你又不是做贼的，咋还不让俺喊了呢？"

"我……哎！跟你这混人说不清楚。什么事啊？"

毛问智一听他问起这个，登时兴奋起来："大哥，俺刚才送那叶小娘子上山，恰好撞见云飞他们回来了，云飞自己不方便过来，正想让人来找你呢，俺就自告奋勇抢了这差使。"

叶小天惊喜地道："云飞回来了？怎么样，他打听到……消息了？"尽管四下无人，紧要关头，叶小天还是硬生生地把"一条龙"三个字咽了回去，这可是绝对的秘密，容不得半点马虎。

毛问智咧开大嘴笑起来，道："那是！云飞是什么人哪，只要钻进树林子，就没有他办不成的事儿！"

"哈哈哈……"

叶小天放声大笑，用力一拍毛问智的肩膀，道："我这就上山！"叶小天转身就走，走出几步，忽又转回来，把买来的柿饼往毛问智手里一塞，道："拿去，给遥遥买的。"说完，叶小天便风风火火地向山上赶去。

叶小天那仿佛一座山庄的巨大宅院里，一片假山池水已经有了雏形，正有一群生苗战士在地上铺了一层滚木，将一块块挑选好的奇石从远处推过来。

叶小天蹲在一处掘挖池塘堆起的土堆下，听华云飞一边解说，一边画着地形。待华云飞解说完毕，叶小天轻轻蹙起了眉头。

华云飞轻轻吁了口气，道："山寨里大约有两百人上下，对周围地形非常熟悉。

晚上偷袭断不可取，只要稍有动静，吃亏的就是咱们。只能白天动手，而白天又无法达到突袭的效果，咱们若是人少，必会受到凌厉的反击，咱们要是人多，他们往沼泽地里一钻，根本无从寻找。"

叶小天蹙起眉头道："那片沼泽，不能摸清范围吗？"

华云飞道："很难！要摸清那片沼泽的范围，最少也得三五天工夫，这还只是摸清范围，我们是无法确定那条沼泽里的路究竟通向哪里的，所以，要采用包围的办法，就只有把那片地方全部围起来。这样的话，没有几万人是办不到的，而若是出动几万人，只怕离他们还差着百十里地，就被他们察觉了。"

叶小天轻轻吁了口气，站起身来叉腰看着地上画着的那副简陋地图，眉头拧成了一个大疙瘩。一个生苗勇士在旁边叽里咕噜地说了几句，叶小天睨了他一眼，问那个懂汉语的苗人："他说什么？"

那人苦笑道："他说……已经探到了他们的老巢，杀进去就是了，婆婆妈妈的做什么？"

叶小天想了想，振声道："对！既然无法取巧，那就杀进去！"

华云飞担心地道："大哥，这样的话，可不能保证林员外无恙，万一他们撕了肉票再逃走……"

叶小天道："他们已经向林家开出条件，索银五千两，要他们送到指定的地方，收到银子之后才会放人。这样的话，究竟会不会放人就没人可以保证了，'一条龙'的信誉一向不好。"

"我们现在甚至不能确定林员外是不是还活着，况且不管是铜仁府还是本县那位县太爷，都不希望林家交纳赎金，否则……林家交出赎金，就算林员外被放回来，官府也要颜面无光。"

叶小天一字一句地道："我不在乎官府的面子，但我在乎这姓龙的以后还要害多少人。这一次，我们千辛万苦才找到他的老巢，这个机会千载难逢，不能错过！"

叶小天把地上那副地图一脚扫去，道："兵贵神速，你们准备一下，我这就去找花知县，商议出兵！"

·※·※·※·

花晴风刚刚端起饭碗，就有一个丫鬟跑来禀报，说是叶小天求见。

花晴风把饭碗重重地一顿，没好气地道："不见！"

苏雅瞟了他一眼，淡淡地道："怎么了，好端端地又发脾气。"

花晴风冷哼一声，道："他有什么事这一整天不好跟我说，偏偏要等到放衙下值后才来谈？"

苏雅给他盛了碗汤,轻轻推到面前,道:"既是此时来见,想必是重要公务。相公还是见一见吧。"

花晴风想了想,端起汤碗喝了一口,愤愤然地站起,道:"见!叫他在三堂等我!"

花晴风已经听闻发生在县衙门口的一幕了,被戏弄的固然是冯来福,可他这个主证人也是颜面无光。恼羞成怒的花晴风曾想否认那份字据的效力重新审过,可冯来福都偃旗息鼓了,他暗自衡量了一下,王主簿还没出手,别看这老家伙一向不大言语,而且遇事总做滑头,其实力底蕴不容小觑,真要掰起腕子,他并没有什么胜算,干脆就装聋作哑了。

叶小天曾在县衙前帮王主簿的外甥女说过话,在花晴风看来,叶小天自然也插了一脚,是以对他颇为不爽,他换了身衣袍,满面不悦地赶到三堂,一见叶小天便阴阳怪气地道:"叶大人,有什么事不好在当值的时候正大光明地说,非要鬼鬼祟祟背后约谈?"

叶小天一怔,心道:"这只乌龟又是哪儿气不顺了,怎么开口就呛人?"

叶小天道:"县尊大人,这件事还真不方便宣之与众。"

花晴风不屑地道:"君子坦荡荡,无事不可对人言。我等为官,公庭理事,更没有私室窃晤的道理。"

叶小天向他兜头一揖,诚恳地道:"县尊大人教训的是,下官受教了。那么就等明日开衙,下官再当众向大人您请示出兵剿除悍匪'一条龙'的事吧,告退!"

叶小天说完转身就走,花晴风愣了愣,赶紧唤道:"慢来慢来!叶典史留步,叶典史,快请留步!"

叶小天一脚门外一脚门里,回过头来一脸诧异地问道:"大人还有事?"

花晴风满面堆笑地追上来,道:"啊!本县忙糊涂了,竟然忘了这么重要的大事。这种事,当然是不宜宣之于众的嘛。"

叶小天迟疑道:"可是……君子坦荡荡,我等为官,公庭理事,不该私室密晤呀。"

花晴风老脸一红,打个哈哈道:"君不密则失其臣,臣不密则失其身,几事不密则成害。剿匪用兵,乃是军事,理当保密,理当保密呀,哈哈哈……"

花晴风把叶小天摁坐在椅子上,终究是大事要紧,叶小天也不是不知轻重的人,便也不再作势,坐下后便把他打探到的情况对花晴风说了一遍。

叶小天语焉不详的,花晴风并不清楚叶小天派了那么多人,而且动用的都是丛林战的精英,只道是他雇的某个眼线,心中暗道:"这厮倒有办法,这么多年来,朝廷拿那'一条龙'毫无办法,而他在这么短的时间里,已经查到了龙凌云的下落。"再想到叶小天的打算，花晴风的眉头便微微锁了起来。

叶小天道："怎么，大人对下官的主意可是有不同看法？"

花晴风摇摇头道："不！铜仁那边已经传来消息，这伙山贼推迟了交赎金的时间，原因不明。林家人都认为，林员外恐已凶多吉少。而且，即便他还活着，知府大人固然想救出一个活的老丈人，却也更担心自己威风扫地，同他们妥协，是不可行的。"

叶小天道："既然如此，那么……"

花晴风道："本县只是在想，就凭咱们葫县巡检司的那些兵丁，能不能对付得了这些悍匪，若是反被'一条龙'的人马打个丢盔卸甲，那就偷鸡不成反蚀一把米了。"

叶小天何尝不清楚本县巡检司的战斗力，不要说罗巡检手下那些兵，就算是训练有素的边军、装备精良的京营，到了丛林深处，即便对方肯停下来和你堂堂正正打一仗，没有绝对的数量优势也难占优。

所以叶小天并未指望倚靠这些巡检官兵，他真正的倚仗是那些生苗，但是又必须得让官兵出面，有他们参与，才是合乎法理的行为。况且，若无官兵参与，他却成功地抓获了这些大盗，他从何处掌握的这样一股力量？必定惹来无穷后患。

叶小先天不说出自己的打算，而是反问道："那么县尊大人有何打算？"

花知县沉吟道："本县以为，此事应上报铜仁张知府，调铜仁的士兵来，如此尚嫌不足，还应上报提刑按察司和布政使司，请贵州都指挥使司调一路官兵来。"

叶小天道："如果这样的话，且不谈这需要多长时间，这段时间内'一条龙'的人马会不会转移，就算他们还在那儿，这么大的动静，他们岂能无所察觉？"

花知县道："这伙悍匪可不是普通的鼠窃之辈。以我葫县力量，很难将他们绳之以法，一旦贼没捉到，反而损兵折将，到时如何向上头交代？"

叶小天就知道花晴风不敢承担责任，冷笑道："大人，如果把这件事报上去请上面定夺，必定贻误战机，到时这个责任依旧是咱们葫县的。下官是说过一力承担，可一顶典史的乌纱，平得了此案风波？

"到时候王主簿、徐县丞各有托词，唯独你知县大人避无可避。如今下官有个主意，只要大人答应，成功的可能极大。大人，别人有退路，而你没有，成功则是一桩天大的功劳，这场赌局，你陪不陪我赌？"

第七十二章

草木皆兵

一

　　叶小天所说的道理，花晴风未尝就不明白。朝廷对他不满，贵州的土司们嫌他碍事，这刚刚因修水利有了一点官声……但如果这件事真的再被人利用扩大影响，加上之前这几年来他无所建树的政绩，就算叶小天肯信守承诺一力承担，上头那些大人物们会同意吗？一顶典史的乌纱帽就能平息这件事？

　　花晴风心头天人交战，挣扎良久，缓缓抬起头来，用嘶哑的声音道："你有什么主意？"

　　叶小天见他这片刻工夫，连眼珠子都有些红了，显见是经历了一番激烈的心理挣扎，不由暗自好笑。

　　叶小天起于微末，侥幸得了功名，再加上还有蛊教尊者这个跑不掉的尊位，对官场上的一切就没有花晴风那种患得患失的心情，自然对花晴风做出这么一个决定还要挣扎如此之久有些不以为然。

　　叶小天道："要对付'一条龙'这伙悍盗，人一多，他们就远遁深山了。人少了却又很难对付他们，除非我们的人本领与他们旗鼓相当，甚至尤胜一筹。所以，我想请替我盖房子的那些生苗出手，平地作战，他们可能是一群乌合之众，但是一进了山却个个都是猛虎！"

　　花晴风一呆，惊讶地道："那些生苗？嗯……本县也早听说，在深山老林中，他们的骁勇无人能及。可是……他们肯为朝廷所用吗？"

　　叶小天摊手道："大人，你也看到了，下官盖房子而已，给的工钱也不是很多，一下子就来了这么多人，可见他们都是穷疯了的。只要肯出钱，叫他们做什么，他们不肯？"

　　花晴风一听立即垮下脸来，道："钱……本县最缺的就是钱哪。上一次请这些生苗去开山凿岩，咱们县上那点库底子都打扫干净了，就这还从士绅那里募捐了一些，哪里还有钱请他们入山剿匪？"

叶小天笑道："这却不难。大人，那'一条龙'这些年来纵横贵州，专向各条道路上的商旅下手，定然劫掠了很多财货。只要咱们答应他们，一旦攻破'一条龙'的山寨，财货任其取用，他们作战必然争先恐后，纵有死伤，也不需县上抚恤。"

花晴风蹙眉道："若是剿匪有所斩获，自然是战利品，要上缴朝廷的，怎么可以……"

叶小天看着他没说话，花晴风看到叶小天的眼光，不由住了口，沉默半晌，缓缓道："这个方法……使得吗？"

叶小天道："有什么使不得？下官可以去找罗巡检商议，真要让他们去打'一条龙'，只能是给'一条龙'送菜。如今他们出兵只是做做样子，一旦成功还能坐享朝廷的封赏，他们会不答应？

而那些生苗，只要履行承诺，让他们取走山上财货，他们在这件事上所起的作用可以提都不提。那些山贼劫掠虽多，可挥霍定也不少，究竟有无余财，谁又能够确定？咱们破了山寨便是奇功一件，谁还不识趣，硬要追问缴获多少？县尊大人，成大事者，不拘小节呀！"

"嗯……"

花知县背着双手，在厅中踱来踱去，过了半晌，才猛地站住，拳掌一击，咬牙切齿地道："好！就这么办！"

花晴风挺直了腰杆子，站在叶小天面前，沉声道："既然退无可退，那我们就孤注一掷！本县这就写一道手令，你与罗巡检好生商议一下，是非成败，在此一举！"

难得花晴风如此爽快，原来乌龟性子也有暴烈的一天，叶小天倒是对他生出几许好感，抱拳应道："下官领命！"

叶小天匆匆告辞而去。花知县站在廊下看着叶小天远去，忽然有种血脉偾张的感觉。

他遇事向来缩头缩尾，这是头一次迎难而上，做出一个有进无退的重大决定！之前虽然也曾忌讳重重，百般挣扎，而今一旦拿定了主意，却觉得全身血流加快，有种说不出的兴奋！

后宅花厅里，苏雅已经用过晚餐，正坐在罗汉榻上，兴致勃勃地剪裁着婴儿的衣服，这样的衣服她已经做了不知多少套，都已装满了两个柜子，却仍乐此不疲。

"啊！相公回来了！"

苏雅听到脚步声，抬头一看，正见花晴风迈步进来，往他脸上一打量，见他红光满面，神情与往昔的萎靡大不相同，却不似气恼模样，心中不由一宽，便道："相公先喝口茶，妾身这就叫人热了饭菜上来。"

苏雅说着便把剪刀往旁边香檀木的小几上一放，想要站起身来。为了剪裁方便，她把灯移到了炕几上，灯光近在咫尺，映着她的脸庞，唇若凝朱，肌理细腻，粉白映红，宛若桃花。

尤其是她穿着一身晚装，半透明的蝉翼纱褙子袍，凸乳细腰，灯下一照，明艳妩媚，微松的睡袍露出一道春光，那种成熟的味道说不出的撩人，花晴风不由得腹下一热。

花晴风马上贴近了去，口中道："不急，我还不饿。"

"相公你……"

苏雅一见花晴风呼吸微观急促，目光透着灼热。多年的夫妻，如何还不明白他此刻所想，不由害羞起来，轻啐道："天还没有全黑，你……妾身去给你张罗饮食……"

苏雅急急欲闪，却被花晴风拦腰抱住，推倒在榻上。

花晴风也不知自己是怎么了，大概是陡然做出一个重大决定刺激了他的情绪。从来不肯冒险，从来不肯承担的人，忽然做出一个必须由他来决断的决定，那种心理上的巨大刺激，使得他的生理也焕发出了男性的雄风。

丫鬟小翠来到花厅前，迈步进门刚要说话，忽见主人和主妇正在罗汉榻上搂作一团，把那炕桌都推到了一边，不由得俏脸一红，赶紧退出来，悄悄掩上了门户……

· ※ · ※ · ※ ·

一队八十名的巡检司官兵，站在茂密的不见阳光的森林中，周围是巨大的高耸入云的树木，林间偶尔传出几声古怪的鸟叫，便会引得他们惊恐地东张西望。

罗小叶和两名生苗向导站在前方，看了看自己的队伍，士兵们经过长途跋涉，一个个都筋疲力尽了，脸上满是汗水的痕迹，可是尽管他们很疲乏了，但是既没有一个人随意地坐下，也没有一个离开大队，那种军纪森严的样子，令罗巡检很欣慰。

但他也清楚，他的士兵之所以如此规矩，绝不是因为他平时训练有素。作为一支永驻葫岭的武装，他们所承担的军事任务其实非常少，日常的军事训练是由这些世袭的军官负责的，手下的士兵每个人都是半农民半军人，太过严格的军事训练，他们可能一辈子都用不上，这是不合时宜的行为，很快就会失去所属的忠心，所以罗小叶也不会逆势而为。

但如此一来，就是军队战斗力的严重下降和军纪的散漫，他们同他们的祖先，那支从中原开拔到贵州高原的军队是无法比拟的，可今天他们表现得比他们的祖先还要军纪严明。

原因很简单，这里充满了莫名的危险，他们没有得到向导的示意，根本不敢做出任何举动，甚至不敢坐到石头上，倚到大树上歇息一下，更不要说跑到小溪边洗把脸了。

在一路的行军中，总有人不听向导的吩咐。比如，有一个士兵因为发现一株植物很漂亮，顺手摸了一把，便被那株怪异莫名的植物刺着了。结果他的脸和一条手臂肿得像煮熟了的虾子，红通通的，痛楚更是难熬。向导采了一种说不出名字的野草，揉成草泥敷在了他的手臂和脸上，痛楚大为减轻了，但他现在袒露的半边身子全被绿色的草泥糊住，只露出眼睛、鼻孔和嘴巴，看起来像是一棵野草成了精。

还有一个士兵半途走得腿脚酸软，在一块石头上坐了一会儿，结果就被一种有毒的黑蚂蚁蜇了屁股，现在趴在担架上，屁股肿得比八月十五的月亮还圆，而且是紫月亮……

还有一个家伙比他们两个更倒霉，他看到一棵高耸入云的大树，缀满了紫黑色的果实，一走近了便嗅到蜜糖似的甜香，忍不住拔刀斫下一枝，结果一刀下去，树枝砍断处溅出的白色的汁液就溅入他的一只眼睛。

生苗向导说，这种树就是很罕见的箭毒木，其毒见血封喉，尽管他们救治及时，也只是保住了这家伙的性命，他的那只被毒液直接溅入的眼睛已经失明，从此变成独眼龙。

人常说"草木皆兵"，但那只是用以形容一个人心惊胆战、疑神疑鬼的心态，而在这里，真的是草木皆兵，他们这些人扭伤磕伤、筋疲力尽都不算什么了，就只凭这险象环生的自然条件，还如何同那些深山大盗们做对？

幸好……他们只负责在攻占山寨后大摇大摆地走进去，摆一个占领的姿态就行，真正负责同那伙山贼作战的另有其人。

罗巡检欣慰地向远方看去，可惜除了无穷无尽的树木，他什么都看不见。叶小天带着那些生苗，还有一头巨猿、一只貔貅，正在距他大约五十里脚程的地方，那里才是"一条龙"的老巢！

第七十三章

势如破竹

一

"一条龙"的山寨前面，那棵巨大的古树下面，叶小天擦一把脸上的汗水，紧张地向众人分派着任务。这地方林深草密，本来很阴凉，但是因为密不透风，一经运动反而容易出汗。

"大家记住，我们要想抓住贼首救出林员外，就必须要迅速。一会儿一旦开始行动，大家就立即各展本领，迅速向山寨里突进，但遇反抗，格杀勿论。"

叶小天甩了把汗，又道："大家放心，官兵还在距此五十里远的地方，要等我们派人去联系才会赶来，这段时间，如果山寨里有什么财货，足够大家搬运的了，官兵是不会同你们争抢的。"

其实叶小天这句话有些多余了，这些生苗战士都是对蛊神异常忠诚的山里人，他们被挑选出来时，太阳妹妹就已经告诉他们，这是尊者大人要帮官府做的一件事。

对他们来说，官府就是在为尊者效力，哪怕一文钱的财货都没有，他们也甘心效命。只不过对叶小天来说，他们不拿军饷却要为朝廷卖命，心中很是过意不去，所以对战利品的分配就格外上心。

叶小天说话的时候，大个子巨猿和萌萌的福娃儿就站在他身后，这些战士都不认识叶小天，但他们都听说过尊者身边的两大神物：金刚和貔貅。一见这两只本教神物也在叶小天身边，便认定他是尊者身边的近人，对他的话自然遵从不逾。

叶小天吩咐完了转过身，望着眼前一条条悬垂下来，仿佛蛇一般轻轻摆荡的大树气根，用力向前一挥手，厉声喝道："杀！"

早已蓄势已待的生苗战士们呼啸一声，纷纷向前扑去，有人奔走甚疾，仿佛猎豹一般，有人似灵猿一般，扯住一条条气根，从空中悠荡过去，只片刻工夫，原地只见草木摇曳，近三百名生苗战士已经不见了踪影。但是与他们一起不见了踪影的，还有大个子和福娃儿。

叶小天大手一挥，大个子就兴高采烈地纵上大树，只见一团棕黄色的影子在空中闪了几闪，便彻底消失了踪迹。而福娃儿把头一埋，横空直撞地扑向前去，一连趟倒了好几棵芭蕉树，嗖嗖嗖地不见了踪影。

叶小天呆住了，急叫道："喂！你们两个回来！你们是负责保护我的呀！"两个牲口一溜烟不见了踪影，哪里还能听见他的召唤。叶小天气极败坏地跺了跺脚，拔足就追。

叶小天一开始并未想带上它们俩，他上山见那些选定的生苗战士时，两个正在山林中玩耍的家伙也不知是嗅到了他的气味还是听见了他的声音，兴冲冲地就跑到了他的面前。

叶小天忽然灵机一动，觉得在这样的突击战中，巨猿说不定会起大作用，所以便想把它带来，结果福娃儿现在和大个子整天玩在一起，已经好得焦不离孟、孟不离焦了，非要跟着一起来。

叶小天没想太多，就把它俩都带来了。大个子在这丛林中不大有人能伤得了它，叶小天并不担心，但福娃儿一直被叶小天当吉祥物来着，它那萌萌的模样，叶小天可不觉得它能有什么战斗力，尽管也曾见过它母亲一掌捆飞豺狼的勇猛。

这小福娃儿可是遥遥的心肝宝贝，万一它被那些山贼给宰了，遥遥那小丫头还不得哭死？叶小天非常着急，急忙拔出刀来，追着它们冲去的方向赶去。

华云飞领着几名生苗战士跟在叶小天身后，本来是负责保护他的安危的，一见叶小天拔刀就冲，阻拦不及，只得快步跟上。丛林中无数道身影，就像一阵风般，卷向一条龙的山寨……

丛林中建有两个箭楼，这两个箭楼并非以竹木搭成，而是直接借用了两株高大的古树，这样十几人环抱的古树，上边一个树洞就像一间房屋那么大，几根粗大树干中间的树杈宽敞得可以摆下三桌酒席。

这两个箭楼就搭在两株古树上面，但是箭楼上的人没有谁会认真瞭望，想在汪洋大海般的群山中找到这座山寨的可能性实在太小了，以前还从来没有人不经引领便找到这里。

此刻，负责瞭望的一个山贼正躺在树上，跷着二郎腿，拿着酒葫芦，哼上几句，抿上一口，自得其乐地打发时间。忽然，咣当一声钟响，他立即坐起身来。

钟声自山寨里传来，他起身走到树杈边缘，探头向寨里看了一眼，却没发现有什么动静，扭头看看，另一棵大树上的山贼也正向寨中瞭望。这个山贼立即高声叫道："祈老六，你也听见了？怎么敲起钟来了？"

对面那山贼答道："别是老大召集兄弟们要议事吧？不是说近期禁止大家出入，

或说要干一票大的吗？"这边树上的山贼道："那怎么就响一声啊……"

他这声"啊"声音凄惨，因为就在此时，一支吹箭正中他的后颈，他只发出一声"啊"便从树上一头栽了下去。对面那人恰好转过头来，见此一幕不禁又惊又笑："哈！喝多了吧你，居然能摔下去，你……"

他刚说到这里，头顶突然落下许多树叶，祈老六愕然抬头，就见一个巨大的黑影从天而降，稳稳地落在他的面前，他的面前像是突兀地出现了一堵厚重的长满了棕黄色毛发的墙。

祈老六的视线沿着那堵黄毛墙缓缓上移，就见一颗箕斗大的脑袋，眼似铜铃，隆鼻厚唇，龇牙向他一笑，便露出一口森然的牙齿，那竟是一只比普通猿猴大了无数倍的金刚巨猿。

祈老六怪叫一声，还未及拔出刀来，大个子便伸出蒲扇般的大手，一巴掌扇在他的脸上，祈老六的脖子"咔吧"一声，整个脑袋立即怪异地扭向一边，身子腾空，还未落地，就已断了气。

当此时也，生苗战士已经和山贼短兵相接了。福娃儿一头撞倒了一个彪形大汉，伸出两只爪子挠了他个满脸花，疼得那山贼丢了刀，捂着脸号叫着满地打滚，福娃儿纵身而起，肥墩墩的屁股又往那人身上用力一坐，把那人坐昏过去，屁颠屁颠地继续往前跑去。

"你别跑，福娃儿……"叶小天挥着刀，气喘吁吁地赶到了，可惜他只喊了一声，福娃儿已经兴冲冲地跑开。

这时前方树丛下突然钻出两个山贼，一见叶小天，马上恶狠狠地向他扑来。叶小天暗暗叫苦："都已经冲过去这么多人了，怎么这儿还有漏网之鱼！"

此时回头逃跑更危险，叶小天只好硬着头皮向他们冲上去，挥舞着钢刀给自己壮胆。

嗖嗖两声，叶小天只觉耳畔一炸，汗毛都竖了起来，两支利箭贴着他的肩膀冲过去，一支贯进了对面那个山贼的咽喉，一支贯进了另一个山贼的眉心。

叶小天举刀冲到他们面前，却一刀砍了个空，两个山贼已经被利箭那强大的冲力带得仰面倒去。叶小天回头看了一眼，就见华云飞反手一抓，又从箭壶中抓出两支箭，扣在箭弦上。与此同时，他还在丛林中不停地跳跃着，向叶小天飞快地靠近过来。叶小天情不自禁地向他翘了跷大拇指。

山贼们的住处都是依托自然环境分别搭设的屋舍，故而不像军营一般条理分明，直到首领们所居的中心位置，建筑才有些条理而不是散乱地杂建于林木之间。

生苗们侵入山寨后，马上就被山寨里的山贼发现了，他们立即抓起武器进行反抗，生苗战士牢记叶小天的吩咐："像凿子一样凿进去，万万不能让他们溜走，要打他们一个措手不及！"

因此只管一路向前，一旦摆脱纠缠，马上便向纵深冲刺，至于那些来不及杀掉的山贼，就交给后面的伙伴了。

山林里，吆喝声、惊叫声、怒骂声此起彼伏，但是山贼们一直没有头目跳出来主持大局，山贼们各自为战，被那些比他们更加擅长丛林作战的生苗战士杀得丢盔卸甲，片刻工夫就露出了败象。

叶小天冲杀一阵，眼见无法追及福娃儿，只好放慢脚步，他的体力可比不了那些生苗，战斗力更是远远不及，如果不是有华云飞在后边神箭护侍，他早就被山贼砍倒了。

叶小天以刀拄地，呼呼地喘着粗气，对华云飞道："他们已无还手之力，不必杀了，让他们缴械投降，集中起来看管，最重要的是……是盗首龙凌云和……林员外的下落。"

华云飞道："大哥，你觉得这时下令还有人听吗？况且，喊不过来呀！"

叶小天苦笑道："那算了，不必理会他们，赶紧去找'一条龙'和林员外！"

华云飞张弓搭箭走在前面，几个苗家勇士把叶小天护在中间，快步向山寨中心区走去。已经有许多生苗战士凿穿山寨杀到了这里，把一幢比起周围建筑明显大了许多的巨木茅顶大屋围了起来。

一见叶小天赶到，他们便闪出一条道路，一个懂得汉语的苗家汉子凑到叶小天身边对他耳语了几句，叶小天眉头一皱，分开众人向前走去。

他从那道宽敞巨大的门户走进去，就看到了奇诡的一幕：整座大厅就是一座聚义堂，左右两排原木大椅，最尽头三层木阶，阶上也有一张大椅，大椅上铺着虎皮。每张椅上都坐着一个人，厅中央还站着一个人。

在厅中站着的这个人，袍子皱皱巴巴，但仍能看出他的商贾本色，而坐着的那些人从袍饰服色看，显然就是"一条龙"盗伙的头目。坐着的那些人，此刻全都死了，唯有正站着的那个人，战战兢兢，面无人色。

第七十四章

一窝蜂

一

看到叶小天提刀而入，那个站在大厅里的中年人脸色灰败，摇摇欲倒地问道："你……你是谁？"

叶小天还没进来时，那个苗人就已把厅中的异状告诉他了，尽管已经有了心理准备，看到厅中的情形时，叶小天还是倒吸了一口冷气。

所有坐着的人都死了，有的可以从他的额头、咽喉、胸腹处看到明显的伤势，有的从外表却看不出任何伤势，但是从他们的坐姿和地上拖曳的血痕来看，这些人大部分并非死在椅上，而是被杀后又移回椅上。

叶小天的目光从左到右，把每一张椅上坐着的尸体都认真地看了一遍，只见他们的死状真是千奇百怪。叶小天的目光最后落在正前方虎皮交椅上的那个大汉，他的胸前穿着一支短矛，把他整个人都钉在了椅上。

此人怒目圆睁、双手扶椅，看那架势，似乎正欲纵身跃起，整个人还保持着似跃非跃的状态，叶小天道："这个人……就是龙凌云，'一条龙'的龙头老大？"

站在大厅里的人颤声道："对！是……是他，你是谁？"

叶小天放松下来，微笑着看向他，和气地道："你就是林员外吧？"

那中年人瑟缩了一下，迟疑地答道："是！"

叶小天笑得更愉快了，向他拱一拱手，欣欣然道："林员外不必惊慌，在下不是黑吃黑的贼，而是朝廷命官。本官乃葫县典史，姓叶名小天。奉铜仁张知府和本县花知县所命，入山剿匪来的。"

那林员外一听，双膝一软，一下子瘫倒在地，号啕大哭道："苍天哪！你们可算是来了……"

叶小天扶着林员外一边走一边殷勤备至地道："林员外，这寨子里林木葱郁，很可能还有山贼的余孽未曾扫清，不可不防。本官先陪你离开此地，以策安全。"

林员外感激地道："多谢叶大人，叶大人的救命之恩，林某没齿不忘。"

叶小天笑道："林员外，您太客气了。不瞒您说，叶某是张知府的门生，这么算起来的话，可是您的晚辈了。"

林员外的长女是给张知府做妾，所以严格说起来，林员外是当不起张知府岳丈这个身份的，但他女儿甚受张知府宠爱，他的地位也就有所不同了。

叶小天这么一说，林员外倍感亲切，轻轻"啊"了一声道："原来林大人是铜仁知府的门生，那咱们果然算是一家人了。"

叶小天扶着林员外，在十几个生苗战士的护送下向外走，同时向华云飞偷偷递了个眼色，华云飞会意，他们这边一离开，华云飞马上指挥那些生苗战士搜罗起来。

他们这一搜在山寨里还真搜出了许多财货，这伙山贼盘踞该地，多年来作案无数，虽说他们过的是刀头舔血的日子，有今日没明天的，每每得了财货必定挥霍无度，可总会有些盈余。

尤其是一些渐渐年长的山贼，不免想到会有抡不动大刀的那一天，到时总要金盆洗手，所以早早就开始积蓄钱财，这些生苗把他们的这些棺材本儿全都搜了出来，收获倒也丰厚。

生苗战士们把他们能拿的财货全都拿上了，身上缠着绫罗，怀里揣着财宝，头上顶着铁锅，一时间变得无比臃肿，当离开的时候，原本轻盈敏捷的身姿全都变成了笨拙迟缓的大胖子。

华云飞见此模样不免有些头痛，这副模样返回葫县那还得了？他赶紧派人去向叶小天请示，叶小天一听，很干脆地回答："那就不要让他们回葫县了，直接返回山寨去吧！"

来人又道："华云飞还让我问你，要不要让大家匀出些财货，用以抚恤战死的人？"

叶小天道："不必，你们捎个口信给太阳妹妹，让她去神殿要钱，就说是我说的，对那些战死的生苗战士，由神殿进行抚恤。"

那个懂汉语的生苗勇士一听，顿时露出怪异的神色，心道："好大的口气，你有什么资格命令神殿为你做事？"

叶小天瞧见他的神气，急忙改口道："哦！这是尊者大人交代我的，尊者算无遗策，自然早就料到会有忠勇战士殉身，不过他们都已荣归天国，成为蛊神身边的战士，他们在人间的亲属，自然应有神殿照料！"

那生苗战士这才释然，想到伟大的蛊神无所不知，他在天上可以看到虔诚的信徒们为他所做的一切，登时激动得无以复加。叶小天见他面孔涨红，两眼发光，生怕他幸福得晕倒，赶紧送他离开。

待那生苗战士走后，叶小天又返身回到古树下，对林员外道："林员外，你请继续说。"

林员外道："好！当时……我被押到了大厅，就见所有的强盗头目全都在。'一条龙'坐在上首，对一个人说，老九，'一窝蜂'的人马上就到，咱们跟他们出山大干一场，你把这老家伙带着，顺道把林家的赎金取了……"

林员外被关押了好久，饱一顿饥一顿的，勉强算是饿不死，一直以来也没人理会他。这天却突然被人从牢房里提出来，带到了聚义大厅。

林员外一开始还以为要处死他，心中怕死了。待到听说拿他去换赎金，登时喜出望外，这时被龙凌云唤为老九的人却坐在椅上，大大咧咧地道："大哥，咱们跟'一窝蜂'的人只要把这笔大买卖做成了便一生受用不尽，还要林家那点赎金做什么，干脆把他做了算了。"

林员外听到这里，几乎吓得尿裤子，龙凌云却笑道："你呀，还不曾发达，先摆起富人排场了。"引得众头目一阵哄堂大笑。

龙凌云道："蚊子腿也是肉嘛，咱们怎么都要走这一遭，搂草打兔子，捎带着做了吧。五千两，说起来也不算少了。"

他刚说到这儿，便有一个山贼走进来禀报，说是老丁到了，林员外不知老丁是何人，也不敢回头观看，就见"一条龙"从座位上站起来，冲着厅门口大笑起来，说："丁兄，我们可是等你很久了！"

林员外这才稍稍侧了侧身子，偷偷向厅口看去，就见一个身着褐袍、身量不高的男子，被人用黑布蒙着眼睛，正站在厅口，看那人头发花白，似乎年纪不小了，在他身后还有两个持刀大汉。

听到龙凌云的声音，那人伸手解下蒙在自己脸上的黑巾，露出容貌，果然已经是年过半百的人了。

这人适应了一下厅中的光线，向龙凌云拱手笑道："龙大当家，各位当家，劳你们久候了！"

他这句话说完，拱起的双手突然向后一撞，身子一栽，便蹿向靠近门口的一张座椅，那张座椅上坐着一条大汉，座椅旁靠着两杆短矛。

这人窜出去时，身后便是两声闷哼，那两个持刀大汉被他一肘撞中胸口，整个人都倒飞出去，一口鲜血扬在空中，分外醒目。

此时，那老者已经窜到最靠近厅口的大汉座椅旁，伸出一只大手，一下子罩在那大汉的头上，用力一拧，就听咔嚓一声，那大汉的脑袋便转了一圈，整个朝后了。

老者伸手一抄，两根短矛就到了手，左手一扬，林员外就觉得一股劲风擦颊而过，火辣辣生疼。回头再看时，龙凌云大吼一声，整个人都被那支短矛射穿，硬生生地钉在了虎皮座椅上。

龙凌云怒目突张，作势欲扑，但是被这一击，已然当即气绝，这时候被那老者撞飞到空中的两个持刀大汉才重重地落在地上，只挣扎了一下，便没了气息。

林员外看得眼花缭乱，眼见那老者左手掷出短矛，右手长矛便顺势递了出去，将一个人的太阳穴刺个对穿，吓得大声尖叫起来。

这时，那些山贼头目都反应过来，一个个怒吼着跳起来就要扑上去，谁知却从四面八方突然扑进来好多蒙面人，他们一动手，就像切瓜砍菜一般，把那些山贼首领杀了个稀里哗啦……

叶小天蹙起了眉头："'一窝蜂'……"

"一窝蜂"的大名他当然听说过，却没想到"一窝蜂"竟然会袭击"一条龙"的山寨，从林员外的叙述看，似乎"一条龙"正要跟"一窝蜂"合作，为何"一窝蜂"却对"一条龙"狠下毒手？

叶小天思索半晌不解其意，便对林员外道："后来呢？"

林员外道："他们在激战中，还撞响了悬挂在聚义大厅一角的一口大钟，可是不见外面有人闯进来，想是外面的人已经被这伙更厉害的山贼给杀了，老夫吓得站在那里一动也不敢动，奇怪的是，他们却没杀我。

他们杀光了"一条龙"的头目之后，外面忽然跑进来一个黑巾蒙面人，对一个负手站在那里，始终不曾动手的矮壮蒙面大汉附耳说了几句话，那大汉就冷笑一声，说：'想不到他也能找来此地，老夫倒是小觑了他！撤！'"

林员外学着那黑巾蒙面人的语气说话，说到这里戛然而止，叶小天眉头一挑，道："然后呢？"

林员外讪然道："没有然后了啊，他们把杀死的人扔回座椅上，呼啦一下就跑光了，就像他们刚跑进来时一样，一下子就不见了影子，真像一窝蜜蜂似的。老夫不明白究竟发生了什么事，站在那儿一动也不敢动，生怕胡乱走动会被人一刀砍死。就那么站着，直到……大人你带人来了……"

第七十五章

取经

一

罗巡检接到叶小天派人送来的消息大喜过望,马上率人赶往"一条龙"的山寨。在罗巡检的英明指挥下,巡检司众官兵奋勇作战,所向披靡,以迅雷不及掩耳之势迅速占领了龙凌云的老巢。

在这场攻克山贼老巢的激烈战斗过程中,巡检司官兵因为训练有素、作战勇敢、战术得当,以绝对的优势取得了胜利,全员无一阵亡,仅重伤七人,轻伤二十九人。

这重伤的七人,有被野毒蜂蜇的,有被毒蛇咬的,有被毒蚂蚁伤的,有被毒花藤刺的,有被箭毒木溅出的汁液盲了一目的,伤势最严重的那个是被一个装死的山贼给捅伤的。

不过,他们的伤势统统都变成了在与"一条龙"的人马战斗中所受的伤,至于毒伤⋯⋯谁说山贼就不能是用毒高手?

叶小天一行人押运着俘虏和生苗嫌其笨重没有拿走的一些财货返回葫县途中,就派周班头先行一步赶回县衙报信了。

这等有功劳可享的机会,叶小天怎么会忘了自己兄弟,周班头、苏循天、马辉、许浩然等人都跟了来,只不过他们连林子都没进,只在林外道边搭了一个棚子,美其名曰:供给军需辎重。

消息传回县衙后,花知县喜出望外,马上以公文的形式把喜讯报与铜仁府,同时召集全县官员士绅,由其亲自带队前往城外迎接。

凯旋的队伍受到了葫县父老的热烈欢迎,龙凌云和麾下"十三鹰"的人头,被花知县一声令下,悬挂在城头示众,一些伤残和投降的山贼则被押进大牢,等候铜仁府派人解运。

叶小天陪着满面春风的花知县应付了一番葫县父老的犒赏慰问和葫县官员或妒或羡的恭喜,便把不情愿离开这种风光热闹场面的花知县拉到了三堂,把"一窝蜂"和"一条龙"内讧的消息悄悄对他说了一遍。

花晴风一听满脸喜色登时不见,如果说龙凌云和手下的"十三鹰"这些大盗魁首都是死在"一窝蜂"手下,那官府此次剿灭山贼"一条龙"的功劳就要大打折扣了,可林员外是此事的当事人,又势必无法隐瞒。

花晴风好不容易才鼓足勇气做了一回决断,居然取得如此之大的功劳,他实在不想因为莫名其妙的"一窝蜂"而影响了他的政绩。花晴风思忖良久,沉声道:"此事必须得与知府大人商议,才好有个圆满的主意。这样吧,明日一早本县便亲自护送林员外去铜仁,把此事面禀于知府大人!"

这句话正中叶小天的下怀,花晴风作为一县正印,这份功劳无论如何都少不了他的,但主要功劳还是叶小天的,可是如果让"一窝蜂"掺和进来,他的功劳也没什么显赫的了。

叶小天道:"好得很!相信知府大人也不希望让'一窝蜂'搅了这桩好事!下官在此预祝大人马到成功!"

离开三堂后,叶小天不自禁地又想起了林员外学那"一窝蜂"首领说的那句话:"想不到他也能找到这儿来,老夫倒是小觑了他!"

为什么不是"官府",不是"他们",而是"他"?这个他指的是谁,如果是我,那么……叶小天的眼睛微微眯了起来。

·※·※·※·

蛊神殿一幢宽大的殿堂内,银铃声有节奏地响着。

阳光从斗拱状的窗口斜映进来,正照在一只腹大口小的黑坛上,一只莹白如玉的素手,握着一只木杵,正在黑坛中捣着,坛中发出"噗噗"的声音,貌似是某种虫类正被捣成肉泥,但是奇怪的是坛中散发出的却是鲜花般的芬芳。

随着那只玉手轻捣的动作,系在皓腕上的那串银铃欢快地跳跃着,阳光映在银铃上面,发出一道道炫目的光彩。银铃反射的光芒又映在那个女孩子美丽的脸庞上,仿佛水光潋滟。

"师傅啊,那坛蛊怎么样?"正像捣蒜一样捣着坛子的俏丽苗装小姑娘正是太阳妹妹,她一边捣着坛子一边问那个正弯腰从房间中央的地下捧起一口坛子的老妇人格彩佬。

房间中央的那块三尺见方的石板被撬了起来,下面是一个坑,坑的深度与地面平齐,可以看到里边整整齐齐地堆放着许多坛子,坛口加着盖,盖子正好比地面略低几寸,可以让石板盖上。

格彩佬轻轻摇了摇头,遗憾地道:"这一坛也都死掉了,看样子我该另选个地方,这个养蛊坑怕是不好用了。"

太阳妹妹抿了抿嘴唇,吞吞吐吐地道:"呃……师傅呀,我听外界的人都说,咱们蛊术师无所不能,为什么你养的蛊不是用来害人就是用来救人的呢?"

格彩佬哑然失笑，道："傻孩子，养蛊何等辛苦，如果它不能用来救人或者害人，那养来做什么用呢？"

太阳妹妹眼珠一转，未曾说话，脸蛋先有些红："呃……比如说，让人生孩子是不是可以决定生男娃还是女娃呀。我大堂嫂生了六个孩子都是女娃，大堂兄整天不开心，要是有生男蛊就好了。"

"异想天开……"

在人前一向严肃的格彩佬在自己像亲孙女般疼爱的小徒弟面前却异常的和蔼，掉光了牙齿的嘴巴抿起来，笑得满脸皱纹都变得更加细密起来："如果老祖宗们潜心研究过这个东西，或者如今世上真会有什么决定生男生女的蛊吧，反正我师傅没教过我，我也从不曾琢磨过这东西。呵呵……"

格彩佬又捧起一口坛子，咂了咂嘴儿，轻轻摇摇头，看来这口坛子里养的蛊也没有成功。太阳妹妹失望地道："这样啊……那……那师傅有没有什么办法，可以让男人死心塌地地喜欢你呢？"

格彩佬哈哈地笑了起来："你这孩子，尽逗师傅。你看看师傅都老成什么样子啦，要让男人喜欢，还得死心塌地地喜欢，那除非把这个男人变成疯子。"

太阳妹妹俏脸一热，厚起脸皮道："师傅，人家是说……是说我啦。"

"你？"格彩佬睨了她一眼，笑眯眯地道："像你这么可爱的丫头，男人一见就会喜欢上你啦，而且保证对你死心塌地的。"

太阳妹妹嘟起了嘴巴，不高兴地道："师傅就会说好听的哄人家，那个人是瞎的，就是不喜欢人家，怎么办？"

格彩佬一怔，道："什么，你喜欢了一个盲人？"

太阳妹妹气得把捣子放下，向师傅顿足道："不是真瞎啦，我是说，他有眼无珠，看不见人家对他的好。"

格彩佬"喔"了一声，放下坛子走到太阳妹妹身边，啧啧地道："哎哟，我的宝贝小徒弟这是真有了心上人啦。快告诉师傅，他是哪个寨子的人，一定是极出类拔萃的人物，才能赢得你的芳心吧？"

太阳妹妹道："他是……他……师傅，你先告诉我，究竟有没有办法？"

格彩佬叹了口气道："丫头啊，江山易改，本性难移。这人心，可是世上最难琢磨的东西。谁能保证一个人的心思一定放在你的身上，而且永远不改变呢？

不过，你要真喜欢他，就给他下蛊啊，他敢离开你，就叫他生不如死！我的宝贝徒弟又不是丑姑娘，这么漂亮的女子，再加上蛊毒的威胁，我就不信这世上还有哪个男人敢负你！"

太阳妹妹苦恼地道："可是他万蛊不侵啊！"

"嗯？"

格彩佬那双昏花的老眼突然变得锐利起来，炯炯有神地盯着太阳妹妹，沉声道："丫头，你喜欢的那个男人……究竟是谁？"

"啊！我……我……"

太阳妹妹慌起来，赶紧道："算了，咱们不说这个了。师傅，咱们还是继续起坛吧，还有好几口坛子呢，说不定会有养成的蛊。"

格彩佬的眼睛微微眯了起来，缓缓地道："你这丫头，打小儿养成的习惯。想要说谎时就喜欢东拉西扯，快告诉师傅，你喜欢的那个男人，究竟是谁？"

"我……我……"

太阳妹妹被师傅逼得没法，可怜巴巴地道："师傅，能不能不要问了？"

格彩佬盯着她一言不发，太阳妹妹被师傅看得轻轻低下头去，捻着衣角，像个犯错的孩子般，怯怯地道："是……是尊者……干爹……哥？"

格彩佬皱了皱雪白的眉毛，道："这是什么称呼？"

太阳妹妹讪讪地道："他说……他说我们年纪不大，不要我跟着弟弟叫他干爹，叫他小天哥就好啦。"太阳妹妹说完偷偷瞟了格彩佬一眼，生怕她因为自己对尊者的冒犯而不高兴。

格彩佬想了想，对太阳妹妹道："来，你把坛子放下，坐下，把你所有的事，老老实实地告诉我！"

半个时辰之后，太阳妹妹终于说完了，怯生生地瞟一眼师傅，却见这位年过八旬的老妇人坐在那儿，两眼发直，脸上一点表情都没有。太阳妹妹小声地道："师傅，你不高兴啊？"

格彩佬喃喃地道："对啊！对啊……"

太阳妹妹低下头，沮丧地道："人家知道，有些痴心妄想呢，人家只是山里的一个野丫头，哪里配得上……师傅，你别生气，大不了……人家不再胡思乱想了……"

太阳妹妹说着，晶莹的泪珠就在眼眶里打起了转转。格彩佬根本没听到她说什么，这位蛊教最老的长老兴奋地站起来，在屋子里转着圈圈，喃喃自语道："我们这些老家伙，深山老林里待久了，脑袋都变成了榆木疙瘩，怎么就没想到呢。"

太阳妹妹怯生生地问道："师傅，早没想到什么呀？"

格彩佬双掌一拍，道："他只是想娶妻生子，留个后代嘛！我们何必让他游历人间那么久，使我神教二十年没有尊者在位呢。挑几个女娃娃给他，让他随便生去，到时候他还有借口不归位吗？"

一向心直口快的太阳妹妹听到这里，不快地埋怨道："师傅，肥水还不流外人田呢，你怎么能胳膊肘儿往外拐啊！人家不能生吗？"

第七十六章

所托非人

一

红枫湖，湖心岛上。

夏莹莹坐在一块大石上，将手中的钓竿嗖的一下甩向水中。波光粼粼，鱼漂刚在水面上动了两下，她就不耐烦地扬起钓竿，又往水中一甩。如此反复，十几次后，夏莹莹气鼓鼓地站起身，提起空空的鱼篓又换了个地方。

这时，远处有一叶小舟向湖心岛驶来，船尾一个艄公摆着桨，船头站着一个女子，蜀锦对襟窄袖的短袍，腰束宽革带，身上挂着一口短剑，脚上一双黑色羊皮小靴，稳稳地站在甲板上，于婀娜秀丽中，透出一股子飒爽英姿。

远远的，立在船头的那个女子就看到了像赶马挥鞭一般垂钓的莹莹，这女子浅浅一笑，向莹莹所在的方向指了指，回头说了几句什么，那艄公便向莹莹的方向摆渡过来。

"嗯？"

莹莹一条鱼都没钓上来，正觉不爽，忽见船来，不觉大怒，只道是哪个不开眼的本家兄弟又来聒噪做说客，正想指责对方吓跑了她的鱼，忽然看清站在船头的那个女子，不由雀跃起来："二姐！二姐！"

莹莹把钓竿一丢，便向展凝儿挥起了手臂，那鱼竿顺势便滑落到了水面，看到她孩子气的举动，展凝儿不觉轻轻叹了口气。

本来，莹莹夺了她的心中所爱，虽然她也知道罪不在莹莹，还是难免有些怨气，可如今一瞧莹莹这样一副没心机的单纯模样，那些许幽怨也不见了踪影。

"大抵是傻人有傻福吧！"

凝儿暗自苦笑一声，忽然纵身而起。

站在船尾的那个艄公只觉得船尾一翘，似乎整艘小船都要向前倾覆似的，不由一声惊叫，这时展凝儿已经腾空而起，船尾啪的一声拍回水面，溅起几许浪花。

展凝儿好像一只白色的仙鹤一般凌空展翅，身子向前一翻，头上脚下时，顺手一抄，便抓起了正在水面上起伏飘荡的那支钓竿，身形再一团一展，向前一纵，已然稳稳地落在崖上。

"呀！好漂亮的功夫！"夏莹莹拍手大笑，扑上来一把抱住展凝儿，呜呜地哭泣起来："二姐呀，你可算是来看我了，人家被关在这小岛上，一个人好寂寞……"

展凝儿被她又哭又笑的样子弄得哭笑不得，道："好啦好啦，都快被人当成小祖宗供起来了！不就是不准你离开红枫湖吗，要不是我了解你，还真以为你被人欺负成什么样子了呢。"

夏莹莹嘟着小嘴道："这还不叫欺负我吗？二姐也不帮我说话。"

展凝儿把钓竿放到一边，轻轻拍了拍莹莹的后背，柔声道："我还不疼你吗，你以为我像你那么清闲，什么事都不用做的？一得了你的口信儿，我还不是马上抛下一切，赶来见你了。"

夏莹莹破涕为笑，道："嗯！我就知道，只有二姐才是真的疼我！"

展凝儿挽起她的手臂，一起走下岩石，踱到湖岸上。

湖水轻轻拍击着湖岸，发出轻轻的潮汐声，一些停栖在湖畔的水鸟，随着二人行过的身影，鸣叫着飞起，再降落在她们身后，轻啄着她们留下的两行浅浅的脚印。

"你找我来，到底有什么事呀？"

夏莹莹娇嗔道："人家想你了不成吗？没有事就不能叫你来？"

"这可是你说的，既然不是有事，那我就陪你快快活活玩两天好了。"

"别呀，人家……人家是有点事！"

"哈哈哈……"

"你又耍我！"

"哎呀，臭妮子，你敢捏我屁股！"

两个女孩在湖畔上追逐嬉闹起来，把那刚刚落下的水鸟又惊飞起来，盘旋、鸣叫着……

神湖湖畔，水鸟盘旋、鸣叫着。

六大长老和递补进来的两位新晋长老，仍旧是八人，全都站在湖畔。两位新晋的长老最年轻的一个也快六十岁了，八位长老依旧是不折不扣的老年组合。

远远的，只要有人看到八位长老，都原地停住，恭敬地行礼，然后悄无声息地退开，根本不敢上前惊扰。太阳妹妹背着一个小包袱站在湖畔，被这盛大隆重的场面弄得有些手足无措。

"师傅，各……各位长老，你们请回吧……"太阳妹妹在自己慈祥祖母般的师傅面前可以娇憨任性，可是面前还有其他各位长老，由不得她不紧张。

格德瓦走过来，唤着太阳妹妹的乳名，亲切地道："哚妮呀，这个伟大而光荣的使命，我们可就交给你啦！"

太阳妹妹微窘含羞，什么光荣而伟大的使命？勾引他，给他生孩子？想想都臊得慌，可是这些长老们却一副十分庄重的模样，仿佛这真的是一个莫大的使命。

或许是的吧……

太阳妹妹想起了师傅格彩佬昨晚对她交代的语重心长的那番话："丫头啊，咱们蛊教传承已经上千年了，可不能在我们手中有个好歹，那可是天崩地裂的大事！

咱们这位尊者啊，要说起来，那是气运回身之人，格德瓦、格格沃两位长老各怀异心，眼看神教就要四分五裂，关键时刻，尊者便应运而生了，这不是蛊神钟爱的人吗？

尊者离开神教二十年，这时间太长了些，其间不知会不会发生什么意外，我们都很担心。虽然说，你若真的跟了他，将来必得隐姓埋名，为他抚养子女，未免委屈了你，可是你所做的一切都是值得的。你为神教付出的一切，蛊神都会看在眼里……"

"我一定会完成任务的，不惜一切代价！"

太阳妹妹暗暗握了握拳头，给自己鼓劲。

格彩佬颤巍巍地走上来，和蔼地道："好孩子，你这就去吧，记住，一定要不惜一切……咳咳，如果你不能完成任务，那师傅只好另派人去，那时你可不要再怪师傅胳膊肘往外拐啦！"

太阳妹妹晕染双颊，抿着唇，用力点了点头，一步便跃上了竹筏，竹筏一颤，荡起几许涟漪，恰似她此刻的心境……

一叶小舟破开湖水，飘飘而来。

展凝儿回首对夏莹莹道："本想和你再多聚两天，谁想你这么急，那我这就离开了。"

夏莹莹道："我也想与二姐多聚些时日，只是这么久和他不通消息，实在有些担心，这红枫湖没有老祖宗的命令，又没有人肯帮我送信，只好假托邀二姐做客，请你帮我这个忙，等你回来，咱们再好好聚聚。"

展凝儿笑笑，摇头道："总是痴女情深，罢了，我就替你做一回月老！我走了！"她嘴上说得轻松，心里却是一酸，生怕莹莹看出不妥，急忙转身走向刚刚在湖畔停稳的小舟。

刚刚踏上船头的展凝儿向稍公示意开船，回转身去，微笑道："回去吧，我定不负所托！"

"嗯!"

莹莹答应一声,又抢前两步,靴尖都吻上湖水了:"二姐!"

莹莹突然又叫了一声,饱含深情:"二姐,你可不许监守自盗啊!"

船启动了,展凝儿身子一晃,险些一跤跌进水里。

莹莹见她不答,不禁担心起来:"二姐,你怎么不回答我,你不是真的打着这个主意吧?天哪,那我不是引狼入室了吗?"

水面上,传来展凝儿气急败坏的大吼声:"臭丫头!我是那样的人吗!"

·※·※·※·

花知县亲自护送林员外去了铜仁府,暂时由县丞徐伯夷代理知县职务,叶小天一开始还担心徐伯夷会不识趣,趁机又来刁难他,却不想徐伯夷似乎是吃了一次大亏后吸取了教训,并没有任何针对他的举动。

叶小天小心地提防了两日,见徐伯夷安分守己,这才放下心来,每日只管当值放衙,却也不去自寻麻烦。过了两天,华云飞使人送来消息,说是宅邸主建筑群已经完工,可以迁居了,叶小天不禁大喜过望。

叶小天捺着性子熬到傍晚,一到放衙的时间,立即就往家里赶,急着把这个好消息告诉家人。叶小天赶到自家门口还没推开院门,就听到毛问智粗犷的大嗓门在院子里响起。

"你个瘟犊子,天天不是这事就是那事,动不动就鸡头瓣脸地找碴,你指桑骂槐地说谁呢,你?"

叶小天不晓得老毛跟何人起了争执,急忙推开院门,就见毛问智站在院子里,双手叉腰,冲着隔壁运气:"前儿个俺晾条底裤,被大风吹进你家猪圈里去了,你街里街坊地住着,给捡一下成不?那可是人家小娘子刚帮俺做的,愣给你家那头死肥猪踩成抹布了,可心疼死俺了。今儿个你家瘟死了鸡,你又指桑骂槐的,你个完蛋玩意,你家鸡瘟死了怪俺老毛啊,咋不嘎嘣一下把你也瘟死呢!"

隔着一道墙,邻家也有人在叫骂,只是在毛问智的大嗓门压制下,对方的声音已微不可闻。

叶小天皱了皱眉,斥责道:"都是街坊邻居的,不能好好说话吗!"

毛问智一听叶小天的声音,马上换了一副语气:"俺说邻家大嫂子,你莫生气,气大伤身哪!常言说得好,千金买房,万金买邻,咱们能做邻居,那就是上一辈子修来的缘分,俺要是有啥做得不对的地方,大嫂子你多担待着些……"

第七十七章

燎锅底

一

叶小天见毛问智前倨而后恭,心里好笑,便道:"好了好了,只要收了你的大嗓门,就清静多了。"

毛问智辩解道:"大哥,你是不知道,隔壁那老娘们……"

叶小天没好气地道:"行啦行啦,不管谁对谁错,你说你个大男人至于这样嘛。要不然,我帮你骂街去?"

毛问智赶紧道:"可别,你是当官的,得自重身份。俺不一样,俺是……"

叶小天打断他的话道:"别解释了,你就没点正形。今晚好好拾掇一下,咱们明天一早就搬家,去山上!偌大一个宅院,你到底裤再怎么飘,也不可能飘到人家猪圈里去。对了,你说'人家小娘子'帮你做的,谁家小娘子?"

叶小天一边说一边往屋里走着,毛问智跟在后面,听到这里老脸一红,讪讪地道:"就是……就是叶家小娘子呗。"

叶小天道:"什么叶家小娘子?哦!是她?"

叶小天突然想起了前两天救下的那位告到公堂求改嫁的小妇人,他回首看了毛问智一眼,微笑起来,道:"看不出啊,你小子倒有些本事,才这么两天工夫,人家就连底裤都肯给你做啦。"

毛问智心虚地赔笑道:"哪有,她在山上现在也没事做,见俺衣衫有些破烂,便说让俺扯几匹布来,她要帮俺做套新的。做底裤是俺自己说的,人家一个妇道人家哪好意思张口。"

叶小天笑起来,道:"这就对了!就是要脸皮够厚,比城墙都厚,才能讨得到可意的娘子呢。我说老毛啊,咱们俩别的地方不大像,就这一点,绝对是一个师傅教出来的。"

遥遥听到叶小天的声音,从里屋跑出来,手里还拿着一个绣花弓子,上边绷着一片布，已经绣了两瓣鲜艳的花瓣，一见叶小天，遥遥便雀跃道："小天哥哥！"

叶小天弯腰把她抱起，问道："这是在干什么，你学绣花呢？"

遥遥道："是呀，人家在家里闲着也没有事情做，我看叶家娘子给毛大哥做衣裳，我又不会做。就问她讨了些针线布头，想给小天哥哥你绣个荷包。"

叶小天在她粉嫩嫩的颊上轻轻捏了一把，笑道："咱们家遥遥真懂事。嗯，你这一说我倒想起来了，你小小年纪，总不能整天无所事事呀。咱们明儿一早就搬去山上了，到时候宅院大了，哥哥给你请位西席先生，学学琴棋书画、诗词歌赋，做个小才女。"

遥遥喜道："咱们家的大宅子已经可以住人了吗？"

叶小天道："还有很大一片地方需要修建，不过已经不影响入住了，这处小房子实在太拥挤了些，明天一早咱们就搬过去。我在想啊……"

叶小天一边说着，一边抱着遥遥，在堆满了家具的堂屋里左拐右拐的钻进去，找到一张椅子坐下来，道："我在想，要不要派人去把我爹娘也接来，只是不知道他们愿不愿意离开京城，故土难离啊，老人家尤其固执。如果他们肯来，我大哥也不必做那牢头了，我怎么也能帮他安排个堂堂正正的差使……"

遥遥以前听叶小天讲过家里的事情，欢喜地拍手道："好啊好啊，那哥哥就跟家里好好说说嘛，让他们都过来。这样，咱们家里的人口一下子就多起来了，那才热闹。"

叶小天笑道："嗯，我那大哥还有一个儿子，比你小一些，他们要是肯过来，你就会有一个很可爱的小弟弟陪你一起玩啦。"

叶小天想到一家人团聚，其乐融融的样子，欣欣然道："我回头先准备些礼物，请驿站帮忙给家里送去，再写封信探探我爹的口风，只要我家老爷子同意，我娘就不会反对。大哥那里，只要能让我大嫂点头，也是绝对没问题的，哈哈，看来，我还得挑一份能让我大嫂心动的礼物！"

·※·※·※·

在北方，乔迁新居时有一种习俗叫"燎锅底"。确定一个搬迁的黄道吉日，在早上太阳刚刚泛红的时候开始搬家，搬家时首先要把铁锅从灶上搬下来，第一个送过去。

搬铁锅前还要在铁锅里烙一张大面饼，但是只烙一面，半生不熟。搬锅时把锅盖盖严，用红绳系一圈，搬到新家后放在灶台上，再揭盖烙另一面，直到把面饼烙熟。

接下来要大办酒宴，款待来贺的朋友同僚、街坊邻居。酒席的规模当然是根据这户人家的财力水平来决定，但是这张面饼是一定要与众人分享的，以此保证财气、喜气不失。

叶小天是北方人,好热闹的毛问智也是北方人,这个习俗自然被他们搬到了贵州,第二天一早,毛问智别的全不管,先盯住了那口铁锅,烙了张半生不熟的面饼,等那锅凉下来,就系上红绳,从灶台上搬下,捧在了怀里。

毛问智抱着铁锅走了一阵,感觉双臂有些吃力,灵机一动就把锅倒过来,把锅盖顶在了头上,就这么顶着一口黑锅招摇过市,俨然是葫县清晨的一道风景。

叶小天已经提前向徐县丞告了假,徐县丞、王主簿不管与他平时有何嫌隙,这时自然要来道个喜的,之后才又赶回衙门署理公务,周班头、苏循天、马辉等人则帮着叶小天搬家,把那些家具全都抬去了新宅。

只是叶小天留他们饮宴时,这些人却全都拒绝了,现在正是当值的时间,不好告假一天,他们都知道徐县丞与叶小天不合,不愿做出让徐县丞有机会发难的事来。

这些同僚不能留下饮宴,叶小天的宅子又是建在山上,没有什么街坊邻居,这"燎锅底"的喜宴,就变成自家人享用了。

宅子相当大,在葫县单以面积论,大概算是最大的一幢宅院了。叶小天原先没想这么招摇,只是这些生苗赶来后,自发地扩大了他的庭院面积。

如此庞大的一所宅院,需要有很多家仆下人、丫鬟侍婢才能打理,叶小天已经嘱咐人牙子帮他挑选了,只是现在还没有送来,倒是厨子已经雇了几个,并不影响这场喜宴的进行。

· ※ · ※ · ※ ·

"燎锅底,这是什么习俗?"

葫县驿丞赵文远看着手中的请柬,摇头苦笑了一声。他昨晚就接到了叶小天派人送来的喜帖,知道叶小天今日乔迁之喜,可他并未前往祝贺,拈着喜帖坐在花厅里,心事重重。

他刚和"一条龙"搭上线,才做了一桩生意,"一条龙"的老巢便被掀了。自从"一条龙"被剿灭以来,赵文远一直心惊胆战。虽然他做事小心,即便"一条龙"的人招出他来,也没有任何凭据办他,可终究对他不利。

如今已经过了好几天,始终没有什么异常,赵文远这才渐渐放下心来。第一次他是和龙凌云直接联系的,第二次则是和龙凌云手下"十三鹰"中的老幺联络的,这两个人的人头现在都悬挂在葫县城头,他的身份并没有败露。

只是,叶小天刚刚铲除"一条龙"的盗伙,他这个和"一条龙"过从甚密的人就要去见他,心虚之下还是不免有些忐忑。

潜清清也担心他心理素质不过关,会在叶小天面前露出破绽,便道:"你既不方便出面,不妨就以驿路刚刚通畅,公务过于繁忙为由婉拒了吧,使人送上一份贺礼便是。"

赵文远摇摇头道:"叶小天立下这桩大功,在葫县的根基就更稳了。花知县、徐县丞、王主簿,一个个数下来,我真正可以联手的,就只有这个叶小天,若不去道喜,终归不好。我只是担心,那些被俘的那些山贼中是否有人知道我的存在,哪怕他们并不清楚我的身份,若被叶小天知晓有内贼,终究是个麻烦。"

潜清清想了想道:"你之所虑倒也有些道理。不如我替你去,察言观色,看看他的动静。如果他果然对你有所猜疑,或者知道了些什么,还能掩饰得天衣无缝?咱们知道了也好早做打算。"

赵文远欣然道:"好!你素来心细如发,前去打探一番也好!"

潜清清点点头,道:"待我准备一份贺礼便走。对了,'一条龙'如今已土崩瓦解,利用不上了。你打算如何掌握这条驿路?"

赵文远微微眯起了眼睛,深沉地道:"常自在已经没了靠山,我打算先挤垮了他,暗中培植人手取而代之。谢传风明着是田家的弃子,但是很可能就是田家安排到葫县的一枚暗子。他现在和王主簿走得很近,王主簿可不是白痴,既然肯接纳他,十有八九已经投靠了田家。这样的话,他和徐伯夷实际上就是一路人了,我且小心戒备着,先吞了常自在再说。这也是我想拉拢叶小天的一个原因。"

赵文远并没有把他的全部计划都告诉潜清清,但他此刻所说的办法已经令潜清清很是满意了,潜清清颔首道:"剑走偏锋,功败垂成。如此稳扎稳打,倒也是个办法。"

潜清轻盈盈起身,轻笑道:"好啦,我去叶家'燎锅底',顺道探探他叶小天的底!"

第七十八章

潜夫人

一

叶小天的新宅里，厨下几位大师傅卖力地炮制着自己的拿手菜肴，以期获得东家的赏识。饭菜飘香，只是宅院太大，香味却传不到叶小天的鼻子里。叶小天带着遥遥、毛问智和冬天先生，在华云飞的陪同下正游览他的新宅。

一条青石板砌就的笔直大道，两侧全是院落。门楣各有特色，走进去则院落相套，迂回曲折，置身其中，不知其大其阔，颇有一种一入侯门深似海的感觉。

叶小天志得意满地笑道："想我叶小天，原本不过是京城天牢一小小狱卒，不意也有今日风光。"

毛问智接口道："只可惜还少了一位女主人，要不然这幢宅子可就真的什么齐备了。"

遥遥小丫头瞪了毛问智一眼，马上挺起小胸脯，牵着叶小天的小手也攥紧了些。

"女主人啊……"

叶小天在一株从别处移植过来的合抱粗的高大柏树下停下来，若有所思，过了半晌，轻轻蹙起了眉头。

他回身对华云飞道："莹莹自从返回红枫湖，就再也没有消息了。她当初说是回去探望曾祖母的病情，如今看来，恐怕是她的家人故意诓她回去，目的就是为了分开我们。我自赴任以来，诸事繁忙，再也难得自由，想去红枫湖看看她却根本抽不出时间。云飞，我想麻烦你替我跑一趟，去红枫湖一探究竟。"

华云飞爽快地道："大哥放心，无论如何，我一定把你的消息送到。"

叶小天摇头道："夏家那些人可不是那么讲理的，对我或者还有几分忌惮，对你恐怕就不会很客气了，你见机行事吧，如果实在没有机会就回来，万万不可与他们发生冲突。"

华云飞点头称是。

这时，叶家小娘子快步走过来，对叶小天盈盈地福了一礼，道："老爷，有位潜夫人登门道贺。"

如今叶家大宅里还没有什么家仆下人，叶家小娘子就暂时充当了迎客。叶小天一听潜夫人，就知道是赵驿丞的娘子到了。遥遥雀跃地道："清清姐姐来了！哥哥，咱们快去迎一迎。"

叶小天牵着遥遥的小手迎向前院，毛问智有意拖慢了脚步，走在所有人后面，与他们稍稍错开一段距离后，冲着叶家小娘子憨憨一笑，道："呃，叶小娘子，上一次，多谢你给俺做的衣服啦。"

叶小娘子脸一红，羞答答地低下头去，道："毛大哥，你太客气了，不过举手之劳罢了。不知那衣服可还合身吗？"

毛问智赶紧道："合身！合身！真是太合身了！小娘子的手艺真好。呵呵呵，就是……就是新衣服得浆洗一下嘛，俺洗了衣服，晾在院子里，结果大风把俺的底裤给吹到邻家猪圈里去了……"

叶小娘子垂着头道："哦！那人家再帮毛大哥做一件好了。"

毛问智喜得合不拢嘴道："好好好，那可麻烦小娘子了。"毛问智说着便开始宽衣解带，惊得叶小娘子倒退一步，掩住嘴巴，期期地道："毛大哥，你……你这是做什么？"

毛问智宽去外衣，顺势往自己肩膀上一搭，就见他腰带里竟然缠着好几匹布，难怪他今日的腰围比平时又宽了几分。却不知他买了布匹，为何藏在腰间。

毛问智从腰间噌噌抻出那几匹布来，往叶小娘子手里一塞，憨笑道："这是我昨儿个去坊间买来的布匹，有劳小娘子了。"

叶小娘子捧着厚厚一叠布匹，期期艾艾地道："上……上回毛大哥买的布匹还没用完，剩下的角料再做一条底裤绰绰有余了。毛大哥这是想……再做一套新衣服吗……咦？"

叶小娘子说着，忽然感觉手感不对，仔细一看，只见那摞布匹最上面是一匹白叠布，这应该是用来做底裤的。细麻布一匹，可以做汗衫、夏衣。改机缎一匹，大概是做外套的，可最底下还有妆花纱两匹。

那两匹妆花纱花纹细腻、质料柔滑，颜色吗……是绯色的，毛大哥这样的粗犷大汉要用妆花纱做衣服？叶小娘子简直不敢想象老毛穿上妆花纱的袍服后会是一副什么形象，人妖？

毛问智红着老脸，讪讪地道："劳烦小娘子帮俺做衣服，也没什么好谢的。这个……这些布料，给俺做件底裤，剩下的布料，是送给小娘子的谢礼，看你衣服也陈旧了，做套新衣裳吧。"

叶小娘子一听，慌忙推拒道："不不不，这可使不得，这妆花纱很贵的，毛大哥，你快拿回去，人家不能要。"

毛问智道："送出手的东西，哪有往回收的道理。再说，人家掌柜的又不给退钱，留在我手里才是真的没用处。小娘子，你就不要推拒了。"

叶小娘子见远处几个修缮池塘的生苗正好奇地往这边打量，只好羞涩地垂下头道："那……那就谢谢毛大哥了。我……我先把东西送回房去。"

"好！好！"

毛问智直勾勾地看着叶小娘子跑开的背影，那袅娜的身段，款款扭动的小腰肢，忽然咧开大嘴傻笑起来……

叶小天携着遥遥的手迎向前厅，远远就见潜清清带着两个小侍女正站在门口，一见他们出现便微笑着迎上前来，那两个小侍女跟在潜清清身后，每人托着一匣贺礼。

潜清清步姿优雅，发髻上的金步摇动也不动，裙袂轻摆，仿佛在地面上滑行一般，忒也好看。遥遥松开叶小天的手，欢喜地向潜清清招手："清清姐姐！"

她一提小裙子就想跑过去，突然意识到此举不合淑女风范，忙放慢脚步，温文尔雅地迎上前去。叶小天微笑着落后一步，正举步向前，忽然想起一事，急忙叫道："嫂嫂止步！请从侧方过来！嫂嫂……"

潜清清听他一喊，愕然站住，正不解其意，脚下突然一股喷泉涌出。这股水柱力量当真不小，正喷在裙子下方，把那裙子像荷叶似的向上卷起，笼住了潜清清的头面。

叶小天一见，不禁扶住了额头。他若不叫，潜清清或者就正好从那眼喷泉上踏过去了，只因他这一叫，潜清清堪堪停住，倒让那喷泉喷个正着。

潜清清只觉身下一凉，不由一声尖叫，那股喷泉把她喷得身子湿透，好在她穿了亵裤，若不然这一场春光乍泄可怎生了得。只是那亵裤薄软，又是月白色，被泉水一打，整个儿贴在腿股上，肉光隐隐，倒也够瞧的了。

那泉水喷了一会儿，突又消失，裙子重又落下，潜清清像只落汤鸡似的站在那儿，金步摇也掉到了地上，脸上全是水迹，好不狼狈。她仿佛是被吓呆了，站在那儿一动也不敢动。

叶小天赶紧道："遥遥，快！快带潜夫人去换衣服。"

"哦！哦哦！"

遥遥清醒过来，赶紧喊道："清清姐快过来，一会儿那泉水还要喷的。"潜清清一听吓了一跳，赶紧离开那泉眼位置，后边两个小丫鬟很乖巧地绕过了左右，像黄花鱼似的溜着边儿过来。

叶小天讪笑道："赵家嫂嫂，实在对不住，那里有眼喷泉，正当路的中央，呃……宅子还没完全修好,那里本来是要建一方鱼池的。快,快请先去换了衣裳。"

潜清清也说不清自己此刻的心情是好气还是好笑。对叶小天这么一个官场上的异类,她既无法拿官员的标准来要求他,也无法端得起官绅贵妇的架子,只好瞪了他一眼,跟着遥遥匆匆避开。

叶小天挠挠头,对匆匆赶上来的毛问智道:"老毛啊,说起来咱也是有头有脸的人物了,这种恶作剧貌似真的不大好,还是叫人在那里砌个池塘,养点鱼、栽点藕算了。"

毛问智眉开眼笑地道:"好!俺一会儿就让匠师设计一下。呵呵呵……"

叶小天奇怪地看了他一眼,不就是美女湿身吗,至于看得这么兴高采烈的?

叶小天这宅子里不但没有成年的女主人,连个丫鬟婆子都没有,唯一的成年女性就是叶小娘子,潜清清登门又不可能带着换洗衣物,哪有袍服可换?

遥遥倒也会想办法,先去找叶小娘子借了套内衣。叶小娘子是净身出户,外衣就只身上这一套,但叶小天倒是有几套新做的儒袍,便取了一套来,叫潜清清换上。

潜清清长腿细腰,身段高挑,身高几乎不比叶小天矮两分,穿上叶小天的衣服居然还挺合身。只是这一穿上男袍,隐隐然便是一个俊俏的少年,倒没了少妇的韵味。

潜清清返回客厅,遥遥请她坐了,便也爬上叶小天旁边一张官帽椅,有模有样地坐下来。她一个小人,腿都够不到地面,坐进椅子也是空荡荡的,还要双手交叠放在膝上,扮出一副正襟危坐的模样,不免引人发笑。

因为这场闹剧,潜清清原本想说的一些客套话都不出口了,只好带些好笑的口吻道:"叶大人,适逢你乔迁之喜,只是驿路刚刚通畅,原本积压的辎重军需都要安排启运,拙夫抽不开身,让妾身代他前来,致以歉意。"

第七十九章

鸟瞰群雄的展凝儿

一

　　叶小天笑道："无妨，无妨。不过就是搬个家而已，叶某本来也不想大操大办的，就是亲戚朋友们一块凑个热闹。嫂嫂能够前来，叶某已然足感盛情。"
　　遥遥脆生生地道："清清姐姐，请喝茶！"
　　潜清清端过茶盏，吹了吹浮沫，呷口茶，向遥遥颔首致意，又对叶小天轻笑道："欣闻叶大人一举歼灭了盘踞贵州、为祸地方的'一条龙'盗伙，拙夫可是钦佩得很哪。
　　"听说那伙悍盗纵横驿路十余载，做下无数大案，可官府却一直拿他们没办法，叶大人手到擒来，一条龙和他手下'十三鹰'全部击杀，无一逃脱，大人这份武勇，做典史真是屈才了，便是做一方总兵大帅也是绰绰有余。"
　　遥遥听她夸赞叶小天，心中满是欢喜，笑盈盈地看了叶小天一眼，可刚刚咧开的嘴巴又赶紧闭上。
　　她正在换牙期，虽说叶小天曾经对她说过，小时候长得丑丑的小孩子，长大了才会更漂亮；小时候粉妆玉琢非常完美的小丫头，长大了就会变得相貌平庸。遥遥对此深信不疑，但她还是不想让叶小天看到自己丑丑的样子。
　　叶小天自然不会对潜清清说出当他攻打"一条龙"山寨时，寨中十几名匪首已然被"一窝蜂"杀光的真相，他打个哈哈，敷衍地道："也不算什么，此战全赖巡检司官兵上下一心，奋勇杀敌。
　　"其实呢，那些匪盗也只能欺压一下良善百姓，并没有什么真本领。往日里官府剿匪无功，都是因为他们藏匿在深山老林里，没办法找到他们的巢穴，而叶某侥幸摸清了他们的老巢而已。"
　　潜清清暗暗察言观色，见叶小天神情颜色并没有什么异样，心中不由一宽，暗想："看来他对赵文远勾结山贼的事果然一无所知。"

潜清清以手掩口，轻轻笑道："典史大人说得这般轻描淡写，可让往昔那些剿匪无功的官员们颜面无光了。能让一应盗魁全部授首，这等武勇可不是巡检司那班兵丁做得出来的，莫非……典史大人竟是一位技击高手吗？"

遥遥很自豪地挺起小胸脯，插嘴道："那是，我家小天哥哥可厉害呢！当初在贵阳花溪的时候，凉月谷少谷主果基格龙向我小天哥挑战，小天哥只一掌，就把他打得仰面摔倒了。"

潜清清本是对叶小天的一句揶揄之语，听了遥遥这句话，目光却陡然射出一道奇光，急忙追问道："哎呀！叶典史当真是一位深藏不露的世外高人？"

叶小天啼笑皆非，瞪了遥遥一眼道："小孩子不要胡说八道。"

转而又对潜清清笑道："哪有此事，当日在贵阳时，我与果基格龙在花溪只不过是一场胡闹罢了。咳！真要说起来，龙凌云和'十三鹰'还是有些真本事的，他们聚在一起负隅顽抗，想要歼灭他们确也吃力。

不过，幸好我养了一只金刚巨猿啊！嫂嫂想必也见过那头巨猿的，这巨猿行动如风，力大无穷，便是一等一的技击高手也不是它的对手，叶某当日就是靠这头巨猿，才把那些匪首一网打尽的。"

叶小天这番话本是为了掩饰龙凌云和"十三鹰"的真正死因，但潜清清当日曾去城头看过龙凌云和"十三鹰"的首级，那些人的致命伤多在头颅上，全是兵刃所伤，怎么可能是那巨猿大发淫威？

叶小天这番话不尽不实，不免令潜清清心中起了疑窦，况且她深知遥遥与叶小天的关系，如果说叶小天真的有身出神入化的本领，定然不会瞒着遥遥。

莫非遥遥方才那句无心之语竟然是真话，这叶小天是个深藏不露的武林高手？

潜清清想到这里，心中不免暗暗警惕起来，有些不自然地挪了下身子，生怕被叶小天这个武术的大行家看出她并非一个弱不禁风的小女子，而是一个精擅技击之术的江湖人。

叶小天哪知道在潜清清心中已经把他定义为一个身怀绝技的高手、高手、高高手了，犹自打着哈哈掩饰："要说真正的技击高手，叶某倒是见过一个，而且还是一个女人呢。"

潜清清惊讶地道："能被叶典史认为是高手，想必是真正的高手了。妾身虽然不谙武技，从小却最喜欢听些神怪故事，看些游侠笔记，对这等高人一向敬仰，却不知叶大人所说的这位女中豪杰又是谁呢？"

叶小天道："此人吗，便是贵州三虎之中那位赫赫有名的霸天虎了。这位姑娘，那一身武功可是当真了得啊！可惜啦，当今天下，女子不以武勇为美，若是她生在先秦时代，太史公笔下必定为她注上浓重一笔。"

叶小天咳嗽一声，朗声道："展凝儿，夜郎人也，身高九尺，鸟瞰群雄！擅琴乐，常舞干戚自娱。秦王闻其勇，纳为宠姬。六国攻秦，王大恐，姬披袄仗弓，驭弩上阵，远射进攻，斩将夺旗而归，食糜一鼎，牛两只，半饱而止！"

叶小天说完，捧腹大笑起来，华云飞想起展凝儿的勇武模样，也不禁为之失笑。毛问智坐在侧厢，用力咳嗽了一声，伸手脚去轻轻踢了踢叶小天，叶小天扭头笑道："怎么，你不觉得好笑吗？"

毛问智又用力咳嗽一声，冲着他挤眉弄眼的，叶小天奇道："你什么毛病，迷了眼睛吗？"这时叶小天身后一个声音突然响起："食糜一鼎、牛两只，才半饱，嗯？"

叶小天一听这声音，浑身的汗毛唰的一下竖了起来，他强忍着惊跳起来的冲动，慢慢转过身，勉强挤出一个比哭还难看的笑脸，结结巴巴地道："凝……凝儿姑娘，你怎么来了？"

展凝儿按剑看着叶小天，英气逼人又煞气逼人："哼！你这里是龙潭虎穴吗，我怎么就不能来？"

叶小娘子站在展凝儿身后，怯怯地道："奴家本想先来通报的，可这位姑娘她……"

展凝儿向她一摆手，道："不必解释，我想来就来，谅他也不敢寻你的晦气。"

叶小天干笑着起身，道："这是哪里话，你来了，我欢迎还来不及呢，哈哈哈……呃！我正好乔迁新居，要摆酒庆祝一番，凝儿姑娘你来得正好，快请入座，一会儿为你接风洗尘。"

潜清轻盈盈起身，微笑道："这位就是展姑娘呀？奴家这厢有礼了。"

展凝儿瞟了她一眼，见她眉眼清丽，口称奴家，却偏偏穿了一身男儿衣装，不伦不类，心中便已不喜，又见她颀长高挑，比自己还要高上两分，敌意更浓了些。

她也不理潜清清向她施礼，只是冷冷地横了叶小天一眼，揶揄道："人家为了你自困小岛，茶饭不思，还千方百计想办法送消息给你，却不想你是如此的逍遥快活，艳福无边，这可真是痴心女子负心汉哪！"

叶小天一怔，忽然惊喜地道："你说谁？可是莹莹，凝儿姑娘，你有莹莹的消息给我？"

展凝儿见他惊喜莫名，心里忽然有点不舒服，下巴微微一翘，傲娇地道："本来是有的，莹莹担心她的男人为了她茶饭不思、寝卧不宁嘛，可如今一看你是这般逍遥快活，还有什么好说的。"

叶小天涎着脸凑上前去，道："乔迁之喜吗？难道我还能哭丧着脸？这位姑娘……啊！这位夫人是我的好友本县赵驿丞的夫人，因赵驿丞公务繁忙，代他前来道喜的。"

"凝儿姑娘，其实我一直很思念莹莹的。自从离开贵阳开始，我就茶不思、饭不想，公务忙起来的时候还好，一闲下来，我就愁肠不结。你看看，我是不是瘦了许多。"

展凝儿瞟了叶小天一眼。叶小天前些天在山里摸爬滚打地解决抗旱问题，之后又是起宅子，又是勘案捉贼的，何止是瘦了，还有点黑了呢。

展凝儿只道他是思念莹莹所致，心里又是一酸，却也不忍再瞒着，便道："莹莹说……"

展凝儿说到这里，忽地戛然而止。

叶小天会意，忙对潜清清道："赵家嫂子，小弟失陪一下，恕罪，恕罪！老毛，遥遥，你们陪赵家嫂子先坐着，凝儿姑娘，请！"

展凝儿"哼"了一声，当先离开大厅，叶小天连忙踮着脚尖，屁颠屁颠地跟在后边，那副谄媚样儿，像极了侍奉贵妃娘娘的一个太监。

潜清清款款坐回椅上，望着叶小天陪着展凝儿离开，慢慢端起茶盏，唇边漾起一丝神秘的笑意："看起来，叶小天和红枫湖夏家并不像外界所以为的那样啊。而且，展家这位大小姐对他貌似也别有情愫呢，这事越来越有趣了……"

"凝儿姑娘，莹莹究竟有什么话要对我说？"

叶小天跟着展凝儿离开客厅，沿着长廊转到壁角，马上迫不及待地道。

展凝儿站住脚步，回过身来，对叶小天道："莹莹是被她的家里人诓回去的，一回去便不再许她离开了。"

叶小天握拳道："果然不出我所料，我就知道，叶老爹是故意诓骗她回去。"

展凝儿深深地望了叶小天一眼，道："夏家要为莹莹另择良配，莹莹那脾气你也知道，她不肯，夏家上下拿她实也没有更好的办法。不过，却依旧不允许她和你来往，后来夏家老祖宗总算松了口……"

叶小天双眼一亮，虽然今日来的既然是展凝儿而非夏莹莹，这件事就不会那么简单，还是满怀希冀地道："她如何松了口？"

第八十章

后院起火

一

展凝儿对叶小天道:"夏家老祖宗已经知道了你的身份。"

叶小天蹙眉道:"我有什么身份?"

展凝儿瞥着他道:"你此间乐不思蜀了?忘了你的蛊教尊者身份?"

叶小天沉默下来,展凝儿道:"夏家老祖宗说,除非你能让蛊教取消关于嫁娶的规矩,否则,她是不会把她的宝贝曾孙女嫁给你的。"

叶小天为难地道:"山里那群老顽固,叫他们变通一下已是十分为难。想要他们取消这条规矩恐怕更是难上加难。你要知道,表面看来,这只是教主能否娶妻生子的问题,实际上牵扯到的是蛊教如何传承。

"一旦教主可以娶妻生子了,那就意味着,他有机会把蛊教变成一家一姓所有。而一旦它被一家一姓所掌握,其野心恐怕就不止是在深山老林里称王称霸那么简单了。那些老家伙对这一点看得很透彻。"

展凝儿睨了他一眼,道:"你能逼他们同意你游历人间二十年,默许你娶妻生子,难道就不能逼他们答应更多。"

叶小天苦笑道:"你知不知道格德瓦对我说过什么?他说如果我逼急了他们,他们不惜把我变成一个任人摆布的活死人!凝儿姑娘,人的耐性都是有限度的,他们已经做了很大的让步,我不敢一下子逼得太紧。总要给我一些时间,让我一步步来,操之过急,会适得其反的。"

展凝儿冷笑道:"一步步来是多久,五年还是十年?又或者是三十年,五十年?在你不能确定是否能说服他们之前,先让莹莹就这么跟着你?如果二十年后你还不能说服那几位长老怎么办,你就撇下妻儿随他们回山?你有没有想过你这样做很自私?"

叶小天一开始还垂着眼皮听她数落,听到这里却慢慢扬起眼睛,认真地反问道:"那你说我该怎么办?让我告诉她,跟着我会害了她,让她找个好男人嫁了?再顺祝他们幸福美满，早生贵子？我做不到！我不是圣人！"

展凝儿呆了一呆，冷笑道："只要你不能说服八大长老，夏家就不会同意你们的婚事，你能怎么办？"

叶小天盯着她，一字一句地道："办法，我会慢慢想，放弃绝不可能！"

叶小天说完转身就走，展凝儿脱口说道："说得好听！那你当初又怎么会放弃薛水舞？到了莹莹这里你就绝不放弃了，说到底，你就是贪恋莹莹的美貌和她的家世出身！"

叶小天猛地站住了脚步，展凝儿紧紧地咬住下唇，忽然有些后悔，她也不明白自己为什么会说出这样尖酸的话来，她已经后悔了，却无法向叶小天说一声"对不起"。

叶小天没有回头，他只是挺直了腰杆，低沉地道："如果水舞在她母亲千方百计阻挠我们在一起时，说一句无论如何都不离开我，我就绝不会离开她！可她没有，但莹莹做到了！"

"只要她不负我，我就决不负她！"叶小天迈着稳稳地步子，一步一步地向前走去，仿佛他的面前就站着夏家那百十个兄弟，他的脚步却毫不犹豫，昂然迎了上去。

"只要她不负我，我就决不负她！"这句话如洪钟大吕，轰隆隆地响在展凝儿的心头，望着叶小天那挺拔的背影，展凝儿点漆般的眸子渐渐绽放出迷离之意。

· ※ · ※ · ※ ·

叶家五位大厨精心烹制的一席盛宴已经准备完毕，叶小天听了叶小娘子报信，便邀展凝儿同往听雨榭饮宴。

此时，叶小天的情绪已经稳定下来，对展凝儿道："方才，我如果有什么失礼的地方，请多谅解。莹莹那里，回头还要劳你跑一趟，请告诉她，我不会让她等得太久！"

自己明明心里喜欢着他，却还要为了别的女子给他们穿针引线，展凝儿心中的幽怨又向何人诉说？她轻轻瞟了叶小天一眼，默默地点了点头，没有作声。

叶小天侧身相邀道："酒宴已经备好了，设在听雨榭中。请吧，你的眼界高，顺道儿帮我瞧瞧，我这宅邸园林还有什么不妥当的地方，劳你指点一二，我也好及时改过。"

展凝儿"哼"了一声道："方才我就瞧过了，挺气派的，风光景致别具匠心。若只论园林之大的话，在葫县怕是无人能及了。你不过是个典史，这般招摇，就不怕知县、县丞、主簿那些比你官大的人不高兴？"

叶小天无所谓地道："纵然不高兴，他们又能把我怎么样？不瞒你说，我跟那些位高权重的人，好像天生就犯冲似的。所以就算我夹起尾巴做人，不去招惹他们，也总能招来他们的嫌隙，既然如此，我又何必憋屈自己？"

展凝儿轻轻撇了撇嘴角。

听雨榭是一座朱红色的轩厅，屋顶是卷棚歇山式，檐角轻巧，檐下还有玲珑精致的挂落，粗大的红柱间是微曲的鹅项靠椅，造型朴实自然，简洁大方。

听雨榭前是一汪池水，水是从山间那眼泉水引过来的，泉水清澈，再通过暗道与通往山下的河水汇合。听雨榭一半凌驾于水上，轩窗开着，置身亭榭之中，面前一池碧水，水畔几丛修竹，优雅人胜。

遥遥和潜清清非常的亲密，虽然两人的年龄差着十多岁，却俨然是一对闺蜜，只是若听到她们此时的交谈，不免就令人发笑了。

遥遥现在还是个小女娃，同潜清清在一起，自然不会谈些胭脂水粉、首饰头面、男欢女爱的话题，她们聊的居然是遥遥最喜欢看的那部《西游释厄传》。

潜清清其实不曾看过这本书，她在从贵阳来葫县的路上，常听遥遥讲这个故事，到了葫县之后，潜清清特意四处寻访买到一本，认真通读了一遍，就为了投遥遥所好。

如今潜清清已经把这本书读了个仔细，而遥遥却是当初每晚睡前听水舞给她讲一段，对这个故事的了解自然不如潜清清全面，所以二人在厅堂上竟是聊了半天西游。

遥遥牵着潜清清的手进了听雨榭，犹自兴致不减地问道："清清姐姐，你说那孙大圣和蜘蛛精打了那么久，为啥不用定身术一下子定住她们呢，那多省事。"

展凝儿和叶小天恰好也从另一侧步入亭榭，听到这句话，展凝儿冷哼一声，横了叶小天一眼，别有所指道："这还不简单，男人见了美女，哪里还有定力呢？"

潜清清向展凝儿莞尔一笑，道："展姑娘，请你不要误会，其实我是……"

展凝儿抢白道："我知道你是本县驿丞的夫人，可不是说你什么。我只是说呀，这男人，别管他扮得多么正人君子。其实呢，一个个全都是好色之徒！"

冬天先生年纪太老，而且满脑子都是虫啊虫的，对展凝儿这句话全无反应。华云飞和毛问智则受了叶小天传染似的，一齐讪讪地抬起手，揉了揉自己的鼻子。

叶小天揉了揉鼻子，干笑道："来来来，大家快请入座，凝儿姑娘，赵家嫂嫂，请上座。"

叶小天其实心里也明白展凝儿为何总是针对他，只是有些事错过了就是错过了。纵然他明白人家展姑娘对他的情意，他心中也蛮喜欢这位性情泼辣的展大小姐，却也没有办法。

如果莹莹真是一个卖梨姑娘，凝儿则是一个跑江湖卖艺的风尘女子，估计叶大老爷一定会豪气干云地，信心满满地，垂恩赏赐般对她们说："老爷我瞧你们身娇腰柔、姿容妩媚，便一起收了你们吧，以后侍奉本大老爷枕席之上，管叫你们吃香的喝辣的，锦衣玉食，享用不尽，也免了你们奔波流离之苦！"

奈何这两位姑娘一个比一个来头大，他叶小天想娶一位姑娘，都得过五关斩六将，其艰难不亚于选驸马，还想左拥右抱尽享齐人之福不成？

叶小天对自己还是有那么点自知之明的。他根本不敢惹火，自然不敢接招，可因此一来，便下意识地觉得有负美人，对展凝儿偶偶发的大小姐脾气便异常地宽容了。

遥遥虽然觉得这位凝儿姑娘神气有些怪怪的，总是抢白她的小天哥哥，却还看不透这两人之间的暧昧；潜清清却是心里亮堂堂的，是以不以为忤，只是微微一笑，便在遥遥身边坐了下来，

展凝儿虽然嘴里抢白着叶小天，却也当仁不让，大剌剌地在叶小天右手边坐下，这一来，便是叶小天左手边挨着遥遥，紧挨着遥遥的是潜清清，右手边则是展凝儿。

毛问智和华云飞都不愿意挨着这头母老虎，便把冬天那老头摁在了那里。叶小天举起杯，热情洋溢地道："今日叶某乔迁新宅，又适逢展姑娘远道而来，可谓双喜临门，来，我们干了这杯酒，以示庆贺！"

遥遥面前也有一只酒盅，不过里边盛的是果汁，遥遥端起酒盅，似模似样地与叶小天碰了一下。叶小天又转向右手边的展凝儿，展凝儿没理他，端起酒杯自顾呷了一口。

叶小天碰了个软钉子，却神色不变，笑容依旧，举起的酒杯很自然地向下一沉，跟展凝儿面前的那只盘子碰了一下，然后一饮而尽。展凝儿瞥着他道："你这官也当啦，宅子也起啦，貌似就缺一位女主人了，抢着要嫁女给你的人家一定不少吧。"

叶小天还没说话，华云飞就道："展姑娘，以我大哥今日的身份地位，要找一位称心如意的夫人实非难事。不过我大哥却一直洁身自爱，你看我大哥这宅子里，连一个女人都没有。"

毛问智接口道："是啊！我大哥当官这么久了，有权又有钱，可是一个女人家都没勾搭过。"

展凝儿心中舒服了些，睨着叶小天道："莹莹是我的金兰之交，我当亲妹妹一般对待的，如今你们分别两地，你可不许做对不起她的事情！"

叶小天悠悠地叹了口气，穿过轩窗望向前方的竹林，目光陡然深邃起来，用深沉而磁性的声音吟咏道："出其东门，有女如云，虽则如云，匪我思存。任凭弱水三千，我叶小天只取一瓢饮，愿我如星君如月，夜夜流光相皎洁呀……凝儿姑娘，你若不信，不妨看看我这府中，可有一个妙龄女子？"

展凝儿颜色稍霁，微微颔首道："算你过关啦，其实我也就是提点你一……"

展凝儿话犹未了，亭榭旁便传来黄鹂鸟儿般一声欢呼："小天哥，我回来啦！"

叶小天循声望去，就见一位小苗女，身穿窄袖大领对襟短衣，着一条镶绣花边的喇叭裤，纤纤细腰上系一条绣花围腰，颈上明灿灿一条银项圈，俏媚可人，艳比花娇。

叶小天目瞪口呆，那情圣嘴脸再也扮不下去了。

第八十一章

大亨救火

一

太阳妹妹的脸在阳光下鲜妍红润得仿佛一朵凌霄花，那双泉水般清澈的大眼睛饱含绵绵情意，投注在叶小天的身上。

女人的第六感是上天赋予的天赋本能，尤其是在感情上，犹如鸟筑巢、蜂酿蜜、鸡孵蛋。又或者婴儿刚刚生临这个人世就知道觅食，即便是神经粗大如展凝儿，也看出了太阳妹妹的不同寻常处。

她看了看太阳妹妹，又扭过头来，耐人寻味地看了叶小天一眼。

叶小天缓缓立起，神色庄严："啊！凝儿姑娘，这位姑娘是……"

展凝儿撇了撇嘴角，一派似笑非笑的神气，道："我认得她！"

叶小天作恍然大悟状，道："是了，在生苗禁地的时候，你们就见过了，哈哈……"

展凝儿眸波一转，又揶揄道："可是我不明白的是，太阳妹妹不是你的干女儿吗，怎么又成了你的干妹妹了？"

叶小天正色地道："饭可以乱吃，话可不能乱讲。其实我只是太阳妹妹她弟弟的干爹，不是太阳妹妹的干爹。"

展凝儿把筷子轻轻搁下，双手慢慢交叉起来，眸子上瞟，睥着叶小天，慢条斯理地道："这我可就不大明白了，你干儿子的亲姐姐，应该唤你什么呢？"

"唤哥哥啊！对吧，小天哥！"关键时刻，遥遥发话了，这小丫头早就看凝儿不顺眼了，这时候故意插了一句嘴，给她小天哥哥帮腔。叶小天摸了摸遥遥的头发，感动地道："还是我家遥遥懂事啊。"

太阳妹妹可没听见叶小天和展凝儿这番唇枪舌剑的暗战。她唤了一声，便像一只快乐的牝鹿般，轻盈地在池畔石间跳跃着，绕到听雨榭的入口，轻快地走进来，笑盈盈地对叶小天道："小天哥，我回来啦！"

叶小天道:"你回来了啊,哈哈,回来的还真是巧。来来来,快坐下,酒宴刚开,一块用餐吧。"

"嗯!"

太阳妹妹爽快地答应一声,先从怀里摸出一只银项圈来,递给遥遥道:"来,遥遥,姐姐答应送你的礼物,这可是姐姐特意找我们寨子手艺最好的银匠师傅打造的,看看喜不喜欢吗。"

"喜欢!"

遥遥笑逐颜开地接过银项圈,甜甜地道:"来!哚妮姐姐,快坐下,咱们一块吃饭。"遥遥说着,便喜滋滋地把那银项圈带在自己脖子上,爱不释手地把玩着。

本来坐在潜清清旁边的华云飞马上搬着椅子挪了个位置,又添了一把椅子摆好。太阳妹妹向他道了声谢,便在椅上坐下来。

叶小天咳嗽一声,道:"呃,哚妮啊,我没想到你这么快就赶回来了。其实这宅子已经建成大半了,只剩下一些扫尾的事情,你说你为何还奔波往返?这般辛苦,叫我过意不去。其实你留在你师傅身边就好了。"

太阳妹妹刚刚拿起筷子,一听这话,便张大眼睛,很认真地解释道:"那怎么成呢,小天哥这幢宅院这么大,总得有人帮衬料理啊,小天哥是做官的,又不能亲自料理这些事。"

展凝儿的脸色越来越黑,叶小天睨了她一眼,赶紧移开目光,对太阳妹妹道:"哦!这倒不是问题,我已经让人牙子帮我物色了,回头选些忠厚老实、勤快老成的仆佣婆子,这宅子不就有人打理了吗。"

太阳妹妹不解地道:"可是……前些天小天哥你还没有搬上山来时,不是就跟我说,要我搬去你家吗?"

这句话一出口,就连一直表现得对这些小儿女间暗潮涌动有些迟钝的冬天先生都停住了筷子,潜清清用一种很暧昧的眼神瞟着叶小天,华云飞和毛问智则相互看看,马上埋下头扒着碗里的米饭。

"大哥,我们真的帮不了你啦,你自求多福吧!"

叶小天急扯白脸地解释:"不是啊!我是说那段时间,当时……"

叶小天忽然发现自己无论如何也解释不清楚了,他一把抓起酒杯,强笑道:"来来来,喝酒!喝酒!大家喝酒!"叶小天一仰脖子,一杯酒便下了肚,哎!这酒品着……有点苦啊!

· ※ · ※ · ※ ·

叶小天焦头烂额之际,葫县西郊,却有一辆轻车在近百名武装骑士的护侍下即将上路。

田彬霏获悉胞妹在赶往葫县的路上遭遇狙击后,不禁又惊又怒,他立即放下一切,亲自率领近百名田家培养的骁勇骑士星夜兼程赶到葫县,要亲自护送她返回贵阳。

田妙雯本来还想在葫县多留一段时间,了解一下此地背景和政治势力的构成,尤其是播州杨家是否只在此部署了赵文元一个棋子,但是葫县固然很重要,可是同田家的整个布局来比那就微不足道了。

而她,作为田家最高中枢的头脑人物,显然不宜离开贵阳太久,况且她这位大哥一向跋扈,尤其是关系到她的生命安危,田彬霏是绝不会允许她继续冒险的,所以田妙雯很聪明地选择了服从。

田彬霏一身淡青色的骑装,比起平日里斯文儒雅风度翩跹的样子,透着几许剽悍的英气,他用马鞭轻敲着马鞍的铜扣,睨着站在路口的王主簿和徐伯夷,颇有些不耐烦。

田妙雯举步登车,一足踏上踏板时,又回首对徐伯夷道:"别忘了我对你说过的话,如果这件事你也做不好,那么你就在葫县自生自灭吧!"

徐伯夷心中一凛,急忙垂首道:"伯夷决不会让大小姐再度失望!"

田妙雯淡淡地"嗯"了一声,举步走上车去,一个俏婢立在车上,用手臂护在轿门儿处,待田妙雯进入车内,马上也跟了进去,将车门轻轻掩上。

车把式将大鞭在空中挥了一圈,啪,打了一个响鞭,四匹雄骏的黄骠马迈动碗口大的蹄子,拉起马车踏上了通往贵阳的官道。

田彬霏睨了王主簿和徐伯夷一眼,一抖马缰,护着田妙雯的轻车轻驰而去。

车队溅起几许轻尘,王主簿和徐伯夷恭谨地立在道上也不避让,待车队渐行渐远,轻尘渐渐逸去,徐伯夷才对王主簿道:"王大人,今后你我同在田氏门下做事,凡事还请多多关照。"

王主簿不动声色地道:"同为田氏效力,却不代表老夫就得为你做事。"

徐伯夷微微一笑,道:"这个徐某自然明白。只是,徐某若是坐稳了本县县丞之位,与王大人你便能精诚合作,便是花知县对你我也得俯首帖耳,若是让叶小天得势……恐怕你王大人也不愿见到如此局面吧?"

王主簿撩起眼皮,瞟了徐伯夷一眼,道:"徐大人有什么打算?"

徐伯夷目中掠过一丝掩饰不住的恨意:"当然是除掉这匹害群之马。"

王主簿淡然道:"叶小天并非易与之辈,打蛇不死,反受其害!"

徐伯夷道:"那就掐住他的七寸,往死里打!"

王主簿的眉头微微挑了起来,道:"徐大人已经有了主意?"

徐伯夷踏前一步，对他低低说了几句话，王主簿眯起眼睛，捋着胡须想了想，又向官道尽头那已经变成一抹黑线的车队望了一眼，轻轻点了点头。徐伯夷喜道："王大人同意了？"

王主簿淡淡地道："老夫年纪大了，推人下井这种事，是做不来的。"

徐伯夷神色陡然一变，王主簿缓缓又道："不过，顺手落几块石头，倒不妨偶尔为之！"

徐伯夷哈哈大笑起来，欣然道："如此，足矣！"

王主簿没有再说什么，举步登上自己的车子，吩咐道："回城！"

徐伯夷目送王主簿远去，目光微微闪烁了一下，也自树下解下了自己的马匹，扳鞍上马，打马一鞭，向郊野中跑去……

· ※ · ※ · ※ ·

叶小天这顿饭吃得真是如坐针毡，好不容易饮宴已毕，叫那几个厨子客串了下人，把盘碟拾掇下去，换了几盏今年的新茶上来，捧着茶杯还没呷上一口，罗大亨就风风火火地来了。

"哎呀！大哥，我说你可不够意思啊！你乔迁新居，给那些官们都撒请柬了，怎么就忘了知会兄弟我一声，我还是从苏捕头那儿听说的，要不然还蒙在鼓里呢。"

叶小天大喜，正觉场面生硬，这个活宝就来了。有他在活络一下气氛才好，要不然自己好像做了什么亏心事似的，夹在一脸天真的太阳妹妹和打翻了醋坛子的展大姑娘之间，可真是为难得很。

叶小天欣欣然站起身来还没说话，一头闯进亭榭的罗大亨又说话了："哎哟！我说大哥你咋不通知我呢，敢情你这里有这么多漂亮姑娘啊。哇！这位姑娘英气勃勃、长身玉立，令人望而脱俗，姑娘贵姓啊？咦，有点脸熟。"

展凝儿："哼……"

罗大亨又转向太阳妹妹，拍了拍胖手，笑道："哈！这不是太阳妹妹吗，这才几天没见，出落得这么水灵了，瞧你喜上眉梢的模样，跟新嫁娘似的，莫非红鸾星动了？"

太阳妹妹："咦……"

罗大亨又转向潜清清："这位姑娘唇若凝朱，目秀神清，虽着男装，不掩秀丽。假使挽髻穿裙，怕是西子王嫱，玉环飞燕皆如尘土。我大哥真好本事，整个葫县最漂亮的女子，全都被他网罗家中了。"

潜清清："你……"

第八十二章

神圣使命

一

叶小天的大宅子巧妙地借助了自然的山势，又经人工一番雕琢，原本并不起眼的一座山头，竟然变成了曲径通幽的一方风景圣地。

园林中本有山石树木，又引来活水，形成一个个形状各异、大小不一的池塘。一座座池塘，池水清澈，游鱼翩跹，常有黄叶、红叶随风飘落，随着潺潺的流水打着转儿，被游鱼追逐着飘去。

池塘边有一块奇异的大怪石，从侧面看，仿佛斧劈凿了千万次，形成一道道纵向朝上的尖锐痕迹，而顶端却是非常圆润的五个突起，仿佛五个人头，那"人头"眉眼宛然，大耳垂肩，仿若佛爷。

遥遥就戏称这五个圆乎乎的突起为"佛爷"，称这块巨石为"五佛顶"，而叶小天的尊臀，现在就坐在一尊"佛爷"的头上，在他对面，坐着的则是展凝儿，屁股底下一样坐着颗"佛头"。

"哎，今时今日的你，果然是不一样了。"

展凝儿轻轻抚摸着臀下光滑如玉的"佛头"，感慨地道。

这块奇石本来在一处瀑布下面，八十名工匠顶着瀑布轮班敲打凿刻，光是斧凿就损坏了上百具。终于把这块奇石从悬崖下分离出来后，生苗壮汉们又动用了不下四百人，从十数里外的山里一路铺上滚木，把它运到这里，就为了装扮这园中风景，让尊者觉得好看。

叶小天略显自得地向展凝儿介绍了一下这块石头的来历，不想竟引起展凝儿这样一番感慨，原本他还想说，旁边这株挂满了黄澄澄的梨子的果树也是从别处移植过来的，一并说说果子移植是何等的艰难，这时却不好开口了。

展凝儿笑了笑道："你因此获得了无上的权利，在信奉蛊神的人中间，你的能力甚至比皇帝还要大上十倍、百倍，可这也恰恰成了阻碍你和莹莹在一起的障碍。"

叶小天叹了口气道："谁说不是？人有一得，必有一失，大概说的就是这个道理了。"

展凝儿咬了咬下唇，迟疑地道："嗯……你有没有想过……"

叶小天挑了挑眉："嗯？"

展凝儿道："有没有想过，你……只有二十年自由自在的日子，拖一天便少一天。所以，所以应该找个不嫌弃你只有二十年尘缘的女人……"

叶小天更困惑了，莹莹就不嫌弃啊，问题是她家里在意，展大小姐这话什么意思？

叶小天心中蓦然一动，突地若有所觉，他刚刚扬起眸子，展凝儿忽然跳了起来，脸色微晕，慌乱地道："算了！这是你的事！人家才懒得操心，我……反正只要把你的话对她说一遍，就算完成使命了。"

叶小天轻轻叹了口气，随之站起，依依不舍地道："你才来两天，今天一定要走吗？"

展凝儿瞥着他道："你不舍得？"

这一瞬间，展凝儿胸中一热，忽然涌起一个荒唐的念头，如果叶小天点点头，说一句"我不舍得！"，那她就不走。哪怕被人唾骂不要脸，她就监守自盗了，又能怎样！

她的眸子里像是燃着一团火，叶小天迎着那火，目光不由一缩，慌乱地道："我……我有份礼物带给莹莹，我去取来！"

叶小天躲闪着展凝儿的目光，慌慌张张转身就走。

"哎呀！"

慌乱之下，叶小天一脚踏空，从那石上向下滑去，展凝儿手疾眼快，一把将他拉住，可叶小天一条腿已经在山石侧面那些斧凿劈刻的尖锐石隙上划破了，裤腿被划开，渗出了殷殷血迹。

"要不要紧？"

不等叶小天回答，展凝儿就蹲了下去，撕开叶小天已经划破的裤腿，见只是擦出了川字形的三道血痕，伤势不深，展凝儿这才放下心来。

不过，她随即就注意到叶小天的腿部皮肤不太平滑，轻轻抚摸，皮下有些坑洼的感觉，展凝儿马上就想到了当日在雷神禁地被那些食人虫困住时，叶小天挥舞着单刀扑向大河的情景。

展凝儿心中一软，因为叶小天的退缩而生起的些许怨气登时一扫而空，展凝儿轻轻抚摸着叶小天的小腿，想着无数的虫子爬在他的腿上，啃食着他的血肉的情景，心尖都有些战栗了。

展凝儿低声道:"在雷神禁地的时候,你一定很痛吧。"

叶小天也蹲下来,道:"还好,当时快吓死了,只顾拼命地往河里跑,也顾不上痛,等我跳进河里,就更感觉不到多痛了。那地下河水温极低,我屏着呼吸很快就昏了,等我醒来,上一任蛊神尊者已经在我腿上敷了药……"

叶小天说着抬起头来,此时二人近在咫尺,呼吸相闻。展凝儿腮凝新荔,鼻腻鹅脂,一双丹凤眼,整齐细密的眼睫毛像蘸了蜂蜜的刷子,轻轻眨动一下,叶小天心里便甜上三分,二人彼此对视,不由得痴了。

不知不觉,叶小天便向她轻轻凑过去,展凝儿有些害羞地后退了一下,但她随即就停住了身子,微微仰起娇嫩的花瓣似的唇,轻轻合拢了那双美丽的眼睛,就像被蜜蜂落于其中的花蕊,含羞微颤。

"我……我去取礼物!"

展凝儿没有等来那让她怦然心动的一吻。她睁开眼睛,就见叶小天已经慌里慌张地跳下奇石,因为没有站稳,还在地上摔了一跤,随即爬起来,也顾不得拍打袍襟上的泥土,便逃之夭夭了。

展凝儿怔怔地看着他在花草丛林间时隐时现的背影,将一根葱白似的手指轻轻按在自己唇上,眼儿媚,唇儿柔。

叶小天再回来时,已经完全看不出方才仓皇逃去的狼狈相了,看到他故作从容的模样,凝儿心中只觉得好笑。

叶小天将一只包袱摆在一张石台上,打开来,对展凝儿道:"喏,你瞧瞧,这就是劳你带回去的礼物。"

展凝儿一看,见是一张漆匣,匣子只有一尺见方,用了上好的漆,黑黝黝的亮,匣面上还有雅致浅细的金花花鸟纹饰。展凝儿轻轻一扳匣侧那金色的挂钩,顿时"呀"的一声轻呼。

她出身大户人家,只一眼,就看出了这匣中之物的不同寻常,匣中垫着红色的丝绸,丝绸上摆放着六块通体明透,似凝固的蜂蜜般润泽的石头——"一两田黄三两金"的石头——田黄石!

六块石头形状各异,颜色也各异,有银裹金、白田石、金裹银、鸡油黄、桔皮黄等,每块石头上都镂刻着一句诗,展凝儿随意扫了一眼,见那块银裹金的田黄石上镌刻的是"谁同素影千岩秀。"

叶小天微笑道:"打开看看。"

"打开?"

展凝儿讶然看了叶小天一眼,突地恍然,便小心地拿起一块田黄石,细细一看,中间果然有一道细不可察的缝隙,展凝儿轻轻一旋,一块田黄石便成了两半,一股幽细的甜香沁入心脾，令她精神一振，那石头竟是中空的，里边盛的是极品胭脂。

叶小天道："这六块石头，里边盛的都是江南宝春阁特制的极品花粉、胭脂。"

展凝儿望着那方肌理细腻、宝洁透明的田黄石，轻叹道："也只有你，才舍得用这样名贵的宝石盛装胭脂水粉。也只有莹莹，那般国色天香的姿色，才配得起如此名贵的脂粉。"

叶小天笑道："你没注意，这是两匣吗？"

展凝儿听他一说，这才注意看去，果然下边还有一匣，叶小天道："一模一样的，只是里边的田黄石纹路花纹，还有诗句各不相同。那一匣，是送给你的。"

"送给我的？"

展凝儿心中一甜，但马上就板起脸来，道："我从不用胭脂水粉。"

"这样啊，那……"

展凝儿啪的一下把叶小天迟疑伸向妆匣的手打开，嗔道："送出去的东西还能往回要的？"

叶小天道："你不是说你不用胭脂水粉？我想给你换样合适的……"

展凝儿凶巴巴地道："我以前不用，以后不能用吗？"

展凝儿抢白了叶小天一句，就把胭脂盖上，放回匣中，又把包袱打好，往手里一提，脸色还冷着，声音却柔和了许多："莹莹还在等我消息，我先走了，你……好好照顾自己！"

远处有座小亭，半山红叶，小亭就掩映其中。太阳妹妹站在亭子里，臂肘撑在栏杆上，双手像刚刚萌生的两片叶子，托着花一样俏美的小脸儿，远远地看着叶小天。

她一只脚的脚尖轻轻地踢打着地面："唔……师傅和几位长老只说要我完成任务，却什么都没教过我，我要怎么才能完成任务呢？"

太阳妹妹绝口不提，也从不去想"我要做你的女人""我要给你生孩子"这样的话题，一旦涉及于此，全部以众长老和师傅交代的使命、任务来替代，如此一来，她就觉得理直气壮，而且充满了神圣的使命感。

"有了！"

太阳妹妹向后抬起的小腿在空中顿了一顿，然后俏巧地往地面上一踢，兴冲冲地转身就走。这可是八大长老的一致要求，几近神谕。"啊！我是奉神谕勾引你，你可莫要怪我，人家是个好女孩！"

第八十三章

一视同仁

一

　　叶小天送给莹莹和展凝儿的礼物，自然是来自"只卖贵的、不卖对的"的"大亨杂货铺"，也只有在那里，才能淘弄到用田黄石做胭脂盒这么骚包而无聊的宝贝。

　　本来这两匣胭脂水粉，叶小天并不想都买下来，但是大亨半买半送地都给了他，还给了他一个很充分的理由："大哥，我不瞒你，这样的宝贝，普天之下就这么两匣。你也晓得，普天之下，只有福建寿山村外一条小溪两侧数里狭长的水田底下才有田黄，那块地都被人翻掘了无数次了，这田黄是越来越少，哪有人舍得用它做胭脂盒子，一两田黄三两金哪！"

　　叶小天道："没人舍得，怎么你这里却有两匣？"

　　大亨道："天下间总有些异想天开的人嘛，这也不知是哪个不着调的，居然想起用田黄做胭脂盒子，结果运到南京北京都卖不出去。我这店标榜的就是无奇不有，专卖奇异古怪之物，就把它买了下来。你今日买走一匣，难保来日没有别人再买走另一匣，这可是你送给我未来大嫂的礼物，要是被她发现别人也用着同样的东西，那多没趣？"

　　叶小天沉吟道："说的也是……"

　　大亨道："不如这两匣大哥你都拿走，全都送给大嫂。普天之下再没有第二份，这才是大哥您的心意啊！"

　　叶小天欣然道："不错！你这小子，总算说了几句靠谱的话！"

　　就这样，叶小天把这两匣珍宝般的胭脂水粉都买了回来，只是赠予展凝儿一份却是叶小天临时起意了。在那种暧昧的气氛下，男人大多都会昏了头，不过看到展凝儿貌似不屑实则欢喜的模样，叶小天却也甚感欣慰。不管如何，对凝儿的心意，他总算回报了几分，最难辜负美人恩哪……

　　展凝儿在叶小天的新宅子里只住了两天，就匆匆赶往贵阳了。在她离开的时候，芳心里其实也有那么几分窃喜，不是因为叶小天所赠送的礼物，而是因为，她是叶小天这幢新宅里住进的头一位女人。

叶小天这幢宅子的主建筑群已经完全建好可以入住了，但还有许多地方正处于收尾阶段，包括东西跨院的客房、厢房。所以展大小姐来了，叶小天就只能把她安排在正房大宅的主卧室中居住。

按照习俗，这里应该是本宅的男女主人起居之所。展凝儿情在心底口难开，能睡在这里也算聊以自慰了，午夜梦回，想到这里是叶家大宅女主人的居所，她终有一样占了莹莹的先，不免窃喜。

叶小天的大宅落成后，叶小天马上就想到了他的爹娘。以前他独自在外奔波，居无定所，便未想过与家人团聚。而今他做了官，将来又是蛊教尊者，便想把父母双亲接来奉养。即便将来他进了山，近处也好照应。

只是此去京城千里迢迢，他有官职在身，是不可能不奉调而回京的。叶小天担心父母双亲不肯离开故土，或者不肯让大哥舍了那可以世代传承的铁饭碗，所以做了充分准备。

他为家人准备了一份厚礼，以表示他在此处混得风生水起，以免去家人的后顾之忧。他还写了一封长信，信上吹得天花乱坠，只求能说服老爹和大嫂。在他家里是老爹当家，在大哥家里却是大嫂当家，只要他们两个同意，相信母亲和大哥都不会有所异议，那一家人就可以团聚了。

礼物准备了一车，信则长达十余页，一切准备妥当后，叶小天却不想通过赵文远来递送。一则这不是一封书信那么简单，一车贵重的礼物，需要有人运送、有人照料，赵文远只是葫县驿路这一段的土地爷，他没有那么大的能量，影响一程一程递往京城的其他驿站，这个人情太大。

再则，赵文远有播州杨家的背景，眼下虽然为了应付徐伯夷、花晴风，还有与徐伯夷若即若离的王主簿，他需要赵文远这个战略盟友，却不想与他真的结下太深厚的交情。

相信赵文远很少直接出头，与他交际往来常通过夫人，也是抱着与他同一想法。这样一来，他们之间可以保持良好的关系，如果有什么风吹草动，也能及时知晓对方的打算，保持同进同退。

一旦关系决裂，两人却也能迅速抽身，不至于和对方有太多牵绊。只是两人的女眷素来友好嘛，这就有了转圜的余地，这也是大多数为官谨慎的官场中人惯用的手段。

如此一来，叶小天就想到了大亨，大亨现在生意做得甚大，刚刚在铜仁府开了一家分店，正张罗着在贵阳府再开一家"大亨杂货铺"，所需要的各种珍奇宝物也就更多了，所以时常派人往中原繁庶之地、大城大阜搜罗稀罕珍奇之物，他本身又开着车马行，要做到这一点很容易，而且他爹罗百川也把一部分多年经营的关系网交给了他。这件事找他帮忙最为妥当。

叶小天找到罗大亨一说，大亨对他结义大哥交代的事情自然满口答应。恰好最近他就要派人进京，趁着过大年，到京城里再搜罗一批珍奇，于是马上叫人去接了叶小天为家人准备的各种礼物，单独装了一车，随着他的商队离开了葫县。

叶小天从大亨那儿出来，沿着十字大街往县衙走，走出不远，恰见苏循天从一条小巷子里出来，在他身边还有两个穿两截衣的青年人，一身痞气，走起路来就像脚底下安了弹簧，总是颤颤悠悠的。

他们对苏循天毕恭毕敬，苏循天对他二人说了几句什么，便从袖中摸出两锭散碎银子，望空一抛。那两个"泼皮"就像见到骨头的狗，抢步上前，将苏循天抛在空中的银子一把接住，对苏循天点头哈腰地道谢不止。

苏循天不耐烦地摆了摆手，一抬头恰好与叶小天的目光碰个正着，苏循天神色一喜，马上扭头向那两个泼皮说了几句什么，那两个泼皮看了叶小天一眼，向他讨好地龇牙一笑，便溜之大吉了。

苏循天快步向叶小天迎来，欣欣然道："典史大人。"

叶小天顺势扭过身来，与他并肩往县衙走，一边走一边道："那两个人，是这一带的泼皮头子吧？"

苏循天笑道："是！典史大人也认得他们？"

叶小天道："你是负责缉凶捕盗的壮班捕头，被人看见你与他们来往，必有非议。平素注意些，切莫招摇。"

苏循天虽心下不以为然，却也知道叶小天是好意，便点头笑道："是，卑职晓得了。"

叶小天从周班头那儿听说过苏循天近来办的一些事情，有心再说教他一番，可又不想语气太重，伤了彼此和气。毕竟，苏循天是县太爷花晴风的小舅子，却一直坚定不移地站在自己这边，就冲这份情意，对这个朋友也不宜过苛。想到这里，叶小天只在心里暗暗叹了口气。

前行不远，忽见人群骚动，很多路人纷纷围拢过去，似乎发生了什么事。叶小天和苏循天并未加快脚步，慢慢走到近处，便听人群中传出一阵叫骂声。叶小天眉头一皱，道："过去看看！"

苏循天听了便道："让开让开，官府办案！"

那些围观百姓扭头一看，见苏循天一身捕快官衣，急忙闪开一条道路。只见人群中有几个粗壮魁梧的大汉，正对一个人拳打脚踢，那人蜷缩在地上，双手抱头，口鼻流血，被打得凄惨无比，口中还不断地哀叫道："李大哥，求你再宽限几天，再宽限几天！"

一个脸上有疤的大汉恶狠狠地一脚踹在他的心口，疼得他翻着白眼呃呃连声，好半天都喘不上气来。那疤脸大汉一口唾沫吐在他的脸上，骂道："还宽限几天？再宽限几天你小子卖房卖地都还不上。今儿你要是不能连本带利还给老子，老子就活活打死你！"

说着，这疤脸大汉又是一脚踢去，把那人的鼻子都踢歪了，整个人佝偻成一团，啊啊惨叫不止。

"住手！"

苏循天一声大吼，排众而出，喝道："李言庭，你做什么？"

那正打人的大汉扭头一看，连忙满面堆笑，迎上来道："啊！原来是苏捕头。苏捕头，这厮欠了我的钱赖账不还，我就是教训教训他。"

这时，躺在地上的人一见有官府中人出面，大声喊冤道："小人冤枉哪，小人就只赊了两挑桐油钱，现在李言庭要我还二十二挑的钱，我实在是还不上啊！"

叶小天斜了那李姓大汉一眼，道："你是放贷的？"

这李言庭并不认识叶小天，却会察言观色。他见苏循天对叶小天异常尊敬，而且上前问话时都特意站在侧面，不肯挡在叶小天前面，就晓得这人定然比苏捕头的地位还高，是以言语态度非常客气，向叶小天龇牙一笑，道："放贷谈不上！小人只是家中略有积蓄，救急济困的，借贷他人，也能略有盈利。"

躺在地上那人捂着鼻子哭叫道："仅仅一年，两挑子桐油钱就变成了二十二挑啊，这还叫略有盈利？"

李言庭脸色一变，从袖中摸出一纸文书，沉下脸道："若晓生，你不要当着官老爷便胡说八道！白纸黑字，你签了字画了押的，我逼你答应了吗？你认了账，欠债就得还钱，这官司打上天去，老子也不怵你。"

叶小天皱了皱眉，道："契约取来我看！"

第八十四章

难言之隐

一

李言庭虽知他身份不低，终究不能确定他的身份，不免有些犹豫，苏循天上前一把抢过契约，骂道："你他娘的，典史大人的话也敢不听？"李言庭这才知道眼前这位就是在葫县炙手可热的叶典史，连忙惶恐地欠了欠身。

苏循天把契约递给叶小天，叶小天展开一看，原来躺在地上这人是个卖桐油的，名叫若晓生。

若晓生年前的时候急着用钱，便向李言庭借了些钱，言明一个月后以桐油两挑作价市价的七成还账。若交货时无油可交便转作借贷，三个月一个对本利，后利滚本，本翻利，一年内必须偿还。底下有双方签字画押。如今看来，他是没有及时还账。

叶小天在心里暗暗估算了一下，三个月一个对本利，利滚本，本翻利，一年的工夫，本利翻滚确实是二十多挑的桐油钱了，不觉轻轻吁了口气，把契约还给李言庭，道："看他如此模样，确是无钱可还，你便打死他又能如何？"

李言庭苦着脸道："小人哪里想打死他了，打死了他，我的债不就更没人还了吗？这人家里还有几亩薄田，一年下来也能打个四五十挑谷物，小人叫他拿田地抵债，他又不肯，小人也是无奈，这才……"

叶小天道："罢了！我已经知道了，殴打他人终是不妥。你既占了道理，便去官府求个公断，再叫本官看见你当街殴打他人，必予严办！"

李言庭惶恐地道："是是是，小人记得了。"

苏循天摆手道："行了，赶快滚蛋，有什么理论不清之处，去县衙求个公断便是。你们这些刁民，目无王法，有点什么事专会动用私刑，再叫苏某看见，定不饶你！"

李言庭赔笑应是，赶紧唤了另外几人，拖起死狗一般的若晓生，赶去县衙告状了。听他召唤另外几人的称呼，应该是同族的兄弟。

苏循天望着他们拖着若晓生一路骂骂咧咧赶往县衙，对叶小天笑道："卑职方才可真担心大人你一恼起来，又不知轻重地出手了。"

叶小天"哼"了一声道："你当我是不讲道理的人吗？那姓李的占了道理，我能如何？只是他殴打他人险出人命，你我既然吃的是官家饭，总不能不管的。"

苏循天点头称是。

那时节，放印子钱并不违法，而印子钱的月息普遍很高。其中对本利是最高的，百分之百。逾期则滚利，只需一年不还，本利之和便达到一个惊人的地步，然则契约是黑纸白字摆在那里的，他当初既然接受了这个月息，叶小天虽然同情却也帮不上他什么。

叶小天走了两步，忽然说道："那李言庭放贷固然不违法，却不免折损阴德，放印子钱，不应该啊！"

苏循天道："典史大人说的极是！"他一抬头，见叶小天正若有深意地盯着他，心头不由一跳，慌忙道："大人，我……我没放贷！"

叶小天淡淡地道："你没放贷，却也差不多了，严格说起来，至少他放贷是合法的，而你设赌却是法所不容！"

苏循天面红耳赤，支支吾吾地道："那个……我跟风铃儿……我只是给他撑撑腰，收些好处镇镇场子……"

叶小天叹了口气道："你我兄弟一场，我也不想多说你什么。只是，做人做事，总要对得起一颗良心，凡事不要太过了。"

苏循天唯唯诺诺地道："是是是，我……我记下了。"

※·※·※·※

叶小天赶回县衙的时候，就见李言庭和几个族内兄弟正从衙门里出来，迎头碰见他，马上避到路旁，点头哈腰地让路。后边那个叫若晓生的沮然若丧，没精打采，呆滞的目光看了看叶小天，全无反应。

叶小天见他们这么快就出来了，先是有些讶异，可转念一想，这证据确凿，确实没什么好审的。再说双方都是平民百姓，花知县无须有所忌讳，断起案来自然迅速。

叶小天对那李言庭招了招手，问道："县太爷已经判了？"

李言庭点头哈腰地道："判了，判了。嘿嘿，小民没进过衙门，原想着定是十分的麻烦，所以轻易不敢到衙门里来，没想到判的这般迅速。"

叶小天道："哦？县太爷怎么判的？"

李言庭道："白纸黑字，一清二楚，双方立下的字据，他当初都同意了的，自然没什么好讲。大老爷明断，把他那几亩薄田判给了小的。"

叶小天"唔"了一声，李言庭便点头哈腰地道："老爷没别的事，那小民就退下了。"

李言庭和几个族中兄弟扬长而去，叶小天见那若晓生栖栖惶惶，情知他一下子成了地无一垄的赤贫百姓，虑及今后生活，难免彷徨无措。天下无助的百姓多了，叶小天虽然生起恻隐之心，却也帮不了那许多，本待就此过去，忽然想起一事，不禁又站住了脚步，扬声唤道："若晓生！"

那若晓生听到有人唤他名字，这才茫然抬起头来。

叶小天问道："你本来是卖桐油的？"

若晓生喃喃地道："是，小人本有几亩山田，栽种桐木，间种谷物。如今什么都没了，什么都没了……"

叶小天道："你既是栽种桐木的，对草木想必熟悉些，本官刚刚建成一座宅邸，缺个花农树匠打理园中草木，你若没有别的生计，不妨去我家里做工，如何？"

若晓生一听大喜过望，颤声道："大老爷，此话当真？"

苏循天笑骂道："你这人当真惹人憎厌，典史大人难道闲来无事，有空逗你开心吗？你可是遇到贵人了，还不谢恩。"

"是是是，谢大老爷！大老爷是我一家老小的救命恩人哪！"若晓生"扑通"一声跪在地上，向叶小天叩头不止，引得许多不明所以的胥史衙差纷纷向这里看来。

叶小天笑道："好了好了，不必谢了，既如此，你就去那里……"

叶小天往山上一指，道："看到了吗，那里就是本官的宅邸，你去那里，寻一位太阳妹妹，就说是本官安排你去做花匠，她自会帮你安排！"

若晓生忙不迭点头，又千恩万谢一番，欢喜地离开了衙门，脚下轻快，仿佛方才挨的那顿打都不算什么了。

叶小天过了仪门，便折向自己的签押房，苏循天犹豫了一下，却直奔后宅而去。

三唐花厅旁的小书房里，苏雅穿着一袭轻衫，正提笔绘着一幅兰草图。若论画工，她比花晴风还要高明几分，那笔锋轻点淡描，几株兰花便在笔下跃然出现，似欲跳出那纸，舒展细叶、吐露芳菲似的。

苏雅如今正是蜜桃成熟的大好年华，肌肤胜雪，杏眼柳眉，极具诱惑魅力，可她笔下的兰草却是素而不雅，亭亭玉立。兰花素来就有"看叶胜看花"之说，苏雅笔下这株兰草是正得其神韵了。

苏雅满意地一笑，又在画上题下咏兰小诗一首，搁下笔，拿起自己的私钤，正要在上边盖印，往门一看，忽然有个男人闪了进来。

这后宅里边哪有男人敢随便闯入，除了花晴风就只有她的胞弟苏循天了。苏雅没有抬头，只是瞟到那鬼鬼祟祟的身影，就晓得是苏循天，便依旧端端正正地印下自己的私钤，柔声道："正在当值的时辰，跑到后宅里来做什么？"

苏循天探头探脑地一看，道："啊！我在前边未看见姐夫，他不在这儿呀。"

苏雅秀眉一蹙，警觉地道："你又闯祸了？"

苏循天不高兴地道："哪有，姐姐老当人家是小孩子，我是有正经事要跟姐夫说。"

苏循天说着，走到桌边，一看那副兰草图，喜道："啊！这是姐姐刚画的，虽然我不懂画，也觉得传神。姐姐，这副兰草送给我吧！"

苏雅睨了他一眼，好笑地道："你这痞赖东西，也要附庸风雅了？喜欢就拿去，跟自己姐姐还客气什么。"

苏循天"哎"了一声，见那笔墨已干，连忙将画轻轻卷起，苏雅书房内备有画筒，见弟弟喜欢这幅画，苏雅也自欢喜，便取了一支画筒给他让装上。

苏循天心道："叶典史的大宅刚刚起好，正愁不知该送些什么，礼薄了拿不出手，想厚重些又没那么多钱。不如送件雅物，那就不是钱能衡量的了，我姐姐的画工很好，便拿这幅画当贺礼吧。"

苏循天袖起画筒，对苏雅道："姐夫不在，那我先回去了。"说完也不等苏雅答应，便向外走去。苏雅摇摇头，失笑道："装神弄鬼的，这不成器的小子能有什么事情找他姐夫商量了。"

苏循天从姐姐书房出来，正想再回前堂去，刚刚转过月亮门，便迎见了花晴风。花晴风确是回了后宅，只是去换了身便服，一出来恰看见苏循天。苏循天一见花晴风，马上迎上去，小声道："姐夫，叶典史知道我开赌场的事了。"

花晴风看见内弟，脸上刚刚露出一丝笑模样，一听这话不觉神色一紧，忙道："他知道是我授意你开赌场的了？"

第八十五章

太阳妹妹的锦囊妙计

一

苏循天摇头道:"那倒没有,他只知道我跟赌场那边有些瓜葛,详情并不了然。我对他说,我只是帮风铃儿看场子拿辛苦费。他信了,还劝我开赌场总归不是好事,千万不要干出伤天害理的事来。"

花晴风听了放下心来,吁了口气道:"那就好!看来他只是风闻你与赌场有些关联。不妨事的,你以后做事小心些,不要时常出头露面,凡事让那风铃儿出头就是,且莫涉入太深。"

苏循天点头道:"我明白,就是知会你一声,也好叫你心中有数。"

花晴风叹口气道:"不当家不知柴米贵啊,这话是俗了点,道理却是一点不假。我也是没有办法,才不得不出此下策。循天哪,这事你还是得上心才成。"

苏循天默默地点了点头,道:"我省得,你放心好了。"

望着苏循天离开的背影,花晴风长长地叹了口气。

花晴风以前是个傀儡知县,凡事都有孟州市丞和王主簿出面,虽然窝囊些,如果他想得开呢,倒也过得清闲。

孟州市丞垮台后,花晴风趁机攫取了孟州市丞的权力,总算是尝到了大权在手的美妙滋味。可是,有多大权力,就是承担多大的义务,他既然管事了,就需要有自己的一批心腹,而要让人死心塌地地跟他走,就得给人足够的好处,否则人家凭什么给你效力?

要知道,朝廷是只给官员发薪俸的,花晴风作为七品知县,每个月的俸禄是七石半。这点钱,勉强够花知县夫妇养活三四个丫鬟下人,可是身为一方知县,手下的听差多着呢,哪个不需要花钱?这些人的月俸,可全都靠知县大人发放,否则谁心甘情愿给你干活。

细数下来,师爷你得养活吧?轿夫你得养活吧?厨子你得养活吧?丫鬟婆子你得养活吧？再说县衙里头还有一大堆的长随，要想让这些人听话，都得养活。

这些长随按等级被百姓分别称为大爷、二爷。大爷包括门政大爷，也就是看门的，传报的。有稿签大爷，也就是签押房里负责磨墨、草拟的。接着还有一群二爷，包括"发审""值堂""用印"等等。这些还只是知县签押房里的办公人员，如果你想在其他重要部门安插些心腹、耳目，那也得按月发放薪俸。

虽然说，这些人身在官府，总能上下其手，得些好处，可那是人家凭本事自己挣来的。你县太爷那儿必须得有一份月俸，你要是发不出来，自有别的官员愿意给他支付这笔钱，那么你说这些胥吏公差是听你的还是听他的？

花晴风接管了孟州市丞的权力，才知道这百里至尊、一县正印也不是那么好当的，想让人家俯首听命，势必得许人一些实惠。可他哪有来钱的门路，葫县本来就是穷县，他自上任以来又受到孟州市丞和王主簿的挟制，底下有些孝敬也到不了他的手里，所以他才想出了这么一个来钱的门道。

开赌坊无疑是一本万利的买卖，可是赌博却是官方禁止的，虽说这条禁令有名无实，天下各地都有人设赌坊，但那也都是买通衙门，瞒上不瞒下的。而且一旦朝廷心血来潮，颁布一道法令说严禁赌博，他们就得关门大吉暂避风头。

如今花晴风身为知县，却要设赌牟利，自然要格外小心。这件事交给别人他全不放心，只有交给自己的小舅子去办才觉得妥当，而苏循天是本县捕头，凭着这个身份也能震慑地方上的那些小贼，免得有人踢场子捣乱。

苏循天听了花晴风的主意后，爽快地答应了。他知道姐夫也不容易，这几年憋屈知县做得很窝囊，连带他这个小舅子也挺不直腰杆。他就一个亲姐姐，既然嫁了花晴风，那就是一家人。况且他这姐夫虽说无能，可对他还挺照拂的，这时他不帮着分忧还能找谁？

只是这种事毕竟见不得光，所以今日叶小天一提点，苏循天就有些着慌。不过和花晴风说起这事的来龙去脉时，却也理顺了他的思绪：听话音，显然叶小天只是风闻了他涉足赌场收好处费的事，并不知道他姐夫就是幕后大老板。

他和叶小天一向关系不错，相信叶小天也不会刻意来找他的麻烦，只要以后小心一些，不太招摇也就是了。可他哪里知道，越不想出事时就越出事，很快就要有桩祸事临头了。

· ※ · ※ · ※ ·

日薄西山，叶小天把喝得味道已淡的茶杯往旁边一推，马上就有一个书吏走过来，很自然地拿起茶杯，为典史大人洗漱去了。

叶小天抻个懒腰，见众书办还在那儿捏着毛笔装模作样，不禁笑道："好啦，放衙，大家都散了吧。"

众人笑逐颜开，纷纷起身向典史大人道别，可是他们一边说着话，一边在那儿磨蹭着拾掇东西，就是没有一个肯先走出去。

叶小天也是当过杂役下差的人，自然明白他们的心理，微微一笑，起身走出房门，他前脚刚迈出去，就听身后桌椅板凳轰然一响，想来是众书办正向门口蜂拥而来。

太阳正挂在西山顶上，而他的大宅就在西山腰上，从这个角度望过去，太阳就像正挑在他的屋檐上面，淡黄泛红的一轮太阳，就像高邮出产的咸鸭蛋黄一样可爱。

叶小天对这种上衙当值的日子渐渐习惯了，比起当初在天牢当差，当然还是眼下的日子惬意，现在他整天都觉得精神奕奕，好像有使不完的劲儿，大概是闲的太久了。

现在他不止人轻闲了许多，月俸高些，而且体面。以前在天牢当差，是他看别人脸色行事，也不免包括牢里的一些犯人。而现在是许多人看他的脸色行事，这种日子可是他以前想都不敢想的。

抬头望，山上有一缕炊烟升起，叶小天心中一暖，知道那是太阳妹妹在为他准备晚饭了。

叶小天雇了五个厨子，以他现在府邸的庞大，光仆佣下人就雇了数十人，五个厨子料理饮食还嫌少些，好在这五个大厨都有徒弟帮着，倒也照顾得来。不过这么早就飘起炊烟，定然不是这几个大厨在炮制晚餐，而是太阳妹妹在为他煲汤。

叶小天以前倒不知道太阳妹妹居然会做饭，而且善煲汤，现在她俨然是以叶府的内管家自居了，家里没有女主人，叶小天的起食饮居，她就责无旁贷地管了起来，根本不让别人插手。

她说叶小天每日上衙当值太过辛苦，所以每餐必煲一道汤，说是为他进补身体，就连中午都特意下山送汤。这样的美意，叶小天哪有推却的道理。北方人其实不大喜欢喝汤，不过一日三餐顿顿有汤，叶小天渐渐也爱上了这种滋味。

一身苗装、娇俏可爱、富有青春气息的小苗女，每日出入公门，也因此成了县衙里一道靓丽的风景。许多胥吏捕快、衙差杂役，午休的时候早早就端了一只盛满菜饭的大海碗，蹲在仪门两侧，就为了看着太阳妹妹提着食盒从他们面前轻盈地走过，听她足踝上的银铃留下一路悦耳的铃声，品她小蛮腰款款摇曳出的一路风景，美其名曰：秀色佐餐。

太阳妹妹在叶府里单独有一个跨院，反正这座府邸里房间够多，院落也够大，很多房子都空着，根本无人居住，以大内总管自居的太阳妹妹的待遇自然水涨船高，要知道有些大户人家便是连妾室都没资格独居一个院落呢。

在太阳妹妹所居的院落,有两个丫头供她使唤。同时,这个院落也有自己的一处小厨房,太阳妹妹供应给叶小天的一日三餐,就是在这里新鲜出炉的。

此刻,一个丫头蹲在灶前正在添柴烧火,太阳妹妹系着一条蓝色碎花布的围裙,挽着袖管,露着一双白生生的手臂,看看水案上琳琅满目的备料,欣然道:"啊!幸亏我早早开始准备了,这五鞭汤的配料这么多啊!"

太阳妹妹一手抄起一把锋利的刀,一手便自盆中抓起好大一坨……

"哇!这么大一条,一定大补!"太阳妹妹把那一大砣往案上开心地一摁,右手雪亮的菜刀砰地一刀剁下去,那根硕大的牛鞭就在她刀下被斩为两半了。

虎鞭、鹿鞭、牛鞭、羊鞭、狗鞭……

我剁!我剁!我剁剁剁!

太阳妹妹手起刀落,五条肉鞭在她刀下迅速变成一堆不可辨识的肉块。

灵芝、高丽参、熟地、生麻黄、菟丝子、肉苁蓉、花椒、生姜……

太阳妹妹已经不是头一回给叶小天炖汤了,很熟稔地就抓起一样样配料。

"淫羊藿!"太阳妹妹抓出一把,忽又自语道:"对了,小天哥上回抱怨说汤有些苦呢,一定是淫羊藿放多了。"她一边自语着,一边把多抓的淫羊藿又放回罐中。

数十样配料准备齐全的时候,清水漂洗过的鞭块便油锅炒酥,温水再浸,再度入沸水汆去血沫,重新用凉水漂洗一番去尽臊味,然后一股脑装进砂锅,大火煮沸后改成文火,一大袋子用纱布包裹的配料便丢了进去。

太阳妹妹快乐地一拍手,神采飞扬:"齐活!"

第八十六章

姜太公钓鱼

一

叶小天施施然地踱进后院，神态悠然，胜似闲庭信步。

每回踱进大宅，叶小天就有一种很特别的感觉："这是我的宅子，我如今也是有钱人啦！真想把它搬回京城去，叫那些街坊邻居都瞧瞧，叶家二小子有大出息呢。"

典史的官职给了他世俗中的地位，而神殿取之不竭的财宝和无数可以因他一言而决生死的信徒，则给了他财富和权力。骤然获得这一切，叶小天不免稍稍萌生了些暴发户的心态。好在这种得意扬扬只是在他心底悄悄自我满足一下，不然一定会被大亨鄙视一番的。

一个豆蔻年华的小丫头挎着一只装满衣服的木盆从侧厢竹林中蹦蹦跳跳地走出来，嘴里还哼着山歌，忽然看见叶小天，把她吓了一跳，连忙站住脚步，福礼道："老爷！"

这是人牙子给叶小天挑选来的小丫鬟之一，典史大人家里要用人，哪个人牙子敢不尽力？他为叶小天挑选的都是顺眉顺眼、机灵懂事且家世清白的人，这小丫头叫罗月儿，因为伶俐乖巧，生得又讨喜，被叶小天安排在后宅做事。

叶小天一见是她，马上端起老爷架子，既威严又和蔼地向她微笑着点点头，背起双手，迈着老爷步，不疾不徐地向前走去。罗月儿待叶小天走过去了，悄悄吐了吐舌头，穿向对面满花草的小路，只是不敢再跑了，那歌谣也不敢唱了。

叶小天背着手，一步三摇地走着，扭头一瞧，恰看见罗月儿挎着洗衣盆姗姗而行的背影。

细细的小腰肢使一条衣带浅浅松松地系着，一副弱不胜衣的模样。下身那条柔软的灯笼裤很贴身，看那曲线，小屁股还没长开呢，瘦瘦窄窄的，比腰杆宽不了几分，还没凸显出女性的柔美。

可叶小天瞄着那款款摆动的小屁股，居然有些心猿意马："罪过！罪过！我一定是到了发情的季节！仔细想想，我都二十了呀，还没开过荤呢，莹莹，再不见到你，我怕不能为你守身如玉了……"

叶小天想到夏家为他和莹莹设下的障碍，不觉皱起了眉头，但是一声甜美的呼唤打断了他的苦恼："小天哥，你回来了啊！"

太阳妹妹欢喜地迎上来，足踝上的银铃丁零零地一阵响，却一点也不令人觉得嘈杂，配着她宜喜宜嗔的娇靥，那铃声也如仙乐纶音般令人赏心悦目。叶小天点点头，道："遥遥呢？怎么没见她。"

太阳妹妹很自然地绕到叶小天身后，帮他宽去外袍，说道："遥遥还在练字呢，劝她休息一会儿也不听。"

叶小天摇头失笑，道："这小丫头倒是好学。对了，老毛呢，没看见他咋咋呼呼的却也稀罕。"

太阳妹妹把他的袍子挂在衣架上，拿起一块雪白的毛巾在脸盆里浣了浣，拧干递给叶小天，动作娴熟自然得仿佛一位贤淑温柔的小妻子，听到他的话，抿嘴笑道："他呀，他和云飞跟着冬长老上山了。"

叶小天"哦"了一声道："冬长老又上山了？"

太阳妹妹道："是啊！冬长老说，眼看着就到冬天了，得赶紧抓些稀有的虫子回来，趁大哥你正清闲着，以便教你炼蛊，要捉稀有的毒虫，就得往深山里走，今儿不回来了。"

叶小天道："云飞跟去我不稀奇，只是老毛最怕虫子，他肯跟着去山里？"

太阳妹妹道："毛大哥整天看冬长老鼓捣那些虫子，大概习惯了吧。"

叶小天点点头道："也是，熟了自然就不觉害怕了。"叶小天此时正拿毛巾擦着脸，没有看见太阳妹妹吐舌的俏皮模样。

其实江山易改，本性难移，老毛好吃懒做兼怕虫子的性子，哪有那么容易改的？华云飞不放心冬长老那眼神一个人上山，自告奋勇陪他去了，毛问智却懒得同行，他当时正坐在花园里的躺椅上晒太阳。

太阳妹妹带着一串悦耳的银铃声走去，说道："毛大哥，冬长老要上山，你不去吗？"

毛问智被暖洋洋的太阳晒得正昏昏欲睡，打个哈欠，懒洋洋地道："谁要跟那老头进山哪，简直是活受罪。俺可不去，俺就帮大哥看家……"

太阳妹妹挽着发梢，妙目流转，柔声问道："毛大哥，你真不去吗？"

一向迟钝的毛问智突然第六感敏锐起来，他睁开眼，就见太阳妹妹笑得甜丝丝的，一双大眼睛眨得媚媚的，不知怎么的，一股寒气就从他的脚底板嗖一下蹿到了头发梢。

太阳妹妹甜甜笑道:"毛大哥不去就不去吧,厨房刚买来几条咸鱼,我想给小天哥煎条咸鱼,麻烦毛大哥去取一下好不好?"

"不!"

毛问智一听"咸鱼",条件反射般地跳了起来,怪叫一声道:"我要上山!我要上山!我这就上山!冬长老,等等我……"毛问智就像被恶狗撵着似的,一边号叫着,一边追着冬天和华云飞去了。

虫子固然怵人,爬山固然辛苦,却怎及得太阳妹妹可怕?毛问智对太阳妹妹可是怕到了骨子里。

叶小天自然不知道这段故事,听说毛问智变勤快了,还挺高兴。他净了面,把毛巾递给太阳妹妹,笑道:"我去看看遥遥,好学是好的,可小小年纪,却也不必太过辛苦,咱又不指望她考状元。"

太阳妹妹甜甜地道:"嗯!那人家这就为你准备晚膳,一会儿就开饭。"

叶小天走进书房,就见遥遥正伏在案上一笔一画地写着字。

遥遥生日大,现在虚岁已经七岁了,在南方,许多百姓人家的姑娘十二三岁就嫁人做媳妇,七八岁已经算是半大姑娘了,可遥遥虽心黠灵慧却身体娇小,看着比实际年龄还小些。

她坐在椅子上想伏在案上写字很吃力,所以屁股底下垫了两个垫子。一个头梳双角髻的小姑娘,手里持一管比她那巴掌大的雪白小脸还要大的毛笔,一笔一画地写着字,瞧着特别稚纯可爱。

叶小天看在眼里,心里涌动起一股父兄般的暖意。自从把她从靖州杨家带出来,近两年的朝夕相处、相依为命,叶小天已经把她当成了自己的亲人。他放轻脚步走过去,一直走到遥遥身边,专心的遥遥还没有发觉。

叶小天屏住呼吸看她一笔一画地认真写字,直到这一篇写完了,才轻笑道:"我家遥遥好乖,写字这么认真。好啦,一口吃不成个胖子,读书识字也是这样,今天就到这里吧,可别把眼睛累坏了。"

"小天哥哥!"遥遥这才惊觉叶小天就在身侧,她欢喜地一蹿,从椅子上滑到地上,扑向叶小天,被叶小天熟稔地一把接在怀里。

"小天哥哥,你什么时候回来的呀。"遥遥搂着叶小天的脖子欢喜地道。

叶小天道:"已经有一阵了,看我家遥遥这么认真,可不敢打扰你。"

遥遥被他夸得不好意思了,害羞地吐了吐舌头。叶小天抱着她往外走,道:"走啦,咱们吃饭去。遥遥啊,哥哥只是希望你能读书识字,长大了做个知书达理的姑娘。又不指着你去考状元,不用这么用功的。"

"那怎么成,人家要读书,就要好好读!"遥遥答得稚声稚语,叶小天听了心中欢喜，却不明白这小丫头的那点小心思。

原来，遥遥以前跟着水舞识过一些字，但教书先生并不知道这一点。一开始教她一些简单的字时，遥遥几乎是念一遍就会写，把那教书先生欢喜得不得了，逢人就夸就孩子聪慧异常，是个神童。

这番夸赞，可把小丫头开心坏了，不过却也成了她的压力。后来教的字越来越多，越来越复杂，有些字她以前并没学过，为了不让先生失望，她就特别用功，一遍遍地反复温习，务必保证第二天先生上课时她都能记得。

在先生眼里，这是他最好的弟子，只可惜是个女儿身，纵然学究天人，也无法出仕做官，未免引为遗憾。而在遥遥来说，私底下却是付出了极大的努力和辛苦呢。

"遥遥，洗手吃饭啦。"

叶小天抱着遥遥来到花厅，太阳妹妹已经摆了一桌子的菜，正在分发碗筷，遥遥脆生生地答应一声，从叶小天怀里滑到地上，跑到洗手盆旁乖巧地净手。

三人坐定，叶小天嗅到一股浓郁的香味，循着那香味一瞟，笑道："又炖了汤啊，我现在喝习惯了，还真挺香的，这些天总是精神奕奕的呢。遥遥，不要挑食，今晚也喝一碗吧。"

"别……"

太阳妹妹急忙阻止，一见叶小天奇怪的眼神，慌忙解释道："哦……这汤……这汤加了许多秘制的中药，最宜男人进补，姑娘家可不宜喝的，要不然唇上的汗毛都会重了，瞧着像小胡子似的。"

遥遥本来就不爱喝汤，一听要长小胡子，那多难看，赶紧把小脑袋摇得跟拨浪鼓似的。叶小天释然道："原来如此，男女进补，确实各有不同。那我就一个人喝啦。"

叶小先天从汤里挟了一块，咬在口中，赞道："难为了你，每回炖汤，买的都是筋头巴脑，有嚼头，还不柴，这可比炖肉好吃多了。"说着，叶小天端起碗来，喝了一大口汤。

太阳妹妹看在眼里，一双眼睛笑眯眯的，弯弯如两枚鱼钩，好似一条大鱼摇头摆尾的，就要上钩似的，笑得好甜好甜……

第八十七章

夜猫子进宅

一

　　吃罢晚饭，遥遥陪着叶小天聊了一会儿，又要回书房读书，被叶小天拦住了，小丫头很不开心，噘着小嘴生闷气。不过小孩习性，叶小天只逗她讲了会儿故事，她的小脾气就不见了踪影。

　　等到小丫头困得打起了哈欠，叶小天就送她回房睡了。罗月儿现在就是遥遥房里的丫头，因为遥遥现在年纪还小，所以罗月儿不睡耳房，就和遥遥睡在同一间房里以便照料。

　　叶小天把遥遥交给罗月儿便返回自己的房间，太阳妹妹已经替他掌了灯，候在灯下，一见他回来，太阳妹妹便嫣然一笑，道："小天哥，我给你铺床，劳累一天了，早点歇了吧。"

　　不待叶小天回答，太阳妹妹便姗姗地走过去，为他铺床摆枕。

　　叶小天斟了杯凉茶饮了，一回头，突然心头一热，气血上涌。太阳妹妹穿的是条绯色的灯笼裤，耸胸、丰腰、丰臀，再配上这样贴身的服装，以跪爬的姿势爬在榻上，那跌宕起伏的曲线，是个男人见了都会怦然心动。

　　太阳妹妹跪伏地榻上，结实紧绷的浑圆臀儿因为她半跪半趴的姿势更浑圆饱满，随着她铺床摆枕的动作，那翘臀一颤一颤，薄软的裤料微微陷在臀沟里，曲线曼妙，实在诱人之极。

　　叶小天刚刚喝了一杯凉茶，却似吞下了一壶烈酒，小腹里仿佛点着了一个火炉，熊熊烈火烘着他。

　　叶小天吞了口唾沫，鬼使神差地走近了去。一走近了，那轮浑圆的明月在眼前更是清晰可见，圆润挺翘，真是奇怪，就是那么一道圆圆的曲线，为何只有在女人身上体现时，才能让人望月而化"狼"。

　　太阳妹妹此时可不知叶小天已经走到身后，她很温柔很细心地为叶小天铺着被褥，就像伺候自己的丈夫。当她铺好被褥退向榻边时，叶小天正直勾勾地盯着那浑圆挺翘的所在，像一个初次走上校武场的箭手，紧张地望着那圆圆的箭靶，箭未离弦，目光却已在那靶心处穿刺了无数次。

结果太阳妹妹突然退来，叶小天躲闪不及，太阳妹妹"哎呀"一声，便顶在了他的身上，叶小天"激灵"一下，就算是隔着一层轻软绫罗，依旧有一种妙不可言的销魂感觉，刺激得他灵智大失。

叶小天鼻息咻咻，猛地张开双臂，就要往那纤腰处抱去，他知道，太阳妹妹绝不会拒绝他，而这也助长了他的胆气。可是就在这里，房门拍响了："老爷！老爷！衙门里有位姓苏的公爷找您，老爷！"

叶小天陡然退了一步，神志猛然战胜了欲望。太阳妹妹可不知道就在方才，她就要"大功告成"，可惜却被姓苏的坏了好事，否则她此时一定气势汹汹跑出去，先把所有的蛊全种在那个姓苏的混蛋身上再说了。

太阳妹妹猛然撞在叶小天身上，虽然一向爽朗大方，可是在这么暗夜静室之中，还是不免有些羞涩，门口那人一唤，倒是解了她的尴尬。太阳妹妹站在榻边，回眸看向叶小天，叶小天已经做贼心虚地转向门口，道："若晓生？"

门口那人道："是啊，老爷，小人都说您已经睡下了，可那位苏公爷偏说有十分紧急的事，务必要见老爷一面。"

葫县县衙，姓苏的公爷，而且够交情这时候来打扰叶小天，除了苏循天还能有谁。而苏循天此时前来，恐怕真的有要事，叶小天旖念全消，高声答应着便去开了门。

其实房门本就没闩，可若晓生哪敢随便推门闯入，他到了叶府，言及家中凄惨，听得太阳妹妹不忍，将他娘子和父母都在叶府中给寻了个差事做。他的父母和娘子几乎每天都对他耳提面命，殷殷嘱咐，说是大户人家规矩多，千万要珍惜这难得的机构，所以若晓生循规蹈矩得很。

眼见叶小天推门出来，太阳妹妹跟在后面，若晓生也不以为奇。太阳妹妹年轻貌美，男主人年少无妻，他们在一起才是正常的，要是不在一起，倒不免要令人猜疑他们的男主人是否有什么特殊癖好了。

叶小天急问道："那苏差官现在何处？"

若晓生赶紧答道："小的本想让他在外面等，他说有紧急要事，一定要见到老爷，不听小人阻拦就闯进来了，现在客厅候着。"

叶小天回首对太阳妹妹道："我去见见他！"

太阳妹妹答应一声，自墙边衣架上摘下叶小天的外袍，帮他匆匆穿戴好，叶小天便奔了客厅。

客厅里，苏循天像只热锅上的蚂蚁，正在团团乱转，一见叶小天进来，不等他问话，便抢上两步，双膝一弯，扑通一声跪倒在地，抱住叶小天的大腿，悲呼道："典史救我！大人救我！"

叶小天见他这副德行，又是好气又是好笑。半夜三更的，这是闹的哪一出？唱大戏吗？叶小天刚刚被他打消了满腹欲念，心火正旺，没好气地道："有话就说，有屁就放！"

苏循天哭丧着脸道："大人，卑职闹出人命了，大人，您千万要拉兄弟一把，您要是不管我，我就没了活路啦！"

叶小天脸色一变，急忙一回头，见若晓生正垂手站在门口，听到这话也正惊怕地望来，急忙低喝道："退下！"

"哦！是！"

若晓生天天被他老爹、老娘和婆娘叮嘱："大户人家规矩多，不该听的你要聋，不该看的你要瞎，不该动的你就当自己是死人！"结果还是听了看了不该知道的事，心中懊恼不已，只恨自己不是个又聋又瞎的死人，连忙答应一声，一溜烟跑了出去。

他在叶府当花匠，他老爹当门子，所以他们一家平时就宿在门房那儿，这时生怕叶小天还有什么交代，却是没敢走远，只在院门外候着。叶小天也顾不得叫苏循天起来，沉声道："你别急，快把事情原原本本地告诉我。"

苏循天满脸惶然，把经过又羞又愧地对叶小天说了一遍。原来，苏循天今晚又去他的地下赌场看场子，恰好遇到有人赖欠赌债。

他们这赌场，就设在叶小天初到菏县时的蟾宫苑。其实那班兔儿爷除了天天被好男风的人拿"药杵子"捣个不停，饮宴取醒之余，本就也赌，只不过那时规模甚小。

自从与苏班头一拍即合，有了县衙做靠山，他们这赌坊才算正式宣告成立，而且场面越来越大，以至于如今这赌坊已经取代了男娼，成了风铃儿最赚钱的产业。

今儿晚上，有个人欠下大笔赌债，恼羞成怒，便说赢家是赌坊找来的老千，又吵又闹地想要赖账，苏循天既然遇到了岂能不管，他本就是负责利用他的权力给赌坊镇场子的。

苏循天带着一班泼皮打手迎上去一看，居然认得，这人正是前几天因为两挑子桐油放高利贷，最后收了若晓生家赖以生存的田地的那个李言庭。

李言庭今天喝了点酒，兴致高涨，跑到赌坊来赌钱，不想不但没有赢钱，反倒赔个精光，恼羞成怒之下又赊欠了许多，便发泼赖起账来。

苏循天见是他，原本想要狠狠教训一番的心思倒是淡了些。这李言庭算是小康人家，好歹也是个体面人，而且李家兄弟七人，还有两个姐姐，都是本地人氏，嫁娶联姻、繁衍生息下来，差不多也是一个百口之家了。

尽管县衙门现在已经有了相当的势力,但是对这样的人家也需照顾的。苏循天便想恩威并施,只要他当众收回"赌场耍老千"的话,明着还是赌债全收,私下里可以给他免去一半。

谁料这李言庭是个舍命不舍财的,死活不肯答应,反倒见苏循天有些退缩,趁着酒兴变本加厉地叫嚣起来。苏循天恼了,若是任由李言庭诽谤且赖账不还,他这赌场还如何开下去?他还有什么脸面平白从风铃儿手中拿走一半赢利?

苏循天恶狠狠吩咐一声"打!"便带着那几个泼皮冲了上去,结果黑灯瞎火的一顿拳打脚踢,也不知是谁误中了李言庭的要害,等他们发现不妥,拿过灯笼一照,李言庭已经只有出气、没有进气了。

苏循天这一惊非同小可,在葫县只有一个齐木可以残酷如虎而令人敢怒不敢言,县衙现在虽然有了些权力,也能震慑一般小民,可还万万达不到可以让人出了人命官司都不敢吭声的地步。

一旦李家那百十口人堵在县衙门大办丧事,讨要凶手,他该如何是好?他从赌场里把李言庭带出去,可是有百余名赌徒亲眼看见的,根本瞒不住人,李家一旦闹起来,连他以县衙班头的身份开赌场的事都要张扬开来,到时大势去矣。

叶小天听明经过,沉声道:"此事怎么不找你姐夫?"

苏循天眼圈一红,脸上露出悲愤之色,嘴唇张合了几次,却一言未发。

叶小天思及花知县的为人,心中了然,他轻轻拍了拍苏循天的肩膀,缓步踱到廊下,向山下望去,就见县衙后宅里灯火通明,那位花知县此时只怕也成了一只热锅上的蚂蚁。

苏循天追上来,哭丧着脸道:"大人,卑职实在是不知道该怎么办了,只求大人救我。"

叶小天刚要回答,突然目光一凝,望向远方不动了。苏循天顺着他的目光一看,就见县城东南角一条火龙,蜿蜒曲折地向县衙方向移动而来,不由得手足冰凉,心胆俱丧。

第八十八章

计上心来

一

叶小天侧首问道:"那李家就住在城东南?"

苏循天颤声道:"是……是……"

叶小天又道:"李家已经知道李言庭死了?"

苏循天道:"不应该吧,我……我是把李言庭带到外面才……想是另有赌徒知会了他家里。"

叶小天眉头一皱,道:"这李家好嚣张,官府拿人,就敢连夜跑来生事!"

苏循天讪讪地道:"大人,我……我虽是捕头,可当时却不是拿着知县的牌票拿人,所以……"

叶小天恍然,沉吟片刻道:"这件事,你那姐夫生了胆怯之心了吧?"

苏循天咬着牙道:"姐夫他……叫我扛下来,他说……他会全力保我!"

叶小天冷哼一声,道:"怕只怕,事情一旦闹大了,他没那个本事保你。这葫县民风何等剽悍,你又不是不清楚。"

苏循天咬着牙,腮肉一阵哆嗦,实是恨到了极点,却也无话可说。

叶小天急急思索片刻,沉声道:"这件事,和你姐夫有没有关系?"

苏循天心头一惊,略一迟疑,想到他的亲姐姐,便答道:"没有!是我利欲熏心,才……"

叶小天叹了口气,道:"附耳过来!"

苏循天急忙踮起脚尖,凑到叶小天身边,叶小天对他附耳说了几句话,苏循天愕然道:"他……会答应?"

叶小天冷冷一笑,道:"天底下心最黑、胆子也最大的,就是牢头。只要你能制得住他,或者许他足够的好处,在那暗无天日之地,无事不可为!"

苏循天咬了咬牙,沉声道:"好!我还有些积蓄,大约有八十两,我全给他……"

叶小天道："八十两，只怕填不饱他的胃口。"

苏循天犹豫了一下，咬了咬牙道："成！我还有办法！我这就去办！"

苏循天说完拔步就走，走出没几步，突又转过身来，向叶小天跪倒，哽咽道："患难见真情！大人的恩惠，卑职没齿不忘！"

苏循天说完，飞也似的向山下奔去。

叶小天望着他的背影，轻轻颦起了眉头，缓缓地道："如果花晴风不曾牵涉其中，你开着赌场，居然只有八十两的积蓄？"

叶小天虽还不明了花晴风捞钱的缘由，但心里已经把他列为"蟾宫苑"赌坊的幕后东家，他略一思忖，也快步走出客堂，扬声唤道："若晓生！"

候在院外的若晓生急忙赶进来，垂首恭谨地道："老爷。"

叶小天道："找盏灯来，陪我下山！"

若晓生答应一声，赶紧去提了盏灯，前方照亮，引着叶小天下山。

叶小天急步而行，过了片刻，突然说道："前几日夺了你家田产的那个李言庭，今夜死了！"

若晓生"啊"的一声，先是一脸茫然，继而洋溢出一股难言的喜意。

他这一耽搁，叶小天已经走到前面，若晓生反应过来，赶紧抢步上前，继续为叶小天掌灯，脚底下一下子轻快了几分。

·※·※·※·

李家几十号人拎着擀面杖、竹矛、木棍气势汹汹赶往县衙，到了县衙，两个青壮年翻过栅栏，抢到廊下拾起鼓槌便敲了起来，同时大声鼓噪道："官匪一窝，欺压良善，请大老爷主持公道啊！"

县衙里自有值夜的差役，恼火不已地开了门，还没等他叫嚣骂人，先被李家那些人给围了起来，另一个差役见势不妙，赶紧一溜烟地赶去后宅报信了。

后宅客厅里面，花晴风像头拉磨的驴，原地绕着圈子，不停地打转转，焦灼地捻着他的胡须，时不时便往屏风后面望一眼。

这时，一个丫鬟衣衫不整地跑了进来，这丫鬟是被叫门声吵醒的，慌慌张张赶到客厅，对花晴风施礼道："大老爷，前衙有人午夜击鼓鸣冤，差役来报，那些苦主来者不善，有请大老爷赶紧去前衙处置。"

花晴风瞪起眼睛，大怒道："岂有此理，午夜击鼓，已是不合规矩，他们还敢强闯县衙不成？去，叫今夜值宿的差役都去，谁敢乱闯，给我乱棍打将出去！"

那小丫鬟慌慌张张又往外跑，花晴风又叫道："叫他们候着，就说本县更衣之后便去！"

待那小丫鬟离开后，花晴风往屏风后面看了一眼，长长叹一口气，又焦灼地兜起了圈子。过了片刻，苏雅从屏风后面急急闪了出来。

这雅夫人此刻的模样可真是够瞧的，一袭纱罗睡衣，本是闺房之内只许丈夫才能见到的打扮，因为此前已经睡下了，发饰除尽，一头如云的秀发就披散在肩头，平添几分妩媚。

花晴风此时可无暇欣赏娘子的妩媚风情，急急迎上去道："他已经走了？"

苏雅点点头，道："刚刚离开，究竟发生了什么事？"

花晴风涩然道："这……哎！一时半晌，却也说不清楚。"

苏雅一双妙目满含疑惑，道："你哪来这么多银子，我怎么都不知道。"

花晴风懊恼地道："夫人，为夫此刻心乱如麻，你就不要问了。"

苏雅欲言又止，见他果然一脸焦灼，这片刻工夫，唇上居然起了两个火泡，到了嘴边的话登时又咽了回去，可心中的疑惑却是更浓了，方才她问兄弟，苏循天也是这般答复，丈夫和弟弟究竟有什么事在瞒着她？

花晴风扼腕疾走，喃喃自语："真是受了他的指点？不是他想畏罪潜逃吧？"

苏雅听得莫名其妙，却不知花晴风前一个"他"指的是叶小天，后一个"他"指的却是苏循天。

苏循天匆匆逃下山来，抢在那支火把长龙队伍的前面先赶到了县衙，直接从后门儿进去，结果把他姐姐也惊动了。

当时他姐夫花晴风正在客厅里长吁短叹，毫无睡意。苏循天见了花晴风马上道："姐夫，快给我取三百两银子，我便能让此事风波不起。"

花晴风哪里肯信，顿足道："你想溜？糊涂啊！一旦溜了，此事便坐牢成了杀人重罪，到时候画影图形，通缉天下，你手不能提、肩不能挑的，能逃到哪儿去？"

苏循天怒道："我虽无能，却也不是毫无胆色、毫无担当之人！你放心，这件事我扛着，绝不连累你！"

花晴风讪讪地道："这叫什么话，我……我让你担起来，是因为你进去了，我还能关照你，如果我倒了，你还有何人可以倚仗。"

苏循天冷冷地道："那就多谢姐夫了。不过，我刚刚得到叶典史指点，哪怕李家再怎么闹，此事都能大事化小，小事化了。只是确需三百两银子。"

花晴风虽然不屑于叶小天，倒是一直相信叶小天诡计多端，一听这话顿时双眼一亮，急忙道："他有什么好主意？"

苏循天道："这时哪有时间细说，那李氏族人已经打起灯笼火把直奔县衙来了，快取三百两银子给我，一会儿李氏族人来了，你且再拖延他们片刻，然后如此这般……"

苏循天压低声音，对花晴风急急叙述一番，花晴风半信半疑，却也只得照办。恰在此时，被惊醒的苏雅赶来，花晴风也顾不得与她细说，便摸出钥匙，叫她速去取三百两银子给苏循天。

苏雅莫名其妙，可是见丈夫和弟弟都是一副焦灼不安的模样，情知此时不宜发问，急忙去取银子。这存银处就在花晴风藏书的一间书室，平素苏雅也不去那里，钥匙都由花晴风掌握着，却不知哪里竟然藏了足足一箱银两，把苏雅吓了一跳，可弟弟催促甚急，却也不敢急慢，赶紧把那银子包裹好交给苏循天。

三百两银子着实不轻，苏循天生恐耽搁了时间，又叫后宅牲口房的人给牵来一头骡子，由那骡子驮着银子，脚不沾地地离开了。

后宅里面雅夫人满腹疑窦，花晴风提心吊胆，前衙李氏族人也僵在了县衙门口。

李氏族人虽也不少，却只是平头百姓，叫他们硬闯衙门他们是不敢的。虽然仗着苏循天没有牌票便拿人，而且抓人的还是些坊间泼皮，分明是与赌坊沆瀣一气，行的是不法事，他们李家占了些道理，可一旦强闯县衙，那就被人拿住了把柄。

他们不敢闯进县衙，却敢在外边大呼小叫，鼓噪不已，静夜之中，大呼小叫的，不一时竟唤醒了周围许多百姓，引来一些人掌着灯看热闹。

李氏族人一见有百姓围观，胆气更壮了，高声叫骂、大声控诉，把个县衙门口当成了茶楼瓦舍一般，那些值宿的差役提着水火棍，攥着腰刀，紧张地守在县衙门前，却也不敢喝止，免得更刺激了他们。

双方正僵持间，花知县终于"打扮停当"，强作镇定地从后宅里走了出来。

第八十九章

越狱

一

"大老爷驾到,肃静!肃静!"

衙前正吵闹不休,阶上忽有差役大喝一声,旋即两盏"花"字官灯头前开路,县太爷花晴风冠戴整齐,在四名强壮的捕快护持下威风凛凛地从衙门里走出来。

"知县老爷出来了!"

县衙前顿时安静下来,许多百姓还从未见过县太爷的尊容,这时都好奇地张望着。花晴风在阶上站定,色厉内荏强扮威严道:"尔等刁民,好大的胆量!半夜三更,聚集衙前,意欲何为!"

阶下安静了片刻,李氏族人的阵营里微微骚动了一阵,便公推一人上前答话,这人想是见过些世面,说话也大方得体,是以在族人中很有威望,看年纪却只是中年。

他走到近处给花晴风跪下,高声道:"草民李慕白,见过大老爷。草民的堂侄李言庭,今日在蟾宫苑饮酒,忽被县衙苏捕头带着一群泼皮给抓走了。那苏捕头既没有县尊大人您的拘人牌票,带的又不是衙门里的公人,却滥用职权,捕我族人,我等今夜到县衙来,就是请大老爷您为我们李家主持公道的。"

"哦?"

花晴风睨了他一眼,见李氏一族尚知畏惧官威,原本忐忑的心情略安,抚须道:"何人看见苏捕头抓走李言庭,当时情形如何?"

花晴风本想若那人不在场,便可派人去把他找来,如此这般就能拖延足够的时间,却不想那人本就是李氏族人,当时也在那里赌钱,是以李言庭一出事,他马上就赶回去报信了。

这时一听知县老爷询问,那人忙也上前跪下,叩头道:"草民李言矩,见过大老爷!"便把他所见经过从头到尾对花晴风说了一遍。

李家在来时路上已经商量妥了,绝口不提赌博一事,李言庭参赌只是小事一桩,可公人为赌坊撑腰那就是以权谋私的大事了，相信他们这个顺水人情送出去，知县大老爷也得买他们的账。如果这位知县大老爷不识相，那就把苏循天也咬出来，看看到时谁更难看。

花晴风听得十分仔细，对一些细枝末节也不厌其烦地追问求证，如此一来可苦了李慕白和李言矩，跪得腿都麻了。好不容易才问罢经过，花晴风却轻描淡写地道："这件事，本县是清楚的，与尔等所言，却是不尽相同。"

李慕白壮起胆子道："如此还请大老爷示下，不知李言庭究竟犯了何罪。"

"咳！"

花晴风清了清嗓子，突然提高声音道："驱散一干闲杂人等，李氏族人衙前相候，带他二人到衙内说话！"

花晴风说完转身就走，那些半夜三更出来看热闹的好事百姓对此结果自然不满，李氏族人不知花晴风意欲何为，也是鼓噪不休，那些衙差大声呵斥："肃静！肃静！大老爷只是唤他二人入内说话，再敢鼓噪，乱棍驱散！"

说是这么说，他们也未敢真的棍棒交加，李慕白见多识广，胆量颇大，便一把拉起李言矩，跟着花晴风进了衙门。

花晴风未带他们上大堂，只在前衙随意找了一间签押房，入内之后往上首一坐，沉声道："此事本属机密，如今吩咐于你二人知道，你二人须守口如瓶，如果泄露，必予严惩！"

李慕白和李言矩面面相觑，眼见县太爷神态肃然，不免心中忐忑："莫非李言庭真的犯了什么案子？"

花晴风道："前些时日，本县曾派员扫荡'一条龙'匪盗，那时就得到消息，我县有人私通盗匪，暗中为他们传递消息。'一条龙'的盗伙虽被剿灭了，他们的这个眼线却不曾落网，是以本县曾密嘱苏捕头暗中查访。

"这些日子，苏捕头已经陆续查过一些人，却又一一排除了他们的嫌疑。今日苏捕头向本县禀报，说他获得了新的线索，有个叫李言庭的人有重大嫌疑，他会找机会查查这个人。"

花晴风说到这里，李慕白和李言矩已然脸色大变，这可是通匪的罪名啊。对李言庭来说，这是杀头的大罪。如果坐实了这个罪名，整个李氏家族都要受到牵连。

李慕白做不到坦然自若了，惴惴不安地道："大老爷，李言庭一向安分守……"

花晴风见李氏族人慌了，反而平静下来，沉声道："本县还没说完！"

李慕白马上闭紧了嘴巴，花晴风道："本县说过，那李言庭只是有嫌疑，并未坐实他的罪名。他既有通匪的嫌疑，当然要查。可若公开抓捕，消息一旦泄露，若通匪者另有其人，势必会打草惊蛇。所以苏捕头才秘密行事，且为掩人耳目，带了一些泼皮，而未动用公门中人。"

两个李氏族人屏着呼吸听花晴风说完，这才由李慕白小心翼翼地道："大老爷，李言庭家有余财，时常放贷牟些小利。放货吗，本是急人所急，可是有些人急用钱时对他千恩万谢，待还账时却是恨之入骨，难免诽谤中伤。所谓通匪，定是这些人挟恨报复，整治于他，还请大老爷主持公道。"

花晴风道："是否有罪，还需查过才知道，如果李言庭确实冤枉，本县自然不会无端加罪，查证冤枉之后，苏捕头自会悄然将他释放。谁料你们族人这般大张旗鼓，本县却需想个不致令人生疑的理由了。"

李慕白和李言矩听了不禁暗悔冲动，花晴风故作思忖，想了想道："这样吧，本县再好好想想，如果李言庭确非山贼眼线，该如何向人解释他被苏捕头拘走一事。你二人且安抚族人回去，不许无端生事。

然后你们去一趟大牢，为了防止走漏消息，苏捕头把他带去那里问话了。如果李言庭有罪，你二人要协助官府劝他自首，早早说出实情，尚可减轻罪责。如果无罪，你二人也可将本县的苦衷说与他听，一起为本县守秘。既是良民，就应协助官府，除暴安良。"

二人唯唯称是，灰溜溜地退了出去。

花晴风见他按照苏循天所说的办法一番交代下来，李家果然有偃旗息鼓之势，不由暗喜："这一番连哄带吓，果然唬住了他们。那叶小天倒是有些歪才。"

他这书呆子一派天真，却不知叶小天这手法本就是捕快牢头们平素招摇撞骗、欺下瞒上的惯用伎俩。

李氏族人眼巴巴地守在衙外，忽见两个族人好端端地从县衙里出来，登时松了口气，纷纷围拢上来。

这两人绷着面皮，对迎上来的族人不断的询问一言不答，匆匆赶到在场族人中辈分、年纪最尊者面前，先让其他族人避开，才把花知县的交代对那长辈小声说了一遍。

那个长辈听了也不免紧张起来，李慕白便对众人道："诸位族人，李言庭被人拘走，实是一场误会。我二人这就去看看他，如果无事，明日一早就带他回去，大家且回吧。"

有个族人忍不住问道："慕白叔，县太爷跟你们究竟说了些什么啊，言庭究竟为何被抓，你们倒是说个明白啊。"

那位族中长辈大声呵斥道："闭嘴！慕白做事素来稳重，他既对你这么说，自然有他的道理。好啦，大家都回去吧，有什么事，且由慕白去处理，你们全都回去。"

这位老爷子一开口，那些李氏众族人再无异议，当下便交头接耳地散去了。李慕白和李言矩留在县衙门前，待族人纷纷散去后，便有两个公人赶来，领着他们赶往大牢。

大牢在县衙西面，一般的大牢都是与县衙建筑一体的。而葫县改为流官制才三四年光景，以前当地汉民是由巡检司军管的，当时大牢建在西城墙边，建县衙的时候为了节省资金，就接管使用了原来的巡检司大牢，是以与县衙并不在一起。

不过，葫县本来就不大，此一去也不过几条街的距离，很快他们就来到了大牢，哪管牢见是县衙门派来的人，验看了两个公认的腰牌后，便让他们进了大厅牢，派一个狱卒陪同。

六人前行不远，穿过一个庭院，前方忽然传来一阵叱喝叫骂声，因为夜深人静，还能听到兵刃磕碰声。那两个公人吃了一惊，急忙拔出腰刀，为他们带路的狱卒也拔出刀来，装模作样地惊叫道："不好，出事了！"

三人快步向前迎去，李慕白和李言矩有些紧张，有心退却又无人带路，只好硬着头皮跟着三个公人向前跑。

前方一转，便是一条甬道，甬道并非一条直线，前面不长一截，然后就是一个拐弯，这时就见前方墙壁上刀光剑影，闪动不已，显见是有人正在甬道里厮杀，被壁上灯火将身影映在了墙上。

甬道前方那堵墙上人影扭动不断，地上还躺着一个人，看衣袍却是寻常百姓的便袍，寂寂无声，似乎已经死了，旁边还有还有一个公人，正和一个身着囚服的人扭打在一起。

陪同李慕白和李言矩赶来的三个公人立即举刀扑了上去，李言矩只是寻常百姓，李慕白纵然见过些世面，又哪见过越狱这回事，当即战战兢兢地站住，进也不敢进，退也不敢退。

苏循天抱着一具死囚的尸体，抓着尸体的两只手腕正满地打滚，做扭打厮杀状，忽然三个公人扑过来，挥刀在那尸体上一通乱剁，血流了他一身。李言矩只觉脸上一湿，伸手一抹，全是溅来的鲜血，吓得两眼一翻，当即晕了过去。

苏循天暗暗松了口气，赶紧把那死尸一甩，大喊道："快！死囚越狱，快去帮忙！"

那三个公人"砍死了"那个"越狱的囚犯"，马上又往甬道里冲过去，李慕白哆哆嗦嗦地站着，就见墙上厮杀的人影愈发激烈，因为三个生力军的加入，迅速结束了战斗。墙上依旧站立的人影，都是穿公服、戴皂帽的狱卒模样，这才松了口气，直到此时他才发现胯下湿漉漉的，竟是吓得尿了裤子。

第九十章

皆大欢喜

一

　　苏循天立功了!
　　牢头和一众看牢狱卒立功了!
　　县衙派往监牢的两个捕快立功了!
　　李慕白和李言矩这两个平头百姓也立功了!
　　苏循天秘密调查"一条龙"盗贼余孽,提嫌疑人李言庭往大牢审问的时候,突遇死囚暴动,意图越狱,当即拔刀阻止,奋勇向前,成功地阻止了一众死囚脱逃,以免再度为祸人间。
　　葫县牢头和一众看牢狱卒在死囚越狱事件暴发时沉着冷静、迅速应对,勇敢战斗,以迅雷不及掩耳之势,果断将几名试图越狱的死囚当场杀毙,避免了事态的进一步恶化。
　　县衙派来监牢公干的两个捕快适逢其会,立即毫不犹豫地加入了战斗,在关键时刻协助葫县大牢的看牢狱卒平息了事态,功勋甚大。
　　而李慕白和李言矩两个良民在前往大牢协助调查时,恰逢死囚越狱,他们沉着果敢,协助官府打击暴徒,李言矩与歹徒近身搏斗,一枷打锁了死囚的脑袋,救下了危在旦夕的苏捕头,堪称良善百姓的楷模。这件事,住在葫县大牢附近的百姓都可以做证,他们亲眼看到,李言矩离开大牢时,满脸都是鲜血。
　　而李言矩的族叔李慕白,虽是中年书生,手无缚鸡之力,也不畏生死,奔走疾呼,通知四方守卫赶来阻止死囚逃脱,以致筋疲力尽,汗透重衣。这件事住在葫县大牢附近居住的百姓也可以做证:李慕白离开大牢时,衣服下摆还是湿的。
　　葫县知县为葫县捕快、狱卒们向铜仁府、贵阳府请功,并把两个见义勇为的良善百姓的事迹也报了上去,在还没有得到贵阳府、铜仁府旌表嘉勉的批示之前,就亲赴李家探望、赐匾,并由葫县大善人洪员外慷慨捐资纹银一百两以示嘉勉。

这桩越狱案的结果，可谓皆大欢喜。在这一连串的欢喜之中，有个人被大家下意识地就忽略掉了，这个人就是李言庭。

李言庭作为通匪嫌疑人被苏循天苏捕头带往大牢秘密讯问，恰逢死囚越狱，被一个死囚用木枷劈在脑袋上，当即脑浆迸裂，一命呜呼。李言庭的妻儿当然不满，不过在官府保举李慕白入县学做了生员，族长把官府嘉奖的一百两纹银分成他们母子五十两，花知县又暗示将向铜仁府请示，免去他们母子赋税钱粮之后，他们便默默地接受了这一现实。

五天之后，铜仁府的批示下来了，不但嘉奖了花知县亲自提名的一众有功人员，还对管狱官的直接上司叶典史、叶典史的直接上司徐县丞、徐县丞的直接上司花知县提出了嘉勉、记功。

十二天后，贵阳府的批示也下来了，这一次有功人员嘉勉名单上又加了两个人：铜仁府推官戴崇华和铜仁知府张绛。

第十三天，夜，花知县家的后宅里灯火通明。

这是一场比较私密的宴会，受邀人只有一个——叶小天。

花知县、雅夫人、苏循天三人轮番向叶小天敬酒，虽然他们没有把一些话明白地挂在嘴边上，可是感激之情已经尽在不言之中了。

这场宴会虽然热烈，其实气氛很有些怪异的，因为雅夫人和她的弟弟苏循天，对这场宴会的男主人花晴风不冷不热，明显只是因为有个外人在，才不得不维持表面上的和气。

花晴风面对他的夫人和妻弟时，神态也是有些尴尬，有时为了表现一家人的和睦，刻意地对他们说些什么，他们即便是不想在叶小天面前表现出不和，反应还是明显的有些迟钝和冷淡。

不过对叶小天来说，这场晚宴却是收获极大。苏循天本来就是他的铁杆，这一下对他更是忠心耿耿。同时，他还分别获得了雅夫人和花晴风的友谊，尤其是花知县，在充分见识了叶小天的能力之后，尤其是徐伯夷和王主簿越走越近，似有结盟态势之后，他痛定思痛，终于决定尽释前嫌，抛弃成见，与叶小天友好相处。

在这一夜的晚宴上，在不着痕迹地觥筹交错之中，叶小天和花晴风便已达成了共识，从这一天开始，他们的关系发生了本质的变化：老奸巨猾、实权在握的葫县三把手王主簿和略具权力、能力稍嫌不足的二把手徐县丞缔结了盟约，而名义上的一把手花晴风也终于选择了葫县的四爷叶小天，两人结成了同盟，壁垒分明。

而当初，花晴风是和徐伯夷穿一条裤子的，叶小天则一直想和王主簿结为盟友，今日竟然演化成这样一种局面，实是他们当初都不曾预料到的。

叶小天微醺地离开县衙，由若晓生提前灯笼引他上山，想到当初在山上建这所豪宅本是为了打花知县的脸,今日却与花知县在不动声色中结成了同盟,不由得哑然失笑。

回首看看山下的县衙,又抬头看向自己的宅院,忽见虽是夜深人静时刻,山上有一处院落居然依旧灯光明亮,仔细一看正是太阳妹妹的居所,叶小天不由得心中一暖。他知道,这一定是太阳妹妹在等他回家,并且正为他准备着夜宵:有家的感觉,真好啊!叶小天欣欣然地举步登山了。

小厨房里,俏媚可爱的小厨娘太阳妹妹双手叉腰,嗅了嗅她已经炖好的香气四溢的煲汤,满意地点了点头。今天这道汤,是用子公鸡、海马、肉苁蓉、杜仲、猪腰子、龙眼等物炖的,却一点腥味也没有,她煲汤的手艺真是越来越高明了,堪称大师。

太阳妹妹可爱的皱了皱鼻子,小声地嘀咕:"哼!我就不信了!这么个补法,除非你有病,否则守着我这么漂亮的姑娘,就没一点想法!"

可怜的叶小天根本不知道,他如今每晚都因为一场春梦湿了被窝,都是因为这无穷无尽的进补。

· ※ · ※ · ※ ·

葫县政局揭开了新的篇章,而在遥远的京城,此时却发生了一件事情,一件对京城大佬们来说微不足道到了极点,而对叶小天却生死攸关的事情。

大亨派往京城扫货的那支商队,此时已经赶到了京城,在进城的时候,税官搜检车上所载货物的时候,发现了一些不妥之物,准确地说,是违禁之物。

详细罗列下来,其实那押运货物的伙计也听不太懂,就是司法的官员和专门负责打官司的讼师都很难记得全《大明律》,你怎么能指望这只是粗通文墨的人会有闲工夫去钻研那东西。

那伙计只记得税官曾从那一车货物里抻出一件绣有凤凰牡丹图案的花缎裙,而这种图案花纹的裙子,根本不是一个不入流的小官家眷可以穿用的衣服:这件衣服的主人——逾制了!

朱元璋称帝后,制订了一套严格的符合封建礼法的制度,包括礼节、称谓、建筑、服饰等等,不同等级、身份的人是不能穿戴不符合规定的冠帽袍服、首饰头面,居住不符合其身份的建筑的。

这个规矩,在明初时候十分严格,那时就算是当朝宰相也不敢逾矩,否则动辄就可能牵扯上杀头大罪。到了这个时代,纲纪已经有些崩坏,不过还是很少有人敢公开逾矩,不过地方上有很多官绅已经变相逾矩了。

他们活着不敢逾矩,死后却想尊荣一回。于是七品的官死后埋葬时,家人往往会给他换上六品甚至五品的冠戴，五品的则换上四品甚至三品的冠戴，反正往坟里一埋，也没人发现，活着过把瘾会死，死了过把瘾问题就不大了。

这种事随着一些盗墓事件的发生，官府也有所耳闻，不过只是让死掉的人逾矩，满足一些虚荣心，官府也就睁一只眼闭一只眼了。

做生意的人在有人买袍服时，也不会特意问一问买主身份，配不配穿戴这种质料或款式的衣服。以前问没关系，因为都是给活人穿的，现在则不然，难道还能说一句："这套图案的裙子，得是五品命妇才能穿戴，请问你是五品官，还是准备给死人穿的？"那样的话不止生意没得做，恐怕命都被人打没了半条。

叶小天为家人购买礼物时，见这套裙子艳丽大方，定能讨得他嫂子欢喜，他正想讨好嫂子，以便让嫂子同意举家迁往贵州，对这么烦琐详细的规矩，他是不清楚的，便掏钱买了下来。

其实他买了下来也未必就出事，即便他嫂子真的穿上这件裙子，如果恰好遇到个明白人提醒一下，赶紧换下来，只要无人举报，也不会出事，可徐伯夷为了完成田妙雯所交代的"要让他死，而且是身败名裂、一无所有地死"的要求，不惜重金买通了一个伙计，往叶小天的礼物里面悄悄塞了几件违禁品，之后又派人一路尾随商队，在他们进京城之前提前向守门的官兵和税官告密示警了。这税官自然一查就着，只不过其他几件违禁品实属栽赃，而这件违禁品确实是叶小天本人的失误。

《大明律》对文武官员犯罪的处理曾几度更改，劳模皇帝朱元璋在世的时候，是所有文武官员，但凡入流品以上官员犯罪，必须奏请天子。而此时，则是在外六品以下官，由分巡御史、按察司取向。

叶小天是典史，这个官职比较特殊，虽不入流却按入流官管理，可他案发地在京城，相应的分巡道和按察司在贵阳，又没有把案子发回贵阳去审的道理，于是这个微末小吏的案子，便因为制度的缺陷，直接呈送到了当朝首辅张居正的案上。

第九十一章

风云突变

一

　　首辅张江陵近来身体不大好，主要是身患隐疾，行走不便，是以除了进宫觐见天子外，轻易不大出门。阁臣部堂、各衙大臣们凡有要事，都是往张府拜谒、向他请示。

　　区区一个典史，在权倾朝野的张江陵面前，本来就如蚂蚁行于大象脚下，任他如何蹦跶如何喊，都休想让这头大象瞧见他渺小的身影，听见他微弱的声音，如今却阴差阳错，愣是被张江陵注意到了。

　　张首辅的府邸在宣武门一带，书房之内，正有一位客人坐于客座，慢条斯理地品着香茗。而张首辅则于案后批阅着刚刚送来的一批公文，书房里静悄悄的，只有偶尔翻动公文时纸张发出的窸窣的声音。

　　这位客人就是曾往贵阳讲学的那位大儒崔像生，张江陵一向的习惯，即便有密友至亲到访，若手头尚有公务，也必先行将公务处理完毕。除非需要思虑、沟通，当日不能处断的，否则绝不积压手中，即便正身患重病，也是抱病处理公务。

　　崔像生知道这是张江陵一向的习惯，对任何人都是如此，并非有意怠慢于他，他能被请进书房相待，已是极大礼遇，是以丝毫不恼，只是耐心等候。

　　说起崔像生与张江陵的交情，那就是不打不相识了。当初皇帝听闻崔像生的贤名，曾想让他入朝为官，却被张江陵一言否决，认为此人乃一腐儒，不是做官的材料，就此绝了崔像生的仕途。

　　崔像生本是一个极功利的人，张江陵断了他的前程，他心中岂能不恨，实是恨张江陵入骨了，可这位当朝首辅权倾天下，就连皇帝在他面前都战战兢兢、敬畏如父，崔像生哪能奈何得了他。

　　是以对张江陵近乎羞辱的评价，崔像生毫不着恼，反而坦然承认，对人言道："崔某一直无意为官，就是因为崔某有自知之明。某之所学虽然繁博，于经世致用方面却不擅长，只宜穷首皓经、钻研学问。"

崔像生这一手自黑玩得漂亮极了，一下子就化被动为主动，张江陵的评价不但没有成为他的污点，反而彰显了他的胸襟气度，把他定位为一个饱学鸿儒，更加提高了他在士林的威望。

张江陵听说此事后，对他的胸襟和气量也大为欣赏。张江陵当日对他的评价本就不抱什么个人成见，只是觉得他名望虽高、学问虽博，于经世致用方面却没多大用处，只适合钻故纸堆，研经读卷、考据学问，如今对他有了好感，在他有意接近之下，成为朋友就是必然了。

张江陵并未想到这位大儒因为他的一句评价，已经恨他入骨。实际上，像崔像生这样的人在朝野中已不知有多少，只是他们心中再恨，也只能表现得对张江陵无比敬仰、无比尊崇，除非这个庞然大物轰然倒下，否则他们隐忍许久的仇恨绝不敢暴露一丝一毫。

"荒唐！一个小小典史，居然忘乎所以，僭越若斯，使用种种逾矩之物！"

张江陵看到关于叶小天的那份公文，不禁皱起了眉头。崔像生本就是事先得到有心人提醒，故意冲着叶小天来的，以报当日在贵阳栖云之宴时的一箭之仇，一听这话，立即放下茶杯，笑问道："太岳先生执掌中枢，日理万机，连一典史小吏的事情都要过问吗？"

张江陵道："此人此事有些特别，所以才送到张某案前。"

张江陵把叶小天的事对崔像生简单说了几句，便又低头去看公文，提笔思忖处置意见，崔像生做恍然大悟状，轻轻"啊"了一声道："叶小天，原来是他呀，那就难怪了。"

张江陵听到这话，讶然抬头道："怎么，像生居然认识此人？"

崔像生泰然道："不错，崔某游历贵阳时，恰曾见过此人。此人不学无术，本是一方痞赖，只因巧言谄媚，讨好了铜仁土知府，受他抬举被点为秀才，摇身一变，就此成了读书人，真是士林之耻啊！之后……"

崔像生把他所见所闻和这次有心人透露给他的叶小天在葫县的一些举动，说成勾结地方、排挤上官、营造豪宅，添油加醋一番讲述，张江陵勃然大怒，道："竟有此事！如此人物，沐猴而冠，把官府当成杂耍堂子不成！"

崔像生用很无奈的语气道："太岳先生呕心沥血，主政多年，我大明在太岳先生的苦心经营之下，已是河清海晏。只是还有些偏僻所在，道路难行、消息闭塞，土著百姓眼中只知土司，不知朝廷，才会生出叶小天这种怪胎。"

张江陵沉着脸色道："便是千山万山相隔，既是我大明王土，也得服我大明王道教化！"

他想了想，便提笔写下了批示意见，崔像生给叶小天上完了眼药，便浑若无其事地端起茶杯假意喝茶，眼角微微睨着，见张江陵沉着脸色做下批示，眸中不禁微微掠过一丝得意之色。

·※·※·※·

老天爷打个喷嚏，人间就是一场倾盆大雨。

比皇帝更像皇帝的张江陵下一道亲笔批示，地方大员们该是如何反应？

一骑快马，飞也似的驰进葫县驿站，刚刚冲进驿站，那匹马便轰然一声仆倒在地，马背上的人胸前绣着一个大大的"驿"字，背后插着三面三角小红旗，这是八百里快马，沿途不得有任何人以任何理由阻拦，便是那马当街踢死人命都不用判刑。

战马轰然倒下，马上的驿卒就地一个翻滚，很灵巧地避免了战马的侧压，但他挣扎了几下，却因双腿麻软，无力站起。

驿站里的驿卒一见他骑着快马冲进来的模样，就已大惊迎上，他们当然认得这是八百里军驿，这个驿站还从来没有看到过这等最紧急的军驿快报，当即抢上几人将那驿卒扶起。

那驿卒用沙哑的嗓音吼道："换……换马……"

扶着他的那个葫县驿卒同情地道："兄弟，马能换，可是看你这样子也吃不消了啊，接着你是南下还是西去？只怕你再撑下去，马还没累死，你就要活活累死了。"

一般来说，军驿通传换马也可以换人，接力似的往下一站传递消息，但是向这种十万火急的军驿，那就是人不离信，信不离人，不可能随意交给地方驿站的驿卒了。

那人艰涩地做了个吞咽的动作，但嘴唇干裂，根本没有唾沫可咽，旁边有个驿卒递来水囊，他也不接，而是吃力地道："到……到了，换马，我……要去县衙……"

葫县县衙，花知县正在审理一桩民事案件，忽然一个"传报大爷"从屏风后面绕出来，附耳对他低语几句，花知县顿时大惊，马上宣布押后再审，说完不等众人退下便急急退堂离开了。

二堂里面，那个驿卒歪歪斜斜地半躺在椅上，正拿着一壶凉茶狂饮。花晴风匆匆而入，那驿卒一见他那一身七品正印的官袍，马上挣扎站起，摘下一直不曾离身的包袱，从里边取出一个水漆封印的信筒，双手呈给花晴风。

花晴风急急接过信筒，道："不必多礼，你坐！"匆匆绕到案后，检视密押火漆封印无误，便用裁纸刀把那封口划开，从里边取出一份公函。花晴风展开这份公函急急一看，登时脸色数变。

未曾打开这份公函前，花晴风着实有些惊恐。这等急传快驿，在他想来，只能是附近州县发生暴动谋反，朝廷要出动大军镇压，一时间不知会不会殃及本县，也不知朝廷给他吩咐了什么差使，待打开公函一看，才晓得竟是叶小天犯了案子。

叶小天不管犯了什么案子，不过是个不入流的小官，要动用八百里军驿快传，未免也太小题大做了，所以看到这里时，花晴风颇有些不以为然，可接下来再看，居然是当朝首辅张江陵亲笔做出的严惩批示，顿时心惊肉跳了。

这份公函并不是朝廷传来的驿报，首辅的亲笔批示还在路上，这都是下面各级官吏揣摩、迎合上意的一种表现，能够惊动当朝首辅，在他们看来，要么是此人罪大恶极，直达天听，要么是冒犯了首辅大人的什么亲眷朋友，这才惹得首辅大怒，那么……这个倒霉虫是必死无疑的了。

如果这时他再出点什么意外，甚而畏罪潜逃，那谁来承担首辅大人的雷霆之怒？是以朝廷发来的如何处断叶小天的信使还没到，地方官吏先行揣摩上意，雷厉风行地处置起来了。

这个驿卒是南直隶刑部衙门派来的，公函上将他们了解到的情况添油加醋地描绘了一番，指示花晴风见此公函立即把叶小天控制起来。

本来官员犯罪，等候弹劾处断，尚无结果之前，是不能拘捕的，只能勒令在家候参，在此期间的俸禄也是不停的，而南京刑部的指示却是：立即把叶小天投入大牢，严密看管，如有逃逸，葫县上下一体拿问。

花晴风吓得心头突突乱颤，思来想去，实不知这叶小天究竟犯了什么事，居然由当朝首辅亲自批示拿问，南京刑部的公函上对此又语焉不详，实在无从揣测。

虽然他上次宴会后已经暗暗与叶小天结成同盟，以对抗徐县丞和王主簿的咄咄逼人，可这种事，根本不是他能扛得下来的。

花晴风持函在手，暗暗懊恼："可恨哪，此人一去，我孤掌难鸣，到时只怕又要重演孟庆唯和王宁架空本官的故事了！"

花晴风暗暗懊恼一番，终究不愿亲自带人去抓叶小天，便没精打采地道："来人，传徐县丞来见！就说本县有十万火急大事要吩咐于他！"

片刻工夫，徐伯夷来到二堂，先是奇怪地看了一眼半瘫在椅上，仿佛半个死人的那个驿卒一眼，旋即向花晴风拱手道："不知县尊大人何事相召？"

花晴风把那份公函向他一递，道："你来看！"

徐伯夷接信在手，只看了三行便喜上眉梢："大事成矣！这一遭，管叫那叶小天有死无生！"

第九十二章

走麦城

一

徐伯夷带着人,趾高气扬地走进典史签押房时,叶小天正双手按膝,目光炯炯地瞪着门口,神采奕奕,满面红光。

叶小天也不明白自己最近究竟是怎么了,好像每天都有发泄不完的精力,尤其是走在街上时,他的眼睛会不自觉地跟着漂亮女人打转。虽然说少年慕艾,他如今已经算是一个大龄少年了,不过他总觉得这种样子有些非同平常。

昨天有个百姓家里发生了一桩人命官司,跑驿路运输的丈夫提前两天回了家,正撞见老婆与奸夫赤条条一丝不挂地躺在榻上白昼宣淫,这汉子一怒之下,把那奸夫当场打死。

叶小天带人冲进这人家里勘探现场时,瞧见他那颇有几分姿色,被丈夫一顿鞭打赤条条地蹲在屋角哭泣的婆娘,眼见那白花花的身子,凸凹有致的曲线,下体竟然……

好在长袍宽大,叶小天把刀按在身前,看起来威风凛凛,官威十足,并未当场现丑,要不然真要威风扫地,体面尽失了。

叶小天从未怀疑到太阳妹妹每天煲给他喝的汤有问题,只以为自己已经身心成熟又无宣泄渠道,阳火过于旺盛所致。

因为他帮苏循天逃过一劫,苏循天与他的感情明显更近了一步,时常邀他饮宴,每次叶小天都想入非非地以为这酒色财气不离身的花花公子会在酒兴酣畅之际带他去逛逛青楼,结果每次酒宴之后,苏循天都是恭恭敬敬送他上山,令叶小天大失所望。

叶小天此时正在自我检讨,为什么会这样呢?大概是以前苏循天想带他去声色场所时,曾经受过他的严厉训斥吧。如此说来,倒是他作茧自缚了,他现在真的想去啊,偏偏一旦涉及这个话题,这小处男又有些面嫩,羞于启齿。

家里头倒是放着个活色生香的大姑娘,可是自从上次失去自控力,差点铸下大错后，他现在开始尽量避免二人独处了，因此便也避免了糊里糊涂生出一段孽缘来。

叶小天不是对太阳妹妹没有过旖念遐思，只是一旦要了这位姑娘的身子，就得负责任。叶小天情路坎坷，莹莹那边波折重重，他的理智告诉他，需要有个说法、有个名分的事，最好不要招惹，否则来自夏家的阻力必然更大。

叶小天双手按膝，瞪着门口运气，拼命地转移注意力，叶小天暗自懊恼："晚上要不要沾两撇假胡子，偷偷去一次烟花柳巷，就此结束我的处男之身呢？"

刚想到这里，他就看见徐伯夷春风满面地走了进来。

"这个斯文败类，老婆都被他休了，怎么还是一副气定神闲的样子，一定是常常出入花街柳巷，阴阳调和，才没我这般苦恼。嘿！我要是去了，没准和他碰个正着呢。"

叶小天幻想着他鬼鬼祟祟地摸进青楼，恰好撞见徐伯夷鬼鬼祟祟地从里边出来的模样，不禁"扑哧"一声笑了出来。徐伯夷见叶小天笑了起来，也是笑得更加愉快了。

徐伯夷站定身子，向叶小天拱了拱手，笑吟吟地道："叶典史！"

叶小天起身向他拱了拱手，道："不知县丞大人大驾光临，有何指教？"心中却是暗自猜疑："黄鼠狼给鸡拜年，这厮怕是不安好心。"

徐伯夷神色一怔，肃然道："叶典史，你的事发了！"

瞧见典史大人进来，签押房里一众书吏都站起身来，听到这句话不禁面面相觑，叶小天也是一怔，愕然道："什么事发了？"

徐伯夷自然明白叶小天出了什么事，只是南京刑部的公文上却是语焉不详，他自然不便让叶小天知道自己清楚他的案情，当即冷笑一声道："什么事发了，你心里应该清楚得很。不好意思，奉南京刑部之命，立即拘押叶小天，来人，把他给我抓起来！"

徐伯夷带来的几个人都是他手下的差役，事先便已得了他的提点，当即冲上前来，举起一副大枷就要往叶小天颈上套，叶小天退了一步，变色怒道："徐伯夷，你想干什么？"

徐伯夷按刀喝道："你想拒捕不成！"

叶小天瞥见徐伯夷眸中一闪即逝的杀气，心头突然一凛，他毫不怀疑，只要他敢说一个不字，这徐伯夷就敢真的动手，当即把他格杀刀下。

叶小天心想："究竟什么事发了？看他模样，竟是真的动了杀机，他敢当场格杀一个朝廷命官，到底有何倚仗？"

这时那两个衙役上前，用大枷栲住叶小天，叶小天便站着不动，任由他二人将自己枷住了，徐伯夷一见叶小天束手就擒，心中暗觉遗憾："这厮倒也机警，却是不便下手了。"

不过徐伯夷转念一想，叶小天的劣迹恶行已经被当朝首辅听闻。"僭越违禁"这种事的罪名向来是可大可小，若要严办便是死罪一条，若不想办，不过是一纸训斥。

如今首辅大人这么举动，显然是要严办叶小天了，如此说来叶小天终究难免一死，先让他做一个自己的阶下囚，那才扬眉吐气，挽回以前丢掉的面子。便也消了杀气，沉声喝道："把他带走！"

·※·※·※·

叶小天被抓的消息传到叶氏山庄，山庄里顿时乱作一团。

若晓生一家人在门房里垂泪叹息，既感伤于老天爷不长眼，居然把他们全家的大恩人投进了大狱，又惶恐于一旦离开叶小天这棵大树，他们一家今后又该依傍于谁才能遮风避雨。

而客厅里面却是另一番景象了。冬天先生从深山里抓回许多毒虫，一切准备妥当，正等着叶小天放衙回来继续教他练蛊，一听叶小天被抓，冬长老二话不说，抱起练好的一罐蛊虫往外就走。

毛问智茫然道："冬长老，你去哪里？"

冬天眯着眼睛回头，佝偻着肩背，一脸阴恻恻地冷笑："我去大牢救尊者！"

太阳妹妹天天费尽心思给叶小天进补，眼看小天哥瞅着她的眼神火辣辣得有些不正常了，每每看到她，那富含侵略性的目光就在她身上流连着，看得她脸红心跳，暗生窃喜。

好嘛，眼看小天哥就要跳到她"碗里"来了。她都系好餐巾，举起刀叉，准备大快朵颐了。这即将到口的小鲜肉却被徐伯夷塞进大牢去了，是可忍孰不可忍，一听冬长老所言，太阳妹妹立即拔出苗刀，干脆利落地道："我跟你一起去！"

"你们都站住！"

华云飞一声厉喝，喊住了冬长老和太阳妹妹。

华云飞赶上两步，说道："你们急什么，现在大哥究竟犯了什么事，有没有性命之忧，还都不清楚。你们这么一去，就算大哥没有罪，也坐实了死罪，到时候怎么办？"

太阳妹妹道："还能怎么办？我们护着小天哥回山，只要往山里一藏，普天之下再没有人能奈何得了他！"

太阳妹妹说到这里，脑海中灵光一闪，突地大喜过望："哎呀，如果这牢一劫，从此受到官府通缉，小天哥不得不避入深山再不出来，他还有理由不要我吗……"这么一想，当真是心花怒放。

华云飞沉声道："大哥希望这样吗？他愿意藏进深山老林，从此不闻世事吗？再者说,大哥的亲人家眷都在京城,你就不怕牵连了他们?"

太阳妹妹一呆,这她倒是没有想到,如果因此牵累了小天哥的家人……太阳妹妹登时软了下来,苦恼地道:"那……你说怎么办?"

华云飞道:"劫狱是下下之策,当务之急,咱们应该先弄清楚大哥究竟犯了什么事,才好决定如何行动。"

毛问智挺身而出,道:"云飞,你不方便露面,我去打探消息!"

太阳妹妹挺起胸膛,道:"我也去。"

华云飞展颜道:"这才对,就算是平头百姓死罪,也是秋后问斩,何况我大哥是朝廷命官,不会草率处决的。你们不要着急,先去探探消息,如果要劫狱,咱们也有大把时间准备。"

毛问智和太阳妹妹点头应是,立即直奔山下,分头打探消息去了。

京城,宣武门。

数十名孔武有力的大汉,护着一排车子,刚刚驶过宣武门,正向张首辅的府邸而来。这些大汉俱着便服,但行进间神态谨然,行列整齐,举手投足间满是肃杀之气,即便是寻常百姓也能看出他们是训练有素的军人。

他们押运的那些车子大都是些箱笼之物,装的应该是各色礼物,只有一辆轻车帷幔低垂,似乎载的是人。

车子轻驰,帷幔轻轻律动着,忽然,一只莹白如玉的柔荑探出来,把那垂幔轻轻推开,窗口探出一张容颜清丽、气质似深谷幽兰的美丽面孔,正是薛水舞。

水舞的模样比在贵州时清减了许多,变得更加娴静优雅了。那双动人的眼睛从拉开的窗口看着熟悉的京城街头景象,眸中漾起一抹莫名的感伤、怀念之意。

她在京城生活到十三岁,这里承载着她的童年与少女时光,而她所怀念的人:小姐、母亲,还有小天哥,都曾生活在这里。此时行在街头,看到熟悉的京城风光,怎不令她心生感慨。

水舞轻轻闭上眼睛,细密的眼帘遮住了满眼的忧伤与思念,再睁开时,双眸已蕴起一层湿润的水光:结束了,一切都结束了。情同手足的小姐、生她养她的母亲,还有她情窦初开时走进她心理的那个男人,统统离开了她,永远离开了。

戚帅要把她送给首辅大人,她答应了。她这样纤弱的女子,就像一株柔弱的菟丝花,总要依附着大树上才能生存。结束了,结束坎坷飘零的生活,告别过往的一切。从今后,她只是藏在深闺,只供首辅大人赏玩的一株花草。

第九十三章

要命的礼物

一

周班头左右看看,一把拉起毛问智,与他避到墙角无人处,这才小声说道:"我费了好大劲儿打听,可惜就是没人知道典史大人究竟犯了何罪。听说是南京刑部下的批捕公文,其中可能还牵涉到京里的一个大人物,真是奇怪,典史大人怎么可能和京里的大人物生出瓜葛。"

毛问智道:"我大哥不可能做什么伤天害理的事!"

周班头苦笑道:"我知道,典史大人的为人我还信不过吗?退一步讲,就算典史大人真的贪污受贿,草菅人命,以他的官职,也不该惊动京城的大人物。南京刑部也不可能直接过问此事,应该由贵阳分巡道御史或者按察司衙门出面才对啊。"

毛问智瞪眼道:"那你说说,我大哥究竟有没有性命之险?如果只是丢官罢职倒没什么。"

"这……"

周班头的脸揪成了包子,苦着脸道:"老毛啊,这事……唉,我跟你说,就是知县大老爷都没遇到过这种事。方才苏捕头问过他,知县大老爷也是一脸茫然,不知叶大人究竟犯了什么罪,朝廷又会如何处置。"

葫县大牢外,自告奋勇陪着太阳妹妹来此探监的一个捕快脸色难看地道:"高小六,以咱们兄弟俩的交情,这点面子你都不给?"

那狱卒抱歉地道:"罗大哥,实在是对不住了。这是县丞大人亲口吩咐,叶大人他犯的是通天的案子,任何人都不允许会见。我也只是听差办事,县丞大人的吩咐可不敢不从。"

罗捕快不快地道:"得了吧,这话跟别人说说也就算了,对我也这么说?在牢里面,你们一手遮天,只要想做,有什么是你们不能做的?你就悄悄引我们进去一趟,只要你不说我不说,徐县丞又怎么会知道?"

高小六连连摇头，道："若要人不知，除非己莫为，小弟还要靠这口饭养活一家老小呢。徐县丞说过了，谁敢私纵他人与叶典史会面，以同案犯论处，真是对不住了。"

太阳妹妹时常去县衙给叶小天送汤，县衙里不知多少衙差捕快暗恋这位秀色可餐的苗家小姑娘，这罗捕快就是其中之一。因此今儿特意陪她来大牢，本以为凭自己的面子可以让她进去见见叶小天，谁想却被拒之门外，当下脸都黑了。

罗捕快对太阳妹妹羞愧地道："罗某无能，对不住你了太阳妹妹，咱们走吧。"

太阳妹妹记着华云飞的吩咐，不能硬闯，正想跟着罗捕快离开，那高小六忽然道："且慢！"

罗捕快回身站定，冷冷地道："怎么？"

高小六上下看看太阳妹妹，笑嘻嘻地道："太阳妹妹是吧？好听，名字好听，人更好看，你是叶典史的什么人哪？"

罗捕快一看气就不打一处来，冷着脸对太阳妹妹道："咱们走！"

"不要急嘛。"

高小六嬉皮笑脸地道："太阳妹妹，虽然我不能放你进去见叶典史，也不清楚叶典史究竟犯了什么事。不过，徐县丞押送叶典史入狱的时候，曾经对叶典史说过几句话，我当时就在旁边，只听到一句，却也是最重要的一句，你要不要知道。"

太阳妹妹双眼一亮，无视他略带淫邪的目光，急问道："什么话？"

当时，徐伯夷抓了叶小天，亲自押送到大牢，将叶小天锁进一间与其他牢房全不相邻的单独牢间后，终于按捺不住心中的得意，屏退左右，对叶小天道："叶典史，这一年多来，葫县最出风头的人就是你，可人的气运总有用尽的一天，现在你的气运终于到头了啊。"

叶小天直到现在还是对自己为何被捕满头雾水，不过看到徐伯夷眉飞色舞的模样，却已隐隐感觉到此事必与徐伯夷有莫大关系。叶小天沉住了气，平静地道："我被捕入狱，可是与你有着莫大干系？"

徐伯夷不答，却是忍不住一阵猖狂的大笑.

叶小天叹了口气，喃喃自语道："看你这副德行，应该就是你算计我了。"

徐伯夷神色一狞，道："我在赴任之前，曾经有人对我说过一句话，她说：'在官场上，只有两种人，一种人被人踩，不想被人踩的就得努力去踩人。'你真以为，你让我在祭雨台上丢尽了脸，我就会从此服软，甘心被你踩了？"

徐伯夷踏近一步，想起自己当日所受的屈辱，激动的不能自持，用颤抖的声音嘶吼道："这一次，你死定了！"

高小六当时正站在牢房里，虽已避开，可徐伯夷这一声吼声音太大，他还是听得清清楚楚。不过，叶小天接下来的一句话，他却没有听见。叶小天当时毫不动容，只轻轻吐出一口气，向徐伯夷长长一揖，一字一句地道："多谢教诲，这句话，我记住了！"

徐伯夷怔了一怔，叶小天这句话所透露出的平静从容，令他本能地感觉到危险似的，汗毛竖了一下，但他随即就平静下来，冷笑道："你记住又如何，你还有机会吗？哈哈哈……"

徐伯夷仰天狂笑着，从牢里走了出去。

太阳妹妹听高小六把那句"这一次，你死定了！"的话学给她听，心中不禁焦急起来，她向高小六点了点头，道："多谢！"转身就走，想要尽快赶回山上与华云飞商量对策。

但那高小六再度唤住了她："太阳妹妹，叶典史这一遭只怕是在劫难逃了。听徐县丞那口气，来日丧命抄家在所难免。你如此年轻貌美，何必与叶家共存亡呢，我还没娶媳妇呢，不管你以前在叶家是什么身份，我都不在乎，只要你愿意……我就娶你过门，也好让你逃过一劫，终身有靠！"

罗捕快一听勃然大怒，他虽也喜欢太阳妹妹，暗恋得不得了，可也只是暗生倾慕，哪敢把自己的情意透露半分。现如今叶典史才刚刚入狱，什么罪名还不清楚，这就有人惦记上他的女人了？

罗捕快脸色铁青，挽着袖子冲上去，咒骂道："高小六，你是个人还是头披着人皮的牲畜，老子今天非好好教训教训你不可！"

"你干什么，你想干什么？"高小六身材瘦小，可比不得罗捕头的大块头，罗捕头若真想揍他，他可不是对手，吓得他连连后退。

"罗大哥，算了！"太阳妹妹一把拉住罗捕头，她虽娇小玲珑，不可能拉得动罗捕头，可那小手只往罗捕头衣袖上轻轻一牵，罗捕头便乖乖地站住，温驯听话得很。

太阳妹妹妙眸一转，睇着高小六，似笑非笑地道："多谢小六哥提醒，如果叶家真的大难临头，人家会好好考虑你的话。"

她抿了抿花瓣似的俏美双唇，从腰带里摸出一只绣花荷包，递与高小六道："小六哥把这么重要的消息告诉人家，人家也没什么好谢的，这儿有只荷包，是人家自己绣的，送给小六哥算是一份心意吧。"

女儿家把自己的荷包送给一个男人，那意味着什么？高小六欢喜之下，身子都轻了几分，接过荷包，嗅到荷包散发出的淡淡香气，如果不是旁边还有罗捕头站着，早就一头扑上去，抱住太阳妹妹又亲又啃了。

"罗大哥，我们走吧。"

太阳妹妹眼波流转，向高小六微微一荡，便向外走去。罗捕快见她竟然送高小六礼物，而且是如此暧昧的一件礼物，只当她真做好了大难临头各自飞的打算，心生鄙夷，对太阳妹妹便有些冷淡下来。

张居正坐在书房里，臀下垫了厚厚的鹅绒软垫，仔细斟酌半晌，提笔写道："省征发，以厚农而资商；……轻关市，以厚商而利农！"

写罢全文，又仔细检查一遍，确认并无疏漏和错字，这才轻轻合拢奏章，唤道："来啊，立即送到宫里去！"

张居正自主政以来，对官吏最大的改革就是考成法，对民众则是"一条鞭法"和"清丈田亩"。"一条鞭法"和"清丈田亩"对减轻百姓负担，其实并不能起到实际的作用，因为"一条鞭法"实际上是税制改革，把各种实物税赋统一折算成银钱来计算。

而且这也不是张居正的发明，此前已经有些地方如此施行了，因为行之有效，便被他推向全国，这样一来对朝廷是方便了许多，反而给许多百姓增添了麻烦和负担。

而"清丈田亩"虽然清丈出了许多地主豪绅私瞒的土地，使得他们必须照章纳税，但他们很快就能想出对策，把这笔负担转嫁到农民和佃户身上去，然而对朝廷来说，税收毕竟是大大增加了。

此时，太仆寺有存银四百多万两，太仓存银也有四百多万两，两者总计八百余万两，太仓的存粮也可支用十年，可谓国库充实，是以张居正便上疏请求免除自隆庆元年以来十多年间各省积欠的钱粮，这一点却是货真价实地惠及百姓了。

另外，张居正虽是出身儒家，可他毕竟是治世名臣，大明名相，做事比较务实，所以对"重农轻商"一向不以为然，认为应农商并重，是以又特意提出保护并鼓励商业的一些举措，一并呈报天子颁布。

这封奏疏写完，他就有些支撑不住了。他患了严重的痔疮，行走不便，久坐也痛苦万分。他站起身来，轻轻扭了扭腰肢，正想去花园走走，老管家悄悄走进来，对他低语几句，双手奉上一份礼单。

张居正摇头失笑，唤着戚继光的表字道："这个元敬，却不知又搜罗了些什么东西给我。"展开礼单，对那些奇珍异宝、绫罗锦绣之物他只一眼扫过，并不在意，待看到"腽肭脐"三字时，双眼却是一亮。

张居正每日勤于公事，又兼年老多病，以致胃口也受了影响，一餐百菜，犹觉难以下箸，找不到能让他开胃喜欢的东西。但有一桩爱好却是愈老弥坚，那便是美色，首辅大人唯独乐此不疲。

历年以来，各地敬献的美姬充斥于后宅，已不下数百人，首辅犹不嫌其多，只是毕竟年迈，兼之体弱多病，处理国事尚游刃有余，安抚后宅却常常"力不从心"，是以对各种助性药物便情有独钟了。

　　戚帅上次送过他一味"腽肭脐"，用后效果甚好，他只随口提了一句，不想戚帅便记在心里，这次又给他送来一坛。张首辅捻须微笑着点了点头，目光再往下一扫，顿时又是一喜。

　　下边还提到赠送美姬一名，又特意提到这名美姬并非银钱买来，实因家遭变故，走投无路，闻听是服侍当世名相，欣然应允。此女知书答礼，温柔贤淑，希望有她侍奉枕席，照顾起居，首辅大人可以安心国事，多多造福黎民百姓。

　　张江陵摇头笑道："这个元敬啊……去，带那女子来，老夫见见！"

第九十四章

竟有这种事!

一

很快,毛问智和太阳妹妹便带着各自打探来的消息回了山。他们打探到的消息大同小异:听起来都很玄乎,似乎叶小天马上就要一命归西,可要仔细问起来,连他犯了什么罪都不清楚。

冬天先生忧心忡忡地道:"既然你们搞不清楚,那咱们就先把尊者救出来,无论如何,总不能让尊者死在他们手中!"

太阳妹妹道:"冬长老,你已经练好的蛊,可以对付多少人?"

冬天先生道:"十个八个的绝对不成问题,最多的话,以我现在所拥有的蛊毒,二三十人也能放倒。"

太阳妹妹摇头道:"那监牢里面戒备森严,徐伯夷生恐小天哥会越狱,他也知道小天哥在葫县不止得民心,而且衙门里也有许多知心人,所以从巡检司、驿站等各处都调了些士卒来,让这些互不统属的人相互监视,我看总数不下百余人,都只为看守小天哥一人而来,你的蛊却只能对付二三十人,远远不够啊!"

冬天先生道:"那就回神殿报信,叫神教派些人过来,小小葫县,还能挡得住咱们救出尊者不成?"

华云飞沉声道:"我还是坚持我的说法,先要弄清楚在大哥身上究竟发生了什么事,千万不能自乱阵脚,以免弄巧成拙!"

毛问智怒道:"大哥如今已经被关进大牢,那徐伯夷已经放话说大哥必死,你还等什么,难道希望大哥死?"

华云飞道:"现如今大哥罪名不明,万一有惊无险呢?我不是不关心大哥,你在牢里被关过七年,应该清楚,就算大哥被判有罪,也得等到秋后问斩,来日方长,有什么好担心的。"

毛问智怒道:"秋后问斩?你想得轻巧,牢里有多黑你不清楚?你忘了你是怎干掉孟州市丞和齐木的了？"

华云飞道："两者看似相同，其实截然不同。那时节齐木随时可能出狱，只要他一出来，倒霉的就是大哥，所以大哥当时必须得冒险。而今日却不相同，批捕公文来自南京刑部，谁能放大哥出来？而且徐伯夷动用各方面力量把守大牢，不比当日全是大牢狱卒，他就不怕消息泄露，被人拿出把柄？又岂敢擅动私刑！"

毛问智拍手道："好哇，你也说，大哥不大可能出狱。既然如此，何不就去劫狱？"

华云飞气得额头青筋都要跳了起来："你不要胡搅蛮缠好不好？不能出狱，还是要审的，不代表就一定有罪。正因为这批捕的命令来自上面，所以结果如何，目前尚未可知……"

太阳妹妹打圆场道："你们不要吵了！老毛，你也注意些，云飞怎么会盼着大哥死。"

毛问智最怕太阳妹妹，当下不敢再说，只是低下头，嘟嘟囔囔地道："俺能不急吗，大哥还没娶妻生子留个后呢，这要是死了，大哥这一脉可就彻底断了香火。"

华云飞没好气地道："你要是担心这个，那就不用多想了。'听妻入狱'听说过吗？想留后有什么难的。"

太阳妹妹好奇地道："什么是听妻入狱？"

华云飞道："临刑之前，犯人要有好菜好饭招待一番；行刑的时候不准塞住死囚口耳，如果死囚喊冤，必须带回重新审理……"

毛问智听到这里，打断华云飞的话道："岂有此理，那要是一上刑场就喊冤，岂不是永远不用死了？"

华云飞没好气地瞪了他一眼道："你当官府都是智力障碍者？这种事只有一回，而且一旦查实只是为了拖延时间，你当那些狱卒会轻饶了那人？左右要死，谁还愿意临死之前再受一番活罪。"

毛问智又不说话了。

华云飞对太阳妹妹道："还有，犯人行刑，不许遮蒙面目，怕的是有人鱼目混珠。这些都是我朝律法。至于听妻入狱，是说死囚若是无子，允许其妻入狱与其圆房，待妻子怀孕后才对囚犯行刑。"

说到这里，不等毛问智说话，华云飞已抢先道："你是不是又要说，只要那妻子永远不孕，这个死囚同样不用死了？不用想了，说是这么说，实则也只准死囚与妻合衾三次，能否有孕，听天由命，算是尽了朝廷宽仁之道罢了。"

太阳妹妹惊叹道："竟然还有这样的规矩，云飞你真是见多识广。"

华云飞摇头苦笑道："这却不是我见多识广，我爹……就是这么来的。"

毛问智惊讶地看了华云飞一眼，不曾想华家还有这样的奇事，想来华家祖上也不是一直在深山做猎户的，华飞云的家世，必定也有一段传奇的经历，只是眼下却不是好奇讲古的时候。

华云飞说完这段话，又道："我不让你们轻举妄动，是怕大哥并无重罪，而徐伯夷故作声势，就是要引咱们去劫狱，从而坐实大哥的死罪。就算杀人，也要谋而后动，何况是救人呢，咱们一定得沉住气！"

毛问智道："光沉得住气有屁用啊，咱们总要知道大哥究竟犯了何事，才好决定是劫狱还是打官司啊。现如今外边打探不到任何消息，又见不到大哥，要不然问问他也好，他被抓了，总该知道自己是因为啥事被抓的吧？"

华云飞想了想，道："要叫人来，也不是不可行，只是必须得能安抚住他们，叫他们待机候命，而不是冲下山来就去劫狱。这件事，恐怕得麻烦冬长老了，请你回神殿一趟，只把此事与八长老商议一下，切勿声张，随后带些人来，以备不测，我们这边继续打探！"

冬长老点头答应，毛问智见状，便也不再乱发牢骚。一旁太阳妹妹微微扬着头，眼神飘忽，也不知在想些什么，对华云飞的安排却是毫无异议。

当下冬长老马上启程，因为他眼神不好，华云飞让若晓生陪他入山了，在山上真要遇到什么意外，自有冬长老出手，若晓生只是扮个拐棍的作用。

而华云飞也顾不得可能被人认出真容，随便割些马鬃，剪成胡须状贴在颔下，又戴了一顶竹笠，简易地化了个妆，便下山打探消息去了。说到底，他还是担心毛问智粗心大意，太不靠谱，而太阳妹妹又是个自幼住在深山的苗人，不明世间规矩，只怕真有消息，他们也打探不来。

他们走后，太阳妹妹便犯起了合计。她坐在自己院落的门槛上，双手托腮，反复思量，想得心花怒放。

叶小天入狱，她固然焦急，却没有多少恐惧。如果不是华云飞再三阻止，她早杀去大牢救人了，现如今冬长老亲自回山搬兵，小天哥一定不会有性命之忧，想要救他出来，只是举手之劳。

不过，华云飞无意间所说的那句"听妻入狱"，却是实实地被她听在了心上。

"听妻入狱啊……"

太阳妹妹似乎已经看到了幸福美满的生活在向她频频招手了。

"我要听妻入狱！"

太阳妹妹握紧粉拳，红着脸蛋对自己说。

她跳起身来，举步就向院外走，刚刚走出几步，忽又想起了什么，急急回头吩咐两个正在树下忧心忡忡地讨论未来生计的两个小丫鬟："快去烧水，我要沐浴！"

· ※ · ※ · ※ ·

一只椭圆形的棕红色浴桶，桶中水汽氤氲，水面上还洒着许多花瓣，鲜红的花瓣随着水面的起伏荡漾聚散着，水下那具曼妙动人的女体便若隐若现起来。

水舞撩着水，轻轻洒在自己身上，她的身材虽然曼妙，脸颊也在热气的蒸腾下泛起两抹潮红，可眸子里却是清清冷冷的，了无生趣。

那位当朝首辅她已经见过了，貌相庄严、气质沉稳，虽然难掩老态病容，但他位极人臣的雍容与威仪，却是令人见而心折。

其实，这位当朝首辅的威名，她早就如雷贯耳了。她在京城时，就曾听府上的人不止提起这位张相公，后来她随小姐远嫁靖州，张相公的大名依旧不绝于耳。

张相公的老家在江陵，记得有一回张相公回乡省亲，三十二抬的大轿，轿上有客厅、有卧室、有厨房，有金童玉女伺候，俨然一座移动的豪宅。一路下去，道路不够宽就拆墙、桥不够宽便搭桥。沿途大小官员，各路封疆大吏纷纷远迎至百里之外，其威风不可一世，就连距其老家远在千里之外的靖州府也津津乐道。

还有他那随行的三个儿子，长子在他刚刚入阁拜相时中的进士，次子是他成为次辅时中的榜眼，三子是他成为首辅后中的状元，而廷试试策的出题人恰恰是这位地位权柄越来越高的张江陵。是以杨府下人分成两派激烈争辩，一派认为张相三子全凭自家本事考中的进士，榜眼乃至状元；另一派则认为张相公私下把试题透露给了儿子，甚至利用权势影响了科举结果。当时她就在场，听得津津有味。

只是那时她无论如何也没有想到，会有这么一天，她能有幸成为这位凌驾皇帝之上的张相公的女人。有幸吗？这算是幸运吗，水舞自嘲地一笑。

她曾想过从父母之命，安安分分地嫁给自幼指婚给她的谢传风，这个想法随着再见谢传风时，他的猜忌和无耻而烟消云散了。她曾憧憬要嫁给疼她、怜她、为她出生入死，遮雨蔽风，护她一路西行的叶小天，这个想法，也随着她母亲的干涉和叶小天与莹莹姑娘的定情而破灭了。

现如今，她居然阴差阳错地回了京城，成了张相公的人。她看得出来，张相公看到她时眼中露出的欢喜，他会疼她的。可是……水舞闭上眼睛，心中黯然一叹："半生凄苦，一朝尽去，我本该欢喜不禁。能侍奉张相公这样的当世名臣，更是侥天之幸。为什么……我心中却没有半点欢喜呢？"

首辅大人沐浴一番，由两个丫鬟挽扶着从浴桶里出来，换上了轻便的软袍，跐着蒲草的软鞋步入房中，见桌上红漆托盘中盛着一碗药汤，那就是蓟帅呈送的"腽肭脐"。

张江陵试了试药温,恰到好处,便端起碗来,把那一碗壮阳大补之物一口饮尽,回到榻上躺下,闭目小憩一会儿,忽然皱了皱眉,又翻身坐起,拉开床头的暗匣,从里边取出一只"银托子"来。

近来身体愈发地差了,思虑国事,操劳过甚,一大碗补汤下去,仍然有种力不从心的感觉,看来今日只能借助"银托子"这一类淫器,才能玩得尽兴了。

张江陵抚着那"银托子",长长地舒了口气,只觉头昏沉沉的,隐隐有些痛意,那新美人儿正在沐浴,一时半晌不会出现,女人的这一点特权,纵然他是可令天子望而生畏的张首辅,却也不能免俗。便扬声唤道:"来人啊,给老夫按一按头。"

外厅一个身材颀长的丫鬟答应一声,刚刚步入内室,张江陵忽然按住肚子,闷哼了一声。那丫鬟惊道:"老爷,你怎么了?"

张江陵慢慢吁了口气,道:"无妨,老夫只是微觉腹……"

他刚说到这里,腹中忽如刀割一般痛楚起来,痛得他一声大叫,登时蜷在榻上,整个人佝偻得虾子一般,这一剧烈挣扎,月白色的轻软宽袍下顿时一片殷红,也不知是哪里竟有鲜血汩汩而出。

那丫鬟吓得花容失色,转身就逃了出去,高声叫道:"快唤郎中来,老爷不好啦!老爷不好啦!快唤郎中来……"

第九十五章

听妻入狱

一

叶小天入狱,偏又罪名不明,立即在葫县引起一场轩然大波。先是罗巡检、顾教谕等人过来探问消息,他们毕竟是官场中人,虽替叶小天打抱不平,但是听说批捕令系出于南京刑部,且此事关系到京里一位大人物,虽然心中愤愤,却也不敢多说什么,只能怏怏告辞。

但随后赶来的洪员外和葫县一众士绅就不是那么好说话了。县里要做点什么,离不开他们这些人的支持,尤其像洪员外这样的大善人,三不五时就会捐一笔钱,对财政困难的葫县来说,这样的财神爷是他们不敢得罪的。

然而此事哪是花知县能做得了主的,他也正郁闷着呢,便把这些人推到徐县丞那儿,正得意扬扬的徐伯夷顿时也被弄了个焦头烂额。对这些人,他不好说重话,又无法再推到别人那儿去,只能好言好语地安抚,说些朝廷一定会查明真相,不冤枉一个好官,也不枉纵一个恶人的屁话。

他这么做也是没有办法。如果恶语相向得罪了这些人,他们抬腿就走,以后征收钱粮他们不配合,县里缺钱他们不捐款。那么,钱粮征不上来,政绩就无从说起,他们不捐钱,县衙里上下人等都会怪罪到他的头上,他还如何为官。

徐伯夷说的口干舌燥,好不容易把这些人打发走了。罗大亨和高涯、李伯皓又带着大批的驿夫跑到县衙门前来请愿了。这一回连王主簿也无法置身事外了,花知县带着徐县丞、王主簿亲自赶到衙前接见,好说歹说刚把这三位爷送走,高家寨和李家寨的寨主又赶到了葫县县城。

这两位大爷是葫县最大的两个部落首领,他们一个眼神一个动作,就能决定葫县安定与否,花知县哪敢怠慢,正好王主簿和徐县丞也在,一个也别跑,花知县拉住他们两人,又硬着头皮接待高李两位寨主去了。

此时,已是暮色苍茫。

葫县大牢，最西边近城墙处，有一条狭窄的只容一辆小车通过的道路。这条小路正通向葫县大牢的西院墙内厨房位置，再往前就是死胡同了，因此并无人行走，小道上满是蒿草，再加上高大的城墙遮挡，阴暗潮湿。

蒿草丛中，有两道明显的车辙，大牢里的垃圾、泔水桶等物，就是从这里运出去的。因为年代久远了些，除了每日运送垃圾的车子，甚至没人记得这里还有条路。

此时，高小六挎着刀，正站在那角门外，眼巴巴地望着黑漆漆的胡同外面。他一手提着灯笼，一手攥着荷包，满脸哭相。此时的高小六腹胀如鼓，好像怀胎八月的妇人。

高小六自从得了太阳妹妹送他的那只荷包，就发觉身体有了些异样，他一天下来要跑八九趟茅厕，泻得脚软，可是肚子却迅速地胀鼓起来，简直是莫名其妙。

到后来，小六也意识到他拿的荷包有问题，这时他才想起关于苗人和蛊的许多传说，惊恐之中的小六赶紧把那荷包远远丢开，结果荷包一离身，登时腹痛不止，简直绞断了肠子一般的痛。

无奈之下，小六只能把那荷包再捡回来，说来也是奇怪，那荷包一到手，腹中痛楚立即平静下来，可是腹泻与腹胀这两样本来绝不该同时发生在一个人身上的怪病依旧不见减轻，再这么下去，他不泻死，也得胀破肚皮而亡。

高小六此时已经认准了必是那个俏美可爱的小苗女下蛊，连忙告了假，赶到叶典史府上求饶，太阳妹妹一口承认，就是她下了蛊，但是想让她轻易解了蛊毒却是万万不能。

太阳妹妹给了他一点药，暂且解了他的腹泻之症，然后如此这般吩咐了一通，小命悬于人手的高小六无可奈何，只是乖乖答应下来。

此时他正在等候太阳妹妹，过了一会儿，黑漆漆的小巷尽头出现了一道人影，高小六精神一振，连忙屁颠屁颠地迎了上去……

· ※ · ※ · ※ ·

叶小天盘膝坐在牢房里，四周静悄悄的，只有廊间一盏灯，发出昏暗的灯光。

不要说县丞，就算是知县，也没有权力把他抓起来，批捕的命令必是来自上头。可叶小天反复思量，始终想不通自己能犯下什么通天的大案叫人拿住把柄。如果是他曾经冒充典史一事，那么被抓的不应该只有他一个。如果是苏循天那桩人命官司，同样不该是他一个，此事也太蹊跷。

正因事出蹊跷，所以他心中坦然，并不惊慌。正所谓平生不做亏心事，半夜不怕鬼敲门，官府不可能拿住他的什么罪名，暂且静观其变吧，这应该只是一个误会。

叶小天安慰着自己，打个呵欠，正想躺下休息一阵，远处突然有一阵脚步声传来。叶小天警惕地抬头望去，就见一个身材瘦小的狱卒提着一盏灯笼慢吞吞地走在前面，身后跟着一个身材稍高的黑衣人，那人穿着一件连体的黑袍，头低着，连脸面都遮了起来。

叶小天一见异状，先是警觉地抓起了手中的铁镣，待见那袭袍子，却又陡然一喜："那是冬长老的袍子，冬长老来探望我了？"

自从上次牢墙被挤破事件发生后，花晴风痛定思痛，终于拨了一笔款子，把葫县大牢修整翻建了一番，如今比原来宽敞了许多，再加上现在没有那么多犯人，叶小天又被刻意与其他犯人隔开，所以这一片就只住了他一个。

高小六快走到牢房前时停住了，回首对身后的黑袍人低声说了几句什么，就见长袍透地的黑袍人轻轻点点头，高小六便往牢前走来。牢门哗啦一声打开了，叶小天是被当作重犯看押的，戴着手铐脚镣，行动不便，是以坐在那儿未动。

高小六走进牢房，咳嗽一声道："叶典史，你家娘子来看你了。"

叶小天一呆，惊讶地道："我娘子？我哪……"

刚说到这儿，叶小天突然闭上了嘴巴，他忽然意识到，既然有人要见他，又是对狱卒这么说，很可能是为了方便有个合适的身份进来，这时怎能戳穿，他也正想知道外界的情形呢。

高小六板着面孔，一本正经地道："以我朝悯囚之制规定，典史大人您尚无子嗣，所以特允你娘子入狱，夫妇好合，若能留下一子半女，也是你的福气。咳！叶典史，你好自为之吧。"

高小六说到这儿，转身又走了出去，往牢门口一站，下意识地弯了弯腰，向那黑袍人讨好地招招手。黑袍人便"姗姗"地走过来，弯腰迈步进了牢房。高小六儿把牢门一锁，压低声音道："一个时辰，只有一个时辰，否则夜间巡弋的人来了，我也不好交代，你们抓紧时间。"说完，高小六儿把钥匙往腰间一挂，转身走开了。

叶小天当初是天牢狱卒，虽然关进天牢的都是京官高官，那些人能做到那样的高位，个个年纪一把，早就有了子嗣，所以不曾遇到过"听妻入狱"的事儿，但他也听说过的，这时不免就有些茫然。

"听妻入狱？那我已经被判了死刑了？好歹我也是个朝廷命官，怎么可能尚未审问便判了刑？还有，我这娘子是谁，我那府里……难道是哚妮？"

叶小天突然想到了太阳妹妹，他霍然望去，却见那黑袍人陡然拔高了一截，似乎方才一直是弯着腿的，这时才突然站直，紧接着那人一撩黑色的头罩，叶小天愕然叫道："老毛！"

面前这人一脸的络腮胡子，豹头环目，可不正是毛问智。毛问智冲上前来，激动地叫道："大哥，俺可见到你了。"

叶小天奇道："老毛，你怎么扮成这副模样，对了，外边怎么样了，我究竟因何入罪？"

毛问智一呆，道："大哥也不清楚犯了何罪？"

叶小天摇摇头道："我正一头雾水。"

毛问智挠了挠头皮，道："我们四处打探，也不知道。不过，那徐伯夷逢人便讲，说大哥你这回死定了。"

"徐伯夷！"叶小天眸中闪过一丝恨意，如果说之前与徐伯夷斗法，争的只是在葫县官场上的话语权。这一次徐伯夷刻意加害，使他锒铛入狱，这就是你死我活的仇恨了。

毛问智道："哎呀，先不说那么多，大哥，你快脱衣服。"

叶小天吓了一跳，戴着铁镣的手下意识地往身前一护，骇然道："脱衣服干什么，你……听妻入狱，却也不该是个男人啊？"

毛问智道："嗨！听什么妻入什么狱啊！大哥想生，出去了自管随便生。快脱衣服，咱俩换了衣服，我顶替你，你扮成我出去。放心，方才那狱卒没见过我的样子，你只要捏着嗓子扮成女声，一定能蒙混过去。"

叶小天举了举手铐脚镣，道："我这样子……"话犹未了，毛问智已经从袍下亮出一件奇怪的黑铁所铸的像钳子似的东西，"嘿嘿"笑道："用这玩意，都能撬开。"

叶小天摇头道："我出去，换你留下？就算出得去，我也不能做这种事。"

毛问智激动地道："大哥，俺老毛没啥本事，跟了你之后，吃香的喝辣的，过得比猪都快活。现在人家要拿咱当猪宰了，那就该俺来当那头猪。反正俺坐牢都坐习惯了，不打紧的，他们总不会杀了俺。"

"那也不行！"

叶小天刚刚说到这里，一阵急促的脚步声响起，高小六又气急败坏地回来了，后头还跟着另一个狱卒……

第九十六章

一波三折

一

毛问智一见，赶紧手忙脚乱地撩起连衣的帽子，想把自己的脸再遮起来，却听跟在高小六身后的那个狱卒冷冷地说道："毛问智，不用掩了！"

一听这声音，正掀帽遮脸的毛问智和叶小天同时一愕，异口同声地叫道："太阳妹妹！"

可不，跟在高小六身后的那个狱卒正是太阳妹妹，高小六身材瘦小，他的衣服穿在太阳妹妹身上倒也合适。一见来人是太阳妹妹，毛问智不禁讪讪地道："太……太阳妹妹，你……你咋醒得这么早？"

毛问智根本没犯过什么罪，就是跟一个牢头的老婆上过床，就被以莫须有的罪名弄进大牢，足足关了七年都没机会出来。要不是那个牢头后来得了小姨子的便宜，只怕就把毛问智弄死在牢里了。

经此一事，毛问智深觉牢狱之黑，根本不相信华云飞做出的判断，但他平时为人太不着调，华云飞话虽然少，却比他有分量。当时根本没有争执的余地，也就只好捺下了自己的意见。

后来，高小六上山求见，央求太阳妹妹解了他的蛊毒，太阳妹妹趁机提出让他带自己进监牢，以便"听妻入狱"，达成夙愿。当时毛问智藏在一旁恰巧听到了全部经过。

于是，毛问智就打晕了太阳妹妹，弄了件可以撬开镣铐的工具，又穿了冬长老的一件袍子，冒充太阳妹妹下了山。

毛问智见到高小六时，捏着嗓子细声细气地答话，一切都对得上，他的声音虽与太阳妹妹不同，高小六也没生起疑心。因为太阳妹妹只说要"听妻入狱"，让小天哥留个后，压根儿就没说来的就是她自己，她一个黄花闺女，再如何泼辣，如何说得出这样的话。

这一来高小六只当这是太阳妹妹为了给叶典史留后，花钱找来的一个女人，阴差阳错的就把毛问智送进了大牢。高小六出了监牢眼巴巴地候在外面，等着完成此事以便讨取解药，谁知却有一个狱卒跑来，说是大牢外有个苗女找他。

高小六一听就知道是太阳妹妹，忙不迭迎出去，这才知道出了岔子。

毛问智哪敢下重手，当时下手颇有分寸。结果他离开不久，太阳妹妹就醒过来了。太阳妹妹恨得银牙直咬，赶紧下山来见高小六，听高小六说已经有人进了大牢，情知是毛问智，赶紧就让高小六把她也带了进来。

高小六万般无奈，只好又去取了一套皂隶公服给太阳妹妹换上，好在这牢里汇聚了各方的人马，包括驿站的和巡检司的人，彼此间并不熟悉，是以只对离开的人盘查仔细，对进入的人，又有大牢的狱卒带着，盘检便不严了，高小六很顺利地就把太阳妹妹带进了大牢。

听毛问智这么一问，太阳妹妹下意识地便去摸后脑，饶是毛问智用力不重，她的后脑还是肿了一个大包，用手一摸，便觉痛楚难当，太阳妹妹狠狠地瞪了毛问智一眼，怒道："等我出去再跟你算账！"

毛问智哪敢答话，讪讪地站着不敢言语。高小六跺脚道："我说这位爷，你……你们这是干什么，怎么一下子进来两个人，我一会儿可如何送你们离开呀，这……这……唉！"

太阳妹妹不搭他的话茬，只是板着俏脸道："如何离开，那是你的事，少说废话，赶快打开牢门，放我进去。"

高小六儿苦着脸道："啊？你还要进去？我现在就不知该如何是好了，姑娘，你就不要难为我了好不好。"

太阳妹妹睨着他道："你不想要解药了。"

"我……"

高小六犹豫了一下，哭丧着脸走上前，打开了牢门。

太阳妹妹走进牢房，一见叶小天披头散发，一身囚服的样子，眼圈便是一红，泣声道："小天哥……"

太阳妹妹当时听到"听妻入狱"这回事，因此触发了她的念头，由始至终她就没有想过通过官方渠道，真的以"听妻入狱"的方式来见叶小天。因为叶小天尚未宣判死刑，她也不是叶小天的妻子，两项条件都不符合。

这种情况下，她一个未出阁的大姑娘哪好意思向葫县官府提出这种荒唐的要求，她只是通过胁迫高小六，以这种秘密入狱的方式来达成她梦寐以求的想法，可这想法随着毛问智的一棒而破灭了。如今见到叶小天，她心中本就委屈得很，再看见叶小天如此狼狈，心里一酸，眼泪就在眼眶里打起了圈圈。

看到这一切，叶小天心里都清楚了，他慢慢站起身，想把毛问智和太阳妹妹环在胸前，但他双手被铐在一起，双臂无法张开，便只用合拢的双手，握成一个拳头，在毛问智胸口轻轻敲了敲，又落在太阳妹妹的肩头，胸怀激荡地道："好兄弟！好妹子！你们的心意，我都明白，你们不用担心，我叶小天自问从未做过什么伤天害理的事，不会有大难加身的。"

　　太阳妹妹抹抹眼泪，哽咽道："小天哥……"

　　叶小天微笑道："这真的不算什么！人生一辈子，总会轮到几次不公平的事。咱们别乱了自己的阵脚，我什么都没做过，只需耐心等待，总能守得云开见月明的！你们两个马上离开，迟了只怕连你们也走不掉了。"

　　"哈哈哈哈……他们现在就已经走不掉了！"牢房里突然响起一阵张狂的大笑，叶小天和太阳妹妹、毛问智循声看去，就见徐伯夷带着一群兵丁突然闯了进来。

　　高小六吓坏了，哆嗦着跪倒在地，颤声道："县……县丞老爷。"

　　徐伯夷指着高小六，呵斥一声道："你好大的胆子！竟敢纵人入狱，本官说过，谁敢为牢内重犯沟通消息，便以同犯论处，你没听到吗，如今竟然把人放了进来……"

　　高小六吓得磕头不止，连声道："县丞老爷饶命，饶命啊！小人也不想的，可是……可是那个苗女会放蛊的，小人中了她的蛊毒，命在旦夕，不敢不从啊。"

　　"什么？"徐伯夷一听蛊毒不由吓了一跳，急忙后退几步，躲到众官兵捕快后面，指着牢中三人，色厉内荏地叫道："这两个人试图劫狱，把他们抓起来，统统抓起来！"

・※・※・※・

　　"啊！逃出来了，终于逃出生天啦！"

　　夏莹莹从箱子里爬出来，轻快地跳到地上，像个孩子似的雀跃欢呼起来。展凝儿瞥着她，揶揄道："咱们可是刚离开红枫湖，要是耽搁一会儿，你的家人就追上来了。"

　　夏莹莹脸色一变，道："不错！咱们还是先逃远些吧。快快快！咱们马上走。"

　　夏莹莹匆匆解下那两匹套辕的枣红马，这两匹本就是神驹，却被她送与展凝儿拉车，本就是为了逃脱之用。

　　展凝儿打开一口箱子，从箱中取出两套马鞍马镫，那绕过马腹的皮带刚一系紧，夏莹莹就迫不及待地扳鞍上马，兴冲冲地把马鞭一扬，高声叫道："小天哥，我来啦！"策马飞奔，冲下了山坡。

　　展凝儿伫马回头看了看远处的红枫湖，又看了看远去的夏莹莹，她快活地策马奔跑着，就像一只脱了樊笼的火凤凰。展凝儿一声长叹，道："我这究竟是在做什么呢？"

展凝儿猛地一挟马腹，扬手一鞭，像一支离弦的箭一般追了上去。

满满一车厢好物，都是夏莹莹送给二姐展凝儿的礼物，实则是用来掩护她逃跑的，如今自然没了用处。这些礼物任取一件，都可供贫苦百姓一年生计所需，如今就这么抛在了路边，这条路并不荒凉，这些贵重之物的下场可想而知。

可是在夏大小姐眼中，只要能逃出红枫湖，去见她的小天哥哥，这点钱又算得了什么呢。有钱，就是这么任性！

葫县郊外，青山谷中，近两千名剽悍的生苗战士静悄悄地肃立在那儿，阳光映照在刀枪上，仿佛一道流动的泉水，反射着粼粼的反光。

冬长老沉声吩咐道："你们就在这谷中住下，需要你们的时候，老夫自会来寻你们！"

两千生苗战士一起抚胸低头，虽然始终未曾言语，光是那一弯腰、一抬臂、一挺胸、一放手，那衣料摩擦声，便是刚劲有力的四道爆破音。

冬长老回到叶家大宅，刚刚进门，就碰见华云飞从里边出来。华云飞穿一身青色劲装，腰插一口锋利的无鞘短刃，背后斜挎猎弓还有两壶亲手打制的利箭，正往身上系着一领披风。

一抬头看见冬长老和若晓生走进来，华云飞喜出望外，道："冬长老，你回来了！"

冬长老点了点头，无视华云飞一副即将一战的模样，沉稳答道："回来了，我带了两千人来，现在都隐蔽在青山峡谷，如果真有需要，就让他们出动，尊者怎么样了？"

眼见冬长老沉稳若斯，华云飞不免有些惊奇："他没看到我全副武装的模样吗？"旋即想到冬长老那糟糕之极的眼神，华云飞才恍然大悟，忙道："情况有变！大哥情形如何还不知道，太阳妹妹和老毛也失踪了，我寻了两天都没有他们的消息，你们又一直没有回来，实在是挨不住了，正打算不惜一切，杀进大牢一探究竟呢。"

冬长老变色道："什么，哚妮和毛问智也不见了？晓生，你马上去青山峡谷……"

冬长老还没说完，苏循天就慌里慌张地冲进了大门，气喘吁吁地叫道："不好了！叶典史……叶典史早在两天前，就……就被徐伯夷送往南京了！"

第九十七章

同去,同去!

一

华云飞一把抓住苏循天的手臂,急问道:"你说什么,徐伯夷已经把我大哥移送南京城了?"

苏循天急道:"是啊!两天前就送走了,与他一同被送走的,还有太阳妹妹和毛问智,据说他们两个要去劫狱,是以一并被抓走了。"

花晴风对抓捕叶小天是满腹不情愿,眼见王主簿和徐县丞已经联手,他很快就要被再度架空,此时此刻他唯一能结成盟友共同进退的只有叶小天。罗巡检虽也是实权在握的官员,可他是军人,地位超然,一向不大掺和进来。

结果叶小天突然入狱,花晴风纵然百般不愿,可他素来怕事,这一次的批捕更是南京刑部直接下的命令,他哪有勇气对抗。他唯一能做的就是把此事完全交由徐伯夷来处理,如此在心理上和道义上才觉得坦然一些。

可也因此一来,他对徐伯夷的一些动向便不大了解。相对于他复杂的心思,苏雅和苏循天的感情就单纯了许多。他们姐弟二人是把叶小天当成了纯粹的恩人,如今恩人落难,他们岂能毫无表示。

姐弟俩一再向花晴风提出要去探望叶小天,聊表情意,但花晴风不知道叶小天究竟犯了什么事,生怕牵涉其中,是以执意不允。直到今天,花晴风实在挨不住他们姐弟俩的轮番轰炸,只好出面向徐伯夷说了一声。

直到此时,徐伯夷才告诉他:叶小天已被他派人秘密送往南京了。

徐伯夷告诉花晴风,两天前,有人秘密潜入大牢,试图劫走叶小天,幸亏他及时发现,将两个劫狱贼拿下,因为担心还会有人意图劫狱,而葫县大牢守卫力量相对单薄,所以他才断然决定,把人连夜送往金陵。

而在这件事上,除了他个人的几名心腹,还有王主簿派来帮忙的十几个人。王主簿一向不显山不露水,但是他在葫县根基最深,这一次算是初露峥嵘,只一句话,就调来十多个可供驱使的心腹，两个人就把这件事悄悄办了，而花知县居然被蒙在鼓里。

花知县虽然早知道这两人若是狼狈为奸，必然谋夺自己的权力，却没想到他们这么快就敢直接挑战他的权威，不免勃然大怒，但徐伯夷却是早有说辞，诸如叶小天耳目众多，为了封锁消息；诸如知县大人的内弟与叶小天走动密切，为了避免知县大人为难等等。

花知县再如何生气，木已成舟，却也无可奈何了。待他回来把此事对苏循天一讲，苏循天大惊失色，这才匆匆上山，把消息说给华云飞等人知道。华云飞谢过苏循天，送他离开后，冬长老阴沉着脸色道："老夫立刻去把人调过来。"

华云飞道："然后呢？"

冬长老道："自然是追上去，把尊者夺回来！"

华云飞道："他们已先行了两天，而且势必是日夜兼程，我们现在再追，恐怕很难追及了。我们带着两千个人，声势太大，抢回来还好。如果抢不回来，我大哥可就真的罪责难逃了。"

这一回冬长老也有些不悦了，沉声道："老夫听说，你当日为报父母之仇，小小年纪，便单枪匹马挑战此地第一豪强，英勇果敢，无人能及，如今为何如此胆怯？"

华云飞摇摇头，一字一句地道："冬长老，你误会了。我当日效陷阵之士，有死无生，是因为在我心里，我的爹娘最重要！今日我思虑再三不敢轻易出手，同样是因为，在我心里大哥最重要。因为他们最重要，所以可以因为他们的死而去死！因为他最重要，所以怕他因为自己的妄动而死。"冬长老听明白了这句话，沉默片刻，道："是老夫错了，那么依你之见，咱们该怎么做？"

华云飞道："两千人，声势太大。而且人多了行动不便，挑一支精锐，扮成行脚商人，由你我带着，全力追赶，再相机行事。"

冬长老点了点头，道："好！就按你说的办！"

· ※ · ※ · ※ ·

一辆囚车，却塞了三个人。

虽然身在囚车之中，只因为身边依偎着叶小天，所以太阳妹妹心里甜甜的，很满足。从小不曾离开过深山老林的哚妮，就像头一次跟着她的男人离开高山雪原的达娃。

尽管前方的世界对她这样的女子来说是那么的陌生，但是她没有一点迷惘与恐惑，因为远离世俗污染的她，心灵纯净的就像一块水晶，那里边只装得下一个小小的世界——那就是她的男人。当那块剔透的水晶装下了一个人，便装满了整个世界，只要跟着他，走到哪里，都是家园。

毛问智在小小的囚笼中，以一个奇怪的姿势，扭曲着身子躺着，呼呼大睡。尽管车子在颠簸的道路上不断起伏震荡，他依旧睡得很香甜。这个家伙从遥远的北方一路跋涉到最南方，什么苦都吃过，什么罪都受过，就像一只生命力无比强韧的"小强"，任何恶劣的环境和条件，都无法震动他那粗大的神经。

叶小天看看依偎在他身上假寐的太阳妹妹，再看看脚前呼呼大睡的毛问智。暗暗苦笑了一声，这样倒也好，如果他们两个悲悲切切的，不知要耗费多少唇舌去安慰他们，而此刻看来，他们根本不需要任何的安慰。

"送我去南京吗？"

叶小天沉思起来："我究竟犯了什么罪，为何徐伯夷如此笃定，我必死无疑？"

他慢慢抬起头，看着囚车上方的天空，悠悠地想："自从出了京城，我多灾多劫，却也总是化险为夷，就好像老天爷在偏帮我似的，这一次，上天不会不理我吧？"

头一回，叶小天向他每日顶在头上，却从未敬畏过的上天祈祷起来。

华云飞迅速下山，找到大亨，把要追赶叶小天的事情对他说了一遍，罗大亨听说叶小天已被秘密送往南京，不由破口大骂。他一边骂，一边也没耽误安排，迅速调来了一批服装、褡裢，可供山苗勇士们伪装成行商脚夫。

至于马匹，罗大亨一时调不来那么多，而且那些山民也不会骑马，这种山道他们步行倒比骑马还快，因此就省了。

华云飞用这批东西装扮了三十多人，带着他们匆匆离开了葫县，其中只有冬长老因为年岁太大，骑了匹适宜山间行走的滇马。好在离开葫县进入湖广只有这一条路，他们不用费尽心思打探押送叶小天等人离开的那些人行走的路径。

华云飞等人离开的次日，夏莹莹和展凝儿赶到了葫县。

其实展凝儿是不愿跟莹莹同来的，跟来做什么呢？看着这对情侣惊喜重逢，一个人躲在旁边心中默默流泪不成？可是莹莹这位大小姐，才是真正的大小姐范儿，从小娇生惯养，只要出门必定有人服侍照应。如果凝儿不跟来，这位大小姐独自上路的话，只怕被人卖了，她还要欢天喜地的帮人数银子呢。展凝儿放心不下，只得与她一起来了。

二人来到葫县，径往山上去寻叶府，夏莹莹一瞧偌大一座庄院，建造得富丽堂皇，便欢喜地道："哇！好漂亮！小天哥居然有这样一幢大宅子。"

展凝儿酸溜溜地道："这儿原来是一座野山，什么都没有。是他来葫县上任后重金建造的，现在里边什么都有了，就差一位女主人呢。"

莹莹听了，很难得地在她的闺中密友面前红了红脸蛋，扮出一副小娇羞的模样，可是在展凝儿刚刚做出欲呕模样时，她便扔了娇羞，端出女主人的派头上前叫门了。

结果门一叫开，夏莹莹就从应门的若晓生口中听到了一个叫她沮丧的消息：女主人固然来了，可男主人却不见了。男主人被徐伯夷那个混账王八蛋给押去南京城了。

展凝儿惊讶地道："我上回来时还好好的，怎么突然就被抓走了，他做了什么伤天害理的事？是贪赃枉法还是草菅人命？抑或欺男霸女了？"

夏莹莹很不开心地瞪着展凝儿，心道："我的男人有这么不堪吗？"

叶家小娘子哭天抹泪地道："典史老爷可是个大好人哪！修水道、除山贼，葫县上下谁不念他的好儿，可谁晓得冒犯了哪位官老爷，就被人给抓走了……"

若晓生解释道："据说是金陵城那边的大人物下的命令，才把我们老爷抓起来的。"

叶家小娘子哭得更伤心了："毛大哥也被他们一块抓走了，就说典史老爷得罪了人，可毛大哥能得罪谁呢？人家帮毛大哥做的衣服，还没让他试试合不合身呢。"

夏莹莹哪还有那个闲心听他们两个啰唆，她怒气冲冲地转向展凝儿，红着眼圈道："二姐，我要去南京城救小天哥，你陪不陪我？"

展凝儿听说叶小天被人抓走，送去南京问罪了，登时也恼了，哪还顾得上捻酸吃醋。一听夏莹莹这么问，没好气地答道："废话！我不陪你，让你一个人去金陵城，你能一路跑到布达拉宫去！"

夏莹莹欢喜地抱了一把展凝儿："你真是我的好二姐！咱们走！"

两个女人二话不说，翻身上马，便急匆匆地下了山。若晓生呆呆地看着她们绝尘而去的背影，哭丧着脸道："老爷得罪了大人物，知县老爷都没办法救他。他们两位姑娘，能救回我们老爷吗？"

叶家小娘子听若晓生这么一说，忍不住又哭起来："毛大哥，你可千万不要有事啊……"